SV

Jorge Semprun

# Algarabía
# oder
# Die neuen Geheimnisse von Paris

Roman

Aus dem Französischen von
Traugott König
und Christine Delory-Momberger

Suhrkamp Verlag

Die deutsche Übersetzung wurde in Zusammenarbeit mit dem Autor leicht gekürzt.
Titel der Originalausgabe: *L'Algarabie.*
Erschienen 1981 bei Librairie Arthème Fayard, Paris

Erste Auflage 1985

Druck: Wilhelm Röck, Weinsberg
Printed in Germany

*Ich bin wirklich jenseits des Grabes, und keine Weisung.*

Jean Arthur Rimbaud

# I.

Sie glitzern in der Sonne, die auf den rauhen Stoff ihrer Jacken genähten Flitterstücke. Glasscherben funkeln auch auf der Fahrbahn und in den gähnenden Löchern der Fenster hinter ihnen.
Sie sind zu dritt, an die halb eingefallene Wand des ehemaligen Polizeireviers gelehnt. Sie entfernen sich jetzt davon, sie laufen in der Herbstsonne.
Ihre Augen sind von einer Aureole aus rotem Puder umrandet, der, vom Trocknen rissig, ihre Lider, ihre Augenhöhlen bedeckt. Dieses Rot verstärkend, zieht sich eine schwarze, symmetrische Doppellinie, die zwischen den sorgfältig abrasierten Augenbrauen anfängt, bis zur Mitte der Stirn hoch, geht nach rechts und links auseinander, führt wieder zu den Schläfen herunter, umkreist die Backenknochen und stößt schließlich an der Nasenspitze wieder zusammen. Das übrige Gesicht ist kreideweiß.
Der Mann, der in der Rue de l'Abbaye auf die drei jungen Leute zugeht, hatte eine solche rituelle Bemalung noch nie gesehen. Aber eine neue Bande von Noctards war in den letzten Wochen in der Z.U.P. aufgetaucht, hieß es. Das ist sie offenbar.
Der Mann bleibt stehen und sieht sich die Noctards an. Zwei von ihnen sind schon in der Mitte der Fahrbahn und versperren den Weg. Ihre Hände stecken in den Vordertaschen ihrer Dschiens. Vier Finger sind unsichtbar unter dem ausgewaschenen Leinen. Aber die gespreizten Daumen trommeln herausfordernd auf den Bauch, die Leistenfalte. Die männlichen Attribute sind stark betont, sicher künstlich vergrößert, wodurch eine triumphierende Maskulinität zur Geltung kommt.
Der dritte Noctard steht noch auf dem aufgerissenen Bürgersteig.
Über seinem Kopf schaukeln die Reste des Leuchtschilds vom ehemaligen Polizeirevier der Rue de l'Abbaye. Man kann sich noch daran erinnern. POLICE stand in blauen Buchstaben auf weißem Milchglas. Es war nachts erleuchtet, es beruhigte jene, für die die Polizei etwas Beruhigendes hat. Heute sieht man die Reste des Schildes vor der vom Feuer geschwärzten Fassade. Zwei Buchstaben haben überlebt: O und C, in einem trotz der

Jahre noch lebhaften Blau. Die blauen Buchstaben bilden ein geheimnisvolles Signal über dem Kopf des dritten Noctard. Dieser reckt sich in der Sonne. Er geht zu den beiden anderen auf der Fahrbahn. Unter seinen Dschiens zeichnet sich eine noch deutlichere Männlichkeit als bei seinen Kameraden ab. Ein kleiner Anführer sicher.
Er spricht:
»Na, alter Idiot, gehst du spazieren?«
Alter-Idiot hat tatsächlich weißes Haar. Er fährt sich mit der linken Hand mechanisch durch die Haare. Manchmal fühlt er sich schon alt, das stimmt. Es fällt ihm schwer zu existieren, das ist jede Sekunde eine Anstrengung, eine mühsame. Die Zeit vergeht, er ist noch am Leben. Zumindest atmet er. Das ist nicht gerade viel: eine poröse Seligkeit. Aber heute fühlt er sich zum Glück überhaupt nicht alt. Und außerdem, selbst wenn er sich alt fühlt, ist er doch niemals ein Idiot gewesen: weder heute vormittag noch an irgendeinem anderen Vormittag. Das könnte er beschwören.
Alter-aber-nicht-Idiot sagt nichts, lächelt kurz. Aber er läßt nicht locker, der dritte Noctard.
»Antworte gefälligst, wenn man mit dir spricht. Wer hat dir erlaubt, aus deinem Loch zu kommen?«
»Ich kenne ihn, diesen Knacker da!« sagt einer der beiden anderen. Ich hab ihn im *El Alcazar* gesehn. Das ist ein Pinguin, der mit der Anarchobande unter einer Decke steckt!«
Der Mann mit den weißen Haaren ist tatsächlich Spanier. Er läßt sich zur Zeit Rafael Artigas nennen. Aber er kann es nicht leiden, wenn einer ihn Pinguin nennt.
Manche sagen, dieses Wort sei eine Kurzfassung, eine Abkürzung von Espinguin für Espagnol. Andere behaupten, die Spanier der Z. U. P. hießen Pinguine wegen ihrer Kleinheit und ihrer dunklen Sonntagsanzüge mit weißem Hemd. Wie dem auch sei, was diese etymologische Frage angeht, der Spanier mit den weißen Haaren mag nicht, daß man ihn Pinguin nennt. Das ist ein ebenso blödes Wort wie Makkaroni, Itaker, Kanake usw. Die Sprache ist voll von solchen idiotischen Wörtern.
Als der Mann mit den weißen Haaren hörte, daß der junge Noctard ihn als Pinguin bezeichnete, spürte er plötzlich, wie eine kleine Hitzewelle in den Peripherien seines Körpers kribbelte. Sie

steigt vom Kreuz zu den Halswirbeln auf. Sie prickelt in den Fingerspitzen der linken Hand. Sie erreicht stoßweise alle Blut- und Nervenbahnen. Sie setzt sich genau in der Mitte fest, in der Magengrube, im Solarplexus.
Er sieht sich die drei Noctards an, die ihm den Weg versperren. Sie haben gelbe Augen und eine bläßliche Haut unter der brüchigen Kruste ihrer Kriegsbemalung. Sie machen ihm überhaupt nicht angst. Es sind jämmerliche Noctards. Neue offenbar, die weder die Gewohnheiten noch die wirklichen Kräfteverhältnisse in diesem Viertel der Z. U. P. kennen. Sie sind bestimmt erst kürzlich in der Zone aufgetaucht, weil sie meinen, sie könnten hier noch was abstauben.
»Na?« brüllt der kleine Anführer.
Mit der gleichen Bewegung ziehen alle drei ihre Schnappmesser. Es klackt. Es blitzt auf. Wie im Kino.
Sie gehen einige Schritte auf Rafael Artigas zu.
Das Hitzegefühl in der Magengrube hat sich aufgelöst. Er ist innerlich wieder kalt, ganz geschmeidig. Die Oktobersonne sticht ihm auf die Haut. Er hört das wahnsinnige Gepiepse der Singvögel im dichten Gebüsch um die verlassene Kirche Saint-Germain-des-Prés.
Es ist absurd, aber er denkt plötzlich an Apollinaire. Früher war hier ein kleiner Park und in der Mitte des Parks eine Büste von Guillaume Apollinaire. Er hat oft auf einer der Bänke dieses Parks gesessen. Das ist lange her, Jahrzehnte, als das Apollinaire-Denkmal noch nicht aufgestellt war. Er hat schon alles mögliche gesehen. Nach einer durchzechten Nacht in den Bars der Rue Dauphine hat er dort Boris Vian Trompete spielen hören. Das war lange vor den Ereignissen, gleich nach dem Zweiten Weltkrieg. Es war schneidend kalt. Boris Vian hatte den Mantelkragen hochgeschlagen, und er hatte uns vergessen. Der zerreißende Ton seiner Trompete hatte Blasen von Einsamkeit um jeden von uns entstehen lassen.
Er schüttelt den Kopf. Ein andermal wird er erzählen, was ihm alles in diesem Park passiert ist. Das Gespräch mit Georges Bataille zum Beispiel. Im Augenblick fragt er sich nur, ob die Büste von Guillaume Apollinaire immer noch da ist, unsichtbar, hinter den Zweigen verborgen, mitten in dem buschigen und wilden Dickicht, das auf dem einst gepflegten Park gewachsen

ist, da ja die Natur, wie man so schön sagt, im Laufe dieser Jahre ihre Rechte wiedergewonnen hat.
Aber die drei Noctards machen einen weiteren Schritt auf ihn zu.
Er weicht zurück, als sei er von dem männlichen Schein dieser drei kaputten Typen beeindruckt. Und dann, mit einem Ruck, dreht er sich um und rennt los.
Einige Sekunden später hört er sie hinter sich aufheulen. Das Tempo seiner Flucht muß sie überrascht haben. Und jetzt wetzen sie hinter ihm her.

Die Esplanade vor der Kirche ist von Gras überwuchert. Der Asphalt ist aufgeplatzt, die losen Pflastersteine wurden weggeschleppt, 68 für den Bau von Barrikaden, dann für alle möglichen Basteleien und Geschäfte.
Aber unter dem Pflaster war nicht der Strand: da war Schlamm.
In der Mitte des leeren Raumes, rund um die verbogenen und verrosteten Trümmer eines Leuchtpfostens, wachsen einige Akazien. Die Häuser um den Platz haben während der Ereignisse gebrannt. Die Fassaden sind scheinbar noch intakt, aber dahinter ist es leer und schwarz vom Feuer. Die Kirche dagegen ist in bestem Zustand, sie steht wie in den wahrhaft alten Zeiten inmitten von Wiesen und Bäumen. Es ist lange her, daß die Anarchisten der Kolonne Durruti sich aus der Kirche zurückgezogen haben, deren Pfarrhaus 1968 das Hauptquartier von Eleuterio Ruiz und seiner Männer war. Jetzt kommen manchmal Gruppen junger Christen und veranstalten dort wilde Messen. Es finden sich nicht allzuviel Leute ein, muß man schon sagen, aber sie haben sicher ihren Spaß, das ist auch schon was.
Das Gelände vor der Kirche ist holprig, voller Schlammlöcher. Man muß es kennen, wenn man sich nicht beim Hinüberrennen das Genick brechen will. Aber der Spanier, genannt Rafael Artigas, kennt seit langem jede Ecke dieses Geländes.
Die drei Noctards verfolgen ihn brüllend. Schön blöd. Erstens kommen sie schneller außer Atem. Und zweitens kann er durch ihre Stimmen den Abstand ermessen, der ihn noch von ihnen trennt, ohne sich auch nur umdrehen zu müssen. Schon an dieser

Kleinigkeit sieht man, daß es sich um Laien handelt. Um Amateure.

Artigas überquert den Platz diagonal, weicht den Wasserlöchern, den Schlammlöchern, den plötzlichen Bodensenkungen aus. Er kommt ganz gut zurecht für einen alten Idioten. Die Ellbogen am Körper, seinen Laufschritt je nach den Unebenheiten verlängernd oder verkürzend, seine Atmung kontrollierend könnte er jahrhundertelang so laufen. (Gut, ich übertreibe ein bißchen. Es ist die Freude am Laufen, die Lust am Erzählen, die mich dazu bringen, alles mögliche zu sagen.)

Links flitzen zwei Ratten vorbei, durch den Lärm der Verfolgung bei ihrer morgendlichen Kopulation gestört.

Die ehemalige Rue de Rennes endet an der Esplanade. Eine ländliche Perspektive, verlassen und grün. Bevor Artigas nach rechts einbiegt, wirft er einen Blick auf das bukolische Bild der Rue de Rennes. Sie wird durch die dunkle Masse der Mauer einige hundert Meter weiter an der Kreuzung der Rue d'Assas versperrt. Dahinter sieht man die Tour Maine-Montparnasse in der Herbstsonne funkeln. Auf der Hochtrasse des Boulevard Raspail, die von einer kugelsicheren Plexiglaskuppel geschützt wird, gleiten ständig wellenweise Autos in alptraumhafter Stille dahin.

Komisch, diese Unruhe, die man auf der anderen Seite der Mauer ahnt.

Aber er hat keine Zeit, darüber zu lachen, wie man eigentlich müßte. Er ist am Ende – am Ziel – seiner Scheinflucht angekommen: an einem der noch benutzbaren Eingänge der ehemaligen Tiefgarage des Boulevard Saint-Germain. Auf dem Mittelstreifen, der früher die Straße von der parallelen Allee trennte, steht immer noch die Telefonzelle. Ihr Stahlgerüst jedenfalls. Witzbolde haben dort vor einiger Zeit ein mit Flitterkram behängtes Gerippe befestigt, das da schaukelt.

Wegen der Anordnung der Stufen ist Artigas gezwungen, sich umzudrehen, als er auf die Treppe springt, die in die Tiefe der ehemaligen Garage führt. Er hebt die Augen und kann feststellen, daß seine Verfolger immer noch dreißig Meter entfernt sind. Sie sind während des Rennens zurückgeblieben. Einer von ihnen muß sogar hingefallen sein, er hinkt offensichtlich. Artigas stürzt sich in das klaffende Loch, auf die glatten, schon ziemlich lockeren Stufen aus grauem Zement, die sich in den Tiefen verlieren.

Der Irrgarten unterirdischer Gänge in der ehemaligen Tiefgarage ist eine Hölle von Pestilenzen. Eines bereits fernen Tages sind die Benzinbehälter der Tankstelle in die Luft geflogen. Dutzende von verrosteten, vom Feuer verbogenen Autowracks liegen an den feuchten Wänden. Ein spärliches, viskoses Licht dringt durch einige der von den Explosionen aufgerissenen Breschen. In diesem Halbdunkel ahnt man riesige Müllhaufen, Abfälle aller Art, unsägliche Anhäufungen, von denen ein erstickender Gestank ausgeht. Damit er nicht überhand nimmt, sind die wenigen Bewohner der anliegenden Häuser gezwungen, regelmäßig ganze Müllhaufen zu verbrennen. An solchen Tagen dringt ein schwarzer, höllischer Rauch aus den Eingeweiden des Boulevards.

Die anderen auf dem Gebiet der Commune de la Rive Gauche gelegenen Tiefgaragen werden jetzt für verschiedene Zwecke verwendet, da es fast keinen Autoverkehr mehr gibt. So ist zum Beispiel die der Rue Soufflot eine unterirdische Nekropole geworden. Die der Place Saint-Sulpice ist, mit barockem Luxus ausgestattet, das berühmteste Bordell Westeuropas geworden. Die Bande der Korsen hat es eingerichtet und verwaltet es, seitdem sie nach und nach die Hebel der nächtlichen Gewalt wieder übernimmt, unter Ausnutzung der Auflösung der Commune und der geheimen Hilfe des Nachrichtendienstes.

Die Tiefgarage des Boulevard Saint-Germain dagegen hatte aufgegeben werden müssen. Im Laufe der Kämpfe vom Sommer 68 hatte sie den Selbstverteidigungsgruppen der Volksmiliz als Operationsbasis gedient. Aber die Rückeroberung der Gebäude der neuen Medizinischen Fakultät durch die Ordnungskräfte und der Bau der Mauer hatten die Position bald unhaltbar gemacht. Eine Zeitlang hatten die von den Explosionen aufgerissenen unterirdischen Gänge Noctardbanden als Unterschlupf gedient. Heute, wo das höllische Labyrinth den stinkigen Ausdünstungen überlassen ist, beherbergt es nur noch todkranke Clochards, die so schwach sind, daß sie das Tageslicht nicht mehr ertragen können. Sie kommen hierher, in das schützende, feuchte Halbdunkel, und lassen sich von den Ratten auffressen.

Rafael Artigas (so wollen wir ihn der Bequemlichkeit halber nennen, obwohl es sich nur um ein Pseudonym handelt), Artigas also ist an den vom Feuer verbogenen Autowracks entlanggerannt. Etwa in der Mitte des Ganges versteckt er sich hinter dem verkohlten Blech einer großen Limousine. Er zieht langsam an dem Reißverschluß seiner Lederjacke. Die Smith and Wesson 11,43 ist da, ganz warm im Spezialhalfter unter seiner linken Achsel. Er packt den polierten Griff des Revolvers. Er löst die Trommel mit einem Daumendruck. Die sechs Kammern sind mit Elfmillimeterpatronen bestückt. Er schiebt die Trommel wieder zurück. Er streckt sich auf der zerbeulten Motorhaube des Autos aus und richtet die Waffe auf das Ende des Ganges, wobei er sich auf seinen linken Unterarm stützt.

Dahinten tauchen schon die Noctards auf, in dem blaugrünen Licht, das dort, wo die Explosion der Tankstelle einen Krater in die Fahrbahn des Boulevard Saint-Germain gerissen hat, einfällt.

Sie bewegen sich vorsichtig voran, den mit dem Messer bewaffneten Arm nach vorne gestreckt. Artigas hört ihr Flüstern. Die armen Trottel sind in die Falle gegangen.

Plötzlich scheint der Zementboden der Garage auf kaum wahrnehmbare Weise zu erbeben. Hunderte von Ratten kommen aus der Tiefe des Ganges, eine kompakte Masse, eine trippelnde haarige Welle, in der nur die rötlichen Punkte der Augen funkeln.

Das brandet heran mit dem Geräusch von Hagel, einer Art dumpfem Keuchen, durchsetzt mit schrillem Gequietsche. Hunderte von Ratten, tausende vielleicht.

Maxime du Camp zufolge – dessen sechsbändiges Werk *Paris, ses organes, ses fonctions et sa vie dans la seconde moitié du XIX^e^ siècle* eine sehr aufschlußreiche Lektüre ist, wenn man den anfänglichen Widerwillen überwindet, den ein so abscheulicher, in seinem Haß auf die Communarden von 1871 so frenetischer Autor unweigerlich hervorrufen muß – ist die Spezies, die man in der ehemaligen Hauptstadt Frankreichs antrifft, nicht autochthon. Es ist eine tartarische Ratte, die, während einer Trockenperiode von außergewöhnlicher Hitze aus den kirgisischen Steppen vertrieben, in Europa eingedrungen ist, nachdem sie im Sommer 1766 schwimmend die Wolga durchquert hat. In Frankreich

angekommen, sagt Maxime du Camp mit der überraschenden Sicherheit des Spezialisten oder Augenzeugen, fraßen die tartarischen Ratten alle heimischen Ratten auf, die jedoch ihrerseits ebensowenig autochthon waren. Das antike Europa soll nämlich nur die Maus gekannt haben: *ridiculus mus*. Die Ratten sind Barbaren, deren erste Invasion auf das 12. Jahrhundert zurückgeht. Diese ersten Ratten sind wahrscheinlich auf den aus Palästina heimkehrenden Kreuzritterschiffen zu uns gekommen. So scheint es also eine Gewohnheit der Spezies zu sein, auf Kriegsschiffen die Meere zu überqueren. Stammte denn nicht auch die Maus von Alice von einem Urahnen ab, der auf einem Schiff von Wilhelm dem Eroberer den Ärmelkanal überquert hatte?
Wie dem auch sei, die Ratten, die heute im Gang der ehemaligen Tiefgarage heranrücken, kommen bestimmt nicht aus Palästina, noch aus der Karakumwüste, wie ihre mutmaßlichen Vorfahren des 12. und 18. Jahrhunderts. Sie kommen ganz banal aus dem ehemaligen Bauch von Paris. Als die Ordnungskräfte die Kontrolle über die Viertel des Zentrums zurückgewonnen hatten, indem sie die Commune von Montmartre von der der Rive Gauche isolierten, bevor sie erstere unterwarfen, waren die Hallen zerstört worden. Die Regierung wollte einerseits die Erinnerung an die Feste und Versammlungen auslöschen, die damals riesige, von der Illusion mobilisierte Mengen unter die Pavillons von Baltard hatten strömen lassen, andererseits sollte die Zerstörung der Hallen den Bau eines dichten Netzes offizieller Gebäude ermöglichen, die von ergebenen und braven Beamten bewohnt sein sollten.
Jedenfalls waren die Ratten, sobald die Arbeiten begonnen hatten, abgezogen. Die meisten von ihnen waren nach Rungis emigriert und damit der endgültigen Verlegung der Hallen zuvorgekommen. Aber bestimmte Horden hatten lediglich die Seine überquert und sich in den verlassenen Tiefgaragen der Z.U.P. des Südens niedergelassen. Das vorübergehende völlige Verschwinden der Müllabfuhr in dieser Zone hatte eine für diese Invasion günstige Umgebung geschaffen.
Aber die Ratten, die heute in dem unterirdischen Gang des Boulevard Saint-Germain heranrücken, sind sehr ruhige Ratten. Sie sind nicht auf der Jagd. Der Geruch von Blut hat sie nicht

erregt. Sie wandern nur einfach. Das ist eine Migration von Ratten, die in einem hartnäckigen Trippeln ihr Territorium wechseln.
Rafael Artigas ist auf das Autowrack geklettert, um sie vorbeiziehen zu lassen.
Die jungen Noctards, die ihn bis in die Tiefgarage verfolgt haben, sind sichtlich nicht an Rattenmigrationen gewöhnt. Sie erstarren beim Anblick der bräunlichen Flut, die auf sie zu rollt. Artigas hört sie vor Entsetzen schreien. Zwei von ihnen machen auf dem Absatz kehrt und fliehen in Richtung Treppe. Der dritte ist offensichtlich so verschreckt, daß er wie versteinert stehenbleibt. In letzter Sekunde, als die spitzen Schnauzen der ersten Ratten der Vorhut fast seine Knöchel berühren, springt er auf das Dach eines Wagens.
Hoffen wir, daß er sich ruhig verhält, dieser Kretin! Wenn er durch irgendeine unbedachte Bewegung Aufmerksamkeit erregt, werden irgendwelche Aufklärer seinen Körper wittern. Er wird Angst bekommen, er wird vielleicht gegen irgendeine vereinzelte Ratte sein Messer ziehen. Der Geruch des Bluts wird dann alle Jagdinstinkte dieser vollgefressenen Horde wecken, die friedlich zu einem Territorium trippelt.
Aber der junge Noctard rührt sich nicht.

Die Ratten sind jetzt vorüber. Es waren wirklich sehr viele. Das ist drei ganze Minuten lang vorbeigeflutet.
Artigas läßt dem Noctard nicht die Zeit, wieder zur Besinnung zu kommen. Er zielt auf das Autowrack, auf das der andere gesprungen ist, und schießt in seine Richtung.
Das Mündungsfeuer der Smith and Wesson blitzt auf, und die Detonation hallt lange nach.
Artigas wechselt schnell die Stellung, indem er in einem anderen Autowrack Deckung sucht und sich so dem jungen Noctard nähert. Dann schreit er in die wieder eingetretene Stille:
»Schmeiß das Messer auf den Zement, direkt vor dich hin, daß ich es fallen höre.«
Der kleine Typ gehorcht fast sofort. Nach dem Vorbeiziehen der Ratten hat der Schuß, dessen Einschlag er ganz nahe gefühlt haben muß, seine Angriffslust schließlich gedämpft.

Artigas redet weiter:
»Komm raus aus dem Schatten, mit erhobenen Händen! Und keine Bewegung!«
Der andere gehorcht wieder.
Er tritt mit erhobenen Händen von dem Auto weg. Er läuft bis zu der vom grauen Tageslicht erhellten Zone. Dort bleibt er reglos stehen.
Artigas rennt auf ihn zu, die Waffe auf ihn gerichtet, ohne ihn aus den Augen zu verlieren. Dabei hebt er das Messer auf, das der junge Noctard auf den Boden des Ganges geworfen hat.
Artigas drückt ihm den Lauf der Waffe in die Magengrube. Es ist der kleine Anführer, der in die Falle gegangen ist. Er sieht weniger strahlend aus als vorhin. Er starrt auf den langen Lauf der Smith and Wesson, den Artigas mit einer aggressiven roten Mennigefarbe überzogen hat, denn das ruft alte Erinnerungen wach.
Mit einer Geste gibt Artigas dem von Panik gepackten kleinen Typ zu verstehen, daß er zur Ausgangstreppe gehen soll. Der andere bewegt sich unsicher vorwärts. Er dreht sich halb um, ängstlich, und fängt an, die losen Stufen hinaufzusteigen. Auf dem letzten Treppenabsatz, im vollen Tageslicht, zwingt Artigas ihn, sich umzudrehen. In der linken Hand hält er jetzt den Revolver, in der rechten das Messer. Er fährt mit der Klinge sanft über das bemalte Gesicht des jungen Noctard. Plötzlich drückt er die scharf geschliffene Messerspitze auf jede seiner Wangen unterhalb der Backenknochen: die Farbschicht platzt, ebenso die Haut. Blut rinnt in roten Tautropfen über den kreideweißen Teint.
Mit aufgerissenen Augen schlägt der Noctard um sich.
»Hier, Krieger!« sagt Artigas zu ihm. »Die Bluttaufe! Jetzt bist du ein echter Indianerhäuptling.«
Der andere drückt sich weiterhin mit ausgestreckten Armen an die rauhe Zementmauer. Ein aufgespießter Schmetterling. Seine Lippen zittern, seine Augen werden feucht.
»Heul nicht, Kleiner«, sagt Artigas zu ihm. »Du bist ein Mann, vergiß nicht: ein echter wandelnder Phallus.«
Mit der Messerspitze zerfetzt Artigas den Stoff der Hosen des kleinen Anführers in der Leistengegend. Er zerwühlt die Beule dieser künstlichen und provozierenden Männlichkeit. Er säbelt

und schneidet darin herum, reißt den Klumpen zusammengerollter Stoffreste heraus, die dem Noctard den vorteilhaften Flair eines jungen Weiberhelden und Gockels verliehen. Natürlich kann Artigas während der Operation nicht vermeiden, daß die Spitze seines Messers die Haut des anderen hier und da bis aufs Blut ritzt.
Das Geschlecht des jungen Noctard kommt zum Vorschein, von der scharfen Kälte der Klinge, mit der Artigas über die Attribute seiner Männlichkeit streicht, zusammengeschrumpelt.
Artigas hebt mit der Schneide des Messers das kleine Stück jämmerliches Fleisch hoch.
»Du bist gerade gut zum Fliegenficken, Kleiner!« sagt Artigas zu ihm.
Der andere heult jetzt vor Wut, gedemütigt durch dieses Simulakrum einer Entmannung. Seine Tränen bilden ekelhafte Rinnen in der Farbschicht, die sein Gesicht bedeckt.
»Hau ab!« sagt Artigas zu ihm und schiebt ihn weg.
Der andere ist überrascht, daß er so glimpflich davonkommt. Aber er verlangt keine Erklärungen. Er haut ab.
Der Mann mit dem weißen Haar, der sich in dieser Erzählung Rafael Artigas nennen läßt, klappt die Klinge des Messers wieder zu. Er steckt es in seine Jackentasche und schiebt die Smith and Wesson 11,43 wieder in ihr Halfter.
Er zündet sich eine Zigarette an.
All das deprimiert ihn.
Er fragt sich, ob er sein Vorhaben, bis zur Cité zu gehen, nicht aufgeben soll, ob er nicht ganz einfach nach Hause gehen soll, um den Rest des Vormittags zu schlafen.
Das ist bestimmt das beste.

Dabei hatte der Tag doch gar nicht so schlecht angefangen.
Er war schlagartig aus dem Schlaf gerissen worden, mit klarem Kopf, einer unmittelbaren, schrillen, scharfen Glücksempfindung. Er war aufgewacht, besser noch, im Wachzustand, aufmerksam, die Welt beobachtend.
Es war sieben Uhr morgens.
Aber dieser Eindruck von Klarheit rührte nicht nur von einer ungewohnten körperlichen Leichtigkeit her. Das war nicht das Wesentliche, keineswegs. Das Wesentliche war, daß er aus der

Unentschlossenheit der letzten Tage herauskam. Er wußte jetzt, was zu tun war, ganz eindeutig. Er mußte die Z. U. P. für immer verlassen. Er würde es tun. Er würde nach Hause gehen. »Ich gehe nach Hause«, hatte er gedacht. Er mußte sofort lächeln. »Nach Hause«, das war übertrieben, zumindest zweideutig. Er hatte verbessert. »Vielleicht nicht nach Hause«, hatte er gedacht, »ins Land meiner Kindheit jedenfalls.« Genau, die Kindheit. Natürlich waren Bilder herangeströmt wie lebhaftes, belebendes Blut. Noch heute morgen würde er in die Cité zum Polizeipräsidium gehen, um die Ausweispapiere anzumahnen, die er brauchte und die er schon verdammt lange zu erhalten versuchte.

Die Île de la Cité war in den Händen der Ordnungskräfte geblieben, weil es den Communarden nicht gelungen war, sie daraus zu vertreiben, selbst auf dem Höhepunkt der Bewegung, bevor ihr Territorium wie ein Chagrinleder schrumpfte, bis es zu jener eingezwängten Z. U. P. am linken Ufer wurde. Um diese im Zentrum eines aufständischen Paris verankerte Flußfestung zu verteidigen, hatte General Bigeard eine Luftbrücke von schweren Hubschraubern organisiert, ein richtiges betäubendes Karussell, das die Aufständischen niemals ganz hatten unterbrechen können, aus Mangel an geeigneten Luftabwehrwaffen. Schließlich hatten die Vereinbarungen von 1973 zwischen der Versailler Zentralregierung und der sich in voller Auflösung befindlichen Commune entmilitarisierte freie Landzugänge zur Île de la Cité garantiert.

Dank diesen Vereinbarungen – die, wie jeder weiß, unter dem Namen Abkommen von Trianon bekannt sind – waren die auf dem Territorium der Commune wohnenden Ausländer, die einen Paß oder ein Visum erhalten wollten, gehalten, ihre Situation auf ihren Konsulaten und auf dem Polizeipräsidium zu regeln, das auf diese Weise einen guten Teil seiner einstigen Vorrangstellung wiedergewann.

Ungefähr ein Jahr vor dem Tag, der Gegenstand dieser Erzählung ist, gegen Ende des Sommers 1974 also, hatte Artigas die notwendigen Schritte zur Wiederfindung seiner Identität eingeleitet. Das war nicht leicht gewesen. Er selbst besaß nämlich nur noch Papiere, die von den verschiedenen Behörden der Commune auf den Namen Rafael Artigas ausgestellt waren, ein

Pseudonym, unter dem er seine Vergangenheit hatte auslöschen wollen. Aber auf dem Präsidium – das zumindest versicherte Fräulein Rose Beude, eine der stellvertretenden Leiterinnen der Ausländerbehörde, als er bis zu ihr vordrang, nach einer wochenlangen trostlosen Wanderung durch das Labyrinth des Präsidiums, einer Wanderung, deren einzige offensichtliche Logik und vielleicht einziger Sinn, bei dem unaufhörlichen Hin und Her, dem zusammenhanglosen Kommen und Gehen, darin bestand, daß sie ihn langsam, aber unerbittlich in immer höhere Etagen des Präsidiumsgebäudes führte, als wenn die Tatsache, daß er ohne Unterlaß alle diese Steinstufen erklommen hatte, die von den resignierten Schritten Tausender anonymer und oft verängstigter Bittsteller abgewetzt waren, materiell die Wahrheit der höheren bürokratischen Sphären ausdrückte, der einzigen zweifellos, die in einem Fall wie dem seinen von Verlust oder Fehlen überzeugender Identität entscheiden konnten, einem Fall, dessen Kompliziertheit ihm alle Vorsteher, von der ersten Empfangsdame des ersten Empfangsbüros an, mit einem zurückhaltenden Nicken vorausgesagt hatten, wobei sie ihn baten, immer detailliertere und absurdere Formulare auszufüllen, deren immerhin gedruckte Fragen keine andere Funktion zu haben schienen als die, seinem Gedächtnis oder seiner Wahrheitstreue Fallen zu stellen, Widersprüche, und seien sie auch noch so winzig, hervorzurufen zwischen den aufeinanderfolgenden Antworten, die er im Laufe der Tage und je nach den bürokratischen Launen lieferte – auf dem Präsidium, wie dem auch sei, schien man seine Akte offenbar verloren zu haben. Oder genauer: beim letzten Versuch der Communarden, die Befestigungsanlagen der Cité zu bezwingen, schien seine Akte während der von einer Rakete im Archiv verursachten Feuersbrunst fast vollständig verbrannt zu sein.

Artigas hatte Fräulein Rose Beude angesehen, eine glatte und polierte, bleiche, offensichtlich distanzierte Frau, deren blaugrüne Augen jedoch zeitweilig in einer merkwürdigen Erregung aufflackerten.

»Im Grunde«, hatte er gesagt, »muß man am Anfang anfangen. Ich muß beweisen, daß ich wirklich ich bin.«

Die stellvertretende Leiterin der Ausländerbehörde hatte zustimmend genickt.

»Genau«, sagte sie. »Wir müssen formal feststellen, daß Sie nicht ein anderer sind.«
Er hätte beinahe gesagt, daß das zuviel verlangt sei, daß man immer mehr oder weniger ein anderer sei. Aber er hatte sich rechtzeitig zurückgehalten, da er ja noch nicht wußte, ob Fräulein Rose Beude einen Sinn für metaphysischen Humor hatte.
»Gut«, hatte er gesagt, »versuchen wir es.«
Und er versuchte es seit vielen Monaten bis heute ohne definitiven Erfolg. Aber an diesem Vormittag würde er nachhaken, denn dank Anna-Lise hatte er Papiere wiedergefunden, die ihm beweiskräftig erschienen.
Genau das würde er heute tun: sich mit diesen Dokumenten auf das Präsidium begeben.
Kurz nach sieben Uhr hörte er, daß Anna-Lise sich in der Wohnung regte. Er rief nach ihr. Die junge Frau machte die Zimmertür auf. Sie trat ein. Sie war nur mit einem langen Pullover aus weicher Wolle bekleidet. Anna-Lise hatte die Gewohnheit, niemals ganz angezogen zu sein. Glücklicherweise war die Wohnung geheizt. In den letzten Wochen hatte es keinen größeren Konflikt zwischen der Commune und der Versailler Zentralregierung gegeben. Wenn es zu einem Konflikt kam, unterbrachen die Versailler während der Dauer der Verhandlungen die Wasser- oder Gas- oder Elektrizitäts- oder Lebensmittelversorgung. Das war ein wirksames Druckmittel. Aber diesen Herbst hatte es keinen Konflikt gegeben. Die Wohnung war geheizt. Anna-Lise ging immer halbnackt darin umher.
Sie war vor einem Monat in seine Existenz eingebrochen. Auf die einfachste Weise der Welt übrigens: indem sie an der Tür klingelte.
Seit die Fenster zum Boulevard hatten vernagelt werden müssen, hatte Artigas sein Arbeitszimmer in einem Raum zum Hof hin eingerichtet, der früher ein Eßzimmer gewesen war. Er hatte die Klingel gehört, er hatte den Mittagshimmel betrachtet. Es war schönes Wetter. Dann, im Vorraum, als er sich gebückt hatte, um seinen Besucher durch den Spion zu identifizieren, hatte er zum erstenmal die eingravierte Firmenmarke auf der beweglichen Kupferscheibe bemerkt, die man herunterschieben konnte, um dieses wachsame Auge blind zu machen. Doch der Spion war

Jahre früher, lange vor den Ereignissen angebracht worden. Aber er hatte diese Inschrift niemals bemerkt: *Cyclope*. Es war ein Spion der cyclopischen Marke, darüber mußte er lächeln. Durch dieses einzige Kupferauge in der von einem System von Stangen und Riegeln fest verstärkten Tür hatte er Anna-Lise gesehen. Anders gesagt, er hatte eine unbekannte, zierliche und blonde junge Frau gesehen, die blau gekleidet war und eine schwere Reisetasche über der Schulter trug.
Hätte er Anna-Lise die Tür aufgemacht, wenn diese allein im Treppenflur gestanden hätte? Eine akademische und vielleicht müßige Frage, denn Anna-Lise war eben gerade nicht allein. Sie war in Begleitung von Karin, die die Buchhandlung *Calligrammes* in der Rue du Dragon führte. Deshalb hatte Artigas die Tür aufgemacht.
Wieso hatte eigentlich die Buchhandlung *Calligrammes* den Sturm dieser Jahre überlebt? Artigas hatte sich diese Frage nie gestellt. Er konnte sie also auch nicht beantworten. Aber die auf deutschsprachige Publikationen spezialisierte Buchhandlung war immer offen geblieben, selbst beim Höhepunkt der Ereignisse von 68.
In dieser einst so lebendigen, an Geschäften und Läden aller Art reichen Straße, einer der letzten Straßen des 6. Arrondissements, wo man noch Anfang der sechziger Jahre Holz-Getränke-Kohle-Läden finden konnte – von denen einer, der Herrn Mézy, einem unermüdlichen, melancholischen und schnurrbärtigen Auvergner gehörte, sich unter dem Schild *À l'ancien Mineur* anzeigte –, ebenso einen Schlosser, eine Klempnerei, einen Glaser, Kurzwarenläden, Fleischereien, Fischstände, Bilderrahmen- und Stuhlflechterläden, Hosenschneider und Milchhändler, und sicher vergesse ich noch etwas, in dieser also einst so lebendigen Straße gab es nur noch zwei offene Läden. Den einen auf dem Bürgersteig der ungeraden Nummern, eben jenen Buchladen *Calligrammes*. Hier wurde Handel mit Büchern und Ideen betrieben. Auf dem anderen, mit den geraden Nummern, trieben, unter dem Vorwand von Massagen und Pedi- oder Maniküren, ganz junge Frauen aus Südostasien Handel mit ihren Reizen, die unbestreitbar waren und von einer Kundschaft beiderlei Geschlechts sehr geschätzt wurden. Dieser Handel war erst 1973 eröffnet worden, zwei Jahre vor dem Datum der in dieser

Erzählung getreu aufgezeichneten Ereignisse. Das war übrigens nicht problemlos abgegangen. Der Promotor des Geschäfts, ein ganz junger Eurasier von seltener Schönheit, hatte lange mit der kleinen spanischen Gemeinschaft verhandeln müssen, die in diesem Viertel wohnte und nach kollektivistischen Regeln lebte.

Der Eurasier war bereit, einen guten Preis zu zahlen, wenn er dafür über eines der verlassenen Gebäude der Rue du Dragon verfügen konnte. Er hatte sein Auge auf ein kleines Stadtpalais im Hintergrund eines Hofes geworfen, das offenbar vor den Ereignissen einem bekannten Dichter gehört hatte. Das Haupthindernis für diese Abtretung war von den Frauen des hispanischen Kollektivs errichtet worden, die diese sehr beunruhigende libertinöse Nachbarschaft sicher als gefährlich für ihre quasi matriarchalische Vorherrschaft ansahen. Natürlich hatten sie den eigentlichen Grund ihres Widerstands hinter ideologischen Alibis eines ebenso empörten wie tugendhaften Gewissens versteckt. Konnte man, riefen sie, die verpesteten Keime der bürgerlichen Dekadenz in eine revolutionäre Gemeinde hereinlassen? Konnten sie als freie Frauen eines freien Kollektivs es zulassen, daß sich auf ihrem Territorium jener bösartige Tumor der sexuellen Versklavung der Frau entfaltete?

So gestellt hatte die Frage endlose Diskussionen auf den .Versammlungen am Sitz der Commune des Viertels hervorgerufen, der in den Räumen eines 1968 von den Anarchisten der Kolonne Durruti beschlagnahmten ehemaligen amerikanischen Kulturzentrums eingerichtet worden war.

Sechs Monate lang hatte der Eurasier als zäher und geschickter Dialektiker in kleinen Komitees mit den gewählten – und, wie wir nach unseren Klassikern wußten, immer abrufbaren – Sprechern der Commune diskutiert, aber auch in offenen Versammlungen mit der gesamten spanischen Bevölkerung des Viertels, zu denen er in einem sehr löblichen Bemühen um direkte Demokratie eingeladen worden war.

Er hatte sie schließlich überzeugen können, der Eurasier. Seine Argumentation war, genau genommen, sehr folgerichtig. Konnte man an die Möglichkeit des Sozialismus in einem einzigen Viertel glauben, argumentierte er, nachdem es der Mairevolution aufgrund der Intervention der beiden Super-

mächte nicht gelungen war, sich in Europa oder auch nur in ganz Frankreich durchzusetzen? War das nicht eine utopische Sicht, die unter dem Vorzeichen doktrinären Starrsinns nur dazu dienen würde, einer neuen bürokratischen Macht den Weg zu ebnen? Nur der Realismus ist revolutionär, sagte der Eurasier, nur die Wahrheit. Und die Wahrheit zwingt uns festzustellen, daß wir weder die Gesetze des Markts noch die Ungleichheit des bürgerlichen Rechts völlig haben abschaffen können. Wir sind in einer Übergangsperiode und demnach in einer Periode historischer Unreinheit. Machen wir also eine konkrete Analyse dieser konkreten Situation, sagte der Eurasier, der sich übrigens ganz flüssig auf Kastilisch ausdrückte, weil er diese Sprache im Laufe der monatelangen Diskussionen gelernt hatte, ohne daß es ihm jedoch gelang, das *r* richtig auszusprechen. Was sehen wil in unsle Umgebung? Eine Gemeinschaft, wo die Flauen aus ganz pläzisen histolischen und gesellschaftlichen Glünden wenigel zahlleich sind als die Männel. Zul Übelwindung del latenten sexuellen Misele – die ein kontellevolutionälel Faktol ist, velgessen Sie es nicht! – gibt es nul zwei Lösungen: entwedel die Einlichtung einel totalen sexuellen Gemeinschaft dulch die ladikale Aufhebung jedel plivaten Aneignung del Lust, und das ist, wie Sie genau wissen, gegenwältig noch undenkbal: odel die Wiedelhelstellung des individuellen und käuflichen Zugangs zul Lust – eine Alt N.E.P. del Sexualität im Glunde, sagte der Eurasier – als einzige Möglichkeit, einen Klieg del Männel unteleinandel zu velmeiden, einen Klassenklieg del Männel um die Kontlolle des Flauenmalkts. So ist also, beendete er seine Ansprache, mein Lustetablissement – das wegen seinel Duschbädel auch einen utilitälen und hygienischen Aspekt enthält! – leaktionäl zwal, wenn man es nach abstlakten Klitelien beulteilt, die einzige foltgeschlittene demoklatische Lösung fül das existielende Ploblem, wenn man es untel dem Blickwinkel einel konkleten Analyse betlachten will.
Schließlich also hatte der Eurasier sie überzeugt. Aber die Frauen der spanischen Gemeinde des Dragon-Viertels hatten in ihrer unbewußten Treue zur geheimnisvollen Vorschrift der Exogamie eine Bedingung erreichen können: nur Männer außerhalb des lokalen Kollektivs sollten Zugang zu dem luxuriösen Lupanar haben, wo köstliche Mädchen mit dunklem Teint und langen

Schülerinnenzöpfen kambodschanische Massage, thailändische Dusche und die universale Fellatio anboten. Jeder männliche Bewohner der spanischen Gemeinde des Dragon würde ausgeschlossen, wenn er sich einfallen ließe, den *Lotus d'Or* zu besuchen. Kurz, wie ein alter Pariser Kunstschmied sagte, der in der Rue du Sabot geblieben und trotz seiner Nationalität und wegen seiner guten proudhonschen Gesinnung zum Vollmitglied besagter Gemeinde gewählt worden war, »Unsereins muß sich den Kalbsfuß eben woanders einschäumen lassen«.
Wie dem auch sei, und um auf unser Thema zurückzukommen, die Buchhandlung *Calligrammes* war offen geblieben.
Artigas hatte die Gewohnheit, regelmäßig dort vorbeizugehen. Er blätterte in alten und neuen Büchern und plauderte dabei mit Karin. Dieser war es nach dem Bau der Mauer, die die Commune de la Rive Gauche isolierte, gelungen, weiterhin Bücher aus Deutschland kommen zu lassen, wozu sie alle möglichen Mittel benutzte, einschließlich legaler Mittel. Bis 1973, wo sich die Situation annähernd normalisiert hatte, war *Calligrammes* also einer der Orte der Z.U.P. gewesen, wo man einen Kontakt mit dem kulturellen Leben der Außenwelt behalten konnte. Freitags abends, nach Ladenschluß, bot man dort den Stammkunden ein Glas an, und die Gespräche im Hinterzimmer gingen manchmal bis tief in die Nacht hinein.

An jenem Morgen also, vor einem Monat, als es an der Tür geklingelt hatte, sah Artigas Karin in Begleitung einer unbekannten zierlichen und blonden Frau, die einen mit Schafwolle gefütterten blauen Mantel trug.
Er hatte aufgemacht.
»Ich stelle Ihnen Anna-Lise vor«, hatte Karin gesagt.
Sie sprach natürlich das *e* am Ende aus. Nur Franzosen können so verdreht sein, daß sie sich weigern, Buchstaben, ja sogar ganze Gruppen von Buchstaben auszusprechen, obwohl sie klar und deutlich dastehen, oder daß sie verschieden geschriebene Sachen gleich aussprechen. Daher sprach Karin, in richtiger phonetischer Logik, das *e* von Anna-Lise aus, aber sie sprach es sanft aus, da der Akzent nicht auf diesem *e* am Ende lag, sondern natürlich auf dem vorangehenden *i*.
Karin stellte ihm Anna-Lise vor und fügte sofort hinzu:

»Sie kommt aus Budapest, nur um Sie zu besuchen! Lukács schickt sie zu Ihnen!«
Artigas wäre fast wütend geworden.
Lukács war ja seit Jahren tot, und er hätte ihm schwerlich wen oder was auch immer schicken können. Er war gewiß vom Glück begünstigt gewesen, dieser Lukács, weil er alle Kursänderungen der stalinistischen Epoche überlebt hatte. Vom Glück begünstigt oder geschickt, oder beides. Auf jeden Fall hatte er die Unternehmungen Stalins, des produktivsten Stoßarbeiters des Todes im 20. Jahrhundert überlebt. Aber Lukács war schließlich dem Alter und der Einsamkeit erlegen, und es war unwahrscheinlich, daß der Gott der Christen – oder irgendein anderer Gott mit vergleichbarer Machtfülle – ihm die Privilegien der Wiederauferstehung oder Unsterblichkeit gewährt hätte, die ihm erlaubten – auf diese Weise einer Figur Giraudoux' ähnlich geworden –, eine charmante Botin aus dem Jenseits in die Commune de la Rive Gauche zu schicken.
Wie dem auch gewesen sein mag, die letzte direkte Verbindung zwischen Artigas und Lukács ging auf den Herbst 1970 zurück. Damals hatte er aus Budapest einen Brief bekommen, datiert vom 26. November. Aber der auf dem Umschlag deutlich sichtbare Stempel zeigte, daß der Brief in Wirklichkeit erst am 29. besagten Monats abgeschickt worden war, entweder weil Lukács ihn, nachdem er geschrieben war, drei Tage lang bei sich behalten hatte – was seltsam erscheinen konnte in Anbetracht des brennenden Interesses, das der alte Philosoph an der diese Korrespondenz motivierenden Frage zu haben schien –, oder weil der Brief mehrere Tage zurückgehalten worden war, zum Zweck der Sortierung oder einer spezifischen Kontrolle durch irgendeinen ungarischen *ad-hoc*-Geheimdienst.
Artigas wäre also fast wütend geworden, dann hatte er sich besonnen und erst einmal abgewartet. Er hatte an Karins Vorliebe für Verkürzungen gedacht, an die Manie, begriffliche und zeitliche Vermittlungen einfach zu überspringen.
Alles hatte sich natürlich wenig später aufgeklärt.
Zunächst, Anna-Lise kam nicht aus Budapest, sondern aus Frankfurt. Sie war zwar in Budapest gewesen, aber sechs Monate zuvor, dank eines Stipendiums für eine Arbeit über die lukácssche Ontologie. In Budapest hatte sie ehemalige Lukács-

Schüler getroffen. (Sie sagte übrigens nicht Schüler, sondern Jünger.) Während der letzten Jahre waren die meisten der Schüler oder Jünger von der Universität verwiesen worden. Manche hatten sogar einige Zeit im Gefängnis verbracht. Anna-Lise hatte sie wiedergefunden, und sie hatte sich mit ihnen lange über die Philosophie des Meisters unterhalten.

Eines Abends war während einer dieser Unterhaltungen sein Name gefallen. Sein eigener Name, der von Artigas (sein richtiger Name natürlich, da ja Artigas, wie schon gesagt, nur ein Pseudonym war).

Artigas hatte nämlich früher, vor über zehn Jahren, unter seinem richtigen Namen einige Romane veröffentlicht. Der erste davon hatte Lukács außerordentlich interessiert, und er hatte ihn in mehreren seiner Essays erwähnt. Daraufhin hatten einige Schüler oder Jünger des Alten, Mitglieder der inzwischen in alle Winde zerstreuten Budapester Schule, regelmäßig Kontakte mit Artigas aufgenommen, indem sie ihm Boten schickten, die mit ihm alle möglichen philosophischen und politischen Probleme diskutieren sollten. Bis zu den Ereignissen von 1968, die diese Besuche erschwert hatten, empfing Artigas im Durchschnitt viermal im Jahr Boten aus Budapest.

Manchmal waren es Männer oder Frauen, die er schon kannte und die sich nicht vorzustellen brauchten. Aber es kam auch vor, daß es Unbekannte waren. Für solche Fälle hatte man eine Parole ausgemacht.

Es klingelte also an der Wohnungstür des Boulevard Saint-Germain. Artigas ging aufmachen. Den Unbekannten erkannte er meist sofort. Das heißt, er erkannte eine für die Länder des Ostens typische Aufmachung. In den Augen des Unbekannten erkannte er auch jene Mischung aus völliger Verzweiflung und wilder Entschlossenheit, die in den Ländern des Ostens jene seltenen Individuen kennzeichnet, die noch an die kritischen Tugenden des Marxismus und an die Notwendigkeit der Revolution glauben.

Sie standen sich gegenüber, der Unbekannte und er, auf der Türschwelle, und dann nannte der Unbekannte die Parole. Artigas ließ ihn eintreten.

In den laufenden Diskussionen, während dieser etwa alle drei Monate aufgenommenen Kontakte, ging es nicht um Lappalien, bei weitem nicht! Es ging um nichts weniger als um die reale gesellschaftliche Natur der Länder des Ostens; um die Bedeutung der *Grundrisse* im Werk von Marx; und die zweideutige Rolle der kommunistischen Partei, die schon vor der Machtergreifung gleichzeitig Avantgarde, politische Manipulationsmaschine und Vorwegnahme der neuen gesellschaftlichen Ausbeutungsverhältnisse war; um Fragen, die die Produktion des relativen Mehrwerts in den modernen kapitalistischen Gesellschaften betrafen (sie hatten sich darauf geeinigt, ein neutrales Adjektiv zu wählen: »modern« oder ganz einfach »gegenwärtig«, da ihnen Begriffe wie »kapitalistischer Staatsmonopolismus« völlig unzureichend erschienen und andere, wie »Spätkapitalismus« oder »Kapitalismus der letzten Stunde« oder »fortgeschrittener« oder des »dritten Alters«, ihnen zu teleologisch vorkamen, als ob die Altersstufen des kaptialistischen Systems im voraus festgesetzt worden seien, als ob die unbestreitbaren Anzeichen der Reife des Systems nicht anders interpretiert werden könnten als in Begriffen des Alterns).

Wie dem auch sei, Anna-Lise hatte sechs Monate vorher, während eines Abends in Budapest, den richtigen Namen von Artigas gehört. Sie hatte sofort geplant – sie war eine unternehmungslustige junge Deutsche –, nach Paris zu gehen, um ihn zu interviewen, sobald sie ihren Essay über die Ontologie von Lukács beendet hätte.

Da also ist sie nun.

Karin, die Frau aus der Buchhandlung *Calligrammes,* ist wieder gegangen. Artigas und Anna-Lise befinden sich in dem ehemaligen Eßzimmer der Wohnung, das, seit es notwendig geworden war, die Fenster der vorderen Zimmer zu vernageln, Arbeitszimmer und Bibliothek ist. Die Freunde in Budapest hatten Anna-Lise die ausgemachte Parole nicht gegeben, wahrscheinlich, weil sie sie nicht gut genug kannten. Aber sie hatten ihr eine andere Empfehlung mitgegeben.

Anna-Lise holte aus ihrer Reisetasche sofort eine Broschüre in kräftigem Orange. Sie hielt sie Artigas hin.

»Das ist mir für Sie mitgegeben worden«, sagte sie.

Der Titel der Broschüre war hochtrabend. *Survie et Réinterprétation de la forme proustienne,* nicht mehr und nicht weniger. Es war eine Arbeit von Peter Egri, und sie präsentierte sich unter sehr seriösen Auspizien. Auf dem oberen Viereck des Einbands konnte man nämlich lesen: *STUDIA ROMANICA Universitatis Debreceniensis de Ludovico Kossuth nominatae – Redigit J. Herman – Fas. IV – Series Litteraria.* Unten auf dem Einband war das Latein, das der Broschüre ihren universitären Anstrich gab, durch das Ungarische ersetzt worden, jene, weil finnisch-ugrisch und agglutinierend, so schwierige Sprache. *Kossuth Lajos Tudományegyetem, Debrecen, 1969,* konnte man entziffern.

»Es steht eine Widmung drin«, sagte Anna-Lise.

Artigas machte die Broschüre auf und fand die Widmung: *With lukacsian greetings and congratulations,* schrieb der Autor in englisch, was ziemlich merkwürdig war, da er seinen Essay auf französisch publizierte. Demnach hatte Karin trotz ihrer massiven Verkürzung recht gehabt. Es war durchaus eine Botschaft von Lukács, die man ihm zukommen ließ. Eine Botschaft aus dem Jenseits und dazu noch polyglott, was bei Lukács im Grunde nicht allzu überraschend war.

Artigas blätterte in der Broschüre und stellte fest, daß sie aus drei Essays von Peter Egri bestand. Einem Essay über Marcel Proust, einem weiteren über Tibor Déry und einem dritten über ihn selbst, das heißt über »die proustschen Reminiszenzen« in seinem schon weit zurückliegenden ersten Roman.

Artigas seufzte.

Es war zwar schmeichelhaft, daß einem in der weit entfernten Universität von Debrecen ein bestimmt sehr kompetenter Essay gewidmet wurde. Aber diese ständigen Hinweise auf Proust gingen ihm langsam auf die Nerven. Er hatte doch versucht zu erklären, daß er das Proustsche Werk sehr schlecht kannte, denn er hatte es nie geschafft, die ganze *Recherche* zu lesen, da er nicht die Geduld gehabt hatte weiterzukommen als *Du côté de chez Swann.* Er hatte sich sogar die Mühe gemacht, in seinem dritten Roman eine Figur auftreten zu lassen, wenn auch eine ziemlich jämmerliche – aber das war reine Selbstverspottung –, die die ganze Wahrheit über dieses Thema verkündete. Vergebliche Mühe. Man hielt diese Behauptungen für umgekehrten Snobismus. Manchmal, wenn man ihn mit den proustschen Aspekten seiner Bücher ermüdete, erklärte er kategorisch, daß Proust auf französisch einfach unlesbar sei und daß man nur dann einen gewissen Gefallen an seiner Lektüre finden könne, wenn man die ausgezeichnete spanische Übersetzung von Pedro Salinas benutze.

Im allgemeinen machte das der Unterhaltung ein Ende, da der Gesprächspartner allzu empört war, um mit einem solchen Banausen weiterzureden. (Das war bedauerlich, denn dieser Hinweis auf Salinas, einen großen Dichter, bei den Franzosen verkannt, die nicht aufhören, von Lorca und Neruda zu schwärmen, zweitrangigen Schriftstellern, wenn überhaupt, deren Leben durch die Umstände ihres Todes eine unangemessene Größe erhalten hat und von deren Werk nur ein winziger Teil überleben wird, *Poeta en Nueva York* im ersten Fall, *Veinte poemas de amor y una canción desesperada* im zweiten – dieser Hinweis auf Pedro Salinas also hätte es ermöglicht, aufzuklären, woher bei ihm, Artigas, die proustsche Seite kam: aus dem Stoff, aus der ursprünglichen Matrix, aus der Sprache, ja aus dem Wesen der komplexen kastilischen Phrasierung – ihrer Struktur nach zum Barock tendierend, mit einer natürlichen Neigung zu den Arabesken der Unterbrechungen und Abschweifungen –, die bei ihm immer unterschwellig vorhanden war, selbst wenn er auf französisch schrieb.)

Wie dem auch sei, an diesem Tag fragte sich Artigas, ob er nicht von vornherein eine deutliche Klarstellung zu dieser Frage machen solle, um zu vermeiden, daß ihn auch Anna-Lise während des Interviews, das sie aufnehmen wollte, mit Proust anödete.

Es stellte sich aber heraus, daß sich die junge Frau nicht im geringsten für die proustschen Reminiszenzen in seinem ersten Roman interessierte, jedenfalls jetzt noch nicht. Sie wollte wissen, ob sie ein warmes Bad nehmen könne, weiter nichts.

Das war kein Problem, er zeigte ihr den Weg.

Zehn Minuten später, als er den Platz an seinem Schreibtisch wieder eingenommen hatte (und die Genauigkeit, an die sich normalerweise jeder ERZÄHLER halten muß, aber erst recht in diesem Fall, wo ER nichts weiter sein will als einer, der die ebenso realen wie überraschenden Ereignisse dieser Geschichte getreu niederschreibt; die Treue zu den Fakten also zwingt IHN dazu, trotz der offenbaren Pedanterie oder Überheblichkeit dieser Anmerkung darauf hinzuweisen, daß Artigas, während die junge Deutsche ihr Bad nahm, wieder angefangen hatte, ein Werk von Hans Manfred Bock, *Syndicalismus und Linkskommunismus von 1918-1923*, durchzuarbeiten, das eben jene Karin ihm unlängst besorgt hatte), als Artigas den Platz an seinem Schreibtisch wieder eingenommen hatte, hörte er zehn Minuten später im Nebenraum, einem Schlafzimmer, den abgehackten, keuchenden Atem von Anna-Lise.

Man hätte schwören können, daß die Frau leise schluchzte.

Neugierig und leicht beunruhigt, um ehrlich zu sein – Was für eine Hysterikerin, Manikerin, Hypochonderin oder Neurasthenikerin hatte ihm das Schicksal diesmal geschickt? fragte er sich –, stand er auf und ging zum Schlafzimmer, in der festen Absicht, Anna-Lise sofort vor die Tür zu setzen, sie am Kragen oder am Hosenboden bis auf den Treppenflur zu schleifen, falls sich herausstellen sollte, daß sie, wie man in der männlichen Sprache sagt, ein weibliches Getue an sich hatte.

Der Anblick war verwirrend.

Anna-Lise kniete völlig nackt mitten im Zimmer, hochgereckt, mit tränenüberströmtem Gesicht, und betrachtete das Bildnis der Marquesa de la Solana, das über dem Bett von Artigas an der Wand hing.

Anna-Lise wandte ihm ihr aufgelöstes Gesicht zu.

»Ist das das Original?« hauchte sie.

Ja, es war das Original, es stammte natürlich aus dem Louvre.

»Man hat es mir anvertraut«, sagte Artigas, wohlwissend, daß dies eine unzureichende Erklärung war.

Mit welchem Recht hätte man ihm denn dieses Gemälde Goyas anvertraut, das von unschätzbarem Wert war und das zur Beistegui-Stiftung des Louvre gehört hatte? Aber Anna-Lise interessierte sich nicht im geringsten für die bewegte Geschichte der Sammlungen des Louvre während all dieser unruhigen Jahre. Sie schaute das Gemälde an, nichts weiter. Sie war fasziniert.

Dem tränenfeuchten Blick der jungen nackten Frau folgend betrachtete Artigas erneut das Bildnis der Marquesa de la Solana.

Wenn er unter allen Frauenbildnissen Goyas hätte wählen können, hätte er vielleicht für ein Schlafzimmer nicht dieses genommen. Er hätte vielleicht zuallererst das von Doña Isabel

Cobos de Porcel genommen, 1806 gemalt, nach allen Stürmen des Lebens. Aber dieses Gemälde befindet sich in der *National Gallery* von London, außerhalb der Reichweite der Männer von Eleuterio Ruiz. Oder aber das Bildnis von Josefa Bayeu, das übrigens genau wie das vorige den Vorzug hatte, daß seine Ausmaße für einen Privatort handlicher und passender waren als das der Marquesa de la Solana. Aber das Bildnis von Josefa Bayeu befindet sich im Prado.

Unter den großformatigen hätte er letztlich vielleicht zuerst das Bildnis der Gräfin von Chinchón gewählt, wegen ihres Lächelns und ihres dreieckigen Gesichts, was ihn an bestimmte Episoden seines eigenen Lebens erinnerte. Aber dieses Bild gehörte zu einer Privatsammlung in Madrid. Auf jeden Fall, wie auch immer seine sonst schon schwierige Wahl ausgefallen wäre, hatte er sich nicht gesträubt, als man ihm vorschlug, das Bildnis der Marquesa de la Solana für einige Zeit in Verwahrung zu nehmen: es war ein hervorragendes Gemälde.

Artigas betrachtete es jetzt erneut, als er sich von dem heftigen Gefühlsausbruch Anna-Lises irgendwie hinreißen ließ.

Ein merkwürdiges Zittern ergriff ihn.

Er schaute sich die ganz gerade Silhouette der Marquesa an, die sich auf ihren kleinen Füßen reckte, stolz, schwarz gekleidet, die Arme in der Höhe der Taille gekreuzt, die Enden der weißen Mantilla zusammenfassend, während die rechte Hand den geschlossenen Fächer hielt – an dem man die gerade beendete oder im nächsten Moment bevorstehende zaghafte, klackende Bewegung abzulesen meinte, mit der sie sich nach der Siesta in der dichten und stickigen Schwüle der großen Prunksalons Luft zufächelte –, den fülligen, doch arroganten Mund, die Augen, die erstaunt das Elend und die Vulgarität dieser Welt hatten betrachten müssen, diesen ganzen aristokratischen Dünkel, der an dem Tag, wo er das Bildnis über seinem Bett aufgehängt hatte, den unvermittelten Zorn von Artigas hervorrief – obwohl er es sehr gut kannte, weil er es im Louvre oft aufgesucht hatte –, als er, nach langer vertiefter Betrachtung, wie die Umkehrung einer Begierde jenen Schwall von Haß in sich aufkommen fühlte, der ihn dazu trieb, sofort ein Gedicht auf kastilisch zu schreiben, der Sprache, die er für seine persönlichen Schriften zu benutzen pflegte.

*La madre patria se abrirá de piernas:*
*Llegaremos a nado*
*por el estuario oceánico del sexo*
*hacia lo ignoto y lo recóndito,*
*o entraremos a saco*
*por el ojo del ano...*

lautete der Anfang dieses Gedichts, das sich danach über eine Kette bedeutsamer Alliterationen (*padre, patricio, pútrido, patrimonio, próstata* und *patriarca* zum Beispiel), provozierender Umkehrungen und ziemlich aufreizender Wortspiele entfaltete.

Als die junge Deutsche ihn einige Tage später gebeten hatte, für sie – polyglott zwar, aber des Kastilischen nicht mächtig – dieses Gedicht zu übersetzen, das, mitten in einer Unterhaltung, Anlaß zu einer Anspielung auf die entwurzelte Mehrsprachigkeit von Artigas gewesen war, hatte dieser es – zumindest seine ersten Verse – folgendermaßen transkribiert:

Die Mutter Vaterland macht die Beine breit:
Wir gelangen schwimmend
durch die ozeanische Mündung des Sexus
bis zu dem Unbekannten und Verborgenen,
oder wir dringen plündernd und schändend
durch das Auge des Anus ein...

Man muß darauf hinweisen, daß für Artigas bei dieser annähernden Übertragung, die er zwei oder drei Tage später für die junge Deutsche wörtlich improvisierte, nur die beiden letzten Verse ein gewisses Problem darstellten: *entraremos a saco / por el ojo del ano* (*ano* = Anus ist evident und steht hier nur an der Stelle von *culo* wegen der Assonanz mit *nado* und *saco*). Aber sonst schienen ihm dieser Übersetzung wesentliche semantische Nuancen zu entgehen. *Entrar a saco* bedeutete nämlich die ungeordnete, sicher grausame, aber durchaus von einer gewissen wilden und überschwenglichen Freude gekennzeichnete Bewegung, die die Plünderung einer Stadt nach sich zieht, eines lange verheißenen und niemals erreichten Eldorados, das immer jenseits des Horizonts der langen abenteuerlichen Märsche einer bewaffneten Truppe entschwindet. Im Kontext dieser Heraufbeschwörung einer imaginären Sodomisierung der Vaterland-Mutter (oder des Mutterland-Vaters: eine homosexuelle Konnotation ist ja nicht *a priori* ausgeschlossen) ist der kastilische

Ausdruck *entrar a saco* sehr suggestiv, weil er andere, sehr viel genauere kastilische Ausdrücke evoziert: *dar por el saco,* zum Beispiel, was »in den Arsch ficken« heißt, und *tomar por el saco,* was genau dasselbe bedeutet, aber in der passiven Spielart. (Bei dieser Gelegenheit ließ sich Artigas übrigens zu einer gelehrten Abschweifung über den entsprechenden Gebrauch der Wörter *cul* und *con* im Französischen und *culo* und *coño* im Spanischen hinreißen, aus der er überraschende historisch-soziologische Schlußfolgerungen zog, die hier wiederzugeben gar nicht in Frage kommt, erstens weil es niemals ratsam ist, den Anfang einer Erzählung durch allzu arabeske Fiorituren oder allzu überflüssige Bravourstücke zu überlasten, und zweitens weil die junge Deutsche, die die Improvisation von Artigas mit bald entzücktem Vergnügen anhörte, eine ausgezeichnete Tonbandaufnahme davon aufbewahrt hatte, die es uns ermöglichen kann, gegebenenfalls und im gekommenen Augenblick, wenn dieser wirklich kommt und jener wirklich gegeben ist, für die lehrreiche Unterhaltung des Lesers einige Passagen daraus wiederzugeben.)

Wie dem auch sei, was diese linguistischen Fragen angeht, und um auf das Gemälde Goyas zurückzukommen, so wird man mühelos verstehen, daß die Marquesa de la Solana in jenem Augenblick irgendwie jene Vaterland-Mutter verkörperte, die der Autor des zitierten Gedichts sexuell zu schänden träumte, sowohl durch den häufigsten, den Zeugungsweg, als auch durch den engeren und raffinierteren, ein zweifellos unrealisierbares Unternehmen, zu dem ihn jedoch jene traumhafte rosa Satinschleife einzuladen und aufzufordern schien, die Goya in das Haar der Marquesa gesteckt hatte, wie eine Herausforderung, wie eine Oriflamme an der Spitze irgendeines zu erklimmenden Mastes, wie ein Insignium eines Liebesturniers, für das die Marquesa, scheinheilig, pervers und rühr-mich-nicht-an, den Einsatz eines Alabasterkörpers angeboten hätte, schwerlich vorstellbar unter der Halbtrauer ihrer Kleider, während Artigas, plötzlich vor Begierde zitternd, die Augen von dem Gemälde abwandte und Anna-Lises Nacktheit anschaute.

Eben noch hatte er diese Nacktheit festgestellt, ohne mit der Wimper zu zucken. Weder heiß noch kalt. Aber Artigas war ja seit geraumer Zeit kein Pawlowscher Hund mehr, der auf alle

Stimuli reagiert wie auf Kommando. Ein Klingelläuten, man sabbert. Eine nackte Frau, man hat einen Steifen. Er mußte in Funktion setzen, was derselbe Pawlow als »sekundäres Signalisationssystem« kennzeichnet. In einem Wort: der Umweg über das Bild der Marquesa de la Solana, von oben bis unten bekleidet, unzugänglich, aber mit soviel Träumen beladen, ließ ihn plötzlich Anna-Lises allzu offensichtliche Nacktheit, ihre androgyne Blondheit begehrenswert finden.

Er ging auf sie zu, hob sie aus ihrem bewundernden Kniefall, nahm sie in seine Arme, küßte ihr die Tränen von den Augenwinkeln. Anna-Lise reagierte sofort und entkräftete damit wieder einmal, wie Karin, wie andere zufällig getroffene Frauen gleicher Herkunft, die Legende von der germanischen Kälte.

Kurz, er hatte an diesem Tag die etwas schelmische Lust empfunden, in Gestalt dieser sanften und temperamentvollen blonden Frau, die mit einer Broschüre über die Reinkarnation der proustschen Formen in irgendwelchen zeitgenössischen Romanen vom Himmel gefallen war, die Marquesa de la Solana zu sokratisieren.

So hatte Anna-Lise ihren Aufenthalt am Boulevard Saint-Germain immer wieder verlängert. Aber weder die Freuden des Bettes – wie man aus Trägheit zu nennen pflegt, was man sich auch ebenso woanders und oft sogar mit Vorliebe woanders als auf den weichen Kopfkissen verschaffen kann, die unmerklich zur Routine verleiten – noch die Entdeckung der verschiedentlichen Reize der Z. U. P., sowohl nachts wie auch am Tage, unter der aufgeklärten Führung von Artigas, hatten Anna-Lise von ihrem Thema abgebracht. Wie ein schnurrender perverser Katzengott war das hochempfindliche japanische Aufnahmegerät ständig in Funktion, auf der Lauer nach dem geringsten Wort von Artigas, der sich dem Spiel des Tonbands mit dem Ich schließlich überlassen hatte ...

*Ich bin lange Zeit früh zu Bett gegangen aber ich schlief niemals sofort ein Meine Eltern gingen jeden Abend aus ich konnte nicht einschlafen bevor sie heimgekehrt waren*
*Manchmal*
*Manchmal versank ich in einen unruhigen Halbschlaf aber das Geräusch des auf der Etage anhaltenden Fahrstuhls riß mich*

*immer schlagartig aus dieser Fieberstarre Ich ging barfuß bis zur Tür des Zimmers ich machte sie vorsichtig auf Ich sah die angezündeten Lichter des Vestibüls und des Flures Ich spähte durch die kaum wahrnehmbare Ritze der Tür Ich hörte die Stimmen meiner Eltern die flüsterten*

*Manchmal*

*Manchmal wurde ich für meine Geduld belohnt Meine Mutter kam ganz alleine den langen Flur entlang der vom einen Ende der Wohnung bis zum anderen reichte Ein Flur in Form eines großen L L wie Lilie Litotes oder Lapislazuli Links von diesem Flur lagen die meisten der Räume die auf die Straße Alfonso XI gingen Der kleine Arm des L ging auf die Straße Juan de Mena*

*Ich*

*Ich rekapituliere Erst das Vestibül von dem der Flur ausging Danach ein kleiner hauptsächlich von einem* Tresillo *möblierter Salon das heißt von einer Garnitur aus drei Stücken bestehend aus einem Sofa oder Kanapee flankiert von den beiden unentbehrlichen Sesseln Das ganze in diesem Falle mit grün-rot gestreiftem Samt bezogen Dann kam ein großes Eßzimmer mit glänzendem Mahagoni überladen Sofern es nicht Palisander war* Caoba y palosanto *Hör wie das besser klingt* Caoba y palosanto! *Da die spanischen Wörter mir ins Gedächtnis kommen sage ich daß das Buffet im Spanischen* Aparador *heißt Ich bin immer für die semantischen Assoziationen empfänglich gewesen die dieses spanische Wort in mir auslöst* Aparador *evoziert für mich Parade Pracht des familiären Alltagslebens Viel später in einer Zeit wo ich nach Spanien zurückgekehrt war hatte ich geplant mit einem Freund aus Spaß eine* Fenomenología del Aparador *zu schreiben Eine Phänomenologie des Buffets Eine in gewisser Weise semiologische Analyse der Hausmythen der traditionellen spanischen Familie an Hand dieses ostentativen und unentbehrlichen Möbels Konvergenzpunkt der Erscheinungen dieser* Aparador

*Manchmal*

*Manchmal kam meine Mutter ganz alleine den halbdunklen Flur entlang der vom einen Ende der Wohnung bis zum anderen reichte Der am Vestibül anfing und bevor er im rechten Winkel einbog an der Schlafzimmertür meiner Eltern endete Als meine Mutter dort starb ist dieses Zimmer viele Jahre verriegelt*

*gewesen Seiner Möbel entledigt Zugeklappte Läden nach der Straße Die Tür zum Flur doppelt abgeschlossen und obendrein durch Klebestreifen auf allen Ritzen versiegelt Keiner hatte uns die Gründe für diese unerbittliche Verschließung erklärt die sicher dazu bestimmt war uns vor den verderblichen Ausdünstungen einer endlosen und qualvollen Agonie zu schützen Aber ich ging an der Tür des Zimmers meiner Mutter vorbei Ihres Ehe- und Sterbezimmers Zitternd ging ich mehrfach täglich an dieser Tür vorbei die über den Geheimnissen des Todes geschlossen war Über dem unerträglichen Geheimnis des Todes Die geschlossene Tür verewigte das denkwürdige Geheimnis dieses Todes Die Erinnerung an die lange Agonie meiner Mutter Diese Tür ist an dem Tage wieder aufgemacht worden als mein Vater sich wiederverheiratete Es wurde gewaschen geputzt neu gestrichen Es wurde modern möbliert Das breite Ehe- und Sterbebett aus kostbarem Holz wurde durch eine türkische Liege ersetzt Eine bezogene Matratze auf hellen Holzbeinen die gegen das Kopfende eines Bettes geschoben war das sich in Form von Nachttischen fortsetzte Indirekte Beleuchtung anstelle der großen Alabasterlampe an der Decke Das war modern und hell Fade Seitdem habe ich niemals mehr heimlich die Gerüche dieses Zimmers eingesogen Vorher tat ich das Eine momentane Unaufmerksamkeit der deutschen Gouvernante ausnutzend Eine Abwesenheit meiner Eltern natürlich auch Ich schlich in das Ehezimmer Auf dem Frisiertisch entkorkte ich die schweren Kristallflakons Ich machte den Schrank auf ich strich über die Seide die Tussorseide das Popelin die gestärkte Baumwolle der Dessous und Korsette Die Kleider die Pelze die Sommerkostüme Ich war wie im Traum Eine Folge verstohlener und ekstatischer Bewegungen Wie alt war ich? Zwangsläufig noch nicht einmal acht Jahre Im lebensgroßen Spiegel des Schranks Mondschrank sagt man auf Spanisch wenn man von Schränken spricht bei denen eine oder sogar beide Türen lebensgroße Spiegel sind Im Mondreflex des lebensgroßen Spiegels dieses Schranks habe ich eines Tages ganz flüchtig die Silhouette des Teufels gesehen Aber lach nicht Ungläubige! Der Teufel ist mir erschienen in der verschwimmenden Form eines Löwen mit langer staubiger Mähne*

*Warum nicht der Teufel? Wisse o Lutheranerin Gott war für*

*mich überhaupt keine feste Burg! Gott war nur ein flüchtiger unbestimmter Hauch Eine zarte Flamme die anzustarren ich mich im Laufe der schlaflosen Nächte verzweifelt bemühte Im Laufe auch der langen Zeremonien der gregorianischen Messen in San Jerónimo Aber der Teufel war überall Auf jeder Seite des Katechismus von Ripalda den ich auswendig lernte* Los enemigos del alma son tres Mundo demonio y carne *Die Feinde der Seele sind drei Welt Dämon und Fleisch In allen Erzählungen von Saturnina Eine alte Bäuerin die sich in Sentenzen oder volkstümlichen Sprichwörtern ausdrückte die Schlüsselherrin war* Ama des llaves *Das heißt Intendantin oder Haushälterin Das ganze Universum konspirierte also teuflisch gegen die vereinsamte Seele meiner Kindheit*
*Aber ich*
*Ich erinnere mich daß schließlich das breite Ehe- und Sterbezimmer wo sich die wesentlichen Mysterien des Lebens erfüllt hatten wieder aufgemacht wurde Die Sonne drang von neuem ungehindert ein Es war von keinem Interesse mehr Es barg nicht mehr die Geheimnisse des Todes oder die feuchten und betörenden Düfte des Körpers der Frau und ihrer Reize ...*

Aber Anna-Lise hat auf eine Taste gedrückt, sie unterbricht das Anhören des Tonbands.
»Diese Geschichte mit dem Teufel ist nicht ganz klar«, sagt sie. »Warum der Teufel?«
Ich sehe sie an, ich habe keine Lust, über den Teufel zu sprechen. Ein alter Löwe mit staubiger Mähne im Mondhalbdunkel des Spiegels. Vorhin hatte ich die junge Frau gerufen, als ich sie in der Wohnung rumoren hörte. Sie war in mein Zimmer gekommen, halbnackt. Sie war in mein Bett gekrochen, mit dem winzigen japanischen Tonbandgerät, das sie nie aus der Hand ließ. Sie hatte auf eine Taste gedrückt. Ich hörte meine eigene Stimme, nicht wiederzuerkennen, manchmal zögernd, manchmal überstürzt, während ich ihr die Beine, den Bauch, das leicht geöffnete Geschlecht streichelte. Aber sie war offenbar bald wieder zur Besinnung gekommen. Sie hatte sich losgemacht. Sie hatte mit einer Bewegung auf dem Tonbandgerät die schnurrende Stimme unterbrochen, die die meine war, sie hatte diese Frage bezüglich des Teufels gestellt.

Ich hatte keinerlei Lust, über den Teufel zu sprechen.
Ich nahm sie am Nacken, ich beugte sie langsam zu mir herunter, um ihr den Mund mit einer jetzt ausreichend zur Geltung gekommenen Männlichkeit zu stopfen. Ich hatte ganz einfach keine Lust, über den Teufel zu sprechen oder mir Fragen über meine Kindheit stellen zu lassen. Der Teufel hatte ihr sicher nicht den Mund zum Sprechen gegeben. Jedenfalls nicht allein dafür.
Siehe den Beweis.

Der Tag also hatte nicht schlecht angefangen.
Trotzdem ist Artigas jetzt etwas verwirrt, als er aus der ehemaligen Tiefgarage hinaustritt und einige Schritte in der Herbstsonne macht.
Der trostlose Anblick der Stadtlandschaft trifft ihn heute. Er müßte eigentlich mit der Zeit daran gewöhnt sein. Aber es gibt offenbar Momente, wo man an nichts mehr gewöhnt ist, wo die Gewöhnungen sich verlieren, selbst die allerfestesten. Er hat plötzlich die Gewöhnung an diese trostlose Stadtlandschaft verloren, so wie man plötzlich den Kopf oder die Geduld verliert. Das muß es sein. Plötzlich scheint ihm diese Landschaft ungewohnt. Es fröstelt ihn bei dieser Landschaft, trotz der Herbstsonne. Er denkt, daß die Rue du Dragon verdiente, von neuem den Namen zu haben, den sie bis zum Ende des 18. Jahrhunderts trug, Rue du Sépulcre, Straße des Grabes.
Aber in dem Moment, da Artigas sich an diesen ehemaligen Namen der Rue du Dragon erinnert, kann er dessen ironisch orakelnde Pikanterie noch nicht goutieren. Rue du Sépulcre! Artigas kann dessen Sinn noch nicht voll erfassen, denn er weiß noch nicht, daß dieser beginnende Tag der letzte Tag seines Lebens ist.
Im Augenblick macht er lediglich einige Schritte in der Sonne auf die Rue du Dragon zu. Er denkt daran, daß es acht Uhr morgens ist, daß er nach Hause gehen will, sich wieder ins Bett legen. Er denkt auch daran, daß Anna-Lise in seiner Wohnung ist. Sie rechnet bestimmt nicht damit, daß er so schnell zurückkommt, aber sie ist da, vielleicht verfügbar.
Eigentlich befand sich der Eingang zu seinem Haus auf dem Boulevard Saint-Germain, auf der Seite der ungeraden Zahlen,

ganz in der Nähe des Anfangs der Rue du Dragon. Aber schon seit langem ist dieser Eingang unbenutzbar, mit einem festen Bretterverschlag vernagelt. Die Fenster zum Boulevard hin sind ebenfalls versperrt.

Während der Kämpfe vom Sommer 1968 waren alle Häuser auf dem Boulevard Saint-Germain zwischen der Rue des Saints-Pères und der Rue de Rennes von ihren Bewohnern verlassen worden. Artigas jedoch war geblieben. Er hatte ganz einfach keine Lust gehabt wegzuziehen. Außerdem hatte er eine günstige Gelegenheit darin gesehen, alle Bande zur Vergangenheit abzuschneiden. Keine Nachbarn mehr, keine alten Freunde mehr, keine Familie mehr, nichts mehr. Er blieb allein, als wenn er bei der Ankunft in einem unbekannten Land seine Schiffe verbrannt hätte.

Und dennoch nicht ganz allein.

Eine kleine spanische Kolonie hatte sich in diesem verwüsteten Viertel festgesetzt. Die Frauen waren Conciergen oder Dienstmädchen gewesen. Die Männer übten die verschiedensten Berufe aus, die jedoch in einer Zeit kollektiven Zusammenbruchs alle von großem Nutzen waren: Maurer, Schlosser, Fliesenleger, Klempner, Tischler, Elektriker. Als Mitglied dieser Gemeinschaft hatte Artigas die Möglichkeit gehabt, zu überleben, zuerst in der Zeit der Kämpfe, und dann während der darauf folgenden schwierigen Monate.

Sicher hatte man sich den neuen Bedingungen anpassen müssen. So hatten alle Öffnungen zum Boulevard hin, Türen wie Fenster, vernagelt, mit Bohlen, Sandsäcken und Blechplatten verbarrikadiert werden müssen. Die auf den Boulevard gehenden Wohnungen erreichte man über die Innenhöfe, wo viele und leicht zu überwachende Durchgänge eingerichtet worden waren. Die Ausgänge dieses Labyrinths befanden sich auf den Rückseiten des Häuserblocks, außerhalb der Reichweite der in den oberen Etagen der neuen Medizinischen Fakultät in Stellung gegangenen Scharfschützen der Ordnungskräfte.

Später, als sich die Situation normalisiert hatte, nach der Unterzeichnung der Vereinbarungen von 1973 zwischen der Versailler Regierung und den überlebenden Inselchen der Zweiten Commune de Paris, die sich unter der schwankenden und mehr und mehr angefochtenen Autorität des Zentralkomitees der Milizen zusammengeschlossen hatten, hätten die Verbarrikadierungen der Türen und Fenster zum Boulevard hin, abgerissen werden können. Aber diese euphorische Periode war sehr kurz gewesen. Das Reststück des Boulevard Saint-Germain zwischen der Mauer – 1969 von den Ordnungskräften errichtet, um die Z.U.P. vom 7. Arrondissement zu trennen – und der Kreuzung Buci-Mabillon war schnell wieder eine Unsicherheitszone geworden. Seitdem waren nicht die Scharfschützen der Polizei zu fürchten, sondern die Banden der Noctards.

Der Ursprung dieses letzten Ausdrucks war stark umstritten. Für die einen war das Wort ein spontanes Produkt der Umgangssprache. Da die Ganovenbanden nachts zu wüten begonnen hatten – wobei die teilweise Zerstörung der öffentlichen Straßenbeleuchtung auf dem Territorium der Zone ihre Aktivitäten erleichtert hatte –, soll die Umgangssprache das Wort Noctard nach dem Vorbild von Zonard oder Clochard zum Beispiel gebildet haben. Für die anderen, und auch ihnen fehlte es nicht an Argumenten, war der Ursprung des Wortes gelehrter, eher *sophisticated*. Sie behaupteten, daß es von dem Cineasten Boris Villeneuve erfunden worden sei, dessen 1971 gedrehter Dokumentarfilm über die Z.U.P. eben gerade *Les Noctards* hieß. Was das Wort selbst angeht, so soll der Cineast es aus einem bereits alten Roman von Fredric Brown, *A mad universe,* haben, wo beschrieben wird, wie die Stadt New York nach einer globalen Katastrophe vom Untergang der Sonne bis zum Aufgang derselben der willkürlichen und brutalen Herrschaft der *Nighters* ausgeliefert ist, aus Banditen der Nacht gebildete Terrorbanden. In der französischen Fassung dieses Romans waren die *Nighters* zu *Nocturnes* geworden, eine ziemlich flache Übersetzung, wie man zugeben muß. Boris Villeneuve, behauptete man, habe als großer Kenner der Nuancen und Feinheiten der angelsächsischen Idiome diesen Ausdruck *Nighters* mit *Noctards* neu übersetzt, einem Wort, das viel eindringlicher als *Nocturnes* ist und dem Original näher, nicht nur vom phonetischen Gesichtspunkt her, sondern auch von dem der Semiologie.

Der NACHT näher also, der finsteren Nacht, die seit 1968 über Europa gekommen war.

Aber die endgültige Klärung dieses linguistischen Problems, das im Rahmen einer seriösen, vielleicht sogar akademischen Dis-

kussion zwischen Fachleuten hätte gelöst werden können, war plötzlich durch die Gruppe Jenan politisiert worden.
Auguste Le Mao, ein bretonischer Autonomist, der nach dem Scheitern des Ersten Feldzugs der Bauernarmee des Finistère, Anfang 1970, in die Z.U.P. der Rive Gauche geflohen war, führte die Gruppe Jenan mit fester Hand, nachdem er die meisten der ehemaligen Redakteure von *Tel Quel* und der Philosophen der Rue d'Ulm ausgeschlossen hatte. Le Mao hatte von allen in der Zone wohnenden Intellektuellen eine öffentliche Stellungnahme zu dieser Frage verlangt. Man mußte, proklamierte die Gruppe Jenan, eine klare Demarkationslinie zwischen Revisionismus und revolutionärer Theorie ziehen. Wer nämlich einen nicht nur literarischen, sondern obendrein noch yankeehaften Ursprung des Wortes Noctard annahm, der kapitulierte ganz eindeutig vor dem Herrschaftsdiskurs der bürgerlichen Kultur, wie er von den Intellektuellen in dem gedämpften schlechten Gewissen ihres Unbewußten verinnerlicht worden war. (Man wird hoffentlich verstanden haben, daß sich der ERZÄHLER an eine wörtliche Transkription der Worte Auguste Le Maos hält und die theoretische Frage einer Möglichkeit von Gewissen, ja sogar schlechtem Gewissen des Unbewußten der Intellektuellen den Fachleuten überläßt!)
Jedenfalls hatte Boris Villeneuve, immerhin der Hauptzeuge, im Laufe dieser verworrenen, lärmenden linguistischen und politischen Schlacht ein fast völliges Stillschweigen bewahrt, das er erst bei einer günstigen Gelegenheit während einer Volksversammlung des Mouffetard-Viertels brach. Mit einem sphinxhaften Lächeln hatte er auf eine direkte Frage nach dem Ursprung des Ausdrucks *Noctards* eine Antwort gegeben. »Es ist die gleiche Regel wie beim Bodenkehren – wo der Besen nicht hinkommt, wird der Staub nicht von selbst verschwinden«, hatte Villeneuve gesagt und damit seine Hörer in die tiefste meditative Verblüffung gestürzt.
Aber die ausgezeichneten Sinologen hatten sofort festgestellt, daß dieser Satz zum Schatz des mao-tsetungschen Denkens gehörte. Es war ein Zitat aus dem roten Büchlein des Vorsitzenden Mao, nicht mehr und nicht weniger!
Daher war der Schriftsteller-Cineast von der Gruppe Jenan der unerlaubten Zweckentfremdung eines Zitats angeklagt worden,

und genauer – auch schwerwiegender noch –, »so zu tun, als hänge er die rote Fahne des mao-tsetungschen Denkens sehr hoch, nur um eben dieses Denken besser bekämpfen zu können«.
Einige Mitglieder der Gruppe Jenan behaupteten sogar, daß Villeneuve manchmal, zumindest privat, das Denken des Vorsitzenden als »Mao-tse-tse-Denken« bezeichnete. Aber diese Beschuldigung hatte nicht bewiesen werden können. Der bloße Verdacht jedoch der Möglichkeit eines solchen Begriffssakrilegs war für die Aktivisten der Gruppe einfach unerträglich.
Wie dem auch sei, was diese Zwischenfälle und den wirklichen Ursprung des Wortes *Noctards* angeht, Tatsache ist, daß in einer bestimmten Zeit, bis Ende 1971, einige jener Banden ihr Hauptquartier in der ehemaligen Tiefgarage des Boulevard Saint-Germain eingerichtet hatten. Unter den großspurigsten Namen – »Kämpfer des roten Osten«, zum Beispiel, oder »Rächer Palästinas«, oder sogar »Befreier der Libido« – taten sich diese Banden durch bewaffnete Überfälle, systematische Plünderungen der Häuser des Viertels und Erpressungen der Ausländergruppen, vor allem der spanischen, hervor, die sich in diesem Teil der Z.U.P. niedergelassen hatten.
Die Schlacht mit den Banden war langwierig, oft blutig gewesen. Aber die von Eleuterio Ruiz befehligten Milizen hatten schließlich die Oberhand gewonnen, und die Noctards waren mehr und mehr zum Saint-Séverin-Viertel hin abgedrängt worden, das in diesem Oktober 1975 immer noch ihre Hochburg war.
Trotz diesem Sieg und nachdem man einmal daran gewöhnt war – nichts konnte ja übrigens garantieren, daß die düsteren Tage nicht wiederkehren würden –, waren die Zugänge der auf den Boulevard Saint-Germain gehenden Häuser vernagelt geblieben.

Aber an all das denkt Rafael Artigas, wie man begriffen haben wird, nicht, als er mit kleinen Schritten in der Herbstsonne auf die Rue du Dragon zugeht.
Er hat ebensowenig an die Ursprünge des Wortes *Noctards* gedacht wie an die verschiedenen eben erwähnten Episoden einer bereits fernen, in seinem Gedächtnis zumindest entfernten Geschichte. Eigentlich hat er an überhaupt nichts gedacht. An nichts Bestimmtes jedenfalls. Er hat sich vage daran erinnert,

daß die Rue du Dragon lange Zeit Rue du Sépulcre hieß, aber das hat ihn nicht weiter gekratzt. Jedenfalls weiß er nicht, daß er heute sterben wird. Er hat also nicht, mit seinem bekannten Sinn für Humor, die orakelnde Ironie dieser Erinnerung goutieren können. Er ist einfach mit kleinen Schritten in der Sonne gegangen, leicht deprimiert wegen seiner Begegnung mit den drei jungen Scheißganoven. Er hat auch vage an Anna-Lise gedacht, aber nicht ohne Unbehagen.

Natürlich hat der ERZÄHLER dieser Geschichte, dessen Identität noch nicht klar ist, von diesem Augenblick einer Ungewißheit, einer desorientierten Beschäftigungslosigkeit von Rafael Artigas profitiert, um geschickt einige Details in seine Erzählung einzufügen, die den Leser interessieren, vielleicht sogar intellektuell reizen könnten. Und wenn er schon dabei ist: Nach einem kurzen Blick auf seine Figur, die die Rue du Dragon noch nicht erreicht hat und die IHN nicht zu brauchen scheint, wird der ERZÄHLER weiter von dieser Ruhepause profitieren, um laut vor sich hin über seine Erzählprobleme nachzudenken.

Denn es ist heller Wahnsinn, seien Sie dessen sicher, eine wahrhaftige und realistische Erzählung in einer so verworrenen und kaum bekannten Zeit wie der nach den Ereignissen von 1968 anzusiedeln. Einer andererseits relativ nahen Zeit. Aber historische Nähe ist nicht immer eine Garantie für Klarheit, ganz im Gegenteil. Vor allem in einem Fall wie diesem, wo die Zeugnisse der Protagonisten von schreienden Widersprüchen wimmeln, wo bestimmte andere, und zwar nicht die unwichtigsten, immer noch fehlen und wo die Historiker jeder Couleur einen ärgerlichen Hang zur Übertreibung ihrer gewöhnlichen Neigung haben, uns von den Ereignissen nur die Version zu liefern, die am ehesten ihre ideologischen Investitionen bestätigt.

Wer kann zum Beispiel behaupten, daß er genau die Umstände des plötzlichen Verschwindens von General de Gaulle im Mai 1968 kennt? Allzu viele divergierende Versionen dieses entscheidenden Ereignisses sind gleich danach von den offiziellen Pressediensten verbreitet worden, die wegen der voraussehbaren Folgen einer solchen Katastrophe buchstäblich in Panik waren. Und seitdem hat sich die Situation kaum geklärt. Allzu viele widersprüchliche Enthüllungen haben »die ganze Wahrheit« über den

Tod des Generals verkündet, als daß die Öffentlichkeit nicht mißtrauisch würde. Ist de Gaulle wirklich bei einem Hubschrauberunglück umgekommen, als er von seinem geheimnisvollen Besuch bei General Massu, mitten unter den damals in der Bundesrepublik stationierten französischen Truppen, zurückkehrte? Ist er, wie einige behaupten, in *La Boisserie* von Agenten des C.I.A. ermordet worden, mit dem Ziel, jene politische Destabilisierung hervorzurufen, die es den Amerikanern später ermöglichte, sich als allmächtige Vermittler in die inneren Angelegenheiten Frankreichs einzumischen? Ist der Text der angeblich auf seinem Leichnam gefundenen Botschaft, von dem einige Historiker des Gaullismus behaupten, daß er am 31. Mai 1968 der Nation verlesen werden sollte, echt oder apokryph? Die Linguisten, die Grammatiker, die Politologen, die Veteranen des B.C.R.A., die *Compagnons de la Libération,* jene, die den General in London gekannt haben, jene, die in Algier zwei Worte mit ihm gesprochen haben, jene, die in der Rue Saint-Dominique antichambriert haben, jene, die ihn auf seinem Zug durch die Wüste begleitet haben, jene, die dies, und jene, die das: kurz, die Fachleute haben endlos darüber diskutiert, ohne zu irgendeiner überzeugenden Schlußfolgerung zu kommen. Hätte sie, diese Botschaft an die Nation, wie Malraux behauptet hat – der seinerseits von ihrer Echtheit überzeugt war –, genügt, den Lauf der Ereignisse von 68 umzukehren, die schwankende Autorität des Staates wiederherzustellen und die Mobilisierung der schweigenden Mehrheit des Landes hervorzurufen? Aber ist denn der General überhaupt tot oder ist sein Verschwinden nicht nur eine grandiose Inszenierung, wie es ein Journalistenteam des *Canard enchaîné* behauptet, das aus Irland das verwirrende Foto der großen Silhouette eines Mannes mitgebracht hat, die auf dem Ödland gegenüber dem Meer emporragt, gestikulierend, die Arme zum Kreuz ausgebreitet, als wenn er sich an die Unermeßlichkeit des Ozeans richtete, aber unglücklicherweise von hinten?

Derart viele dunkle und anfechtbare Punkte unter zahlreichen anderen, die der ERZÄHLER beim Aufbau der historischen Kulisse seiner Erzählung nicht umgehen kann, obwohl er sich nicht in der Lage sieht, sie endgültig zu klären. So droht die Verworrenheit der GESCHICHTE ständig die heitere Transparenz

einer Geschichte zu trüben, die realistisch sein will und vielleicht gleichzeitig das Verständnis der Leser trübt.
Um einige dieser Nachteile zu beheben, hatte sich der ERZÄHLER einen ziemlich geschickten Plan ausgedacht. Nach der Begegnung von Artigas mit den drei Noctards auf der Rue de l'Abbaye, nach der Verfolgung und den Zwischenfällen im Inferno der Tiefgarage, nach dieser Sequenz also, die es ermöglichte, mitten ins Leben der Erzählung zu springen, hatte der ERZÄHLER eine Szene ganz anderer Art vorgesehen, die zugleich brillant sein und dem Leser die unentbehrlichen historischen Informationen liefern sollte: jene Art von Expositionsszenen, die gar nicht danach aussehen, weil sie strukturell an den dramatischen Ablauf gebunden sind, und die man gerne jedesmal am Anfang von gut eingefädelten Theaterstücken und Szenarios parat hätte.
Aber dieser Plan der Erzählung wurde einfach umgestoßen. Durch die Umstände gedrängt, ist der ERZÄHLER gezwungen worden, eine sofortige Entscheidung zu fällen.
Es war kurz vor zwölf, das muß schon gesagt werden.
Seine Figur hat nämlich die Rue du Dragon erreicht. Aber anstatt wie angewurzelt stehenzubleiben, an Ort und Stelle zu erstarren, wie es vorgesehen war, um dem ERZÄHLER die Zeit zu lassen, seine Szene einer historischen und pittoresken Exposition einzufügen, macht er jetzt Anstalten, in die Rue du Dragon hineinzugehen. Ja doch, er geht einfach weiter, der Kerl! Er wird verschwinden! Nun weiß aber jeder, daß es für einen Schriftsteller nichts Gefährlicheres gibt, als die Figuren des Romans, den er gerade schreibt, aus den Augen zu verlieren, ihnen zuviel Freiheit zuzubilligen. Sie profitieren sofort davon, diese eingebildeten Typen, machen, was sie wollen, und zerstören dabei die vorher festgelegte Anordnung der Erzählung, ja sogar ihre textuelle Struktur.
So hat der ERZÄHLER dieser Geschichte gerade eine mutige Entscheidung getroffen. Er vergißt seinen Plan, er stürzt die Ordnung seiner Erzählung um und macht sich, unsichtbar und wachsam, an die Verfolgung von Rafael Artigas. Man darf ihm nicht von den Fersen weichen, vor allem nicht heute. Er, Artigas, würde es fertigkriegen, wenn man ihn aus den Augen verlöre, nicht zur Verabredung zu kommen, die das Schicksal um fünf Uhr nachmittags für ihn festgesetzt hat. Und das kommt über-

haupt nicht in Frage! Unser Roman wäre kein Roman mehr, sondern ein kaltes althussersches Monstrum: ein Prozeß ohne Subjekt und Zweck. Ein wahres Schlamassel.

In der Sonne also, mit kleinen Schritten, ging Rafael Artigas auf die Rue du Dragon zu. Der trostlose Anblick der Stadtlandschaft hatte ihn getroffen. Eigentlich verdiente die Rue du Dragon von neuem den Namen, den sie bis zum Ende des 18. Jahrhunderts trug, nämlich Rue du Sépulcre, hatte er melancholisch gedacht. Und dann – aber von nun an ohne Melancholie, nur mit einer Spur gereizter Verärgerung – hatte er flüchtig an Anna-Lise gedacht.

Plötzlich wird der wütende Lärm eines Motorradmotors hörbar. Irgendein Unsichtbarer tritt in der Rue du Dragon auf den Anlasser seiner Maschine. Jetzt wird Gas gegeben. Der Motor wird voll aufgedreht. Aber die Maschine steht noch. Dem Dröhnen nach handelt es sich um einen großzylindrigen Motor.

Mit einem Satz, während sein Gehirn alle diese Details registriert, hat Artigas kehrtgemacht. Er ist schnell in den Trümmern der ehemaligen Metzgerei Hervet in Deckung gegangen, die einst die Ecke der Rue du Dragon und des Boulevard bildete.

Er hat von neuem seine Smith and Wesson gepackt.

Man muß ja vorsichtig sein. Die Korsen haben jetzt Motorräder. Sie haben in der letzten Zeit eine Menge japanischer »750« in die Z.U.P. eingeschmuggelt. Ihre Motorradkillerkommandos sind eines ihrer wirksamsten Instrumente bei ihrem Kampf gegen die Selbstverteidigungsmilizen, die hauptsächlich die Spanier und Maos zur Kontrolle jenes Teils der Z.U.P. stellen, der das Hauptquartier von Joseph Aresti in der ehemaligen Tiefgarage der Place Saint-Sulpice umgibt.

Bei dieser Schlacht können die Korsen auf eine allgemeine Unterstützung der Noctards rechnen – selbst wenn heftige, manchmal blutige Konflikte unter ihnen ausbrechen, sobald es darum geht, den Gewinn von diesem oder jenem Handel zu teilen – und auf die geheime Hilfe des Allgemeinen Nachrichtendienstes, der natürlich lieber mit den Leuten des Milieus als mit der Miliz zusammenarbeitet.

Halb hinter dem Ladentisch der verlassenen Metzgerei kauernd, kann Artigas durch eines der eingeschlagenen Fenster des Geschäfts die Rue du Dragon überwachen.

Er sieht ein in voller Geschwindigkeit heranbrausendes Motorrad auftauchen. Er erkennt sofort die über den Lenker gebeugte Silhouette. Es ist kein korsischer Pistolenheld. Es ist eine der Zwillingsschwestern, eine der jüngeren Töchter von Eleuterio Ruiz und Acracia Seisdedos.

Proserpine oder Perséphone? Die eine oder die andere, gleichviel. Er lächelt, er steckt seine Waffe wieder ein.

Die Popularität von Eleuterio Ruiz in der Commune de la Rive Gauche – nachdem der Überraschungseffekt seines theatralischen Auftretens auf der Bühne der Kämpfe von 68 mit seiner Kolonne Durruti erschöpft war und das Interesse, das seine Redeweise und seine zugleich ironischen und leidenschaftlichen, jedenfalls total neuen Beziehungen zu den Menschen und den politischen Problemen hervorgerufen hatten –, die Popularität von Eleuterio also rührt teilweise von dem Ruf her, der seine Frauen umgibt.

Denn man sagt »Eleuterios Frauen«, ob man nun von seiner Gefährtin Acracia oder von seinen vier Töchtern spricht: Penthésilée, Pénélope, Perséphone und Proserpine. Die letzten beiden sind Zwillinge, wie bereits gesagt wurde und wie man schon von ihren Vornamen leicht ableiten kann.

Eleuterios erste Frau – das heißt seine Gefährtin, die Matriarchin Acracia Seisdedos – heißt mit ihrem richtigen Vornamen Demetria. Aber sie ist 1924 in einer Familie von Konföderierten der Estremadura geboren (Konföderierte bedeutet, vielleicht sollte man daran erinnern, daß es sich um Mitglieder der *Confederación National del Trabajo* handelte, der mächtigen Gewerkschaftsorganisation der spanischen Anarchisten), und der klassische Vorname Demetria ist schließlich von ihren Eltern als zu wenig bedeutsam angesehen worden, die sich daran gewöhnten, sie Acracia zu nennen und manchmal sogar, vertrauter noch, ganz einfach Acra.

Acracia ist der Ausdruck, mit dem die spanischen Anarchisten, die sich selbst *Ácratas* nennen, das Ziel bezeichnen, das ihre Bewegung erreichen will: eine harmonische, sozietäre Organisation, frei von jedem Apparat staatlichen Zwangs. Aber die Etymologie dieses Namens scheint allzu klar zu sein, als daß man sie hier erklären müßte.

Dennoch scheinen die französischen Anarchisten den Ausdruck

*Acratie,* soweit bekannt, niemals benutzt zu haben, um ihre Bewegung und deren ideales Ziel zu kennzeichnen. Der wissenschaftlichen Untersuchung von Jean Maitron zufolge haben die französischen Anarchisten diesen doch immerhin leicht zu verstehenden Namen (*Demokratie:* Regierung des Volkes; *Autokratie:* Regierung von SICH selbst und von SICH allein; *Akratie:* Regierung von niemandem, das heißt von allen) auch nicht seit Ende des vorigen Jahrhunderts für eine ihrer Zeitschriften benutzt. Im bibliographischen Anhang des Werks von Maitron, dessen Lektüre ebenso faszinierend wie aufschlußreich ist, finden wir Veröffentlichungen, deren Titel eine ganze Periode der Geschichte der französischen Arbeiterbewegung heraufbeschwören: *Anarchia, Arcanes, Archinoir, Argad, l'Avorton, Le Balai social, le Bandit du Nord, La Chienlit, Le Christ anarchiste, Cloac, Controverse, Les Crimes de Dieu, le Déchard, l'En Dehors, Germinal, Les Glaneurs, l'Hydre anarchiste, Liberoso, Lucifer, La Mistoufle, Le Naturien, la Plèbe, Le Riflard, Le Silence du Peuple, Sisyphe, le Sphinx individualiste, le Tocsin, la Varlope, Le Végétalien,* um nur einige von ihnen zu zitieren, aber wir finden keine einzige *Acratie.* Schade!

Wie dem auch sei, die kleine Acracia – da jeder sie so nannte – war vierzehn Jahre alt, als der Bürgerkrieg zu Ende ging, unter den Wutausbrüchen, den Massakern und der Verzweiflung, die die Niederlage der republikanischen Armee Spaniens begleiteten.

Aber ich will hier nicht erzählen, das ist nicht der richtige Moment – Aha! da ist der ERZÄHLER in die Falle des Ich gegangen, auf das Spiel des Ich hereingefallen, auf den beruhigenden Schein der Selbstbehauptung, des egotisierenden Ego; dabei hatte der ERZÄHLER doch die feste Absicht, bei dem Versuch, ganz harmlos die Fäden der Erzählung zu ziehen, verstohlen im Hintergrund und im Schatten zu bleiben, und dieses spontane lästige Ich bringt die Karten durcheinander, so daß er Gefahr läuft, um die Vorzüge der Anonymität, um das Vergnügen zu kommen, einer List der Vernunft oder der Vernunft einer erzählerischen List zu ähneln; dieses unvorhergesehene, nicht vorbedachte Ich stellt ihn in Frage ebenso wie in den Vordergrund, dieses Ich hört auf, ein Spiel zu sein, und wird ein Spieleinsatz; wenn es erst einmal damit anfängt, das Wort zu ergreifen, so wird es sich erklären, sich rechtfertigen müssen! Da ist es schon besser, so schnell wie möglich in die Heimlichkeit des Textes zurückzutauchen – und man wird hier nicht, das ist nicht der richtige Moment, das Leben von Acracia Seisdedos nach dem Tod ihres Vaters erzählen, eines Konföderierten aus der Estremadura, wie bereits gesagt wurde, der jedoch im Bürgerkrieg Vorsitzender einer selbstverwalteten Orangenproduktionskommune im Südosten Spaniens war und im April 1939 von den Francotruppen in Albatera (Provinz Alicante) erschossen wurde. Man wird es nicht erzählen, weil es nicht der richtige Moment ist, weil es uns von den unmittelbaren Ereignissen unserer Geschichte abbringen würde.

Aber noch zwei Worte, bevor wir den Faden wiederaufnehmen.

Es war Eleuterio Ruiz, der, wie bereits gesagt, die Vornamen seiner vier Töchter: Penthésilée, Pénélope, Perséphone und Proserpine ausgewählt hat. Man muß wissen, daß die spanischen Anarchisten, ganz nach der Tradition der französischen Revolutionäre von 1793, für die griechisch-römische Antike schwärmten und daher ihren Kindern sehr oft Vornamen aus der Mythologie oder klassischen Geschichte gaben. So tragen drei der Töchter von Eleuterio und Acracia ihren legendären Vornamen unbefangen. Aber die vierte war gezwungen, ihn zu ändern und sich ganz banal Carmen zu nennen.

Man wird begriffen haben, daß es sich um Proserpine handelt – was auf französisch wie Proserpimmel klingt –, und man wird ebenso erraten haben, daß die Änderung dieses Vornamens von dem Tag an notwendig war, als das kleine Mädchen in eine Grundschule eintrat – das war damals in der Gegend von Béziers –, denn man kann sich das Gelächter, die Verballhornungen, die schlüpfrigen Kalauer, die Algaraden vorstellen, die die Aufrufung ihres Namens in der Schule jedesmal hervorrief. An dem Tag, als selbst die Lehrerin, sicher aus Versehen, mechanisch und ohne irgendeine Absicht, die Kleine zu verletzen, sie mit *Proserpine-au-cul* aufgerufen hatte, wie es die Kinder der Klasse seit Wochen taten (*Proserpine-de-cheval-*, schreit sofort ein launiger Leser), beschloß sie ganz einfach zu kapitulieren, ihren Vornamen aufzugeben und sich Carmen zu nennen. Da blieb man wenigstens im harm- und farblosen Bereich des pittoresken Stereotypen. Welches Trauma dieser Verlust an Identitätssubstanz bei der kleinen Spanierin hatte hervorrufen können, das ist eine Frage, die die Fortsetzung der Erzählung nur in Anspielungen wird streifen können, sofern sie, die Fortsetzung, überhaupt dazu kommt.

Jedenfalls hat Artigas die Silhouette über dem Lenker des in die Rue du Dragon rasenden Motorrads erkannt: Perséphone oder Proserpine (denn wir werden der letzteren weiterhin ihren richtigen Vornamen geben, zumindest wenn in der Erzählung keine Figuren auftauchen, die sich über sie lustig machen könnten). Mit Helm und Stiefeln, amazonenhaft, die Beine in blauen Stoff gezwängt, braust das Mädchen – welches es auch sei – wie ein Wirbelwind auf den Boulevard. Aber sie fährt zu schnell, kommt auf der aufgerissenen Fahrbahn ins Schleudern. Es gelingt ihr jedoch, ihre Maschine wieder aufzurichten, sie gibt wieder Gas und steht nach einer Kehrtwendung vor der Tür der ehemaligen Metzgerei Hervet.

Rafael Artigas ist aus seinem Versteck gekommen. Er bleibt am Türpfosten stehen. Er winkt ihr zu.

Das Mädchen hat ihn gesehen. Es winkt mit der linken Hand zurück. Dann macht das Motorrad mit aufheulendem Motor einen Satz nach vorn (wie schön das gesagt ist, man könnte meinen, man sei mitten in einem Dreigroschenroman!). Artigas weicht der Maschine durch eine geschickte Pirouette aus. Er begleitet die Attacke des Motorrads mit einer ausladenden Bewegung des rechten Arms. Der Rückspiegel des Lenkers streift seinen Bauch wie ein Stierhorn. Sie mögen dieses Spiel.

Das Mädchen ist genau mitten in der verlassenen Metzgerei gelandet. Sie stellt den Motor ab. Sie dreht sich zu Artigas um.

Dieser betrachtet die hochaufgeschossene Silhouette, die langen Beine, die knochige Wölbung der unter dem engen Stoff hervortretenden Hüfte. Die pelzgefütterte Lederjacke dagegen verbirgt die Formen des Oberkörpers, verhüllt sie. Er sieht den Schatten eines lüsternen Mundes, das Funkeln eines schwarzen Auges hinter dem Plexiglas des Sturzhelms.

»Welche bist du?« fragt er.

Mit einer raschen Bewegung nimmt das Mädchen ihren Helm ab. Sie schüttelt die Haare. Sie zeigt ihr Gesicht.

Das genügt zwar nicht, sie zu identifizieren. Die äußerliche

Ähnlichkeit der Zwillingsschwestern ist erstaunlich. Sie treiben übrigens ihr Spiel damit. Bei Artigas zumindest haben sie oft mit dieser Ähnlichkeit gespielt. Sie lassen sich gerne verwechseln. Aber Perséphone hätte niemals eine solche Bewegung gemacht. Sie hätte niemals ganz einfach ihren Helm abgenommen. Perséphone hätte sich auf dem Sitz ihres Motorrads aufgerichtet und mit ihrer etwas rauhen, provozierenden Stimme »Rate!« gesagt. Perséphone hätte gewollt, daß er ihren Körper erforscht, ihn durch schamlose Zärtlichkeiten langsam erkennt. Perséphone hätte gewollt, daß er alle Reißverschlüsse ihrer Jacke und ihrer Dschiens aufmacht, daß er sie ganz aufzieht, um ihre hohe und feste Brust, die seidige Weichheit ihres Bauches zu streicheln, hätte aber ihr Gesicht unter allen Umständen maskiert gelassen.

Es ist also nicht Perséphone, sondern Proserpine.

Er zeigt nicht, daß er erraten hat, welche der Zwillingsschwestern vor ihm steht.

»Die Augen, der Mund, das Gesicht... Das genügt nicht: ich brauche andere Erkennungszeichen, meine Hübsche!«

Das Mädchen errötet. Der Helm fällt ihr aus den Händen. Ihre Lippen zittern.

Perséphone hätte nicht gezittert. Sie hätte auch nicht zugelassen, daß er sie »meine Hübsche« nennt, mit jener unerträglichen und in diesem Fall das junge Mädchen bewußt provozierenden männlichen Herablassung.

Vor einiger Zeit bereits, als Artigas mit seinem Mund die Konturen ihres Körpers von der Fessel bis zum Ohrläppchen berührte, hatte Perséphone brutal reagiert, als er sie ganz zart, in einem Murmeln dunstiger Seligkeit, »Hübsche« genannt hatte. In Wirklichkeit hatte er auf kastilisch *Guapa* gesagt, und Perséphone hatte in derselben Sprache, die ihr nicht vertraut war und die sie mit einem ziemlich rührenden französischen Akzent sprach, geantwortet. *»No me llames guapa, llámame puta!«* hatte sie plötzlich gebrüllt. »Nenne mich nicht Hübsche, nenn mich Hure!« Er hatte sich gefügt und sie seitdem Hure genannt, meine kleine Hure, kleine Königin der schönen Huren.

Am selben Abend hatte er im *El Alcazar* mit Paula Negri über diese heftige Reaktion des Mädchens gesprochen. Diese beaufsichtigte die Proben für das neue Stück, das sie hier aufführen wollte und für das Artigas einige Szenen oder Sketche geschrieben hatte. Paula war eine Mulattin von der blendenden Schönheit dunklen und dichten Honigs. Sie war 1968 aus Kuba gekommen, auf der Flucht vor den Exzessen jener viktorianischen und puritanischen Moral, die immer eine Begleiterscheinung der produktivistischen Epochen beschleunigter Akkumulation des Kapitals sind: das heißt Akkumulation des toten Produkts der lebendigen Arbeit, welche – letztere nämlich – mit diversen Mitteln herausgepreßt wird, wobei das perverseste sicher der massive und manipulierte Wettbewerb für den Aufbau des Sozialismus ist. Sie war vor den Gesetzen gegen Müßiggang und Rumtreiberei, vor der Unterdrückung der Homosexualität und dem kleinbürgerlichen Machismo dieses von den jakobinisierten weißen Nachfahren der spanischen Kolonialbourgeoisie regierten afro-kubanischen Landes geflohen. Sie war vor jenen eisigen Tugenden geflohen, die zwangsläufig alle Prozesse der Errichtung einer Gesellschaft, die sich selbst als neu proklamiert, zu konnotieren scheinen.

Nach der Probe hatten sie lange über Perséphone, über seine komplexen Beziehungen zu dem Mädchen gesprochen. Zu beiden übrigens, da Perséphones Zwillingsschwester an diesen Beziehungen teilhatte. Man muß allerdings sagen, daß Paula Negri sich ebenfalls für die Mädchen interessierte. Nicht ausschließlich für Perséphone und Proserpine: für blutjunge Mädchen im allgemeinen. Paula hatte eine unglückliche Liebe zu Frauen, weil sie sie heterosexuell liebte. Sie wollte sie besitzen, sie nehmen, in sie eindringen, sie füllen, sie gewinnen, sie innehaben. Ihnen einen reinstecken, derb, aber ausdrucksvoll gesagt. Das Fehlen des natürlichen Organs für diese sublimen Praktiken – die ihr auf schmerzliche Weise sublim erschienen – verurteilte sie zu den Qualen des Unvollständigen, des Verstümmelten, zu einem frenetischen Gefühl schuldhafter Frustration. Trotzdem, selbst auf diese Weise, im Schmerz, liebte Paula nur Frauen.

Später, in der Wohnung, die sie in der Rue Mazarine besaß, seit sie die Leitung des *El Alcazar* übernommen hatte, setzte sich Paula Negri ans Klavier. Sie hatten bis zum Morgengrauen, im trauten Tête-à-tête *Mezcal Gusano de Oro* getrunken. Ein untröstlicher Verehrer hatte ihr gerade eine Kiste davon aus

Mexiko geschickt *(Mezcal Legítimo de Oaxaca, Con su proprio gusano)*.
Sie hatte diese Nacht ein Chanson geschrieben. Sie hatte die Musik dazu am Klavier improvisiert. Perséphones Satz kehrte als penetranter Refrain dieses Chansons wieder. Aber Paula hatte ihn ins Englische übertragen, weil diese Sprache besser zum Blues-Rhythmus paßte, den sie gewählt hatte. *»Dont call me honey – call me whore«* ... Paulas warme, völlig heisere Stimme, die immer fast brach und doch immer wiederkam, hatte dieses Chanson in der Rue Mazarine bis zum Morgengrauen gesummt.
Aber heute, mitten in den Trümmern der ehemaligen Metzgerei Hervet, hat Perséphones Zwillingsschwester ihren Helm fallengelassen.
Ihre Lippen zittern. Sie brüllt.
»Die Korsen haben Perséphone entführt!«
Sie brüllt, zitternd, sie drückt sich plötzlich an ihn, als wollte sie durch diese Geste der Hingabe, sie, die immer so zurückhaltend war, Perséphones Abwesenheit auslöschen. Aber er hat keine Zeit, diesen stöhnenden Mund zu küssen, die Lederjacke aufzuziehen, um die Spitzen ihrer festen und kräftigen Brüste zu streicheln. Ein höllisches Geknatter ist in der Rue du Dragon ausgebrochen. Ein Aufheulen von Motorrädern, das von dem Geknalle einiger kurzer Salven aus automatischen Waffen gesteigert wird.
Das Mädchen hat sich losgemacht. Es hat aus der Hintertasche seiner Maschine eine Thompson-MP geholt. Es schiebt das Magazin ein, es geht in Deckung, schußbereit. Artigas ebenso, mit der Waffe in der Hand.
Fünf Motorräder sind auf dem Boulevard aufgetaucht, wie der Wirbelwind aus der Rue du Dragon hervorstürmend.
Die Korsen tragen schwarzes Leder. Sieben Korsen insgesamt, denn zwei sind noch auf den Rücksitzen von zwei Motorrädern. Diese schwingen mit ihrem freien Arm automatische Kalaschnikows. Zwei Handgranaten hängen an ihrer Brust.
»Rühr dich nicht, sie haben Granaten«, flüstert Artigas.
Das Mädchen nickt, es hat es gesehen.
Die fünf Motorräder fahren auf dem Boulevard hin und her, wobei sie den Löchern der Fahrbahn ausweichen, über die

Schutthaufen springen. Ein ohrenbetäubendes Karussell. Aber die Korsen haben ihre Anwesenheit in den Trümmern der ehemaligen Metzgerei offenbar nicht bemerkt.
Plötzlich bricht die Motorradfantasia ab.
Auf ein Zeichen ihres Anführers hin sammeln sich die fünf korsischen Motards und rasen in voller Geschwindigkeit über den Boulevard nach Osten, Richtung Odéon davon. Artigas und Proserpine verstehen sofort, warum. An der Ecke der Rue du Dragon ist ein Panzerwagen der spanischen Selbstverteidigungsmilizen aufgetaucht.
Während der Kämpfe von 68 waren einige gepanzerte Autos der Gendarmerie und der Armee in die Hände der Aufständischen gefallen. Aber dieser Wagen ist kein ehemaliges Militärfahrzeug. Es ist der Spezialwagen einer Geldtransportgesellschaft, auf den ein Stahlturm mit einem schweren Maschinengewehr aufgesetzt worden ist. Die Gesellschaft *Fric's France* hatte bestimmt nicht vorausgesehen, daß einige ihrer gepanzerten Autos auf diese Weise unter dem Befehl von Pedro Vargas enden würden. Pedro ist der Militärbeauftragte für die Westgrenze der Z.U.P. Er kommt offenbar mit Verstärkungen, um die Korsen zu vertreiben.
Er ist es tatsächlich. Er steigt aus dem Panzerwagen. Er geht auf Artigas und das Mädchen zu.
»Sind sie weg, diese *Maricons*?« fragt er.
Er ist außer sich, Pedro Vargas. Aber man versetze sich einmal an seine Stelle.
Vargas hat mit siebzehn gegen die Francotruppen gekämpft. Dann hat er im Exil, in einer Einheit spanischer Partisanen im Südosten Frankreichs, gegen die Deutschen gekämpft. Er wurde gefangengenommen und in ein Konzentrationslager Mitteldeutschlands geschickt. Als er einem Arbeitseinsatz zur Reparatur der Gleise zugeteilt wurde, ist er mit einem Juden aus Riga, einem Jugoslawen aus Zagreb und einem Bretonen aus Forêt-Fouesnant ausgebrochen. Sie haben sich in den Karpaten den slowakischen Partisanen angeschlossen und weitergekämpft. 1946 hatte Vargas gerade Zeit, nach Luft zu schnappen und ein Kind zu machen, dann landete er schon wieder mit einer kommunistischen Guerillagruppe an einem Strand in der Nähe von Llanes, an der Grenze der Provinz Santander zu Asturien.

Zwei Tage früher waren sie heimlich in Saint-Jean-de-Luz am Quai de l'Infante an Bord einer Schaluppe gegangen. Bis 1948 hatte er die Guardia civil im Norden Spaniens bekämpft. Später, nach Beendigung der Guerilla, hatte er Meinungsverschiedenheiten mit der Partei gehabt – es erübrigt sich zu sagen, mit welcher Partei: Gibt es wirklich eine andere Vaterpartei als die kommunistische Partei? – und sich aus der Politik zurückgezogen. 1968 betrieb er eine Tankstelle im 14. Arrondissement. Und da hatte es ihn wieder gepackt. Er hatte angefangen, die Wagen der aufständischen Gruppen zu reparieren. Danach hatte er alle möglichen gepanzerten Fahrzeuge für die Volksmilizen zusammengebastelt. Und er war schließlich der Militärbeauftragte für einen Sektor der Z.U.P. geworden.
Aber die Geschichte war wieder einmal schlecht gelaufen.
Daß er jetzt gezwungen war, am Ende seines revolutionären Lebens gegen Jo Arestis Banditen zu kämpfen und obendrein noch zu kämpfen, um so etwas wie eine öffentliche Ordnung wiederherzustellen, das deprimierte Pedro Vargas gewaltig. Er sah darin das Symbol des planetarischen Scheiterns dessen, wofür er sein Leben eingesetzt hatte.
»Sind sie weg, diese *Maricons*?« hat er mit angewiderter Miene gefragt.
Alle Leser dieses Romans, die in der jetzt verschwundenen Z.U.P. gewohnt haben, werden diesen Ausdruck von Vargas genau verstehen. Sie kennen das *Sabir* der Spanier. Man wird ihnen nicht erklären müssen, daß die Spanier, wenn sie französisch sprechen, diese Sprache mit Wendungen spicken, die aus ihrer Muttersprache stammen, mit leicht französisierten Wörtern, mit wörtlich übersetzten Redensarten. Wenn sie übrigens ihre Muttersprache sprechen, so kommt es zu einem umgekehrten symmetrischen Phänomen: die Spanier der Z.U.P. durchsetzen ihre Muttersprache ebenfalls mit französischen Redensarten, Gallizismen aller Art. In Wirklichkeit sprechen die Spanier der Z.U.P. keine Sprache mehr korrekt. Sie sprechen eben ein *Sabir*: ein Wort, dieses letztere, spanischer Herkunft, wie jeder weiß, das die entwurzelten Quellen ihres sprachlichen Wissens genau lokalisiert.
Das Verständnis dieses *Sabir* wird also den ehemaligen Bewohnern der Z.U.P. kein Problem bereiten. Sie wissen ganz genau,

daß das Wort, das Vargas gerade verwendet hat – *Maricons*–, einfach »Päderasten« oder »Schwule«, oder »Tunten« bedeutet. Übrigens benutzen auch die französischen Bewohner der Z. U. P. dieses Wort. Sie sagen oft *Maricon,* wenn sie beleidigend sein wollen. Und wegen der letzten Silbe dieses Wortes, die ihnen derart vertraut ist als Ausruf oder Allerweltswort, wegen dieses *con,* das ihnen ermöglicht, dieses Wort fremder Herkunft in ihr französisches Argot zu integrieren, haben sie sogar eine Menge anderer Wörter nach diesem Modell gebildet. Es gibt im Rotwelsch der Zone eine ganze Reihe von phonetisch und auch semiologisch analogen Ausdrücken, weil sich darin immer eine bestimmte Dosis von klassifikatorischem Rassismus, von verächtlichem und sektiererischem Machismo ausdrückt wie in dem Modellwort selbst, dem Wort *Maricon.*

Wenn sich dieser Roman also nur an virtuelle Leser der ehemaligen Commune de la Rive Gauche wendete, könnte man sich diese kurze philologische Klarstellung sparen. Daß sie gemacht wurde, beweist, daß man ein sehr breites Publikum zu erreichen hofft.

»Sind diese *Maricons* weg?« hatte Vargas gefragt.

Aber das war eigentlich keine Frage. Sie sind weg, das sieht man doch.

Artigas deutet auf das aufgelöste Gesicht Proserpines.

»Joseph Aresti hat Perséphone entführt«, sagt er.

Der Mund von Vargas stößt ein schrilles, anhaltendes Pfeifen aus.

»*Aquí fue Troya!*« sagt er auf spanisch.

In wichtigen Momenten des Lebens greift er immer auf seine Muttersprache zurück. »Hier war Troja«, hat er ausgerufen, wenn man es wörtlich übersetzt, was immer ein Verrat ist.

Aber diese Anrufung Trojas, einer wegen eines Frauenraubs von einem unerbittlichen Krieg zerstörten Stadt, hat in dem Mund von Vargas, selbst wenn sie im rechten Augenblick fällt, keinen präzisen historischen Sinn. Weder im Mund von Vargas noch in irgendeinem anderen spanischen Mund übrigens. Das ist so ein rhetorischer Ausruf, ein stehender Ausdruck der Umgangssprache, den jeder Spanier angesichts eines beachtlichen Ereignisses mit unvorhersehbaren, aber meist unheilvollen, den gewohnten Lauf der Dinge jedenfalls bedrohenden Folgen aussprechen kann. *Aquí fue Troya!*, im Mund von Vargas, das ist so, als wenn er ausgerufen hätte: Daß Gott uns helfe! Oder einfacher, weniger religiös auch: Das fehlte noch! Oder noch gröber: Scheiße!

Und es gibt Grund genug, es zu sagen.

Der Raub Perséphones bedeutet nämlich, daß Joseph Aresti den Moment für gekommen hält, direkt das Ansehen und den Einfluß von Eleuterio Ruiz bei den spanischen Kollektiven der Z.U.P. anzutasten. Wenn die Korsen (wobei dieser Ausdruck übrigens nur eine Gattungsbedeutung hat, weil die meisten der jungen Banditen unter dem Befehl des Aresti-Clans ebensowenig Korsen sind wie Sie und ich), wenn die Männer von Aresti also beschlossen haben, den Spaniern offen den Kampf anzusagen, dann wird Blut fließen in der Z.U.P.

Vargas dreht sich nach dem Mädchen um.

»Wo hat er deine Schwester hingeschleppt?« fragte er. »Zu sich, in sein Saint-Sulpice?«

Das ist natürlich eine metonymische Verkürzung.

Oder vielleicht hat diese unfreiwillige Rhetorikfigur – es ist wirklich unmöglich, Vargas eine diesbezügliche Absicht zu unterstellen – mehr von der Synekdoche oder der Hypallage. Wie dem auch sei, das Saint-Sulpice, von dem die Rede ist, ist nicht die berühmte Kirche im sogenannten Jesuitenstil, die mitten im 6. Arrondissement von Paris aufragt. Jenes Saint-Sulpice, wenn es noch existiert, ist seit langem kein dem römisch-katholischen Kult geweihter Ort mehr. Das Gebäude wurde unter der aufgeklärten Verwaltung der Commune ein gigantisches Stadtbad. Im Hauptschiff ist ein beheiztes olympisches Schwimmbad eingelassen, das das Glück der Z.U.P.-Kinder ausmacht. Aber die Orgel der ehemaligen Kirche ist erhalten. Ihre feierliche, betörende Musik begleitet die Wasservergnügungen aller Art, denen sich die arbeitende Bevölkerung der Z.U.P. hingibt.

Nein, im Mund von Vargas ist das Saint-Sulpice Arestis weder die Kirche noch das Viertel desselben Namens, es ist der riesige »Komplex für sexuelle Freizeitgestaltung« – so hat es in seiner Reklame der gerissene Presseattaché des Aresti-Clans genannt –, der mit einem Raffinement, das alle libertinösen Geister Europas zum Träumen bringen würde, in den unterirdischen Gängen der

ehemaligen Tiefgarage der Place Saint-Sulpice eingerichtet worden ist. Kurz, es ist Arestis Bordell. Im Argot der Z.U.P. ist ein Saint-Sulpice ganz einfach ein Bordell.
Die semantische Verschiebung ist durchsichtig. Und eigentlich gehört sie eher in die Kategorie der Hypallagen als in die der Synekdochen oder der Metonymien. Man sagt Saint-Sulpice für Bordell (und die sehr zahlreichen Ausländer der Zone – Spanier, Araber, Portugiesen, Italiener, Jugoslawen –, die über die Aussprache dieses Wortes stolpern, sagen oft Saint-Supplice, Heilige Marter, und fügen so, durch diesen phonetischen Lapsus, der Bedeutung des Ausdrucks eine neue, nicht unschuldige Dimension hinzu – man weiß ja, daß die Sprache wie das Unbewußte stukturiert ist). Man sagt also Saint-Sulpice oder Saint-Supplice für Bordell, wie man in Paris schon seit 1840 Lorette sagte, wenn man von einer eleganten, leichtlebigen Frau sprechen wollte, wobei Lorette annähernd gleichbedeutend war mit Kurtisane oder ausschweifender Grisette, weil offenbar diese Frauen mit den schwerfällig als leicht bezeichneten Sitten vor allem das Viertel um die Kirche Notre-Dame-de-Lorette bewohnten. Und es ist bestimmt kein Zufall, wenn die Namen der Pariser Kirchen so oft mit Wörtern verbunden werden, die bestimmte Aspekte des Universums der Lust, also der Sünde bezeichnen.
Vargas hatte also gesagt: »Wo hat er deine Schwester hingeschleppt? Zu sich, in sein Saint-Supplice?« Denn er hatte natürlich Saint-Supplice gesagt. Aber dieses Wort konnte Ihnen schicklicherweise ja nicht einfach an den Kopf geworfen werden. Man mußte Ihnen zunächst seine Etymologie geben. Sie sollen ja hier nicht vor den Kopf gestoßen, sondern belehrt werden. Die Erbauung des Lesers ist das Wesen des Trivialromans. Von Sade bis Sue sucht eine ganze literarische Tradition, das zu beweisen.
Perséphones Schwester hat genickt.
»Ja«, sagt sie. »Aresti hat uns eben eine Botschaft zukommen lassen.«
Sie dreht sich zu Artigas um.
»Lute möchte, daß du kommst«, sagt sie.
Lute ist natürlich ihr Vater, Eleuterio Ruiz.
»Ich komme«, sagt Artigas.
Aber Pedro Vargas sieht besorgt aus.

»Geh hin!« sagt er. »Aber laßt euch nicht einwickeln. Er versucht uns zu provozieren, dieser Maricon von Aresti!«
Artigas nickt.
»Sicher«, sagt er.
Das gefällt ihm überhaupt nicht, dieser Kleinkrieg mit den Korsen. Er hatte andere Pläne für die unmittelbare Zukunft.
»Für alle Fälle«, sagt Vargas, »werde ich die Kameraden von den Einsatzgruppen zusammenrufen.«
Er geht und klettert wieder in den gepanzerten Wagen.
Proserpine hat schon ihren Helm wieder aufgesetzt. Sie steigt auf das Motorrad. Artigas setzt sich auf den Rücksitz. Mit seinem linken Arm umfaßt er das Mädchen. Mit der rechten Hand hält er die Thompson-MP.
Sie rasen über den Boulevard.

## 2.

Die Busse fuhren um neun Uhr vormittags von der Esplanade des Invalides ab.
Zweimal wöchentlich – dienstags und freitags – konnte man die Commune de la Rive Gauche besichtigen (eine Bezeichnung, die übrigens nicht ganz exakt war, da die revolutionären Kräfte auf der Rive Droite eine nicht unerhebliche kleine Enklave behalten hatten).
Dienstags dauerten die Rundfahrten je nach Wahl mehr oder weniger lange, waren aber alle im Laufe des Tages zu Ende. Im Winter mußten die Touristen die Z.U.P. um sechs Uhr, im Sommer um acht Uhr abends verlassen haben. Freitags wurde den Besuchern eine andere Möglichkeit angeboten, eine teurere allerdings. Das war die Möglichkeit »Week-End«, die es erlaubte, bis zum folgenden Dienstag auf dem Territorium der Zone zu bleiben, und die die Unterbringung in speziellen Hotels erster Klasse einschloß, sowie ein Programm von Nachttouren und kulturellen Aktivitäten. Angesichts des fast abschreckenden Preises des »Week-End«-Angebots waren die Touristen, die davon profitierten, im allgemeinen Amerikaner, Bundesdeutsche, Japaner, Schweizer oder Araber der Emirate.
Alle organisierten Touren, selbst die kürzesten, die nur eine oberflächliche Übersicht über die Z.U.P. durch die kugelsicheren Scheiben der klimatisierten Busse erlaubten, mußten in harten Devisen bezahlt werden: Deutsche Mark, Schweizer Franken oder US-Dollar. Ein Teil dieser Summen wurde von den Reiseagenturen und Busgesellschaften einbehalten. Ein weiterer Teil wurde der Versailler Regierung vergütet. Der Löwenanteil aber kam natürlich dem Commissariat aux Finances de la Commune zu. Die auf diese Weise angesammelten Devisen, die unter der Kontrolle des Internationalen Währungsfonds in Schweizer Banken angelegt wurden, ermöglichten es der Commune, auf dem Weltmarkt Waren und Dienstleistungen einzukaufen.
»Wir fahren los, meine Damen und Herren«, sagt die blonde Hosteß mit schicker Uniform in mehreren Sprachen, die sie alle mit einschmeichelnder Stimme vor sich hin säuselt.

Es ist neun Uhr.
Im selben Moment, wie in jeder guten Erzählung, rasen Artigas und das Mädchen – zweiköpfiger und zweigeschlechtlicher Doppelkentaur – auf dem Motorrad in die Rue Dauphine.

Der erste der langen Reihe von Bussen fährt gerade von der Esplanade des Invalides nach dem durch die Vereinbarungen von 1973 festgelegten Übergangspunkt. Die von den Ordnungskräften der Versailler Regierung errichtete Mauer, die das Territorium der Z.U.P. ganz umgibt, hat eigentlich mehrere Durchgangspunkte. Aber der für die touristischen Besuche vorgesehene befindet sich an der Kreuzung Croix-Rouge – oder genauer noch, zwischen dieser letzten und der von Sèvres-Babylone –, und er heißt auf den an die Besucher verteilten Karten *Check Point Danny*. Anfangs waren die Faltblätter, die den Touristen in einer Tüte überreicht wurden und die eine Dokumentation über die Geschichte der Zweiten Commune von Paris enthielten, auf englisch und französisch abgefaßt. Aber sehr bald hatten die Veranstalter der Rundfahrten, wahrscheinlich aus Sparsamkeit, das ganze Material ausschließlich auf englisch drucken lassen, da diese Sprache allen Besuchern aus Ländern harter Devisen vertraut war. So war der *Point de Contrôle Danny* nur noch ein *Check Point* desselben Vornamens, in Erinnerung – es ist nicht sinnlos, es zu erklären, jetzt, wo kein genauer Hinweis mehr dieses Detail präzisiert – an einen jungen Anarchisten deutscher Herkunft, der zu Beginn der Ereignisse von 1968 eine entscheidende Rolle gespielt hatte, obwohl niemand mehr zu wissen schien, was aus ihm geworden war. Nach bestimmten, vielleicht böswilligen, Gerüchten soll der fragliche Danny jetzt eine Herberge in Bayern mit dem nostalgischen, liedhaften Namen: *Im wunderschönen Monat Mai* haben.
Der Bus ist losgefahren.
Yannick de Kerhuel hört zerstreut auf die Erklärungen der Hosteß und betrachtet dabei die Stadtlandschaft durch die kugelsicheren Scheiben.
Allzu zerstreut offenbar.
Zunächst bringt sie sich durch ihre Unaufmerksamkeit um eine Anzahl historischer Informationen, die ihr sehr nützlich sein

könnten, weil sie für eine unbestimmte Zeit in der Z.U.P. wohnen will. Denn die Hosteß ist dabei, mit einschmeichelnder offizieller Stimme einen in kleine pädagogische Scheiben zerlegten mehrsprachigen Text über Einzelheiten der Geschichte der Zweiten Commune von Paris vorzulesen, die im Laufe der Jahre auf ziemlich traurige Weise nur noch die der Rive Gauche geworden ist und heute in der Umgangssprache mit den drei Großbuchstaben *Z.U.P.* bezeichnet wird, eine Abkürzung, deren eigentliche Bedeutung verdreht und durch eine ganze Reihe frei erfundener, wenn auch nicht sinnloser Erklärungen verwischt worden ist.

So sollen für die Anarcho-Spontis die drei Buchstaben Z.U.P. *Zone d'Utopie Populaire* bedeuten. Andere Gruppierungen behaupten, sie seien der verkürzte Ausdruck eines strategischen Wunsches: *Zone où s'Unifiera le Peuple.* Aber die unter der Fuchtel des Bretonen Auguste Le Mao stehenden Maos schreiben diesen Anfangsbuchstaben ein Signifikat zu, das sie als wissenschaftlicher und operativer ansehen: *Zone Urbaine Prolétarienne.* Sie, die Maos, versichern, daß die Commune Urbaine de Paris eine »rote Basis« bilde, den proletarischen Funken, von dem aus sich das Feuer auf der ganzen französischen Ebene wiederentzünden könne, mit Hilfe der »bäuerlichen Stützpunkte« derselben gesellschaftlichen Tendenz, die noch in Okzitanien und in bestimmten Ecken der Bretagne überleben.

Man sollte jedoch daran erinnern, ohne in die Analyse oder auch nur in die bloße Aufzählung aller anderen möglichen Entzifferungen dieser polysemischen Abkürzung einzutreten, daß Z.U.P. für die Experten des VI. Plans der Versailler Regierung ganz banal *Zone Urbaine de Pénurie* bedeutet. Besagte Experten nämlich betrachten die kommunardischen, kommunalistischen oder kommünotären Versuche, die nach den Ereignissen von 68 in den verschiedenen Regionen Frankreichs gewuchert haben, als eine Regression zu vorindustriellen Lebensformen, die durch eine von den Organen der Zentralverwaltung bereits programmierte Sanierung in die für eine Wiederentfaltung der Produktivkräfte des bevorstehenden Zeitalters der Telematik angemessensten Massenkonsumstrukturen reintegriert werden kann.

Aber die blonde Hosteß, der Yannick de Kerhuel allzu zerstreut zuhört, spricht im Moment nicht von den Programmen des VI.

Plans oder auch nur von den möglichen Bedeutungen der Abkürzung Z.U.P. Sie berichtet gerade, wie im Lauf jenes denkwürdigen Monats Mai vor sieben Jahren (schon!), nach dem abrupten Verschwinden General de Gaulles – weisen wir beiläufig darauf hin, daß die historische Version, von der euphorisierenden Stimme der blonden Ciceronesse einschmeichelnd vorgetragen, das Hubschrauberunglück nicht in Zweifel zu ziehen scheint – und nach dem darauf folgenden politischen Vakuum, mit stürmischen, geradezu malstromhaften Folgen, eine provisorische Regierung unter dem Vorsitz von Mendès eingesetzt wurde. Aber diese Regierung Mendès, die aus einem vorübergehenden Zusammenschluß von diversen, wenn nicht disparaten Kräften hervorgegangen und von den Führern der K.P.F. unabänderlich als »prinzipienloses Bündnis des Komplotts von Charlety« gekennzeichnet worden war, wurde alsbald von den nach ihrer Verwaisung wieder zu einer schlagkräftigen Volkspartei gewordenen Gaullisten von rechts angegriffen – mit linken Argumenten – und von den Kommunisten gleichzeitig von links – natürlich mit rechten Argumenten. Diese Überschneidung oder Gleichzeitigkeit führte zu einem taktischen Bündnis dieser mit jenen unter der Bezeichnung *Union du Peuple de France,* einem seinerseits nicht prinzipienlosen Bündnis, seien Sie dessen sicher, zu dem die Gaullisten die Theorie entwickelten, auf Grund bestimmter Reden des Generals aus der Zeit vor der von Bayeux, während die Kommunisten ihre eponyme Herkunft feststellten mit Hilfe eines Berichts von Maurice Thorez auf dem Kongreß von Arles, vorgelegt im Jahre 1937 von der K.P.F. (im Jahre 1937, ja ja, welche vorausschauende Allwissenheit haben die geliebten Führer, selbst die verschwundenen!). Unter diesen Umständen erlag die Regierung Mendès rasch dieser doppelten Offensive und lieferte damit das schöne Land von Jeanne d'Arc und Jacquou-le-Croquant, von d'Estienne d'Orves und Gabriel Péri der reinen und bloßen Anarchie, der Wucherung der Kommunen von Paris, Lyon, Lille, Marseille, Grenoble, Nantes und Saint-Étienne aus, um nur die wichtigsten zu zitieren; einer zentrifugalen, regionalistischen Welle, die in Okzitanien, der Bretagne, dem Elsaß und Euskadi-Nord wütete und vorübergehend in Stücke fliegen ließ, was fast zwei Jahrhunderte jakobinische Tradition war – gereinigt und vervollständigt durch den Thermidor, das Konsulat und die beiden Kaiserreiche–, bis zu dem Tag, als die Amerikaner fanden, daß die Schwächung Frankreichs ein ausreichendes Maß angenommen hätte, um seinen wechselnden und schwankenden Regierungen – wobei die Kommunisten natürlich, nachdem mit ihrer Hilfe die Ordnung wiederhergestellt war, sehr rasch in die Opposition zurückgeworfen worden waren – jedes auch noch so geringe Interventionsgelüste in die internationalen Angelegenheiten zu verbieten, und sich zu einem Programm wirtschaftlichen Wiederaufschwungs herbeiließen, einer Art Marshall-Plan, was übrigens um so notwendiger war, als die Ölkrise von den Vereinigten Staaten eine Neustrukturierung des Weltmarktes verlangte.

Aber Yannick de Kerhuel hört allen diesen historischen Erklärungen nur zerstreut zu, allzu zerstreut. Sie sieht sich nicht einmal die Karte von Paris an, auf der das Territorium der Z.U.P. mit einem dicken roten Strich begrenzt ist, der Grenzlinie der Mauer, die den kommunardischen Tumor von dem gesunden Körper der Nation trennt.

Der ERZÄHLER bemerkt diese Zerstreuung der Frau sofort.

Der ERZÄHLER hat sich nämlich verstohlen in den abfahrenden Bus eingeschlichen, mit der zugegebenermaßen zutiefst narzißtischen Absicht – aber welcher ERZÄHLER ist das nicht ein wenig? –, dem Ablauf dieses neuen Kapitels der von ihm ausgedachten Abenteuer beizuwohnen. Im Fond des Pullmann, neben einer Gruppe von piepsenden, molligen Japanerinnen sitzend, beobachtet er Yannick de Kerhuel. Er fragt sich, ob diese die erzählerischen Tricks zu schätzen wissen wird, mit der »Überraschung des Hauses«, die er ihr für das Ende dieser kurzen Reise aufhebt. Denn der ERZÄHLER ist ganz und gar zufrieden mit diesem Kapitel, dem er schon begeistert den letzten Schliff gegeben hat.

Die blonde säuselnde Hosteß zum Beispiel, eine indessen ganz episodische Figur, die wie eine Sternschnuppe durch die Erzählung huschen wird, hatte ein Recht auf eine vollständige biographische Karteikarte gehabt, die man in den Archiven des ERZÄHLERS wird finden können, wenn erst einmal Doktorarbeiten über sein Werk geschrieben werden. Mit einer leicht perversen Ironie hatte der ERZÄHLER diese Figur der Hosteß von Artigas selbst übernommen, oder vielmehr von einem seiner früheren Romane, die er lange Zeit unter seinem richtigen Namen geschrieben hatte (aber wird man jemals den richtigen Namen von Artigas erfahren? Seinen vermuteten richtigen Namen, müßte man vielmehr sagen). Heidi Grühl, Hosteß der Swissair in einem früheren Roman von Artigas, war unter den Händen des gegenwärtigen ERZÄHLERS die lange, dünne, polyglotte *Heidi-Long-Legs* geworden, Ciceronesse dieser Besuchergruppe der Z. U. P. Vorne im Bus stehend flüsterte sie präzise Informationen über die Commune de la Rive Gauche, erst auf englisch, dann auf französisch und deutsch. Ein einziges Detail störte den ERZÄHLER bei dieser sonst dem imaginären Vorbild ganz entsprechenden Figur: Heidi spielte mit dem Mikrophon allzu offensichtlich wie mit einem Phallussymbol. An diesem Detail offenbarte sich zweifellos ein Atavismus, ein Charakterzug, der eher den Zwangsvorstellungen ihres ersten Schöpfers, Artigas, entlehnt war als den ihres gegenwärtigen Erzeugers oder ERZÄHLERS.

Aber heute war deutlich, aus welchen Gründen auch immer, daß die Zuhörerschaft nicht besonders aufmerksam war.

Die Japaner hörten kaum hin, schwatzten untereinander und erfüllten den Bus mit dem elektronischen, abgehackten Zischen ihrer Fotoapparate, die nach allem und nichts aus waren: nach der Spiegelung eines Baums auf der Scheibe, nach der stattlichen Karyatide einer Fassade des Faubourg Saint-Germain, nach einem Vogel am Himmel: Augenblickseindrücke, kurz gesagt, vom Kameraauge als erstarrte Gestalten des Ewigen ergriffen. Die Araber der Emirate hörten ebensowenig zu. Sie linsten nach Heidis langen Beinen mit der schweren Selbstsicherheit ihrer Petrodollars im Blick, aber auch mit der besorgten Misogynie ihrer kulturellen Tradition und dem unstillbaren Durst von Wüstenwüstlingen, maßlos, überreizt von allen Verboten, mit denen die erregende Weiblichkeit ihrer Gattinnen und Erzeugerinnen, ihrer Schwestern und Konkubinen geschlagen ist.

Doch diese Unaufmerksamkeit der Japaner und der Araber vom Persischen Golf – die heute fast die Gesamtheit der in Heidis Bus sitzenden Besucher ausmachten – wäre für den ERZÄHLER nicht katastrophal gewesen, selbst wenn sie sich als irritierend hätte

erweisen können. Was katastrophal war, war die Haltung von Yannick de Kerhuel.
Diese hätte nämlich den ciceronesken Berichten Heidis aufmerksam zuhören müssen. Genau das war im Plan des ablaufenden Romans vorgesehen. Sie hätte sich auch die Karte der Z.U.P. ansehen müssen, die ihr freundlicherweise überreicht worden war. Bei einem Blick über ihre hilfreiche Schulter hätten alle interessierten Leser und Leserinnen feststellen können, daß sich das Territorium der Z.U.P. auf dem linken Ufer über das gesamte 5. Arrondissement, fast über das 6., das 14. dito und über einen großen Teil des 13. erstreckte. Auf dem rechten Ufer besaß die Commune de la Rive Gauche eine Enklave in einem Teil des 1. und 2. Arrondissements – mit den Gebäuden des Louvre, der Bibliothèque Nationale und der Banque de France, von entscheidender Bedeutung in materieller ebenso wie in symbolischer Hinsicht –, die sich in einem schmalen Streifen der Seine entlang fortsetzte und auf der anderen Seite von der Rue de Rivoli, der Rue Saint-Antoine und dem Boulevard Henri IV begrenzt war.
Aber all diese Angaben über das Territorium der Z.U.P. sind ungenau und dürfen nicht wörtlich genommen werden. Die Fortsetzung der Erzählung wird vielleicht widersprüchliche Einzelheiten über bestimmte Aspekte bieten. Da Yannick de Kerhuel die Karte, die ihr überreicht worden ist, nicht aufgefaltet hat, ist es uns ja unmöglich gewesen, uns über ihre Schulter zu beugen, um die volle Richtigkeit dieser Informationen zu überprüfen.
Die stumpfe, unerklärliche Zerstreuung von Yannick de Kerhuel verdirbt uns also diese Möglichkeit, uns zu informieren – setzt aber andererseits die Erzählung fort und führt einige, in vieler Hinsicht anziehende, Figuren ein. Die Geistestaubheit der jungen Bretonin macht die Erfindung jener charmanten Figur der Hosteß, Heidi, einer Schweizer Ciceronesse, überflüssig, die den Leser ebenso hätte interessieren können, wie sie die in ihrem Bus sitzenden Araber der Emirate aufreizte.
Angewidert also, zutiefst enttäuscht durch diesen Mangel an Höflichkeit seitens eines Wesens, das er ganz einfach aus dem Nichts gezogen hat, macht sich der ERZÄHLER heimlich davon, entschwebt und verschwindet, um als neuer Asmodée das

Motorrad zu überfliegen, das Proserpine und Rafael Artigas zur Rue Dauphine fährt, und überläßt Yannick de Kerhuel ihrem traurigen Schicksal.

Die junge Frau betrachtet die Stadtlandschaft durch die kugelsicheren Scheiben. So, jetzt ist es soweit: nun zu uns beiden, Paris! Sie möchte so schnell wie möglich auf die andere Seite der Mauer kommen. Ihr Vertrag mit Jo Aresti wird sie zu einer der Königinnen des libertinösen nächtlichen Paris machen.

Sie lächelt.

Jetzt, da sie sich des ERZÄHLERS entledigt hat – denn sie hat natürlich Heidis Reden absichtlich keine Aufmerksamkeit geschenkt: mit solchen Romantricks hat sie nichts zu tun! Sie hat sich nicht in frühstem Alter von der väterlichen Vormundschaft befreit, um unter die Fuchtel eines ERZÄHLERS zu geraten, von dem sie nichts weiß! –, kann Yannick in den Wonnen einer Erinnerung versinken, die frei von jedem Trübsinn ist.

Sie war indessen von einem strengen, aber ungerechten Vater erzogen worden, der seine Kinder abends versammelte, um sie endlos mit verteilten Rollen *Le Génie du Christianisme* vorlesen zu lassen, abgesehen von gewissen kurzen Stellen, die er verbot, weil darin für sein Empfinden allzu unverblümt von profaner Liebe die Rede war.

Die anderen Schriftsteller des 19. Jahrhunderts, die nicht auf dem Privatindex des Patriarchen de Kerhuel standen, ließen sich an den Fingern einer Hand abzählen: Bonald und de Maistre für Frankreich; Burke und Donoso Cortés für das Ausland (der letztere in einer ausgezeichneten Übersetzung, mit einem Vorwort von Louis Veuillot natürlich, erschienen bei der Librairie d'Auguste Vaton im Jahre 1862). Für das 20. Jahrhundert war die väterliche Zensur ebenso rigoros. Außer den Schriften von Charles Maurras und Léon Daudet waren die einzigen Romanwerke, die Gnade in seinen Augen gefunden hatten, die von Delly und Michel de Saint-Pierre. Selbst die Bücher von Louis-Ferdinand Céline waren ausgespart, denn trotz ihrem ganz anerkennenswerten Antisemitismus steckte in der Schreibweise des Doktor Destouches, in der seziermesserscharfen Präzision seiner groben und grausamen Sprache eine subversive Ladung,

die der integristische Junker nicht zulassen konnte, ja, die er verabscheute.
Doch die historischen Figuren, die beim Vicomte de Kerhuel wildesten Haß hervorriefen, waren die abscheuliche Trinität von Charles de Gaulle, Georges Bernanos und dem katalanischen Kardinal Vidal i Barraquer.
Die Gründe für den blinden Haß gegenüber dem ersten der oben Genannten waren leicht zu erraten: de Gaulle war für ihn die Inkarnation des Verrats und der Verletzung der Amtspflicht. Nicht nur hatte er 1944 »la Gueuse« wiederhergestellt, wie die Anhänger von Maurras die Republik nannten; nicht nur hatte er den Kommunisten als Steigbügelhalter gedient, sondern auch und vor allem hatte er die Ehre der Armee besudelt, als er Algerien dem Fellachenpack auslieferte. Was die beiden anderen angeht, Bernanos und Vidal i Barraquer, so standen die Gründe, auf sie zu spucken, in ein und demselben Zusammenhang: dem von Francos Kreuzzug gegen die Feinde des Glaubens. Unverzeihlich war beim ersten der Dolchstoß in den Rücken, der *Les grands cimetières sous la lune* gewesen war, und beim zweiten die Tatsache, daß er es absichtlich unterlassen hatte, den Hirtenbrief der spanischen Bischöfe zu unterschreiben, der die Gläubigen zu besagtem Kreuzzug aufrief.
Daher hatte der Vicomte in einem Kellergewölbe des Herrensitzes von Kerhuel, an einer Schleife des Odet in einigem Abstand vom Dorf Combrit gelegen, einen Schießstand für die Ausbildung der Privatmiliz einrichten lassen, die er heimlich auf seine Kosten unterhielt, in Voraussicht eines bevorstehenden und heiligen Bürgerkriegs in Frankreich selbst. Dort bestanden die Schießscheiben, an denen sich seine Männer übten, aus Porträts der drei eben erwähnten Personen.
Wie dem auch gewesen sein mag, Yannick war in Vannes erzogen worden, in einer religiösen Anstalt, die anscheinend alle wünschenswerten Garantien bot. Anscheinend in der Tat, was ja: nur scheinbar heißt. Denn in Vannes hatte Yannick, dank einem mit dem Lateinunterricht beauftragten Nönnlein, im Alter von dreizehn Jahren, nach dem Ungefähr der einsamen Betastungen, die sinnenbetörende gemeinsame Lust entdeckt. In Vannes, im Frühlingslicht eines Innenhofs.
Als sie an jenem Tag mit Schwester Odile, ihrer Privatlateinleh-

rerin – die ihr der Prinzipal des Collège zur Verfügung gestellt hatte, nicht weil sie in diesem Fach schwach gewesen wäre, sondern ganz im Gegenteil, weil sie sehr stark darin war und bereits darauf vorbereitet wurde, drei Jahre später beim allgemeinen Wettbewerb der Gymnasien Frankreichs einen ersten Preis zu gewinnen –, als sie also mit Schwester Odile einen Text zur Übung der Peripetien der lateinischen Übersetzung suchte, schlug Yannick nicht ohne Hintergedanken vor, *Le Génie du Christianisme* zu benutzen. Schwester Odile stimmte unverzüglich zu, und Yannick fand ohne Schwierigkeiten – sie kannte das Buch von vorne bis hinten auswendig – eine der Stellen, deren laute Lektüre der Vicomte de Kerhuel und ihr Erzeuger immer verboten hatte. Es handelte sich um das 14. Kapitel, wo davon die Rede ist, wie Dante in der Hölle Francesca d'Arimino trifft. Yannicks schon vor Ungeduld und Neugierde zitternde Stimme fing an, den Text aus dem *Génie* zu lesen: »Auf die Frage des Dichters erzählt Francesca d'Arimino ihm von ihrem Unglück und ihrer Liebe. *Noi leggevamo* usw. Wir lasen eines Tages in süßer Muße, wie Lancelot von der Liebe besiegt wurde. Ich war allein mit meinem Geliebten, und wir waren ohne Arglist: mehrfach erblichen unsere Gesichter und trafen sich unsere verwirrten Augen, aber ein einziger Moment stürzte uns beide ins Verderben ...« Keuchend unterbrach Yannick eine Sekunde ihre Lektüre. Sie sah verstohlen nach Schwester Odile. Diese hatte sich dem Mädchen genähert, um den Text gleichzeitig mitlesen zu können. Gesicht an Gesicht, Schulter an Schulter, Seite an Seite, wurden die beiden Geschöpfe von einer ähnlichen Verwirrung ergriffen. Yannick fuhr fort: »Als endlich der glückliche Lancelot den begehrten Kuß raubte, drückte der, der mir nicht mehr entrissen sein wird, seine zitternden Lippen auf meinen Mund, und wir ließen das Buch fallen ...« Und tatsächlich ließen sie das Buch fallen, und ihre Münder vereinigten sich unwiderstehlich in einem tiefen und unendlichen Kuß. *Quel giorno più non vi leggemmo avante,* hätten also auch sie sagen können, wenn sie auf Dantes Urtext zurückgegriffen hätten: an jenem Tag nämlich setzten sie ihre Lektüre nicht fort.

Kurz danach, bei einer anderen Lateinprivatstunde, brachte Odile die *Amores* von Ovid mit, in einem Exemplar, das sie aus der zweiten Reihe der Privatbibliothek des Prinzipals genommen

hatte. Die Lektüre von Ovid – und danach die von Sueton, Apuleius, Petronius –, kommentiert und verlängert von geeigneten Exerzitien, erlaubte ihnen, ebenso unbestreitbare Fortschritte in der Beherrschung des Lateinischen wie in der der Bewegungen und Stellungen der Lust zu machen.
Natürlich nichts von solchen Praktiken ahnend – die Yannick als die Begabtere und Kühnere neben Schwester Odile in den zwei folgenden Jahren auf einen komplizenhaften, manchmal entzückten begrenzten Kreis von kleinen Pensionatskameradinnen ausdehnte –, reiste der Vicomte de Kerhuel einmal pro Trimester nach Vannes, um sich beim Prinzipal über das Betragen seiner geliebten Tochter zu erkundigen. Yannick wurde dann ins Direktorzimmer gerufen. Hinter dem polierten langen Tisch saß Pater Noirceul mit asketischem Gesicht und von einer inneren Flamme verzehrt. Von zarter Gesundheit, lebte der Prinzipal in panischer Angst vor dem Dämon, einer Panik, die ihn zu einem besessenen Leser des *Malleus Maleficarum* oder *Hexenhammer* gemacht hatte, einem phantastischen inquisitorischen Traktat über die Gefahren des Weibes, einer unerschöpflichen Quelle von Sortilegien und dämonischen Unternehmungen. Leider und zum großen Bedauern von Pater Noirceul war die alltägliche pädagogische Benutzung dieses Traktats außer Gebrauch gekommen, und selbst in klerikalen Kreisen schüttelte man mit nachsichtigem Erbarmen den Kopf über das Interesse, das der Prinzipal des Collège von Vannes ihm noch entgegenbrachte.
Die Hände fromm über der Brust gekreuzt, hörte sich Yannick de Kerhuel in ihrer blau-weißen Anstaltskleidung Pater Noirceuls Beurteilungen ihres Betragens und ihrer schulischen Arbeit an. Sie war eine ausgezeichnete Schülerin, man wird es schon erraten haben, und umging mit Leichtigkeit alle Fallen der klassischen Sprachen, der profanen oder heiligen Geschichte und der Mathematik. Aber ihr Betragen sei manchmal besorgniserregend, fügte der Prinzipal hinzu. Nicht, daß sie zerstreut sei oder vorlaut, ganz und gar nicht! Aber in ihrer Art, sich zu geben, sich gestisch auszudrücken, liege manchmal eine kaum verhaltene Freude, ein Mangel an Zurückhaltung – kurz etwas Wildes, heidnisch Körperliches, sagte Pater Noirceul mit gedämpfter Stimme –, was ihm unweigerlich Sorge machte für die Zukunft eines jungen Mädchens, das durch seine gesellschaftli-

che Stellung und ihre familiären Umstände einem Leben strenger Pflichten und geistlicher Erhebungen verheißen sei.
Und der Prinzipal deutete an einem Herbsttag, mit tränenfeuchter Stimme, die wahrscheinliche Notwendigkeit gewisser präventiver körperlicher Züchtigungen an, die geeignet seien, die unbändige Natur des jungen Mädchens zu zähmen.
Der Vicomte de Kerhuel nickte besorgt, doch zustimmend. Er hatte allzuoft das Büßerhemd getragen nach jeder seiner nicht absichtlich der Fortpflanzung bestimmten ehelichen Beziehungen, um den Sinn der Bemerkungen des Klerikers zu verstehen.
»Tun Sie es, mein Vater, tun Sie es...«, sagte er und schloß dabei die Augen.
Yannick öffnete die ihren wieder, die sie bei diesen Erinnerungen geschlossen hatte.
Sie lächelte.
Die Flagellationen – oder Erforschungen der dämonischen Knoten ihres Körpers, wie sich der gute Pater ausdrückte, mit Hilfe eines in der rechten Hand geschwungenen Stylus, während die Linke ein Exemplar des *Malleus Maleficarum* hielt, aus dem er entsprechende Stellen vorlas –, denen sich der Prinzipal seit ihrem vierzehnten Lebensjahr an ihr hingab, gehören zu den stärksten, verwirrendsten und sprudelndsten Erinnerungen einer an derartigen Bildern durchaus reichen Jugend. Ohne in Details einzutreten, die zu einem späteren Moment beschrieben werden können (sofern es diesem Roman gelingt, nach dem vorgesehenen Plan abzulaufen), wollen wir lediglich sagen, daß Pater Noirceul sein Leben dabei ließ, als er nach einigen Monaten solcher Sitzungen einer zerebralen und priapischen Ekstase erlag.
Sie lächelt also.
Eine leichte Erregung ruft ein Kribbeln in der Tiefe ihres Körpers hervor. Laue Dampfblasen, könnte man sagen, die um den Solarplexus herum auf köstliche Weise platzen und sich im Fluß ihres Blutes zu ihren Extremitäten hin fortsetzen. Oder das Gegenteil: schwierig, so intime körperliche Empfindungen zu verbalisieren.
Sie betätigt den Hebel, mit dem sie die Rücklehne ihres Sitzes nach hinten bewegen kann. Sie macht die Augen wieder zu, läßt sich von dieser Aufwallung diffuser Lust einnehmen. Sie schlägt

die Beine übereinander. Sie bedauert jetzt, daß sie für diese kurze Reise Jeans angezogen hat. Unter einem Rock hätte sie ihre nackten Schenkel fest gegeneinander pressen können, und durch den Film einer stürmischen Vergangenheit, der in ihrem Kopf ablief – ist das nicht schön gesagt? – wäre es ihr viel leichter gelungen, sich ganz und gar glücklich zu fühlen.
Der Bus verläßt den Boulevard des Invalides und biegt in die Rue de Varennes ein.
»Ist Ihnen schlecht?«
So ein Affe, gerade in dem Augenblick, wo ich komme!
Sie richtet sich wieder auf, sieht sich diesen Affen an, der sie gerade in dem Moment, wo sie sich glücklich fühlen würde, aufdringlich anredet. An seinem Akzent hatte Yannick bereits gerochen, daß der Affe ein Ami war. Bei näherem Hinsehen besteht jetzt keinerlei Zweifel mehr. Es ist ein, obendrein jüdischer, amerikanischer Intellektueller, der sich zu ihr beugt, offensichtlich verwirrt von ihren geschlossenen Augen, dem ekstatischen Ausdruck ihres Gesichts, den er für ein Zeichen von Schmerz gehalten hat.
Sie lächelte ihn an, um ihn zu beruhigen, sofort verführerisch.
Diese jüdischen Intellektuellen, vor allem die Nju-Yorker, sie weiß es aus Erfahrung, wenn es ihnen gelungen ist, sich von den mörderischen Samtklauen ihrer Mamas zu befreien; wenn sie die matriarchalische Charybdis umgangen haben, ohne deshalb der analytischen Szylla zu verfallen, anders gesagt, wenn sie das unversiegbare Geschwätz ihrer Erzeugerin – das ständig den verbalisierten Prozeß einer verheerenden Liebe wiederkäut – nicht durch das aufmerksame, nur durch einige diskrete Rülpser unterbrochene Schweigen ihres Analytikers ersetzt haben – ein ebenso erstickendes wie plazentäres Schweigen –; diese Intellektuellen also, von der Natur gewöhnlich ausgestattet mit einem beachtlichen Zipfel, erweisen sich in den sexuellen Turnieren und Spielen als einfallsreich und unermüdlich.
Sie lächelt ihn also an, den Nju-Yorker Juden, verführerisch.
»Geht es Ihrer Mama gut?« fragt sie.
Der andere kneift verdutzt die Augen zusammen. Er fängt sich sofort wieder.
»Da, wo sie ist, bestimmt«, antwortet er wie aus der Pistole geschossen. »Es ist ein sehr netter Dorffriedhof in Connecticut.«

Sie nickt zufrieden, was diesen ersten Punkt angeht. Sie setzt ihre Befragung fort.

»Wie oft pro Woche sehen Sie Ihren Analytiker?«

Diesmal ist er wirklich überrascht. Sein Blick verwirrt sich. Während des Bruchteils einer Sekunde kann man sich fragen, ob er nicht den Boden unter den Füßen verlieren wird. Aber er fängt sich von neuem. Er hat gute Reflexe, der Nju-Ju-Yorker.

»Aha«, ruft er aus, »wir sind in einem Film von Woody Allen!«

Und dann sieht er ihr in die Augen: »Wenn ich mein Leben erzählen will, bezahle ich lieber Nutten, damit sie mir zuhören«, sagt er.

Sie lacht herzhaft.

Sie bringt die Rücklehne ihres Sitzes wieder in die Senkrechte wie vor einer Landung. Ihr Gesicht nähert sich dem des Nju-Yorkers.

»Sie kriegen also noch einen hoch«, sagt sie im Ton einer objektiven Feststellung.

Und sie beeilt sich, diese Hypothese zu überprüfen. Oder vielmehr die Bedingungen ihrer Verwirklichung hervorzurufen. Mit einer geschmeidigen, völlig beherrschten Bewegung schiebt sie ihre rechte Hand zwischen die Beine des Intellektuellen und beginnt dort einen erfahrenen rotierenden Druck auszuüben, wobei sie ihm gleichzeitig ihre klaren grünen Augen von schillerndem Smaragd darbietet: das scheinbar unbewegliche glänzende Wasser eines Seerosenteichs. Zum Ertrinken geeignet, natürlich.

Das Ergebnis dieser geschickten Manuelisation läßt nicht auf sich warten. Es ist sogar so rasch und heftig, daß Yannick gezwungen ist, den Reißverschluß des Amerikaners aufzuziehen, um sein sofort stolz und wild aufgerichtetes Glied zu befreien. Sie betrachtet ihr Werk und ruft aus: »*Habebat enim inguinum pondus tam grande ...*« Aber der Amerikaner, dem eine fieberhafte Röte in die Stirn steigt, läßt sie dieses geeignete Zitat von Petronius nicht beenden, eine, o so lebhafte Erinnerung an die soliden klassischen Studien der jungen Vicomtesse (denn sie hatte den Titel geerbt, nachdem ihr Vater unter Umständen, die die Fortsetzung der Erzählung vielleicht nicht wird erwähnen können, verschieden war). Der Amerikaner nämlich, mechanisch von einem Reflex der Kultur bewegt, die ebenso breit und

fest ist wie das Gemächte, das gerade entblößt wurde, hat mit heiserer, etwas keuchender Stimme den Satz beendet: »... *ut ipsum hominem laciniam fascini crederes*«.
Sie sehen sich an, sie platzen beide vor Lachen heraus, in der fröhlichen Komplizenschaft schamloser Lateiner.
Aber der Amerikaner wird sich plötzlich dieser eher heiklen Situation bewußt. Er wirft einen Blick auf seine Umgebung. Gleichzeitig, und um dem Dringendsten abzuhelfen, bedeckt er schamhaft das Corpus delicti mit einer karierten Mütze, die ihm vorher als Kopfbedeckung diente.
Die Szene hat nur einen einzigen Zeugen gehabt, glücklicherweise.
Sie sitzen nämlich in der Mitte des Busses, in einem Teil von diesem, wo die Sitze gegenüberliegen und eine Art Abteil oder Kabuff bilden, das sie von den Blicken der anderen Passagiere relativ isoliert. Die Japaner fotografieren übrigens weiter, und die Araber beäugen hartnäckig *Heidi-Long-Legs.* Doch eine Frau beobachtet sie. Sie sitzt ihnen gegenüber in diesem Kabuff, das sich gerade in einen Puff verwandelt.
Aber offensichtlich, damit sie sich nicht gestört fühlen, beugt sich die Unbekannte nach vorn und spricht in feierlichem Ton zu ihnen.
»*Tanto magis expedit inguina quam ingenia fricare*«, sagt sie.
Das ist der Schlußsatz der Erzählung des Eumolpius in der bereits zitierten Episode des *Satyrikon,* man wird ihn erkannt haben: »Soviel besser ist es, das Gemächte als den Geist zu bearbeiten.« Darin scheint er nicht mit Montaigne übereinzustimmen.
Wie dem auch sei, die Unbekannte hat die Atmosphäre dadurch entspannt, daß sie ihrerseits Petronius zitierte. Sie sehen sich alle drei lächelnd an. Um diese Begegnung zu feiern, lüftet Yannick de Kerhuel leicht die schützende karierte Mütze. So kann ihre neue Freundin den Anblick des schönen Nju-Yorker Gemächtes genießen, das mit sanfter rhythmischer Sicherheit von ihr manipuliert wird.
Aber die Anwesenheit der Unbekannten an diesem Ort und in diesem genauen Moment

(der genau der Moment ist, wo Proserpine, einige Kilometer von dort entfernt, nachdem sie zurückgeschaltet hat, um ihre mit Vollgas heranbrausende Maschine zusätzlich zu bremsen, und nachdem sie eine plötzliche Drehung gemacht hat, mit einem Kentaurensprung den Bürgersteig auf der Seite der ungraden Nummern der Rue Dauphine überquert und in das Tor des Hôtel du Buisson eindringt, eines ehemaligen »herrschaftlichen Hauses«, wie eine noch sichtbare Inschrift in weißen Buchstaben auf einer unechten schwarzen Marmorplatte links von dem Gewölbe auf einer Glastür bezeugt, wo man in durchsichtigen Buchstaben auf vornehm bläulichem Glas den Namen *Hôtel du Buisson* lesen kann, jenes aufgegebenen ehemaligen herrschaftlichen Hauses, wo Eleuterio Ruiz kürzlich sein Hauptquartier oder seinen Wohnsitz eingerichtet hat, nach einer Kreuzfahrt, die ihn, immer auf dem Rückzug, vom Pfarrhaus von Saint-Germain-des-Prés in den guten alten Zeiten des Sommers 1968 zu den Lokalitäten der Rue Fürstenberg und schließlich zu besagtem herrschaftlichen Haus geführt hat, und Artigas ist jetzt vom Rücksitz des Motorrads heruntergestiegen und hat die Glastür am Ende des Gewölbes aufgemacht, und findet sich mit Proserpine im Hof wieder, sofort umgeben – er, Proserpine und das Motorrad, dessen Motor das Mädchen gerade abgestellt hat – von zwei oder drei Dutzend dort versammelten und bis zu den Zähnen bewaffneten Spaniern, die alle durcheinanderbrüllend auf sie einreden)

aber die Anwesenheit der Unbekannten also ist nicht das Ergebnis eines ganz simplen oder blöden Zufalls, der derart blöde und simpel wäre, daß er als ein Trick des mit allen Wassern des Trivialromans gewaschenen ERZÄHLERS gelten könnte.

In Wirklichkeit hatte sich die Unbekannte im Bus absichtlich gegenüber von Michael Leibson hingesetzt – gut! Da sind wir also mit Karacho in die Falle des Romans von Gottes Gnaden gegangen! Denn wer, wenn nicht Gott, der Gott der Bibel jedenfalls, der ERZÄHLUNG par excellence und per Antonomasie, könnte den Namen dieser amerikanischen Figur kennen, die sich in etwas unschicklicher, aber völlig anonymer, vielleicht sogar unnennbarer Weise in diese Geschichte eingeführt hat? Wer, wenn nicht Gott, könnte es wagen, den sorgfältig festgelegten erzählerischen Fortgang zu stören, in dem Leibson erst viele Seiten und Ereignisse später genannt werden dürfte, und zwar in dem Moment, da er an einem öffentlichen Ort von einer Frauenstimme plötzlich angeredet wird: »Donnerwetter, Michael Leibson, Sie hier!«? Aber lassen wir Gott bei seinen durchaus nicht unschuldigen Ungeschicklichkeiten, bei seinen wohlkalkulierten Schnitzern, bei seinen Launen oder bei seinem Sadismus eines Allwissenden, und kehren wir zu unserer Unbekannten zurück, die sich im Bus absichtlich gegenüber von Michael Leibson hingesetzt hatte.

Als nämlich die Unbekannte kurz vorher auf dem Busbahnhof »Invalides« auf die Abfahrt wartete, hatte sie sich gerade in dem Moment neben einem Telefonapparat befunden, als dieser Amerikaner ihn benutzte. Ungeduldig, schon von einer Fieberhaftigkeit ergriffen, die sie sich vergeblich zu unterdrücken bemühte, hatte die Unbekannte anfangs kaum auf die wegen der Nähe immerhin ganz deutlichen Worte geachtet, die Leibson auf französisch sprach, mit einer Stimme, die ihr besonders gut gelaunt vorkam, ohne daß sie jedoch versuchte, den Grund dafür zu erraten oder zu erahnen. Plötzlich – als wenn sein Gesprächspartner am anderen Ende der Leitung die Nationalität gewechselt hätte – hatte Leibson angefangen, spanisch zu sprechen, was (aus intimen Gründen, die alsbald aufgeklärt sein werden) ein aufmerksameres Zuhören bei unserer Unbekannten hervorgerufen hatte, die deshalb jedoch nicht die ihr offenbar natürliche reservierte und diskrete Haltung aufgab. Leibson also scherzte am Telefon mit einer Frau, die er mit ihrem Vornamen Sonsoles anredete. Dann, nach einigem Geschwätz und Geschwafel – oder auch Gequatsche, Gequassel oder Geplapper –, bat der Amerikaner jene unsichtbare Sonsoles, Professor Carlos Bustamante ans Telefon zu rufen.

Carlos!

Der Unbekannten schoß plötzlich das Blut in den Kopf. Wie von der Tarantel gestochen drehte sie sich zu dem polyglotten Amerikaner um, der gerade mit der allernatürlichsten Miene der Welt genau den Namen des Mannes ausgesprochen hatte, den sie heute jenseits der Mauer, in der kleinen Wohnung der Rue des Bourdonnais treffen wollte, seit bald einem Jahr Unterschlupf für ihre allzu kurzen und allzu seltenen Begegnungen.

Aber ganz offensichtlich befand sich Carlos in dem Moment, wo die Unbekannte das Telefongespräch des Amerikaners belauscht

hatte, keineswegs in der Rue des Bourdonnais. Er war vielmehr in der Rue Séguier, im Internationalen Studentenhaus der Volksuniversität, wo Sonsoles als Telefonfräulein, Vorsteherin und Zerbera des Ortes fungierte, immer eifersüchtig auf ihre Vorrechte, auf ihre leicht amouröse Vertrautheit mit den meisten der ausländischen Hochschullehrer bedacht, die das Kulturkommissariat der Commune als Gäste im ehemaligen Stadtpalais des Präsidenten Séguier unterbrachte.
In der Rue des Bourdonnais war keine Sonsoles. Da war die Mauer, gegen die das Ende der Straße stieß an der Grenze der Enklave der sogenannten Commune de la Rive Gauche auf der Rive Droite. Aber die Fenster im letzten Stock der Nummer 38, dort, wo sie sich trafen, gingen auf die Rue des Halles und lagen weit über der Mauer. Was bedeutete, daß man eine unverstellte Sicht über die riesige Baustelle der von der Versailler Regierung unternommenen Arbeiten zur Umgestaltung des Pariser Zentrums nach seiner Rückeroberung durch die Ordnungskräfte im Jahre 1970 und der Zerstörung der Hallen von Baltard hatte.
Carlos liebte dieses Viertel, das er ihr Straße für Straße, Stein für Stein gezeigt hatte. Sicher mußte man mit einem äußerst geschärften Vorstellungsvermögen dort umhergehen, denn sichtbare Spuren vom Glanz der Vergangenheit waren nicht viele übriggeblieben. Wenn man sich zum Beispiel in der engen Straße nahe bei der Rue des Prouvaires herumtrieb, konnte man kaum ahnen, daß sie im Mittelalter eine der schönsten von Paris gewesen war. Dort brachte Ludwig XI. bei einem reichen Kaufmann der damaligen Zeit den König Alfons V. von Portugal unter, als dieser wegen einer Finanzhilfe gekommen war. Und in derselben Rue des Prouvaires wurde Savinien-Hercule Cyrano de Bergerac geboren. Jahrhunderte später – am Sonntag, den 22. Juli 1792, wenn man ganz genau sein will – war dieselbe Straße eine der Stellen der Hauptstadt, wo der Generalrat der Commune zu proklamieren beschloß, daß das Vaterland in Gefahr sei, und zwar nach einem sehr strengen Zeremoniell. An jeder der für die Proklamation festgelegten Stellen – Point de la Tournelle, Place Maubert, Place Saint-Michel, Croix-Rouge, Rue de Bourgogne, Pont-Royal, Pont-Neuf, Pont Saint-Michel, Pont-au-Change, la Grève, Place de la Bastille, an der Ecke der

Rue de l'Oseille, Rue Pastourelle, Rue Saint-Martin, Rue aux Ours, Rue des Prouvaires (da sind wir endlich!), Rue Saint-Honoré, Place Louis XIV, Place Vendôme, Carrousel, Pont Notre-Dame, nach den Gazetten der Zeit – an jeder dieser Stellen also mußte der Zug haltmachen (»während des Marsches«, heißt es im Text der Proklamation, »soll die Musik nur würdige und ernste Weisen spielen«). Einer der städtischen Amtmänner sollte dann dem Volk durch ein Signal Schweigen gebieten, indem er bei Trommelwirbel eine Trikolore schwenkte. Dann mußte der besagte Amtmann der Commune die Bekanntmachung der legislativen Körperschaft vorlesen, die verkündete, daß das Vaterland in Gefahr sei.

Wie dem auch gewesen sein mag, die Spuren der Vergangenheit waren in der Rue des Bourdonnais sichtbarer. Eines Tages, als Carlos ihr bei einer ihrer vielen Spaziergänge vor oder nach der amourösen Klausur die Stelle des ehemaligen Hôtel de la Trémoille zeigte, blieb er plötzlich stehen, als er die Silhouette eines jungen Mannes sah, der gerade an der Ecke der Sackgasse verschwand: »Sieh, da ist ja Rodolphe!« sagte er. Sie verstand überhaupt nichts. Welcher Rodolphe? Sie kannte keinen Rodolphe. Er zuckte die Schultern, ein bißchen ärgerlich, daß sie die Anspielung nicht sofort kapiert hatte, und setzte dann das Spiel fort. »Aber natürlich!« rief Carlos aus, »Rodolphe, Großherzog von Geroldstein. In der Rue des Bourdonnais behauptete er zu wohnen, als er sich bei Rigolette für einen Fächermaler ausgab.« Sie mußte schließlich zugeben, daß sie die *Mystères de Paris* nie gelesen hatte. »Proust dagegen kennst du natürlich!« sagte er bissig in Anspielung auf eine Episode ihrer Begegnung ein Jahr zuvor. Sie verstand immer noch nicht, warum ihn die Vorstellung ärgerte, daß sie Proust kannte und Eugène Sue nicht. Aber das gehörte einfach zu seiner Spottlust.

Ein andermal, als er sich aus dem engen Fenster lehnte, das über der Baustelle des sogenannten »Lochs der Hallen« lag, hinter dem der Turm von Saint-Eustache aufragte, ließ sich Carlos zu einer lauten, wehmütigen Meditation hinreißen: »Wenn der alte Hegel anwesend wäre, fände er hier den Stoff für eine seiner Vorlesungen über die Philosophie der Geschichte. Diese Betonflut, die wir vor uns erstarren sehen als künftiges Fundament der

neuen Stadt, wie sie in einer Art monströser Geburt aus dem Bauch von Paris auftauchen wird, ist das stumpfsinnige Symbol der kapitalistischen Modernität. Es wird sich genau hier, im phallischen Hochmut der vertikalen Strukturen, auf dem am meisten vom Tod beackerten Pariser Humusboden erheben. Denn dort, genau vor deinen Augen, dehnte sich der Friedhof ›Saints-Innocents‹ aus, jener riesige lustige Leichenhaufen – der Tod war damals noch Teil des Alltags –, wo Millionen Pariser begraben wurden, deren Gebeine heute in den Katakomben gesammelt sind. Genau hier, mitten unter den Massengräbern und Leichenwagen, trafen sich die Gaukler und Huren, die Kaufleute und Schreiber. Dort, in den Kirchen Saints-Innocents und Sainte-Opportune, befanden sich die Reklusorien, die Steinzellen, in denen sich Frauen aus Bußfertigkeit für den Rest ihres Lebens einsperren ließen. Agnès du Rocher starb dort, eingemauert vom 18. bis zum 98. Lebensjahr. Dort konnte man auch die von den Versen Jean Gersons kommentierten Darstellungen des Totentanzes sehen. Auf diesem fruchtbaren und gefräßigen Boden – eine Legende behauptet, daß er ausgezeichnet war, daß der Boden dieses Friedhofs seinen Leichnam in einigen Tagen auffraß – wird das Symbol des neuen Paris des 21. Jahrhunderts errichtet. Und wir, die wir die Zukunft hätten sein können, ihre Vorahnung zumindest, auch wenn sie ungeschickt gewesen wäre, wir sind nur noch die archaischen Überreste einer die Hoffnungen des 19. Jahrhunderts nachäffenden Commune, die sie als makabre Farce wiederholt. Wir haben den Schmarren des Sozialismus in einem Lande an der Stelle der proletarischen Weltrevolution erlebt. Das ist jetzt noch trauriger: das ist nicht einmal mehr ein einziges Land, es sind drei oder vier Viertel einer einzigen Stadt, es ist die Commune de la Rive Gauche an der Stelle einer planetarischen Illusion!«
In der Rue des Bourdonnais, wie dem auch sei, gab es keine Sonsoles. Dort gab es zwei nackte, weißgekalkte, nüchterne Mansarden mit einem winzigen Waschraum. Sehr wenig Mobiliar: ein Bett, ein Tisch, ein kleiner Kühlschrank, auf dem kastanienbraunen Teppichboden verstreute Kissen – das Wesentliche. Ein Litho von Folon, ein anderes von Adami. Einige Bücher, niemals dieselben. Bücher, die kamen und gingen, die Carlos sicher mitbrachte, um die Zeit des Wartens zu überbrük-

ken. Denn es kam vor, daß er warten mußte, und manchmal sogar umsonst, wenn es ihr nicht gelang, sich in der letzten Minute von den Verpflichtungen ihres sozialen Lebens *extra muros* loszueisen. Aber dann nützten Bücher nichts. Denn mit Büchern läßt sich nicht das Warten auf eine Frau betäuben, die man verzweifelt begehrt. Man wartet, das ist alles. Man lauert auf die Schritte im Treppenhaus. *Car j'ai vécu de vous attendre / et mon cœur n'était que vos pas* ... Denn ich habe gelebt, euch zu erwarten / und mein Herz war nur noch eure Schritte ... Einmal hatte er diese wenigen Fetzen eines Gedichts als Botschaft, als Flaschenpost hinterlassen. Sofort hatte sie Valéry wiedergelesen, hatte bei derselben Gelegenheit den raffinierten, perversen und sinnlichen Charme von *La Jeune Parque* wiederentdeckt.
Das letzte Mal, als es ihr gelungen war, sich in die Rue des Bourdonnais zu begeben, zwei Wochen vor jenem Freitag, den 31. Oktober 1975, an dem genau sich unsere Geschichte abspielt, hatte sie sofort vier neue Bände auf dem Kaminsims der zweiten kleinen Mansarde bemerkt. Der erste war ein Exemplar von *London: the unique City*, herausgegeben vom Verlag des M.I.T. Auf der Seite 165 war ein Lesezeichen eingelegt. Es handelte sich um ein winziges Stück Pappe mit ausgefranster Spitze, das auf der einen Seite gelb war, ein Goldfeld mit vier Längsstrichen in lebhaftem Blutrot. Auf der anderen Seite konnte man in schwarzen Druckbuchstaben die Wörter CINC D'OROS lesen. Sie, die Unbekannte, von der man nicht erwarten darf, daß der Gott der Erzählung uns sofort ihren Namen nennt, denn er hat immer Gründe, Sein Gesicht zu verhüllen, Seinen Blick von dieser unreinen Frau abzuwenden, sie also, die Unnennbare, hatte sofort die Flagge oder *Senyera* Kataloniens erkannt, und sie hatte angenommen, daß dieses Lesezeichen von irgendeiner katalanischen Buchhandlung stammte – aus Barcelona oder La Bisbal oder vielleicht Palafrugell, wer weiß? –, eine um so näherliegende Annahme, als sie ja durchaus wußte, daß Carlos mehrere Wochen in dem Haus verbracht hatte, das er in Ampourdan besaß. Sie hatte also das Buch auf der vom regionalistischen Lesezeichen gekennzeichneten Seite aufgeschlagen und feststellen können, daß das auf diese Weise der Aufmerksamkeit empfohlene Kapitel das neunte war und *London Squares* hieß. Sie hatte den Band durchgeblättert und dann auf den

Seiten 254 und 255 bei den Fotos angehalten, die in ihr den Eindruck eines Déjà-vu-Erlebnisses hervorriefen, vor allem das erste, oben auf der Seite 254. Doch dieser Teil von Nightingale Lane, verlassen – oder vielmehr: dessen verlassener Anblick durch die Anwesenheit einer einzigen winzigen, fernen Frauensilhouette mit einem glockenförmigen Hut vor den massiven Mauern dieses Weges unterstrichen wurde, der die Docks von London im Osten des Tower durchquert –, diese Ansicht von Nightingale Lane, nein wirklich, weckte keinerlei persönliche Erinnerung in ihr, dessen war sie sicher. Aber bald erklärte sich dieser Eindruck eines Déjà-vu-Erlebnisses. Diese Londoner Bilder erinnerten sie ganz einfach an die eines Fotobands von Alain Resnais, *Repérages,* den sie sich einige Wochen zuvor angesehen hatte.

Als sie dann den Essay von Steen Eiler Rasmussen auf den Kamin zurücklegte, hatte sie festgestellt, daß das zweite Buch, das ihr in die Hand gefallen war, ein roter Lederband, der siebente Band der Werke von Josep Pla, *El meu país* war. Das Vorhandensein eines Werks dieses Schriftstellers hatte sie nicht übermäßig erstaunt – obwohl sie nicht einmal etwas von dessen Existenz wußte–, da sie ja die Bindungen von Carlos an Katalonien kannte. Das Buch von Pla, das sie jetzt durchblätterte, enthielt zwei rotseidene Lesezeichen auf den Seiten 229 und 243. Auf ersterer fing ein Kapitel an, dessen Titel sie halblaut las: *El vent de garbí i la tramuntana.* Das war leicht zu verstehen, vor allem für sie, mediterran wie sie ja war und da sie während einer goldenen und mithin sportlichen Jugend lange Zeit Segeltouren unternommen hatte, sowohl entlang der griechischen Inseln als auch der Küste Amalfis, Sardiniens oder der Costa Brava. In all diesen Meeresgegenden bediente man sich nämlich praktisch derselben Wörter für die Winde der Windrose. Die »Tramuntana« war also klar, das war die Tramontana, und der »garbí« war der bekannte kleine Südwestwind, der, wie man weiß, manchmal merkwürdige Austrocknungserscheinungen in der Lagune von Venedig hervorruft, deren Spiegel plötzlich erheblich sinkt, wenn er einige Tage hintereinander bläst. Das zweite Lesezeichen war auf der Seite 243, in deren Mitte stand

*El garbí*
*a les set a dormir ...,*

ein kleiner Satz in Assonanzversen, der ebenso leicht zu entziffern war wie der vorhergehende.

Schließlich entdeckte sie, daß die beiden dicken schwarzen Bände mit Goldschnitt, die ihr noch zu untersuchen übrigblieben, nichts anderes als *Les Mystères de Paris* von Eugène Sue waren, in einer Erstausgabe von 1843, erschienen bei der Librairie de Charles Gosselin, 30, Rue Jacob, ausgestattet mit einer Fülle absolut köstlicher Stiche. Sicher hatte Carlos diese Bücher für sie mitgebracht. Sie blätterte die Seiten des ersten Bandes um und sah sich entzückt die Porträts von Fleur-de-Marie, Rigolette, der armen Louise Morel, der Marquise d'Harville an sowie das von Pomone-Fortunée-Anastasie Pipelet, geborene Galimard, Concierge des berüchtigten Hauses in der Rue du Temple 17, als der Schlüssel im Schloß der Wohnung der Rue des Bourdonnais umgedreht wurde und Carlos seinen Einzug hielt, zwei Wochen vorher also, an jenem Tag, an den die Unbekannte jetzt gerade gedacht hat.

Bei den »Invalides« jedenfalls, nach einer kurzen Pause – offenbar die Zeit, in der man jenen Carlos Bustamante herbeirief, den Leibson mit dem Titel »Professor« ausgestattet hatte, obwohl er ihn in einem vertrauten, gar nicht ehrerbietigen Ton aussprach –, nahm der Amerikaner das Gespräch wieder auf, das die Unbekannte rein zufällig mithörte. »Es leben die Himmelstürmer von Paris!« schrie er plötzlich ins Telefon.

Aber da dieser unpassende Ausruf auf deutsch ausgestoßen wurde, sobald Carlos Bustamante am anderen Ende der Leitung war, konnte ihn unsere Unbekannte nicht verstehen.

Die erste Feststellung, die man bei diesem Ausruf machen kann, lautet, daß der Amerikaner ziemlich polyglott ist: innerhalb von einigen Seiten konnten wir ihn sich zufällig schon auf französisch, kastilisch und gerade eben in der Sprache von Goethe ausdrücken hören. Oder vielmehr Marx. Auf deutsch, wie dem auch sei. Die zweite Feststellung ist ebenso evident: Michael Leibson stellt einen übertriebenen, vielleicht sogar blinden Optimismus zur Schau. An diesem Oktoberfreitag 1975 von Himmelstürmern zu sprechen, während die zweite Commune dabei ist, ruhm- und kampflos unterzugehen, unrettbar in der Gosse und Posse des wiederentstehenden Staats zu versinken – »Gesellschaft, alles ist wiederhergestellt!« würde eine andere Figur

dieser Erzählung gerufen haben, Jean-Arthur Rimbaud, von dem später noch die Rede sein wird–, ist sicher ein Beweis von argloser Verblendung.
Übrigens schien der triumphalistische Marxsche Ausruf von Leibson am anderen Ende der Leitung keine große Begeisterung hervorgerufen zu haben. Der Amerikaner hörte nämlich mit etwas verdutzter Miene die unhörbare Antwort von Carlos Bustamante. Und er fragte schließlich: »Sieht es wirklich so schlecht aus?« Kurz danach machte er dem Gespräch ein Ende. »Hör zu, Carlos, der Bus fährt in fünf Minuten. Kannst du mir ein Gepäckfahrrad zum Checkpoint Danny schicken, damit ich meine Koffer befördern kann?« Danach verabschiedete er sich.
Leibson entfernte sich vom Telefonapparat.
Unsere Unbekannte folgte ihm daraufhin entschlossenen Schritts. Ohne irgend etwas überlegt zu haben, empfand sie plötzlich den Wunsch, im Bus so nah wie möglich bei diesem großen bebrillten Amerikaner mit den sprühenden Augen und dem lüsternen Mund zu sitzen, der gerade mit Carlos gesprochen hatte. Und so geschah es, daß die etwa dreißigjährige dunkelhaarige Frau, die mit passender und sichtlich teurer Lässigkeit angezogen war, sich gerade im richtigen Moment Yannick de Kerhuel und Michael Leibson gegenüber befunden hatte.

Aber während wir diese angebrachte und schamhafte Rückblende machten, ist die laufende Angelegenheit im Bus abgeschlossen worden. Und zwar mit Meisterinnenhand, wenn ich so sagen darf. Das gewaltige nju-jorker Gemächte hat seinen Geist aufgegeben, und Leibson hat die Zeit gehabt, mit der erfahrenen Hilfe der Vicomtesse de Kerhuel die Unordnung seiner Toilette zu beheben. Einziges Indiz, das jedoch für einen, der der Szene nicht beigewohnt hat, schwierig, wenn nicht unmöglich auszumachen ist – wie ein Taschentuch aus feinem Batist zum Beispiel mit eingestickten Anfangsbuchstaben, von einem Damenparfum durchtränkt und feucht von Tränen, das man auf der Treppe einer Wohnung hätte finden können (der Rue du Temple 17, warum nicht?), während man ein Stockwerk tiefer gerade eine Tür zuschlagen hörte und dann eilige Frauenschritte, vielleicht sogar einen erstickten Seufzer; ein Taschentuch, mit dessen Hilfe man sich die mutmaßliche Szene hinter der geschlossenen Tür des zweiten Stockwerks vorstellen könnte, dessen Treppenabsatz mit mehreren grünen Pflanzen geschmückt war und wo man gerade eine Zeitlang stehengeblieben wäre, von einer ganz berechtigten Neugier getrieben, bevor man wieder weiter hinuntergegangen und dann eben auf besagtes Taschentuch gestoßen wäre –, einziges Indiz also, um sich die Szene vorzustellen, die im Bus stattgefunden hat: Leibsons karierte Mütze, die auf seinem Schoß liegengeblieben war, obwohl es da sichtlich nichts mehr zu verstecken gab.

Yannick de Kerhuel sieht sich ihre beiden Reisegefährten an.

»Jetzt, da das Eis gebrochen ist«, sagt sie liebenswürdig, »könnten wir uns miteinander bekannt machen.«

Sie dreht sich zu Leibson um, der zustimmend nickt. Aber die braunhaarige Unbekannte scheint zurückhaltender.

»Ich stelle mich jedenfalls vor«, fährt Yannick fort.

Michael Leibson betrachtet die Unbekannte.

Vorhin hatte er im Eifer des Gefechts den Blick der jungen Frau gesucht. Diese bietet ihm von neuem ihre Augen dar. Arglos? Dieses Adjektiv kommt ihm in den Sinn, um jene Augen zu kennzeichnen. Die Gelassenheit der Frau jedoch, die Schlagfertigkeit, mit der sie seelenruhig Petronius zitiert hatte, ließen eher auf die beherrschte Kälte eines ausschweifenden Blicks als auf die laue Arglosigkeit schließen, die er jetzt in ihren nußbraunen Augen zu lesen glaubt. Es sei denn, Arglosigkeit und Ausschweifung wären nicht absolut gegensätzlich, wer weiß?

Aber Yannick hat weitergesprochen.

»Ich bin in der Bretagne geboren«, sagt sie. »Auf einem verfallenen und düsteren Herrensitz an einer kleinen Schleife des Odet, nicht weit von Combrit und Sainte-Marine. Meine Mutter ist im Wochenbett gestorben, als sie ihr neuntes Kind zur Welt brachte, wie man so sagt. Ich verachtete sie von ganzem Herzen wegen jener langen ergebenen Unterwerfung. Ich kann Ihnen ganze Kapitel aus dem *Génie du Christianisme* aufsagen: das war eine der wenigen Lektüren, die unser Vater uns erlaubte, wenn auch mit einigen Weglassungen oder verbotenen Stellen. Ich haßte meinen Vater natürlich. Aber Sie mögen wohl Chateaubriand nicht? In diesem Falle kann ich Ihnen die Rede über die Diktatur vortragen, die Juan Donoso Cortés, Marques de Valdegamas am 4. Januar 1849 in der Madrider Abgeordnetenkammer hielt.

Wir waren gezwungen, sie auswendig zu lernen, meine Brüder und ich, und unser Erzeuger hatte sogar einen Rezitationswettbewerb dieses Textes zwischen uns eingeführt. Ich kenne noch ganze Passagen daraus. Wenn ich den Schluß dieser Rede deklamierte, erhielt ich gewöhnlich die von meinem Vater versprochene Belohnung. Hören Sie: »Es geht darum, zwischen der Diktatur von unten und der Diktatur von oben zu wählen: ich wähle die von oben, weil sie aus reineren und heitereren Regionen kommt. Es geht schließlich darum, zwischen der Diktatur des Dolches und der Diktatur des Säbels zu wählen: ich wähle die Diktatur des Säbels, weil sie edler ist!«

Yannick de Kerhuel ist aufgestanden. Bei den letzten Worten, die sie hinausschreit, schwingt sie einen imaginären Säbel.

Leibson und die Unbekannte haben einen Lachanfall bekommen. Sie klatschen vor Vergnügen in die Hände.

Aber das von Yannick eingeschobene Schlußwort der Rede des Marques de Valdegamas hat einigen Wirbel im Bus hervorgerufen. Zunächst hat *Heidi-Long-Legs* ihre Stimme heben müssen, damit ihre ciceronesken Erklärungen von dem emphatischen Deklamieren der jungen Vicomtesse nicht übertönt würden. Einige japanische Touristen – die Araber der Emirate dagegen haben offensichtlich ihr islamisches Phlegma behalten – haben aufgehört zu fotografieren. Sie haben sich zu Yannick umgedreht, sie beobachtet und dabei Kommentare untereinander ausgetauscht, die niederzuschreiben selbst dem ERZÄHLER, trotz den vielen Sprachen, die er beherrscht, unmöglich ist. Einer von ihnen hat seinen Sitz verlassen und mehrfach Porträtaufnahmen von der jungen Frau gemacht. Und dann haben sich zwei japanische Touristinnen, zwei jugendliche, nachdem sie sich schnell und zungenfertig mit drei Männern derselben Nationalität verständigt hatten, auf die leergebliebenen Sitze in jener Art Kabuff in der Mitte des Busses gesetzt, wo unsere drei Personen vorher allein gewesen waren.

Aber Yannick de Kerhuel läßt sich durch diese unerwartete fernöstliche Aufdringlichkeit nicht von ihrer Rede abbringen. Und sie fährt in ihrem Bericht fort, nachdem sie sich wieder hingesetzt hat.

»Kurz, ich wurde mit guter Literatur genährt, aber gute Literatur nährt nicht zwangsläufig gute Gefühle. Meine waren schlecht, ich höre nicht auf, mich deswegen zu beglückwünschen. Auf natürliche Weise schlecht, will ich sagen: sie warteten nur auf die erste Gelegenheit, aufzublühen und sich zu entfalten. Durch eine Ironie des Schicksals geschah es in Vannes, in der religiösen Anstalt, in der ich quasi eingeschlossen war, daß sich die Gelegenheit dazu bot. Meinem Vater lag sehr daran, daß ich eine hervorragende Lateinerin würde, und ich wurde es. Sie kennen vielleicht jene Geschichte: ein Provinzial der Gesellschaft Jesu visitiert Ende des vorigen Jahrhunderts eine der Universitäten des Ordens. Man stellt ihm in der Bibliothek die guten Patres vor, die sich darauf vorbereiten, in allen Zweigen des Wissens beachtliche Kenntnisse zu erwerben. Der eine soll eine definitive Zurückweisung des Materialismus verfassen. Der andere schickt sich an, in den Naturwissenschaften zu glänzen. Der dritte wird der beste Chinaspezialist werden. Nachdem der Provinzial diesen intellektuellen Bienenkorb bis in seine kleinsten Ecken visitiert hat, stößt er in einem besonnten Gemüsegarten auf zwei ziemlich einfältig aussehende junge Jesuiten. Er beobachtet sie einen Augenblick und fragt dann: »Und jene beiden da, für welches hohe Geschick habt Ihr sie ausersehen?« Da antwortet ihm der Rektor der Universität, ohne zu zögern: »Oh! Diese beiden sind nur dafür gut, Märtyrer in Japan zu werden! Sie bereiten sich im Gebet und in der Sammlung der Gartenarbeiten darauf vor.« Ich aber war von der Tertia an dazu bestimmt, für mein Collège beim allgemeinen Wettbewerb einen ersten Preis in Latein zu gewinnen. Ich hatte also das Recht auf Privatstunden bei Schwester Odile. Eines Tages nun, als wir Ovid kommentierten – die *Ars amatoria* gehörte natürlich nicht zum Lehrplan, aber ich hatte die gute und charmante Schwester leicht davon überzeugen können, daß wir sie als Unterrichtstext benutzen sollten –, verirrten sich unsere Hände auf unüberlegte, aber stürmische Weise. Wenn ich sage verirren, so muß man den Euphemismus und die Periphrase verstehen. Denn unsere Händen fanden sich und fanden ihre angeborene Funktion wieder, die darin besteht, den anderen zu berühren und durch diesen Kontakt den anderen und sich selbst existieren zu lassen: den anderen außerhalb von ihm selbst und sich selbst außerhalb von sich leben zu lassen. Nach Ovid, von diesem ersten Resultat ermutigt, arbeiteten wir, nach dieser ersten Verrückung aller

Sinne und Hintersinne, an Petronius, Apuleius und Sueton. Oder vielmehr, diese Texte arbeiteten an uns und in uns. Das heißt, Sie verstehen mich, daß nach den schüchternen und schmachtenden Berührungen gezielte und innige Zärtlichkeiten kamen, die Körper in der Ekstase des Blickes enthüllt wurden...
Aber sie bricht ab und keucht plötzlich. Die Erinnerung an Schwester Odile tut immer noch ihre Wirkung, könnte man meinen.
Sie sieht die braunhaarige Unbekannte an.
»Sie haben dieselben Augen wie sie«, sagt Yannick.
Sie schüttelt ihre naturblonde kurze Mähne, die ein bißchen rötlich schimmert.
»Kurz«, fährt sie fort, »als ich in jenem Sommer nach Kerhuel zurückkam...«
Michael Leibson stößt einen Freudenschrei der Überraschung aus.
Die beiden Japanerinnen, die sich bei ihnen hingesetzt haben, fahren hoch. Sie fangen wieder an, untereinander zu tuscheln, etwas besorgt.
»Kerhuel!« hat der Amerikaner geschrien. Sie wären also Yannick de Kerhuel, die rote Vicomtesse, die...«
Aber er hält plötzlich inne und wird knallrot.
»Weiter«, sagt die junge Frau ruhig, »die was, die wer?«
»Die Hure von Mao«, sagt Leibson ein bißchen verschämt. »So nannte man Sie zu einer bestimmten Zeit in der Sensationspresse. Sie wissen es doch genau!«
Sie nickt, sie lächelt.
»Hure, das paßt zu mir«, sagt sie. »Es gibt nichts dagegen einzuwenden. Aber das Ganze ist ein zwielichtiges Wortspiel.«
Sie dreht sich zu der braunhaarigen Unbekannten um.
»Ich bin sechs Monate lang die Mätresse – die Gefährtin, sagte er – die Maus Auguste Le Maos, des Anführers der Bauernarmee vom Finistère gewesen. Und da Le Mao ein Mao war, sehen Sie das enorme Wortspiel! Natürlich hatte dieser Spitzname auch eine politische Bedeutung. Dadurch versuchten die kleinen bezahlten Scheißjournalisten im Geist des einfachen Lesers Hurerei und Linksradikalismus miteinander zu verbinden. In meinem Falle läuft das nicht. Ich habe Le Mao einige Wochen vor der Auflösung seiner Armee verlassen und bin mit Sack und

Pack in das Lager und Lagerbett des Lageradjutanten des Fallschirmjägerobersten vom 2. REP übergewechselt, der das Finistère befriedet hat. Danach habe ich in Nantes mit einem senegalesischen General der »Blauhelme« gelebt. Aber ich bin eben gerne da, wo die Stärkeren stehen, ohne schlüpfrige Anspielung gesagt. Ein bißchen wie der weise Poincaré, wenn ihr erlaubt! Jetzt werde ich bei Jo Aresti im *Envers du paradis* arbeiten, weil dort die dampfenden und pikanten kleinen Gerichte der nächsten Zeiten brutzeln. Aber Sie können Gift darauf nehmen, daß ich vor Ablauf eines Jahres im Trianon bin! Der neue Präsident, heißt es, liebt freie Frauen.«
Leibson fragt sich, wie Auguste Le Mao, der allmächtige Führer der Gruppe Jenan, die Rückkehr von Yannick in sein Revier ansehen wird. Man behauptet ja, daß Le Mao sich niemals von dem Verrat der heißen Vicomtesse erholt hat.
Aber der Bus fährt gerade über den Viadukt des Boulevard Raspail. Er ordnet sich in die Zufahrt zur Mauer am Carrefour Sèvres-Croix-Rouge ein.
»Ich möchte Sie gern wiedersehen«, sagt Leibson zu Yannick de Kerhuel.
»Das ist einfach«, sagt sie. »Allerdings wird Sie das das nächste Mal teuer zu stehen kommen. Nehmen wir an, die heutige Veranstaltung habe den Charakter einer kostenlosen Werbung zur Feier meiner Ankunft in Paris gehabt.«
Michael Leibson lächelt.
Wenn er Yannick wiedersehen möchte, so nicht nur und nicht einmal hauptsächlich wegen der Fleischeslust. Sondern er arbeitet an einer monumentalen Geschichte der Commune in Frankreich, und die Zeugenaussage der jungen Frau über die erste Schlacht der bretonischen Bauernarmee im Jahre 1969 interessiert ihn enorm. Tatsächlich hat er bis zu der schicksalhaften Begegnung von heute vormittag schon mehrfach versucht, mit der berühmten roten Vicomtesse zu verkehren.
Er hat keine Zeit, Yannick zu erklären, warum er sie gerne wiedersehen möchte.
Der Bus hat eben auf dem Parkplatz an der Kreuzung Rue de Sèvres, Rue du Dragon, Rue de Grenelle, Rue Du Four, Rue du Vieux-Colombier und Rue du Cherche-Midi angehalten. Wir sind bereits auf dem Territorium der Z.U.P. *Heidi-Long-Legs*

hat gerade auf den Knopf für die automatische Öffnung der Türen gedrückt. Diese schieben sich mit dem weichen und unschicklichen Geräusch einer sich leerenden Blase auf.
Im selben Augenblick, als wenn sie nur auf dieses Signal gewartet hätten, springen die jungen Japanerinnen mit schrillen Schreien hoch. Waffen sind in ihren Händen aufgetaucht. Die eine von ihnen schwingt eine Maschinenpistole mit kurzem Lauf, die andere eine Parabellum und eine Handgranate. Die erste zwingt Yannick de Kerhuel mit ihrer Waffe, sich von ihrem Sitz zu erheben, und stößt sie in den Gang, auf eine der Bustüren zu. Mit einer pfeifenden Stimme, voll tugendhafter Entrüstung, zischelt sie der jungen Vicomtesse in den Nacken: »Bei der ersten verdächtigen Bewegung lege ich dich um, revisionistische Hure!«
Gut, so hat also meine Hurerei wieder einmal das Lager gewechselt, denkt Yannick und wirft dabei einen Blick auf den Platz, in der Hoffnung, die Männer zu entdecken, die Jo Aresti bestimmt geschickt hat, um sie abzuholen.
Während die beiden Japanerinnen ihre Gefangene wegführen, sind drei andere junge Leute derselben Nationalität an verschiedenen Stellen des Busses bewaffnet aufgestanden. Der eine von ihnen hat das Mikrofon genommen, das Heidi noch eine Minute vorher benutzte, um ihre ciceronesken Erklärungen zu säuseln, denen wir zugegebenermaßen nicht genug Aufmerksamkeit geschenkt haben. Mit kreischender Stimme fordert er alle Passagiere auf, sich nicht von der Stelle zu rühren und das Gesicht zwischen die Knie zu klemmen. Er fügt hinzu – und man muß ihm für diese Information dankbar sein, die uns nutzlose, weil in einem so dramatischen Moment zu lange Hypothesen und Vermutungen erspart –, daß die Operation von der Internationalen Roten Armee (M.L.) durchgeführt wird. Und die vom Aufzeichner dieses Berichts um die großen Buchstaben *M* und *L* gesetzten Klammern sind weder die Frucht seiner Phantasie noch einer willkürlichen Interpretation seinerseits: Sie geben im Code des geschriebenen Textes sowohl die kleine Pause als auch die klare phonetische Betonung wieder, wodurch die Japaner den Sinn besagter Anfangsbuchstaben hervorheben und unterstreichen, die sich auf *Marxismus-Leninismus* beziehen, vielleicht ist es nützlich, daran zu erinnern in einer Zeit, wo dieses ideologi-

sche Monstrum erfreulicherweise dabei ist, dahinzusiechen und von der Oberfläche des Planeten zu verschwinden.
Aber Heidi, die schon auf dem Trittbrett stand, dreht sich lebhaft wieder um, wütend, kein Mikrofon mehr zu haben, das Phallussymbol ihrer Macht als einer aufgeklärten Führerin, und sie geht auf den Terroristen zu, der eben gesprochen hat. Geradezu lächerlich versucht sie, ihn mit einem Schlag der flachen Hand auf seinen Unterarm zu entwaffnen. Aber der unerschütterliche Japaner (man kennt die sprichwörtliche Selbstbeherrschung dieser Rasse) bewegt nur leicht die Hand und schießt zweimal mit seinem automatischen Colt 45. Heidis Gesicht explodiert unter dem Einschlag, blutverschmiert und zerfetzt, wie in einem Film von Peckinpah.
Exit *Heidi-Long-Legs*!
Die im Bus abgegebenen Schüsse rufen draußen eine regelrechte Schießerei hervor.
Wie gewöhnlich wartete eine kleine Menge an der Esplanade der Croix-Rouge auf die Ankunft der Touristenbusse. Eine ebenfalls wie gewöhnlich ziemlich zusammengewürfelte, vielleicht sogar verdächtige Menge. Denn da stand nicht nur das Kommando der Milizen der Commune, das – eine reine Formalität – die Einzel- und Sammelpassierscheine der Ankömmlinge prüfte. Da standen auch Schaulustige, Kleinhändler, die entschlossen waren, den Arabern vom Persischen Golf oder den Hamburger Kaufleuten gegen obszöne Postkarten, Haschisch oder Marihuana und schlüpfrige Adressen einige Dollars aus der Tasche zu ziehen. Da standen sogar einige unter ihrer ritualen Bemalung schillernde Noctards auf der Lauer nach irgendeiner möglichen Beute oder einfach wegen eines gewissen Lokalkolorits, wozu sie von den Reisebüros und Tourenveranstaltern zum Gewerkschaftstarif als Statisten angeheuert worden waren.
Aber heute, in dieser alles in allem harmlosen kleinen Menge, waren auch Männer von Jo Aresti zum Empfang der Vicomtesse erschienen, die für die schönen Tage und vor allem die schönen Nächte im *Envers du Paradis*, dem luxuriösen Lupanar des korsischen Banditen sorgen sollte. Zwei Motards, in schwarzem Leder mit übergehängter Kalaschnikow, eskortierten ein drittes Motorrad mit Seitenwagen, wo Yannick de Kerhuel normalerweise hätte Platz nehmen sollen. Als die Korsen begriffen, daß

das Mädchen gerade von Gelben entführt wurde, die offenbar mit den Maos von Le Mao unter einer Decke steckten, eröffneten sie das Feuer auf die Mitglieder des M. L.-Kommandos.
Aber es stand schlecht für sie, denn Auguste Le Mao hatte diese Interventionsmöglichkeit vorausgesehen. Männer, die um die Kreuzung herum strategisch Posten bezogen hatten, antworten sofort mit einer dichten, konzentrierten Salve. Zwei von Arestis Motards, darunter der mit dem Seitenwagen, sind sofort außer Gefecht. Dem dritten gelingt es, im Zickzack durch die Menge davonzurasen. Er schafft es, über die Rue du Vieux-Colombier zu fliehen.
In dem allgemeinen Durcheinander der Schießerei haben die Maos einen gepanzerten Lieferwagen heranfahren lassen, in den Yannick de Kerhuel jetzt gestoßen wird. Da haben wir es: die Vicomtesse ist wieder in die Hände ihres ehemaligen Liebhabers gefallen. Aber in der Eile, den Ort des Gemetzels zu verlassen (wo sich, irgendeiner unter den Zuschauern wird daran gedacht haben, das neunte Bild des vierten Akts des monumentalen und nie gespielten Stücks von Jules Vallès, *La Commune de Paris* abspielte, dessen Inszenierung vor den realen Kulissen überall in Paris Artigas einmal Boris Villeneuve vorgeschlagen hatte, ein Vorschlag, dessen Perversität Boris sofort erfaßt und den er daher verworfen hatte), in der Eile also, diesen hochdramatischen Ort zu verlassen, die Kreuzung Croix-Rouge, schließt der Führer der Maos von Auguste Le Mao die schweren Stahltüren des gepanzerten Fahrzeugs, noch bevor es allen überlebenden Japanern gelungen ist, in Deckung zu gehen.
Tatsächlich sind es die beiden Frauen, die verlassen zurückbleiben. Sie rennen, verzweifelte Schreie ausstoßend, hinter dem bald nicht mehr einzuholenden Lieferwagen her.
Und der ERZÄHLER, was auch immer die Verwirrung sein mag, die diese Abschweifung in der harmonischen Struktur seiner Erzählung hervorruft, besessen, wie er ist, von einem manischen Verlangen nach Präzision, fühlt sich nicht in der Lage, sich seinerseits von diesen beiden molligen, militanten Japanerinnen abzuwenden, sie im Stich oder stehen zu lassen, unter dem fadenscheinigen Vorwand, daß alle Spezialisten des Abenteuerromans empfehlen, die Hauptfiguren der Erzählung niemals allzu lange aus den Augen zu verlieren, eine Empfehlung, die in

diesem Falle dringend anriete, auf Michael Leibson und auf die dunkelhaarige Unbekannte zurückzukommen, die im Bus und im Lärm der Feuerstöße, im Getöse, im Geschrei vergessen worden sind, eine Empfehlung jedoch, der man mit Brio jene andere, konträre oder zumindest entgegengesetzte Empfehlung des Schelmenromans entgegensetzen könnte, der von vielfältigen Episoden und vervielfältigten verschlungenen Wegen zu wimmeln hat.

Also nur seinem Herzen folgend stürzt der ERZÄHLER hinter den kleinen Japanerinnen her und entdeckt mit Entsetzen, daß sie gerade geschnappt, entwaffnet, gefesselt und mitgenommen wurden von einer Bande junger Noctards, die sie in die Rue du Cherche-Midi schleppen. Wilde Schreie ausstoßend, die nichts Gutes ahnen lassen, verschwinden die Noctards mit ihnen in den Tiefen eines verlassenen Herbstgartens, nachdem sie ein Labyrinth von Ruinen durchquert haben und auf einer Grüninsel gelandet sind, mitten in dem nach den Kämpfen von 1968-1970 am meisten verwüsteten Viertel, wo sich die Frontlinien der Stadtguerilla oder des Bürgerkriegs, oder vielmehr des unbürgerlichen und unstädtischen Krieges verfestigt hatten.

In diesem verborgenen Garten Eden legen die Räuber unserer fernöstlichen Sabinerinnen diese auf eine weiche Matratze aus Laub und enthüllen sofort ihre Absichten, indem sie Glieder von unterschiedlicher Größe und Beschaffenheit zu Tage fördern, aber ganz von Blut angeschwollen, mit hervorquellenden Eicheln, die unter dem lauen Licht der Oktobersonne in einem violenten und violetten Glanz leuchten, und machen sich sofort daran, ohne irgendwelche Präambeln oder Präliminarien alle Öffnungen der nackt ausgezogenen Frauen zu bearbeiten, und da jene sechs an der Zahl und diese, wie bereits gesagt, nur zwei sind, geht das großartig auf: sie machen sich zu dritt über jede von ihnen her, wobei sie in fröhlicher Raserei die Stellung wechseln, vom Geschlecht zum Mund und vom Mund zum Arsch übergehend, unter dem Gelächter und Geschrei, mit dem sie sich in einem phallokratischen Feuereifer, der nicht frei ist von Rückständen homosexueller Schmeichelei, über das Ausmaß ihrer Schwänze beglückwünschen, bis zu dem Moment, wo die beiden Frauen (man muß es sagen, selbst wenn das zarte Seelen schockiert!), zunächst schweigend und passiv, ver-

krampft, sich endlich bebend allen Möglichkeiten der Situation öffnen, vor Lust schreiend in ihrem gutturalen und melodischen Idiom, die intime Fabeloper ihrer beglückten Körper singend, schließlich die perverse Leitung der Operationen übernehmend und sich untereinander stimulierend durch angemessene Zitate von Mao – es handelt sich nicht um Auguste in diesem Fall, sondern um den augusteischen Vorsitzenden desselben Namens –, die die Noctards hören, ohne etwas davon zu verstehen, und eine von ihnen schreit also aus, um sich Mut und Mumm beim Werk zu machen: »Wir müssen unseren Kampfstil voll entfalten, das heißt mutig kämpfen, keine Opfer scheuen, keine Erschöpfung fürchten und unablässige Kämpfe führen (in einem kurzen Zeitraum ohne Ruhepause ein Gefecht nach dem anderen austragen)«, und die andere antwortet ihr mit derselben schrillen und heiteren Stimme im selben rhythmischen Ton: »Fest entschlossen sein, keine Opfer scheuen und alle Schwierigkeiten überwinden, um den Sieg zu erringen«, und da ist er schon errungen, dieser Sieg, da sind diese triumphierenden Männchen auf einen jämmerlichen Detumeszenzzustand reduziert, infolge ihrer wiederholten Orgasmen, eine demütigende Situation, deren Wirkungen die jungen Ganoven zu vertuschen suchen, indem sie mit aller Kraft auf die elfenbeinweißen prallen Hintern der beiden Mädchen einschlagen: eine klägliche Rache, die die törichte Freude der Opfer nur zu einem Grad unbeschreiblicher Erregung steigert.
Aber diese digressive und regressive Episode muß nun wohl mit einem Wort darüber abgeschlossen werden, daß der kleine Anführer der Noctards plötzlich beschloß, die beiden Frauen dem Eurasier abzutreten, der den Schönheits-Bordell-Salon der Rue du Dragon, *Le Lotus d'or* führte, eine unproblematische Transaktion, da besagter Eurasier gerade Bedarf an weiblichem, selbst subalternem und nicht spezialisiertem Personal hatte, das an seinen Kunden und Kundinnen die simpelsten manuellen Verrichtungen ausführen konnte, und so also, *colorín, colorado – este cuento se ha acabado* (Ende gut – alles gut), endet das Abenteuer der molligen, militanten Japanerinnen der I.R.A. (M.L.) (siehe oben wegen der Bedeutung dieser Abkürzung) in der bezahlten Ausschweifung.

Aber all das wird außerhalb unseres Blickfelds passieren.
Für den Augenblick müssen wir zur Kreuzung Croix-Rouge zurückkehren, die von der Schießerei zwischen Le Mao Maos und Jo Arestis Banditen erschüttert wird.
Michael Leibson und die dunkelhaarige Unbekannte haben sich zwischen die Bänke des Busses gekauert, als die ersten Schüsse ertönten. Etwas später, als alles zur Ordnung zurückgekehrt ist, findet Leibson auf dem Platz den Mann wieder, den Carlos Bustamante ihm mit einem Gepäckfahrrad geschickt hat, damit er ihm helfen kann, seine Koffer zu transportieren. Es ist Victor-Manuel, der Hausmeister der Rue Séguier.
Leibson dreht sich nach der Unbekannten um.
»Wollen Sie sich nicht etwas von all diesen Aufregungen erholen?« sagt er.
Sie nickt zustimmend.
Sie findet es ziemlich komisch, auf Grund der zufälligen Begegnung mit dem Amerikaner Carlos in der Rue Séguier zu überraschen.
»Ja«, sagt sie.

## 3.

Um acht Uhr dreißig vormittags hatte er den von den großen vergangenen Regenfällen der Tagundnachtgleiche verwaschenen, zartblauen Herbsthimmel angesehen.
Die Sonne hatte gerade im Ost-Süd-Osten die Grenze der Dächer überschritten, die die Grünfläche dieses rekollekten Hofes säumten. (Aber nein! Woher kommt dieses Wort? Natürlich wieder ein Hispanismus! »*Rekollekt*« bezieht sich auf die reformierten Franziskaner, die sich mit ausdrücklicher Genehmigung von Papst Clemens VII. aus dem Jahre 1531 im Gebet und in der Rekollektion geistiger Zurückgezogenheit sammelten. Im Spanischen kann das entsprechende Wort durch semantische Wucherung auch auf die Sitten und Kleidungsstücke derer, selbst wenn sie Laien sind, angewandt werden, die außerhalb des weltlichen Schall und Wahn leben, und letztlich auch auf die das meditative Leben begünstigenden Orte: daher der Ausdruck *rekollekter Hof*. Also ist es gar nicht so schlecht gesagt.
Tatsächlich gibt es mehr als einen franziskanischen Zug in jenem weitläufigen Innenhof der Rue Séguier, huldvoll von der Oktobersonne beschienen, die die hintere Mauer mit einer vorübergehenden porösen Wärme überzogen hat.)
Er betrachtet den Himmel um acht Uhr dreißig vormittags.
Eine plötzliche Erregung packt ihn angesichts von so viel Vollkommenheit. Er betrachtet den Himmel, die Innenfassade am ehemaligen Stadtpalais des Kanzlers Séguier, das noch grüne kurze Gras, das zart goldbraune Laub der Bäume: die Schönheit der Welt.
Worte kommen plötzlich auf seine Lippen, murmeln sich von ganz allein, wahrscheinlich aus den Tiefen einer durch irgendeine dunkle Assoziation geweckten Erinnerung aufgetaucht. Er sagt diese Worte halblaut vor sich hin. Oder vielmehr, diese Worte sagen sich in ihm, durch ihn.
Es erinnert jedenfalls an den Anfang eines Gedichts:

*En la soie surannée de dessins sibylline,*
*de laque et jade éteints tissés, ô l'arabesque*
*des verts anciens! Ou bien est-ce que*
*le songe en moi…*

Aber das halblaut ausgesprochene Wort *moi* ruft eine plötzliche Zäsur bei dem automatischen Rezitieren hervor. Oder eine Zensur, wer weiß? Dieses rezitative *moi* läßt plötzlich eine Angst aufkommen, die alles überschwemmt. *Moi*? Wer denn? Er weiß genau, daß er diese, wer weiß von woher aufgetauchten Verse nicht geschrieben hat. Aber er weiß auch, daß er diese Verse niemals gelesen hat. Anders gesagt, er ist sicher, daß kein Dichter, vor allem kein Dichter nach Mallarmé, selbst wenn er wenig bekannt oder verkannt wäre, jemals diese Verse veröffentlicht hat. Darum würde er notfalls wetten. Und doch hat jemand diese Verse, die in seinem Gedächtnis auftauchen, schon geschrieben. Irgendein anderer. Diese Verse, deren Fortsetzung er vergessen hat – denn sie haben bestimmt eine Fortsetzung; eine Fortsetzung, die er selbst mechanisch aussprechen wird, in einem automatischen Diskurs, der ihn unmerklich eingenommen hat und der unterbrochen worden ist durch einen Abwehrreflex, sicher eine beruhigende Zensur, genau in dem Moment, da das Wort *moi* auf verräterische Weise die Andersartigkeit jenes *je* hervorgehoben hat, das davon sprach –, diese Verse, deren Fortsetzung er aus Selbstschutz vergessen, deren Zukunft er vernebelt hat, sind sicher von dem Anderen geschrieben worden, der sich seit einiger Zeit in sein Sein einschleicht.
Er bemüht sich, die blinde, nackte Angst zu beherrschen, die jetzt in ihm aufsteigt. Wieder einmal hat er sich in ein Gedächtnis verirrt, das ihm nicht gehört, dem er vielmehr gehört. Seine eigene Identität verdunstet wie Wasser zwischen seinen Fingern.

Es hatte zwei Jahre zuvor begonnen.
Er befand sich in Oxford, als Teilnehmer eines hochgelehrten Seminars über die Geschichte des zeitgenössischen Spaniens. Er war mit einer Reihe von Vorträgen über die spanische Kirche im 20. Jahrhundert betraut. Im weitesten Sinn. (Das heißt, was die Kirche angeht, nicht das Jahrhundert: im weitesten Sinn der katholischen Institution in ihrer Gesamtheit. Der eigentlich kirchlichen Organisation, aber auch der Presse, der A. N. P., der C. E. D. A., der Gesellschaft Jesu, des *Opus Dei* zum Beispiel.)
Er hatte in Oxford bedeutende Leute wiedergetroffen.
Joachim Romero unter anderen, der über die Geschichte der anarchistischen Bewegung Spaniens arbeitete und hinter einem

lässigen Äußeren – rauher Tweed, der ihm ebensogut stand wie die korrekten flanellgrauen oder mohairblauen Zweireiher – und hinter der leicht bourbonischen, sportlichen Statur eines Sohnes guter Familie einen zugleich methodischen und phantasievollen Scharfsinn verbarg. Und Maxime Lecoq aus Montpellier, hugenottischer Herkunft. Als er, Maxime, an der Spitze der Fußballmannschaft voranstürmte, die sie um Paul Preston gebildet hatten – den stellvertretenden Leiter besagten Oxforder Seminars, damals gerade in eine Forschung über die Zerstörung der spanischen Demokratie vertieft –, der ein fanatischer, aber oft enttäuschter Fan der Spieler von Everton war und diese Spiele organisiert hatte, damit man am Sonntagnachmittag den Alkohol der endlosen nächtlichen Sabbatdiskussionen ausschwitzen konnte, die eine ansonsten strenge Woche abschlossen; als er sich, Maxime, im Zickzack durch den gegnerischen Strafraum bewegte, rief ihm Carlos, als er ihn ganz in Weiß gekleidet wie einen Papillon daherflattern sah, auf okzitanisch zu: »*Parpailhol, vaï-s-y, 'parpailhol!*«, ein Anruf, Zu- oder Spitzname, der ihm, Maxime, zumindest beim studentischen Publikum dieser Sonntagsspiele geblieben war, seit eine köstlich rothaarige junge Zuschauerin, in arglose Bewunderung und blaue Dschiens gekleidet, »Herrn Parpaillol« um ein Autogramm bat, als sie ihn am Ende einer denkwürdigen zweiten Halbzeit zwei Tore hatte schießen sehen. Denn Maxime Lecoq, ein bis dato großer Rugbyspieler, hatte sich zu jenem Fußvolkspiel herabgelassen, dem Fußball nämlich, das er übrigens mit demselben Eifer betrieb wie seine Rekonstruktion der Geschichte des spanischen Faschismus in einem einschlägigen Essay.
Er befand sich also in England, in Oxford, zwei Jahre zuvor, Carlos-Maria Bustamante.
Das war 1973, dem Jahr der Normalisierung. Einige Wochen vorher waren die endgültigen Vereinbarungen zwischen der Versailler Regierung und der schwankenden Commune de la Rive Gauche unterzeichnet worden, die einem fünfjährigen Chaos regionalistischer Jacquerien und Stadtguerillas, wenn auch unterbrochen von zahlreichen Feuerpausen unter der Ägide der UNO, ein Ende machten.
Nach der Unterzeichnung dieser Vereinbarungen – die unter dem Namen »Abkommen von Trianon« in die Geschichte

eingegangen sind – waren die Kontingente der »Blauhelme« vom französischen Territorium abgezogen worden. Durch eine pikante Ironie (die nicht nur eine objektive List der Vernunft der Geschichte war, und Kissinger und Gromyko hatten bestimmt ein bißchen nachgeholfen, weil sie dabei auf ihre Kosten kamen und ihren Spaß hatten, sofern diese letzte Möglichkeit im Fall des zweiten Obengenannten nicht völlig undenkbar ist), durch eine Ironie der Geschichte also bestanden die meisten der UNO-Kommandos, die eine Art Ordnung aufrechterhalten und dafür sorgen sollten, daß die sukzessiven Waffenruhen, Waffenstillstände und Feuerpausen eingehalten wurden, im Laufe all dieser Jahre aus schwarzen Truppen. Daß Fallschirmjäger von Harlem, von der Elfenbeinküste und von Zaïre geschickt worden waren, um die rivalisierenden Faktionen, die sich auf dem Gebiet des süßen Frankreich, der ältesten Tochter der Kirche, der Mutter der Waffen, der Künste und der Gesetze, zerfleischten, durch eine Pufferzone zu trennen, hielten manche für ein Sakrileg, eine nationale Besudelung, eine unsühn- und unerklärbare Schande. Andere, erbitterte und sture Drittweltler, für eine gerechte Umkehr der Dinge, vielleicht sogar für die historische Möglichkeit einer Umkehrung der bürgerlichen Werte. Aber ob die UNO-Streitkräfte nun aus Schwarzen oder Weißen bestanden – auch die gab es –, so hatten sie unter ihren himmelblauen Helmen in Frankreich wie anderswo nur die Aufgabe, dafür zu sorgen, daß die Politik der historischen Kompromisse zwischen den beiden Großmächten, die sich in einem zugleich strengen und labilen Gleichgewicht die Weltherrschaft teilten, befolgt wurde.

Jedenfalls verpflichtet einen die Achtung der historischen Wahrheit dazu, laut und deutlich zu erklären, daß es nicht die schwarzen »Blauhelme« waren, die Unruhen in der geschundenen Zivilbevölkerung Frankreichs hervorriefen, ganz im Gegenteil. Die Unruhen und Unannehmlichkeiten wurden fast immer von weißen Truppen hervorgerufen, genauer noch von einigen Walliser Regimentern der UNO-Streitkräfte.

Alle Welt erinnert sich noch an das unglaubliche Kommandounternehmen des Obersten Lloyd Louis, des Kommandanten der von Nantes bis Angers an der Unter-Loire operierenden Walliser Truppen, mit dem er die Kontakte zwischen den autonomistischen bretonischen Streitkräften und denen der Zentralregierung vermeiden wollte. Zwar wußte in jener Zeit niemand mehr, wo das Zentrum dieser Zentralgewalt lag. Alles schien zur Peripherie zu werden am Ende des Jahres 1969. Der neue Präsident der Republik, ein redegewandter und rundlicher Auvergner aus dem Cantal, der nach dem Verschwinden General de Gaulles während einer Abstimmung gewählt worden war, die die extreme Linke boykottiert und bei der sich die Kommunisten der Stimme enthalten hatten, unter dem Vorwand, daß es nutzlos sei, zwischen Pest und Cholera zu wählen, daß das alles Jacke wie Hose wäre – eine Stimmenthaltung, die die bequeme Wahl des muskulösesten Kandidaten der Ordnung ermöglicht hatte –, dieser neue Präsident also hatte die skeletthaften Behörden einer auf schwachen Füßen stehenden Regierung nach Bourges verlegen müssen, ins Innere eines noch nicht von den Keimen der Auflösung angesteckten Frankreichs. Unter diesen Umständen hatte Oberst Lloyd Louis, unter Berufung auf eine dunkle ehebrecherische Herkunft – er war seitdem von seinen Soldaten Ludwig XIX., »der Bastard« genannt worden – Anspruch auf bestimmte Rechte des französischen Königtums erhoben, ein ganz persönlicher Wahn, in den er seine Walliser hatte hineinziehen können, die sicher von der Lust auf Gewinn und Abenteuer angelockt waren und von der Möglichkeit, sich dafür zu rächen, daß ihre Mannschaft während des letzten Spiels der Fünf Nationen ausnahmsweise von der Quinze Tricolore de Rugby verdroschen worden war.

Die Fortsetzung ist bekannt.

Man weiß, wie die Walliser Orléans belagerten in einer strategischen Bewegung, die die Republik von Bourges – wie sie sie mit galligem Mitleid der deutsche Bundeskanzler, der Präsident des helvetischen Bundesrats und selbst die Großherzogin von Luxemburg nannten – von den Industriegebieten des Nordens und Ostens abtrennen sollte. Man weiß auch, wie der französische Präsident, ein pfiffiger Expennäler der École Normale Supérieure und nicht ohne Sinn für eine gewisse Theatralik, gegen Gold die Dienste eines sehr populären jungen Filmstars, Mireille Darc, mietete, die er an die Spitze einer in der Auvergne ausgehobenen Hilfsarmee stellte, verstärkt von mehreren mobilen Gendarmerielegionen, Kommandos der kasernierten Bereitschaftspolizei und einem Fallschirmjägerregiment der Fremdenlegion, das deren Speerspitze bildete. So wurden Orléans im Mai 1970 befreit und die Truppen von Lloyd Louis auf dem flachen Land geschlagen. Die zerstreuten Walliser wurden im Laufe einer wochenlangen unbarmherzigen Guerilla aufgerieben, nach der Massenmobilisierung der Bauern des Orléanais, des Anjou und der Loire, die sich für die Demütigungen und Plünderungen der Söldner von jenseits des Kanals, jener würdigen Erben der Schinder früherer Zeiten, zu rächen hatten. Mireille Darc gelang es also, den Präsidenten von Bourges bis nach Versailles zu ziehen, wo sich der Sitz der Zentralregierung etablierte, begleitet von einer Woche staatlicher und religiöser Zeremonien zur Feier der Wiedergeburt der französischen Größe.

Aber diese Einzelheiten, die noch jedem im Gedächtnis sein dürften, sollen nur die falsche, rassistische Legende zerstören, die den schwarzen Soldaten der »Blauhelme« alle Missetaten jener Zeiten zuschreibt. Nicht nur ist das nicht der Fall, sondern man muß auch den positiven und mäßigenden Einfluß unterstreichen, den die Interventionen der historischen Führer des frankophonen Afrika auf die Ereignisse in Frankreich hatten. Ohne die vermittelnde Rolle eines Houphouët-Boigny, eines Sédar Senghor oder sogar eines Jean Bedel Bokassa wären nämlich die Vereinbarungen von 1973 nie unterzeichnet worden.

Wie dem auch sei, das Abkommen von Trianon besiegelte das Ende einer Epoche. Von nun an mußte man sich auf einen raschen und trostlosen Verfall der Commune in allen ihren Formen gefaßt machen. In Oxford hatte Maxime Lecoq bei einem denkwürdigen Abend diese klare und unbarmherzige Prognose ausgesprochen. Die Commune, oder vielmehr, was davon unter dem parodistischen Flitterwerk der Farce noch übrigblieb, würde bald wie eine reife – verfaulende – Frucht in den Schoß des wiederhergestellten demokratischen Staates fallen.

An einem Frühlingstag jenes Jahres also erhielt Carlos Maria Bustamante eine Nachricht von einer seiner Cousinen, die nach London gekommen war, um ihren Gatten auf einer Geschäftsreise zu begleiten. Es war Mercedes, die Tochter von Inés Andreu, und sie wollte ihn treffen. Er kannte diese zehn Jahre

jüngere Cousine immerhin ersten Grades kaum, aber dunkle, ja sogar uneingestehbare Gründe ließen ihn beim Namen Mercedes ein Stechen im Herzen, eine plötzliche Aufwallung des Blutes spüren. Man verabredete sich in London für den übernächsten Tag.
Er weiß nicht mehr, wie es kam, daß sie am besagten Tag die King's Road auf und ab gingen, von Boutique zu Pub und von Pub zu Boutique bummelnd. Am späten Vormittag wollte Mercedes ein Kleidchen kaufen in einem jener modernen Läden, die an den Carreau-du-Temple, den Flohmarkt oder den arabischen Souk erinnern und wo findige Frauen Klamotten aufstöbern, die eng an ihrem Körper anliegen oder unbestimmt um ihre Rundungen wogen, sie aber jedenfalls verdammt begehrenswert machen.
Während sie also fieberhaft und unter komplizenhaftem Gekicher mit einer säuerlichen rothaarigen Verkäuferin immer unwahrscheinlichere Kleider anprobierte, redete der Mann von Mercedes – leitender Angestellter einer auf die Produktion elektronischer Geräte spezialisierten multinationalen Gesellschaft – mit Carlos ernsthaft über ein Buch von Galbraith. Er hatte sich in einen umständlichen Kommentar des Begriffs »Technostruktur« gestürzt, als Mercedes sie zur Hilfe rief, weil sie wahrscheinlich eine quälende Kleiderwahl zu treffen hatte. Sie drehten sich gleichzeitig zu der Anprobekabine um, von der die Verkäuferin (Oho! hatte Carlos die Zeit zu denken gehabt: da haben wir einen herausfordernden und wahrscheinlich irischen Frauentyp, der dem alten Lebemann Friedrich Engels gefallen hätte!) gerade abrupt, mit einer brüsken Bewegung des Handgelenks, den schützenden Vorhang aufgezogen hatte. Die Ringe waren mit einem scheppernden Geräusch über die Metallstange geglitten.
Später würde er sich an diesen Augenblick erinnern, wo er Mercedes quasi nackt gesehen hatte, mit hochgerecktem Körper, mit erhobenen Armen, um ein weißschwarzes Seidenkleid überzuziehen, mit dunklem Teint, dargebotenen und aufgerichteten Brüsten, von derselben Sonnenbräune bedeckt wie ihr übriger Körper, der lediglich vom winzigen Streifen eines rosa Seidenhöschens durchschnitten war, das die Rundung der Scham, die matriarchalische Wölbung prächtiger Hüften hervorhob: Mer-

cedes, in der zarten und festen Konsistenz blonden Marmors gehauen, hier und da überzogen von herrlichen blauen Venen, unter den konvergierenden Blicken eines sprachlosen, vielleicht schockierten Gatten, der jedoch als galbraithscher leitender Angestellter die Fassung behielt; einer sichtlich entzückten, von feministischem Stolz erfüllten Irin, die Mercedes sicher mit einer vorbedachten brüsken Bewegung enthüllt hatte – und das scheppernde Geräusch des Vorhangs auf der Metallstange war noch wie das Echo einer provozierenden musikalischen Perkussion gegenwärtig –, als wenn sie damit gleichzeitig ihren eigenen Körper enthüllt hätte, der zur Stunde noch keusch bedeckt war von einem banalen, am Ärmelausschnitt keineswegs schmeichelhaften Kleid; als wenn sie, lachend, ausgelassen, die ganze gebräunte Weiße der Frauenkörper, aller Frauenkörper, enthüllt hätte: die Frau in Seide, die pfirsichartige Seide ihrer Beine, ihrer Schenkel, ihrer Brust, ihrer Schultern, den ganzen Ozean ihrer Haut, der empfänglich war für den kleinsten Hauch der Begierde anderer und der intimen Begierde, sich als solche anzunehmen und zu befriedigen, begehrenswert und begehrend; *l'assaut au soleil des blancheurs des corps de femmes ...* »der Sturm auf die Sonne der Weiße der Frauenkörper!« hatte Carlos gedacht – sofern ein Denken überhaupt in das Aufblitzen einer inneren Sonne eingehen kann –, hatte er sich also in der Stille dieser triumphalen Sonne gesagt, ebenfalls Mercedes betrachtend, gepackt von einer verheerenden (oder verheerten?) Begierde, als wenn der erstickende Efeu eines ganz alten Schmerzes plötzlich in seiner Brust derart gewuchert hätte, daß er ihm im Moment dieser Augenblicksvision den Atem verschlug; und das Bild von Mercedes war umsäumt vom Geräusch des abrupt über die runde Stange der Anprobekabine gleitenden Vorhangs und von der melodischen Phrase einer Tangomusik, die von Lautsprechern in der Boutique verbreitet wurde, einer Musik, auf die er bis zum venusgleichen Auftauchen dieser Frau nicht geachtet hatte, aber jetzt hörte er diese zugleich synkopische und fließende Weise, und es war wie einst in einem früheren Leben in Pedralbes. Dieselbe Melodie, dasselbe Lied, und Mercedes schien eine Metamorphose von Inés zu sein, und er machte die Augen zu, das war zu stark: dieser Schmerz, diese Lust, dieses Feuer, dieser Lärm, diese Fülle.

Zum Glück murmelte der Gatte mit jenem für leitende Angestellte sowohl ökonomischer wie politischer Institutionen typischen Realitäts- und Schicklichkeitssinn einen mißbilligenden Satz, der Carlos brutal aus seinem Rausch riß.
»Es ist leichtsinnig, sich in der Öffentlichkeit derart zur Schau zu stellen«, sagte der Gatte.
Oder irgend etwas Ähnliches.
Mercedes, jetzt in ihrem schwarzweißen Kleid, versuchte eine Falte auf ihren Hüften zu glätten. Sie sah ihren Gatten an, überrascht.
»Was für eine Öffentlichkeit?« fragte sie. »Carlos und du? Du bist mein Gatte, er ist mein Cousin ersten Grades. Wo ist da eine Öffentlichkeit?«
Sie sprach natürlich kastilisch. Sie hatte also nicht Cousin ersten Grades gesagt, sondern »Bruder-Cousin«, wie man in dieser Sprache sagt: *primo hermano.*
Daraufhin hatte der Gatte mit den Schultern gezuckt. Er hatte versucht, sich mit einem treffenden kultur-anthropologischen Scherz aus der Affäre zu ziehen.
»Das Inzestverbot steht nicht umsonst am Ursprung jeder zivilisierten Gesellschaft!« hatte er mit einem Augenzwinkern zu Carlos hin ausgerufen, der eisig blieb.
Mercedes betrachtete ihren Ehemann mit herablassendem Erstaunen.
»Bist du ganz sicher?« fragte sie. »Jedenfalls würde es zwischen Carlos und mir keinen richtigen Inzest geben können!«
»Und selbst wenn es so wäre?« sagte Carlos leise.
Der Gatte von Mercedes lachte schallend, altmodisch vielleicht, aber nicht spielverderberisch. Er zog Carlos fort, er fing wieder an, über die Kontrolle der Preis-Lohn-Spirale zu sprechen, immer noch anläßlich von Galbraith.
Die junge Irin, die Engels gefallen hätte, kam in die Anprobekabine. Sie streichelte die Hüften von Mercedes und glättete dabei die Falten des Kleides, das diese gerade übergezogen hatte.

Wenig später aßen sie alle drei in einem indischen Restaurant von Westbourne Grove zu Mittag, das auf Tandoori-Küche spezialisiert war.
Der Mann von Mercedes hatte seine Hirngespinste über Gal-

braith durch den öden detaillierten Bericht einer kürzlichen Reise in die Vereinigten Staaten ersetzt. Carlos hörte ihm mit einem zerstreuten, aber höflichen Ohr zu. Der Schein war gewahrt und sogar gewürzt. Mercedes dagegen hörte überhaupt nicht zu. Sicher kannte sie diesen Bericht *ad nauseam*. Aber vielleicht ist sie keine so hervorragende Lateinerin wie die meisten anderen Figuren dieser Geschichte; vielleicht sollte man lieber sagen, sie kannte diesen Bericht einer Reise in die USA »bis zum Erbrechen«, »auswendig«, »daß er ihr aus dem Halse hing«, »daß er ihr bis hier stand«: man sollte vielleicht besser irgendeinen anderen Ausdruck benutzen, sei er literarisch oder auch umgangssprachlich, um von der Nachlässigkeit zu sprechen, mit der Mercedes nicht einmal so tat, als hörte sie dem Bericht ihres Mannes zu.
Dagegen ergötzte sie sich methodisch an der scharfen und raffinierten indischen Küche. Das war gewiß kein Zufall, sie war eine Feinschmeckerin wie ihre Mutter Inés Andreu.
Dieses gefräßige und fast fieberhafte Interesse von Mercedes an den Gerichten, die auf dem Tisch aufeinanderfolgten, hatte bis jetzt alle Versuche von Carlos unfruchtbar gemacht, den Blick seiner Schwester-Cousine zu fesseln, ihre Aufmerksamkeit auf die eine oder andere Weise auf sich zu ziehen. Er hatte jedoch beschlossen, sie die Begierde, die er nach ihr hatte, spüren zu lassen.
Das erste, was ihm in den Sinn kam, war natürlich, ihr irgendein geeignetes Zitat Ovids ins Ohr zu flüstern. Man denkt immer an Ovid in solchen Fällen. Die *Ars amatoria* und die *Amores* bilden einen fast erschöpfenden Katalog der Situationen, in denen sich ein Liebhaber angesichts des Objekts seiner Begierde befinden kann. Daher dachte Carlos also selbstverständlich an Ovid. Er suchte in seinem Gedächtnis nach einer der seinen entsprechenden Situation, die von dem lateinischen Dichter bereits behandelt war. Was sagte Ovid über gemeinsame Mahlzeiten mit dem Objekt seiner Begierde und dem Gatten besagten Objekts? Es fiel ihm sofort ein. Das vierte Gedicht des ersten Buchs der *Amores* war genau einer solchen Situation gewidmet. *Vir tuus est epulas nobis aditurus easdem Ultima cena tuo sit, precor, illa viro ...*
Carlos skandierte für sich selbst den Anfang dieses Gedichts und

betrachtete dabei hartnäckig den gierigen Mund von Mercedes. »Ich werde also als Teilnehmer am Feste das geliebte Mädchen nur sehen dürfen? Der von ihrer Berührung Lust fühlt, wird der andere sein...!« Carlos fuhr fort, in der Verborgenheit seines Schweigens Ovids Verse aufzusagen. Dann, den Augenblick ausnutzend, in dem Mercedes das Gesicht zu ihm erhob, lächelnd, wandte er sich mit leiser, aber deutlicher Stimme an sie: »*...clam mihi tange pedem / Me specta nutusque meos vultumque loquacem...*«, was eine Botschaft von äußerster Präzision und nicht ohne Risiko darstellte. Aber der Mann von Mercedes hatte nichts gehört, vertieft, wie er war, in eine pittoreske Beschreibung der Straßenbahnen San Franciscos. Was die junge Frau angeht, so verstand sie kein Latein, sichtlich. Sie sah nicht so aus, als begriffe sie, daß er sie darum bat, diskret seinen Fuß zu berühren, die Bewegungen seines Gesichts, den Ausdruck seiner Physiognomie zu betrachten, damit sie die Botschaft seiner übermächtigen Begierde darin entziffern könnte. Fassungslos wäre Mercedes mit ihrem nicht vorhandenen Latein am Ende gewesen. Sie zuckte die Schultern und widmete sich von neuem der Nahrung, die sich vor ihr auftürmte. Carlos erinnerte sich jetzt daran: Seine Cousine hatte in ihrem Studium niemals geglänzt.

Nach diesem linguistischen Fehlschlag beschloß er, den raffinierten, aber sichtlich wenig Erfolg versprechenden ovidschen Weg zu verlassen und einen direkteren zu wählen. Er hätte zum Beispiel seinen angeheirateten Cousin unterbrechen können – genau in dem Moment seines Berichts, wo eine klappernde rote Straßenbahn von der Höhe einer der berühmten steilen Straßen zur Bucht von San Francisco hinabzuschießen schien –, indem er sich zu der jungen Frau hinbeugte und sagte: »Ich habe Lust, mit dir Siesta zu machen!«

Das ist eine einfache, leicht zu entschlüsselnde, präzise Botschaft. Zu ihrem Verständnis sind keine glänzenden altphilologischen Studien nötig. Eine Botschaft, die obendrein noch fast völlig frei von männlicher Aggressivität, donjuanesker Süffisanz ist. Denn das Wort »Siesta« enthält ja eine Fülle verschiedener Bedeutungen: die brüderliche (oder schwesterliche) geteilte Ruhe; die körperliche Zärtlichkeit – ach, die gestärkten knisternden weißen Laken und das Licht einer fahlen Sonne, die durch die Lamellen der venezianischen Fensterläden vor dem geschlossenen Ort der Hingabe in bewegliche Streifen zerschnitten ist! –; oder auch die vage und so gesund polymorphe Begierde, die lange gegenseitige Erforschung der Körper, die für einen Augenblick Objekte ihrer eigenen Bewegungen geworden sind; und auch schließlich die Explosion der keuchenden Sprache, Spiegelbild oder imaginäre Verdoppelung des Akts selbst, wie Steinsalz glänzende und beißende Orchestrierung einer Lust, die ohne sie, die memorierende und mesmerisierende Sprache, immer dazu geneigt wäre, sich zu zerstreuen, sich zu vergeuden oder zu vergehen.

Mercedes also hätte dieses Wort »Siesta« auffassen können, wie sie gewollt hätte. Sie hätte es natürlich auch lassen, ignorieren können. Aber der Gatte? Wie hätte der Gatte diese zumindest zweideutige Einladung aufgenommen? Wenn er ein hervorragender Lateiner gewesen wäre, etwas, was man durch die Fortsetzung der Erzählung nicht wird feststellen können, wenn er während einer fleißigen und zu narzißtischen Träumereien geneigten Adoleszenz *(Aboli bibelot d'onanité sonore!)* Ovid gelesen hätte, dann hätte er sich bestimmt des Gedichts über die Siesta erinnert: *Aestus erat mediamque dies exegerat horam . . .*, das mit der Beschreibung der im lauen Nachmittag verschlungenen nackten Körper der Liebenden endet. Aber hätte er denn, mangels klassischer Bildung, in *Le Nouvel État industriel,* das die allerneueste Lektüre des Gatten zu sein schien, irgendeinen Hinweis finden können auf das in einem solchen Fall zu empfehlende Verhalten, wenn die eigene Frau eingeladen wird, die Siesta mit einem ihrer sehr wahrscheinlich blutschänderischen Bruder-Cousins zu teilen? Nichts war unwahrscheinlicher.

Carlos blieb ein letztes, natürlich ebenfalls bei Ovid erwähntes Mittel. Mindestens einmal nämlich proklamiert der Geliebte im Werk des lateinischen Dichters, daß seine Mätresse und er selbst, um die Wollust nicht weiter aufzuschieben, die zarte Arbeit von Eros hinter der dünnen Decke zu Ende führten, die sie vor den anderen Gästen verbarg, an dem niedrigen Tisch des Mahls, an dem sie sich ausgestreckt hatten. *Saepe mihi dominaeque meae properata voluptas / Veste sub iniecta dulce peregit opus.*

Der Ovidischen Lehre getreu – und danach soll einer nochmal sagen, daß Latein eine tote Sprache sei! – hätte Carlos den Fuß und dann das Knie der jungen Frau streifen können, und das zu wiederholten Malen, damit sie sich nicht einbilden konnte, daß dieses Streifen unwillentlich geschehen wäre, lediglich dem Zufall zu verdanken, der sie an einem so engen Tisch einander gegenüber plaziert hatte. Danach hätte er eines der Beine von Mercedes zwischen den seinen drücken können, und er hätte dann seine rechte Hand unter der makellosen Weiße der Tischdecke verschwinden lassen, von der Gunst des Augenblicks profitierend, in dem der Gatte mit verzücktem Blick die Brücke vom Golden Gate beschrieb, um die nackte, herbe und geschmeidige, samtige Haut am Schoß der Frau zu liebkosen, bevor er zu der aufregenden Zartheit des Hüftknochens vorgedrungen wäre. Aber schließlich, wenn wir schon dabei sind, hätte er auch seinen rechten Fuß aus dem leichten Mokassin, den er an jenem Tag trug, ziehen und ebenfalls den Strumpf abstreifen können, den er unter dem Tisch in die Hand genommen hätte, indem er so tat, als würde er seine heruntergefallene Serviette aufheben, und den er in seine Tasche gesteckt hätte – den Strumpf, nicht die Serviette –, und er hätte seinen nackten und lebendigen Fuß zwischen die Schenkel von Mercedes geschoben. Es wäre ihm dann bestimmt gelungen, einen neugierigen Zeh zwischen die Lippen des Schattenmundes zu stecken. Und der plötzliche Blick seiner Schwester-Cousine auf ihn, ihre aufgerissenen Augen, die Art, wie sie auf ihrem Sitz nach vorne rückte, um sich noch weiter hinzugeben, wären der Beweis für die Lust gewesen – eine vielleicht wahnwitzige, ja beunruhigende, oder zumindest unruhige, Lust –, die sie bei diesem brüsken libertinösen Angriff empfand.

Aber kehren wir zur Realität zurück.

Mercedes hat gerade den Kopf gehoben.

Hat sie die Beharrlichkeit seines Blicks gespürt? Jedenfalls hat sie nichts anderes spüren können, da alles übrige im Augenblick zum Reich des Imaginären gehörte, wir können es dem liebenswürdigen Leser schwören, der durch die unschicklichen Phantasmen dieses Spaniers, Carlos-Maria Bustamante Andreu, den man jedoch nicht vorschnell verurteilen sollte, vielleicht schokkiert ist. Mercedes sah Carlos jedenfalls mit einer spekulativen Neugier an. Aber die Stunde ist gekommen, die genaue Minute, in der die für diese Erzählung vorher festgelegte Ordnung den

Gatten zwingt, irgendeinen seiner britischen Geschäftsfreunde anzurufen. Er bittet um Verzeihung, steht auf, geht weg, sie allein lassend, in der doppelten Einsamkeit ihrer ineinander verketteten Blicke.
»*Qué te pasa?*« fragt sie (Was ist mit dir los?), kurz.
Er sagt ihr, unwiderruflich, was mit ihm los sei: seine Begierde nach ihr.
Sie zuckt die Schultern.
»*No te pongas*«, sagt sie, (Werde nicht) »*sentimental!*«
Er lacht, entspannt, jetzt, da er sprechen kann: die Sprache ist seine Stärke.
»*Sentimental? No he dicho que te amo, he dicho que te quiero!* (Sentimental? Ich habe nicht gesagt, daß ich dich liebe, ich habe gesagt, daß ich dich begehre!)«
Sie lacht ebenfalls, streicht über seine Finger.
»*Bueno, pues no te pongas ni sentimental ni semental*«, sagt sie.
Das ist ein Assonanzwortspiel, das das Wort *sentimental* dem Wort *semental* gegenüberstellt, das »Samenträger« oder »Samenstoff« bedeutet oder einfacher »Zuchthengst«, anders gesagt, »männliches Pferd zur Erhaltung der Rasse«, nach den guten Wörterbüchern oder auch in einem übertragenen umgangssprachlichen Sinn, jemand, »der nach der Lust der Liebe lechzt«, wie es zum Beispiel im *Lexique* von Malherbe heißt: »Wenn sich jemand nicht auf die Suche nach irgendeiner wichtigen Frau macht, so wird das ein Mann ohne Mut sein, ein Gabelstützenhengst«, ein amüsantes, aber schlecht gewähltes Beispiel, da Mercedes nichts von einer Gabelstütze hat.
Carlos tut also tatsächlich, was zu tun er eben geträumt hatte. Er zieht seinen rechten Schuh aus, streift seinen Strumpf ab, den er als Knäuel in seine Tasche steckt. Kurz, alles, was bereits als Phantasmen beschrieben wurde. *Vide supra* also. Wir wollen uns nicht wiederholen. Doch in einem Punkt, ja. Man muß wieder sagen, daß Mercedes mit einem plötzlichen keuchenden Seufzer, einem erstickten Schrei auf ihrem Sitz nach vorne gerückt ist, um den Fuß – den von Carlos natürlich – so tief wie möglich aufzunehmen.
In dieser Stellung, gegen den Tisch gepreßt, um den blutschänderischen und zitternden Zeh des Bruder-Cousins so gut wie

möglich zu umfangen, fand sie der Gatte nach seinem beendeten Telefongespräch wieder. Er ahnte indessen nichts. Oberhalb der Gürtellinie und der Schneegrenze eines makellosen Tischtuchs hatten ja beide eine völlig den Regeln des Anstands entsprechende Haltung, und niemand – außer Ovid natürlich, der erfahren war auf dem Gebiet von *properata voluptas / Veste sub iniecta,* etcetera – hätte die amöbenartigen Pseudopodienbewegungen erraten können, die sich unter dem Tisch abspielten.
Der Gatte ärgerte sich, daß er ihnen die Dringlichkeit einer unvorhergesehenen Arbeitssitzung mitteilen mußte. Carlos schrie höflich auf. Sie stieß einen tiefen Seufzer aus, dessen Ursache zweifelhaft war, den man jedoch – was ihr Gatte natürlich tat – als Ausdruck ehelichen Bedauerns deuten konnte.
Schließlich fanden sie sich auf dem Bürgersteig von Westbourne Grove wieder. Der Gatte gab ihnen großzügig die Schlüssel des Mietwagens. Er hielt ein Taxi an und verschwand, nachdem er Carlos gebeten hatte, sich während der wenigen Stunden, die er ihm seine Schwester-Cousine überlassen mußte, um sie zu kümmern.

In Soho jedoch, eine halbe Stunde später, an der Ecke Dean Street-Old Compton, hatte Mercedes sich wieder gefaßt.
Sie war wieder glatt und unnahbar, wie in einem zärtlichen Sororat, offenbar entschlossen, die dunkle Vorschrift der Exogamie nicht zu verletzen. Sie weigerte sich lächelnd, ihn in irgendeines der offenherzigen Hotels des Viertels zu begleiten. Sie mokierte sich sogar offen über ihn bei der Idee, sich gemeinsam in einem Pornokino einzuschließen – »als wenn ich das nötig hätte, um mich zu erregen!« sagte sie –, ein etwas jämmerlicher Vorschlag, den er aus schierer Verzweiflung gemacht hatte, in der sofort frustrierten Absicht, in ihrer Phantasie (was auch immer die voraussehbare Grobheit der Filmszenen wäre) jene unwiderstehliche Anwandlung wieder hervorzurufen, die es eben fast vermocht hatte, sie ihm mit Leib und Seele auszuliefern.
Er hatte kapituliert, nicht ohne ihr erklärt zu haben, daß er auf sie warten würde: einen Monat, ein Jahr, ein Jahrhundert, aber daß er sie eines Tages nehmen würde. Eine Erklärung, die eher

die nackteste, die unverhohlenste Begierde, die wehrloseste Leidenschaft als die erobernde und hohle Sicherheit eines abgewiesenen Mannes ausdrückte. Natürlich hatte sie sich nicht getäuscht, denn sie hatte ihn ernst angesehen, die Augen von fernen Gedanken erfüllt, und dabei genickt. Das sei keineswegs unmöglich, hatte sie ihm geantwortet.

Sie gingen also Hand in Hand die Dean Street hinab, gereinigt jetzt von jenem klebrigen und schweren stummen Schweiß der unbefriedigten Begierde. Er sprach von London, einer Stadt, die er im gebrochenen Licht des Frühlings liebte. Er sprach von seiner Arbeit in Oxford, von den Leuten, die er dort wiedergetroffen hatte. Mercedes kannte Joachim Romero, der ungefähr in ihrem Alter war. Ich habe ihn an der Universität von Barcelona kennengelernt, sagte sie, nein, ich täusche mich, es war noch früher, am Französischen Gymnasium dieser Stadt.

Plötzlich, mitten auf der Straße, blieb Carlos stehen.

»Sieh, wer da kommt.«

Ein etwa Vierzigjähriger mit Löwenmähne und dichtem graumeliertem Bart ging auf dem Bürgersteig gegenüber. Er hatte einen völlig verschlissenen Gehrock und abgetretene Stiefelchen an und trug eine Einkaufstasche in der Hand. Trotz der unübersehbaren Armseligkeit seines Aufzugs strahlte diese sonderliche Silhouette eine gewisse, fast magnetische Kraft aus.

»Wer ist das?« fragte sie.

»Na sieh doch!« rief er aus. »Karl Marx! Er geht einkaufen. Sicher hat er gerade eine Postanweisung von Engels bekommen. Heute abend wird er seine kleine Familie ernähren können!«

Sie sah der stattlichen Erscheinung des Bärtigen nach, sie sah Carlos an, offenen Mundes.

»Du bist total verrückt!«

Da zeigte er ihr die Fassade des Hauses auf der anderen Straßenseite, Nummer 28, aus dem der angebliche Dr. Marx gerade gekommen war. Eine Tafel war daran angebracht, die für die Nachwelt festhielt, daß dieser tatsächlich in dem Haus gewohnt hatte.

»Siehst du«, sagte Carlos. »Das kann kein Zufall sein!«

Sie lachte. Sie war plötzlich in seinen Armen.

Er spürte ihren Körper, sie flüsterte ihm alle eben noch vergeblich erhofften Worte ins Ohr. Du bist verrückt, du gefällst mir,

nimm mich, ich habe Lust auf dich, streichel mich, Bruder-Cousin, mach mich auf, steck ihn überall rein, komm schnell, laß mich nicht warten, nimm mich, du Sau, ich spüre, daß du geil bist, er wird schon hart, ich gehöre dir.
Und Carlos zog sie fort, durch die Pizzadüfte und Bierdünste, rempelte im Gewühl der Straße hin und hergehende lässige Jungen und Mädchen an, die im Unisex ihrer Kleidung, ihrer Frisuren, dem immergleichen fahlen und blasierten Licht ihrer Augen untergingen; er zog Mercedes zum nächsten Hotel fort und dankte Karl Marx: herzlichen Dank, Alter, *gracias, Viejito,* wenigstens einmal warst du zu etwas nutze, alter Mohr, sei gesegnet für diese plötzliche phantasmale Erscheinung, die mir den Weg zum Lachen von Mercedes öffnet, wirklich, alter Captain, der Marxismus führt zu allem, sofern man nur herauskommt!

Aber der moderne Trivialroman, dessen Tradition und Normen von Sade bis Sue, von Justine bis Fleur-de-Marie genau festgelegt, codifiziert und erkennbar sind, schreibt als Hauptregel vor, daß man, was auch das Ausmaß der erbaulichen oder libertinösen, ernsten oder ulkigen Abschweifungen sein mag, niemals den Faden der Erzählung verlieren darf. Den roten Faden, wie es sich gehört. Doch im Fall des hier ablaufenden Romanunterfangens droht der rote Faden abzureißen, wenn wir Carlos-Maria Bustamante Andreu und seine Schwester-Cousine Mercedes Casamitja Andreu in das Stundenhotel folgen, wo sie Zuflucht gesucht haben.
Das Wichtigste ist ja nicht, die – im übrigen unbeschreibbare – Lust zu beschreiben, die einer in den Armen des anderen fand (erwähnen wir lediglich, denn dieses Detail hat seine psychologische Bedeutung, und die Psychologie ist eine der Hauptzutaten des Trivialromans, selbst wenn das den strengen Theoretikern von heute abgenutzt und lächerlich erscheint, erwähnen wir also, daß sie von einem rosenfrischen, milchhäutigen Etagenmädchen in ihr Zimmer geführt wurden, das lächelnd zu Carlos sagte, als er ihr ein beträchtliches Trinkgeld zuschob: *»If you need something, you only have to ring«*, dann, nach einem bedeutungsvollen Schweigen und unter Betonung ihres Lächelns und des letzten Wortes ihres neuen kurzen Satzes: *»Something or*

*somebody!«*, und Carlos hatte noch die Zeit, nicht nur die Möglichkeit zu würdigen, daß man, allerdings mittels einer angemessenen geldlichen Zulage, eine dritte Person zu ihren Liebesspielen herbeirufen könnte, sondern auch die sensualistische Präzision des britischen Idioms, in dem jemand *somebody*, das »irgendein Körper« heißt: eine körperliche Materialität, die in diesem Fall, in Voraussicht des venusischen oder venalen Gebrauchs, auf den angespielt wurde, als völlig adäquat erschien, selbst wenn bei dieser dritten Person, deren Herbeirufung sich als möglich ankündigte, das Wichtigste sicher der Blick war, das unkörperlichste Element, das Ätherischste jenes *body* oder anonymen Körpers, dessen Dienste das Etagenmädchen anbot, in der Hoffnung vielleicht – aber nicht nur, um sich auf diese Art irgendein immer willkommenes zusätzliches Taschengeld zu verdienen –, daß ihr eigener Körper dazu ausgewählt würde, der *body* von *somebody* zu sein; beenden wir jedoch hier diese unentbehrliche linguistische Parenthese, um festzustellen, daß Carlos und Mercedes diesmal nicht auf eine dritte oder äußere Mitwirkung zurückgriffen, selbst wenn sie untereinander davon sprachen, die Möglichkeit davon erwähnend in der abgehackten, brutalen und raffinierten Rede ihrer Lust, um deren Wirkungen noch zu erhöhen), sondern das Wichtigste, sagten wir, der Faden, der nunmehr schleunigst wieder aufgenommen werden muß, betrifft jenes merkwürdige Empfinden von Verdoppelung der Persönlichkeit, von schizoider Mattigkeit, die an jenem Tag in Soho Carlos ergriff und deren Wirkungen sich noch zwei Jahre später bemerkbar machten, am 31. Oktober 1975, im Innenhof der Rue Séguier.

Versuchen wir, dieses unerklärliche Ereignis so präzise wie möglich zu erklären.

Drei Stunden nach dem Augenblick, in dem sie das Zimmer des Stundenhotels betreten hatten, seine Uhr konnte es bezeugen, fand sich Carlos im Soho-Square auf einer Bank wieder. Mercedes war an seiner Seite, schmiegte sich an ihn und murmelte eher unzusammenhängende Sätze: Ich muß gehen, Carlos, ich muß! Laß mich nicht gehen, bleib bei mir! Ich gehe gleich!

Aber all das und vor allem das zärtliche und zusammenhanglose Gerede von Mercedes hatte nichts Anormales. Sie hatten sich geliebt, sie waren anschließend spazierengegangen, sie saßen auf einer Bank im Soho-Square: nichts Erstaunliches an alldem. Was ihn erstaunte, was ihn mit einer Beklommenheit erfüllte, die er zu überwinden versuchte, war die Tatsache, daß – wenn seine Uhr immer noch richtig ging – er eine dreiviertel Stunde lang, ganz genau von Viertel nach vier nachmittags bis um fünf Uhr, nicht dagewesen war. Er war woanders gewesen.

Anderswo, woanders, *somewhere, nowhere*: nirgends.

Er selbst, während dieser Abwesenheit ein Kind, war an einem Ort umhergegangen, den er wiedererkannte, von dem er jedoch keinerlei Kindheitserinnerung hatte, sobald er aus dieser Abwesenheit in sein eigenes Gedächtnis zurückgekehrt war. Was war aus dem anderen Er-selbst geworden, oder vielmehr aus dem wahren Er-selbst, dem Selbst in Person, dem, der heute vormittag aus Oxford gekommen war, während der Zeit dieser Abwesenheit? Die Haltung von Mercedes ließ annehmen, daß er weiterhin bei ihr gewesen war, während er entwich, sich verdoppelte in einem früheren oder parallelen Leben, das nicht das seine war, wo er sich aber wie zu Hause wiederfand. Denn diese Kindheit, in die er für eine dreiviertel Stunde emigriert war, war nicht die seine; er hatte sie stellvertretend wiedererlebt. Sofern es nicht umgekehrt war, sofern sein gewöhnliches Leben bis heute nicht ein Traum gewesen war, ein Alptraum, erlebt von irgendeinem anderen, dessen Identität er nicht kannte und der sich ihm zum erstenmal in Soho offenbart hätte, an jenem Tag.

Gehen wir das alles noch einmal Punkt für Punkt durch.

Um zwei Uhr nachmittags hatte er mit Mercedes die Schwelle dieses finsteren Hotels überschritten (das beiläufig gesagt gar nicht finster war, sondern vielmehr heiter und fesch). Die genaue Zeit war leicht festzustellen, denn die Empfangsdame – die *The Awkward Age* von Henry James las, wie er genau bemerkt hatte – hatte sie informiert, daß der Zimmerpreis nach Stunden berechnet würde, wobei jede angebrochene Stunde beim Verlassen vollständig bezahlt werden müsse, und sie hatte dann, nach dieser Angabe der Regelung, mit lauter Stimme die Stunde gesagt, die sie auf ihrer Karte eintrug. Genau vierzehn Uhr.

Danach war die Zeit wie im Traum vergangen. (Ein albernes Klischee: im Traum vergeht die Zeit nicht, sie wird zeitlos; sie verdichtet sich wie gerinnendes Blut, bildet eine dickflüssige elastische Blase aus ständiger Gegenwart.) Aber wie dem auch sei, die Zeit war vergangen, ohne andere Markierungen als das intime Fortschreiten auf eine unbefriedigte und wiederholte Erfüllung. Sehr viel später, als er Mercedes noch einmal nahm, in einer seligen, weichen und zärtlichen Erschöpfung, hatte sie sich schwach gewehrt, »nein doch, ich muß gehen, ich muß...«, bevor sie zusammen in einer Lust versanken, die diffus war wie eine starke Dünung und nur manchmal von einem Stechen tausend spitzer Nadeln durchzuckt wurde, einer Art Aufreißen ihres ganzen zerstreuten Körpers, und genau in diesem Moment, bevor sie jenes leuchtende Delirium an der Schwelle der Pforten des Todes – oder des Mordes? der Verstümmelung? – erreicht hatten, hatte er mechanisch nach der Uhr gesehen, um Mercedes zu beruhigen: »Aber nein doch, du hast noch Zeit: du hast das Leben noch vor dir!« Und es war ganz genau Viertel nach vier.

Danach erinnert er sich an nichts mehr, bis zu jenem Erwachen oder jenem Wiederauftauchen um fünf Uhr im Soho-Square.

Oder vielmehr erinnert er sich an etwas anderes, an ein Woanders, ein anderes Er-selbst. Da war zunächst das Geräusch der scheppernden Straßenbahnen gewesen, die über einen großen Platz fuhren, um eine Kriegerstatue herum, wie es gewöhnlich die Statuen auf großen Plätzen sind: Reiter- und Kriegerstatuen, an etwas gemahnend. Da war er selbst, ein anderer, ein Kind, durch das Gitter eines Gartens gehend, auf diesem Platz, mit der Sicherheit guter Bekanntschaft, der Gewißheit, die eine gute Gewohnheit vermittelt. Und die Magnolien blühten auf dem Rasen vor der klassischen Fassade eines breiten Gebäudes. Er sah sich die etwas üppigen weißen Blüten der Magnolien an, als habe er sein ganzes Leben lang blühende Magnolien betrachtet, als wäre das überhaupt kein Problem. Er ging durch das Gitter, lief auf der befahrbaren Allee entlang, sah zu seiner Linken nach den Blüten der Magnolien, als sei nichts, als sei seine Anwesenheit – Aber um *wen* handelte es sich? *Wer* war in Wirklichkeit da? *Wer* lief auf der befahrbaren Allee auf die Seitentür des Hauses zu? – als sei seine Anwesenheit in diesem Garten, dieser Stadt, diesem Universum selbstverständlich. Und der Garten war weit, er zog sich auch hinter dem Hause noch hin. Am Ende war ein Tennisplatz zwischen den Bäumen. Seine Oberfläche war nicht aus festgestampfter Erde, sondern aus einer Art Zementdecke. Dort war es, wo er etwas später mit seinen

Brüdern Rollschuh fuhr. Das heißt, er wußte, daß diese beiden Jungen seine Brüder waren. Er, Carlos, hat niemals einen Bruder gehabt, in jenem anderen Leben, das bis zum heutigen Tag das seine gewesen ist. Doch dort, über diesen zementierten Tennisplatz auf seinen Rollschuhen kreisend, einen Hockeyschläger in der Hand, bei einem Spiel zu dritt, nicht frei von Gewalt und ziemlich rüden Stößen, weiß er, daß diese beiden Jungen seine Brüder sind. Es ist kein Zweifel möglich: das ist ebenso evident wie die Blüten der Magnolien. Aber diese Evidenz, die die äußere Welt mit einem Lichtschein umgab, die aus dem kleinsten Grashalm dieses Gartens, dem kleinsten Blütenblatt unbestreitbare Gegenstände an sich machte, diese ganz und gar nicht imaginäre Materialität der Körper seiner beiden Brüder, gegen die er stieß, und zwar ziemlich rüde, während dieses Hockeyspiels beim Kampf um den Ball; diese Evidenz der anderen und des unbekannten, aber vertrauten Universums, in dem er sich befand, erstreckte sich nicht auf ihn selbst. Es war keine innere Evidenz. Er selbst, dieses Wesen, dieser andere, dieses Ich, dieses Ich-selbst, dieses Erlebte oder vielmehr dieses Lebendige – denn er war lebendig, daran war kein Zweifel möglich in diesem unbekannten Garten: sein Blut zirkulierte, der Aufprall auf dem Zement beim Hinfallen während des Kampfes um den Hockeyball war schmerzhaft –, oder besser noch, diese Lebendigkeit, die er war, diese Beweglichkeit des Lebens, die ihn beherrschte, all das wurde jedoch nicht mit der zwingenden Evidenz einer Identität empfunden. Kurz gesagt, er war ein anonymes Ich.

Aber ihr Hockeyspiel auf Rollschuhen wird unterbrochen, sie werden gerufen. Es ist offenbar Vesperzeit. Sie sind in einem Eßzimmer, dessen Fenster sich auf die schattigen Tiefen eines weiten Gartens hin öffnen. Von der Gunst eines verschwommenen Augenblicks, eines zerfließenden Moments profitierend, stürzt er sich zum Marmorkamin, der in dem Raum aufragt und über dem ein Spiegel mit vergoldetem Holzrahmen hängt. Er rennt zu jenem Spiegel, ganz offensichtlich in der Absicht, sein Gesicht zu betrachten, es darin zu entdecken. Im letzten Moment aber wird er durch das Eintreten eines Kammerdieners in einem königsblauen Cut mit Silberknöpfen daran gehindert. Der Kammerdiener serviert ihnen zeremoniell die Vesper. Er spricht deutsch mit ihnen. Halt! Er hat gerade festgestellt, daß während

des Spiels auf dem Tennisplatz weder er noch irgendeiner seiner beiden Brüder ein einziges Wort gesprochen haben. Das war wie in einem Stummfilm gewesen. Der Kammerdiener im königsblauen Cut jedoch spricht. Er spricht sogar sehr deutlich auf deutsch: »Mögen die Herrschaften noch etwas mehr?« Später, wieder zu sich gekommen – oder zu jenem anderen, der er bis heute war –, wird er sich über diese ehrerbietige, unübliche Formel wundern. Spricht man wirklich so?
Aber er ist im Soho-Square, Mercedes ist gerade abrupt aufgestanden.
»Ich gehe, Carlos« *(Me voy, Carlos)*, sagt sie, entschlossen.
Er steht vor ihr.
Wen hat sie in dieser dreiviertel Stunde Ewigkeit umarmt, in der er sich von seiner körperlichen Form gelöst hat, in der ihn offenbar irgendein anderer bewohnt hat, während er in einer anderen Kindheit umherirrte: der seinen aber doch wohl? Er möchte schreien, er drückt sie an sich, murmelt ihr die Verse von Miguel Hernandez ins Ohr: *Me voy, amor, me voy, pero me quedo / pero me voy, desierto y sin arena / Adiós, amor, adiós hasta la muerte.* (Ich gehe, Geliebte, ich gehe, aber ich bleibe / aber ich gehe, wüst und ohne Sand / Adieu, ich liebe dich, adieu bis zum Tod.)
Denn es geht tatsächlich ums Sterben.

Und so hatte es zwei Jahre zuvor angefangen, 1973.
Seitdem hatte er, in unregelmäßigen Abständen – aber immer bei irgendeinem Liebesrausch, als wenn es eine verborgene Beziehung zwischen der Lust und diesen Absencen gäbe –, in zusammenhanglosen Stücken eines Puzzles, dessen Gesamtbild ihm zwangsläufig entgehen mußte, das Leben irgendeines anderen wiedererlebt.
Aber die Topographie dieser Träume – nein, es waren keine Träume, nicht wirklich; erstens geschah es niemals im Schlaf, sondern, ganz im Gegenteil, in Momenten scharfen, fast schmerzlichen Bewußtseins von sich selbst; es schlug plötzlich, besser konnte er es nicht sagen, in ein anderes Leben um; und beim Erwachen, wenn man die Rückkehr zu sich selbst erwachen nennen kann (aber vielleicht war gerade diese Rückkehr nur ein Traum), bei der Rückkehr also fand er sich ohne

irgendeine auch nur verschwommene oder vage oder schwindende Erinnerung an das vor, was er selbst während dieser Absencen gemacht hatte; als wenn im Grunde, und die Unabweisbarkeit dieser Feststellung war für die Vernunft unannehmbar, als wenn er selbst ein anderes Leben eingenommen hätte – welches? –, während ein anderes Ich Lust hatte (vielleicht Lust empfand), ihn selbst einzunehmen – aber die Topographie dieser Reisen war ihm schließlich vertraut geworden. Er fand sich darin zurecht, auf seltsame Weise. Merkpunkte wurden schließlich deutlich.

So zum Beispiel einige Häuser, umgeben von mehr oder weniger weiten und manchmal wüsten Gärten; Stadtlandschaften, von denen einige genau identifizierbar waren: der Platz vor dem Panthéon in Paris, die Uferkais von Genf an der Mündung der Rhone in der Gegend der Île Jean-Jacques Rousseau, zum Beispiel; eine Lichtung im Wald; ein Gebirgssee, eine riesige nächtliche Terrasse, wo Dutzende von Paaren mitten unter den flehenden Kerzen regloser großer Zypressen eine Art Menuett tanzten: ähnliche Bilder markierten den Umkreis jenes anderen parallelen Universums. Heute waren schließlich Wörter aufgetaucht. *En la soie surannée de dessins sibylline* ... Jener Andere, der er manchmal war, hatte offenbar Gedichte geschrieben. Jedenfalls ergriff er zum erstenmal das Wort, wenn auch in Form eines esoterischen Gedichts. Das war wie ein zu entzifferndes Palimpsest. Und vielleicht würde ihm die minuziöse Dechiffrierung dieser wenigen Verszeilen den Schlüssel des Geheimnisses geben.

Aber er hört die Stimme von Sonsoles am anderen Ende des Innenhofs der Rue Séguier. Er werde am Telefon verlangt, sagt sie.

Er geht ohne Schwung hin, gedankenverloren.

Es ist Michael Leibson. Er ist gerade aus New York angekommen. Er hört seine herzliche dröhnende Stimme. »Es leben die Himmelsstürmer von Paris!« sagt Leibson als Begrüßung. »Die Scheißestürmer, ja! You are crazy, Michael!« antwortet ihm Carlos.

Er hat sich nicht verkneifen können, derb mit ihm zu sprechen. Denn es ist tatsächlich eher Scheiße als der Himmel, was sie stürmen, die Pariser. Aber schließlich kann Leibson nichts dafür.

Er ist ein optimistischer Amerikaner voller Vitalität, der noch an das Licht der revolutionären Vernunft glaubt. Das ist bestimmt nötig. Im übrigen ist Leibson ein hervorragender Historiker. Die monumentale Arbeit über die Zweite Pariser Commune, die er gerade beendet, wird Epoche machen.
Ruhiger erklärt Carlos dem Amerikaner, daß alles schlecht laufe, daß alles Scheiße sei, daß er aber sehr glücklich sei, ihn wiederzusehen, trotz allem. Und dann bittet Leibson darum, daß man ihm ein Gepäckfahrrad schicke, damit er seine Koffer befördern könne. Hier endet das Gespräch.
Er hängt auf, bleibt stehen, reglos, im Zimmer des Erdgeschosses des ehemaligen Stadtpalais von Séguier, wo das Rektorat des Internationalen Studentenhauses eingerichtet ist. Irgend etwas, ein Nebelstern von Empfindungen, eine Art Astralstaub aufkeimender Ideen, ein versprengter intellektueller Pollen fängt an, sich in seinem Geist zu drehen, als sei der Geist hohl, leer, eine Art tönender Behälter mit unbestimmten Dimensionen, in dem sich die Ideen drehen könnten, langsam oder schwindelerregend, je nachdem, sich dann verbinden, ineinander verschachteln, verschmelzen und neue Begriffe, neue Ideen bilden.
Aber die Stimme von Sonsoles lenkt ihn von diesem In-sich-selbst-versunken-Sein ab.
»Unterschreiben Sie bitte dieses Papier?« sagt Sonsoles.
Sie tritt an ihn heran, reicht ihm das Papier, wo die Veranstaltungen des nächsten Tages im Centre Séguier eingetragen sind. Denn im ehemaligen Stadtpalais des gleichnamigen Präsidenten befinden sich, außer daß es einige Forscher der sogenannten Sozialwissenschaften beherbergt, die Gäste oder Stipendiaten der Commune sind, auch noch Arbeitssäle, Archive und Bibliotheken, die den Hochschulangehörigen zur Verfügung stehen. Carlos – der seit dem Wintersemester 1974 für drei Jahre Rektor des Centre Séguier ist – muß jeden Morgen das Blatt unterschreiben, auf dem die Veranstaltungen des nächsten Tages aufgeführt sind.
Er prüft das Dokument, das ihm Sonsoles vorlegt. Er unterschreibt es.
»Ich habe noch zwei oder drei Punkte mit Ihnen zu besprechen«, sagt sie mit einem Notizblock in der Hand.
Obwohl die Spanier im Ruf der Unordnung und Improvisation

stehen, ist Sonsoles Cebrián die Inkarnation – und obendrein noch eine charmante: ihre Karnation einer blonden Estremadurin, in der das Inkarnat des Mundes von der Schwärze des Blicks absticht, wurde von den manchmal vereinsamten Bewohnern dieses hohen intellektuellen Orts sehr geschätzt –, die Personifikation, sagt man, der im allgemeinen den germanischen Rassen zugeschriebenen Tugenden, was methodische und emsige »Gründlichkeit« angeht.

Sonsoles sieht also ihre Notizen durch.

»Das Komitee für den revolutionären Wiederaufbau der III. Internationale beantragt die Benutzung eines Versammlungssaals für drei Tage der folgenden Woche«, sagt sie.

Carlos lacht kurz auf.

»Die glauben, daß sie in drei Tagen damit fertig werden? Was ist denn das für ein Komitee?«

Sie blättert die Seiten ihres Blocks um.

»Ich habe mich erkundigt«, sagt sie.

Natürlich hast du dich erkundigt, kleiner Himmel. Genau deswegen stelle ich dir ja die Frage, weil ich weiß, daß es eine präzise, auf unbestreitbaren Hinweisen oder zumindest glaubwürdigen Informationen basierende Antwort geben wird. Also sag sie mir schon, deine Antwort, kleiner hübscher Himmel, Liebes, während ich langsam, als wenn gar nichts wäre, unter dem strengen Kleid der vollendeten Sekretärin deine nackte feste linke Brust streichle, teure Sonsoles, deine Brüste sind die Sonnen dieses Vormittags, der anstrengend zu sein verspricht, aber gib mir deine Antwort hinsichtlich dieses Komitees, tu so, als bemerktest du nicht meine Hand auf deinem Busen, die sich gerade in den Ausschnitt deiner Bluse geschoben hat, tu so, als wenn die Spitze deiner Brust unter meinen Fingern nicht hart würde, mach schon mit deiner Antwort, kleines Stück Himmel, das Gott mir gegeben hat, *cachito de cielo que Dios me dio,* es war Nat King Cole, der das einst auf kastilisch sang.

»Es sind ehemalige Trotzkisten posadistischer Richtung«, sagte Sonsoles, scheinbar unerschütterlich.

»Und die III. Internationale wollen sie wiederaufbauen? Waren sie nicht in der IV., das heißt in einer der vielen IV.?«

Sonsoles nickt.

Erklär mir das gegenwärtige Kräfteverhältnis zwischen allen

Strömungen, Komitees, Richtungen und Fraktionen der IV. Internationale, meine Süße, tu so, als bemerktest du nicht meine zweite Hand, die sinistre, die die Hüfte streichelt, und daß sie an deinem Rock zieht, um ihn hochzuschieben und deinen Schenkel zu entblößen, den ich in diesem Augenblick streichle, mein Herz.

»Die Posadisten kommen von der IV. Internationale her«, sagt sie, und ihre Stimme wird langsam schwach, man ist ja schließlich nicht aus Holz, Teufel auch! Sie ist nicht aus Holz, nein, aber »sie sind gerade ausgetreten, nachdem sie den bürokratischen Verfall dieser Organisation angeprangert haben, und Posadas hat ein Manifest herausgegeben, das dritte in diesem Monat, in dem er erklärt, daß man sich wieder den Massenparteien stalinscher Herkunft anschließen muß, gerade wegen ihres Massencharakters, und gleichzeitig ein Komitee für den revolutionären Wiederaufbau der III. Internationale geschaffen, in der eine Avantgarde sich wiederfinden kann.«

»Das ist wirklich simpel«, sagt Carlos. »Eine verständliche und leicht anwendbare Strategie, die bestimmt einen Massenerfolg haben wird! Sagen Sie den Posadisten, daß wir keinen Raum frei haben. Was noch?«

Sie sieht ihren Notizblock durch.

»Die Internationale Hilfskommission für die marxistisch-leninistischen Guerilleros des Dhofar wollen im November einen Saal für eine Ausstellung mieten.«

»Wir vermieten keinen Saal, sie sollen sich woandershin wenden«, sagt er, und er fragt sich, wie lange sie noch durchhalten wird, weiter so ruhig zu sprechen, während er sie immer schamloser streichelt.

»Das ist alles«, sagt Sonsoles.

Er entfernt sich von ihr.

»Bitten Sie Victor-Manuel, mit einem Gepäckfahrrad Professor Leibson am Check-point Danny abzuholen«, sagt er. »Er wird sicher mit mir hier essen. Vergessen Sie nicht, daß ich auch Maxime Lecoq, Boris Villeneuve und Artigas erwarte.«

Plötzlich kommt ihm eine Idee.

»Artigas!« ruft er aus.

Sie schaut ihn verblüfft an. Er schlägt sich an die Stirn.

»Ich muß sofort zu ihm!«

Sie sieht ihn eine Wildlederjacke überziehen und mit großen Schritten auf den Ausgang zugehen, als sei der Teufel hinter ihm her.

*... im Mondreflex des lebensgroßen Spiegels dieses Schranks habe ich eines Tages ganz flüchtig die Silhouette des Teufels gesehen Aber lach nicht Ungläubige! Der Teufel ist mir erschienen in der verschwimmenden Form eines Löwen...*

Anna-Lise stoppt die Aufnahme.

Diese Teufelsgeschichte ist nicht sehr klar. Sie verschließt sich ihrer Interpretation.

Vorhin, man erinnert sich vielleicht daran, hatte sie versucht, zusätzliche Erklärungen von Artigas zu erhalten, bevor dieser weggegangen war. Aber er hatte ihr ungeniert den Mund gestopft, jedes Gespräch darüber unterbrechend. Nicht, daß sie sich darüber beklagte, überhaupt nicht. Diese Art von Unterbrechung machte ihr eher Spaß. Seit einem Monat hatte sie mit Artigas eine Art provisorische Vollendung im Austausch von Begierden und Befriedigungen, Gewalt und Zärtlichkeit, Demütigung und Anerkennung erreicht. Von Treue und Verrat auch. Aber selbst wenn sie sich nicht darüber beklagte, war sie doch gezwungen gewesen, die Diskussion zu unterbrechen. Sie konnte sich ja nicht gebührend mit zwei Sachen auf einmal beschäftigen: mit dem Teufel und mit seinem Schwanz.

Etwas später war es ihr möglich, das Gespräch wiederaufzunehmen.

»Warum nicht der Teufel?« sagte Artigas als Antwort auf ihre Fragen. »Weil er nicht existiert? Das ist kein hinreichender Grund. Das Unbewußte existiert ja auch nicht, zumindest nicht als ein objektives Wesen, das wirklich da ist, schwer, mit Ontizität belastet. Auch Gott nicht in dieser Form. Also auch nicht der Teufel. Und dennoch funktionieren alle drei, will sagen: sie funktionieren praktisch, historisch. Es sind Subjekte. Daß das Unbewußte oft Subjekt im eigentlichen Sinn ist, *subiectus*, unterjocht, meist stumm, oder der Redemöglichkeit beraubt – aber nicht der Sprache, verflucht nochmal, nein! –, nimmt ihm nichts von seiner verwirrenden und unvorhersehbaren Autonomie eines Subjekts. Das Unbewußte ist das Subjekt, für das der Schmerz zu leben – oder die Freude, der Ekel, die Banalität, das

Es-Sein des Ich, des Ego – das Objekt sind. Was Gott und den Teufel betrifft, so ist das noch evidenter. Sie existieren nicht als Wesen, sie sind nicht ontisch, so antik sie auch sein mögen. Nur das Menschenwesen existiert als Wesen, weil nur es allein fähig ist, seine Existenz zu theoretisieren, zu verachten, zu ironisieren und aufs Spiel zu setzen. Auch zu übersteigern bis zum Einzigen, Übermenschen oder Über-Ich, was eine ziemlich unverzeihliche, lächerliche, aber leicht verständliche Inkonsequenz ist. Es ist zwar berauschend, zu existieren und zu wissen, daß man existiert. Aber ich wollte sagen, daß Gott und der Teufel ebenso als innerer Rausch wie als universelle Soziabilitätssphäre existieren. Und insofern sind sie ewig, selbst wenn es Trugbilder sind. Oder vielmehr: weil es Trugbilder sind. Denn keiner Gesellschaft wird es je gelingen – und zum Glück, sage ich heute –, jene Hohlräume, jene Windhosen aus Negativität, wo sowohl der Wille, die Welt zu verändern, als auch das Bedürfnis, sie zu vergöttlichen, wurzeln und sich nähren, mit Positivität zu füllen. Und der Beweis für diese Geschichtlichkeit Gottes ist heute offensichtlich. Die Religion, ob es nun die christliche, die islamische oder die irgendeiner anderen Inspiration ist, bleibt das Opium des Volkes, aber dieses Opium wirkt nicht mehr in der gleichen Weise. Es hat, zumindest im Wesentlichen, aufgehört, eine bebende und entrüstete Resignation angesichts der Ungerechtigkeiten dieser Welt hienieden zu sein. Es wird aktives Ferment. Gott ist im Grunde wieder eine kreative Droge geworden, ein Amphetamin des Geistes. Er drängt zur Transformation der Gesellschaft, zur Veränderung der Welt. Und die Bewegung der Christen für den Sozialismus ist sicher die perfideste und perverseste Äußerung dieser operativen und hinterhältigen Geschichtlichkeit Gottes. Da kannst du sehen, wie die heutigen Marxisten auf dem Holzweg sind, wenn sie die Diskussion auf den wissenschaftlichen Bereich beschränken, wo doch diese Existenz oder Nicht-Existenz wissenschaftlich unbeweisbar ist. Andererseits geben sie das historische Wesen Gottes zu, diese Scheißmarxisten mit ihren pseudo-theoretischen Eiertänzen, ja sie beglückwünschen sich sogar, es feststellen zu können, sie berücksichtigen es im Bereich ihrer politischen Strategie, sofern man dieses Von-Ast-zu-Ast-Springen, dieses, je nachdem, liberale oder sektiererische Affengehabe überhaupt Strategie nennen kann, wo man doch gerade an dieser Stelle Front machen müßte. Ein konsequenter Atheismus nämlich, und gerade weil er seine Praxis auf die unangenehme, aber nachprüfbare Gewißheit der menschlichen Unsterblichkeit Gottes, seiner unerschöpflichen historischen Existenz gründen muß, dürfte jenem Attila unserer unglücklichen und fragenden Intimitäten nichts durchgehen lassen. Der Kampf mit Gott ist eine lange, endlose und geduldige Ungeduld, und sein Ausgang wird nie sieghaft sein. Aber du sprachst vom Teufel, der im übrigen nur das andere, eines der anderen Gesichter Gottes oder des Unbewußten ist. Warum habe ich von ihm Phantasmen in Form eines alten Löwen gehabt? Das ist es, was du wissen wolltest? Ich kann dir darauf keine Antwort geben. Vielleicht steckt darin die Übertragung eines vergessenen Bildes meiner Kindheit, hervorgegangen aus irgendeiner Ikonographie der Biblischen Geschichte. Aber sie ist nicht so wichtig, diese Löwenform des Teufels. Das beweist lediglich, daß mein Imaginarium schon autonom oder pervers genug war, sich über übliche Stereotypen wie Drachen, Schlangen, Menschenwesen mit gespaltenen Füßen zum Beispiel hinwegzusetzen. Das einzig wirklich Bedeutsame, Interpretierbare – und verzeih mir, wenn ich in deinen Bereich eindringe – ist, daß der Teufel mir erschienen ist oder, besser, daß ich geglaubt habe, ihn zu sehen, oder, noch besser, daß ich dunkel beschlossen habe, es zu glauben; daß er sich also gezeigt hat im Mondspiegel dieses Schranks, in dem ich ganz sicher nur das verwirrende Bild meiner selbst suchte. Habe ich es schon gesagt? Es war ein massives Möbelstück aus Ebenholz. Es war mit Kleidungsstükken meiner Mutter angefüllt. In dieses Zimmer gehen, diesen Schrank aufmachen, heimlich natürlich, die Wäsche berühren, mein Gesicht in der Seide oder im Pelz vergraben, in der knisternden Stärke oder der vaporösen Gaze, hieß das Verbot übertreten. Natürlich war dieses Verbot weder laut formuliert noch festgelegt, proklamiert worden. Wie hätte es das auch sein können? Wer hätte sich in der unschuldigen Seele meiner sieben Jahre soviel Unruhe, Fieber, aufgewühlte Tiefen vorstellen können, daß es notwendig wäre, dieses Verbot zu proklamieren? Gegebenenfalls hätte der Anlaß dafür irgendein etwas feierlicher Moment des Familienlebens sein können, wie das gemeinsame Sonntagsmahl beim Nachtisch, wenn das Dienstmädchen die

Platte mit den Meringuekuchen anbot, wie jeden Sonntag, und wie jeden Sonntag wies einer meiner Brüder mit einer Gebärde die Platte zurück, denn er mochte die Meringuekuchen nicht und kam auf diese Weise wieder einmal um seinen sonntäglichen Nachtisch, weil es natürlich nicht in Frage kam, daß eine Ausnahme bei der Meringueregel, der Meringueherrschaft gemacht wurde, denn Familien sind gewöhnlich Maschinen zur Einhaltung der Regeln und nicht zur Respektierung der Ausnahme, und niemand wäre auf den Gedanken gekommen, für diesen Bruder das in diesem Fall ja winzige Recht auf Unterscheidung zu verlangen, das dann zum Beispiel die Form eines Erdbeer-, Kirsch- oder Pflaumentörtchens angenommen hätte, und dieser Bruder, Alvaro, blieb also vor seinem leeren Teller, stur, dunkel zur traumatisierenden Perpetuierung dieses Ausschlusses verdammt, während wir anderen die Meringuekuchen der Normalität verschlangen, und in diesem barbarischen und höchst familiären Moment hätte der Vater das Verbot proklamieren, den Bannfluch über den Ebenholzschrank, über die fiebrigen und sinnlichen Bewegungen der in das Froufrou der Seide und die aufregende Starre der Korsetts getauchten Hände aussprechen können, aber dieses Verbot war natürlich niemals proklamiert worden: niemand hatte jemals die Worte ausgesprochen, die das eheliche Zimmer hätten versperren, diesen Schrank hätten versiegeln können. Das verstand sich gewissermaßen von selbst. Dieses Verbot war verinnerlicht, noch bevor es formuliert worden war, und es verletzen, sich ihm nicht mehr unterwerfen hieß nicht nur ein ungeschriebenes Gesetz, einen nicht aufgestellten, aber zwingenden Code verletzen, es hieß auch ein köstliches Schuldgefühl entstehen lassen. Alles trug auf diese Weise dazu bei, diesem Akt – ich war sieben – einen funkelnden Glanz zu geben: das Gefühl der Gefahr, die Angst, ertappt zu werden, das Glück der Übertretung, die sinnliche Freude an der Berührung der Stoffe, das aufwühlende Wuchern der Bilder des weiblichen Körpers, erfunden nach der Form der Intimwäsche. War also die Erscheinung dieses flüchtigen Teufels, dieses alten Löwen mit staubiger Mähne nicht voraussehbar, sanktionierte sie nicht auf vollendete Weise sowohl die Sünde als auch den beißenden Geschmack der Sünde?

»Und du warst sieben?« fragte Anna-Lise etwas ungläubig.

»Jetzt, da ich es dir erzähle, bin ich dreiundfünfzig. Ich stilisiere vielleicht meine Erinnerungen. Aber ich bin fast sicher, daß das Wesentliche davon erhalten ist. Hast du immer noch nicht genug, etwas davon zu hören, von meiner Kindheit!«
»Genau das möchte ich«, sagte sie: »Etwas davon hören.«
Sie hatte ihn angesehen. Eine plötzliche besorgte Zärtlichkeit überkam sie, sie war sich dessen bewußt.

Anna-Lise hatte den Namen Artigas zum erstenmal sechs Monate zuvor in Budapest gehört. Das war bei einem jener Abende, die typisch sind für das dem »realen Sozialismus« – das heißt dem mehr oder weniger aufgeklärten Despotismus des Einzigen – unterworfene Mitteleuropa und die manchmal mit Selbstmorden, immer mit verheerender Trunkenheit enden, sobald die anwesenden Gäste versuchen, die Bilanz der verpfuschten, zerstörten Leben zu ziehen unter der Herrschaft des Einzigen und seiner Verwalter, der Funktionäre, die die Gegenwart im Namen der strahlenden Zukunft der ZUKUNFT regieren.
Damals, sechs Monate zuvor, hatte Anna-Lise Glück gehabt, wenn man so sagen darf. Der Budapester Abend war völlig gelungen gewesen, Selbstmord inbegriffen.
Beim Abendessen und vor dem Eintreten dieses Extremfalls hatte die Diskussion eine Höhe, eine semantische Präzision und einen kulturellen Reichtum erlangt, die sie verblüfft hatten. Anna-Lise wußte nicht, daß es in einem seit mehreren Jahrzehnten zur ideologischen Flickarbeit verurteilten Europa immer noch so intelligente, luzide und kultivierte Leute gab. Sie hatte es bitter bedauert, ihr winziges japanisches Tonbandgerät nicht bei sich zu haben, um wahrheitsgetreu und vollständig diese Unterhaltung aufzeichnen zu können, bei der sie den Eindruck gehabt hatte, zu einem höheren theoretischen Verständnis der Welt und der zeitgenössischen Gesellschaft zu gelangen. Aber ihre ungarischen Freunde, die durchaus bereit waren, ihr bei ihrer Arbeit über die sozusagen postume *Ontologie* von Lukács zu helfen, wollten nicht, daß sie in Budapest mit einem so raffinierten Aufnahmegerät umherging, das unweigerlich den Argwohn der Agenten der Staatssicherheit erregen würde, die auf jede Möglichkeit eines wahrscheinlich wirkenden Spionageverdachts lau-

ern. Anna-Lise war also gezwungen gewesen, flüchtige Notizen in ihr Notizbuch zu schreiben, um einige Spuren oder Merkpunkte der Diskussion festzuhalten.

Bei dieser Diskussion, mitten in einem Exkurs über die *Grundrisse* von Marx und das theoretische System des *Kapital,* einem gelehrten und komplexen Exkurs, den man hier nicht wiederzugeben braucht, erwähnte Miklós Szelényi den Namen Artigas. Szelényi erläuterte zustimmend eine Meinung von diesem Unbekannten – wenigstens war er es für sie, Anna-Lise – über die Notwendigkeit einer Wiederaufnahme der Kritik der politischen Ökonomie, und zwar nicht vom Begriff der »Ware« her, sondern von dem des »relativen Mehrwerts«, einem zentralen Begriff, in dem sich die Modernität des Kapitalismus und seine, abstrakt genommen, unbegrenzte Fähigkeit zur Destruktion und autonomen Rekonstruktion seiner eigenen gesellschaftlichen Wertungsmodi ausdrückt.

Aber Judit Szentjóby hatte offenbar Informationen weniger intellektueller Art über diese Person, die gerade in der Unterhaltung aufgetaucht war und die sie alle sichtlich kannten, wenn auch unter verschiedenen Namen.

Judit war zufällig seit Beginn des Abends neben Anna-Lise gewesen. Und letzterer war die zugleich blühende und fragile Anmut der jungen Ungarin nicht entgangen. Außerdem hatte sie ein Leuchten in ihren Augen beeindruckt. Ein trotz der offensichtlichen Heiterkeit ihres Auftretens nacktes, grelles, irres Leuchten.

Wie dem auch sei, als Anna-Lise zum erstenmal von Artigas hörte, hatte sie sich zu ihrer Nachbarin gebeugt und halblaut um einige Auskünfte gebeten.

Judit Szentjóby hatte gelächelt.

»Sie wissen wirklich nichts von ihm?« hatte sie gefragt. »Dann sind Sie bei mir an der richtigen Adresse!«

Anna-Lise war wirklich gerade richtig, um eine sowohl romaneske wie genaue Vorstellung von Artigas zu bekommen.

»Als ich ihn zum erstenmal sah«, sagte Judit, »war ich fünfzehn. Das war in Foros an der Südspitze der Krim, in einem jener Urlaubs- und Erholungsheime für Privilegierte des kommunistischen Regimes, die über die ganze Schwarzmeerküste verstreut sind. Ich war mit meinem Vater dort, damals einer der hohen

Funktionäre der Auslandssektion des Zentralkomitees der ungarischen Partei und in dieser Eigenschaft eingeladen. In jenem Sommer 1960 war eine kleine Gruppe spanischer Funktionäre in Foros. Die Pasionaria war dabei, mit ihrer Sekretärin, einer Frau, die schwarz und trocken war wie eine Pflaume. Auch Carillo war in Foros. Und Lister. Und dann war da Artigas, sehr viel jünger als sie alle. Er mußte damals etwa sechsunddreißig oder siebenunddreißig gewesen sein, und er nannte sich noch nicht Artigas. Er trug auch noch nicht seinen richtigen Namen, den er nur fünf oder sechs Jahre, ungefähr von 1963 bis 1969, benutzt hat. Man nannte ihn mit einem spanischen Namen, den ich vergessen habe, der aber sehr banal war, irgend so etwas wie Pérez oder Gómez, irgend so etwas.«

Eine merkwürdige nostalgische Febrilität – von einer Nostalgie, die nicht von einer verflossenen Vergangenheit gespeist, sondern auf eine unzugängliche Zukunft hin offen wäre – ergriff Judit Szentjóby, je weiter sie in ihrem Bericht fortschritt.

Ich erinnere mich, dachte sie, ich erinnere mich an alles.

Ein Jahr vor diesem Budapester Abend, als die Polizei während der Haraszti-Affäre Judits Wohnung durchsucht hatte, war ein Agent der Staatssicherheit auf Fotos gestoßen, die sie fast vergessen hatte. Fotografien aus Foros nämlich, von 1960. Einige waren von mir selbst aufgenommen worden, erinnert sich Judit, andere von der Tochter Adam Schaffs, die ungefähr in meinem Alter war. Schaff machte in jenem Jahr ebenfalls Ferien mit seiner Familie auf der Krim. Am Strand, ich erinnere mich, sie erinnert sich, im Schatten der über einen Lattenrost gespannten Sonnenschirme, diskutierten Schaff und Artigas – oder Pérez, oder Rodríguez, oder Martínez, sein kommunistischer Deckname wird ihr vielleicht wieder einfallen – kurz, beide diskutierten stundenlang. Aber ich sprach, du sprachst von den Fotos. Als der Typ von der Sicherheit beim Ausschütten eines Schubfachs auf diese vergilbten Bilder stieß – die Fotografien, die du für verloren, vielleicht sogar aus Unachtsamkeit vernichtet hieltest, waren offenbar seit Jahren zwischen dem Boden des Schubfachs und der Wand des Möbelstücks eingeklemmt gewesen –, stellte er mir einen Haufen absurder Fragen. Er schien zu glauben, daß diese Fotografien absichtlich dort versteckt worden waren, daß sie vielleicht irgendeine dunkle subversive Bedeutung hatten. Er hat endlich mit sichtlichem Unwillen einsehen müssen, daß es unschuldige, harmlose, völlig legitime Urlaubserinnerungen waren. Mehr als legitime sogar, weil sich das auf der Krim abspielte, in jenem Ferienparadies für die strahlenden Funktionäre der dito ZUKUNFT. Der Typ von der Sicherheit betrachtete ein von der Tochter Adam Schaffs aufgenommenes Foto. Man sah dort den Vater – nicht den des Polizisten natürlich, den der Tochter Adam Schaffs also – und Artigas, die miteinander diskutierten. Man sah auch mich. Ich hatte mich in das Gesichtsfeld eingeschlichen, indem ich mich an den Lattenrost lehnte, ich lächelte,

(und einige Tage vor diesem 31. Oktober 1975, der Gegenstand dieser Erzählung ist, hatte Anna-Lise Artigas abrupt gefragt, ob auch er Fotos aus Foros aufgehoben habe. »Wieso denn Foros?« sagte er verblüfft. »Ja, Foros, auf der Krim, 1960!« Dann hatte sie ihm von dem Budapester Abend vor sechs Monaten erzählt. Von dem Selbstmord Judit Szentjóbys. Artigas hatte eine Sekunde lang die Augen zugemacht, wahrscheinlich um sich in diesem Moment der Ankündigung ihres Todes an das Gesicht der lebendigen Judit zu erinnern. Ihr Gesicht des letzten Tages, an dem er sie in Paris bei Paula Negri gesehen hatte. Warum waren sie bei Paula? Er erinnerte sich nicht mehr daran. Er wußte nur noch, daß Judit für 1972 ein Ausreisevisum erhalten hatte. Sie hatte es für historische Forschungen an der Universität Nanterre bekommen, deren kommunistische Professoren – im Lehrkörper besagter Universität dominierend – sich bemühten, ein Vorbild an pragmatischer und liberaler Modernität zu bieten, um ein Gegengewicht zur internationalen Ausstrahlung der Hochschulinstitutionen der Commune zu bilden. Jedenfalls war Judit Szentjóby 1972 aus Budapest gekommen, um in der Bibliothek für Zeitgeschichte an der Universität Nanterre eine Dokumentation zu beenden. Kaum eingetroffen, hatte sie sich eine befristete Genehmigung zum Passieren der Mauer besorgen können, was damals, vor der Unterzeichnung der Vereinbarungen von Trianon, ein nicht geringes Ausmaß an Geduld und Geschicklichkeit erforderte, vor allem für eine junge Ungarin ohne Bürgen. Judit hatte ihn also besucht, und sie hatten in der Z.U.P. einen Tag miteinander verbracht. Bei Paula Negri hatten sie Musik gehört. Paula hatte die subtilen oder brutalen Wege der Auflösung der kubanischen Revolution heraufbeschworen. Judit Szentjóby hatte von ihrem Land gesprochen, mit verhaltenem Zittern in der Stimme. Sie hatte erzählt, wie das Blut von 1956 tragischer- und groteskerweise dazu gedient habe, aus Ungarn eine Art Badeort mitten in der Eiswüste des post-stalinistischen Ostens zu bilden: einen herzzerreißenden altmodischen Kurort für Pensionäre der Politik, die zwar gegenüber den Nachbarn des irrealen Sozialismus privilegiert, aber aus der realen Geschichte verbannt waren. Und die von Paula ausgewählte Musik paßte genau zu dieser Unterhaltung: in der Tiefe des großen Raums der Rue Mazarine hörte man die melancholische, klagende Geige von Joe Venuti. Und dann, beim Abschied, auf der Türschwelle, hatte Judit Szentjóby ihre Lippen auf die von Artigas gedrückt, ganz zart. »Ein andermal...«, hatte er zu sagen begonnen. Sie legte ihm die Fingerspitzen auf den Mund, die er kurz küßte. »Ja, in einem anderen Leben«, hatte sie gesagt. Und nun hatte sie die Grenzen dieses anderen Lebens überschritten, Judit Szentjóby.

Aber Anna-Lise hatte ihm eine konkrete Frage gestellt, bevor er sich in seinen Erinnerungen verlor. Hatte auch er Fotos aus Foros aufgehoben? Er machte die Augen wieder auf, die er über diesen Erinnerungsbildern geschlossen hatte. Ja, natürlich, er mußte welche haben.

Sie waren an jenem Tag vor einigen Tagen im Schlafzimmer, unter dem ironischen und arroganten Blick der Marquesa de la Solana, dessen Wirkung von Goyas Gemälde herab, man erinnert sich vielleicht, ebenso prompt wie die von irgendeinem Madonnenbild aus Lourdes oder von Fatima, ihre Hände, ihre Münder und ihre Körper vereinigt hatte, am Tag ihrer Ankunft. Aber heute, genau in diesem Moment der Unterhaltung über die Fotos von Foros, waren ihre Körper nicht vereinigt. Anna-Lise setzte scheinbar unsystematisch und ohne ihr Tonbandgerät das unablässige Verhör von Artigas fort, der sich für seine eigene Person zu interessieren anfing, nicht nur aus einem ebenso offensichtlichen wie zugegebenen Narzißmus, sondern auch unter dem Eindruck von Entdeckungen über sich selbst dank Anna-Lises hartnäckiger und oft perverser Aufdringlichkeit.

Artigas war also in sein Arbeitszimmer gegangen. Er kam jetzt mit einer großen Akte voll Fotos zurück. »Die von Foros müssen

hier sein«, sagte er zu Anna-Lise, deren Augen sofort vor Begehrlichkeit und Neugierde kleiner wurden.
Sie waren tatsächlich da, die Fotos aus Foros. Der junge hagere Mann ohne einen einzigen Silberstreifen in seinem dichten Haar, das war er. Anna-Lise betrachtete dieses Gespenst von einst. »Du nanntest dich Gómez?« fragte sie. Artigas zuckte leicht verärgert mit den Schultern. »Aber nein doch, nicht Gómez!« Dann lächelte er: Gómez oder Martínez oder Rodríguez, was bedeutet das heute schon? Das war ein banaler Deckname, der ihm gerade wegen seiner Banalität gefallen hatte.
Anna-Lise sah sich die Fotos eines nach dem anderen lange an.
»Und der hier?«
Er folgte der Bewegung des Fingers und erkannte Carillo in Badehose, aber ernst wie ein Papst, vielleicht weil die Tatsache, daß er seine Brille abgenommen hatte, seinem Blick die scheinbare Tiefe der Kurzsichtigkeit gab.
»Das ist Carillo«, sagte Artigas.
Anna-Lise sah sich das Foto an.
»Warum steht denn eine Krankenschwester hier, genau hinter Carillo?« fragte sie.
Die Krankenschwestern! Artigas nahm ihr das Foto aus der Hand. Er dachte an die Krankenschwestern, die über die Gesundheit der Körper wachten, in jenen Erholungsheimen für strahlende, aber oft ermüdete, von Magengeschwüren oder Herzbeschwerden ebenso geplagte Funktionäre wie die strahlende ZUKUNFT ja auch selbst. Er erklärte ihr mit einigen Worten das Funktionieren der Erholungsheime, wo die Gäste einer diskreten, aber effektiven medizinischen Kontrolle unterworfen waren. Und dann, plötzlich, kamen ihm die Fetzen eines alten Gedichts in Erinnerung. Er rezitierte laut auf spanisch.

*Extiende junto al agua vigilada*
*por blancas enfermeras*
*tu alma vieja. Sacúdela en el viento...*

»Was, was?« unterbrach ihn Anna-Lise laut.
Sie haßte es, etwas nicht zu verstehen. Er sagte ihr, daß er früher Gedichte geschrieben habe, sowohl auf Spanisch wie auf Französisch, was bei ihr unmittelbar eine fast verschlingende Neugier hervorrief. Schließlich kapitulierte er vor ihrem Drängen und holte den Ordner, wo er einst seine meist unveröffentlichten

lyrischen Werke abgeheftet hatte. Anna-Lise machte ihn sofort auf und sah auf dem Stapel handgeschriebener oder getippter Blätter eine sehr hübsch aufgemachte Broschüre liegen. Es handelte sich um eine Originalausgabe – dreihundert Exemplare auf Velin Lafuma, und dieses trug die Nummer 130 – der *Lettre sur le pouvoir d'écrire* von Claude-Edmonde Magny, 1947 bei Seghers erschienen. Sie schlug die erste Seite auf und sah die gedruckte Widmung dieses Textes: *für Jorge de* ... Diese drei Auslassungspunkte anstelle des Namens schienen ihr bezeichnend. Im Moment der Identifikation dessen, der sich wahrscheinlich heute hinter dem Pseudonym Artigas verbarg, in dem Moment, da sein richtiger Name von einst hätte auftauchen müssen, weil er fast ganz sicher der Empfänger dieser *Lettre* von Claude-Edmonde Magny war, stieß man wieder auf eine Verschwommenheit und Ungewißheit. Sie schüttelte ihre kurze blonde Mähne und las die ersten Zeilen des Textes: »*Mein lieber Jorge, Ihr Freund Juan hat behauptet, ihm habe damals gefallen, was er meine ›Homilien‹ nannte; und was Sie mir von Ihren Skrupeln über ihre literarische Begabung schreiben, die Sie kürzlich gehabt haben, hat mich angeregt, Ihnen* ...«
Aber die etwas ungeduldig gewordene Stimme von Artigas unterbrach diese Lektüre.
»Also, du sprachst von Judit!«
Sie klappte die Broschüre wieder zu. Ja, sie sprach von Judit)

der mürrische und pedantische Funktionär der Staatssicherheit betrachtete die Fotos von Foros, die Judit Szentjóby gemacht oder die sie die etwa gleichaltrige Tochter Adam Schaffs hatte machen lassen, um sich in das Gesichtsfeld des Apparats einschleichen und auf diese Weise lächelnd Artigas zu Füßen liegen zu können, auf dem Sand ausgestreckt, an den Lattenrost gelehnt, auf dem Artigas und Schaff unermüdlich diskutierten.
»Ich war fünfzehn«, sagte Judit Szentjóby, »und ich hatte mich sofort in diesen Spanier verknallt! Aber das lag daran, daß er nicht aus jener abgedichteten Welt von Intrigen und Tiefschlägen auf den Straßen der Macht kam, deren finsteren und lähmenden Stumpfsinn ich mir nach dem, was mir mein Vater anvertraut hatte, genau vorstellen konnte. Er kam aus dem

spanischen Untergrund, aus der Welt des kommunistischen Abenteuers, an das ich noch glauben wollte mit dem ganzen romantischen Überschwang der Jugend. Dann sind die Jahre vergangen. 1966 war ich mit der ungarischen Delegation auf dem Filmfestival in Karlovy-Vary. Ein Jahr zuvor war ich in einer Budapester Buchhandlung auf einen aus dem Französischen übersetzten Roman gestoßen, *A nagy utazás*. Auf der Innenseite des Umschlags war eine Fotografie des Autors. Es war Gómez, ganz eindeutig! Das heißt Gómez oder Martínez oder Rodríguez. Ich werde mich schon an seinen richtigen damaligen Decknamen erinnern! Ich habe den Roman in einem Zug gelesen, und in Karlovy-Vary habe ich ihn wiedergefunden. Nicht den Roman natürlich, den Autor des Romans. Er erkannte mich sichtlich nicht. Wir sind uns mehrfach auf dem Festival begegnet, aber er hat mich nicht erkannt. Ich war ein bißchen traurig. Trotz all meiner Anstrengungen hatte er mich sechs Jahre zuvor in Foros sichtlich nicht wahrgenommen. Am letzten Tag des Festivals, während eines Galadiners, bin ich an seinen Tisch getreten – er saß bei der Delegation des kubanischen Films – und habe mich ihm vorgestellt. Foros! Bei der Erwähnung der Ferien in Foros hat er laut gelacht. Später haben wir zusammen getanzt. Die Sonne ging auf, als wir uns verabschiedeten. Der Salon des Hotels, wo das letzte Tanzorchester spielte, war wie ein Wintergarten dekoriert und von einem kuppelartigen bunten Glasfenster überdacht. Als ich mit ihm tanzte, habe ich die Nacht über unseren Köpfen sich auflösen sehen. Ich habe die Schatten der Nacht zerfließen sehen. Und dann, genau am Ende des letzten Tanzes, hat der erste Sonnenstrahl des Sommers das Glasfenster gestreift und das Rot und Gelb aufleuchten lassen, während die Musiker ihre Instrumente einpackten...

Für den Zeitraum einer Sekunde hatte Judit Szentjóby ihren Kopf auf seine Schulter gelegt, und er hatte zart ihre Augenbrauen gestreichelt. Nichts weiter, eine doppelte verstohlene, zärtliche, flüchtige Geste im zerstäubten Licht der aufgehenden Sonne von Karlsbad.

Hatte sie sich an jene Sonne, an jenen Abschied erinnert?

In Budapest jedenfalls, in jenem Frühling 1975, als die Morgenröte ihre dunstige, blonde Transparenz über die Scheiben des großen Zimmers ausgebreitet hatte, nach einer fiebrigen Nacht

heißer Diskussionen, bitteren Lachens, erstickter Tränen, plötzlicher maßloser Wutanfälle, war Judit auf die Fensteröffnung zugegangen, die über den Hügeln lag. Sie hatte das Fenster aufgemacht. Anna-Lise hatte geglaubt, daß sie die Luft des frühen Morgens einatmen wolle. Sie war jedoch irgendwie unruhig, derart heftig hatte Judit einige Augenblicke früher die Gestalt von Eleanor Marx erwähnt, ihren Entschluß zu sterben gerechtfertigt. Judit Szentjóby hatte lange die reine Luft des frühen Morgens eingeatmet, dann hatte sie sich zu ihren im Zimmer zurückgebliebenen Freunden umgedreht und auf russisch gerufen: »Genossen, liebt mich!«, bevor sie ins Leere sprang.
Anna-Lise war bis zum Balkon gerannt, und Miklós Szelényj war mitgekommen. In demselben verzweifelten Entsetzen ihren Blick vereinigend, hatten sie auf der Fahrbahn sechs Stockwerke tiefer Judits ausgerenkten Körper gesehen.
In einiger Entfernung waren die Türen des Polizeiautos aufgegangen, das routinegemäß vor dem Haus stand, wo dieser verrückte Abend stattgefunden hatte. Zwei korpulente Gestalten gingen langsam auf den Leichnam von Judit Szentjóby zu.
Auf diese Weise hatte Anna-Lise sechs Monate vorher unter dramatischen Umständen zum erstenmal von Artigas sprechen hören. Sie sieht ihn jetzt mit einer besorgten Zärtlichkeit an, plötzlich von einem dunklen Vorgefühl ergriffen.
Aber das war vor einer Stunde, als Artigas auf das Polizeipräsidium gehen wollte und in jenes staubige, aber vertraut, ja sogar merkwürdig beruhigend gewordene Büro von Fräulein Rose Beude. Jetzt hat Anna-Lise das Tonbandgerät wieder angestellt.

*...also ich rekapituliere*
*Erst das Vestibül Danach ein kleiner Salon Links vom Flur der die Wohnung von der einen Seite bis zur anderen durchquerte Alle Räume befanden sich übrigens links von diesem Flur Rechts waren nur Fenster zum Hof und die Diensträume Küche Wäschekammer Bedienstetenraum kurz all das Dann das Eßzimmer Weiter hinten noch ein sehr großer Raum der verschiedene Bestimmungen gehabt hatte Vielfache Verwendungen Schlafzimmer manchmal auch Bibliothek Der sicher ursprünglich als Salon für die Zigarren und den Kaffee mit Likör des*

*Nachmittags gedacht war Eine breite Glastür hätte es ermöglicht zwischen besagtem Salon und dem angrenzenden Eßzimmer hin und her zu laufen Aber ich habe diese Tür immer verstellt gesehen Auf der Seite des Eßzimmers war sie es durch die Masse des Mahagoniprachtbuffets* Aparador aparatoso! *Über besagtem in all seinem ostentativen Silberbeschlag glänzenden Möbel blieben nur etwa zehn Zentimeter Glastür Durchsichtig also Ich profitierte davon*
*Ich profitierte davon*
*Besser wir profitierten davon meine beiden Brüder und ich in der Zeit da das angrenzende Zimmer uns als Schlafzimmer bestimmt war Wir profitierten an den Abenden großer Diners davon wo wir uns zwangen wach zu bleiben um durch diese schmale Lücke die Gäste meines Vaters zu belauschen Das war keine leichte Sache Von unserer Seite aus Von der Seite jenes damals für uns drei als Schlafzimmer eingerichteten Raums aus verdeckte ein Wandbehang fast die ganze Glastür Aber wenn besagter Wandbehang auch nicht ganz die Höhe des im benachbarten Eßzimmer stehenden Buffets erreichte mußte man doch bis dahin klettern wenn man das Glück haben wollte die am langen Tisch sitzenden Gäste zu sehen Es gelang uns mittels umschichtig benutzter wackliger Gerüste daß jeder sich dieses Anblicks erfreuen konnte So habe ich mehrfach das runde bewegliche ausdrucksvolle Gesicht Lorcas gesehen Sicher war das mehr am Ende ich will sagen am Ende jener Madrider Wohnung Jener Kindheit in Madrid Kurz vor Beginn des Bürgerkriegs Übrigens die Erinnerung an Lorca Zumindest die indirekte Erinnerung an ihn durch die Erzählungen meines Vaters Die Erinnerung an Lorca also ist eng mit dem Beginn des Bürgerkriegs verbunden Nicht nur weil er schon in den ersten Tagen in Granada ermordet wurde Vor allem weil kurz vor dem Aufbruch in die Ferien zu einem Strand des Baskenlandes Aber ich habe dir schon von jenem baskischen Dorf erzählt! An einem der letzten Abende in Madrid Also etwa Mitte Juli 1936 Mein Vater war bei Lorcas Lesung des Theaterstücks dabeigewesen das er gerade beendet hatte Und eben gerade*
*Eben gerade*
*Diese Lesung Lorcas hatte stattgefunden Wie? Welches Stück?* La Casa de Bernarda Alba! *Die Lesung hatte bei den Oliver Lui*

*Eusebios stattgefunden Der Gatte Eusebio Oliver war Gastroenterologe Er gehörte zu einer Gruppe von Freunden, die sich täglich im Café Lion d'Or trafen Ja genau so Lion d'Or auf französisch Ein Madrider Café jedoch In der Alcalá-Straße Ganz nahe bei jenem Haus von dem ich dir erzähle Ganz nahe am Ende der Straße Alfonso XI wo sich das Haus befand von dem ich dir erzähle Lion d'Or Und gehörte zu jener Gruppe täglicher Aperitiftrinker Oder vielleicht tranken sie nur Milchkaffee Was weiß ich? Zu jener täglich gegen sechs oder sieben Uhr nachmittags im Lion d'Or versammelten Gruppe gehörte Eusebio Oliver der Gastroenterologe Freund Lorcas bei dem dieser öffentlich las Vor einer begrenzten Öffentlichkeit natürlich Begrenzt auf den Kreis der engen Freunde Vielleicht sogar der Vertrauten Las er vor dieser Öffentlichkeit gegen Mitte Juli 1936 das Stück das er gerade beendet hatte Aber eben gerade komme ich darauf Nicht auf das Stück von dem ich nichts zu sagen habe Ich komme darauf was Eusebio Oliver besonders auszeichnete Ihn zumindest in meinen Augen auszeichnete Natürlich in vielen anderen Augen ebenso Nämlich daß er im Besitz war Reagiere nicht allzu schnell als Feministin Pardon Elizabeth! Ich verwende diesen Ausdruck absichtlich! Im Besitz sage ich dir nicht nur der Freundschaft Lorcas sondern auch einer Frau die schön war wie der Tag Warum übrigens wie der Tag Ist die Nacht denn nicht schön Aber eher schön wie der Tag als wie die Nacht alles in allem Von einem meridionalen rotschimmernden Blond ohne das Fade das das nordische Blond manchmal hat Das Strohblond Albinoblond gewisser germanischer oder skandinavischer sportlicher Walkürenhaare Nein Ein andalusisches Blond Feuerblond Carmela Oliver Aber nicht heute werde ich dir von Carmela erzählen Ideales Frauenidol meiner frühen Jugend Oder endenden Kindheit Meiner elf bis dreizehn Jahre Frau Frau Frau aus Fleisch und Blut Aus Blut und Seide Und ganz natürlich Obwohl ich niemals Zeit noch Gelegenheit gehabt habe Oder vielleicht überhaupt Lust Obwohl ich niemals diesen Aspekt der Frage erforscht habe Natürlich ist es Carmela Oliver die bestimmte stechende und zärtliche Stereotypen in meinem Liebesimaginarium geliefert hat Sie und Pola Negri Alle beide Frauen Frauen und Phantasmenfrauen Abwechselnd Aber ich komme darauf zurück*

*Ich komme auf meine Geschichte zurück*
*Du wolltest Elizabeth eine möglichst genaue Beschreibung dieser Madrider Wohnung Und ich komme darauf zurück*
*Ich komme zitternden Herzens auf jenes Zimmer zurück das bevor es als Schlafzimmer diente die Bibliothek meines Vaters gewesen war*
*Und ich*
*Ich erinnere mich an diesen von den beiden Südfenstern zur Straße Alfonso XI erhellten geschlossenen Raum Ich ging oft den typischen Geruch dieses stillen Ortes schnüffeln Eau de Cologne blonder Tabak und bedrucktes Papier Ich sah mir die Titel der Bücher an Ich buchstabierte die Namen der ausländischen Autoren Später Jahre später Als ich für mich selbst Schriftsteller Philosophen entdeckte von denen ich die Namen gelernt hatte Manchmal auch einige von Geheimnis funkelnde Zeilen gelesen während jener verzückten Exkursionen in die väterliche Bibliothek Später empfand ich für sie Blake oder Burke Byron oder Chesterton Scheler oder Schelling Bergson oder Brentano Kierkegaard oder Rilke Cassirer oder Bernanos Für all die anderen deren Namen am stürmischen Himmel einer verträumten Kindheit leuchteten Einer introvertierten Später empfand ich für sie apriorische Begeisterung oder Zurückhaltung deren ferner und verschwommener Ursprung nur die verwischte Prägung sein konnte Der ausgelöschte Abdruck Die noch wirksame Erinnerung an das Verhältnis das ich in meiner Kindheit zu den fraglichen Büchern und Autoren unterhalten hatte Ein mehr oder weniger gelungenes Verhältnis Ein in gewisser Weise physisches Verhältnis zu jenen durchgeblätterten Büchern Gestreichelten Beschnüffelten So hat Chesterton sehr lange gebraucht seinen Platz eines zweitrangigen Schriftstellers in meinem persönlichen Pantheon einzunehmen Eines sogar belanglosen angesichts einer Bilanz von Leben oder Tod Wenn man die Werke eines einzigen Autors zum Überleben auf einer einsamen Insel auswählen müßte Du siehst das Problem Aber Chesterton schwebte im Himmel des Ansehens an einem sehr hohen Platz Obwohl an einem verschwommenen So sehr hatten die kleinen in Leder gebundenen Bände seiner Werke Die samtige Weiche des Papiers auf dem sie gedruckt waren Hatten mich mit einer intensiven kindlichen Lust erfüllt Chesterton*

*selbst war eine reale Figur Mein Vater hatte diesen katholischen und das Paradox pflegenden Schriftsteller auf einer Vortragsreise in Spanien getroffen Was ihn unweigerlich als liebenswürdig erscheinen ließ in den Augen der ebenfalls katholischen aber spanischen und liberalen und daher von Widersprüchen geplagten Schriftsteller Von paradoxalen im höchsten Grade Schriftsteller die den engsten Kreis der Freunde meines Vaters bildeten Aber ich sagte daß Chesterton selbst Wegen der materiellen Eigenschaft Der ästhetischen Wegen der Schönheit seiner bei den Erforschungen der väterlichen Bibliothek zufällig entdeckten Bücher Chesterton eine Zeitlang sich am Gipfel eines auf den kindlichen Phantasmen des Fühlens und Riechens erbauten intimen Pantheons befand Er ist übrigens sehr viel später erst herausgefallen als ich den tief in diesem Schriftsteller eingewurzelten Antisemitismus entdeckte Einen Antisemitismus den man ihm ebenso übelnehmen kann wie Bernanos da er sicher den gleichen christlichen Ursprung hat*

*Aber ich*

*Ich denke So mit dir zu sprechen Elizabeth Auf deine Aufforderung hin dir eine detaillierte Beschreibung jener Madrider Wohnung geben zu müssen Ich denke daß sie einen ursprünglichen Ort darstellt Eine erste oder Urszene Vielleicht sogar primitive Szene Wo sich praktisch alle Kindheitsjahre abgespielt haben die ich in guter Erinnerung bewahre Oder in schlechter Alles übrige wie dem auch sei Alles übrige vor jenem langen Aufenthalt in der Straße Alfonso XI bis zum Bürgerkrieg Und das Exil »Die schlaflose Nacht des Exil« Schlaflos aber von Träumen bevölkert Alles übrige war ja nur eine zusammenhanglose Reihe auseinandergerissener und störrischer Bilder Manchmal jedoch von äußerster Leuchtkraft Wie jene von der Herbstsonne auf den Scheiben der Veranda der Espalterstraße*

*Aber du*

*Du kennst Madrid nicht Elizabeth Nein nicht wahr*

*Du kennst Madrid nicht Ja nicht einmal Spanien Du kennst Den Haag Du hast mir das Foto von dir in Den Haag gezeigt das jener Bekannte von der Universität aufgenommen hatte Dein Freund Jener der bei einer ebenso unheilvollen wie selbstmörderischen Aktion der Roten Armee Fraktion getötet wurde Und ihr dachtet sicher an nichts anderes als an euch selbst in jenem Jahr vor fünf*

*Jahren In Den Haag Und du stehst vor dem Gitter eines großen weißen Hauses Und die Magnolien blühen Wieviel Wochen oder Tage im Jahr blühen die Magnolien Wer weiß Aber ihr hattet nach Den Haag kommen müssen in jener ungewissen Jahreszeit wo die Magnolien blühen Ihr hattet mit dem Mietwagen anhalten müssen Vielleicht wart ihr unterwegs nach Scheveningen Mit dem Wagen genau auf diesem Platz anhalten müssen Plein 1813 Wo die scheppernden Straßenbahnen um eine Kriegerstatue herumfahren Wie es gewöhnlich die Statuen auf großen Plätzen sind Kriegerstatuen Oft Reiter- und Kriegerstatuen Und jene ist wenn mein Gedächtnis mich nicht trügt keine Reiterstatue Aber gemahnt immerhin an irgendeinen europäischen Sieg über Napoleon Ihr habt also zufällig auf jenem Platz 1813 anhalten müssen Ein Datum ganz offensichtlich das sich auf jene Angelegenheit mit Napoleon bezieht Wenn mein Gedächtnis mich nicht trügt Wegen der blühenden Magnolien Wer weiß Oder wegen der Kriegerstatue* Quién sabe *Und jener junge Deutsche Dein Freund Für den stupidesten und sinnlosesten Tod bestimmt Hat dich aufgenommen vor dem Gitter dieses weißen Hauses Und hochherrschaftlichen Wo ich die ersten Jahre meiner Jugend verbracht habe Warum hat er dich da aufgenommen? Nur so Ohne Grund Ohne Sinn und Verstand Und er hat das Objektiv seines Fotoapparats so eingestellt daß du im Vordergrund von einem sonnendurchtränkten Nimbus umgeben bist der von der verschwommenen und vielfältigen Weiße der Magnolien verstärkt oder unterstrichen wird Während der Hintergrund des Bildes auf den die Aufnahme eingestellt war von schneidender Schärfe ist Wie auf jenen Renaissancegemälden irgendeiner biblischen oder mythologischen Szene wo sich im Hintergrund wie gestochen eine winzige Landschaft entfaltet Eine grünliche oder bläuliche Vielleicht sogar dunkelbraune Mit Häusern Rauch Bauern Flüssen kalligraphiert von einigen winzigen zarten Pinselstrichen Auf diesem Foto mit den heute verblichenen Farben also Mit dem Seitenlicht einer nordischen Sonne und der blassen Bleiche der Magnolien im Vordergrund Auf diesem Foto also das du mir nichtsahnend gezeigt hast Nicht wissend was es bei mir unweigerlich auslösen mußte Auf diesem Foto tritt der Hintergrund des Gartens vom Plein 1813 mit einer kalten Schärfe hervor Fast alptraumartig Der Tennisplatz zwischen den*

*Bäumen des Gartens Dieses Bild im Hintergrund dieser Fotografie wie es im Hintergrund meines Gedächtnisses ist Als wenn dieser junge Mann der nichts von mir wußte Der nicht einmal etwas von meiner Existenz ahnen konnte Noch von unserer Begegnung Elizabeth Dieser junge Deutsche der später in einem Hinterhalt der Polizei von Kugeln durchsiebt sterben würde Als wenn irgendeine die Fäden des Schicksals spinnende Göttin seine Hand geführt hätte Sein Auge Damit er auf der eiskalten und zerreißbaren Empfindlichkeit des Films nicht nur deine verschwommene und lächelnde Silhouette vor der Weiße der Magnolien sondern auch jenes blendende Bild meines eigenen Gedächtnisses auf lächerliche Weise verewigt das du mir fünf Jahre später zeigen würdest Neulich Unschuldig Daß ich mit einer Art verzweifelter Erregung betrachten würde Und du hast mir neulich gesagt Elizabeth daß ihr euch in jener Nacht im Hotelzimmer von Scheveningen geliebt habt Ich empfinde ein Glücksgefühl dabei Eine Art makabrer heftiger Freude Als wenn jene Augenblicke geteilter Lust jenen Tod auslöschen könnten All jenes idiotische Blut von dem die lange schlaflose Nacht unserer Leben bespritzt ist*

*Aber du*

*Du kennst Spanien nicht Du kennst die Landschaften meiner Kindheit nicht Du kennst Ascona Elizabeth hast du mir gesagt Du hast mir gesagt daß du auf der Spur eines Nazikriegsverbrechers dort gewesen bist der unter dem harmlosen vornehmen Anschein eines weißhaarigen Antiquars dort gelebt haben soll Hast du mir gesagt*

*Du kennst Ascona wie dem auch sei*

*Du kannst die Augen schließen Ich schließe die meinen*

*Wir können uns in unserem Gedächtnis zusammen die Sonne von Ascona vorstellen oder sie wiedersehen Das schillernde Wasser des Lago Maggiore Die in den Felsen gehauene Straße nach Brissago*

*Du schließt die Augen Ich schließe die meinen*

*Wir können gemeinsam auf dem Kai von Ascona sitzen Auf einer der Caféterrassen die auf die gepflegte Seelandschaft gehen Wir können uns zusammen an diesen identifizierbaren Ort unserer Gedächtnisse versetzen Und doch warst du 1945 noch nicht geboren Im Herbst jenes Jahres 1945 den ich in Ascona ver-*

*bracht habe Oder vielmehr im Nachbardorf Solduno Aber das ist fast dasselbe In Ascona pflegte ich mich auf der Terrasse der Cafés in die Sonne zu setzen Und du warst nicht geboren Du bist fünf Jahre später geboren In jenem Herbst 1945 als ich langsam wieder die Augen zur Sonne von Ascona öffnete in dem Versuch mich von neuem an die Schönheit der Dinge zu gewöhnen Aber vielleicht sollte ich mich niemals mehr an die Schönheit der Dinge gewöhnen Zumindest sollte ich sie niemals mehr natürlich finden Vielleicht Niemals mehr selbstverständlich Immer wäre sie von nun an ungehörig Geheimnisvoll Beunruhigend sogar Als ich die Augen wieder auf Ascona öffnete Noch geblendet oder blind gemacht von der schneeigen Evidenz des Todes Damals warst du nicht geboren Du warst nicht einmal die mögliche Frucht einer entstehenden körperlichen Liebe zwischen einem letzten Abkömmling eines langen Geschlechts preußischer Junker der dein Vater wäre und einer jüngeren Frau Die ihm den trügerischen Frieden des Herdes gebracht hätte Die süße ja sirupartige Fülle einer zu gründenden Familie Denn dein Vater und deine Mutter kannten sich noch nicht Sie waren noch nicht einmal deine künftigen Eltern Du warst nichts Nicht einmal das feine Samennichts eines Pollen in der Abendluft Und ich war schon so alt wie jener jugendliche Tod der mich durchdrungen hatte Für immer Aber den ich nicht ständig nennen kann nicht einmal um darüber zu lachen Das tut man nicht Ich würde nicht mein Leben damit verbringen das unschickliche einsame Geheimnis dieses Todes zu nennen der mich eingenommen hatte Der alle meine Venen durchfahren hatte Der mit einer unerbittlichen Sanftheit die einzige unbestreitbare Wahrheit meines Daseins geworden war Eine zugleich blind machende und nutzlose Wahrheit Weil sie weder mitteilbar noch imstande war etwas anderes als meine eigene Einsamkeit zu begründen Der wenn er ständig bezeichnet worden wäre die zugleich trügerischen und störenden Erscheinungsformen eines übersteigerten und unangebrachten Egotismus angenommen hätte*

*Du warst noch nicht geboren Elizabeth*

*Und ich*

*Ich war in jenem Herbst schon tot Denn in Ascona war es als ich die Augen öffnete und schloß um mich der Realität der Welt zu versichern daß ich die träumerische Substanz zu erahnen glaubte*

*aus der diese Realität gemacht war Oder nicht gemacht war Oder aber ganz im Gegenteil die Traumsubstanz aus der ich gemacht war*
*Oder nicht gemacht war*
*Mein Leben war nur ein Traum seit dem grauen Rauch des Lagers Diese Wolke in der meine unbekannten Genossen in Rauch aufgingen Oder bekannten Halbwachs und Maspero Pjotr und Pedro*
*Aber versteh mich Elizabeth*
*Dieses Gefühl das manchmal schneidende Formen einer Gewißheit annimmt mein Leben sei seitdem nur ein Traum Dieses Gefühl stürzt mich sicher in die Einsamkeit In die grundloseste Angst Die ausweglosesete Die nackteste Stürzt mich hinein wie in ein schlammiges Wasser Aber es ist auch eine Art Heimat Ein gemeinsames Territorium das ich mit anderen teile So später Jahre nach jenem Herbst von Ascona als ich* La Tregua *von Primo Levi las Der bereits* Se questo è un uomo *veröffentlicht hatte Ich bin vor Freude in die Luft gesprungen Ich bin auf die Straße gerannt Denn Primo Levi war wie ich ein Bewohner jenes unbewohnbaren Landes Jenes Traumlebens Jenes Lebenstraums Er schrieb es ganz genau*
»Un sogno pieno di spavento«
*Sagte er*
*Und ich kenne die Stelle auswendig Hör wie schön das ist Elizabeth Wie er genau das sagt was ich sagen möchte*
»E un sogno entro un altro sogno vario nei particolari unico nella sostanza Sono a tavola con la famiglia o con amici o al lavoro o in una campagna verde In un ambiente insomma placido e disteso apparentemente privo di tensione e di pena Eppure provo un'angoscia sottile e profonda La sensazione definita di una minaccia che incombe E infatti al procedere del sogno a poco a poco o brutalmente ogni volta in modo diverso tutto cade e si disfa intorno a me Lo scenario le pareti le persone E l'angoscia si fa piú intensa e piú precisa Tutto è ora volto in caos Sono solo al centro di un nulla grigio e torbido ed ecco io so che cosa questo significa ed anche so di averlo sempre saputo Sono di nuovo in Lager e nulla era vero all'infuori del Lager Il resto era breve vacanza o inganno dei sensi sogno La famiglia la natura in fiore la casa«

*Du hörst Elizabeth!*
*Was Primo Levi sagt Was er mit leiser Stimme schreit*
*»Ich bin wieder im Lager nichts ist wirklich außer dem Lager alles andere war nur kurze Atempause Sinnestäuschung Traum«*
*Aber ich*
*Ich meine daß die sowohl genaueste wie seltsamste Formulierung Eine Seltsamkeit die präzise von ihrer Präzision herrührt und von der Tatsache daß sie von jemandem ausgesprochen worden ist der keine erlebte Erfahrung hatte Kein »Erlebnis« jenes Todes Die niederschmetterndste Formulierung von dunkler Klarheit sich meine ich bei Adorno findet*
*Erinnere dich*
*Das dritte Kapitel des dritten Teils seiner* Negativen Dialektik *beginnt mit dem Abschnitt* Nach Auschwitz *Und dort steht*
»Nicht falsch aber ist die minder kulturelle Frage ob nach Auschwitz noch sich leben lasse ob vollends es dürfe wer zufällig entrann und rechtens hätte umgebracht werden müssen Sein Weiterleben bedarf schon der Kälte des Grundprinzips der bürgerlichen Subjektivität ohne das Auschwitz nicht möglich gewesen wäre drastische Schuld des Verschonten Zur Vergeltung suchen ihn Träume heim wie der daß er gar nicht mehr lebte sondern 1944 vergast worden wäre und seine ganze Existenz danach lediglich in der Einbildung führte Emanation des irren Wunsches eines vor zwanzig Jahren Umgebrachten«
*Soweit Adorno*
*Und von nun an kann ich Schweigen bewahren weil das gesagt worden ist Meine ganze Existenz ist vielleicht nur das von wildem Verlangen eines vor zwanzig Jahren Gestorbenen durchdrungene Imaginarium Zeit ist vergangen seit Adorno schrieb Dreißig Jahre schon Ein vor dreißig Jahren Gestorbener der der Lebende war der ich nicht mehr bin Dessen ungewisser Traum ich nur bin Je mehr Zeit vergeht desto dünner wird die Nabelschnur die mich mit der Vorhölle jenes Lebens von vor dreißig Jahren verbindet Jenes Todes von vor dreißig Jahren Je mehr Zeit vergeht und je weniger wir sind die wir jene gelassene und zähe Gewißheit unerklärlichen Überlebens teilen Unschicklichen Überlebens Bis zu dem Tag wo jene Traumheimat völlig ihrer Träumer beraubt sein wird Wo nur noch geschriebene*

*Spuren davon übrigbleiben werden Mehr oder weniger ungeschickte Schriften allen möglichen Lesarten und Interpretationen unterworfen Aber kein »Erlebnis« jenes Todes mehr Elizabeth meine Schöne Meine süße und ganz provisorische Gefährtin in diesem Traum der dem Leben gleicht Dem Tod ebenso*

*Aber du*

*Du kennst Madrid nicht Du kennst Den Haag und das weiße Haus vom Plein 1813 Und die Magnolien die unerwartet in den Nächten meines Gedächtnisses blühen Aber du kennst Madrid nicht Du kennst Ascona und die Cafés gegenüber dem Lago Maggiore und der Felsenbucht von Brissago Aber du kennst Madrid nicht*

*Du kannst also nicht wissen daß alle Häuser Oder Bleiben wenn du willst In dem Sinne wie das Sein eine Bleibe ist Alle Häuser meiner kindlichen Erinnerung in Madrid um den Retiro-Park herum liegen Der sich früher an der Grenze des vornehmen Viertels Salamanca befand Der Park trennte die Stadt von den Arbeitervororten Atocha und Vallecas* Vallecas-City ciudad fronteriza! *Nein nichts Das ist ein persönlicher Gag Eine literarische Erinnerung Eine persönliche Ich werde dir nicht übersetzen oder erklären Elizabeth blonde und gebildete aber kein kastilisch könnende Lutheranerin Ich werde für dich nicht alle hispanischen und hispanisierenden Wendungen übersetzen die aus meinem Mund kommen wie Teufel aus ihrem Kasten Schon wieder der Teufel siehst du*

*Aber einst*

*Einst also begrenzte der Retiro im Süden Madrids vornehme Viertel Heute befindet sich dieser weite von Mauern und Gittern umschlossene Park zu dem manchmal monumentale Tore Zugang gewähren Dieser Park befindet sich mitten im Zentrum der Madrider Urbs die in alle Richtungen gewachsen ist Frenetisch Ergriffen sicher von einer urbanistischen und polypenhaften Hybris Aber dieser expansionistische Wahn der auf dem nackten und kahlen Land der kastilischen Hochebenen die der rächenden Hand eines asketischen und kaltschnäuzigen Gottes ausgeliefert waren der offenbar nichts anderes als den bräunlichen Glanz der Kreuzigung und des Karfreitags liebte Dieser Wahn also der auf dieser verwüsteten Hochebene die Krebsge-*

*schwüre der Schlafstädte hat wuchern lassen hat immerhin das grüne und schattige Herz des Madrid meiner Kindheit verschont*
*Jene grüne Sonne meines Gedächtnisses*
*Und da bin ich*
*Ich bin von neuem da...*
Aber die Klingel läutet. Stürmisch, wie man so schön sagt.

Seit Artigas gegangen ist (und genau in diesem Moment, als sie an der Eingangstür ein stürmisches Klingeln gehört hat; genau in diesem Moment versteckt er sich mit Proserpine in den Trümmern der ehemaligen Metzgerei Hervet, um den Blicken der korsischen Pistolenhelden zu entgehen; und selbst, wenn sie es nicht weiß, obwohl sie das Geknatter der Schüsse und der Auspuffrohre der Motorräder gehört hat, ohne besonders darauf zu achten, weil es sich um gewohnte Geräusche handelt, diese Tatsache ist unbestreitbar: man kann dem ERZÄHLER und der Genauigkeit seiner Karteikarten und chronologischen Merkpunkte trauen), seit er gegangen ist, hat die junge Frau, die in dieser Erzählung auf den Vornamen Anna-Lise antwortet – und die wirklich darauf antwortet, buchstäblich: man nenne sie beim Umblättern irgendeiner Seite mit ausreichend klarer und deutlicher Stimme Anna-Lise, und man wird sie sofort angesprochen den Kopf drehen sehen –, die Artigas jedoch Elizabeth zu nennen scheint, wenn er sich an sie wendet während des langen auf dem Tonbandgerät aufgenommenen und vom ERZÄHLER oder SKRIPTOR oder SKRIBENT dieser Erzählung sicher wörtlich transkribierten Monologs –, hat die junge Frau also noch einmal eines der Tonbänder ihres endlosen Gesprächs mit Artigas abgehört.
Und vielleicht, das ist eine Hypothese, die plausibel genug ist, daß sie ohne allzu viele Risiken kurzerhand vorgetragen werden kann, vielleicht rührt dieser unterschiedliche Vorname von der Tatsache her, daß, weil die Tonbandnachschrift ein nicht bearbeitetes Dokument erster Hand ist, ein Rohmaterial sozusagen – wie jene Stücke oder Reste von Leinwand, Holz, Lumpen, zum Beispiel, die sich provozierend und zerstörend auf der glatten und gebührend in leuchtender Ölfarbe bemalten Oberfläche einiger Kompositionen moderner Maler einkrusten: Tapiés oder Millares, um nur zwei, eben gerade spanische, zu zitieren – ein

Material, das eben als solches ohne Retouchen, Streichungen oder Korrekturen in den Romantext wird einverleibt worden sein, Elizabeth also der Vorname der jungen Frau in der Banalität des Realen, Alltäglichen, wäre, wie es vom unerschütterlichen und immer verzögert aufnehmenden Ohr des Tonbandgeräts lebendig festgehalten wird, und Anna-Lise in gewisser Weise ihr literarischer Vorname, auf den sie offensichtlich getauft worden ist, als sie eine Figur dieser Erzählung wurde. Ein zweiter Vorname oder Deckname also, natürlich bar jeder Unschuld, jeder unauffälligen, harmlosen Beliebigkeit.
Wie dem auch sei, seit Artigas gegangen ist – mit der im Laufe eines bewegten Tages, wie man bemerken wird, lange durchkreuzten Absicht, sich auf das Polizeipräsidium zu begeben, in das Büro von Fräulein Rose Beude, der stellvertretenden Leiterin der Ausländerbehörde, um einen Ausweis zu bekommen, auf den er eindeutig ein Recht hat und den ihm Fräulein Rose Beude noch verweigert, unter immer absurderen Vorwänden, die nicht einmal mehr von administrativer Willkür oder bürokratischer Schikane herrühren, sondern vielmehr von einem dunklen uneingestandenen Wunsch, der eher auf die metaphysischen Konfrontationen oder sexuellen Phantasmen besitzlosen Besitzes zurückgeht, wie man im gegebenen Moment festzustellen Gelegenheit haben wird – seit er also gegangen ist, hat die junge Frau, welches immer ihr Vorname sei, sich noch einmal die Aufnahme eines langen Monologs von Artigas angehört.
Aber die Klingel hat gerade geläutet, stürmisch.
Anna-Lise geht zum Flur. Dabei nimmt sie von einem Möbelstück die tschechische Maschinenpistole mit kurzem Lauf, die dort ständig bereitliegt. Eine unentbehrliche, aber diesmal überflüssige Vorsichtsmaßnahme. Denn sie hat gerade durch den Spion das Gesicht von Carlos erkannt.
Sie macht Carlos die Tür auf.

## 4.

»Also hört mal! Ist endlich Schluß mit dieser Algarabía?«
Der Mann, der gerade gesprochen hat, um den Tumult zu bändigen, ist groß und mager.
Er ist auf Rafael Artigas zugegangen.
Wir hatten letzteren stehengelassen, der Leser erinnert sich ohne Zweifel daran – und es handelt sich hier nicht um eine fertige oder Patentformel, die einfach über die Lippen kommt, ohne daß man wirklich daran denkt: keinerlei Zweifel ist uns ja erlaubt über das ausgezeichnete Gedächtnis des Lesers, den wir uns gewählt haben, an den wir uns wenden; keinerlei Zweifel auch über seine Intelligenz, seine Vertrautheit mit den Mäandern des Trivialromans, dessen Lauf sich ständig verzweigt und verästelt, dessen Wasser manchmal träge dahinfließen, sich manchmal im Getöse der Stromschnellen überstürzen; der Leser unserer Wahl, ein listiger Leser, »Unsresgleichen, unser Bruder«, hat in dieser Hinsicht nichts zu lernen: von Eugène Sue bis James Joyce wird er bereits die Freuden, die Kunstgriffe und die Tricks des Schelmen- oder vielmehr Episodenromans ausgekostet, inventarisiert und vielleicht sogar ausgeschöpft haben – und ohne Zweifel also erinnert er sich daran, daß wir Artigas und Proserpine genau in dem Moment verlassen hatten, wo das Motorrad des Mädchens durch das Portal des Hôtel du Buisson raste.
Jetzt steht Artigas im Hof dieses herrschaftlichen Hauses der Rue Dauphine neben der Maschine, die Proserpine gerade aufgebockt hat. Er hat noch die Thompson-MP in der Hand.
Aber kaum haben sie Zeit gehabt, nach diesem kurzen Luftrausch der Fahrt wieder auf die Erde zu kommen, als eine lärmende kleine Menge sie umringt und anspricht. Alle reden gleichzeitig. Schreie übertönen sich. Beunruhigende Informationen werden ihnen verpaßt. Fragen gestellt, dringende, fluchende. Frauenstimmen, schrille, erheben Klagen über das Verschwinden Perséphones. Männerstimmen, rauhe und rachgierige, rufen die Kriegsgötter an und schreien nach einer Strafexpedition gegen Arestis Banditen.
Artigas dreht sich zu dem mageren, hochgewachsenen Mann um, der gerade gesprochen hat.

»*Vamos a ver! Se acabó esta algarabía?*« hatte dieser Mann gesagt.
Denn er hatte natürlich spanisch gesprochen.
Es wäre übrigens absurd gewesen, wenn er französisch gesprochen hätte, da er sich an Landsleute wandte und ganz entschlossen zu sein schien, sich Gehör zu verschaffen. Mit klarer und deutlicher Stimme hatte dieser Mann also an die Adresse der kleinen Menge gesagt, die er gut um Haupteslänge und um zwei Schultern überragte: »Also hört mal! Ist endlich Schluß mit dieser Algarabía?« Anders gesagt, mit diesem Lärm. Oder diesem Charivari.
Und tatsächlich tritt Stille ein.
Denn dieser Mann ist allen bekannt und wird einmütig respektiert. Er heißt Antonio Alonso Quijano. Niemand bezeichnet ihn jedoch jemals so. Man benutzt die vertrauliche Verkleinerungsform »Toñón«. Oder aber man nennt ihn Antonio »el Pirulí« oder ganz einfach »Pirulí«, wobei dieses letzte Wort Zuckerstange heißt. Und offenbar erinnert dieses *Pirulí* genau daran, daß Antonios Vater in der schon fernen Epoche der alfonsinischen Monarchie an einem der Eingänge des Retiro-Parks in Madrid einen mobilen Verkaufsstand für Eislutscher am Stiel und Zuckerstangen hatte. Einige alte Emigranten versichern – aber wie soll man das überprüfen? –, daß Antonios Vater diesen friedlichen Beruf, der jeder ernsthaften kommerziellen Expansionsmöglichkeit bar war, erst nach der schweren Verletzung, die ihn aus der Arena entfernte, auszuüben begann. Denn die wahre Berufung jenes Vaters war offenbar der Stierkampf gewesen. Er soll darin eine gewisse Berühmtheit als mutiger und eleganter Banderillero erworben haben, lauteten wieder die mehr oder weniger legendären, zumindest schwierig zu überprüfenden Berichte der alten Exilanten, die sich einmal pro Woche im dunklen Hinterzimmer eines Cafés auf dem Boulevard de l'Hôpital trafen. Eine Berühmtheit in der unvergleichlich illustren Epoche des Stierkampfs, die von der Rivalität zwischen Joselito und Belmonte illustriert wurde. Bis zu dem Tag, wo das Horn eines tückischen Stiers, der sich in der *Maestranza* von Sevilla weigerte, den Schatten mit der Beute zu verwechseln, ihn genau in der Leistengegend durchbohrt hatte. Auf diese Weise tauchte Antonios Vater, nach zwei langen Jahren von Operatio-

nen und Konvaleszenzen, hinkend an einem der Tore – genauer an dem sogenannten Tor Hernani – des Retiro-Parks von Madrid auf, um dort einer Kundschaft von plärrenden Gören und deren Kindermädchen mit gesteiften Hauben *Polos* und *Pirulís* zu verkaufen.
Aber nicht, weil sein Vater Lutscher verkauft hatte, war Pirulí berühmt in den Vierteln von Paris, wo einige Jahre lang die Commune de la Rive Gauche überlebte. Die Popularität, die ihn umgab, die ebenso natürliche wie unanfechtbare Autorität, die davon herrührte, hatten ganz andere Gründe.
Antonio el Pirulí war einer der jüngsten politischen Gefangenen des frankistischen Zuchthauses von Burgos gewesen. Er hatte dort in der härtesten Repressionsphase unmittelbar nach dem Ende des Bürgerkriegs ein gutes Dutzend Jahre verbracht. Nachdem er um die Mitte der fünfziger Jahre – genau im Januar 1954 – auf Bewährung freigelassen worden war, hatte er illegal die Grenze überschritten und war wenig später in Paris angekommen. Aber obwohl schon die Tatsache seines langen Aufenthalts in Burgos ausgereicht hätte, die wohlwollende Aufmerksamkeit seiner Landsleute auf sich zu ziehen, war Pirulís Ansehen noch gewachsen, als die ältesten Mitglieder der spanischen Gemeinde seine Stierkämpferherkunft identifiziert hatten und vor allem als man begonnen hatte, in immer breiteren Kreisen und immer sprachloser vor Bewunderung die Erzählungen von Antonio selbst zu hören.
Im vollen Bewußtsein natürlich seiner Erzählergaben verstand es Antonio, seine Wirkungen auszunutzen. Während der langen Exilabende in den Hinterzimmern der Bistros oder Dienstmädchenkammern unter den Dachstühlen, wo die Spanier in den Vierteln der Rive Gauche gewöhnlich wohnten – bevor ihr späterer Aufstieg beginnt, der sie einige Stufen auf der sozialen Pyramide nach oben bringt, dadurch aber paradoxerweise von der Höhe der Dienstmädchenkammern zu den Erdgeschossen der Pförtnerlogen heruntersteigen läßt, was unweigerlich gewisse, manchmal überraschende Folgen hatte, die Michael Leibson (Aha! Leibson persönlich: siehe da, wie man sich wiedertrifft! Aber in Romanen dieser Gattung muß man ja nach dem strengen Rat von Jorge Luis Borges den Erzählfaden straff anziehen: *hay que trabar, trabar y trabar!*, hätte er immer wieder

proklamiert, den Aussagen eines argentinischen Musikers namens Arolas zufolge, den man in den letzten Jahren, ein bißchen wie durch ein Wunder, immer noch in Paris treffen konnte), die Leibson also während seines ersten Aufenthalts in Paris, lange vor den Ereignissen, in einem vom *American Journal of Historical Sociology* veröffentlichten brillanten, aber streng wissenschaftlichen Essay analysiert hatte, dessen Schlußfolgerungen zwei grundlegende Punkte präzisierten: erstens, daß die massive gleichzeitige Ankunft der Spanier in den Hausmeisterlogen das endgültige Verschwinden jenes Typs von Concierge besiegelte, den mehr als ein Jahrhundert symbolisch die Figur von Pomone-Fortunée-Anastasie Pipelet – daher der Name Pipelette – geborene Galimard verkörpert hatte, jene wackere, wortreiche Matrone, hervorgegangen aus der Fiktion Eugène Sues, um sich ganz ungeniert in der Realität der Hauptstadt zu bewegen; ein Verschwinden, das einige Nebenwirkungen nach sich zog, was die Sozialkontakte und die Beziehungen zur Polizei in den Vierteln des alten Paris anging; und zweitens, daß besagtes Phänomen auch eine radikale Veränderung der Welt der Geräusche und Gerüche in den Treppenhäusern und Höfen derselben Viertel zur Folge hatte, mit einer spürbaren und meßbaren Erhöhung der Dezibelzahl, verursacht durch das Kindergeschrei, die lauthals ausgestoßenen mütterlichen Ratschläge und das ständige Kreischen der Radioapparate, und mit einem plötzlichen gleichzeitigen Auftauchen starker Duftschwaden neuer Art, ihrerseits verursacht durch die lang bruzzelnden *Paellas,* die oft aufgewärmten Kichererbsen der Eintopfgerichte, die schwungvoll gegrillten Sardinen, kurz durch den Einbruch der bescheidensten, das heißt am stärksten in die Nase stechenden hispanischen Gerichte, die bei kleiner Flamme auf den jämmerlichen Gasherden der unbequemen, düsteren Pförtnerlogen kochten, wo jetzt die liebenswürdigen, unermüdlichen und redseligen kleinen Frauen aus Santander oder Malaga wohnten –, aber wir sagten gerade, vor dieser Leibsonschen Abschweifung, daß an den hispanischen Versammlungsorten Antonio el Pirulí seinen Auftritt eines Volkserzählers im allgemeinen mit manchmal drolligen, oft rührenden Liedern der allzuwenig bekannten Folklore der frankistischen Gefängnisse und Zuchthäuser begann.

Er sang mit angenehmer und wohltönender Stimme, begleitet von einem geschickten Gitarrenkontrapunkt. Und den Zeugen zufolge, die der ERZÄHLER treffen konnte, scheint er seinen größten Erfolg mit dem Lied von der »Pepa« gehabt zu haben. Die bei den ersten Couplets zunächst heiteren Zuhörer und Zuhörerinnen fühlten allmählich, wie das Lachen auf ihren Lippen erstarrte, als wenn sie sie mit einem kräftigen bitteren Likör benetzt hätten, bis zu dem Moment, wo in einer von Schauern durchzuckten Stille ein Gefühl tiefer Traurigkeit zu herrschen begann.

Denn die »Pepa«, die nach der Art einer *Chotis* gesungen wurde, ganz verwandt der einer Polka, aber mit einem etwas langsameren Rhythmus, die *»Pepa«* also (was nichts anderes ist als das Femininum der Verkleinerungsform Pepe des Vornamens *José*: da ja *Pepa* nichts anderes ist als Josepha; aber der ERZÄHLER würde gerne vorschlagen, diese Verkleinerungsform durch das französische Wort *Pépée* – was in der Kindersprache auch »Puppe« bedeutet – wiederzugeben, und das nicht nur wegen der phonetischen Verwandtschaft, sondern auch weil in Pirulís Lied, und vor allem in der historischen Realität, die es auf wild ironische Weise heraufbeschwor, die Femininität jener *Pepa* – oder eben Pépée – eine entscheidende, übrigens traditionelle Rolle spielte, da ja auch der Tod in der Volkssprache oder -phantasie der romanischen Länder immer in Form des schwachen Geschlechts heraufbeschworen worden ist: »Hure von Tod«, sagt man seit undenklichen Zeiten, selbst wenn er nur durch ein Skelett mit einer Sichel bewaffnet und mit tristem Flitterkram dargestellt ist, eine offensichtlich geschlechtslose Darstellung, die jedoch nur als entsetzenerregende Femininität erkannt werden kann: Hure oder Pépée eben), aber die *Pepa* dieses Liedes also, von dem Pirulí nicht mehr wußte, ob es in Burgos erfunden worden war oder schon sehr viel früher, bereits in den ersten Wochen der republikanischen Niederlage, im Konzentrationslager von Albatera zum Beispiel oder in den überfüllten Gefängnissen von Madrid: vielleicht in Porlier oder in Carabanchel – aber bestimmt nicht im Gefängnis von Ventas, da dieses den Frauen vorbehalten war, und die Vorstellung vom Tod als Hure ganz offensichtlich eine männliche ist –, aber fest steht, daß *Pepa* nichts anderes als die sarkastische Bezeichnung der Todesstrafe war, mit der in jenem unheilvollen Frühjahr 1939 die permanent tagenden frankistischen Kriegsräte derart um sich warfen, daß das Vorstellungsvermögen der Besiegten des Bürgerkriegs von Entsetzen gepackt wurde.

Wie dem auch sei, wenn Antonio spürte, daß sein Publikum sich mit Hilfe von Heimweh, Wut und *Fundador* genügend erwärmt hatte; wenn die Männer und Frauen besagter Exilantenversammlungen sich an den Holzscheiten der Verzweiflung entflammt hatten, legte er seine Gitarre beiseite und begann, oder vielmehr begann wieder einmal, mit der endlosen epischen und pikaresken Erzählung vom Leben in Burgos (in dem Zuchthaus von Burgos natürlich, da die Stadt selbst ja nicht verdient, daß man lange von ihr spricht, denn sie war nur eine strenge und frömmelnde, von einer Kathedrale überragte Provinzgarnison, deren entsetzenerregende Schönheit Nikos Kazantzakis offenbar sofort begriffen hatte, wie man an den Notizen seiner Spanienreise von 1933 sehen kann: »Jene gigantischen Kirchen«, sagt er dort, »beweisen nicht die Macht Gottes, sondern die Mächtigkeit, den Glauben und den Hochmut des Menschen. So ist die Kathedrale von Burgos: eine uneinnehmbare militärische Zitadelle, die Höhle des Löwen, der Panzer eines entsetzlichen prähistorischen Ungeheuers...«, und diese Kirche aus kriegerischer Zeit erdrückte tatsächlich eine Stadt, die den unerbittlichen jahrhundertelangen Winden der offensichtlich von Gottes Hand verlassenen kastilischen Hochebene ausgesetzt war, was auch immer einst das agonische oder agonisierende Christentum eines berühmten Sonnets von Miguel de Unamuno darüber proklamiert haben mag: *Tú me levantas, tierra de Castilla...* »Du erbaust mich, Erde Kastiliens...«)

Aber weder im Augenblick noch auf der Stelle können wir einen, wenn auch noch so kurzen, Abriß von Pirulís faszinierenden Erzählungen über das Zuchthaus von Burgos geben.

Wir haben keine Zeit dazu, denn er hat gerade rings herum Ruhe verlangt. Er hat seine Landsleute gerade aufgefordert, mit dieser Algarabía Schluß zu machen: diesem Durcheinanderschreien, anders gesagt. Diesem Lärm, diesem Charivari. Er ist gerade einige Schritte auf Rafael Artigas zugegangen, und er ist gewiß nicht jemand, der geduldig wartet, bis der ERZÄHLER, wer er oder sie auch sein mag, nachdem er ihn an seinen Platz gestellt hat, mit schlenkernden Armen und sprechbereitem offenen Mund, doch ohne die Möglichkeit, ein einziges Wort hervorzubringen, eine, wenn auch noch so unterhaltsame und lehrreiche Abschweifung über den Alltag im Zuchthaus von Burgos zu Ende geführt hat.

Nachdem Antonio also ein relatives Stillschweigen der kleinen spanischen Menge erreicht hat, ist er auf Artigas zugegangen.

»Du hast die Neuigkeiten gehört?« sagt er.

Artigas bemerkt natürlich diesen Plural.

»Ich habe gehört: Perséphone!« antwortet er.

Aber Pirulí schüttelt den Kopf, als wollte er sagen, Artigas sei nicht ausreichend informiert.

»Es ist nicht nur das!« ruft er aus.

Artigas wartet auf die Fortsetzung, die nicht auf sich warten lassen wird.

Sie ödet ihn immer mehr an, diese Geschichte. Er war aufgewacht und hatte die Absicht gehabt – evident und leuchtend wie das sich entfaltende schöne Wetter um die Mitte eines Herbstvormittags, der trübe begonnen hätte, weil der Himmel von reglosen schweren Wolken bedeckt wäre, die ein Windstoß später plötzlich zerstreut hätte, um ein verwaschenes Blau, eine komplizenhafte helle Sonne erscheinen zu lassen, derart natürlich, Himmel und Sonne, daß jemand, der in diesem Moment aufgewacht wäre, sich nur mit Mühe die Morgennebel, die unbestimmte Feuchtigkeit einer abstoßenden Morgendämmerung hätte vorstellen können; so hatte Artigas, als er sich an jenem Vormittag seiner Existenz oder zumindest der Anwesenheit seines Körpers bewußt wurde, in seiner inneren Landschaft sofort einen unbewegten blauen Himmel, eine tröstliche Sonne betrachten können – den festen Willen, der alle watteartigen, sporadischen Nebel der vergangenen Wochen zerstreute: also die Absicht, auf das Polizeipräsidium zu gehen, ins Büro von Fräulein Rose Beude, um ein für allemal die Frage seiner Ausweispapiere zu regeln. Denn er war natürlich weder auf die Verschleppungen, falschen Vorwände, Aufschiebungsmanöver und anderen bürokratischen und manchmal schlankweg metaphysischen Spitzfindigkeiten der temperamentvollen stellvertretenden Leiterin der Ausländerbehörde hereingefallen, die ihn ständig wieder in ihr Büro kommen lassen sollten, wie er ebensowenig blind war gegenüber seiner eigenen perversen Neigung, besagtes Spiel mitzuspielen. Er wußte wohl, daß es auf der rein verwaltungsmäßigen Ebene, wenn auch nicht auf der des Selbstbewußtseins, möglich war, diese quälende Frage zu entscheiden. Er hatte nämlich ein Recht auf eine Identität oder zumindest auf diesbezügliche Papiere, was offensichtlich nicht dasselbe ist, im vorliegenden Fall aber genügte, weil er sich ja auch nicht vorgenommen hatte zu beweisen, wer er wirklich war, ein seine Kräfte wahrscheinlich übersteigendes Unterfangen, sondern sehr viel banaler, über einen Reisepaß zu verfügen, der es ihm erlaubte, nach Spanien zurückzukehren.

Verärgert also über die endlose Aufschiebung dieses Vorhabens stellt sich Artigas darauf ein, die schlechten Nachrichten anhören zu müssen, die Pirulí ihm offenbar mitteilen will.

Und genau so kommt es auch.

»Perséphone, gut«, sagt Antonio. »Aber es ist nicht nur das! Die Korsen haben beim Morgengrauen mehrere unserer Stationen angegriffen. Es hat Schwerverletzte gegeben. Und außerdem, als wenn das nicht schon genug wäre, ist heute nachmittag die Messe!«

Artigas runzelt die Stirn.

»Die Messe?«

»Die Messe von Lepanto«, sagt Pirulí.

»Ich kannte einen Einarmigen dieses Namens«, antwortet Artigas, »aber eine Messe von Lepanto, nie gehört!«

Aber dieses Bonmot – das man zumindest als solches ansehen kann, wenn man die Tatsache berücksichtigt, daß die beiden Männer sich auf Spanisch ausdrücken, in einer Sprache, wo *Manco de Lepanto* für Einarmiger besagten Ortes fast eine feststehende Formel, eine Periphrase für Cervantes ist, ebenso eindeutig, als hätte man auf Französisch für Molière der »Autor von *L'avare*« gesagt –, dieses Wortspiel, das Artigas fast mechanisch gemacht hat, weil der Name Lepanto in seiner Erinnerung sofort den verkrüppelten, aber unsterblichen Autor des *Don Quijote* heraufbeschwor, verdeckt in Wirklichkeit seine Verblüffung bei der Ankündigung einer Messe zum Gedächtnis an jene Seeschlacht, wo die Ungläubigen durch eine Armada unter dem Befehl eines kaiserlichen Bastards geschlagen wurden.

»Spaß beiseite, erklärst du mir, worum es sich handelt?« fragt Artigas.
Er erklärt sich, Pirulí.
Und es geht daraus hervor, daß die integristischen Katholiken die Gewohnheit haben, im Oktober jedes Jahres in der Kirche Saint-Nicolas-du-Chardonnet eine Messe zur Erinnerung an den historischen Sieg der militanten Christenheit zu feiern. Das jedoch würde trotz der Verärgerung bei einem Teil der arbeitenden Bevölkerung der Z.U.P. nicht ausreichen, die Wut Antonios und der kleinen Menge von Landsleuten zu erklären, die um ihn herumwirbeln und dabei jetzt die Grasfläche in der Hofmitte des Hôtel du Buisson zertrampeln.
Weder die Schlacht von Lepanto noch ihre fanatische traditionelle – oder vielmehr traditionalistische – Gedenkfeier hätten ausgereicht, eine solche Gärung hervorzurufen. Das Unerträgliche rührte heute von zwei besonderen und deutlich erschwerenden Umständen besagter Gedenkfeier her. Erstens von der Tatsache, daß aus den Ankündigungsplakaten für diese Zeremonie hervorging, daß die Messe von dem spanischen Dominikanerpater François-Xavier DuDimanche gelesen werden sollte – das war eine französisierte Form seines Namens –, einem erst kürzlich zum flammenspeiendsten katholischen Glauben konvertierten Überläufer der Akratie und der subversiven Literatur. Und zweitens, entsetzlich! wurde die Messe von Lepanto in diesem Jahr für die Gesundheit des General Franco gelesen, der in seinem Madrider Pradopalast seit etwa zehn Tagen mit dem Tode rang. Das war wirklich zuviel für die tüchtige und bescheidene spanische Bevölkerung der Z.U.P.! Man konnte sich die kollektive Erregung erklären.
»Na und«, fragt Artigas.
»Na und, wir werden uns doch nicht verarschen lassen!« ruft Pirulí aus, lautstark unterstützt durch die wütenden Stimmen der hispanischen Menge.
»Was schlägst du vor?« sagt Artigas.
Wieder allgemeines Geschrei. Für sie ist klar, was man tun muß: die Kirche Saint-Nicolas anstecken und dieses Renegatenpfäfflein an einer Laterne aufhängen – an den Eiern, präzisiert *vox populi*. »*A ese curángano renegado de los cojones hay que colgarlo de una farola, y por los mismísimos!*« hatte eine

anonyme Stimme wörtlich gebrüllt mit unwiderruflich patriarchalischer oder vielmehr matriarchalischer Autorität, denn es handelte sich um eine von der Mehrheit der Anwesenden sichtlich gebilligte Frauenstimme.
Artigas legt seine Hand auf Pirulís Arm.
»Eleuterio wartet auf mich«, sagt er, »komm mit.«
Aber diese Worte rufen wilde Proteste hervor. Wie kann er es wagen, eine Regelung dieser Frage ohne die Zustimmung und Teilnahme der Massen vorzuschlagen? Das bewaffnete Volk muß entscheiden und nicht die Anführer; was bildet er sich ein? Die Anführer sind nur da, das Urteil der Massen auszuführen, und nicht umgekehrt! Und irgend jemand, der in der Menge verborgen ist, gibt mit einer Stimme voll heimlicher Drohungen zu verstehen, daß dieser Vorschlag nicht erstaunlich sei, da er ja von Artigas stamme, einem offensichtlich nicht ganz bekehrten alten Stalinisten!
Artigas betrachtet das bewaffnete Volk mit einem zweideutigen Lächeln.
»Kommt mit, kommt alle mit!« ruft er. »Geben wir dem Volk das Wort!«
Und er dreht sich auf den Fersen um und geht auf die Treppe des herrschaftlichen Hauses zu. Sein Blick sucht Proserpine. Aber das Mädchen ist verschwunden. Sie ist sicher zu Eleuterio Ruiz gegangen, um ihm ihr Kommen anzukündigen.
Hinter Artigas und Antonio el Pirulí drängt die Menge stürmisch ins Treppenhaus.

Einige Augenblicke bleibt der Hof des Hôtel du Buisson verlassen und still. Wenn zum Beispiel auf der Grünfläche in der Mitte des gepflasterten Hofs ein Brunnen gewesen wäre, hätte man jetzt vielleicht das kristalline Rauschen in der Stille hören können. Aber da ist wirklich kein Brunnen, man hört nichts anderes als die Stille. Das ist immerhin etwas, wird man uns sagen. Jedenfalls besser als nichts. Die unendlichen, schillernden Nuancen der Stille hören ist besser als nichts hören. Vor allem wenn sie andauert, diese derart stille Stille, daß man nicht einmal das Fließen eines zudem fehlenden Wassers hört, das aus einem speienden Bronzemund heraussprudelt. Sie zieht sich hin, diese diaphane Ruhe, jeder kann daraus machen, was er will: einen

Augenblick der Meditation, die nicht unbedingt kartesianisch sein muß; eine Sekunde flüchtiger Gedanken an die dunkelsten, intimsten Dinge, kurz, einen augenblicklichen und augenblicklich vergehenden Augenblick.

Profitieren wir davon.

Aber drei kleine Mädchen tauchen abrupt aus einer Tür des Erdgeschosses auf. Sie sehen sich um, als wenn sie sich versichern wollten, daß ihre älteren Brüder mit den erzürnten, ewig schreienden Stimmen nicht da sind. Durch die Stille und Einsamkeit des Ortes ermutigt, wagen sie sich nun in den Hof, mit einer nach vorn gestreckten Hand die umgebende Ruhe ausprobierend, so wie ein Badender im September mit der Fußspitze das Wasser irgendeines Meeres ausprobiert. Sie wirken sonntäglich: weiße Söckchen, kleine gelackte Schnallenschuhe, dazu passende plissierte gestärkte Kleider. Das ist merkwürdig, denn wir haben Freitag, und zu dieser Zeit müßten sie in der Schule sein! Aber der ERZÄHLER hat schon genug Scherereien mit dem Erzählverlauf. Er kann sich wirklich nicht obendrein noch mit dem guten oder vielleicht schlechten Funktionieren der Grundschulen des Viertels beschäftigen, deren nächste, jene, wo die kleinen Mädchen mit den blau-weiß oder umgekehrt gepunkteten steifen Kleidern jetzt fleißig lernen müßten, seit eh und je in der Rue du Pont de Lodi liegt.

Gleichgültig für das Schulproblem, das ihre Anwesenheit aufzuwerfen droht, fangen die kleinen Mädchen an zu spielen, wahrscheinlich glücklich darüber, den leeren Raum des Hofs und diesen Moment der Ruhe ausnutzen zu können, der sich hinzieht und der ungewohnt sein muß. Eines von ihnen fängt an, Seil zu hüpfen, wobei sie eine anmutige Geschicklichkeit an den Tag legt. Das zweite sieht dem ersten beim Seilhüpfen zu und wartet sichtlich darauf, daß es selbst drankommt, was offenbar vom ersten Fehler oder Fehltritt abhängt, den seine Spielgefährtin macht. Was das dritte betrifft – wobei diese Reihenfolge ganz willkürlich ist, und man hätte ebensogut zunächst dieses nennen können, das dann das erste geworden wäre –, was also das letzte kleine Mädchen dieser ganz zufälligen Aufzählung betrifft, so hat es sich auf den Rand des Streifens aus grünen und offen gestanden etwas vertrockneten Pflanzen, der die Mitte des Hofs einnimmt, gesetzt und angefangen mit klarer Stimme zu trällern:

*Yo me era mora Moraima,*
*morilla de un bel catar;*
*cristiano vino a mi puerta,*
*cuitada, por me engañar;*
*hablóme en algarabía*
*como quien la sabe hablar...*

In diesem Moment des Liedes oder der Kantilene unterbrechen die anderen beiden Mädchen ihre Tätigkeiten – das eine hört also auf, Seil zu hüpfen, und das andere, ihr dabei zuzusehen –, fangen an, in die Hände zu klatschen und mit schriller Stimme zu schreien: »*Algarabía, chisgarabís! Algarabía, chisgarabís!*«, und das Ergebnis dieses Ausrufs ist ein unwiderstehlicher gemeinsamer Lachkoller.

Als Rafael Artigas, Ellbogen an Ellbogen mit Pirulí, im zweiten Stock ankommt, hört er die Worte dieser Romanze. Denn es handelt sich natürlich um eine Romanze und, genauer noch, um eine maurische Romanze, von der man hier eine getreue Übersetzung machen kann, selbst wenn alle Spanier, die Artigas hinterherstürzen und jetzt die Treppe hochtrampeln, ihre Worte genau verstanden haben, sofern sie sie gehört haben.

»Ich war die Maurin Moraïma – ein bildschönes kleines Maurenmädchen – ein Christ kam an meine Tür – ach, ich Arme, um mich zu foppen – spricht zu mir in Algarabía – wie es nur einer sprechen kann...«, das wäre die provisorische Übersetzung für die bloßen Zwecke einer Erzählung, die munter und spontan sein will, der Romanze nämlich, die im Hof dieses herrschaftlichen Hauses ein unbekanntes und dennoch sonntägliches kleines Mädchen trällerte.

Rafael Artigas hört die Worte, als er gerade den zweiten Stock erreicht. Irgend etwas brennt plötzlich in seinem Herzen für den Bruchteil einer Sekunde. Ein Brennen oder eine brennende Wunde oder ein stechendes Unglück, wer weiß. Als wenn ein Tropfen Quecksilber oder kochendes Blei, der lange in seinen Adern herumgeschwommen wäre, plötzlich sein Herz getroffen hätte, die Mitte seines Körpers, das Innerste seines Gedächtnisses. Nicht nur, weil er diese maurische Romanze kennt und sie ihn an seine Kindheit erinnert. Nicht nur, weil Moraïma der Vorname war, in einer so fernen Zeit, daß man einen Augenblick lang denken konnte, daß sich das auf einem anderen Planeten

abspielte, der Vorname einer reizenden Cousine, der unschuldige und perverse Spiegel einer Weiblichkeit, die sie verkörperte oder ausstrahlte, ohne es zu wollen, orakelnd, einer Weiblichkeit, die sich als beängstigend ankündigte, einer riesigen Wüstengegend, die bei Durst und Hitze endlos zu erforschen war. Nicht nur, weil dieses Wort *Algarabía,* das er im Zeitraum von wenigen Minuten zweimal gehört hatte, einmal in unwiderruflichem Ton von Pirulí ausgesprochen, jetzt von diesem unbekannten kleinen Mädchen (das obendrein noch unsichtbar war, denn als Artigas ans Fenster des zweiten Stocks trat, hatte er es aus diesem Blickwinkel nicht sehen können), nach der Weise einer Kantilene oder eines Rundgesangs, das deren sehnsüchtigen Klang noch steigert, dieses Wort *Algarabía,* das nichts anderes heißt als »arabische Sprache«, wenn man durch die Mäander der Etymologie auf seinen ersten Sinn zurückgeht, nicht nur also, weil dieses Wort aus dem ältesten oder neuesten Teil von ihm selbst auftaucht; nicht nur wegen all jener sinnlichen Elemente, die man nacheinander unterscheiden, analysieren könnte, nachdem man sie unter einem scharfsinnigen introspektiven Blick isoliert hat; nein, dieses Brennen, dieser brennende Stich, dieses Stechen rührte vor allem von der Empfindung her, die ihn mit einemmal gepackt hatte, als er im zweiten Stock des herrschaftlichen Hauses, Treppe B, angekommen war und die algarabischen Worte dieser maurischen Kinderromanze hörte: eine Empfindung von der absolut unwiderbringlichen, für immer verschwundenen, verlorenen Zeit, die ihm plötzlich seine Jahre bewußt gemacht hatte, das näherrückende Alter, als wenn die ersten Melodiephrasen der Kantilene, die, wie man bemerkt haben wird, durch Assonanz um eine Folge von *m* gebildet wurden *yo me era mora Moraima – morilla …,* nur dazu da waren, analogisch und phonetisch den weichen Ton des *morir,* die eisige Feuchtigkeit des Todes heraufzubeschwören.
Aber Artigas hat keine Zeit, auf dem Absatz des zweiten Stocks stehenzubleiben, um grelle oder nebulöse Reminiszenzen in sich aufkommen zu lassen. Er wird in dem herrschaftlichen Haus von der kleinen Menge entrüsteter Landsleute, die ihm nicht von den Fersen weichen, nach oben gedrängt, zu Eleuterio Ruiz.
Dieser hatte ebenfalls den etwas gedämpften Nachhall der Kantilene in dem weißgekalkten Zimmer gehört, wo er seine

Bücher und seine Papiere hingebracht hatte und wo ihm Proserpine gerade mit einer vor Unruhe und Wut bebenden Stimme entgegengeschleudert hat: »Warum hast du das getan?« Er weiß von nun an, daß er eine Antwort auf diese kategorische Frage nicht wird umgehen können, aber er läßt sie in der Schwebe, Frage und Antwort, einige Sekunden lang auf die kindliche Stimme lauschend, die vom Hof aufsteigt und die Algarabía der glücklichen Zeiten von früher trällert.
Heute früh war er im Morgengrauen mit schleppendem Schritt zu den Stehklosetts am Flurende im letzten Stock des herrschaftlichen Hauses gegangen, das er mit seiner Familie, seinen Nebenverwandten, seinen Verbündeten und den mageren Resten seiner Kampfgruppen zum großen Teil einnahm. »Ich pisse, also bin ich«, hatte er dann gedacht, nach langem angstvollen Warten, das von seinem Unterleib her Wellen bösartiger Schmerzen in seinem ganzen Körper verbreitete. Aber war das ausreichend? Genügte ein einsamer stummer Gedanke, jene wilde innere Befriedigung herzustellen, die von jenen wenigen scheinbar harmlosen Wörtern ausging? Wäre es nicht besser, jenen tröstlichen Spruch laut und verständlich zu proklamieren? Er proklamierte ihn also laut. Aber er hatte gerade die Wasserspülung gezogen, und das Geräusch des hygienischen Katarakts ertränkte den Klang seiner Stimme unter den gurgelnden Fluten. Damit nun aber keinerlei Zweifel über die Frucht seiner morgendlichen, ja sogar morgenroten und in gewisser Weise strahlenden Überlegungen zurückbliebe, hatte Eleuterio Ruiz die entscheidenden Worte wiederholt. »Ich pisse, also bin ich!«, hatte er im leeren Flur gegrölt, nachdem es ihm gelungen war, seine Blase zu erleichtern, ohne daß er es jedoch geschafft hätte, sie völlig von einem ranzigen und dürftigen Urin zu leeren, während er mit erheblicher Anstrengung wieder sein Zimmer erreichte.
Etwas später, erschöpft, schwitzend auf seinem Bett ausgestreckt, hatte er versucht, sich von der dumpfen Angst der einsamen Frühe abzulenken, indem er die Lektüre eines der Bücher wiederaufnahm, die in Reichweite auf dem Parkett herumlagen. Aber er konnte keine Wahl treffen. Er las einige Zeilen in dem einen oder anderen Band, den er gleich wieder wegwarf. So hat er gerade mit einer wütenden Bewegung ein

gebundenes Büchlein zugeschlagen: *Le socialisme expliqué aux enfants du peuple* von Dr. Guépin, dem Verfasser der *Philosophie du socialisme,* 1851 in Paris bei Gustave Sandré, Libraire-Éditeur, 11 Rue Percée-Saint-André des Arts erschienen (aber heute oder vielmehr seit 1877 ist diese Rue der Impasse Hautefeuille geworden), von dem er, zunächst amüsiert, dann mit wachsender Verärgerung, den auf Seite 18 beginnenden Abschnitt überflogen hatte, der »Die Grenzen des Glücks« betitelt war.

Man konnte hier zum Beispiel folgende Behauptungen lesen: »Wir sind nämlich der Meinung, daß Handwerk, Wissenschaft und Industrie mit gemeinsamen Anstrengungen unseren ganzen Erdball auf einen Schlag in den Genuß der Wohltaten der modernen Entdeckungen bringen könnten. Es ist nicht unmöglich, Amerika, Afrika und Ozeanien zu bevölkern; die Landengen von Suez und Panama zu durchstoßen; die Hauptstädte der fünf Teile der Welt mit Dampfern, Eisenbahnen, Kanälen, elektrischen Telegraphen und riesigen Tunneln unter den höchsten unserer Berge miteinander zu verbinden.« All das und selbst mehr noch ist nicht unmöglich gewesen, das ist gewiß. Man hat seitdem noch viel mehr gemacht, dachte Eleuterio Ruiz beim Durchblättern des *Socialisme expliqué.* Aber die Schlußfolgerungen, die der Verfasser daraus zog, hatten den alten Anarchisten erbost, denn »nach erzieltem Resultat«, schloß der Panglossier Dr. Guépin, »wären die Fusion der Völker und der universelle Frieden eine unmittelbare und notwendige Folge. Alsbald würden die Barrieren fallen, die uns einsperren«, und bei diesem Punkt seiner Lektüre hatte Eleuterio das Bändchen erbittert über soviel philanthropische Naivität weggeworfen.

Er griff also nach einem anderen Buch, das am Fuß seines Bettes auf einem ziemlich wackligen Stapel thronte. Es war eine Ausgabe der *Recherches sur l'origine du despotisme oriental* von 1773, einem quasi anonymen Werk, da die Identität seines Autors nur durch eine wegen ihrer Länge unwahrscheinliche Reihe von Anfangsbuchstaben angedeutet war: »Postumes Werk von M.B.I.D.P.E.C.« Ein Exlibris wies darauf hin, daß dieser Essay – der sonst sehr interessant war, und Eleuterio hatte ihn einst Rafael Artigas geliehen mit der schalkhaften Bemerkung: »Du wirst sehen, daß dein Marx in jenen *Grundrissen,* mit denen du uns die Ohren vollredest, nichts Neues erzählt hat, was den asiatischen Despotismus angeht!«, worauf Artigas einige Tage danach bei der Rückgabe des Buches geantwortet hatte: »Richtig, nichts Neues erzählt, aber alles entdeckt!«, und Eleuterio hatte dem mit einem gewaltigen Lachanfall zugestimmt – dieser Essay hatte also, das erwähnte Exlibris bezeugte es, irgendeinem portugiesischen Literaten namens Agostinho de Mendonça Falcáo gehört. Kaum hatte der alte Mann ihn aufgeschlagen, da warf er, plötzlich durchbohrt – aufgespießt, könnte man fast sagen – von einem beißenden Schmerz, den Band über den orientalischen Despotismus weg, der ohne Verlegernamen publiziert, aber offensichtlich in Amsterdam gedruckt worden war. Das war es jedenfalls, was sein Freund Jean-Jacques Magis, ein vor allem auf Schwarten über die Geschichte der Arbeiterbewegung spezialisierter Antiquar, vermutet hatte. Dieser hatte das Werk einige Tage vorher unter Prüfung der Typographie und Beschnüffelung des Papiers durchgeblättert während eines Besuchs in der Rue Dauphine, den er benutzt hatte, um dem bettlägerigen betrübten Eleuterio die drei reizenden Bändchen der *Histoire populaire et parlementaire de la Commune de Paris* von Arthur Arnould zu schenken.

Aber der Schmerz zwingt ihn, die Zähne zusammenzubeißen, sich stöhnend zu krümmen.

Bis zu jenem unheilvollen sonnigen Septembertag vor einem Monat hätte niemand im Traum daran gedacht, Eleuterio Ruiz als alt zu betrachten. Trotz seinen einundsiebzig Jahren ganz gerade, in der vollen Pracht seiner hohen Statur und seiner Silbermähne, mit dem vom Wind der Geschichte und der Sonne des Abenteuers gebräunten mageren Gesicht (*sic!* Eugène hätte es nicht besser gesagt!), hatte er eine derartige geistige Lebendigkeit behalten, daß die Frage seines Alters niemals irgendeinem seiner Gesprächspartner in den Sinn kam. Was die -partnerinnen anging, hatten sie noch weniger Gründe, sich diese Frage nach dem Alter des »Lute« zu stellen – so war, wie man sich erinnern wird, der Spitz- oder Verkleinerungsname, mit dem die Spanier der Z.U.P., ob Freund oder Feind, ihn bezeichneten –, weil dieser von dem Ruf einer genitalen Energie umgeben war, der durch vielfältige, selten geheimgehaltene Erfahrungen mit Frauen jeden Alters, vor allem aber des allerjüngsten, unablässig bekräftigt wurde. Die immer betontere fortschreitende Verjüngung seiner zufälligen Liebespartnerinnen war übrigens das einzige nennenswerte Indiz für Eleuterios Altern, ein Indiz, das jedoch von den meisten Personen seiner Umgebung unbemerkt blieb, abgesehen natürlich von seiner Gefährtin, Demetria Seisdedos, genannt Acracia, der nichts entging (und sicher kann man die Gelegenheit nutzen, auf eine, wenn auch nicht überraschende, so doch zumindest erwähnenswerte Tatsache hinzuweisen: seit Perséphone verschwunden war, wurde die Mutter des Mädchens von ihrer Nachbarschaft wieder mit ihrem richtigen Vornamen Demetria genannt, wie wenn es unschicklich gewesen wäre, ihr einen anderen zu geben – einen Kriegsnamen, in Wirklichkeit, Acracia –, als ihre Lage einer liebenden und verzweifelten Mutter gegenüber allen ihren anderen Eigenschaften die Oberhand gewann).

Aber wenn auch diese Abenteuer mit immer jüngeren Frauen Acracia nicht entgingen, so hütete sie sich wohl, einzugreifen oder anzuklagen, da ja die gegenseitige Freiheit immer eine der Komponenten ihrer langen und fruchtbaren Vereinigung gewesen war.

Der Einbruch des Übels vor einem Monat war also wie ein Donnerschlag aus heiterem Himmel gekommen. Und der Himmel war es tatsächlich: klar, von einem durchsichtigen äquinoktialen Blau. Sehr früh, wie gewohnt, wachte Eleuterio an jenem Tag in bester Laune auf. Er hatte sich einen großartigen Plan ausgedacht, der seinem Leben, dessen Bedeutung sich ihm, seit die Commune im Niedergang war und seine eigene Rolle in ihr verschwommen, anfechtbar wurde, zu zerfasern schien, wieder Sinn, Salz und Kraft gab. Acht Tage vor diesem unheilvollen Septembertag nämlich war er bei Carlos Bustamante in der Rue Séguier zum Essen eingeladen. Sonsoles hatte festlich gedeckt. Eleuterios Anwesenheit veranlaßte sie immer, sich selbst um den Herd zu kümmern und sich zu übertreffen, denn in punkto kulinarischer Eigenliebe überempfindlich, wollte sie nicht, daß der unweigerliche Vergleich mit den Talenten von Acracia, dem berühmten Cordon-bleu, zum Vorteil der letzteren ausfiel, der gegenüber Sonsoles eine fast neurotische Eifersucht hegte.

Aus diesem Grund war das Mahl von luxuriöser Einfachheit.

Carlos hatte nach einigen Ferienwochen in Katalonien seine nächsten Freunde dazu eingeladen, um kurz vor dem neuen Studienjahr eine Art Bilanz zu ziehen. Der Tisch war im Innenhof des Hôtel Séguier aufgestellt worden, und die um Carlos versammelten Tischgenossen – Eleuterio Ruiz, Maxime Lecoq, Boris Villeneuve und Rafael Artigas – hatten als Vorspeise eine richtige valencianische Reisplatte genießen können, die nichts zu tun hat mit der unverdaulichen safrangelben *Paella,* auf der sich in unschicklicher Vulgarität alle möglichen Krusten- und Schalentiere, widerliche Huhn- und Kaninchenstückchen anhäufen, *Paella des gogos,* hätte der Schriftsteller Domingo gesagt, als er noch Anarchist, Pornograph und Gastronom war, bevor er sein Damaskuserlebnis hatte und, wie oben erwähnt, unter seinem französisierten Kriegs- und Kirchennamen Pater François-Xavier DuDimanche, einer der gefürchtetsten Würgeengel des katholischen Glaubens in der Z.U.P. geworden war.
Das von Sonsoles bereitete Reisgericht hatte also nicht die zweifelhafte orangene Farbe von einem hypothetischen Safran, der übrigens oft durch einen chemischen Farbstoff ersetzt wird, sondern ganz die hübsche Färbung von einem feschen Frühlingsgrün, das davon herrührte, daß es nach guter Tradition mit frischen Artischocken gekocht war. Die Reiskörner waren hart und zerschmolzen zugleich auf der Zunge: eine wahre Wonne. Danach hatte Sonsoles im Backofen zwei prächtige Königsgoldmakrelen in einer Salzkruste braten lassen, welche, von ihrem kristallinen Panzer befreit und mit einer Soße garniert, deren Geheimnis sie Eleuterio auf keinen Fall verraten wollte, natürlich, damit er es ja nicht an Acracia weitergab – aber man konnte den Geschmack von Zitrone und Oregano erkennen –, von allen Gästen gefeiert wurden wegen der Köstlichkeit ihres Geschmacks, der voll und zugleich frei von jenen gekünstelten Gewürzen war, die den Fisch leicht totschlagen können.
Der dritte Gang, der für sie ein bißchen überraschend kam, denn sie glaubten alle, damit sei es zu Ende, bestand in einem kastilischen Perlhuhn à la vinaigrette, das sofort ihren Appetit wieder anregte. Und schließlich wurden vor den Sorbets und dem Gebäck – wovon die ersten immer von Bertillon kamen, dessen Laden auf der Île Saint-Louis die Commune nicht kollektiviert hatte, dank dem tatkräftigen Eingreifen einiger ihrer

einflußreichsten Mitglieder, die weitsichtig genug waren, um zu wissen, daß eine solche Kollektivierung sofort die Qualität der Produkte gemindert hätte, und gefräßig und feinschmeckerisch genug, um einen so fatalen Ausgang nicht zuzulassen – vor den Sorbets von Bertillon also wurden drei Arten von Käse gereicht. Drei Landkäse: eine in Öl eingelegte Sorte von der Mancha; ein schönes Stück asturischen Cabrales; ein leicht rauchiger baskischer Käse von Idiazabal. Das Mahl wurde anfangs – da die Tischgenossen einstimmig beschlossen hatten, nicht Weißen und Roten zu mischen und bei dieser letzteren Farbe zu bleiben – von einem leichten Rioja begossen (CUNE, drittes Jahr) und dann von einem kastilischen Wein, würdig, unter den besten Sorten des süßen Frankreich zu fungieren (*Vega Sicilia,* aus Valbuena de Duero, Provinz Valladolid; auf dem Etikett der ersten Flasche, die an jenem Tage aufgemacht wurde, standen folgende Angaben: *Esta cosecha se ha escogido para ser embotellada y consta de 14840 botellas, N° 05397, Cosecha 1941, UNICO,* was bedeutet, daß die Ernte des Jahres 1941 in 14840 Flaschen abgefüllt worden war, wobei die, die sie gerade genossen, die Nummer 05397 erhalten hatte), den man zum Wild und zum Käse einschenkte.

Am Ende dieses Mahls, als sie gerade Kaffee tranken im Schatten des Innenhofs Séguier, der von den lauen Strahlen einer Septembersonne irisiert war, während Maxime Lecoq die Themen darlegte, die er für sein Sorbonneseminar im ersten Semester ausgewählt hatte, faßte Eleuterio Ruiz plötzlich den Plan, der, meinte er sofort, seinem Leben eine neue Bedeutung geben würde. Maxime zählte gerade die Texte auf, die er seinen Studenten zur Interpretation und Diskussion vorlegen wollte. Alle betrafen die Französische Revolution, weil das ja auch seit zwei Jahren Gegenstand seiner Vorlesungen war. Es begann mit dem berühmten Kapitel des dritten Abschnitts des vierten Teils der *Vorlesungen über die Philosophie der Geschichte* von G. W. F. Hegel: *Die Aufklärung und die Revolution,* und ging weiter mit dem *Essai sur les révolutions* von Chateaubriand. Aber Eleuterio war bald nicht mehr in der Lage, Maxime Lecoqs Darlegungen weiter anzuhören. Plötzlich, mit der Kraft innerer Offenbarungen, die einen von der realen und banalen Welt losreißen, sah er sich in das ideale Projekt versetzt, das ihm leuchtend erschien – wieso war er nicht schon eher darauf gekommen? –, selbst einen *Traité de la révolution* zu schreiben, wo er seine fünfzigjährige Erfahrung eines Kampfes in den übrigens sehr unordentlichen Reihen des Anarcho-Syndikalismus und die Summe seiner Reflexionen und Lektüren über dieses Thema kondensieren konnte. Ziemlich weitläufigen Lektüren, muß man unterstreichen, denn Eleuterio war seit frühestem Alter ein Autodidakt von der alles verschlingenden Art, wobei er dieser Neigung um so besser hatte frönen können, als er immer am Rande der im eigentlichen Sinn produktiven industriellen Disziplin gelebt hatte, was ihm eine Freizeit verschaffte, die gewöhnlich Fabrikarbeitern unbekannt ist. So hatte er also, und noch bevor er seine leere Kaffeetasse auf den Tisch zurückstellte, in seinem Geist die großen Linien der Arbeit skizziert, die er sich vornahm.

Alles stand also zum Besten in der am wenigsten schlechten aller möglichen Welten an jenem Sonnentag vor einem Monat, als Eleuterio Ruiz plötzlich beim Aufstehen, in der scheinbaren Form einer akuten Prostatitis – das war die anfängliche Diagnose der Ärzte –, den ersten Anfall der Krankheit erlitt, die ihn einige Zeit nach dem Tag, an dem sich diese Erzählung abspielt, hinwegraffen sollte, ein Umstand, der uns erlaubt, uns nicht bei der Entwicklung dieser »langen und schmerzhaften Krankheit« aufzuhalten, wie man in den Todesanzeigen sagt, wenn man beschlossen hat, die wahren Gründe eines Todes nicht zu nennen.

Aber Proserpine hat gerade mit gebieterischer und keuchender Stimme gesprochen.

»Warum hast du das getan?« hat sie gefragt.

Und er weiß von nun an, daß er die Antwort auf diese peinliche Frage nicht wird umgehen können.

Proserpine war kurz davor in sein Zimmer gestürmt. Sie kündigte das Kommen von Artigas an. Der alte Eleuterio hatte also das Buch, an das er schließlich seine Aufmerksamkeit zu fesseln versuchte, zur Seite gelegt. Es war die *Histoire parlementaire de la Révolution française, ou Journal des Assemblées nationales, depuis 1789 jusqu'en 1815* (die, wie die Untertitel angaben, den Bericht der Ereignisse, die Debatten der Versammlungen; die Diskussionen der wichtigsten Volksgesellschaften, vor allem der

Gesellschaft der Jakobiner; die Protokolle der Commune de Paris; die Sitzungen des Revolutionstribunals; das Resümee der wichtigsten politischen Prozesse; die genauen Jahresbudgets; die Schilderung der moralischen Entwicklung, anhand von Auszügen aus den Zeitungen jener Epoche, usw. enthielt), 1835 herausgegeben von P. J. B. Buchez und P. C. Roux, in der Ausgabe von Paulin, Buchhändler am Hôtel Mirabeau, Nummer 6 der Rue de Seine.

Er war bei Band siebzehn von den vierzig dieser erstaunlichen Sammlung historischer Dokumente, deren Lektüre Maxime Lecoq ihm empfohlen hatte, als sich Eleuterio ihm, wenn auch in ziemlich sibyllinischen Ausdrücken, über sein Projekt mitteilte. Er hatte am Vorabend den Band zugeschlagen und das ein bißchen verblichene rotseidene Lesezeichen auf die Seite 190 gelegt, mitten auf die Beschreibung der Ereignisse vom August 1792, und zwar auf den folgenden Absatz:

»Der Bevollmächtigte der Commune schlägt vor, das Bronzepferd, das auf der Tür des Gemeindehauses ist, durch eine Marmortafel zu ersetzen, auf die in goldenen Lettern folgende Inschrift eingraviert werden soll:

*Obéissez au peuple, écoutez ses décrets:*
*Il fut des citoyens avant qu'il fût des maîtres,*
*Nous rentrons dans les droits qu'ont perdus nos ancêtres.*
*Le peuple par les rois fut longtemps abusé:*
*Il s'est lassé du sceptre, et le sceptre est brisé.*

»Am 10. August 1792; Jahr IV der Freiheit und I der Gleichheit.«

Und in diesem Moment überschritt Proserpine die Schwelle des Zimmers und unterbrach seine Lektüre durch ein stürmisches Auftreten.

»*Qué pasa allí abajo?*« fragte Eleuterio.

Unten, das stimmt, im Hof des herrschaftlichen Hauses, passierte etwas. Man hörte seit einigen Minuten das Getöse, das Charivari, den Lärm – kurz die Algarabía –, die die Ankunft von Proserpines Motorrad hervorgerufen hatte.

»Sie reden, sie diskutieren, sie schreien, das ist alles, was sie können!« sagt das Mädchen mit einer offensichtlichen Verachtung, von der man nicht mit Sicherheit wissen konnte, ob sie sich auf alle Spanier bezog oder genauer auf die Anarchisten, die wahrscheinlich die Mehrheit der kleinen lauten Menge des Hofs bildeten, oder aber, als Gattungsbegriff, auf die Männer schlechthin, auf ihre brüllende und großsprecherische Männlichkeit.

Aber Proserpine hat französisch gesprochen.

Sowohl ihre Zwillingsschwester Perséphone wie sie selbst drükken sich nämlich in der Sprache des Einarmigen von Lepanto nur mit Vorsicht und Zurückhaltung aus, in dem Bewußtsein ihrer unzureichenden Beherrschung derselben und des französischen Akzents – merkwürdigerweise war es ihnen dagegen gelungen, während der letzten Jahre in dieser Sprache den Akzent des Languedoc zu verlieren, der ihr kindliches Sprechen geprägt hatte –, eines Akzents, der sie ständig über die volltönenden Modulationen des Kastilischen und die gerollten oder gutturalen Klänge stolpern ließ, die sie nicht korrekt aussprechen konnten. Deshalb hatten die beiden jüngeren Schwestern allmählich untereinander, selbst im vertrauten Familienkreis, die Verwendung des Französischen durchgesetzt, wo sie sich wohler fühlten.

Also führte auch Eleuterio Ruiz, nach dieser spontan auf kastilisch formulierten ersten Frage, das Gespräch in der Sprache von François-Xavier Bichat fort (und dieser Hinweis auf den berühmten Chirurgen und Physiologen geht nicht auf die kapriziöse Laune eines von perversem Sinn für Skurriles geprägten ERZÄHLERS zurück: er spielt lediglich darauf an, daß Eleuterio Ruiz von der kürzlichen Lektüre der *Recherches physiologiques sur la vie et la mort* des großen Gelehrten stark beeindruckt war, ohne daß man sich jetzt über diesen Gegenstand auslassen und einige der Überlegungen des alten Mannes niederschreiben könnte, denn Proserpine würde es nicht zulassen).

»Warum hast du das getan?« wiederholt das Mädchen mit Nachdruck. »Genau deshalb ist Perséphone weggelaufen!«

»Sie ist nicht weggelaufen«, entgegnet Eleuterio schwach. »Sie ist von der Sau Aresti entführt worden!«

»Die Sau Aresti, wie du sagst«, sagt sie, »wedelt schon seit Monaten um sie herum! Und sie ließ es zu! Er fraß ihr aus der Hand wie ein zahmer Spatz. Und ausgerechnet jetzt soll es ihm gelungen sein, sie zu entführen? Glaubst du, daß das ein Zufall ist?«

»Was willst du damit sagen? Daß das kein Raub sein soll?«
»Das ist ein Raub, der ganz nach Flucht aussieht«, sagt das Mädchen. »Oder das Gegenteil, wenn du willst!«
Aber Eleuterio möchte, daß man ihm diese Diskussion erspart. Er läßt sich nach hinten sinken auf die Kissen, die sich am Kopfende des Bettes türmen, erschöpft. Er erinnert sich, daß Bichat in dem Kapitel seines Buches, wo er vom natürlichen Ende der beiden Lebensformen, der tierischen und der organischen, handelt, einen Satz schrieb, der sich ihm eingeprägt hatte: »Der große Unterschied zwischen dem Tod aus Altersschwäche und dem, der das Ergebnis eines erlittenen Schlages ist, liegt darin, daß in dem einen das Leben in allen Teilen zu erlöschen beginnt und dann im Herzen aufhört: der Tod übt seine Herrschaft von der Peripherie zum Zentrum hin aus...« Ja, genau das war es! Bei ihm war der Teil der körperlichen Peripherie, wo der Tod seine Herrschaft angefangen hatte, der Unterleib. Er sagte es übrigens auf gröbere Art: der Tod hat in meinem Arsch angefangen! sagte er. Allerdings mußte man noch wissen, ob die Krebswucherung als ein Tod aus Altersschwäche betrachtet werden konnte. Eleuterio neigte eigentlich dazu, diese Frage positiv zu beantworten. Der Krebs war nur die brutale Explosion seines Alters, war er zu denken geneigt. Ein Zeichen sozusagen von Lebenserschöpfung, aber ein Zeichen, das paradoxerweise reich an verzehrender Vitalität war. Ich sterbe, weil ich zuviel gelebt habe, sagte er sich.
Er läßt sich auf die Kissen fallen, erschöpft.
In diesem Moment dringen die im Hof geträllerten Worte der maurischen Romanze bis zu ihm durch das trotz der trockenen Herbstkälte offene Fenster (aber man muß sagen, daß die Anarchos, zumindest die spanischen, immer einen Hang zur Hygiene gehabt haben, die mit dem Kropotkins einhergeht, zur freien Liebe, zum Kräutersammeln und zu mythologischen Vornamen!)

*...hablóme en algarabía*
*como quien la sabe hablar...*

»*Algarabía, algarabía*«, sagt er halblaut, so wie jemand, der ein nur ihm selbst bekanntes Losungswort sagte. Ein Losungswort, kurz, das keine anderen Türen als die des Selbst öffnete, die Flure des Ich-selbst.

»Weißst du, wie ich deine Mutter kennengelernt habe, *lo sabes?*« sagt er flüsternd.
Aber Proserpine fährt hoch. Er wird doch nicht etwa auf Gefühl machen.
»Ich will nicht, daß du mir sagst, wie du meine Mutter kennengelernt hast«, sagt sie mit zischender Stimme. »Ich will, daß du mir erklärst, warum du Perséphone gesagt hast, daß du nicht ihr Vater bist!«
»Weil es stimmt«, sagt Eleuterio seufzend.
Er betrachtet das trotzige Gesicht des Mädchens, und plötzlich steigt ein unbestimmter Zorn in ihm auf, verschärft durch die Schmerzen seines Körpers. In was mischt sie sich ein, diese Rotznase?
»Somit«, fügt er bösartig hinzu, »bist auch du nicht meine Tochter! Also hör auf, Rechenschaft von mir zu verlangen!«
Proserpine schüttelt ihre kurzen Haare, sie schreit.
»Aber doch, eben gerade! Warum sind wir nicht deine Töchter? Warum hast du meine Mutter vor achtzehn Jahren mit irgendeinem anderen schlafen lassen? Das mußt du mir erzählen, und nicht, wie du sie kennengelernt hast, das interessiert mich überhaupt nicht!«
Eleuterio macht eine Anstrengung, seinen Schmerz zu überwinden. Er streckt eine knochige Hand zu dem Mädchen aus, offensichtlich als Freundschaftszeichen.
»Solche Geschichten muß man richtig erzählen: von Anfang an...«
Aber er wird durch einen betäubenden Lärm unterbrochen.
Auf der einen Seite beginnt im Treppenhaus des ehemaligen Stadtpalais das Getrampel der kleinen Schar, die zum letzten Stock emporsteigt und die man dumpf schon einige Zeit hörte, überhandzunehmen, unterstrichen außerdem durch bebende Ausrufe, deren Sinn man noch nicht erfassen kann. Von der anderen Seite, der der Rue Dauphine, dringt ein Krach aus Motorradgeknatter und Motorengeheul, gebrüllten martialischen Befehlen, als wenn die Straße von irgendeiner motorisierten Kolonne eingenommen wäre.
Es scheint also, daß wir, zumindest im Augenblick, die genauen Umstände der Begegnung von Eleuterio Ruiz und Demetria Seisdedos nicht kennenlernen werden. Vorhin schon, man erin-

nert sich vielleicht daran, gerade als Artigas in der Rue du Dragon Proserpines heranrasendes Motorrad auftauchen sah, mußte sich der ERZÄHLER das Vergnügen versagen, das Leben von Demetria zu erzählen, mit fünfzehn Jahren Waisenkind, nach der Hinrichtung ihres Vaters im frankistischen Konzentrationslager Albatera, denn angesichts der Umstände hat ER den Faden seiner Erzählung wieder aufnehmen müssen. Jetzt sieht sich Eleuterio von einem Lärm unterbrochen, der eine Überstürzung der Ereignisse voraussagen läßt. Wieder einmal muß der ERZÄHLER seine Geschichte aufschieben, auf die Gefahr hin, daß sie wie eine Seifenblase platzt, denn es wäre nicht gerade nett von ihm, eben jetzt, wo der Leser sich ängstlich fragt, was passieren wird, die rührende Begegnung zu beschreiben zwischen einer Siebzehnjährigen – Aha! Demetria hatte also damals, 1941, dasselbe Alter wie die beiden Zwillingsschwestern heute–, die aus der religiösen Besserungsanstalt, in die die Behörden des aus dem Bürgerkrieg hervorgegangenen neuen Regimes sie eingesperrt hatten, ausgebrochen war, und einem sehr viel älteren Anarchisten – Eleuterio war damals siebenunddreißig–, der am Rande der Gesetze lebte. Nein, das ist wirklich nicht der Moment für eine solche Geschichte, so farbig, ja pikaresk sie auch immer sein könnte! Wir müssen auf diese Heiterkeit von einst traurigerweise verzichten und uns wieder in die Zwänge der Haupthandlung selbst stürzen.

Seien wir jedoch nicht allzu enttäuscht: das Spektakel auf der Rue Dauphine lohnt sich. Zwei bewaffnete Trupps treffen gerade vor dem Tor des ehemaligen Hôtel du Buisson zusammen. Aus dem Herzen des Stadtviertels kommend, offenbar durch die Rue de l'Ancienne-Comédie, ist hier ein Teil der von Pedro Vargas zusammengetrommelten spanischen Einsatzgruppen eingetroffen. Drei gepanzerte Wagen, etwa zwanzig Motorräder mit Seitenwagen, bewaffnet mit Maschinengewehren, und einige Lastwagen für den Transport der Freiwilligen. Auf den meisten der Fahrzeuge dieser Kolonne steht mit riesigen weißen Buchstaben eine geheimnisvolle Abkürzung: U.H.P., deren Übersetzung man dem Leser sofort geben wird, aus Angst, daß er auf den komischen Irrtum verfällt, es handele sich da um irgendeine Reklame für ein Fernsehmodell oder modernes Videosystem. Nein, ganz und gar nicht! Nichts zu tun mit

U.H.F., V.H.F. oder V.H.S.! Die drei Anfangsbuchstaben dieser geheimnisvollen Abkürzung – die zumindest für die jüngsten Leser dieser achtziger Jahre eines zu Ende gehenden Jahrhunderts hermetisch sind – sollen auf offenbar archaische oder archeo-nostalgische Weise symbolisieren – aber die Nostalgie ist, was sie ist, was kann man da tun? –, sollen also die Losung oder den Kriegs- und Hoffnungsruf der spanischen Arbeiter in ihrem langen Kampf gegen den Faschismus von 1934 bis 1939 ins Gedächtnis rufen, der, wenn auch unglücklich und schlecht geführt, nicht ohne heldenhafte Episoden war: U.H.P. heißt *Uníos, hermanos proletarios!* (Vereinigt euch, proletarische Brüder!) Der alte Traum, der auf den Wellen der Geschichte zerbrach wie das majakowskische Liebesboot auf denen des Alltags, erlebte also eine letzte und in gewisser Weise karikaturhafte graphische Erscheinung auf den gepanzerten Fahrzeugen der Kolonne Vargas, bei einer allerletzten kleinen Abschiedstour, bevor er in den Verliesen, wenn nicht gar Mülleimern der Geschichte versank.

Aber diese knatternde männliche Kolonne, aus der in dissonanten Schwaden Fetzen alter Revolutionsgesänge aufsteigen, trifft oder vielmehr stößt gerade auf eine ebenso martialische motorisierte Kolonne, die jedoch ihrerseits total jeder Männlichkeit bar ist, weil es sich um eine Abteilung der berühmten *Amazones de la Seine* unter Führung von Penthésilée, der älteren Tochter von Eleuterio Ruiz und Demetria Seisdedos, handelt (einer zwar illegitimen Tochter, denn die Vereinigung ihrer Erzeuger ist niemals legalisiert worden, aber einer wirklichen Tochter der einen und des anderen, beider zugleich jedenfalls, die nicht die Probleme ihrer Herkunft hat wie jetzt Perséphone und Proserpine, einer echten und natürlichen Tochter, mit der allergrößten Natürlichkeit unbestreitbar aus der Paarung von »Lute« und Acracia hervorgegangen zu Beginn ihres gemeinsamen Lebens; auf die Welt gekommen also im Jahre 1942, infolge dieser Paarung, welche, beiläufig bemerkt, nur von kurzen Stärkungspausen unterbrochen, drei Tage und ihre diesbezüglichen Nächte dauerte, in einer *Masía* der Umgebung von Xátiva, auf dem fruchtbaren Boden jenes Südostens gelegen, der Spanien nicht nur Orangenhaine und Reisfelder geschenkt hat, sondern auch: erstens, einen gewissen heidnischen und panischen Sinn für Feste; zweitens, die wenigen impressionistischen Maler Spaniens, deren Gemälde würdig sind, betrachtet zu werden; drittens mehrere konzise oder prolixe, aber immer raffinierte und originelle Schriftsteller, die durch ihre breite Kultur und ihren Kult des treffenden Wortes leicht von ihren Kollegen der übrigen Halbinsel zu unterscheiden sind; ohne schließlich, viertens, die Sprößlinge einer berühmten Familie der Region zu vergessen, die in der weiten Welt unter ihrem italienisierten Namen Borgia bekannt sind und auf unvergleichliche Weise einige der südöstlichen Tugenden verkörperten; einer Paarung also, um auf die herkuleischen Arbeiten von Eleuterio und Acracia zu kommen, die mehrere Tage dauerte, unter den wohlwollenden und libertären Blicken der beiden Tanten von »Lute«, der Eigentümerinnen des unter den Orangen und Oleandern versteckten Bauernhauses, wohin er mit seiner neuen und ganz jungen Gefährtin geflohen war, nicht nur in der Absicht, vor der Guardia Civil zu flüchten, die ihn in der Gegend der Berge von Toledo suchte, sondern auch und vor allem endlich jenes lebenslustige Weib biblisch zu erkennen, in ihren kleinsten Details, Falten und Reizen, was mit der lächelnden und angeregten Komplizenschaft der beiden Schwestern von Eleuterios Mutter geschah und erfüllt wurde, Marta und Maria, zweier charmanter alter Frauen, flink und neugierig, die unablässig und mit quasi mütterlicher – oder matriarchalischer? – Zärtlichkeit die köstlichsten und stärkendsten Gerichte bereiteten, welche in diesen Zeiten allgemeiner Knappheit wie ein Wunder unter ihren Feenfingern erschienen: Suppenhuhn, scharfe Bouillons, geschlagene Eier mit Sahne und Cognac, Stierhoden; alles Gerichte, mit einem Wort, die dem für einige allzu kurze Tage unter ihr Dach geflohenen Paar erlaubten, denkwürdige Liebestaten zu vollbringen; und die beiden alten Bäuerinnen ließen es sich übrigens bis zum Ende ihres Lebens nicht nehmen, mit hellem, endlosem, schallendem Gelächter von Zeit zu Zeit in der Ecke des Kamins daran zu denken und die besten Momente dieser drei fernen Tage Sodoms verbal und memorial stellvertretend wiederzuerleben – aber es gab natürlich nicht nur das, es gab auch den Anteil an nichtsdestoweniger prokreativer Phantasie, und Penthésilée war die schönste Frucht davon –, die ihr Neffe mit Acracia in dem großen gekalkten Ehezimmer verbrachte, das auf einen duftenden Gemüsegarten ging und durch dessen offene Fenster einige Orangenzweige hineinragten, die von den porösen Büscheln der Ahazarblüten gespickt waren; bis zum Ende ihres Lebens also erinnerten sie sich laut einiger wollüstiger Episoden der fröhlichen Tage, wo Penthésilée empfangen wurde).

Und dreiunddreißig Jahre später, genau heute, befehligte die junge Frau die Amazonenabteilung, die vom Seinekai her über die Rue Dauphine mitten in das Motorengeheul und Waffengeklirr kommt.

Manche behaupten, Penthésilée sei durch die Zauberkraft ihres mythologischen Vornamens 1968 dazu gebracht worden, das Amazonenbataillon zu schaffen, dessen berühmte Teilnahme an den Kämpfen des Bürgerkriegs in Frankreich bekannt ist. Wenn dieser verrückte Vorname wenigstens einmal zu Taten und Abenteuern anregen konnte, anstatt nur Erstaunen oder Spott hervorzurufen, so mußte die junge Frau davon profitieren! Aber andere versichern, gestützt auf Dokumente und Daten, daß das Wesentliche nicht von diesem Vornamen herrührt, so legendär und suggestiv er auch sein mochte, sondern daher, daß sie (damals mit den Funktionen einer Propagandasekretärin der Kolonne Durruti ausgestattet, die ihr Vater in das aufständische Paris geführt hatte und deren Beitrag während der Zusammenstöße mit den Ordnungskräften im Sommer 1968 entscheidend war) ein Plakat vom Oktober 1870 entdeckte. Einen Monat nach der Ausrufung der Republik und dem Sturz von Napoleon-dem-Kleinen rief diese Ausrufung zur Aufstellung von »zehn Frauenbataillonen ohne Ansehung der sozialen Klassen, die den Titel *Amazones de la Seine* annehmen sollen«, auf.

Penthésilée, sagen dieselben Quellen, soll den Text besagten Plakats in *Les Murailles politiques de la France* gefunden haben, einer Dokumentation im Anhang der *Histoire de la révolution de 1870-71* von Jules Claretie. Auf der Suche nach Anregungen oder Ideen für ihre Agit-Prop-Arbeit blätterte sie eines Tages in diesem Buch, als sie plötzlich auf diese Proklamation stieß, die auf einem Papier von köstlichem Pistaziengrün gedruckt war. Und selbst wenn sie es niemandem eingestehen durfte – hier verlassen wir natürlich, vielleicht unerlaubt, den rein dokumentarischen oder testimonialen Bereich des objektiven Berichts, um

uns kühn in den der Tiefenpsychologie zu stürzen! –, war für ihren Beschluß, sofort ein Frauenbataillon aufzustellen, sicher die nachfolgende Beschreibung des Plakats von 1870 ausschlaggebend: »Das Kostüm der *Amazones de la Seine* wird aus einer orange gestreiften schwarzen Hose, einer schwarzen Wollbluse mit Kapuze und einem schwarzen Kepi mit orangenen Litzen bestehen, nebst einer umgehängten Patronentasche.« Sie vermochte der Vorstellung nicht zu widerstehen, von so köstlich angezogenen Frauen umgeben zu sein, von denen man sich vorstellen konnte, wie sehr deren Vorzüge durch eine so kleidsame Aufmachung hervorgehoben würden.
Aber die Wahl dieser beiden Farben, schwarz und orange, löste unter den anarchistischen Veteranen um Eleuterio Ruiz leidenschaftliche Diskussionen aus. Schwarz, das mag noch angehen: das ist eine traditionelle Wahl der Akratie. Aber Orange anstatt des gewöhnlich hinzutretenden Rot besagter Trauer- und Revolteflagge rief entrüsteten Abscheu hervor. Sie fanden das affig, die Anarchos. Penthésilée ließ sich jedoch nicht einschüchtern. Nachdem die ästhetischen Argumente, mit denen die alten Kämpfer nichts zu tun zu haben erklärten (sie sagten, daß es ihnen scheißegal sei), erschöpft waren, brachte sie den Gefährten ihres Vaters einen verheerenden Schlag bei, als sie sie daran erinnerte, daß jene anarchistische Zusammenstellung von Schwarz und Rot später sowohl von der spanischen Falange als auch von der castristischen Bewegung des 26. Juli, zwei ihrem Wesen nach totalitären – oder totalitär gewordenen – Organisationen, übernommen und dadurch in Mißkredit gebracht worden war. Da war es also besser, etwas Neues zu erfinden.
Wie dem auch sei, was die Ursprünge dieser von Penthésilée Ruiz befehligten neuen Amazonen angeht (und sicher muß man den Leser daran erinnern, um jedes Mißverständnis auszuräumen, daß die vorliegende Erzählung keine erschöpfende Geschichte der Zweiten Pariser Commune bieten will, eine Aufgabe, der sich dagegen Michael Leibson gewidmet hat, dessen monumentales Werk in den nächsten Monaten erscheinen wird, was uns erlaubt, unter Verweis auf diese endgültige Arbeit einige, gewiß pittoreske Episoden zu überspringen, die ohne entscheidenden Einfluß auf das Schicksal von Rafael Artigas, unserem Hauptge-

genstand, waren), jetzt waren sie jedenfalls vor dem ehemaligen Hôtel du Buisson angekommen, jene Amazonen, aus Fleisch und Blut.

Oder vielmehr auf Motorrädern.

Die Amazonen waren nämlich zunächst ein Kavalleriekorps gewesen, und mehr als ein Kommandant der kasernierten Bereitschaftspolizei erinnert sich noch mit Schrecken an die niederschmetternden Wirkungen, die die Angriffe dieser Reiterinnen – keineswegs mit Säbeln, Lanzen oder irgendeiner anderen altmodischen Waffe, sondern vielmehr mit Kalaschnikows oder M-16 und sogar mit Granatwerfern, was ihnen eine gefährliche Feuerkraft verlieh – in den Reihen ihrer Kompanien anrichteten, vor allem in denen der jungen Rekruten, die zu Beginn des Bürgerkriegs in Frankreich im Massif Central zusammengetrommelt worden waren. Aber im Laufe der Jahre, und je mehr das Territorium der Commune zusammenschmolz wie der Schnee von einst in der Sonne und sich schließlich nur noch auf einige Pariser Viertel erstreckte, wurde der Unterhalt von einigen Tausend Reit- und Zugpferden eine unmögliche Aufgabe. Die Amazonen wurden also auf Dampfrosse umgesetzt und verwandelten sich in ein motorisiertes Korps.

Und so sind sie gerade auf ihren knatternden Motorrädern in der Rue Dauphine angekommen, offensichtlich aus der Richtung ihres Hauptquartiers im Parc Montsouris. Demetria, die Gefährtin von Eleuterio Ruiz, führt selbst ihre kriegerische Kohorte an der Seite ihrer Tochter Penthésilée.

Aber ihre andere Tochter, Proserpine, hat sich vom Bett ihres Vaters entfernt – oder vielmehr des Mannes, den sie noch vor wenigen Tagen für ihren Vater hielt – und sich aus dem Fenster gelehnt, als der Krach in der Rue Dauphine ohrenbetäubend wurde.

Sie beschreibt Eleuterio, was sie sieht.

»Vargas kommt mit seinen Einsatzgruppen an«, sagt sie.

»Vargas?« fragt Lute aufgeregt. »Wer hat ihn gebeten, sich einzumischen?«

Sie zuckt mit den Schultern.

»Glaubst du diese Frage ganz allein regeln zu können?« sagt sie.

Sie hat eine pfeifende und sarkastische Stimme, als sie den Kopf

zu dem Mann umdreht, der nicht mehr ihr Vater ist, oder schlimmer noch: der diesen Platz achtzehn Jahre lang usurpiert hat, nachdem er Demetria verlassen hatte, anders gesagt, den Platz, den er bei Demetria hatte, den Platz eines Gatten oder Gefährten, wie man will, der ihn jedoch hätte verpflichten müssen, denkt sie, seine Vaterrolle wirklich und nicht in trügerischer und nachlässiger Weise zu übernehmen.
Eleuterio antwortet nichts. Aber er spürt, daß ihm schon wieder die Galle hochkommt. Welche Frage können die spanischen Einsatzgruppen regeln? Daß Perséphone mehr oder weniger freiwillig mit Jo Aresti abgehauen ist, ist das eine Frage, die homerische Schlachten verdient?
»Für wen hält er sich, dieser Vargas? Steht seine Ehre auf dem Spiel?« fragt Eleuterio und bemüht sich ziemlich ungeschickt, ironisch zu klingen.
Und die Antwort läßt nicht auf sich warten.
»Auf jeden Fall geht es nicht um deine!« schreit Proserpine schneidend.
Eleuterio lenkt die Unterhaltung, mehr aus Müdigkeit als aus Vorsicht, auf etwas anderes.
»Ist es Vargas, der diesen ganzen Krach macht?« sagt er.
Proserpine sieht aus dem Fenster.
»Nein! Eine Amazonenabteilung ist auch gerade eingetroffen.«
Eleuterio streckt die Arme zum Himmel.
*»Lo que nos faltaba!«* ruft er pathetisch aus.
Und das fehlte gerade noch, um die Dinge zu komplizieren. Die Amazonen rufen nämlich seit jeher das Gelächter und die machistische Ironie der Spanier im allgemeinen und der der Selbstverteidigungsgruppen im besonderen hervor. Was übrigens prompt eintritt. Die Rue Dauphine hallt von lautstarken verletzenden Beschimpfungen wider, verstärkt durch die Megaphone, die die Männer von Pedro Vargas den Frauen von Penthésilées Abteilungen wie Wurfgeschosse entgegenschleudern.
Proserpine macht wütend das Fenster zu.
»Sag mal«, sagt sie, »warum hast du mich gebeten, Artigas zu holen? Wolltest du denn Perséphone nicht wiederhaben?«
»Doch doch«, antwortet Eleuterio erschöpft. »Aber das kann man auf verschiedene Art erreichen. Und die offene Schlacht ist

die ungünstigste. Darauf wartet die Sau Aresti ja nur. Er glaubt, er könne uns jetzt isolieren und schwächen!«
»Uns?«
»Die Spanier«, sagt der Alte.
Aber die kleine Schar, die sich hinter Rafael Artigas und Antonio el Pirulí ins Treppenhaus gedrängt hat, ist gerade ohne Verluste, aber mit Getöse im letzten Stock des herrschaftlichen Hauses angekommen. Unten jedoch, und trotz den ausgetauschten Beschimpfungen, Vogelnamen und perfiden Anspielungen auf die sexuellen Nöte der einen und der anderen zwischen Amazonen und Kämpfern der Einsatzgruppen – das alles natürlich auf ganz rituelle, also reinigende Weise und ohne daß das Wortgefecht auch nur den geringsten Übergang zu Handlungen hätte fürchten lassen –, überqueren Pedro Vargas und zwei seiner Männer in Begleitung von Demetria und Penthésilée den Hof und steuern ebenfalls das Zimmer von Eleuterio Ruiz an, wo bald ein Kriegs- oder Friedensrat gehalten wird.
Danach bleibt der Hof leer.
Die reizenden trällernden kleinen Mädchen von eben haben offenbar keine Lust mehr, sich in einen Raum zu wagen, der von schreienden und außer sich geratenen, in ihr Babel-Algarabía verfremdeten Erwachsenen heimgesucht wird. Aber obwohl der Hof leer und still bleibt, hört man dennoch nicht das Geräusch des Wassers, weil, wie gesagt, kein Springbrunnen da ist.

In der ehemaligen Kapelle der Jungfrau, deren Apsis, wie jeder weiß, auf die Rue Garancière geht, ist der Ruheraum der türkischen Bäder von Saint-Sulpice eingerichtet worden.
Paula Negri, nur mit einer Simarre aus durchsichtigem hellbeigen Organdy bekleidet, liegt auf einem der zahlreichen Divane neben einer zarten Halbwüchsigen. Sie streicht mit ihren spitzen Fingern langsam über die entblößte Hüfte und Scham des Mädchens, das sie sich gerade im Dampf des besagten benachbarten Bads ausgewählt hat. Das Mädchen ist blond und grazil. Es hat lange Beine, kleine, aber feste Brüste, die sich jetzt hingebungsvoll oder triumphierend aufrichten. Mit feuchtem Blick – selige Zärtlichkeit oder dumpfe Dummheit? Paula weiß es noch nicht – betrachtet sie die halbgeschlossenen Lider und die verkrampften Lippen der imperialen Mulattin, deren Hand

sich jetzt zwischen ihre Schenkel schiebt. Die Halbwüchsige öffnet sich nun mit einem rauhen Stöhnen, ihr Kopf legt sich nach hinten, und in ihrem Blick erscheint wie ein Traum die Szene von Mariä Himmelfahrt an der Decke der Kapelle.
Niemand achtet auf Paula und natürlich auch nicht auf ihre momentane Gefährtin. Die meisten der Männer und Frauen, die sich hier nach dem Dampfbad ausruhen, haben sich ebenfalls gepaart, in Haltungen, die nicht zwangsläufig einen homosexuellen Charakter haben, aber deshalb nicht weniger ausschweifend sind.
Die ehemalige Kirche von Saint-Sulpice – oder Saint-Supplice, wie es, man hat es gesehen, zahlreiche Ausländer der Z.U.P. aussprechen – wurde von der Commune, wir haben es, glaube ich, bereits gesagt, in ein ganz modernes Hydrotherapie-Institut umgewandelt. Zunächst wurde ein großes Schwimmbecken in das Mittelschiff eingelassen. Und dann wurden in den Seitenteilen des Gebäudes sowie in den weitläufigen Krypten ihres Untergeschosses alle möglichen hygienischen oder gymnastischen Einrichtungen angelegt: Duschbäder, Saunas, Turnräume, Massage- und Ruheräume usw. Aber bei all diesen Umbauten wurde die Gesamtstruktur der Kirche, ihre Architektur und ihre Dekoration erhalten und zum Beispiel die Statuen von Pigalle oder Bouchardon weder angetastet noch woanders hingebracht, ebensowenig wie die Gemälde von Le Moyne oder Van Loo. So befindet sich die Doppeltreppenkanzel aus dem 17. Jahrhundert immer noch an derselben Stelle über dem, was das Hauptschiff war und jetzt ein Schwimmbecken ist, das von der Eingangskolonnade bis zur Marmorbalustrade des Hauptaltars reicht, dessen leicht erhöhte Plattform ein künstliches Solarium mit ultravioletten Strahlen geworden ist. Doch von der Höhe dieser Kanzel dringt kein göttliches oder zumindest priesterliches Wort mehr zu dem einfachen Volk herab, sondern der wachsame Blick eines Bademeisters, der die Wasserspiele überwacht, damit er im Notfall sofort eingreifen kann. Ebenso kann man in der umgebauten Kapelle der Heiligen Engel, in der ein Lese- und Videoraum eingerichtet wurde, immer noch die Fresken von Delacroix betrachten.
Und sicher muß man diejenigen unserer Leser, die dazu neigen (man kann sie durchaus verstehen und sogar mit ihrer Betrübt-

heit sympathisieren), sich lautstark über die antiklerikale Pietätlosigkeit der Zweiten Commune zu entrüsten, daran erinnern, daß das Beispiel von weither kommt und daß Saint-Supplice – da haben wir einen Lapsus kanakischer Herkunft, der hier vom christlichen Gesichtspunkt aus einen interessanten Sinn annimmt! – nicht zum erstenmal für profane Aktivitäten entweiht und benutzt wird.

Geschah es nicht hier, um nur ein Beispiel zu nennen, daß den Generälen Moreau und Bonaparte – nachdem dieser heimlich aus Ägypten zurückgekehrt war – am 15. Brumaire 1799, einige Tage vor dem Staatsstreich, ein Bankett mit achthundert Gedekken offeriert wurde? Den zeitgenössischen Gazetten zufolge erschien Bonaparte nur einen Moment auf dem Fest, obwohl er dessen einziger Held war. Er wirkte finster und zerstreut. Er soll sich mit Moreau zurückgezogen haben, nachdem er folgenden Trinkspruch ausgebracht hatte: *Auf die Vereinigung aller Franzosen!* Und der General Moreau überbot diesen Zynismus und diese Heuchelei noch, indem er seinerseits ausrief: *Auf alle treuen Verbündeten der Republik!*, Ausrufe, die alle beide beweisen, wie wenig sich der politische Kampf in fast zwei Jahrhunderten geändert hat: immer noch ist es die Vereinigung, die beschworen wird, wenn man nach der Devise *Teile und Herrsche* handeln will; immer noch ist es die Republik, die beweihräuchert wird, wenn man sie erdrosseln will!

Aber nicht an Bonaparte, man ahnt es, dachte Paula Negri in diesem Augenblick. Wußte sie überhaupt, daß der Korse (»o strähnige Haare!«, denkt der ERZÄHLER in Erinnerung an eine frühere Lektüre) an diesem historischen Ort vor fast zwei Jahrhunderten wie ein zukünftiger Herr Frankreichs gefeiert worden war? Nichts ist weniger sicher. Sicher ist dagegen, daß ein solches Wissen gerade in dem Augenblick, wo die schöne Mulattin mit einer gewissen Schamlosigkeit in diese Erzählung eindringt, von keinerlei Nutzen gewesen wäre.

Dennoch kann man die Beschreibung der Zärtlichkeiten, mit denen Paula ihre junge Freundin beglückt, nicht in dem Moment wiederaufnehmen, wo wir zu ihnen zurückkehren. Denn Rafael Artigas und Pedro Vargas sind gerade in den Ruheraum eingedrungen (schon wieder! Ist die Wiederholung dieses zweideutigen Wortes nicht verdächtig?) und gehen sicheren Schrittes auf

das Lager zu, auf dem die, ach, für männliche Huldigungen unzugängliche schöne Mulattin und ihre Gefährtin sich rekeln und ergötzen und umarmen.
Paula Negri bemerkt die Eindringlinge erst in dem Augenblick, als Artigas sie entschlossen, keineswegs aber brüsk an der Schulter anfaßt und ihr Gesicht von den gespreizten langen Beinen ihrer blonden Partnerin wegdreht. Sie hebt wütend die Augen, hält aber in letzter Sekunde den Fluch zurück, den sie dem Unverschämten, wer es auch sei, zugedacht hatte. Es war Artigas, und sie empfand für diesen eine ganz besondere Zuneigung und Hochachtung. Sie wußte außerdem, daß der Spanier niemals gewagt hätte, sie bei ihrer Lust zu stören, wenn nicht ernsthafte Umstände es erforderten.
»*Qué tu quieres, hombre?*« sagt sie mit ihrer tiefen singenden karibischen Stimme.
»*Te necesito!*« antwortet er kurz.
Das stimmt, er braucht sie.
Sieben Jahre früher war sie in der Morgenröte vor ihm aus dem Ozean gestiegen. Er lief über den Sand des flachen Ufers der Pinieninsel, auf dem dornige Pflanzen mit glitzernden samtigen Blüten wuchsen. Er hatte sich einige hundert Meter vom Hotel *Colony* entfernt, nachdem er durch eine dumpfe Beklommenheit zu früh erwacht war. Plötzlich kräuselte sich das glatte Wasser von Arm- und Beinbewegungen und schäumte auf. Er hatte im trüben Licht der Frühe verwundert hingesehen. Man badet gewöhnlich in Kuba nicht an ungeschützten und unüberwachten verlassenen Stränden aus Angst vor Haien. Aber eine nackte Frau richtete sich einige Schritte vor ihm auf, der das Wasser bis zu den Knien reichte. Eine kupferne Venus entstieg den Wogen.
So war er Paula Negri vor sieben Jahren an einem Strand der Pinieninsel begegnet.
»Ich kenne dich«, hatte sie gesagt und mit beiden Händen ihre nassen Haare hochgehoben. »Du bist bei den Schriftstellern im *Colony.*«
So war es: Er war bei den Schriftstellern im *Colony*. Er gehörte im Januar 1968 einer literarischen Jury der *Casa de las Américas* an. Man hatte sie dort untergebracht, in diesem Luxushotel für amerikanische Touristen, dessen Einweihung genau am Tag des

Einmarschs der castristischen Kolonnen in Havanna hatte stattfinden sollen. Es hatte also niemals Touristen dort gegeben, und die revolutionäre Regierung nutzte diese Einrichtung für ihre Ehrengäste.
Aber in diesem Jahr schwebte der unheilvolle Schatten des Todes ungreifbar über den Gästen im *Colony*. José-Maria Arguedas hatte sich einige Jahre später in Lima das Leben genommen. Rodolfo Walsh war in Argentinien verschwunden. José Revueltas war nach langen Monaten ungerechter Einkerkerung in Mexiko gestorben. Alle drei gehörten in diesem Jahr zu der Schriftstellergruppe im *Colony*.
Artigas erinnert sich nicht, den unheilvollen und nebelhaften Schatten des Todes unter ihnen bemerkt zu haben. Jedenfalls hat er ihn nicht im Blick von Arguedas gesehen, der von einer geduldigen, hartnäckigen, unendlichen Sanftheit war. Doch zur Essenszeit, als sie sich in der Bar oder um das Schwimmbecken herum versammelten, nach langen Stunden der Einsamkeit, in denen sie die Manuskripte der der Jury vorgelegten Romane lasen, mußte der Schatten des Todes unter ihnen umgegangen sein, ironisch oder feierlich. Wieso hatte er ihn nicht erkannt? Warum hatte er nicht mitten im Getöse ihrer Gespräche seine Stille gehört? Wie dem auch sei, in jenem Jahr kam der eisige Schatten des Todes langsam über Kuba, über die kubanische Revolution.
Heute ist Paula Negri von ihrem Ruhebett in der ehemaligen Kapelle der Jungfrau von Saint-Supplice aufgestanden. Sie legt ihre beiden Hände auf die Schultern von Artigas und lehnt ihre Stirn an die Wange des letzteren: zwischen ihnen ist das eine vertraute Geste.
»Erzähl«, sagt sie.
Sieben Jahre zuvor, als sie bei der Morgenröte aus den salzigen Wogen stieg in ihrer prächtigen Nacktheit, hatte sie dieselbe Geste gemacht. »Haie fressen nur kleine Weiße!« hatte sie lachend gesagt, als er sich darüber wunderte, daß sie allein in einem weder überwachten noch geschützten Meer schwamm. Dann hatte er seine Hände auf die Hüften dieser Unbekannten gelegt und mit einer wilden besorgten Inbrunst ihre Rundung gestreichelt. Wer wird die morbide Sanftheit der Haut einer blonden Mulattin in der venusischen Umgebung des Schoßes

ausdrücken können? Guillermo Cabrera Infante würde das bestimmt können. Aber er gehörte in jenem Jahr, im Januar 1968 nicht zu den Schriftstellern im *Colony*: er hatte sein Land bereits verlassen, es voller Traurigkeit, sicher voller Verzweiflung der Erosion der Geschichte überantwortet.

Paula also hatte sieben Jahre zuvor ihre Hände auf seine Schultern gelegt an jenem verlassenen Strand der Pinieninsel, wo Sukkulenten blühten. *»Lástima«*, hatte sie gesagt, *»que tan sólo me gusten las mujeres!«* Er hatte gelacht und ihre Hüften gestreichelt. *»A mí también«*, antwortete er, *»éso al menos tenemos en común!«*

Aber dem ERZÄHLER fällt plötzlich auf, daß alle Leser dieser Erzählung vielleicht nicht in der jetzt verschwundenen Z.U.P. gelebt haben und daher nicht die Sprache des Einarmigen von Lepanto verstehen: er übersetzt also *illico* die vorangegangenen Sätze zugunsten eines möglichst breiten Verständnisses, und selbst wenn das dem Verismus schadet, der einen der Einsätze dieses Schreibunternehmens bildet.

Paula hatte also sieben Jahre zuvor gesagt: »Schade, daß ich nur Frauen goutiere!«, worauf Artigas geantwortet hatte: »Ich auch: das wenigstens haben wir gemeinsam!« Daraufhin hatte die junge Frau schallend gelacht. Sie hatte sich an Artigas geschmiegt und dabei auf seiner Stoffkleidung die feuchte Salzspur ihres Körpers hinterlassen.

Aber sie ist von ihrem Ruhebett in Saint-Supplice aufgestanden. »Erzähl«, hat sie gesagt. Artigas zeigt auf die aufgelösten Gruppen und Paare, die sie umgeben. »Gehen wir woandershin«, antwortet er.

Alle drei gehen also fort, die beiden ergrauten Spanier und die karibische Venus in einer durchsichtigen Simarre. Als sie aus der Kapelle treten, dreht sich Paula zu dem verlassenen Mädchen um.

Sie schickt ihr mit den Fingerspitzen einen Kuß und bittet sie mit zarter, aber gebieterischer Stimme, auf sie zu warten.

Die Diskussion bei Eleuterio Ruiz war lang und stürmisch gewesen. Und um so mehr das eine wie das andere, als sie sich in Form einer offenen Generalversammlung abspielte, unter Beteiligung der kleinen hispanischen Schar, die sich an diesem Vormittag, aus Zufall oder Beunruhigung oder beidem – anders

gesagt dem Zufall der Beunruhigung und der Beunruhigung des Zufalls – im Hof des Hôtel du Buisson eingefunden hatte. Einige Dutzend Spanier hatten sich also in der Wohnung von Eleuterio und dem Flur des letzten Stocks zusammengedrängt. Jeder hatte seinen demagogischen oder delirierenden Senf dazugegeben, und die Versammlung drohte mehrfach übel zu enden. Oder im Gegenteil, endlos zu werden und überhaupt nicht zu enden.
Abgesehen von den versponnensten oder unverantwortlichsten Haltungen hatten sich schließlich zwei Lager gebildet. Auf der einen Seite jene, die einen vernichtenden Gegenschlag gegen Jo Arestis Banditen befürworteten. Auf der anderen Seite jene, die der Meinung waren – obwohl sie ganz wie die ersteren Perséphones Entführung für den Teil eines Gesamtplans zur Liquidierung von Einfluß und Ansehen der Männer von Eleuterio Ruiz in der Z. U. P. hielten –, daß es günstiger wäre, über die Befreiung des Mädchens zu verhandeln, ohne deshalb einen punktuellen Rückgriff auf die Gewalt zur Unterstützung besagter Verhandlung auszuschließen.
Im ersten Lager fand man natürlich Demetria und die über die machistischen Aspekte dieses Raubs erbitterten Amazonen. Im zweiten Artigas, Vargas und Eleuterio Ruiz selbst. Als Pirulí, der zunächst für Unnachgiebigkeit war, das Lager wechselte und sich nach einer Stunde der Beschimpfungen und leidenschaftlichen Argumente den Vorschlägen der Verhandler anschloß, war eine Wende in der Diskussion erreicht. Denn Antonios Meinung hatte, wir haben es bereits gesagt, ein erhebliches Gewicht unter den Spaniern der Z. U. P. Von nun an bewegte man sich langsam, aber sicher auf den Sieg der Strategie des Austausches hin.
In diesem Moment wurde Penthésilée von einem heiligen Zorn gepackt.
»Austauschen?« schrie sie. »Wie schlau! Aber was denn austauschen? Oder wen? Oder was ist das? Was wollt ihr Aresti zum Austausch für Perséphone anbieten? Ihr habt doch nichts oder niemanden, der ihn interessiert?«
Ein großes ratloses Schweigen kam über das gegnerische Lager.
An dieses konkrete, aber dennoch entscheidende Detail hatten sie bis jetzt nicht gedacht. Sie hatten mit dem Gedanken des Austauschs jongliert, sie hatten dialektisch die Argumente ihrer

Gegner zerpflückt, sie hatten abstrakt die Vorzüge einer gleichzeitig auf Verhandlung und Gewalt fußenden Taktik gepredigt (und Antonio el Pirulí hatte, als er ins andere Lager überging, diese Politik mit Hilfe einer volkstümlichen Redewendung formuliert: *A Dios rogando y con el mazo dando,* was ungefähr heißt: »Beten wir zu Gott, und schlagen wir mit dem Knüppel zu«), aber im Rausch der Diskussion und des dialektischen Triumphes hatten sie nicht daran gedacht, daß man irgend jemanden oder irgend etwas finden müßte, das man gegen Perséphone austauschen könnte.
Nach einigen Sekunden benommenen, ja vielleicht sogar kleinlauten Schweigens fingen alle gleichzeitig an zu sprechen. Alle hatten dazu etwas zu sagen. Selbst die Befürworter der Unnachgiebigkeit, die der Front der Ablehnung und des Kampfes fingen plötzlich Feuer und begannen die Namen der Personen vorzuschlagen, die man austauschen könnte. Pirulí selbst schlug mitgerissen von seinen antiklerikalen Obsessionen vor, den forschen Dominikaner François-Xavier DuDimanche zu entführen, wenn er sich in die Kirche Saint-Nicolas-du-Chardonnet begab, um dort die Messe von Lepanto zu zelebrieren, und ihn an Aresti zu verschachern. War er nicht vor seiner aufsehenerregenden Konversion ein auf die Obsessionen der hispanischen Erotik spezialisierter hervorragender Pornograph gewesen? Jo Aresti, sagte Pirulí, würde im *Envers du Paradis* sicher für ihn Verwendung finden, wenn man an die Zahl und den nicht weniger beträchtlichen Reichtum der dieses Etablissement besuchenden spanischen Touristen denkt.
Aber Demetria, die Matriarchin, fegte diese Hypothese mit einer verächtlichen Gebärde weg.
»Aresti«, sagte sie, »braucht niemanden zur Verwaltung seines unterirdischen Bordells! Und schon gar nicht diesen Kretin von Mönch, der schon die größte Pfeife war, als er sich Anarchist nannte! Eleuterio und ich haben es immer abgelehnt, ihn zu den unseren zu zählen. Warum wollt ihr, daß der Korse meine Tochter gegen diesen Wichser austauscht?«
In Wirklichkeit hatte Demetria *tonto del culo* gesagt und nicht »die größte Pfeife«, da ja die Diskussion auf kastilisch stattfand. Anders gesagt, wenn man wörtlich übersetzt, hatte Demetria den Mönch als »Idiot von Arsch« und überhaupt nicht als

»Pfeife« traktiert. Aber der ERZÄHLER – vorausgesetzt, daß diese Anrede nicht zwangsläufig eine einzige Person männlichen Geschlechts bezeichnet oder verdeckt: vielleicht handelt es sich um eine Gruppe von Erzählern, unter denen einer zumindest eine wäre – der ERZÄHLER also hat jetzt weder Zeit noch Lust, seine eigene Version des Ausdrucks *tonto del culo* zu rechtfertigen, ebensowenig wie die Möglichkeit einer semantischen Abschweifung hinsichtlich der Unterschiede oder Analogien zwischen den verschiedenen sexuellen und genitalen Referenten der einzelnen Volkssprachen.

Der ERZÄHLER muß ruckzuck zur Rue Dauphine zurückkehren; oder besser noch, seien wir genauer: der ERZÄHLER kehrt, koste es, was es wolle, aber prompt in die sogenannte Kapelle der heiligen Engel in Saint-Supplice zurück, wo Artigas dabei ist, Paula Negri die Ereignisse des Vormittags zu erzählen und die Schlußfolgerungen, die bei der Versammlung in der Rue Dauphine daraus gezogen worden sind.

Im ehemaligen Hôtel du Buisson hatte sich nämlich die Mehrheit der Teilnehmer schließlich dem Gedanken des Austauschs angeschlossen. Jetzt mußte irgend jemand oder irgend etwas zum Austausch gegen Perséphone gefunden werden, das war alles. Aber das war nicht nichts. In diesem Moment, in der allgemeinen Unsicherheit, die durch ein Sich-ständig-im-Kreise-Drehen langsam zur Ratlosigkeit wurde – wie eine Mischung aus Öl und Eigelb zu Majonäse wird –, hatte Pedro Vargas eine geniale Idee gehabt.

»Sag es selbst«, sagt Artigas und dreht sich zu seinem Landsmann um.

Der Landsmann hörte zerstreut auf den Bericht von Artigas und sah sich dabei das Fresko von Eugène Delacroix auf der linken Wand der Kapelle oder vielmehr der vormaligen Kapelle an. Sie saßen alle drei in der Mitte derselben, und Paula wandte der fraglichen Mauer den Rücken zu. Sie hätte die Szene des aus dem Tempel vertriebenen Heliodor vor Augen gehabt, wenn sie sie hätte erheben wollen. Aber hinter der dem zwangsläufig knappen Bericht von Artigas lauschenden Frau konnte Pedro Vargas Jakobs Ringen mit dem Engel betrachten, zunächst beinahe gleichgültig, mit einem vielleicht mechanischen oder lediglich von der räumlichen Perspektive ihrer Sitzordnung bestimmten

Blick. Bald jedoch fing Vargas an, sich für die Details und für den Sinn des Freskos zu interessieren, beeindruckt von der merkwürdigen Kraft, die davon ausging.
Als Artigas ihn auffordert, selbst zu erzählen, welchen Einfall er zu Perséphones Austausch gehabt hat, entsteht bei Pedro Vargas gerade der unwiderstehliche Wunsch, mehr über dieses Gemälde zu wissen. Später, im Laufe dieses ebenso ereignis- wie todesschwangeren Tages, wird Vargas seinen Freund um Aufklärungen zu diesem Thema bitten. Dieser wird ihm einige Seiten von Baudelaire vorlesen (sie werden sich dann gerade bei Paula Negri in der Rue Mazarine befinden, und man wird deutlich den Widerhall der Stimmen und der Musikinstrumente der Truppe hören, die unten im Saal des *El Alcazar* die auf dem Plakat angekündigte nächste Show probt: eine federleichte oder vielmehr federnackte, weil keß entkleidete Version von *La Corte de Faraón,* einer *Zarzuela* oder spanischen Operette von treffender sprachlicher Schlüpfrigkeit, voller Mehrdeutigkeiten, Doppelsinn und Hintersinn, die man jedoch bis jetzt immer ganz zugeknöpft gespielt hat; und Artigas wird aus einem Regal von Paulas Bibliothek den Pléiade-Band der Werke Baudelaires genommen haben, um die erwähnten Seiten laut vorzulesen), die die Wandmalereien von Delacroix beschreiben: »... im Vordergrund liegen auf der Erde die Kleidungsstücke und die Waffen, die Jakob abgelegt hat, um mit dem geheimnisvollen Mann zu ringen, der ihm vom Herrn geschickt wurde...«
Aber es ist vielleicht unpassend, mehr darüber zu sagen, weil sich das zu einem viel späteren Moment des Tages und demnach auch der wahrheitsgetreuen Erzählung abspielt, die hier dessen Ereignisse berichtet.
Wie dem auch sei, Pedro Vargas löst die Augen von dem klaren Bach, der sich in Kaskaden ergießt, von den letzten Reihen der Karawane, die Esau die reichen Geschenke Jakobs bringt. Er wendet seinen Blick von letzterem ab, der wie ein Sturmbock nach vorne gebeugt ist, sich gegen das gelassene Gesicht des Engels stemmend, und er wendet sich an Paula, um ihr zu erklären, was sein Einfall – den er natürlich nicht als genial bezeichnet – zu Perséphone gewesen ist.
Tatsache ist, daß Vargas wegen seinen Funktionen im Selbstverteidigungskomitee der Z.U.P. die Ereignisse dieses Vormittags

am Carrefour Croix-Rouge sofort erfahren hat. Er hat die Entführung von Yannick de Kerhuel durch die Maos von Le Mao erfahren. Eine kurze Nachforschung bei den portugiesischen Frauen, die im *Envers du Paradis* morgens putzen, hat ihm ermöglicht zu erfahren, daß Jo Aresti diese Nachricht sehr schlecht aufgenommen hat. Er hat offenbar gebrüllt, getobt, gewettert in den unterirdischen Gängen seines Höllenreichs. Er hat mit lauter und verständlicher Stimme äußerst raffinierte Rachepläne verkündet, deren Sühneopfer Auguste Le Mao wäre. Aber diese Wut läßt sich nach Vargas ganz leicht erklären. Aresti ist nicht nur öffentlich gedemütigt worden, weil Yannick de Kerhuel ihm mitten in seinem Territorium vor der Nase weggeschnappt worden ist, sondern auch der finanzielle Verlust, der diese Entführung darstellt, scheint, zumindest nach den eingeholten Auskünften, beträchtlich zu sein. Aresti soll nämlich mehrere zigtausend Francs an die italienische Mafia gezahlt haben, um die Überführung von Yannick in sein Lustetablissement zu erreichen.

»Also«, sagt Vargas abschließend, »das ist ganz einfach: wir tauschen Perséphone gegen Arestis Hure aus!«

Paula Negri nickt. Ein kleines Detail beschäftigt sie jedoch.

»Ihr glaubt, daß Le Mao euch die Vicomtesse schenken wird?«

Eine süße Wärme hat sich in Paulas schönem Schoß verbreitet, als sie Yannick de Kerhuel erwähnte. Denn sie kennt ja ganz genau die Legende und den Ruf letzterer und träumt plötzlich von ihrer Eroberung.

Vargas antwortet ganz ruhig.

»Entweder läßt sich dieser Idiot überreden, oder sie wird ihm mit Gewalt weggenommen!«

»Lassen wir die zweite Möglichkeit beiseite«, sagt Paula. »Es wird immer noch Zeit sein, darauf zurückzukommen. Aber warum sollte sich Le Mao überreden lassen?«

Jetzt greift Artigas ein.

»Der Austausch der Frauen, die Verhandlung«, sagt er, »ist nur einer der Aspekte des Gegenschlags, zu dem wir Le Mao anstiften werden. Entscheidend ist, daß wir unsere Kräfte sammeln und Arestis Reich zerstören! Und dazu kann man die Maos überreden!«

Paula Negri dagegen scheint nicht überzeugt.
»Vielleicht«, sagt sie. »Aber was soll ich dabei tun?«
Artigas erklärt ihr, was sie in der gegenwärtigen Verhandlungsphase von ihr erwarten. Zunächst, da sie ja im *Envers du Paradis* aus und ein geht, kann sie vielleicht Aresti aufsuchen und mit ihm über den Austausch sprechen, um seine Reaktion herauszubekommen.
Paula Negri reizt diese Rolle, die man ihr vorschlägt. Nicht allein wegen der Rolle selbst natürlich. Auch deshalb, weil sie ihr mit Sicherheit ermöglichen wird, Yannick de Kerhuel zu begegnen. Sie betrachtet Artigas mit einem merkwürdigen Lächeln. Ein zartes und zugleich grausames Lächeln: das Lächeln der Jägerin, die sich anschickt, auf eine zuerst betörte Beute zu springen.
Sie sieht Artigas an, schon angeregt von den persönlichen Plänen, die sich in dieses Abenteuer einfügen. Aber ihr Lächeln erstarrt unversehens. Sie hat gerade im linken Auge von Artigas, und genauer noch in einem offenbar angeborenen blauen Fleck seiner nußbraunen Iris, eine düstere Flamme entdeckt, die sie genau kennt, einen leichten Schatten, von dem sie jetzt alles genau weiß.
Sie hat gerade im linken Auge des Spaniers ein untrügliches Zeichen bemerkt: er wird noch heute sterben. Paula sitzt wie versteinert da. Ein eisiger Wind dringt unversehens zu ihrem Herzen.

## 5.

Anna-Lise ist es gelungen, die eisernen Läden vor den Fenstern des Badezimmers etwas zu öffnen.
Sie wirft einen kurzen Blick durch die so entstandene enge Schießscharte.
Das Badezimmer der Wohnung von Artigas geht auf den Hof des Hauses. Von dort aus kontrolliert Anna-Lise nicht nur die Rückseiten der Wohnungen, sondern auch das Treppenhaus, das auf jedem seiner Absätze von einem hohen und breiten Fenster erhellt wird. Auf dem zweiten, das heißt im Stock darunter, erkennt sie die Schatten der Korsen, die vorhin versucht haben, den Haupteingang aufzubrechen. Nach dem Scheitern ihres ersten Angriffs sammeln sie sich dort, auf dem Treppenabsatz des zweiten Stocks, offenbar wieder zu einem neuen Versuch.
Anna-Lise schiebt vorsichtig den Lauf ihrer Kalaschnikow durch die Spalte der nur leicht auseinandergeschobenen Fensterläden. Sie drückt auf den Abzug des Sturmgewehrs und schießt eine Salve auf das Fenster des Treppenhauses ab, wobei sie die Waffe von oben nach unten und von links nach rechts bewegt, um einen möglichst breiten Raum zu belegen.
Sie macht sofort die gepanzerten Läden wieder zu, aber sie hat noch Zeit, das Gebrüll und Gefluche auf dem Absatz des zweiten Stocks zu hören. Arestis Banditen kennen offenbar die Topographie der Lokalitäten nicht gut, sie sind von dieser mörderischen Salve überrascht worden, die sie von hinten getroffen hat.
Anna-Lise rennt zum Eingang der Wohnung zurück, wo sie auf Carlos stößt.
Dieser hatte kaum eine Stunde früher an der Tür geklingelt. Gleich im Vorzimmer war Carlos erstarrt stehengeblieben und hatte die Ohren gespitzt.
»Spricht er jetzt schon mit sich selbst?« hatte er Anna-Lise gefragt.
Im Nebenzimmer konnte man tatsächlich die Stimme von Artigas hören. Eine eintönige, manchmal keuchende Stimme mit einem seltsam metallischen Unterton.
Anna-Lise hatte lächelnd den Kopf geschüttelt.
»Aber nein! Das ist das Tonbandgerät«, hatte sie erklärt.

Carlos hatte dann die Schwelle des mit Büchern vollgestopften Nebenzimmers überschritten. Eine Herbstsonne beleuchtete goldbraune Regale.

*... in diesem Raum schliefen wir als meine Mutter noch am Leben war Zwei Fenster nach der Straße Alfonso XI Habe ich es bereits gesagt? Oder vielmehr Zwei Fenstertüren auf ziemlich breite Balkons mit Balustraden aus behauenem Stein Gegenüber war ein Gebäude von irgendeiner Verwaltung Dort jedenfalls wurden die Ziehungen der Nationallotterie vorgenommen Weihnachten für die Ziehung des Großen Preises* El Gordo de Navidad *Das große Weihnachtslos Die Leute standen die ganze Nacht vor der Ziehung Schlange Um gute Plätze im Saal zu haben nehme ich an Oder aber um diese Plätze an faule aber auch begütertere Leute weiterzuverkaufen Die Nacht war kalt Die Leute machten auf den Bürgersteigen Feuer Sie wärmten sich die Hände an der rötlichen Glut wie sie sich die Seele an der Hoffnung auf ein Wunder wärmten das die Millionen des großen Weihnachtspreises auf sie niederregnen lassen würde.*

*Aber dort sagte ich dir*

*Dort...*

Anna-Lise hat auf einen Knopf gedrückt und das Abspulen des Tonbandes unterbrochen.

»Kurz«, sagt Carlos, »er erzählt dir sein Leben!«

Sie ist von einem irgendwie aggressiven oder grimmigen Zittern im Hintergrund seiner neutralen Stimme überrascht. Sie nickt affirmativ. Oder vielmehr dubitativ: ist es denn wirklich sein Leben, das er erzählt?

»Was hast du damit vor?« fragt Carlos. »Du mußt Stunden um Stunden von Interviews haben!«

Sie lächelt, zufrieden.

»Stunden um Stunden, ja! Ein endloses Interview, sozusagen. Oder ein endloser Monolog. Und dann Hunderte Seiten von Entwürfen, Notizen, unvollendeten Werken. Um eine Doktorarbeit damit zu schreiben. Oder einen Roman, ich weiß noch nicht.«

Er sieht sie an.

»Hat er von seinen Gedichten gesprochen?« fragt er unvermittelt.

Anna-Lise staunt, daß er auf dem laufenden ist. »Artigas spricht niemals mehr von seinen frühen Gedichten«, sagt sie.
»Ich habe dieses Detail zufällig entdeckt«, sagt Carlos lakonisch.
Da holt Anna-Lise von einem Regal den Karton, wo die lyrischen Manuskripte von Artigas verstaut sind.
»Wann kommt er wieder?« fragt Carlos.
Anna-Lise zuckt mit den Schultern.
»Er ist zum Polizeipräsidium gegangen«, sagt sie. »Ich weiß nichts. Aber ißt er nicht mit dir in der Rue Séguier?«
»Doch, doch, er ißt in der Rue Séguier. Das ist zumindest geplant.«
»Warum dann diese Eile?«
Aber wir werden nicht einfach blöde in diesem erzählerischen Trott fortfahren: es klingelt, sie geht aufmachen, er fragt, ob Artigas mit sich selbst spricht, sie stoppt das Tonbandgerät, er ist sichtlich enttäuscht, daß er nicht da ist, »die Marquise ist um fünf Uhr ausgegangen«. Wir werden nicht versuchen, auf trügerische Weise die Illusion von Realität herzustellen, die darin besteht – zumindest im Bereich des Romans –, den spekulären, spektakulären, kurz, spekulativen Eindruck einer vor unseren Augen abrollenden Handlung, einer vor unseren Augen vorbeiziehenden Zeit zu vermitteln, die man vorbeiziehen hört, wie man das Gras wachsen hört, oder die man vorbeiziehen sieht wie Schleppkähne auf dem Canal de Bourgogne: kurz einer unserem Blick zugänglichen Gegenwart. Wir werden jede Illusion des Zeugenblicks aufgeben, der behauptet, seinem Zeugnis Kraft und Wahrheitstreue zu verleihen, indem er zum Beispiel sagt, daß er alles gesehen habe, mit seinen eigenen Augen gesehen, oder daß er es gesehen habe, wie er Sie sieht, und dabei zu betonen vergißt, daß nur Gott in dieser Weise sehen kann, und Gott schreibt glücklicherweise keine Romane, außer vielleicht, als er sich für François Mauriac hielt. Wir werden also Carlos und Anna-Lise nicht mit dem Blick folgen, jenem göttlichen und heuchlerischen Blick, sie nicht eine konfuse Unterhaltung über den Weggang von Artigas, seine lyrischen Schriften und so weiter anfangen sehen. Ganz und gar nicht. Wir werden sogar die Augen zumachen, als wenn wir die etwas altmodische, aber immer noch fruchtbare Filmtechnik der Überblendung anwen-

deten, die es ermöglicht, Ort, Zeit und sogar Personen zu wechseln, und wir werden sie wieder aufmachen, um nach diesem ontologischen Schnitt Carlos und Anna-Lise in einem Salon der Wohnung wiederzufinden, deren Fenster mit Brettern und Sandsäcken versperrt sind, sicher weil sie auf den Boulevard Saint-Germain gehen.

Carlos hält die *Lettre sur le pouvoir d'écrire* von Claude-Edmonde Magny, 1947 bei Seghers erschienen, in der Hand. Er liest halblaut.

»Erinnern Sie sich an jenen regnerischen Frühlingsabend, wo Sie zu mir gekommen sind und mir erklärt haben, daß Sie niemals Ihre Suche nach der verlorenen Zeit schreiben könnten? Sie waren lange durch die trostlosen Straßen gegangen, bedrängt von all den kleinlichen Enttäuschungen des Tages, und Sie waren wieder einmal von der kaum vergessenen alten Angst der ersten Jugend gepackt worden ...«

Aber Anna-Lise unterbricht ihn.

»Der Abschnitt, von dem ich sprach«, sagt sie, »ist etwas weiter!«

Carlos sieht sie an, er blättert die Seite um, überfliegt diagonal – mit jenem erfahrenen synthetischen Blick eines großen Lesers, dem nichts Wesentliches entgeht, selbst wenn er ein Buch rasch durchblättert, während er ein Gespräch fortsetzt und die Tagesschau sieht – er überfliegt die nächsten Seiten, die zufällig die zehnte und elfte der Broschüre sind. Er hat noch die Zeit festzustellen, daß es um Rilke und um die Rue du Val-de-Grâce, um ihren Geruch nach Pommes frites, um Jodoform und um Angst geht und auch um Keats, und er stößt auf den Absatz, den Anna-Lise gemeint hat.

Kurz vorher hatte Anna-Lise den Karton herausgeholt, wo die lyrischen Werke von Artigas chronologisch eingeordnet waren. Sie hatte bei dieser Gelegenheit Carlos um die Übersetzung jenes Gedichts gebeten, das Artigas einige Tage vorher zu murmeln angefangen hatte, als sie sich die Fotos von Foros ansahen. An jenem Tag, wo ihn die Erinnerung an Judit Szentjóby erschüttert hatte.

*Extiende junto al agua vigilada*
*por blancas enfermeras*
*tu alma vieja ...*

Artigas hatte dieses Gedicht einige Zeit früher gemurmelt, als sie sich zusammen die Fotos von Foros ansahen. Der betreffende Text war Teil eines winzigen Hefts von fünfzehn zusammengeklammerten Blättern. Vier dieser Blätter waren aus Durchschlagpapier von ziemlich mieser Qualität in einem verblichenen Blau und an den Rändern vergilbt. Sie enthielten sieben ziemlich kurze Gedichte, rot getippt, entweder weil absichtlich ein Band dieser Farbe gewählt worden war oder weil der schwarze Teil eines zweifarbigen Schreibmaschinenbandes sich als zu abgenutzt, also unbenutzbar herausgestellt hatte. Die Gedichte waren von eins bis sieben durchnumeriert. Das dritte, das vierte und das sechste zeigten Streichungen und Handkorrekturen. Was die elf übrigen Blätter dieses Hefts angeht, diese von weißer Farbe und von einem Papier bester Qualität, so enthielten sie drei längere Gedichte, die ebenfalls getippt waren, aber diesmal schwarz. Drei Oden in Wahrheit. *Oda a las ropas humildes*, das war der Titel der ersten. Und die beiden anderen hießen *Oda a la propiedad colectiva* und *Oda a las estrellas del Kremlin*.
Oden also, nicht mehr und nicht weniger! Das ist sehr alt, man muß es zugeben.
Aber was auch immer das Interesse von Carlos an diesen alten lyrischen und politischen Gedichten von Artigas war, diesen von Devotion triefenden, nach Heiligkeit duftenden Oden, genau in diesem Moment wollte er etwas ganz anderes wissen. Er wollte wissen, ob es in diesem Karton, den Anna-Lise mit dem sicher legitimen Stolz dessen vorgeführt hatte, dem es gelungen ist, in der chaotischen und überquellenden Anhäufung von Briefbündeln, Manuskripten, Zeitungsausschnitten, Lektürenotizen und persönlichen Aufzeichnungen aller Art, die bis zu ihrer schicksalhaften Ankunft die Akten von Artigas bildeten, eine sowohl thematische wie chronologische Ordnung herzustellen, er wollte wissen, ob es in diesem Durcheinander lyrische Texte auf französisch gab.
Doch das schien nicht der Fall zu sein. Alle von Artigas aufgehobenen und von Anna-Lise sorgfältig geordneten Gedichte waren auf kastilisch. Trotzdem war Anna-Lise davon überzeugt, daß er zu einer bestimmten Zeit auch welche auf französisch geschrieben hatte. Erstens hatte Artigas das bei einem ihrer aufgenommenen Gespräche selbst erwähnt. Und

dann war da noch ein zweiter, unwiderlegbarer, wenn auch indirekter Beweis in jenem Text von Claude-Edmonde Magny, den Carlos gerade durchblätterte.
Hier also die Zeilen, die Anna-Lise nicht entgangen waren, von denen sie Carlos gerade erzählt hatte. Sie standen auf der elften Seite der Broschüre, die 1947 in einer hübschen Edition von dreihundert Exemplaren auf kostbarem Vélin Lafuma bei Seghers erschienen war.
Carlos liest sie halblaut.
»Sie haben sich gefragt, was jenen außerordentlichen, kleinen Pastiches von Mallarmé fehlte (ein Mallarmé, der Proust gelesen und Aragons Prosodie übernommen hätte), die Sie letztes Jahr in drei Stunden fabrizierten und die mich jedesmal entzückten ...«
Carlos liest nicht weiter. Mit zitternden Händen legt er die Broschüre auf einen niedrigen Tisch.
Also im Winter 1941-1942 – die *Lettre sur le pouvoir d'écrire* datiert vom Februar 1943, und Claude-Edmonde Magny spricht darin von Pastiches, die Artigas »letztes Jahr« fabrizierte – also in diesem Kriegswinter in der Welt – ein Jahr später sollte Artigas selbst verhaftet und nach Deutschland deportiert werden – »fabrizierte« ein Achtzehnjähriger in einigen Stunden entzükkende Pastiches von Mallarmé! Und ich, denkt er, ich, Carlos Bustamante Andreu, der zur Zeit der Fabrizierung dieser kleinen Pastiches erst sechs Jahre war; der Artigas, zwar unter einem anderen Namen, noch einem anderen Decknamen, erst 1962 auf einer illegalen politischen Versammlung in Madrid treffen sollte; ich, der erst seit 1972, seit meinen zahlreichen Aufenthalten auf dem Territorium der Commune als Gastprofessor der Volksuniversität regelmäßig mit ihm verkehren sollte; ich, Carlos Bustamante Andreu, hatte heute vormittag den Anfang eines unbekannten Gedichts aufgesagt (aber nein, nicht aufgesagt! Aufsagen setzt Erinnerung an das, was man aufsagt, voraus, will sagen, man hat das auswendig gelernt! Ich jedoch wußte nichts von diesem Gedicht!), ich hatte also heute vormittag den Anfang eines unbekannten Gedichts ausgesprochen, das mich heimgesucht, eingenommen, besetzt, überschwemmt, durchdrungen hatte; und dieses Gedicht, davon bin ich jetzt innerlich überzeugt, konnte nur von Artigas selbst geschrieben worden sein,

und zwar vor sehr langer Zeit, vor mehr als dreißig Jahren, im Laufe einer fernen Jugend, von der sich noch einige fiebrige Spuren aus dem Text von Claude-Edmonde Magny erraten oder ableiten lassen.

*En la soie surannée de dessins sibylline,*
*de laque et jade éteints tissés, ô l'arabesque*
*des verts anciens! Ou bien est-ce que*
*le songe en moi...*

Das waren also die Gedichtfetzen, die heute vormittag in sein Gedächtnis gekommen waren, oder vielmehr: die ins Gedächtnis jenes Anderen gekommen waren, der er manchmal zu sein schien. Fetzen oder plötzlich abgebrochene Fragmente. Oder zensierte. Aber mit einmal, als er diese Klangtrümmer irgendeines alten Spiels vor Anna-Lise, die nichts dafür kann und offensichtlich nichts begreift, von neuem murmelt, taucht plötzlich ein anderer Vers aus dem Vergessen auf (aber nein! wie kann man von Vergessen sprechen, da er ja dieses Gedicht vorher niemals gekannt hat? Wie kann man vergessen, was nicht vergeßbar, was nicht Teil des eigenen Gedächtnisses war?), ist jedenfalls ein anderer Vers schlagartig aus dem Nichts aufgetaucht, ohne daß er natürlich weiß, welches die genaue Stelle im geheimnisvollen Text ist, dessen formale Gesamtstruktur er nicht kennt.

*...drapeaux que l'infini vent froisse...* Das ist der neue Vers oder das neue Versfragment, das plötzlich emporkommt. Aber vielleicht handelt es sich eher um eine zur selben phonetischen Kontinuität gehörende Wortfolge zweier verschiedener Verse, die durch die nicht erkennbare Zäsur eines raffinierten oder ironischen, von der Prosodie des *Crève-Cœur* von Louis Aragon parodierten oder inspirierten Reims getrennt wären?

Machen wir hier halt, wie dem auch sei.

Sagen wir lediglich, bevor wir den Faden der Erzählung wieder aufnehmen, daß Rafael Artigas an dem Tag, als diese Broschüre von Claude-Edmonde Magny in Anna-Lises Hände geriet, während sie sich die Fotos von Foros ansahen und das Schicksal von Judit Szentjóby heraufbeschworen, Artigas also unwillkürlich schallend hatte lachen müssen. Er schwenkte das wiederaufgetauchte Exemplar der Broschüre und lachte. »Hör mal«, sagte er zu Anna-Lise, »hör mal zu, Elizabeth, das ist nicht möglich! Ich hatte dieses Detail vergessen. Aber immerhin ist es mindestens zwanzig Jahre her, daß ich diesen Text vor Augen gehabt habe. Ich hatte diese Anspielung auf Proust vergessen. *Ein Mallarmé, der Proust gelesen hätte*...! Aber 1942 hatte ich Proust nicht gelesen, zum Teufel nochmal, außer den Anfang, *Du côté de chez Swann*! Und ich habe ihn immer noch nicht gelesen! Doch das verfolgt mich wie ein Fluch oder vielleicht Segen, wer weiß? Claude-Edmonde Magny 1943 in dieser *Lettre,* die sie mir schickte... Und Peter Egri, fünfundzwanzig Jahre später in diesem Essay, den du mir aus Budapest mitgebracht hast als Einführung, Losung oder Parole, diesem Artikel, der die Neuinterpretation der proustschen Form in meinem ersten Roman analysiert! Ist das nicht komisch?«

Wie dem auch sei, Claude-Edmonde Magny wohnte in der Rue Schœlcher Nummer 11 b, wenn sein Gedächtnis gut ist. Aber es ist ausgezeichnet, das Gedächtnis von Artigas, selbst wenn er Proust nicht gelesen hat, seien Sie dessen sicher! Und kaum hat er diese Straße in der Stille seines Gedächtnisses erwähnt, während er für Anna-Lise eine paradoxale Abschweifung über die proustschen Formen in der zeitgenössischen Literatur improvisiert, kaum hat er sich die Bilder dieser Straße, den skurrilen Eingang des Hauses, die Aussicht auf den Friedhof Montparnasse, den man von Claude-Edmonde Magnys Atelier aus hatte, wieder ins Gedächtnis gerufen, kaum haben diese schwindenden, phosphoreszierenden Bilder angefangen sich zu entfalten, als eine Musik oder ein Schlager sich darüber oder darunter legt, wie soll man das wissen? Eine Musik jedenfalls, die die Worte eines Antillenlieds begleitet, wo es um die Aufhebung der Sklaverei geht und wo eine leichte, sich in kristalline Anklänge verflüchtigende Frauenstimme singt, daß die Berge grün sind, den Ruhm von Schœlcher besingt. Aber das ist gewiß ein Anachronismus. Diese Musik, diese Stimme gehören einer viel späteren Epoche an. Sie sind Teil eines Films über Victor Schœlchers Leben, den er sehr viel später, Jahre später, gesehen hat.

Zur Zeit der Rue Schœlcher, anders gesagt, zur Zeit der Nazibesetzung, als er manchmal in die Rue Schœlcher ging, traf man dort faszinierende Leute. Dort zum Beispiel hatte er Jean Cavaillès kennengelernt. Aber sie trafen sich nicht immer in der Rue Schœlcher. Manchmal hatten sie sich in den Cafés von

Montparnasse verabredet. Sie stießen regelmäßig auf jenen Doppelgänger Jean-Paul Sartres, der 1942 auf den Terrassen des *Select* oder von *Patrick's Bar* umherging. Regelmäßig fiel Claude-Edmonde darauf herein. Sie sah diesen Doppelgänger Sartres an, der mit einer unermüdlichen und schnellen Feder an einem Tisch schrieb, und sie überzeugte sich schließlich davon, daß sie sich diesmal nicht irren konnte, daß es sich wahrhaftig um den wahren Sartre handelte, den sie offenbar gekannt hatte, als sie beide die Agrégation vorbereiteten. Aber es war niemals der wahre Jean-Paul Sartre. Niemals wenigstens, wenn er mit ihr und ihren Freunden war. Oder mit ihr allein. Niemals, wenn er da war jedenfalls. Als wenn es genügte, daß er da war, damit der wahre Sartre entschwand, die Wahrheit, wenn nicht die Erscheinung wechselte. Immer war es Sartres Doppelgänger, auf den sie stießen. Sie war zutiefst betroffen, Claude-Edmonde. Nicht nur, immer denselben Irrtum zu begehen, immer in dieselbe Falle, an diesen Köder des Wiedererkennens zu geraten, sondern auch, weil sie von ganzem Herzen wünschte, ihm den wahren Sartre vorstellen zu können, für den sie beide eine tiefe Bewunderung hegten. Aber Sartre floh sie tückisch. Er wich diesem Treffen, dieser Begegnung, diesem Gespräch aus, von dem sie träumten und das von brillanter Intelligenz hätte sein können. Er versteckte sich hinter einem unermüdlichen, proteischen und prometheischen Doppelgänger, der ständig von einem Ort zum anderen rannte, um sich ewig zwischen sie und den wahren Sartre zu schieben, mit dem sie, wie sie glaubten, zu sprechen hatten. Artigas war damals in die Lektüre von *L'être et le néant* vertieft, das er noch im Gefängnis, später, wiederlesen sollte. Es war Zeit für die Fragen an Sartre, die Befragungen und sogar Verhöre, denen er ihn unterziehen wollte. Aber der wahre Sartre machte sich unsichtbar, ließ sich in den Cafés von Montparnasse von einem Doppelgänger vertreten oder darstellen, den Claude-Edmonde Magny nicht zu fragen wagte, was sein wirklicher Beruf sei, sicher weil sie fürchtete zu erfahren, daß er keine andere Rolle, keine andere Funktion im Leben hätte, als eben gerade Sartres Doppelgänger zu sein. In Wahrheit der falsche Sartre zu sein. Sofern es natürlich nicht Sartre selbst war, der spielte, sein eigener Doppelgänger zu sein, um sein Alleinsein, seine Intimität zu schützen, um nicht auf die vermutlich voraze, voraginöse und ruinöse Neugier jener Personen antworten zu müssen, die ihn in den Bistros von Montparnasse belästigten, weil sie von ihm verlangten, der wahre Sartre zu sein, während er wahrscheinlich nur danach strebte, sein eigener Doppelgänger oder sein Anderer-sein zu sein, um ein bißchen ontologische Ruhe zu genießen und seine von soviel Eindringlingen bedrohte Identität zu bewahren.

Aber wir werden uns hier nicht unbedacht Hals über Kopf in Mäander verstricken, die nichts mit Proust zu tun haben, da ja Artigas behauptet, daß er die *Recherche* nicht gelesen hat, und es keinerlei Anlaß gibt, sofern man nicht grundlos ungefällig sein will, sein Wort in Zweifel zu ziehen, sondern die ganz einfach die unendlichen Mäander dieser alten Erinnerung sind. Wir wollen ganz im Gegenteil einen plötzlichen Regenguß vom Frühjahr 1942 ausnutzen – *aguacero,* sagt man auf kastilisch, und das wird die Leser von Cesar Vallejo sicher an etwas erinnern, vor allem in der Umgebung des Friedhofs Montparnasse – einen plötzlichen Regenguß auf besagtem Friedhof (Jahre später, das heißt Jahre vor dem Tag im Oktober 1975, der Gegenstand dieser Erzählung ist, aber auch Jahre nach den Besuchen von Artigas in der Rue Schœlcher, als er ein bißchen mit Jean-Paul Sartre verkehrte, um die Mitte der sechziger Jahre, sah man von neuem die Ausdehnung des Friedhofs Montparnasse vom Fenster der kleinen Wohnung aus, die er damals hatte: der fragliche Friedhof war also einer der geometrischen Orte seines Gedächtnisses), Guß oder Schauer, der unsere Sicht trüben und uns zwingen wird, die Augen zuzumachen, um den Geschmack des Regens zu genießen, der genau bei den Antipoden des Geschmacks der Tränen liegt, und wir werden diese geschlossenen Augen, diese Überblendung ausnutzen, um einige überflüssige oder allzu abschweifende Seiten dieser Erzählung zu überspringen und Carlos und Anna-Lise wiederzutreffen, die sich ein Foto ansehen.

Sie sind immer noch im selben Salon mit den versperrten Fenstern. Ein fiebriges Zittern hat Carlos am ganzen Körper ergriffen. Kalter Schweiß bricht ihm aus.

Carlos zittert aber tatsächlich aus tiefster Seele.

Er betrachtet das Foto, das Anna-Lise hastig geholt hat, und er zittert. Er betrachtet die weiße und edle Fassade des schönen

Hauses, das Gartengitter, die blühenden Magnolien, die in durchsonnte Verschwommenheit getauchte Silhouette Anna-Lises, die lupenreine Genauigkeit des vom Objektiv festgehaltenen Gartenhintergrunds: jenen heute verlassenen Tennisplatz zwischen den Bäumen. Das heißt, auf diesem Foto verlassen, das er heute betrachtet.

Und er zittert.

Jetzt wird alles klar. Oder alles wird vielmehr unheilbar dunkel und unentzifferbar. Etwas früher hatte Carlos Anna-Lise schließlich gestanden, weshalb er es so eilig hatte, Artigas zu treffen, woher seine Beklommenheit von heute vormittag rührte. Er hatte ihr von seinem Herumirren oder -vagabundieren im Leben jenes Anderen erzählt, der ihn seit zwei Jahren heimzusuchen oder in ihn zurückzukehren schien und von dem er heute morgen vermutet hatte, daß es Artigas selbst ist. Im Laufe des Gesprächs, während er die Landschaften beschrieb, die bei diesen halluzinierten Reisen regelmäßig wiederauftauchten – er findet kein anderes Wort, aber er, Carlos nämlich, ist durchaus bereit anzunehmen, daß jene Momente offensichtlicher Irrealität die einzigen realen Momente seines Lebens sein könnten, von dem alles übrige nur ein Traum wäre – beim Beschreiben jener wiederkehrenden Landschaften ist Carlos also schließlich auf jenen Park gekommen, auf jene Magnolien, auf jenen Tennisplatz, wo er mit seinen beiden Brüdern spielte, auf jene Leckereien, die von einem deutschsprechenden Butler im Cut serviert wurden, und in diesem Moment hatte Anna-Lise, offenen Munds, völlig aufgelöst, unwillkürlich einen Vornamen ausgerufen: »Siegfried!«

Es hatte Verwirrung gegeben, Carlos war einen Moment wütend geworden, es war zu gegenseitigen Verwahrungen gekommen, aber schließlich hatte sich alles erklärt. Oder vielmehr, alles war endgültig unerklärlich geworden.

Das Foto wenigstens war ein Beweis für die Realität jenes Alptraums. Ein Beweis, daß sie das alles nicht geträumt hatten. Sehen wir uns das Ganze mit einem positiven Auge an, sagten sie sich. Einem Auge, das ebenso objektiv ist wie das Objektiv eben jenes Fotoapparats, sagten sie sich.

Vor fünf Jahren also, wenn man die Sache in einer gewissen Ordnung durchgeht, hatte sie eine Woche Ferien in Holland verbracht, zusammen mit einem gleichaltrigen Reise- und Bettgefährten. Das spätere Schicksal dieses Jungen war tragisch gewesen, aber das ist für unsere Erzählung von keinerlei Interesse. Während sie also mit dem Wagen durch Den Haag fuhren, auf dem Weg nach Scheveningen, wo sie die Nacht verbringen sollten, hatten sie beim Verlassen des Mauritshuis auf einem großen Platz, dem *Plein 1813*, angehalten. Weil Heinz – so der Rufname des Reisegefährten – plötzlich den Wunsch hatte, vor einer blühenden Magnolie ein Foto von ihr zu machen. Ja, die Magnolien blühten. Ich erinnere mich nicht mehr an das genaue Datum jener Ferien in Holland. Merkwürdigerweise sind alle näheren oder praktischen Umstände aus meinem Gedächtnis ausgelöscht. Ich erinnere mich nicht mehr an das genaue Datum jener Reise noch an die Namen der Hotels, wo wir genächtigt haben. Dagegen habe ich die Bilder bestimmter Tableaux, bestimmter Landschaften in meiner Erinnerung. Die Farben einer Barkasse voll exotischer Früchte auf einem Amsterdamer Kanal, zum Beispiel. Wie dem auch sei, jene Reise fand statt, als die Magnolien blühten. Man brauchte nur zu wissen, wann auf dem holländischen Breitengrad die Magnolien blühen, um, zumindest auf einige Tage genau, das annähernde Datum dieser Ferien herauszubekommen. Aber ich sagte dir, Carlos, daß Heinz, als wir um das Denkmal herumfuhren, das in der Mitte jenes Platzes, des *Plein 1813*, steht, jene blühende Magnolie hinter einem Gartengitter entdeckte und sofort den Wunsch hatte, dort hinten, auf der anderen Seite des Platzes, vor jenem Gitter, jener weißen Fassade, jener blühenden Magnolie, ein Foto von mir zu machen.

Und hier ist nun dieses Foto.

Sie betrachten das Foto heute gemeinsam, flatternd vor Erregung. Vor Unruhe auch.

Denn dieses Haus in Den Haag, in dessen Garten die Magnolie blühte, war genau das, wo Artigas zwei Jahre seiner Jugend verbracht hatte. Anna-Lise hatte es zufällig erfahren. Oder vielmehr, nicht ganz zufällig. Sie hatte es sicher zufällig durch eine Frage erfahren, die sie Artigas während ihres langen Verhörs gestellt hatte. Aber die Frage selbst war nicht zufällig gewesen, sie war völlig beabsichtigt. Man könnte fast sagen, sie war programmiert. Anna-Lise stellte nämlich den Schriftstellern, die sie befragte, immer dieselbe Frage: »Von welchen Häusern sind Sie geprägt worden, vor allem im Lauf Ihrer Kindheit?« Eine Frage, die manchmal die schlummernden Gedächtnisse weckte, sagte Anna-Lise, und oft bedeutsame Abschweifungen hervorrief. Wie dem auch sei, eines Tages in diesen letzten Wochen hatte Anna-Lise Artigas diese rituelle oder zumindest routinemäßige Frage gestellt. »Von welchen Häusern ist deine Kindheitserinnerung geprägt worden?« Bei ihm war die Methode wieder einmal fruchtbar gewesen. Die von Artigas heraufbeschworenen Erinnerungen hatten es Anna-Lise ermöglicht, bestimmte Momente seiner Biographie, was ihre intimste Seite anging, greifbarer zu machen. Und im Verlauf dieses Heraufbeschwörens der Häuser aus der Kindheit – die Anna-Lise auf dem Tonband ausführlich aufgenommen und anschließend ganz genau analysiert hatte, so wie ein Astrologe den Zustand der Zwölf Häuser des Himmels bei der Geburt von irgend jemandem untersucht, um die voraussehbaren Folgen für sein Leben abzulesen – und bei diesem Heraufbeschwören also waren die blühende Magnolie und der Garten und der Tennisplatz im Hintergrund des Gartens und alles übrige in der Erzählung von Artigas aufgetaucht. Von diesem Zufall überrascht, hatte Artigas Anna-Lise dann das Foto gezeigt, das Heinz vor fünf Jahren gemacht und das sie als Erinnerung an jene kurzen Ferien aufgehoben hatte. Es gab keinen Zweifel, es war dasselbe Haus! Aber was nur ein bloßer Zufall war, wurde heute etwas anderes, viel Beunruhigenderes. Daß Anna-Lise fünf Jahre, bevor sie Artigas traf, in Den Haag vor dem Haus, in dem dieser gelebt hatte, aufgenommen worden war, mag noch angehen. Aber daß Carlos in den Wachträumen seiner Alterität – jenes Andersseins oder ganz einfach Anderen –, die ihn seit langen Monaten heimsuchten, in der Landschaft oder Umgebung des Gedächtnisses von Artigas herumspukte, das war einfach unglaublich. Das hatte jedenfalls etwas Beunruhigendes, was alle in verstörtes Schweigen fallen ließ, wo ihnen beim Betrachten des Fotos der Boden unter den Füßen schwankte.

»Und wer war Siegfried?« fragt Carlos und bemüht sich, seine Fassung wiederzugewinnen.

Siegfried war nach der Erzählung von Artigas, die Anna-Lise aufgenommen hatte und an die sie sich genau erinnerte, der

Kammerdiener oder Butler der Eltern von Artigas in jenem Haus von Den Haag. Es war ein Österreicher, fügt Anna-Lise hinzu, deshalb sprach er auch deutsch.
Carlos sieht sie leicht irritiert an.
»Findest du das normal?« fragt er.
»Was?«
»Findest du das normal, daß ein Unbekannter deutsch spricht in meinen Träumen oder Heimsuchungen oder Halluzinationen? Die wahrscheinlich nur Erinnerungen von Artigas sind, die mir scheißegal sein können, sich mir aber aufdrängen! Du sagst einfach so: er war Österreicher, deshalb sprach er auch deutsch, als wenn das evident sei!«
»Ich will sagen«, sagt Anna-Lise ganz ruhig, »es ist in gewisser Weise logisch, daß er deutsch spricht, weil er Österreicher war!«
»Und ist es für dich auch logisch, daß er in meiner eigenen Erinnerung spricht, dieser Österreicher, den ich nicht gekannt habe, von dem ich nichts wußte?«
Sie schüttelt ihre kurze blonde Mähne.
»Nein«, sagt sie. »In deinen Erinnerungen oder in deinen eigenen Träumen ist das überhaupt nicht logisch!«
Sie runzelt plötzlich die Stirn.
»Aber warte mal«, ruft sie aus. »Was sagte er denn, dieser Siegfried?«
»Wie?«
»Er sprach deutsch, sagst du«, sagt sie. »Aber was denn?«
Das ist wirklich eine berechtigte Frage.
»Eigentlich sagt er immer dasselbe, dieser Siegfried. Kurz, dieser Kammerdiener im Cut, von dem du sicher zu sein scheinst, daß sein Vorname Siegfried ist... Er fragt uns ständig, ob wir noch etwas anderes wünschten.«
»Erinnerst du dich an die wörtliche Formulierung?« fragt Anna-Lise, die immer alles genau wissen will.
Er nickte.
»Mögen die Herrschaften noch etwas mehr?« sagt Carlos auf deutsch.
»Die Herrschaften?« wundert sie sich.
Zuerst lacht sie laut auf. Dann aber denkt sie daran, daß in einem solchen Haus die Diener ja wirklich sehr zeremoniell sein

mußten. Ihr Lachen bricht plötzlich ab. Dieser distinguierte Butler in seinem königsblauen Cut, der den drei Jugendlichen Leckereien serviert und sie als »Herrschaften« bezeichnet, machte ihr doch auf einmal eher Angst.

Man müßte mit Paula darüber sprechen, denkt sie.

Paula Negri ist bestimmt in der Lage, die offenbar absurden oder eher unheilvollen Fäden dieses Gewirrs zu entwirren. Sie kann in den Sternen und in den Augen lesen, sie entziffert die Zeichen.

»Man müßte mit Paula darüber sprechen«, sagt sie.

Carlos nickt, er hat auch daran gedacht.

Sie werfen einen letzten Blick auf das Foto. Die edle weiße Fassade, die blühende Magnolie, Anna-Lises Silhouette. Im Hintergrund, zwischen den Bäumen, der Tennisplatz. Sie haben beide gleichzeitig denselben Eindruck. Später, wenn sie wieder über diese Episode sprechen, werden sie feststellen, daß sie tatsächlich denselben Eindruck gehabt hatten. Sie haben auf einmal gedacht, daß andere Bilder langsam, aber unerbittlich auftauchen würden auf der glänzenden Oberfläche des Fotos von Heinz mit den leicht verblichenen Farben. Oder vielmehr des von Heinz gemachten Fotos von Anna-Lise vor dem Gitter und der blühenden Magnolie. Sie haben gedacht – oder gefürchtet? oder gehofft? –, daß Bilder der Vergangenheit auf der glatten Oberfläche dieses sonst banalen Fotos auftauchen und sich verdichten, verdeutlichen würden. Vielleicht die verschwommene Silhouette Siegfrieds, der einen der Vorhänge hinter dem großen Fenster des auf der Platzseite in den Garten hineinragenden Salons aufzieht. Vielleicht die Silhouetten von Artigas und seinen Brüdern auf dem Tennisplatz zwischen den Bäumen im Hintergrund des Gartens.

Aber nichts ist passiert.

Und dennoch war der Moment ganz dafür geschaffen, daß etwas passierte. Eben der Moment, genau der Augenblick, der Zeitraum jenes beiderseitigen Blicks auf dieses Foto. Denn in ebendiesem Moment, in genau diesem Augenblick hat Paula Negri im Auge von Artigas das Zeichen für seinen unmittelbar bevorstehenden Tod entdeckt. Sie ist eine Sekunde lang erstarrt, sie hört nichts mehr, betäubt von dem geräuschlosen, eisigen Lärm dieser Offenbarung. Sie war, erinnern wir uns daran, in der vormaligen sogenannten Kapelle der heiligen Engel in Saint-

Supplice. Sie sprach mit Artigas und Pedro Vargas über einen möglichen Austausch zwischen Perséphone und Yannick de Kerhuel. Plötzlich hat der unermeßliche Schatten des Todes das linke Auge von Rafael Artigas erfüllt. In ebendem Moment, in genau dem Augenblick, als einige hundert Meter davon entfernt Carlos und Anna-Lise beunruhigt und verstört ein altes Foto ansahen, als es ihnen für den Bruchteil einer Sekunde vorgekommen war, als tauchte das sicher verschwommene, doch erkennbare Bild von Artigas als Junge auf.
Nichts ist jedoch geschehen, selbst in diesem besonderen Augenblick. Und wenn sie später von all dem mit Paula Negri sprechen werden, wird Artigas tot sein.
Carlos nickt. Ja, man muß mit Paula darüber sprechen, denkt er. Er wirft einen letzten Blick auf das Foto, bevor er es Anna-Lise zurückgibt. Da hört man eine Explosion im Vorzimmer der Wohnung.

Vor kaum einer Stunde also hatten die Korsen versucht, die Eingangstür zu sprengen.
Wie waren Jo Arestis Männer bis zu diesem dritten Stock gelangt, ohne die Aufmerksamkeit der spanischen Wachposten auf sich zu ziehen oder die der zahlreichen Kinder der Gemeinschaft des Dragon, die gewöhnlich in den Innenhöfen dieses Häuserblocks spielten? Diese Frage wurde in der Folge niemals geklärt. Sicher kann man annehmen, daß sie von einer gewissen Komplizenschaft profitierten. Unter dem Personal des *Lotus d'Or* war bestimmt irgendeiner oder – eine bereit gewesen, die Banditen – die wahrscheinlich so getan hatten, als seien sie Kunden des berühmten Duschbad-Bordells – hereinzulassen und dann durch den Wirrwarr der für die Selbstverteidigung eingerichteten Durchlässe und Notausgänge bis zur Hinterseite des Gebäudes selbst zu führen, wo sich die Wohnung von Artigas befand.
Wie dem auch sei, die an der gepanzerten Tür angebrachte Sprengladung war nicht stark genug. Oder wurde ungeschickt gelegt. Tatsache ist, daß die Tür in ihren Angeln und Verankerungen im wesentlichen standgehalten hat trotz den im Mauerwerk des Treppenhauses verursachten Schäden. Der Überraschungseffekt ist also nicht geglückt. Die Korsen konnten nicht

in die Wohnung stürmen. Carlos und Anna-Lise dagegen hatten Zeit, sich zu bewaffnen und das Feuer der Angreifer zu erwidern.
Jetzt, nachdem Anna-Lise das Magazin ihrer Kalaschnikow auf die Banditen geleert hat, die sich nach ihrem ersten Scheitern im zweiten Stock wieder gesammelt hatten, geht sie zu Carlos.
Dieser hat mit Mühe vor die beschädigte, aber noch in ihren Angeln hängende Tür einen schweren Glasschrank mit Regalen voller Bücher geschoben, der sich im Vorzimmer befand. Er hat diese Verbarrikadierung mit Hilfe einiger Sandsäcke verstärkt, die er aus den auf den Boulevard Saint-Germain gehenden Zimmern geholt hat, von denen alle Öffnungen, wir haben es sicher schon gesagt und wiederholt, während der Kämpfe von 68 und der späteren Straßenschlachten mit den Noctardbanden verstopft worden waren.
Hinter dieser imponierenden Sperre postiert, eine Skorpio-MP in der Hand, hat Carlos sich nicht verkneifen können, einen neugierigen Blick auf die Bücher zu werfen, die Artigas in diesem Bücherschrank untergebracht hat. Man muß sagen, daß er dem Reiz von Gedrucktem nicht widerstehen kann, dieser Carlos. Wo es auch sei und gleich, unter welchen Umständen, ein Buch ist in der Lage, ihn von seiner Absicht oder seinem ursprünglichen Plan abzulenken oder sogar abzubringen. Nehmen wir zum Beispiel an, er stieße im Salon einer offenherzigen und entschieden sein Bestes wollenden Frau auf ein seltenes Buch oder eine Dokumentensammlung, von der er viel hat reden hören, die er sogar durch detaillierte Angaben aus zweiter Hand kannte, aber eben gerade nie in der Hand, der ersten oder eigenen, gehabt hatte, dann wäre diese Entdeckung fähig, ihn daran zu hindern, seine Vorteile bis zum Ende auszunutzen. Die fragliche Frau, zunächst überrascht, vielleicht sogar beleidigt – zumindest wenn sie Carlos noch nicht genug kannte, um wissen zu können, daß ein solcher Umweg ihn letztlich nicht daran hindern würde, ihr die letzte Schmach anzutun, wie man bezeichnenderweise sagt, um von der ersten Huldigung zu sprechen –, die fragliche Frau würde also sehen, wie Carlos seine sexuellen Annäherungsarbeiten unterbricht, um sich den ihrerseits total narzißtischen Freuden der Lektüre hinzugeben. Sie würde sehen, wie er das x-beliebige Buch durchblättert, anstatt sofort sie zu entblättern.

Als er sich ein denkwürdiges Mal auf einem Sofa befand, das so tief war wie das Bett eines Flusses, und sich zu einer reizenden Weibsperson mit bereits vor Begierde geschwollenen Lippen umdrehte, eben um diesen Mund mit zartem Finger zu streicheln, einer Geste, die ihm ohne jeden Zweifel, nach den notwendigen oratorischen Präambeln, die in knisterndem und berauschendem Nylon steckenden langen Beine öffnen würde, um ihm auf diese Weise zu ermöglichen, sie an der intimsten Stelle zu streicheln; als sich Carlos also in diesem Augenblick zu ihr umdrehte, hatte er auf dem Regal über dem Sofa die ersten Bände der vollständigen Ausgabe des *Journal* von Henri-Frédéric Amiel gesehen. Mit zartem Finger über die Lippen der dunkelhaarigen Besitzerin des Ortes streichend, wie vorgesehen und sogar erwartet, hatte er mit seiner freien anderen Hand den ersten Band von Amiel aus dem Regal gezogen. Man kann übrigens verstehen, daß er der Versuchung erlag. Carlos hatte nämlich wie jeder andere die bereits veröffentlichten Auszüge von dem *Journal intime* des illustren Genfers gelesen. Er kannte auch die wichtigsten Untersuchungen über Leben und Werk des Schriftstellers, angefangen natürlich bei dem berühmten Essay von Gregorio Marañón, einem spanischen Mediziner und Humanisten von fast enzyklopädischem Wissen. Aber er hatte niemals die Gelegenheit gehabt, den vollständigen Text dieses Monuments der minuziösen und manischen, zwanghaften Introspektion durchzugehen. Und da Gelegenheit ebenso Diebe wie Leser macht, profitierte Carlos davon, um den ersten Band des *Journal* von Amiel (die vollständige Ausgabe, herausgegeben von Bernard Gagnebin und Philippe M. Monnier) auf der Seite aufzuschlagen, wo ein rotseidenes Lesezeichen war, einer Seite, die sich als die zweihundertdreiundsiebzigste herausstellte.

Was er las, fand er übrigens köstlich.

Nach langen und treffenden Betrachtungen über seine philosophischen Arbeitspläne hatte Amiel nämlich folgende Ideen notiert: »Immer *die Einheit der Geschichte und die Geschichte der Einheit* suchen; oder in der Evolution das Prinzip und das Prinzip in seiner Evolution, das heißt Realität und Idealität, Konvergenz und Divergenz, Vereinfachung und Verästelung vereinen; die Pflanze auf ihren Keim und den Keim auf die

Pflanze zurückführen, mit einem Wort, wissenschaftlich *die Identität der Identität und der Differenz* zeigen.«
Völlig begeistert bat Carlos seine Gefährtin, diesen Satz in sein Heft notieren zu dürfen. Die etwas verdutzte Frau fragte ihn schäkernd und bewußt derb, ob er zum Schmökern oder zum Vögeln gekommen sei. »Das eine schließt das andere nicht aus«, hatte Carlos lakonisch, doch konziliant gesagt. Und sich daran erinnernd, daß die Reihenfolge der Faktoren das Ergebnis nicht wirklich verändert, hatte er zunächst mit beachtlichem Erfolg gevögelt, *bis repetita placent.* Erst anschließend notierte er den Satz Amiels, mit dem er Boris Villeneuve aufs Glatteis führen wollte.
Noch am selben Abend, als er ihn auf einer Antillenmusikveranstaltung bei Paula Negri traf, hatte er ihn hereinlegen wollen. Er fragte ihn, ob der oben erwähnte Satz ein Zitat des Vorsitzenden Mao sein könne. Boris Villeneuve, der sicher irgendeinen Hinterhalt ahnte, hatte, darüber nachdenkend, den fraglichen Satz halblaut wiederholt. »Hör mal, Carlos«, hatte er schließlich vorsichtig gesagt, »vom Gesichtspunkt seines Inhalts könnte das ein Hegel-Zitat sein. Also ein Satz von Mao. Jeder weiß, daß der Große Steuermann der letzte lebende Hegelianer ist! Vom Gesichtspunkt des Vokabulars, der semantischen Struktur ist er ganz offensichtlich zu nuanciert, zu polysemantisch, um vom Vorsitzenden Mao stammen zu können. Es sei denn, die Übersetzung oder Transkription stamme von Etiemble, was seinen semantischen Reichtum erklären würde ... Jedenfalls komm ich nicht dahinter, alles für die Katz!«
Diese letzten Worte waren natürlich ein intimer Gag. Carlos kannte die Leidenschaft von Boris für die Katzensippschaft, eine Leidenschaft, die ihn ganz vor kurzem dazu getrieben hatte, unter seinem richtigen Namen Villeneuve eine Übersetzung von *Du liebe Katze* von Lorenz zu veröffentlichen, während er gewöhnlich für solche Arbeiten Pseudonyme benutzte.
Wie dem auch sei, als Carlos Boris gesagt hatte, wer der Autor dieser von dialektischem Wissen durchtränkten Maxime sei, brach Villeneuve in ein fröhliches Gelächter aus. Er nahm sich sofort vor, die Goldader dieses Witzes auszubeuten.
Die Gelegenheit dazu bot sich einige Wochen später in der Rue d'Ulm. In der École normale supérieure fand ein gelehrtes

Seminar über den *Rationalen Kern der hegelschen Dialektik* statt, dessen faszinierende Wortgefechte zwischen Alain Malabar und Étienne Badadiou, den damaligen Galionsfiguren des philosophischen Marxismus-Leninismus, vom gebildeten Publikum sehr goutiert wurden. Während einer dieser Diskussionen – es ging an jenem Tag um den Einfluß der Hegel-Vorlesungen von Kojève in Frankreich – ließ Boris Villeneuve diesen Satz heraus und schrieb seine Vaterschaft – oder Mutterschaft, Gott allein kennt das wirkliche Geschlecht der großen Steuermänner! – dem Vorsitzenden Mao persönlich zu. Dieser Einwurf rief ein regelrechtes Gezeter, eine epistemologische Hysterie hervor. Da ging jedem einer ab, begrifflich natürlich, in allen Ecken. Ohne die Echtheit des Satzes in Frage zu stellen, zog jeder unterschiedliche und sogar widersprüchliche Folgerungen daraus, die jedoch alle zu brillanten Höhenflügen Anlaß gaben. Malabar und Badadiou waren um ein Haar handgreiflich geworden, zumindest metaphorisch, als Boris mit ernster und untröstlicher Stimme ausrief, daß er seine Karteikarten verwechselt habe, daß man ihm verzeihen möge, daß er natürlich zur Selbstkritik bereit sei, aber daß der fragliche Satz in Wirklichkeit am 5. Mai 1848 vom vornehmen ichsüchtigen Genfer Henri-Frédéric Amiel stamme. Dem Schweigen, das auf diese Erklärung folgte, bestätigt von einer Fotokopie der fraglichen Seite des *Journal intime*, die Villeneuve im Diskussionssaal herumreichen ließ, diesem tödlichen Schweigen folgte ein Ausbruch heiligen Zorns bei den maoistischen Philosophenlehrlingen, und Boris verdankte sein Heil nur seiner Kaltblütigkeit. Er entging einer physischen und nichtsdestoweniger umerziehenden Züchtigung, doch seine Teilnahme an den Seminaren der Rue d'Ulm wurde ihm von nun an endgültig untersagt.

Aber es ist Zeit, diese Abschweifung zu beenden.

Gewiß wäre es aufschlußreich, vielleicht sogar unterhaltend, etwas ausführlicher über die intellektuellen Diskussionen der siebziger Jahre in der heute verschwundenen Z.U.P. zu sprechen. Wir müssen jedoch eiligst und auf der Stelle in das Vorzimmer von Rafael Artigas zurückkehren.

Der Leser erinnert sich, daß Carlos, nachdem er einen schweren Glasschrank vor die beschädigte Tür geschoben hatte, sich trotz den Gefahren der Stunde nicht verbeißen konnte, einen gierigen und gefräßigen Blick auf die Bücher zu werfen, die dort aufgereiht waren. In der Stille dieses Augenblicks vorübergehender Ruhe, während die Korsen sich wieder sammeln und Anna-Lise langsam auf das Badezimmer zu kriecht, wobei sie die Kalaschnikow hinter sich herzieht – für den Fall, daß es irgendeinem Scharfschützen Arestis gelungen wäre, von der Hofseite her auf die Dächer des Gebäudes zu steigen, um auf diese Weise von oben Einsicht in einen Teil der Zimmer von Artigas zu haben –, in dieser vorübergehenden Stille also hat Carlos in aller Eile mit geübtem Auge den Inhalt der Bibliothek erfaßt.

Er erkennt zuerst die Masse von Wörterbüchern aller Art (lateinischen, griechischen, hispanischen, germanischen, romanischen, historischen, biographischen, etymologischen, analogischen, ganz zu schweigen natürlich vom *Trévoux* und von den ersten Bänden der *Trésors de la Langue Française*), die einen Teil der Regale füllen. Dann nimmt er eine Menge Bände der Reihe Budé wahr. Zwischen diesen sieht er einen, der aus der Reihe genommen und nicht wieder zurückgestellt, sondern quer auf die anderen gelegt worden ist. Er holt ihn sofort heran, und es handelt sich um Ovids *Remedia amoris*.

Carlos lächelt selig.

Er hat viel Ovid getrieben, man weiß es bereits. Das freut ihn, daß Artigas ihn auch treibt. Aber die *Remedia amoris* ist nicht das Werk des lateinischen Dichters, das er am besten kennt. Vermutlich weil er niemals Heilmittel nach seinem Geschmack gegen die Spiele von Eros gesucht hat. Er schlägt das Bändchen auf und liest laut die erstbesten Verse, auf die sein Blick fällt. Später wird ihm Anna-Lise sagen, sie sei, als sie ihn plötzlich in ihrem Rücken lateinisch deklamieren hörte, während sie auf dem Fußboden kroch, um zum Badezimmer zu gelangen, wie festgenagelt gewesen vor Überraschung. Aber Carlos rezitiert nichtsdestoweniger die ersten Verse Ovids, auf die sein Blick fällt. *Ergo ubi concubitus et opus iuvenale petetur – Et prope promissae tempora noctis erunt...*

Er bricht in schallendes Gelächter aus.

Anna-Lise, sie wird es ihm später sagen, dreht sich um und unterbricht ihr vorsichtiges Kriechen. Sie sieht Carlos dastehen und ganz allein wie ein Idiot lachen, mit einem rötlichen Bändchen in der Hand. Sie glaubt es mit einem Verrückten zu tun zu haben und kriecht weiter. Was auch immer die Verrücktheit von Carlos sein mag, zunächst muß man die Korsen loswerden.

Das Gelächter von Carlos ist jedoch ganz verständlich. Denn was sagt Ovid hier? Welches Heilmittel schlägt er in seinen Versen vor, damit man nicht den Reizen einer Geliebten erliegt – aber warum, o Götter, sollte man sich darum bringen, ihnen zu erliegen? »So höre denn«, sagt Ovid; »Wenn du engste Vereinigung suchst und das Werk jugendlicher Lust und wenn die Stunde der dir versprochenen Nacht nahe ist, damit das Vergnügen an der Geliebten nicht ganz Besitz von dir ergreife, wenn du es mit ungeschwächtem Körper nimmst, solltest du dich zuvor mit einer anderen für das Gute zusammenfinden, gleichgültig, wer sie ist. Finde dir eine andere, bei der deine erste Liebe sich ganz befriedigen kann: ist der ersten Genüge geschehen, so wird die nächste nur mäßig sein.«

Diesmal kann Carlos Ovid nicht zustimmen. Das Ereignis ist zu selten, als daß man es erwähnen müßte. Nicht, daß er diese Taktik abwegig fände, er hat sie oft selbst praktiziert. Aber er hat sie zu genau entgegengesetzten Zwecken praktiziert. Nicht um die zweite Wollust stumpf zu machen, sondern vielmehr, um sie zu schärfen und zugleich zu verlängern, hat er manchmal vor einer amourösen Verabredung, an der ihm wirklich sehr lag, die sexuelle Tonleiter rauf und runter geübt. Manchmal waren diese Tonleitern oder Exerzitien einsamer Art, da ja die wohltemperierte Onanie eine ausgezeichnete Methode ist – denn es handelt sich um Methode und nicht etwa um Unschicklichkeit, Verderbtheit oder gar Bestialität, wie es trübselige, eingeschüchterte oder eifersüchtige Geister behaupten –, eine Methode also, die Selbstbeherrschung – und sogar die Beherrschung des Selbst – zu perfektionieren und die erotische Imagination und Semiologie zu bereichern. In anderen Fällen, wenn sich die Gelegenheit bot und er genügend Zeit hatte, davon zu profitieren, praktizierte er in einem der zahlreichen Spezialfriseur- und -massagesalons der Z.U.P. – die jetzt verschwunden sind mit allen jenen kleinen glücklichen Einfällen der Dekadenz –, was er den *coup de la champouineuse* nannte, das heißt, daß einem für eine relativ bescheidene Summe nach Haarwäsche und Maniküre eine Fellatio angeboten wurde, die ebenso gekonnt war wie die vorange-

henden hygienischen Operationen. Wer nämlich mit ungeschwächten Kräften zu einer heiß ersehnten amourösen Verabredung kommt, die einen vor Erwartung in der Seele erzittern läßt, kurz, wer ganz Feuer und Flamme ist, riskiert blöderweise, nur ein Strohfeuer daraus zu machen.
Aber Carlos spürt, wie eine plötzliche, fast schmerzliche Hitze in ihm aufsteigt. Er stellt Ovids *Remedia amoris* wieder zurück. Er hat gerade an Fabienne gedacht. Wird sie heute nachmittag zur Verabredung in die Rue des Bourdonnais kommen?
Genau in diesem Augenblick schießt Anna-Lise die Salve aus ihrer Kalaschnikow ab. Auf der Treppe des Hauses hört man Heulen und Fluchen. Carlos lächelt. Diese junge Deutsche ist umwerfend. Er sieht sie ins Vorzimmer zurückrennen. In der Eile stößt sie mit der Hüfte an die Türverkleidung und schlägt lang aufs Parkett. Sie kommt wieder auf die Knie, sieht das zweideutige Lächeln von Carlos.
»Warum lächelst du so?« fragt sie.
»Ich sehe gerne Frauen zu meinen Füßen«, sagt er in einem ernsten Ton, was überraschend ist, denn diese Worte verlangten eher den tändelnden Ton, den der Marivaudage. Aber für Carlos schließen sich Libertinage und Ernst nicht aus, wie man noch zu bemerken Gelegenheit haben wird.
»Weshalb?« fragt sie vor ihm auf den Knien.
»Rate mal!« sagt Carlos.
Gesagt, getan. Sie ist nicht dumm, Anna-Lise, weit gefehlt. Sie nähert sich Carlos noch weiter auf den Knien wie eine Gläubige, die das Gelübde abgelegt hat, betend ein Kirchenschiff bis zum Allerheiligsten zurückzulegen. *Quamlibet invenias, in qua tua prima voluptas desinat*... Carlos murmelt den Vers Ovids: »Finde dir eine andere, bei der deine erste Liebe sich ganz befriedigen kann...« Anna-Lise ist zwar nicht irgendeine beliebige Frau, weit gefehlt, aber sie ist auch nicht Fabienne, und Fabienne ist es, die ihm zur Zeit das Feuer ins Blut jagt. Wird sie nachher in die Rue des Bourdonnais kommen?

Sie sagt, sie habe keinen Hunger, nein, höchstens eine Tasse Kaffee, danke!
Michael Leibson insistiert. Wirklich keinen Hunger? Hat sie von den Aufregungen keinen Appetit bekommen? Sie schüttelt den

Kopf, lächelnd. Sie hört kaum zu, sie betrachtet den Innenhof, sie sagt sich, daß das die Alltagslandschaft des Lebens von Carlos ist, sie zittert.
Fabienne dreht sich zu Leibson um – Freilich! Unmöglich, das Geheimnis ihres Inkognitos lange zu hüten: die dunkelhaarige Unbekannte aus dem Bus ist niemand anderer als Fabienne! Aber vielleicht hat das mehr als nur ein listiger Leser, »Meinesgleichen, mein Bruder«, schon erraten? Sie wiederholt, nein danke, wirklich nicht, höchstens eine Tasse Kaffee.
Sie sind in einem der Salons im Erdgeschoß des Internationalen Studentenhauses, das, wie man weiß, im ehemaligen Stadtpalais des Kanzlers Séguier untergebracht ist. Sofort nach beider Ankunft, und während sein Gepäck in das für ihn reservierte Zimmer getragen wurde, hatte Michael Leibson Sonsoles gebeten, ihnen einen kleinen Imbiß zu machen, damit sie sich von den Aufregungen der Schießerei am Carrefour Croix-Rouge erholen könnten.
Die junge Spanierin, Hüterin und sogar Vestalin dieses Ortes, hatte schon von dieser Episode gehört. Man muß sagen, daß die hispanische Mundpropaganda in der Z.U.P. ebenso wirksam war wie das arabische Telefon, sagt man, in den Dschebels und Kasbas. Sonsoles hatte also schon von der Entführung einer Frau durch die Maos von Le Mao gehört. Es sei wirklich eine Zeit des Menschenraubs, kommentierte sie mit Leibson. Gestern sei es Perséphone gewesen – das heißt in diesem Fall handelte es sich vielleicht nicht wirklich um Menschenraub! fügte sie mit einer Stimme voll gehässiger Hintergedanken hinzu –, heute sei es diese Frau üblen Lebenswandels, deren Namen sie nicht kenne, die aber offenbar bei Jo Aresti in Dienst treten sollte. Wie, wie, rief Michael Leibson ganz aufgeregt aus, Perséphone ist entführt worden? Erst gestern? Aber von wem denn, weshalb? Wie hat der alte Eleuterio darauf reagiert? Und Acracia, die Matriarchin, was hat sie dazu gesagt?
Sonsoles schwoll die Brust vor Stolz über die Rolle, die ihr zugefallen war. Und das um so mehr, als die Neuigkeiten, die sie dem seit langen Monaten von der Z.U.P. abwesenden Leibson zu verkünden hatte, eher unheilvoll waren. Unglück verkünden ist bekanntlich oft viel dankbarer als das Gegenteil. Natürlich nur dann, wenn das Unglück die anderen betrifft. Ja, sagte

Sonsoles, mit einem tragischen und strahlenden Blick, Eleuterio Ruiz gehe es wirklich überhaupt nicht gut. Er werde an einem Prostatakrebs sterben. Und Leibson schrie fassungslos auf. Er wollte alle Einzelheiten wissen.

Aber während die junge Spanierin dem Amerikaner die neuesten Nachrichten, allen Klatsch aus der Z.U.P. erzählte, ließ sie Fabienne nicht aus den Augen. Sie war nämlich von mißtrauischem Naturell. Jede Person des schönen Geschlechts, die in ihr Gebiet eindrang, und sei es nur für einen kurzen Besuch, wurde sofort als eine zumindest potentielle Feindin betrachtet. Und selbst wenn Fabiennes unvorhergesehene Anwesenheit wirklich reiner Zufall zu sein schien, selbst wenn es keinen Anlaß gab zu bezweifeln, daß sie die Folge einer spontanen Einladung von Professor Leibson war, hatte diese einen unbestimmten Charme, der Sonsoles unendlich reizte. Was sie außerdem zu erkennen glaubte in der Stimme dieser Frau von raffinierter, aber natürlicher, ganz selbstverständlicher Eleganz – »O wieviel Generationen von Palmolive und Badesalz lassen sich hinter einer solchen Frau ahnen!« rief gewöhnlich der Schriftsteller Albert Cossery aus, wenn er einst mit einigen unserer Figuren auf den sommerlichen Terrassen von Saint-Germain-des-Prés das Aussehen jener Art von Weibsstücken kommentierte –, der im Grunde gefährlichsten Eleganz, die auf eine bestimmte Herkunft zurückzugehen scheint, was Geblüt, Klasse oder Rasse angeht, schwer zu ertragende Kategorien, das ist offensichtlich; was Sonsoles also in der Stimme dieser Unbekannten zu erkennen glaubte, war eine bereits am Telefon gehörte Modulation, wenn sie verstohlen, mit eifersüchtiger und köstlicher Neugierde, Gespräche über den Direktanschluß von Professor Bustamante belauschte – von Carlos also, um ihn ohne Zeremonie zu nennen –, in dem Versuch, irgendein Geheimnis seiner Intimität aufzuschnappen.

Wie dem auch gewesen sein mag, Sonsoles ließ Fabienne nicht aus den Augen. Aber diese starrte mit Herzklopfen in das Grün des Innenhofs der Rue Séguier und hörte kaum auf das Geschwätz der jungen Spanierin, während sie mit kleinen Schlückchen den Kaffee trank, den Leibson ihr mit verführerischem Lächeln angeboten hatte.

So wie man sich beim Morgengrauen ins ganz frische Wasser

einer kleinen Bucht gleiten läßt, in Sa Riera, vielleicht, oder in Cap sa Sal, warum nicht, oder auch in Aigua Xellida, genau dann, wenn die Oberfläche des offenen Meeres direkt vor einem in der Sonne zu glitzern anfängt und die transparente und tonische Tiefe des Wassers einen am ganzen nackten Körper erfaßt, von der Spitze der Zehen bis zur Spitze der Brüste, so war Fabienne gerade in die Erinnerung von Carlos eingetaucht. Oder vielmehr in das Vorgefühl oder Vorhersehen ihrer bevorstehenden Begegnung. In die Erinnerung, kurz, von der sich die Erwartung, die vorauseilenden Phantasmen nähren. Sie war nur noch ein Wasserbecken, eine poröse Amphore, ein Hohlkörper, zerfressen von der unerbittlichen und gesegneten Sanduhr der Minuten und Stunden, die sie von diesem Augenblick des Nachmittags trennten, an dem sie Carlos in der Rue des Bourdonnais wiedertreffen würde, der unerbittlichen, weil jede Minute, die ihr noch zu warten blieb, unerträglich war wie eine Ewigkeit Leiden; der gesegneten, weil jede verflossene Minute, jedes rosaviolette Sandkorn, das durch ihre Finger glitt, sie dem Moment näherbrachte, wo sie sich ihm hingeben könnte (sofern sie sich in Wirklichkeit nicht sich selbst hingab, ihrem einzigen inneren Dämon, bei so heftigen Abenteuern des Geschlechts und der Seele weiß man ja nie, und das hatte außerdem nicht viel Bedeutung, denn ob sie sich nun Carlos hingab oder nichts anderem als sich selbst oder nichts anderem als dem Spiel, sich zu verlieren, so schien doch diese Selbstaufgabe oder dieser Rausch nur mit ihm möglich zu sein. Zumindest für den Augenblick oder für die Stunde oder für die unbestimmte Zeit des Glücks).
Wie dem auch sei. Ein Jahr zuvor sah sie ihn weißgekleidet mit zugleich lässiger und entschlossener Miene über die Terrasse von Formentor gehen. Er kam auf sie zu, und Fabienne hatte diesen Moment erhofft und erwartet, seit sie ihn unter den Gästen des Festes bemerkt hatte. Doch ihr Herz hatte geklopft. Welche Worte hatte er gefunden, um sie endlich anzusprechen? Das war wichtig, die ersten Worte. Eine Art Panik, über die sie unwillkürlich innerlich lachen mußte, denn immerhin, wenn Carlos (sie hatte gerade dadurch seinen Vornamen erfahren, daß sie nach rechts und links scheinbar unschuldige Fragen über diesen Unbekannten stellte, der ihr innerhalb einiger Monate zum

dritten Mal über den Weg lief, einfach so vor sich hin gesprochene Fragen, als interessiere es sie gar nicht, außer vielleicht die an Maria-Teresa Ortinez, die Fabienne beiseite genommen hatte, um sie rundheraus um konkrete Auskünfte zu bitten, aber man muß sagen, daß sie es sich erlauben konnte, weil die zweite Begegnung mit Carlos – eben aus dem Mund von Maria-Teresa hatte sie seinen Vornamen erfahren – bei letzterer in Calella-de-Palafrugell stattgefunden hatte, wobei Begegnung übrigens ein sehr großes Wort ist, weil er nur kurz auf der Terrasse des Hauses aufgetaucht war, wo er offenbar, mit sichtlicher Fieberhaftigkeit, jemanden suchte), wenn Carlos sie also durch seine Einführung enttäuschte, wäre die Affäre nicht weitergegangen, nachdem sie noch nicht einmal angefangen und noch keinerlei Gefühlsinvestition ihrerseits verlangt hatte, da sie nur von Fetzen von Träumen oder Vorgefühlen, einigen Phantasmen gespeist war, wie dem auch sei, und einer gewissen, ihrerseits unbestreitbaren Dosis Neugier. Trotzdem, über diese Aufwallung von Panik noch lächelnd, die ihr den Plexus, solaris natürlich, zusammenzog und ihr Blut ins Herz schießen ließ, sah sie Carlos auf sich zugehen, allzu lässig, um nicht zu allem entschlossen zu sein, und sie fragte sich, was seine ersten Worte sein würden.

Sie hatte sich ein Bild von diesem Mann zurechtgelegt, das für sie jetzt mit einem Schlag zu zerbröseln, zu zerfallen drohte, wie eine von der aufsteigenden Welle unterhöhlte Sandburg, die dem hinterhältigen Ansturm der Flut lange standgehalten hat und plötzlich unter dem Stoß einer schaumgekrönten Woge zusammenbricht, obwohl sie kaum stärker als alle vorangehenden aussah, und wenn er jetzt das Wort an sie richtete und die Worte, die er ausspräche, sich als vulgär oder prätentiös oder platt erwiesen, eine Gefahr, die man *a priori* nicht ausschließen konnte, dann hätte sie keine andere Wahl und auch keinen anderen Wunsch, als sich von ihm zu entfernen, ihn in das schillernde Nichts des Festes zurückzuschicken, ein Schatten unter den Schatten dieser Mondänitäten.

Was tun zum Beispiel, wenn er ihr mit herzförmigem Mund einen so blöden Satz sagte wie: »Aber sagen Sie, haben wir uns nicht schon irgendwo einmal gesehen?« Denn sie hatten sich tatsächlich schon einmal gesehen, aber das gäbe ihm nicht das Recht, sie in so blöder Weise anzusprechen! Das erstemal bei einem Empfang der Volksuniversität der Commune in den Salons des vormaligen Collège de France. Man erinnert sich bestimmt, daß besagte Universität nach den Verheerungen des Bürgerkriegs eine fast universelle Ausstrahlung und Berühmtheit erworben hatte. Das war übrigens der einzige Bereich, wo sich die Commune eines unbestreitbaren Erfolgs rühmen konnte! Aber das ist eine alte Geschichte: die Linke fabriziert Theorien, erfindet avantgardistische Formen, schafft Werte, und es ist die Rechte – oder, um es anders zu sagen, die Macht, die sogenannten liberalen Institutionen –, die davon profitieren, indem sie sie in ihren Gesellschaftsentwurf integrieren, der, wie man weiß, eher ein Auswurf ist! Die größten Intellektuellen der ganzen Welt jedenfalls (abgesehen allerdings von denen, die in den dem Staatssozialismus unterworfenen Ländern des Ostens mit offiziellen Posten ausgestattet waren und keine Genehmigung erhielten, hinzufahren, aber kann man sie wirklich noch als Intellektuelle betrachten?) hatten sich bereit erklärt, dort Vorlesungen, Vorträge oder Seminare zu halten. Während eines einzigen Trimesters im Jahre 1974 – genau dem, wo Fabienne zum erstenmal Carlos wahrnahm –, einem allerdings besonders reichhaltigen, hätte ein dynamischer und motivierter Student, wenn man uns diesen Neologismus erlaubt, von einer Vorlesung von Fernand Braudel zu einem Seminar von Herbert Marcuse, von einem Vortrag von Della Volpe zu einem Exposé von Jürgen Habermas eilen können; er hätte versuchen können, sich einen Platz in einem überfüllten Saal des Luxembourg zu erkämpfen – die meisten der Funktions- und Prachtgebäude des Ancien und bald Nouveau régime waren ja der Volksuniversität zugeteilt worden –, wo Milan Kundera über die Barockkultur in Mitteleuropa sprach, oder in dem ebenso vollen Nachbarsaal, wo Michel Foucault die Ideologie der Kirchenväter, der Konzilien und der Beichtväter des Mittelalters über die Fragen der Alltagssexualität sezierte; oder er hätte auch, dieser selbe Student, sofern er unersättlich und obendrein noch mit einer gewissen Allgegenwart begabt war, sich zu Leszek Kolakowski stürzen können, um ihn über die positivistische Philosophie sprechen zu hören (und im Rahmen dieses Seminars hatte Rafael Artigas eines Tages einen Beitrag über den Einfluß von Richard Avenarius auf die Philosophie von Ortega y Gasset geliefert, dessen ärgerliche Angewohnheit bekannt ist, sich als Vorläufer der wichtigsten neuen Ideen des 20. Jahrhunderts auszugeben, einen Beitrag, in dem Artigas, anhand von Texten und Daten, nicht nur die uneingestandene, aber unbestreitbare empiriokritische Herkunft der Ortegaschen These über die Konstitution des Ich aufgezeigt hatte: *Yo soy yo y mi circunstancia,* direkt abgeleitet von der Formel *Ich und meine Umgebung,* auf der die ganze Kritik der reinen Erfahrung von Avenarius fußt und die man in seinem Essay *Der menschliche Weltbegriff* explizit entfaltet findet, sondern in dem er, Artigas, auch das philosophische Gestammel Lenins in *Materialismus und Empiriokritizismus* auf seinen richtigen, mediokren, um nicht zu sagen schlankweg lächerlichen, Platz verwiesen hatte, eine Polemik, eine Gelegenheitsarbeit, wo alles nur halb stimmt, und bereits Jahrzehnte vorher von Anton Pannekoek und noch anderen in Asche verwandelt, aber regelmäßig aus der Vergessenheit gezogen und vom Nachwuchs der vulgär-marxistischen Orthodoxie als Vorbild hingestellt, und die man also konstant und mit Konstanz von neuem kritisieren muß), oder er hätte auch, der fragliche Student, versteht sich, zu Claude Lefort eilen können, dessen Vorlesung über *Machiavelli und die Arbeit des Politikers* erfreulicherweise ein zahlreiches Publikum anspruchsvoller Hörer anzog.

Aber wir können diese Aufzählung nicht fortsetzen (wobei wir schon eines der bedeutendsten Ereignisse jener Zeit mit Stillschweigen übergehen, wir meinen die Vorträge von Olivier-René Bloch über *Marx, Renouvier und die Geschichte des Materialismus,* Vorträge, die den Stoff für einen Essay gleichen Titels lieferten, der im Februar 1977 in *La Pensée* veröffentlicht wurde – zu einem Datum also, das auf die Zeit, die Gegenstand dieser Erzählung ist, folgt –, eine absolut bemerkenswerte Arbeit, die das Studium der Entwicklung der Marxschen Ideen hätte erneuern können, die aber praktisch folgenlos blieb, vermutlich weil sie in allzu flagranter und allzu unwiderlegbarer Weise den herrschenden, modischen und mondänen Strömungen, den Passatwinden an der Oberfläche der wahren Fragen der marxistischen Exegese widersprach!), wir müssen uns unterbrechen, sagten wir, weil Fabienne uns ungeduldig auf der Terrasse von Formentor erwartet, stampfend, gespannt darauf, daß es endlich zu ihrer heiß ersehnten Begegnung mit Carlos-Maria Bustamante Andreu kommt.

Vielleicht ist das ja der Moment zu sagen, in bezug auf diese verführerische, aber noch verschwommene Frauenfigur, die noch ohne die Identitätszeichen ist, die ein naturalistischer Erzähler ihr seit geraumer Zeit unweigerlich verliehen hätte, daß Fabienne Wartezeiten, versäumte Verabredungen haßte. Sie empfand sich dann als gedemütigt, und sicher nicht aus übermäßigem Stolz, sondern vielmehr aus einer Ungewißheit zu existieren, einem merkwürdigen Aussetzen ihrer Selbstgegenwart, die durch jedes Versäumnis anderer gegenüber den Pflichten der Liebe, der Freundschaft oder ganz einfach der elementarsten Höflicheit wiederkehrten, so daß sie einfach unerträglich wurden. Sie hatte also mit einem sehr unwilligen, mißtrauischen und beklommenen Blick mitangesehen, daß ihre endlich sprechende Begegnung mit Carlos von jener Abschweifung über die kulturelle Fülle des Lebens unter der Zweiten Pariser Commune aufgeschoben worden war – oder der Dritten, nach anderen Periodisierungen, wie der von Kautsky zum Beispiel, der natürlich die, von der hier die Rede ist, nicht kannte, aber die von 1792 für die Erste hielt –, und sie hatte gefürchtet, daß diese Abschweifung lediglich eine sadistische List des ERZÄHLERS sei, sie um dieses voraussehbare Vergnügen zu bringen.

Was Carlos angeht, so war er während der Zeit dieser Abschweifung gezwungen gewesen, auf der Terrasse des Hotels hin und her zu gehen und dabei nicht allzu idiotisch auszusehen, sich aber auch nicht in eine allzu einnehmende Konversation hineinziehen zu lassen, wodurch er das Signal oder grüne Licht übersehen hätte, das ihn aufforderte, auf seine ursprüngliche Absicht zurückzukommen. Hier steht er nun, da die Abschweifung, wenn auch nicht beendet, so zumindest unterbrochen ist, nimmt seine Spur wieder auf und kehrt zu Fabienne zurück, mit einer offensichtlich allzu lässigen Miene.

Im Gegensatz zu dem, was ein durchtriebener oder allzu systematischer Geist denken könnte, hatte Carlos noch nicht beschlossen, in dem Moment, in dem der ERZÄHLER oder, anonymer noch, die ERZÄHLUNG ihm wieder grünes Licht gibt, nachdem er oder sie sich darin gefallen hat, sein oder ihr Wissen auszubreiten – ein objektives Wissen im zweiten Fall der Figur –, und in dem er seinen Gang auf Fabienne hin zum anderen Ende der Terrasse wiederaufnimmt

(genau in diesem Moment, als sei es absichtlich, ist die Musik, die das Tanzorchester zu spielen anfängt, die eines ziemlich berühmten Tangos, *Caminito,* und Carlos spürt einen schmerzhaften Krampf in allen Muskeln seines Körpers, als wenn sein Gehirn unmittelbar jene giftige Substanz, die Erinnerung, in ihn injiziert hätte: die Musik von Pedralbes, einst, genau jene, die man, aus alten Zeiten von neuem aufgetaucht, in jenem Laden der King's Road hörte, als er vor der Schönheit von Mercedes in Ekstase gefallen war; und Carlos geht mechanisch weiter, wobei er die Geistesgegenwart hat, eine zweite, noch seltsamere und geheimnisvollere Koinzidenz zu bemerken, die unter der, die die Musik betraf, verschüttet war: die sich offenbar anbahnende seltsame und geheimnisvolle Beziehung zwischen seiner Schwester-Cousine und dieser Frau, auf die er jetzt zugeht: jedesmal, wenn Fabienne ihm über den Weg gelaufen ist – und er kennt in Wahrheit noch nicht ihren Vornamen, aber man wird uns diesen leichten Anachronismus zugunsten der Lesbarkeit der Erzählung verzeihen –, jedesmal also, ist es Mercedes, die er sucht, die er zu finden hofft; als wenn Fabienne, rätselhaft und charmant, nur erschiene, um die Abwesenheit seiner Schwester-Cousine zu unterstreichen; als wenn ihre Gegenwart, Fabiennes, ihre Zugänglichkeit – er hatte jedesmal bemerkt, und sei es nur beiläufig und aus dem Augenwinkel, daß die junge Frau ihn nicht aus dem Blick verlor –, das stumme Angebot ihres Lächelns, jene Geste der Hand in den Haaren, die nicht nur dazu bestimmt schien, sie aus dem Gesicht zu streichen, sondern auch einen offenbar vor dem Alkoven ihrer Intimität vorhandenen Samtvorhang beiseite zu ziehen, als wenn alle diese Zeichen nur dazu da wären, das Verschwinden von Mercedes zu unterstreichen, ihr flüchtiges Wesen, ihren schmerzhaften Willen, ihm Distanz aufzuzwingen in dieser sündhaften Wüste der Liebe, in die mit ihr vorzudringen sich Carlos dennoch so sehr gewünscht hätte, und wenn er dabei auch verdursten sollte; ja: das erstemal, als er Fabienne bei jenem Universitätsempfang im Palais du Luxembourg gesehen hatte, hätte sich Mercedes dort befinden sollen, denn ihr Mann hatte zur selben Zeit eine Arbeitssitzung mit französischen Industriellen in einem der Ministerkomplexe der neuen Metropole Évry-Versailles, und Carlos hatte seine Cousine überredet, zumindest glaubte er es, ihn unter irgendeinem Vorwand von Einkäufen in Paris-Rive-Droite zu begleiten, was es ermöglicht hätte – nachdem Carlos die Nebenfrage des Passierscheins geregelt hatte –, daß sie die Mauer durchquerte, zu besagtem Empfang ging und dann mit ihm aufbrach, um den übrigen Tag in jener Wohnung der Rue des Bourdonnais zu verbringen, die er hauptsächlich für ihren Besuch eingerichtet hatte; aber Mercedes war nicht gekommen, und sie hatte die Schnoddrigkeit so weit getrieben – sofern es nicht die Furcht war, wieder einmal jenem Rausch zu erliegen, der sie alle beide ergriff und aus dem nur der Tod oder, besser noch, die Verrückung aller Sinne hervorgehen konnte? –, die Kälte jedenfalls so weit getrieben, was auch immer der Grund dafür gewesen sein mag, ihn durch eine Botschaft ihres Mannes über ihre Abwesenheit benachrichtigen zu lassen, eine Botschaft, die Carlos, völlig entnervt und in Panik, abends vorfand, als er in die Rue Séguier heimkehrte, nachdem er den ganzen Nachmittag zwischen dieser und der Rue des Bourdonnais hin und her gegangen war, damit er Mercedes nicht verpaßte, und die natürlich kodiert war – die Botschaft, versteht sich –, was ihre wirkliche Bedeutung angeht unverständlich für den Mann, der sie servil übermittelte; und das zweitemal in Calella, bei Maria-Teresa, als er mit Überraschung, die sofort dem irritierenden Eindruck von einer tückischen Fatalität, von einem durch irgendeinen bösen oder bösartigen Geist vorbereiteten Schicksal wich, die Anwesenheit dieser jungen Französin feststellte, von der er ledig- und undeutlich wußte, daß sie die Frau eines viel älteren Mannes war, einer der Kapazitäten der theoretischen Physik in Frankreich, der trotz seiner eher konservativen Ansichten die besten Beziehungen zur Universität der Commune behalten hatte, aus Atavismus von intellektueller Toleranz und Neugier –, als er also die Anwesenheit Fabiennes auf der Terrasse über dem Strand von Canadell feststellte, hatte er sofort die Abwesenheit von Mercedes vorausgesehen, die diese Verabredung immerhin selbst festgelegt hatte, damit sie gemeinsam ein ganzes Wochenende verbringen konnten, und die sich heute nicht einmal die Mühe machte, ihn zu benachrichtigen, vermutlich weil sie nicht jenen servilen Mann zur Hand hatte, der immer bereit war, Botschaften zu überbringen, deren wirkliche Bedeutung er nicht einmal ahnen konnte...

*Aber ich greife ein, ich, der Transkriptor, Skriptor oder Kopist – benediktinische Geduld ist ja mein Los! – in den Fluß dieses Manuskripts, in die Mäander dieses Romans, dessen Idee oder ursprüngliche Handlung, wie man später sehen wird, von Rafael Artigas selbst erfunden oder vielmehr verkündet wurde im Verlauf eines Mittagessens in der Rue Séguier, das bald die Hauptfiguren dieser Geschichte vereinigen wird, und dessen Niederschrift im Laufe der Jahre, die dem Tod von Artigas folgten, von zweien besagter Figuren übernommen wurde – mehr werde ich nicht sagen, da ich die Grenzen meiner Rolle nicht überschreiten kann! Ich greife dennoch ein, da ich ausdrücklich die Aufgabe habe, ein formloses und disparates Manuskript »in Form zu bringen«, »ihm eine Stileinheit zu geben«, um die Ankunft von Carlos bei Fabienne zu beschleunigen: es ist Zeit, daß da ein bißchen Bewegung hineinkommt, finden Sie nicht? Es ist Zeit, diese endlose Klammer zu schließen)*

und

Carlos hat im Gegensatz zu dem, was ein allzu listiger Geist denken könnte, noch nicht entschieden, in dem Moment, wo er seinen Gang auf Fabienne zu wiederaufnimmt, die am anderen Ende der Terrasse reglos dasteht, welche einführenden Worte er aussprechen wird, um bei ihr landen zu können, im seefahrerischen wie militärischen Sinne des Ausdrucks. Er läßt sich von der Bewegung treiben, die ihn zu ihr zieht, er wird schon etwas finden, vertrauen wir ihm!

Er hatte diesen Septembertag in Pollensa auf dem Familienbesitz verbracht, das heißt in einem Haus von Tante Inés, wobei die Familienbesitztümer in dieser Familie immer Eigentum von Tante Inés waren, der Mutter von Mercedes, die ständig welche erbte oder kaufte und sie manchmal plötzlich aufgab, ohne ersichtlichen Grund und ohne etwas von ihrer Einrichtung mitzunehmen: sie ging eines schönen Tages einfach weg, drehte den Schlüssel im Schloß um und ließ die möblierten Zimmer, die vollen Schränke, die mit Blumen gefüllten Vasen stehen, zur großen Verzweiflung ihrer Verwalter und Juristen, denen es niemals mehr gelang, sie für das Los einer jener aus Phobie oder unüberwindlicher Abneigung aufgegebenen Häuser zu interes-

sieren, und die infolgedessen die erforderlichen Entscheidungen ganz allein treffen mußten.
Aber erst morgen wird Carlos mit Fabienne von jener seltsamen Krankheit von Tante Inés sprechen, bestimmte Häuser aufzugeben und vor allem das von Pedralbes, wo er einen Teil seiner Jugend verbracht hatte. Heute, an diesem Septembertag, wo die Regatten in der Bucht von Pollensa zu Ende gehen (an denen Fabienne – die er noch nicht kennt, die er lediglich zweimal gesehen hat und die ihm als schöne Unbekannte durch ihren Sternenblick die Abwesenheit von Mercedes anzeigt – mit einem Sieben-Meter-Boot teilgenommen hatte, gesteuert von einer anderen Frau, Jugendfreundin und Gefährtin bei oft sportlichen und manchmal libertinösen Eskapaden, oder beidem zugleich, warum nicht?), hat Carlos nichts anderes getan, als auf eine Botschaft seiner Schwester-Cousine zu warten und dieses Warten dadurch zu überbrücken, daß er Proust las oder vielmehr ein köstliches kleines Pastiche Marcel Prousts von Llorenç Villalonga, einem außergewöhnlichen Schriftsteller aus Mallorca, der allgemein berühmt sein müßte, zumindest ebenso wie der Fürst von Lampedusa, und der es justament, oder vielmehr nicht justament, nicht ist, jedenfalls nicht außerhalb der Sphäre der katalanischen Kultur. Warum hatte er an jenem Vormittag die Novelle von Villalonga gelesen? Er war in der Bibliothek – in allen Häusern von Tante Inés gab es welche – zufällig auf das winzige nachtblaue Bändchen der Reihe *Cuadernos Anagrama* von 1971 gestoßen, wo zwei kurze Novellen einer ursprünglich katalanischen Sammlung, *El lledoner de la clastra* (1958), in der kastilischen Version von José Zaforteza Delgado abgedruckt waren. Der Titel der ersten dieser Novellen, *Marcel Proust versucht einen De-Dion-Bouton zu verkaufen (Brief von Proust an seinen Verwalter und Geschäftsmann),* hatte Carlos Spaß gemacht, der nur Villalongas phantastischen Roman, *Bearn*, kannte, weil gerade jene Tante Inés ihm dessen Vorzüge einst gerühmt und auch gewisse Schlüssel dazu geliefert hatte, denn Llorenç Villalonga war entfernt mit der Familie Andreu verwandt. *»Sie wissen sicher, daß Madame de Guermantes meinen Wagen kaufen möchte, aber da sie das Zartgefühl selbst ist, hat sie mir Jupien geschickt, damit er mit mir darüber spreche, welcher mir sagt, er komme von einer englischen Dame. Diese*

*Tatsache hätte nichts Überraschendes, da ja Engländerinnen verschroben sind...«*
Bei der Lektüre dieser ersten Sätze der kurzen Novelle von Llorenç Villalonga hatte Carlos unwillkürlich an seinen Freund Rafael Artigas denken müssen, an dessen allen seinen Freunden bekannte Manie oder literarische Koketterie, ständig zu verkünden, er habe die *Recherche* nicht gelesen, zumindest nicht ganz. »*Du côté de chez Swann,* gut«, hatte Artigas zu ihm gesagt, als das Gespräch das letztemal schwer auf diesen dornigen Gegenstand gefallen war. »Ich habe es in einer Zeit gelesen, wo man alles mögliche liest, nämlich sehr früh. Bedenke jedoch, daß ich mich überhaupt nicht mehr daran erinnere, wann ich dieses Buch gelesen habe oder auch wo. Vor 1943, da bin ich sicher, aus Gründen, die ich dir jetzt nicht erklären kann, Carlos, das würde zu lange dauern! Aber wann genau? Ich könnte dir zum Beispiel mit absoluter Präzision sagen, wie das Wetter war, wie grün die Blätter der Bäume des Gartens in Den Haag waren, als ich *Paludes* gelesen habe. Und auf dieselbe Weise könnte ich auswendig die ganze umgebende Welt, die Jahreszeiten und die Ereignisse des Laufs der Dinge rekonstruieren, die zum Beispiel meine Lektüre von *Aminadab* oder von *Sang noir* oder von *Jérôme Bardini* begleiteten. Aber von *Swann* könnte ich dir nur die Langeweile sagen, die seine mißmutige Lektüre in mir hervorrief: das war ein bißchen so, als wenn ich eine endlose Familienchronik läse, will sagen: eine Chronik meiner eigenen Familie. Mir hat der Mut oder die Dosis an Interesse, an Neugier zur Fortsetzung dieser Lektüre gefehlt, von der ich keinerlei Offenbarung erwarten konnte, außer eher ärgerliche als wehmütige Wiederbegegnungen mit einer Gesellschaft, die jener der in meiner Kindheit gehörten Erzählungen so nahe war, daß sie vor lauter durchsichtiger Ähnlichkeit jede Konsistenz verlor! Prousts Geschichten öden mich an, wenn du es genau wissen willst, ebenso wie mich in meiner Kindheit die Geschichten der steinreichen und schrulligen Tante Redonet gelangweilt haben oder die meiner Cousinen, die mehr oder weniger Herzoginnen waren, will sagen, von einem der letzten Bourbonen Spaniens kürzlich geadelt oder sehr alte Titel tragend, und das einzig und allein infolge von brillanten Heiraten, Geld und Anstand (wobei sich das Geld natürlich auf ihrer Seite befand)! Dagegen hat

mich alles um Proust herum immer fasziniert: daß zum Beispiel Walter Benjamin ihn ins Deutsche übersetzt hat und Pedro Salinas ins Kastilische. Das Proustsche Werk im Spiegel der Arbeit dieser beiden wirklich großen Männer an seinem Text, das wäre spannend!« Aber Carlos unterbrach ihn entrüstet: das war Teil des Spiels, diese Unterbrechungen, diese Algaraden.

Wie dem auch sei, Carlos hatte diesen Septembertag in Pollensa, auf dem Familienbesitz am Hügel des Calvarienbergs, von wo aus man die ganze Küste vom Cap Formentor bis zur Bucht Alcudia sehen kann, damit verbracht, die Pastiches Prousts von Llorenç Villalonga zu lesen und auf eine Botschaft von Mercedes zu warten. Gegen Abend hatte ihn ein Telefonanruf von einem während der Sommerperiode in Déya wohnenden Freund hoffen lassen, daß seine Schwester-Cousine sich auf dem Abschlußfest der Regatten im Hotel Formentor befinden könnte. Er war sofort hingegangen, ohne Hoffnung, vor Hoffnung überströmend.

Da überquert er also die Terrasse auf jene zierliche, dunkelhaarige Frau hin, die zum drittenmal auf seinem Weg aufgetaucht ist und deren Gegenwart in ebenso geheimnisvoller wie unabweisbarer Weise anzeigt, daß Mercedes auch diesmal nicht kommen wird. Nun steht er vor ihr, vor ihren Augen, die gewöhnlich ein bißchen zerstreut oder melancholisch sein müssen, nimmt er an, jetzt aber, da sie ihn kommen sehen, wie eine spirituelle Flamme leuchten.

»Haben Sie für den ganzen Abend erleuchtet, wie Oriane de Guermantes, oder nur für einen kleinen Moment?« fragt Carlos, als er Fabienne gegenüber steht.

Das kam ganz natürlich, wie das unvorhersehbare, aber offensichtliche Ergebnis eines langen reflexiven Reifeprozesses, der seinen Worten eine Ungezwungenheit, eine Art Objektivität verlieh, die alles absichtlich Brillante oder Gekünstelte wegwischten. Fabienne hatte jedenfalls herzhaft gelacht in dem Gefühl, daß sie jetzt befreit war von ihrer Angst, zumindest von ihrer Besorgnis hinsichtlich der Art, wie Carlos sich bei ihr einführen würde. Sie hatte, ihr kurzes Haar schüttelnd, das Gesicht nach hinten geworfen und ihn mit einem Blick angesehen, in dem schon die Sternschnuppen, die funkelnden Myria-

den der Milchstraßen, die Unermeßlichkeit der künftigen halbdunklen Nächte und Tage glitzerten, und sie hatte mit ganz ruhiger Stimme geantwortet: »Ich habe für den ganzen Abend erleuchtet, aber nur für Sie allein!«
Und drei Tage voller wilder Zärtlichkeit hatten sie sich nicht mehr getrennt.

Dröhnende Hammerschläge reißen sie aus dieser Träumerei.
Sie sieht in den Innenhof des Hôtel Séguier. Dort arbeiten Zimmerleute in blauer Montur. Sie bauen eine ziemlich hohe Plattform auf. Fabienne fragt sich, wozu das wohl dienen mag. Aber sie glaubt es sofort zu verstehen, als sie sieht, wie eine andere Gruppe eine elektrische Anlage in den Innenhof trägt, die offensichtlich zu irgendeiner Aufnahme dienen soll. Kurz, hier wird gefilmt!
Während sich Fabienne eben an ihre erste wirkliche Begegnung mit Carlos erinnerte, als sie mit kleinen Schlückchen den Kaffee trank, den Michael Leibson ihr angeboten hatte, hat sie nicht versäumt, vage festzustellen, daß man sie allein gelassen hatte in dem großen Zimmer mit den Büchern an allen Wänden, dessen Fenstertüren zum Innenhof gingen.
In einem bestimmten Moment, genau dem, wo in ihrer Träumerei oder in ihrer köstlich schmachtenden Erinnerung Carlos sie in jener Nacht von Formentor zum erstenmal betastete, ist ein zunächst sicht- und dann hörbarer Südamerikaner ins Zimmer gekommen. Er hat einen Blick auf die blau eingebundenen Bücher mit den Goldbuchstaben auf dem Rücken geworfen – und Fabienne hat Zeit gehabt festzustellen, daß das Blau des Rückens der Bände, da, wo offensichtlich Titel und Name des Autors standen, deutlich himmelblau war, während das des übrigen Einbands ganz klar dunkelblau war –, von denen es auf einem der Regale viele gab, und er hat sogar eines aus der Reihe gezogen, wahrscheinlich um irgendeine bibliographische Einzelheit zu prüfen, und dann, nachdem er es wütend wieder an seinen Platz gestellt hatte, hat er sich zu Fabienne umgedreht.
»Wissen Sie nicht, wo die MEGA ist?«
Sie weiß natürlich nicht, wo die MEGA ist. Sie weiß nicht einmal, was die MEGA ist. Sie denkt unbestimmt, durch Assoziation mit diesem Himmelblau und diesem Dunkelblau der

konsultierten Bücher, daß die MEGA irgendeine Konstellation der unendlichen Räume oder aber irgendein Archipel der Südsee sein muß.
Sie zuckt verneinend die Schultern.
Der junge Südamerikaner sieht überhaupt nicht zufrieden aus.
»Können Sie sich das vorstellen, die haben nur die *Werke* von Dietz, die haben nicht die MEGA!«
Fabiennes ganzes Gesicht bringt zum Ausdruck, daß sie sich das nicht vorstellen kann, daß sie sogar Mitleid hat.
Der junge Mann geht Türen knallend raus, und Fabienne stürzt sich wieder wollüstig in ihre Erinnerungen, deren verwirrende Reichtümer sie systematisch untersucht.
Aber das war vor einem Augenblick. Jetzt ist sie aufgestanden und beobachtet die Arbeit der Zimmerleute und Techniker, die eine Plattform für die Aufnahme bauen sowie Schienen für ein sehr langes Travelling.
Dann geht wieder die Tür auf, wie in gut geschürzten Romanen mit dauernden Wendungen, wo ständig etwas passiert. Die Tür geht auf, sie dreht sich um, sie sieht Michael Leibson mit einem etwa fünfzigjährigen Mann, dessen Gesicht wie absichtlich zu einer Maske strenger und ernster Schönheit erstarrt ist, in der allein die Augen in einem ironischen und sommerlichen gebirgsseeblauen Glanz funkeln. Der Unbekannte wird ihr vorgestellt, es ist Boris Villeneuve.
Einige Minuten danach hat Fabienne verstanden, daß die Dreharbeiten zu einer Episode der *Mystères de Paris* vorbereitet werden, deren Verfilmung Boris Villeneuve unternommen hat. Sie hört auch, wie mehrfach der Name Artigas erwähnt wird, der, – das zumindest schließt sie aus den in ihrer Gegenwart gemachten Kommentaren – offenbar an der Bearbeitung dieser Filmfassung des Romans von Eugène Sue teilgenommen hat.
Schließlich hört sie mit einem Interesse, das sie perfekt verbirgt, da eine sehr gute Erziehung ihr beigebracht hat, solche Situationen ungezwungen zu meistern, daß Artigas in der Rue Séguier zum Mittagessen erwartet wird, vor Beginn der Dreharbeiten, die tatsächlich erst in der Mitte des Nachmittags beginnen und sich bis tief in die Nacht hineinziehen werden. Das nennt man eine *Journée mixte*, hat sie bei dieser Gelegenheit gelernt.
Artigas?

An einem Frühlingstag hatte sie in der Rue des Bourdonnais das Exemplar eines Romans gefunden, den Artigas vor langer Zeit geschrieben hatte. Oder vielmehr Carlos hatte ihr gesagt, daß dieser Roman von Artigas sei, aber er war unter einem Pseudonym veröffentlicht worden, das Fabienne vergessen hatte. Das zumindest hatte sie zu verstehen geglaubt. Artigas veröffentlichte jedenfalls nichts mehr und hatte im Laufe seines Lebens alle möglichen Pseudonyme benutzt, immer Carlos zufolge. Die Tatsache, daß sie sich nicht mehr erinnern konnte, unter welchem dieser alte Roman geschrieben worden war, hatte also keinerlei Bedeutung. Entscheidend war der Roman selbst. Aber in Wirklichkeit war es auch nicht der Roman selbst, den Fabienne in der Rue des Bourdonnais in den Händen hatte, an jenem Frühlingstag, wo sie auf Carlos wartete, sondern eine englische Übersetzung besagten Romans. Wie dem auch sei, er spielte in Amsterdam, es war offenbar eine Geschichte von Spionen im Spiegel der Lügen, der ihnen die unwahrscheinliche Wahrheit ihrer schwindenden Bilder reflektierte. Nein, was Fabiennes Fragen bei der Ankunft von Carlos hervorgerufen hatte, war eine Passage, auf die sie gestoßen war, als sie in der Rue des Bourdonnais die englische Übersetzung eines alten Romans von Artigas durchblätterte.
*... then, at the end of the long, curving bar-counter, anyone can verify the presence of a young woman, not necessarily English, though the possibility cannot be excluded, perched on a high stool and showing a glimpse of white flesh above a dark stocking on which to fix a hungry look,* und Fabienne hatte diese Beschreibung der langen Beine einer nicht unbedingt englischen jungen Frau weitergelesen, die auf einem hohen Hocker in einer Amsterdamer Bar sitzt und die weiße Haut eines Schenkels oberhalb eines dunklen Nylonstrumpfes entblößt, ein Anblick, der den ERZÄHLER in die Verwirrung einer verzehrenden Begierde zu stürzen schien, in einer Art Fieber erzählt, was sie berührt hatte, nicht nur, weil sie auf Carlos wartete und sich bereits dem Strom von Bildern und Empfindungen ihrer eigenen Begierde hingab, erregt von der Gewißheit, die Begierde werde erfüllt, und gleichzeitig werde sie, wenn man so sagen darf, selbst erfüllt, sondern auch wegen der verzweifelten Heftigkeit der geäußerten Sehnsüchte des ERZÄHLERS – von dem sie immer

noch nicht wußte, daß es Artigas war, da das Pseudonym, unter dem er diesen Roman veröffentlicht hatte, ihr ja nichts sagte –, der offenbar frustriert war durch die Tatsache, daß er an jenem Abend die fragliche Frau, ob nun Engländerin oder nicht, nicht dazu hatte bringen können, an irgendeinem verborgenen Ort das romaneske Bedürfnis nach ihr unmittelbar zu befriedigen.
Daher hatte sie den kurz danach eintreffenden Carlos gebeten, ihr von diesem Buch, von seinem Autor zu erzählen. War er einer seiner Freunde? Er hatte lange darüber gesprochen und dabei in ihr den Wunsch, ihm zu begegnen, entstehen lassen, dem sich Carlos mit einer unerklärlichen Schroffheit, einer Art abschlägigen Antwort widersetzte, als wenn er fürchtete, daß diese Begegnung sie von ihm abbrächte, oder aber, daß das heraufbeschworene Eindringen von Artigas in ihre Intimität sie unheilbar verwandelte.
Die Neuigkeit also von der wahrscheinlichen Anwesenheit des Autors besagten Romans beim Mittagessen in der Rue Séguier konnte ihre Neugier nur steigern.
Aber Boris Villeneuve spricht mit ihr.
»Wollen Sie nicht aus dem Stand die Rolle der Clémence d'Harville spielen?« fragt er Fabienne.
Diese ist verdutzt und versteht nicht gleich, wovon die Rede ist. Aber sie faßt sich rasch wieder. Sie hatte einige Zeit vorher, man erinnert sich vielleicht daran, in der Wohnung der Rue des Bourdonnais die beiden dicken Bände der *Mystères de Paris* von Eugène Sue gefunden, und es hatte ihr großen Spaß gemacht, darin zu blättern und dabei die Kommentare von Carlos zu hören, der sicher von jenem Filmprojekt wußte, sie denkt jetzt daran.
»Ich bin nicht mehr im Alter der Marquise«, sagt sie mit breitem Lächeln zu Boris.
Dieser zuckt die Schultern.
Er dreht sich zu Leibson um, der Fabienne mit einem Blick ansieht, den man nur als begehrlich bezeichnen kann, und der zu denken scheint, daß sie ebensogut Clémence d'Harville wie Cécily oder Rigolette oder sogar Fleur-de-Marie spielen kann, kurz, jede beliebige Rolle einer hübschen Frau. Aber sicher ist Michael Leibson etwas parteiisch: er erinnert sich noch an den Blick der Unbekannten im Autobus, während Yannick de Ker-

huel ihn sachkundig manuelisierte. Er erinnert sich auch an die sanfte und sichere Stimme, mit der sie Petronius zitierte. Aber wenn er denkt, daß Fabienne tatsächlich die Rolle der Clémence spielen kann, rechnet er sich vielmehr für den Augenblick die Chancen aus, sie in sein Zimmer zu ziehen, ohne daß Sonsoles es merkt. Villeneuves Vorschlag also und die Diskussion, die darauf folgen könnte, stören seine Pläne eher.

Er sieht Boris an, der auf seine Antwort wartet.

»Madame kann jede beliebige Rolle einer hübschen Frau spielen«, sagt er galant. »Aber war Clémence d'Harville nicht etwas zu dümmlich? Ich glaube nicht, daß sie diesen Blick gehabt hat.«

Ein kurzes ironisches Leuchten entzündet sich im alpinen Azur der Augen von Boris. Und er schüttelt den Kopf.

»Schade«, sagt er. »Ich werde meine Clémence behalten, denn sie ist absolut dümmlich!«

Und er verläßt die Bibliothek und geht wieder zu den Technikern im Hof, wo in dieser Nacht die Ballszene gedreht wird. Das jedenfalls hat Fabienne zu verstehen geglaubt.

Sie bleibt allein mit Michael Leibson.

»Was hat er denn, mein Blick?« fragt sie mit neutraler Stimme.

Er erklärt es ihr mit einem Schwall anzüglicher Einzelheiten, über die nicht nur, das versteht sich von selbst, die keusche Marquise d'Harville, sondern sogar der Marquis von Bayros erröten würde, was immerhin eine Leistung ist, muß man zugeben!

Aber wird Fabienne erröten? Nichts ist weniger sicher.

## 6.

Er betrachtet den Nacken des neben ihm sitzenden Mädchens, das sich über das offen vor sie hingelegte Buch beugt.
Das Plakat ist auf der Seite 975 des dicken Bandes reproduziert. Es ist datiert mit London, dem 28. Februar 1871, aber es ist in Paris bei Claye, Nummer 7 der Rue Saint-Benoît gedruckt und auf wirkungsvollem gelben Papier abgezogen. Das Mädchen liest aufmerksam den Text dieses von Karl Marx unterschriebenen Aufrufs, und Maxime Lecoq denkt, mit einem kurzen Lächeln bei der Betrachtung ihres Nackens, daß man in früheren Zeiten Frauen mit japanischen Stichen hofierte: alles, was er hingegen hat finden können, um Ingrid nach der Versammlung des Seminars über die Geschichte der Revolutionen festzuhalten, ist ein Text der Internationalen Arbeiter-Assoziation!
Man muß zu seiner Entlastung sagen, daß dieser Aufruf von Marx nicht ohne Interesse ist. Er hat überdies keine Spur davon wiedergefunden, zumindest während einer ersten raschen Suche in den von Dietz veröffentlichten *Werken*. Aus diesem Grund hat er Ingrid gebeten, sie möchte doch so nett sein, eine gründliche Nachforschung für ihn anzustellen.
Er hatte Ingrid schon einige Wochen früher in der ersten Sitzung des Seminars bemerkt. Maxime hatte an jenem Tag mit seinen Studenten den ersten der für das gerade beginnende Semester ausgewählten Texte kommentiert: es war die berühmte Passage Hegels *Die Aufklärung und die Revolution*. Die junge Schwedin hatte sich in seinen Augen durch treffende Bemerkungen hervorgetan – die zwar von dem wörtlichen Sinn des Hegelschen Diskurses extrapoliert, aber mit seinem Geist völlig kohärent waren –, Bemerkungen über die möglichen historischen Zusammenhänge zwischen dem kommunistischen Phänomen des 20. Jahrhunderts und der Tatsache, daß letzteres hauptsächlich in den europäischen Ländern ohne protestantische Reformation Wurzeln geschlagen hat.
Das Mädchen hat Maximes Atem auf ihrem Nacken spüren müssen, sie dreht sich lebhaft zu ihm um.
»Das ist wirklich interessant, Herr Professor!« sagt sie.
Er stimmt ernst zu und betrachtet dabei den feinen Bogen ihrer

Brauen, die köstliche Zartheit ihrer hohen Backenknochen, die blaue Ader auf ihrer linken Schläfe, das Honiglicht ihrer Augen.

»Das ist sogar merkwürdig«, sagt er.

Unter dem Kopf *Internationale Arbeiter-Assoziation* richtete Karl Marx nämlich an dem schon erwähnten Datum vom 28. Februar 1871 folgenden Aufruf an das Volk von Paris: »Citoyens, mit einem tiefen Gefühl von Schmerz«, proklamierte Marx, »sehen wir, wie hier die Zukunft der Internationalen Arbeiter-Assoziation durch die Handlungsweise einer gewissen Zahl ihrer Mitglieder kompromittiert wird. Nichts dürfte für uns schädlicher sein als dieses spontane, aber fruchtlose Auftreten von Männern, die unter dem Deckmantel unserer Assoziation zu den höchsten Posten der Republik zu gelangen streben.

Viele dieser Männer sind uns fast unbekannt, da sie als Arbeiter der letzten Stunde unter uns weilen; andere sind ehrenwerte und wohlbekannte Persönlichkeiten.

Es ist für uns zwar ein Erfolg, daß unsere Brüder die Arbeiterklasse im französischen Parlament vertreten, aber es ist leider schmerzlich, zugeben zu müssen, daß sehr wenige der Assoziierten des französischen Zweiges die so schöne, so würdige, so zukunftsträchtige Rolle der Internationalen Assoziation ernst nehmen. Selbst in dem Augenblick, da ihr Land verliert, mögen sich die Franzosen ihre deutschen Brüder zum Vorbild nehmen. Wie ihr sind sie verfolgt, eingesperrt, vogelfrei.

Dennoch suchen sie ihre Kraft nicht im Aufruhr. Gerade durch die Verfolgung und Einkerkerung von Jacoby, Diebneck und so vielen anderen hat sich unsere Assoziation vergrößert und gefestigt, die bei allen in großem Ansehen steht, selbst bei ihren Henkern. Sagt es allen französischen Arbeitern: unsere Stärke liegt in der Einhaltung der Gesetze bis zu dem Tag, wo das Gewicht der Intelligenz, verbunden mit dem Gewicht der Ungerechtigkeiten und der Verfolgungen der ganzen Assoziation die Waagschale sich zu unseren Gunsten neigen lassen wird. Bleiben wir bis dahin vereinigt und friedlich, und über den schäbigen und kleinen Rivalitäten der Völker stehend, legen wir die unzerstörbaren Grundlagen für die universelle Brüderlichkeit der Arbeiter und der Enterbten der Gesellschaft.

MARX KARL«

Natürlich ist das Zitat zu lang gewesen. Ingrid ist kaum mit der Lektüre zu Ende. Aber man muß zugeben, daß das ein ganz eigenartiger Aufruf ist!
Ingrid dreht sich zu Maxime Lecoq um und wiederholt im Ton unverhohlener Überraschung einen der Sätze des Marxschen, wenn nicht marxistischen Textes, sicher den, der sie am meisten beeindruckt hat.
»... unsere Stärke liegt in der Einhaltung der Gesetze ...«
Aber Maxime unterbricht sie.
»Kurios, nicht wahr?«
Dann nimmt er einen reservierten professoralen Ton an, als sei das wirklich der Grund, weshalb er sie nach dem Seminar festgehalten hat.
»Ich möchte«, fügt er hinzu, »daß Sie für mich Nachforschungen über die Echtheit dieses Textes anstellen. Suchen Sie mal in den *Werken,* in der Korrespondenz, in den Dokumenten der Epoche!«
Sie sieht ihn an, sie nickt, sie wird alles tun, was er verlangt, was auch immer die Gründe dafür sind, sie ist schön wie eine Mitternachtssonne, wie eine weiße Nacht, *à la rose des vents notre amour se déhanche ...,* »bei der Windrose wiegt sich unsere Liebe in den Hüften ...«
Aber ein stechender Schmerz, wie ein brutaler Stilettstich zwischen seine Rippen in der Herzgegend, läßt ihn sich fast krümmen. Ein plötzlich wiederauflebender alter Schmerz. Er weiß von der Ursache, er kennt die Hinterlist und das Wüten. *À la rose des vents notre amour se déhanche ...* In der inneren Stille seines Schweigens sagt er sich diese Worte vor und betrachtet dabei den goldenen Helm von Ingrids kurzem Haar, das mit blassem patinierten Gold durchsetzte Leuchten ihres Blicks. Früher, in der fernen Zeit seines Lebens mit Marie-Laure, hatte diese ihm eines Tages irgendein Gedicht hergesagt, dessen Autor er vergessen und von dem er nur diesen Vers behalten hat. Es war in Jerusalem, er erinnert sich daran. In Jerusalem, in dem plötzlich aufgebrochenen Glück mit Marie-Laure. Das Wasser eines Brunnens plätscherte im Patio des *American Colony,* wo sie frühstückten. Marie-Laure hatte mit einem rauhen Lachen gelacht, das er erst seit wenigen Stunden an ihr kannte, sie hatte ihre Hand auf Maximes nackten Arm gelegt. Die Herbstsonne,

der Herbsthimmel, das Jerusalem ewigen Herbstes. In diesem Moment hatte sie dieses Gedicht gesagt – auch das war neu! –, von dem er heute nur diesen auf einmal in seiner Erinnerung aufgetauchten Vers behielt, die verblaßt war wie der Schmerz. Denn Marie-Laure war bei dieser Reise in der Nähe von Cäsarea im Treibsand eines Strandes umgekommen, auf ganz törichte Weise. Aber gibt es etwas Törichteres als den Tod?
*À la rose des vents notre amour se déhanche ...*
Er schließt die Augen, Ingrid sieht dieses Männergesicht, das von einem ihr unbekannten alten Schmerz ausgezehrt ist: diese Totenmaske einer gestorbenen Liebe. Aber er macht die Augen sofort wieder auf, und sein Gesicht belebt sich, wird wieder glatt, lebendig, wie von neuem bewässert.
Er lächelt ihr zu.
»Sind Sie wohl so nett, das für mich zu tun?« fragt er mit einer Stimme, die nichts Professorales mehr hat.
Sie sagt, ja, daß sie das gerne tun werde, daß diese Nachforschung sie sogar fasziniere. Sie stehen auf, er trägt für sie den dicken Band *Les Murailles politiques de la France, 1870-1871*, wo er neulich, völlig zufällig, die Reproduktion dieses von Karl Marx unterzeichneten Plakats gefunden hat. Er hatte diese Dokumentensammlung jedoch bereits benutzt, aber wahrscheinlich, weil er anderes suchte – in diesem Falle Informationen über das Alltagsleben bestimmter Pariser Viertel unter der Commune von 1871 –, hatte er ihn niemals bemerkt, diesen kuriosen reformistischen, legalistischen und naiv utopistischen Text (von den Arbeitern verlangen, daß sie von vornherein »über den schäbigen und kleinen Rivalitäten der Völker« stehen sollen, und das mitten im deutsch-französischen Krieg, das verriet tatsächlich eine quasi tödliche Dosis an ideologischer Arglosigkeit oder Stupidität eines germanischen Professors!) aus der Feder des Begründers des sogenannten wissenschaftlichen Sozialismus.
Sie haben den Saal verlassen, wo gewöhnlich die Sitzungen des Seminars stattfinden und der zu klein wird, da der Zustrom der Studenten die Voraussicht des Rektorats übertroffen hat, und sie gehen einen langen Gang der alten Sorbonne hinunter.
Auf einmal hören sie die Echos einer deklamatorischen Stimme,

deren Umfang sich vergrößert, je mehr sie sich dem Saal nähern, von wo sie herkommen muß.
Ingrid fragt, was das sei, und er bedeutet ihr mit einem stummen Lächeln, ihr zu folgen. Er ergreift diese günstige Gelegenheit, um auch die Hand des jungen Mädchens zu ergreifen, die sie ihm überläßt, frisch und fest. Er führt es diskret zum Eingang eines Hörsaals. Sie befinden sich hinter einer Flügelglastür, die zu den oberen Reihen besagten Hörsaals führt. Wenn man sich ein bißchen nach vorne beugt, kann man, sogar ohne den Türflügel aufzustoßen, feststellen, daß der Raum völlig leer ist. Anders gesagt, leer von Studenten und sogar von Neugierigen. In diesem Hörsaal steht nur, ganz aufrecht am Katheder, ein noch junger Mann mit Stahlbrille, der mit eintöniger Stimme seine Botschaft verkündet.
»... das maotsetungsche Denken auf die französische Realität anwendend« proklamiert dieser einsame Meister gerade mit Stentorstimme, »haben wir eine eigene politisch-militärische Praxis definiert und angewandt, eine eigene Guerilla, die wir bewaffneten Partisanenkampf genannt haben ...«
Der rote Professor unterstreicht diese letzten Worte mit einer rhythmischen Gebärde seiner rechten Faust, als wolle er die im übrigen abwesenden Massen von der Richtigkeit und Wichtigkeit seiner Lehre überzeugen.
»... dieser bewaffnete Kampf richtet sich vom politischen Gesichtspunkt gegen die Autorität des Staats und der Gewerkschaften, insofern diese Autorität den Massen eine fremde Ideologie aufzwingt, den Legalismus, das heißt die Unterwerfung unter die bürgerliche Ordnung.«
In ihr Ohr flüsternd, dessen Läppchen er mit seiner Lippe mehrfach streifen kann, wobei er voller verständlicher Freude feststellt, daß das den grazilen Körper des Mädchens erschauern läßt, erklärt ihr Maxime, Professor Badadiou, einer der angesehensten maoistischen Philosophen der Z.U.P., halte seine Sorbonne-Vorlesung *Politik und Philosophie des zeitgenössischen Marxismus* vor leeren Hörsälen, und das seit bald zwei Jahren. Er versteife sich nichtsdestoweniger darauf, mit einer Entschlossenheit, die einer besseren Sache würdig wäre, und verkünde zweimal in der Woche vor den leeren Sitzbänken die unerbittliche und strahlende – unvergängliche, das ist das

richtige Wort, verdammt! – Wahrheit des maotsetungschen Denkens.
»Gehen Sie eine Sekunde in den Saal«, sagt er zu ihr. »Wir werden sehen, wie er reagiert!«
Sie scheint zu zögern, weil sie diesen Spaß vielleicht zu grausam findet. Aber sie gehorcht schließlich, überwindet ihren Widerwillen oder ihre Hemmung mit vielversprechender Folgsamkeit.
Er schiebt sie sanft nach vorn mit einer festen, über ihren Nacken streichenden Hand, und das junge Mädchen geht durch die Flügeltür. Als Professor Badadiou sie, blond und zart, in der obersten Reihe des Vorlesungssaals eintreten sieht, stockt er kurz. Aber er faßt sich sofort wieder, seine Stimme wird triumphierend. Hat er nicht gesagt und wiederholt, daß ein einziger Funke eine ganze Ebene entzünden kann? Das ist das erste sichtbare Resultat seiner Hartnäckigkeit, seiner ideologischen und natürlich proletarischen Festigkeit! Das ist die erste und überdies noch blonde Schwalbe eines sich ankündigenden Frühlings der Völker! Das ist die erste Aufklärerin der in Bewegung geratenen Massen! Von einem Überschwang theoretischer Freude erfaßt, fährt Professor Badadiou in seiner Vorlesung fort und richtet sich dabei direkt an Ingrid.
»WARUM DER BEWAFFNETE PARTISANENKAMPF?« schreit er und fuchtelt dabei wie ein Besessener.
Niemand antwortet ihm natürlich, die junge Schwedin ebensowenig wie die anderen, Abwesenden.
»Es ist klar«, fährt Badadiou ruhiger fort, »daß es sich für die Maos nicht um eine willkürliche Wahl, um eine Bevorzugung der Gewalt handelt. Und das aus mindestens zwei Gründen. Der erste ist, daß der bewaffnete Kampf nicht von einer willkürlichen Bevorzugung, einer zügellosen Vorliebe für Schlägereien herkommt, sondern von einer Strategie, deren Ziel die Übernahme der Zentralgewalt ist ...«
Aber als Professor Badadiou gerade den zweiten Grund für diese theoretische und praktische Wahl nennen will, unterbricht er sich plötzlich.
»Möchten Sie nicht einen Kaffee mit mir trinken?« fragt er Ingrid abrupt.
Völlig überrascht durch eine ebenso direkte wie wenig universi-

täre Anrede steht diese auf, stammelt eine unverständliche Entschuldigung und rennt aus dem Vorlesungssaal.
Maxime und Ingrid haben, von schallendem Gelächter geschüttelt, kaum Zeit gehabt, einige Schritte in den Gang zu gehen, als die Stimme des roten Professors sich von neuem erhebt, ruhig und majestätisch, durchdrungen von der Feierlichkeit, die der Darlegung des Denkens des Großen Steuermanns geziemt.
»Der zweite ist, daß die bewaffneten Aktionen nicht die Gesamtheit des Partisanenkampfes des Volkes sind, sondern nur die Form, die er annimmt...«
Sie sind zu weit weg, um die Fortsetzung hören zu können.

Sie hatten das Hotel am ersten Vormittag sehr früh verlassen. Das *American Colony* befand sich in der ehemaligen jordanischen Zone Jerusalems, nicht weit von jenem Mandelbaumtor, das bis zum Sechstagekrieg der einzige Übergang der Demarkationslinie gewesen war.
Man wird sicher verstanden haben, daß wir im Augenblick nicht mehr von Maxime und Ingrid, sondern von Maxime und Marie-Laure, der jungen Toten von Cäsarea sprechen. Das ist der Vorteil jener nach dem Muster der hispanischen pikaresken Gattung geschnittenen wuchernden Romane mit zahlreichen Figuren und hin und her springenden Episoden: man kann von der einen zur anderen gehen, auf etwas zurückkommen, plötzlich abbrechen, sich scheinbar in Abschweifungen verlieren, den Faden etwas weiter unten wieder aufnehmen, das ist das Gesetz einer heute außer dem Gesetz stehenden Gattung. Von jenem Augenblick profitierend, wo Maxime und Ingrid den langen Gang der alten Sorbonne hinuntergehen, der vom Echo ihres Gelächters widerhallt, einem Augenblick ohne aufregende Ereignisse trotz der überschäumenden Phantasie eines ERZÄHLERS, der sich auf die Kunst der Höhepunkte versteht, können wir uns vorteilhaft in die Vergangenheit von Maxime Lecoq fortstehlen.
Es war also im Herbst 1972.
Sechs Monate zuvor hatte Maxime auf dem Standesamt des VI. Arrondissements Marie-Laure geheiratet. Eleuterio Ruiz war sein Trauzeuge gewesen. Maxime kannte ihn seit der aufsehenerregenden Ankunft des Spaniers mit seiner »Kolonne

Durruti« auf der Bühne der Auseinandersetzungen von 1968. Als Historiker von Beruf und obendrein noch Hispanist hatte Maxime einen seiner Essays dem Abenteuer des iberischen Anarcho-Syndikalismus im 20. Jahrhundert gewidmet. Einige angesehene Kämpfer der C.N.T. hatten diese Arbeit widerlich gefunden, andere hatten sie dagegen in den Himmel gehoben. Einer der spezifischen Züge besagter Organisation ist ja die Vielfalt der Meinungen, die hier zusammenfließen, ihr fehlender Monolithismus. Wie dem auch sei, Eleuterio Ruiz gehörte eher zu den Letztgenannten, und er hatte Maxime Lecoq mit viel Sympathie aufgenommen, als er sein Hauptquartier im Pfarrhaus von Saint-Germain-des-Prés aufgeschlagen hatte. Danach, als Ruiz der Kulturfunktionär des ersten Zentralkomitees der Arbeitermilizen geworden war, und zwar in der Zeit, als die Autorität der Commune sich noch über die gesamte Hauptstadt erstreckte, hatte er Maxime gebeten, ihm bei seiner Aufgabe zu helfen. Ihre Zusammenarbeit war fruchtbar gewesen: viele Veranstaltungen der Commune, die dieser eine unbestreitbare kulturelle Ausstrahlung verliehen hatten, waren aus einer Idee oder einer Initiative dieser beiden Männer hervorgegangen.
In Wahrheit war Maxime von Eleuterio Ruiz fasziniert. Der alte Akrat oder Akratier (wenn man uns erlaubt, nach Belieben oder Gutdünken einen dieser beiden Neologismen für »Anarchist« zu benutzen, wobei die Konnotation des zweiten natürlich auf der versteckten phonetischen Ähnlichkeit mit »Arkadier« oder Bewohner von Arkadien beruht; die des ersten auf seiner direkten negativen Ähnlichkeit mit »Autokrat«, ein Ausdruck, dessen völlige Umkehrung »Akrat« darstellt), eben der Mann von Acracia Seisdedos, verkörperte für Maxime eines der aufregendsten, aber auch am schwierigsten zu entwirrenden und sicher hoffnungslosesten Abenteuer der Geschichte: das der Selbstemanzipation der Arbeiterklasse und ihres wahrscheinlich unvermeidlichen Scheiterns. Der spanische Anarcho-Syndikalismus wäre, zumindest Maxime Lecoq zufolge, in diesem Kontext eine der letzten historischen Erfahrungen jenes Selbstemanzipationswillens der Arbeiter, jener Autonomie einer zugleich proletarischen und bäuerlichen Volksbewegung, die im wesentlichen nicht von einer Schicht professioneller Intellektueller der Politik befruchtet und danach beherrscht und manipuliert worden war,

sondern durch ihre eigene Akkulturation, Autodidaktik und Schaffung einer organischen Schicht von Arbeiter-Intellektuellen.

Das war in der Tat ein Gegenstand, über den Maxime seit Jahren arbeitete, dieser monumentale Essay – zumindest was seine voraussehbaren Proportionen angeht –, *Geschichte und Arbeiterklasse,* dessen Hauptmotivation trotz den Ähnlichkeiten der Betitelung nicht darin bestand, die Thesen eines alten Werks von Lukács wiederaufzunehmen, sondern vielmehr darin, im konkreten Wuchern der europäischen Geschichte – Maxime hatte nämlich die Frage der amerikanischen Arbeiterklasse wegen ihrer Besonderheit, ja Einzigartigkeit absichtlich aus seinen Nachforschungen ausgeklammert – die verschiedenen aufeinanderfolgenden Zyklen des Entstehens, Aufblühens und Niedergangs der Arbeiterautonomie während des ganzen 19. und 20. Jahrhunderts zu analysieren, deren erstes und sicher geläutertstes Beispiel man in Großbritannien in der ersten Hälfte des 19. Jahrhunderts antreffen kann, einer Epoche, über die es eine unermeßliche Bibliographie gibt (obwohl sie auf französisch nur selten zugänglich ist wegen des hartnäckigen Ethnozentrismus der impliziten intellektuellen Strategie des Landes von Descartes und Guy des Cars, eines Ethnozentrismus, den die drei- oder vierjährigen universalistischen Initiativen der Zweiten Commune nicht zu beseitigen vermocht haben), angefangen von der klassischen Arbeit E. P. Thompsons, und übrigens nicht zu vergessen die weniger bekannte des Deutschen Michael Vester, *Die Entstehung des Proletariats als Lernprozeß,* das brillante und gut begründete Resultat einer Forschung im Rahmen der Universität Hannover, und deren ebenso interessantes und ebenso wie die anderen gescheitertes letztes Beispiel – wir kommen auf den historischen Prozeß der proletarischen Selbstemanzipation zurück –, immer noch der Ansicht von Maxime Lecoq zufolge, sich im 20. Jahrhundert in Spanien manifestiert.

Aber wir wollen hier natürlich nicht die Grundthesen von Maximes Arbeit darlegen oder auch nur zusammenfassen. Erstens handelte es sich dabei um eine illoyale Konkurrenz, da dessen Forschung noch nicht abgeschlossen ist. Außerdem gibt uns die Tatsache, daß wir mit dieser Figur unserer Geschichte in der Realität verkehrt haben, zwar einige Rechte, vor allem all

jene, die auf einer aufrichtigen und tiefen Freundschaft fußen, aber gewiß nicht das, an seiner Stelle das Wort zu ergreifen, zudem noch auf die Gefahr hin, sein Denken zu entstellen oder es von jetzt an in unwiderruflichen Formulierungen erstarren zu lassen, wo es sich doch, sein Denken nämlich, noch in einer Kristallisations- und kreativen Wachstumsperiode befindet. Und schließlich, *last but not least,* wie man in den guten Werken von einst und sogar von ehemals sagt, während des vom Szenario dieses Werks im Stadtpalais des Kanzlers Séguier vorgesehenen Essens, das später einige unserer Protagonisten zusammenführen wird, zur Freude nicht nur ihres schlemmerischen und feinschmeckerischen Appetits, sondern auch zu der, wie wir hoffen, des Lesers – einer zugegebenermaßen andersartigen, ätherischeren Freude! –, wird Maxime selbst und in Person die Gelegenheit haben, Carlos Bustamante oder Rafael Artigas etwas über diese Frage beizubringen (dieses kleine Problem der erzählerischen Regie ist noch nicht geregelt), die ihn zwangsläufig beide fragen werden, das ist das Mindeste freundschaftlicher Höflichkeit, wie es mit seinem *opus magnum* steht.
Wie dem auch sei, Maxime Lecoq war Marie-Laure Valenzuela in der Umgebung von Eleuterio Ruiz begegnet. Sie war die Tochter eines anderen spanischen Akratiers, der während der stürmischen dreißiger Jahre der Spanischen Republik ein Gefährte von »Lute« gewesen und nach Venezuela emigriert war – daher der von den meisten Beamten, Kaufleuten, geschweige denn Pariser Hauswarten gemachte Fehler, die eine unverbesserliche Neigung hatten, Marie-Laure Fräulein Venezuela anstatt Valenzuela zu nennen! –, dort in einigen Jahren ein beträchtliches Vermögen angesammelt hatte, das er auf die allerrationellste Art benutzte: er verschwendete es in Unternehmungen eines kulturellen und politischen Mäzenatentums zugunsten der in Lateinamerika und im Süden Frankreichs verstreuten akratischen Gemeinschaften. Auf diese Weise konnte Eleuterio zu Beginn der sechziger Jahre in der Umgebung von Béziers das Kulturzentrum gründen, von dem er seit langer Zeit träumte.
Marie-Laure also, deren Mutter aus Prades in den Ostpyrenäen stammte – nachdem José Valenzuela 1939 aus dem Lager von Argelès-sur-Mer ausgebrochen war, hatte er sich bei Bauern der Gegend versteckt und Zeit gehabt, während er seine Überfahrt

nach Lateinamerika vorbereitete, die erste antifrankistische Guerillaaktion innerhalb des spanischen Territoriums zu organisieren und die Tochter der reichsten Weinbauern des Orts zu verführen –, kehrte 1962 in ihr Mutter-Vaterland oder Vater-Mutterland oder einfacher das Vaterland ihrer Mutter zurück, die einige Zeit vorher in Maracaibo verschieden war. Marie-Laure war damals zwanzig Jahre alt, und sie war von atemberaubender Schönheit.

Und was kommen mußte, kam: Maxime Lecoq raubte sie den Atem. Das war auf dem Höhepunkt der glorreichen Periode der Commune, und er begegnete ihr im gekalkten, nüchternen Eßsaal des Pfarrhauses von Saint-Germain-des-Prés, während eines der platonischen, das heißt nicht nur der sinnlichen Oralität des Kauens, sondern auch der ebenso raffinierten des Dialogs gewidmeten Gastmähler, die Eleuterio Ruiz mit Gästen allerersten Ranges dort veranstaltete. An jenem Tag hatte sich Acracia Seisdedos, was die Freuden des Gaumens anging, selbst übertroffen. Für die des Geistes gab es Herbert Marcuse, der sich zum erstenmal auf dem Boden der Commune aufhielt; Michael Leibson, der ein Stammgast werden sollte; Louis Guilloux, der als Nachbar gekommen war, weil er immer noch in der Rue du Dragon wohnte; Carlos Fuentes, der anfing, von dem ganz verrückten, wuchernden Buch *Terra nostra* zu träumen, dessen Niederschrift er in jenem Winter in Hampstead Hill Gardens begann, dem magischen Ort so vieler intellektueller Abenteuer; Juan Goytisolo, dessen transparentes, fluides Werk bald zu tausend Glasstücken zersplittern sollte, die scharf waren wie maurische Krummsäbel; Gabriel Jackson, der leidenschaftliche und ausgewogene Historiker des zeitgenössischen Spanien, was auch immer der griesgrämige Noam Chomsky darüber gesagt hat; es gab also genug, um auf ebenso köstliche Weise eine Konversation wie die Mägen der Geladenen zu nähren.

Kurz, Maxime verliebte sich gleich am ersten Tag unsterblich in Marie-Laure. Nichts, nicht einmal der brillanteste dialektische Waffengang zwischen Eleuterio Ruiz und Herbert Marcuse über die individuelle Freiheit, konnte an jenem Tag seine Aufmerksamkeit von dem Gesicht, den Bewegungen, den Lippen, den Hüften der jungen Frau abbringen. Aber letztere hatte einen

Vater, José Valenzuela, wir haben es bereits gesagt, der sie nicht nur mit eifersüchtiger Liebe vergötterte, da sie ja – sagte er, sicher heuchlerisch, um seiner ausschließlichen Zuneigung einen eingestehbaren, ja ehrenwerten Grund zu geben – das lebendige Abbild ihrer entschwundenen Mutter war, seiner angebeteten Gattin, sondern der obendrein noch trotz seinem unverbesserlichen Anarchismus der traditionellste und strengste Mann war, den man sich vorstellen konnte, was die familiären und sexuellen Beziehungen betraf. Von Liebe erfaßt, war Maxime also gezwungen, Marie-Laure nach den alten Gewohnheiten regelrecht den Hof zu machen. Er konnte zum Beispiel nicht länger als eine viertel Stunde mit dem Mädchen verbringen, ohne daß die Tür aufging und der Pepe, Pepe Valenzuela sich im Salon der Wohnung niederließ, um eine linksradikale Zeitung oder ein Buch von Élisée Reclus zu lesen, in Wirklichkeit jedoch, um wie der rückständigste kleinbürgerliche *pater familias* die Machenschaften dessen zu überwachen, den er pompös den »Bräutigam« oder sogar – wobei Maxime vor ohnmächtigem Entsetzen und Haß die Haare zu Berge standen – »den Versprochenen« seiner Tochter nannte. *El prometido*! Besser wäre *El Desdichado*! Das Schlimmste war jedoch nicht Pepe Valenzuelas Haltung eines provinziellen alten Christen mit den wurmstichigen Wurzeln Kastiliens: das Schlimmste war, daß Marie-Laure, sonst so frei und gewitzt in allen Fragen des Geistes, sich widerspruchslos der erdrückenden väterlichen Vormundschaft zu unterwerfen schien.

Maximes Leidenschaft, die von allen diesen Hindernissen angefacht anstatt gelöscht und von den Abenteuern, die er mit viel Leichtigkeit nebenher hatte, weil er schon immer beim schönen Geschlecht erfolgreich gewesen war, und das seit einer bescheidenen, aber sonnigen Jugend in Montpellier – man weiß ja, daß die Sonne das Elend vergessen läßt! –, mit immer zwanghafteren Phantasmen und Frustrationen genährt wurde (o jener köstliche Traum, aus dem er manchmal in sündigen kalten Schweiß gebadet hochfuhr, wo er das Mädchen vor dem hervorquellenden Auge ihres Vaters sodomisierte, das in Tränen zerschmolz oder wie eine Seifenblase zerplatzte, je nachdem, genau in dem Moment, da Marie-Laure vor Glück zu stöhnen begann!), Maximes Leidenschaft also mußte sich unter diesen Umständen mit der jämmerlichen Notlösung einiger kesser Berührungen, flüchtiger Küsse, etwas kruder Anspielungen auf das Verlangen, das er nach ihr hatte, begnügen. Aber sie ging durch all das hindurch, luftig, unberührbar und leicht, und streifte, wenn die Situation es erlaubte, Maximes steifes Glied mit einem durchsichtigen und feuchten Blick, als wolle sie nicht daran rühren, diese Rühr-mich-nicht-an oder wirklich Unschuldige, wie soll man das wissen?

Einmal jedoch, nach wochenlangen strategischen Vorbereitungen, war es Maxime gelungen, José Valenzuela in eine Kommission der Commune einzuschließen, die die brennende Frage der Leihbibliotheken untersuchen sollte und deren Arbeitsplan er so organisiert hatte, daß er über etwas Freiheit verfügen und gleichzeitig Marie-Laure in ein Stundenhotel der Rue de la Harpe mitziehen konnte. Sie war natürlich einverstanden. Denn sie war für Maximes Charme empfänglich und entschlossen, sich ihm hinzugeben, wie sie mit jener sicher von der üblichen kastilischen und paternalistischen Rhetorik geerbten Feierlichkeit sagte. Sie wollte lediglich ihrem Papa keinen Kummer machen, der es nicht ertragen hätte, seine Tochter im Bett eines anderen Mannes zu verlieren, wo er sich kaum davon erholte, seine Frau im Bett, dem Totenbett, des Acharon verloren zu haben!

An jenem Tag herrschte drückende Hitze im Hotelzimmer. Aber als Maxime das Fenster aufmachen wollte, stieß er auf die hartnäckige, verkrampfte, fast hysterische Weigerung des Mädchens. Sie verlangte geschlossene Fenster, zugezogene Vorhänge, die Schwüle eines dunklen, abgesperrten Ortes, wo sie ihren Körper und die blutige Besudelung ihres Geschlechts verstecken konnte. Denn sie war tatsächlich noch eine Jungfrau. Das war etwas ganz Dummes, an das Maxime dummerweise nie gedacht hatte: Marie-Laure war unberührt. Bei näherem Nachdenken konnte es natürlich gar nicht anders sein. Wenn Marie-Laure bereits die Schwelle überschritten, das Tabu des väterlichen Verbots gebrochen hätte, hätte sie mit Maxime nicht jenes zugleich freigeistige und zaghafte, ja zimperliche Verhalten in den Bewegungen und Handlungen gehabt. Aber die blendende Entdeckung dieser Jungfräulichkeit, die sich ihm anbot, die sie ihm opfern würde, stürzte Maxime in die allergrößte Ratlosig-

keit. Er verkehrte seit langem mit freien Frauen, mit solchen, deren Jungfräulichkeit schon von irgendeinem anderen befleckt worden war (o wie gut ist das gesagt, wie zufrieden werden einige meiner besten Kollegen mit diesem Einfall sein!). In seinen Beziehungen zu Frauen tauchte also nur selten Blut auf. Kein Jungfrauenblut, wenig Menstruationsblut. Wenn man nämlich nicht an eine einzige Geliebte gebunden ist, wenn man hier oder da mit verschiedenen, aber gleichermaßen befreiten Frauen verkehrt, so richten es diese natürlich so ein, das ist das Mindeste, daß sie sich nicht an unpäßlichen Tagen mit einem verabreden. Oder sie weisen einen jedenfalls im voraus darauf hin, daß der Abend rein freundschaftlich verlaufen wird, bestenfalls durch irgendeine gefällige und besonders altruistische Leckerei gewürzt. Das Blut verschwindet also schließlich aus unseren Beziehungen zu Frauen, wenn man das Leben eines Junggesellen führt, der frei von einer einzigen emotionalen und sinnlichen Bindung ist. Hier aber tauchte nun das Blut wieder auf, in der drückenden Schwüle jenes Hotelzimmers, das schrekkenerregende Blut des deflorierten Hymens, das Blut dieser Wunde, die er Marie-Laure zufügen mußte, damit sie Frau würde, als handle es sich um ein zweites Durchschneiden der Nabelschnur. Diesmal jedoch galt es nicht, zum zarten mütterlichen Kokon die Bande abzuschneiden, sondern vielmehr zu der magmaartigen Plazenta ihrer eigenen unschuldigen und unerfüllten, virtuell noch androgynen Ambiguität.
Maxime betrachtete das auf dem Bett zusammengekrümmte zitternde Mädchen, dessen prächtigen, widerspenstigen Körper er streichelte in einem Schatten, der günstig hätte sein müssen, ohne sie beruhigen zu können. Er war plötzlich empört über das Schicksal der Frau. Nicht dieser im besonderen: sondern jeder Frau. Du bist ein Wesen, dachte er, als er Marie-Laures Beine unter seiner Hand zucken sah, die sanft die Knie auseinanderzuschieben versuchte, du bist ein Wesen, dessen Schicksal es ist, zu bluten und keinen Namen zu haben! Du bist eigentlich unnennbar. Schmutzig, auf blutige Art, die Unnennbare. In unseren Gesellschaften zumindest, wo das Matriarchat in die Nacht der Zeiten zurückreicht oder vielmehr in ihre Morgendämmerung, in die Morgenröte der Geschichte, du bist das Wesen, das immer nur den Namen seines Vaters oder das seines Mannes tragen

wird, was du auch tust. Es gibt Länder, Spanien zum Beispiel, wo man in allen Urkunden beide Namen trägt und weitergibt, den des Vaters und den der Mutter. Aber das ist nur eine Täuschung: es ist ja nicht der Name der Mutter, den man auf diese Art weitergibt, sondern der des Vaters der Mutter. Man kommt da nicht heraus: du bist die, die keinen Namen hat, und wenn die modernen liberalen Gesetze dir erlauben oder dich sogar zwingen, deinen Mädchennamen zu behalten, was tust du damit anderes, als für alle Ewigkeit den Namen deines Vaters zu behalten? Nichts von dir selbst hat Dauer, was nicht der Schlagschatten der Männlichkeit ist. Du wirst immer die Anonyme und Unnennbare sein. Und als wenn das nicht genügte, wirst du nur vermittels des blutigen Abenteuers deines Körpers du selbst. Du bist die, die blutet, um auf lunare oder sogar lunatische Weise geschlechtsreif zu werden, und die, die immer noch blutet, damit man in sie eindringen kann, als wenn das Blut des Hymens der Preis für deine Initiation ins Universum der Feminität wäre, das gleichzeitig und zwangsläufig das allermaskulinste Universum ist, weil du von nun an Frau sein wirst, offen für jeden, weil keinerlei Besitz von nun an eine Spur auf deinem Körper hinterlassen wird, nichts anderes als eine leichte und manchmal sogar zarte, aber unheilbare Wunde der Seele, zu wissen, daß du jetzt in den männlichen Markt des Austauschs, der Demütigung und des Glücks eingeschlossen bist.
Damit ist sofort gesagt, daß unter den Bedingungen, deren Beschreibung gestreift worden ist, Marie-Laures Defloration kein Erfolg war. Nicht, daß sie physiologisch nicht völlig gelungen wäre, was immerhin ganz banal ist.
Aber sie war von keinerlei Lust begleitet, nicht einmal von einem Vorgefühl davon, von keinem Erschauern des Körpers oder Rauschen der Sinne, das die nächste Möglichkeit ihres Aufblühens hätte erhoffen lassen können.
Es kam jedoch noch schlimmer.
Als sie in der Rue de la Harpe das Hotel verließen (doch es ist uns sicher nicht gelungen, diese erste Umarmung von Maxime und Marie-Laure gut zu erzählen: beim Wiederlesen der vorhergehenden Zeilen kommt uns irgendwie ein Bedauern, das Gefühl einer erzählerischen Unvollkommenheit, eines beunruhigenden Mangels. Man müßte allem, was in einem manchmal ironischen

Ton gesagt worden ist – die Persiflage ist ja bekanntlich eins der sichersten, wirksamsten literarischen Mittel –, man müßte ihm ein bißchen Zärtlichkeit, sogar verzweifelte oder zumindest verängstigte, ein bißchen goldbraune Nuancen des Gefühls hinzufügen, einen Aufschwung des Herzens, ein Auffliegen der Hände und der Blicke, wie Meeresvögel, exotische Schmetterlinge, die mit ihrer emotionalen und sinnlichen Aura, trotz der realen und als solcher erlebten Frustration, diese ganze Episode umgaben, bei der es sich nicht schickte, daß der Leser sich vorstellte, er solle sich lediglich amüsieren, sondern von der er im Gegenteil eine eher gerührte, anteilnehmende und komplizenhafte Erinnerung bewahren müßte, denn wer kann ohne eine gewisse angeberische Mogelei behaupten, daß er niemals eine derartige Situation, niemals ein Fiasko, niemals einen Mißerfolg oder einen halben Mißerfolg kennengelernt hätte, es sei denn, er wäre in aller stumpfsinnigen Arroganz nur ein krähendes Männchen, das sich einzig und allein um seine eigene Erektion kümmerte und um die Detumeszenz nach einer schnellen, schlechten bornierten Ejakulation), als sie also in der Rue de la Harpe aus dem Hotel kamen, verletzt und schweigend, aber Hand in Hand, durch jene erste enttäuschende Erfahrung aneinander gebunden, wie sie es durch eine triumphale Defloration gewesen wären, die von dröhnenden Wagneroperorgasmen begleitet worden ist, stießen sie unerwarteter- und ärgerlicherweise auf einen klatschhaften Kumpan von Pepe Valenzuela, dem von patriarchalischer Frömmigkeit durchdrungenen Papa, der sich beeilte, diesem seine Begegnung mitzuteilen, wobei er völlig falsche Einzelheiten über ein angeblich unschickliches öffentliches Auftreten der unglücklichen Liebenden hinzufügte, eine Nachricht, die den blitzeschleudernden Zorn besagten Pepes hervorrief, spuckend vor empörter puritanischer Ira, die jede spätere Begegnung von Maxime und Marie-Laure unmöglich machte.

Einige Zeit später jedoch starb José Valenzuela an einem, wie man so sagt, blöden Verkehrsunfall, der sich als um so blöder erwies, als der Verkehr in der Z.U.P. schon quasi auf Null zurückgegangen war!

Und da befinden wir uns nun sechs Monate nach der durch dieses außergewöhnliche Ereignis ermöglichten Heirat. Da sind

wir im *American Colony* von Jerusalem, nach diesem kurzen Umweg durch die Sumpfgebiete der *Carte du Tendre*.
Am ersten Vormittag hatten Maxime und Marie-Laure das Hotel sehr früh verlassen.
Sie traten auf die Straße nach Nablus, wo sich das *American Colony* befindet, und gingen leichten Schritts – der Herbsthimmel war prächtig, die Luft frisch: sie versprachen sich nur Freude von diesem Spaziergang – in Richtung auf das Damaskustor, durch das sie in die Altstadt gehen wollten.
Auf der Linken entdeckten sie, etwas weiter weg, den Zugang zu einer archäologischen Fundstätte.
»Das muß das Grab der Könige sein«, sagte Marie-Laure.
Sie war es, die den Führer in der Hand hielt. Sie hatte gerade einen Blick hineingeworfen.
Der *Guide bleu* von Israel war eine Ausgabe von 1966, stammte also aus einer Zeit, wo Jerusalem noch geteilt war. Der Weg, dem sie folgten – genau in umgekehrter Richtung als der von dem Führer vorgeschlagenen, beginnend mit eben diesem Damaskustor, auf das sie jetzt zugingen –, befand sich damals in der jordanischen Zone. Trotz diesen Veränderungen hatte Marie-Laure den Ort genau erkannt: es war tatsächlich das Grab der Könige.
»Oder *Qoubour el-Moulouk*«, fügte Marie-Laure nach einem Blick auf die Seite 417 des kleinen blauen Bandes hinzu.
Sie durchquerten den Eingang der Fundstätte und befanden sich auf der Höhe einer in den Granitfelsen gehauenen Treppe.
»Man steigt zunächst auf einer riesigen Treppe von 26 in den Felsen gehauenen ungleichen Stufen hinab«, psalmodierte Marie-Laure die in dem Führer enthaltene Beschreibung der Fundstätte.
Sie stiegen also die 26 ungleichen Stufen hinab.
Marie-Laure hielt das Buch in der rechten Hand und stützte sich mit der linken auf Maximes Schulter, der eine Stufe vor ihr auf der riesigen Treppe hinunterging. Maxime erinnerte sich verschwommen, denn er war ein Filmliebhaber, an den Titel des Films von Hitchcock.
»Das in Rinnen aufgefangene Regenwasser versorgt immer noch zwei für die rituellen Waschungen der Juden bestimmte antike Zisternen«, rezitierte Marie-Laure weiter.

Es regnete offensichtlich nicht, man hatte sogar Mühe, sich Regen vorzustellen, wenn man die scheinbar unveränderliche Dichte dieses blauen Himmels, seine Ewigkeitspatina betrachtete. Aber die Rinnen waren sichtbar und auch die Zisternen, obwohl keine Juden da waren, die ihre rituellen Waschungen machten. »Ein Torbogen von 5 Meter Höhe und 3 Meter Breite verschafft Zugang zu einem weiten Hof mit in den Felsen gehauenen vertikalen Wänden...«

Marie-Laure las weiter laut vor, und Maxime hatte plötzlich eine merkwürdige Empfindung, als er sah, mit welcher Genauigkeit die Wörter und die sichtbare Realität übereinstimmten. Denn sie durchquerten tatsächlich jenen Torbogen, gelangten in den weiten Hof, betrachteten seine vertikalen Wände, als wenn sie Figuren einer alten Erzählung geworden wären, von der Hand eines Gottes bewegte Marionetten, als wenn ihr Blick aufgehört hätte, einmalig und persönlich, unersetzlich zu sein, und nur noch den neutralen Zeugen einer Wahrheit bildete, die diesen Blick nicht brauchte, um zu existieren, und das seit den alten Zeiten und bis zur Morgendämmerung der künftigen Zeiten, der Ewigkeit.

Aber kaum hatten sie den Torbogen durchquert, kaum hatten sie einige Schritte in dem verlassenen weiten Hof gemacht, kaum hatte Marie-Laure wieder weitergelesen (»In die westliche Wand«, hatte sie gerade gesagt, »ist ein von zwei Säulen getragenes Vestibül eingehauen...«), als sich eine stöhnende Frauenstimme vernehmen ließ.

Es war eine Art keuchender, dumpfer Klage, regelmäßig zuerst wie die Bewegung von Meereswogen, mit plötzlichen Crescendos, die ihren Rhythmus überstürzten und sie die Tonleiter bis in die hohen Töne erklimmen ließen, bis zu einer Brandung kristallinen Schaums, wenn man die gekoppelte Metapher aus Flut und Belcanto fortsetzen will. Und dann, von dieser Höhe wieder herabfallend, unvermeidlich – hat man denn jemals gesehen, wie eine Welle sich unendlich auf der Höhe ihres Kamms oder wie eine Sängerin den höchsten Ton über eine bestimmte Grenze hinaus hält? –, schien die Klage wieder Atem zu holen, wieder zur tiefen Quelle zurückzukehren, aus der sie hervorströmte, um ihr Emporklimmen wieder zu beginnen, unermüdlich.

Aber war das überhaupt eine Klage?
Marie-Laure war erstarrt. Sie lauschte dieser Frauenstimme mit sichtlicher Erregung, und Maxime erriet sofort, woran sie dachte, was sich in ihrer Erinnerung rührte. Er erriet es um so leichter, als dieselbe Erinnerung wie ein Geysir in seinem Innern hervorgesprudelt war.
An diesem Tage vor einem Jahr, ungefähr am Tag der Defloration des Mädchens – aber sollte man nicht lieber von Verblühen sprechen? Ist der Verlust der Jungfräulichkeit, und wie immer die rein instrumentelle, episodische Rolle ist, die der männliche Penis dabei spielen mag, was auch sein Besitzer darüber fabuliert, nicht eher ein ebenso natürliches Phänomen wie der jahreszeitliche Fall der Blüten einer Pflanze? Sind die jungen Mädchen in Blüte nicht auf natürliche Weise dazu bestimmt, zu verblühen wie Lilien und Mandelbäume, Flieder und Rosen, nach einem unwandelbaren und doch jedesmal überraschenden Zyklus? –, an jenem Tag also im Hotel der Rue de la Harpe hörte man im Nebenzimmer dieselbe Art Liebesklage, unendlich, durchdringend, eine weibliche Lust ankündigend, üppig, die auf schmerzliche Weise die wüstenartige Brandwunde ihrer eigenen Paarung unterstrich, und das war etwas, wovon sie beide niemals gesprochen hatten.
Marie-Laure hatte heute, in dieser antiken Fundstätte Qoubour-el-Moulouk oder Grab der Könige den *Guide bleu* zugeschlagen. Die Augen auch, einen Augenblick lang, während sie sich auf die hohe Statur Maximes stützte, jenes Gerüst aus Knochen und Muskeln, an das sie sich plötzlich hätte klammern wollen wie eine Schlingpflanze, heftig, selbst auf die Gefahr hin, es zu erdrücken. Nichts von dem, was der Verfasser besagten Führers sagte, Elian-J. Finbert, konnte sie von nun an in dem Labyrinth ihrer eigenen Sensibilität leiten. Ariadne, ihre Schwester, hatte dort von jeher andere Fäden gespannt.
Sie durchquerten also, fast verschlungen, das Tor des Hypogäums, das ein dicker Stein in Form eines Mühlsteins hätte gegebenenfalls schließen können, gelangten in ein zweites Vestibül, in dem sich vier Totenkammern öffneten.
Seit einigen Sekunden hörten sie, das Stöhnen der weiblichen Wollust überlagernd, aber ohne sich mit ihm zu vermischen, eine gewisse sonore Autonomie bewahrend, die Stimme eines Man-

nes, die nicht eine Klage und auch nicht ein freudiges Murmeln, sondern eine Rede war, deren allgemeiner Sinn ihnen entging, selbst wenn gewisse einzelne Wörter, im Fluge aufgeschnappt und eindeutig britischer Herkunft, die präzise Krudität ihrer Bedeutung durchscheinen ließen.

Schließlich erreichten sie den Punkt, wo die Sicht ins Innere der Totenkammern dringen konnte, in denen die Gräber in Form eines Arkosoliums übereinander angeordnet waren.

In einer dieser Nischen bearbeitete ein Mann selig den Hintern einer Frau.

Man sah sie von der Seite in einem milchigen Halbdunkel, das die erotische Figur ebenso lesbar machte wie die, die man auf griechischen Amphoren und Vasen oder auf chinesischen Seidenbildern in aller Ruhe betrachten kann. Der Mann war ungefähr dreißig und von einem engelischen oder gälischen Blond, was ihn keineswegs daran hinderte, ein Glied aus massiver Bronze zu besitzen, das man deutlich erkannte, denn er war im Augenblick nur mit einem weißen Leinenhemdchen bekleidet, und man konnte seine feierliche Hinundherbewegung zwischen den Schenkeln der Frau beobachten, die er von hinten nahm, denn sie stützte sich auf den Rand des niedrigsten Grabs des Arkosoliums, streckte die Taille und bot ihren Hintern dar. Das Gesicht der Frau war nicht zu sehen, es war zwischen den Armen verborgen, auf die sie sich stützte, und außerdem noch durch langes pechschwarzes Haar verdeckt, aber sie hatte sich nicht ausgezogen, man hatte ihr lediglich den Rock aus leichtem Stoff hochgeschlagen, unter dem sie Strümpfe mit Straps trug, was angesichts der Uhrzeit und der im übrigen ungezwungenen und sportlichen Aufmachung eine unleugbare Absicht bewies, einen Willen, irgendeine erotische und vielleicht sogar rituelle Gewohnheit zu befriedigen.

Sie stöhnte also, in ihren Tiefen aufgewühlt – aber da sich die Stellung sowohl für ein sodomitisches als auch für das als üblicher betrachtete Eindringen anbot, war es unmöglich herauszufinden, wo sie erfüllt wurde – von dem massiven Glied, das sie vögelte, während der Mann, mit den Augen auf den siebenten Himmel der rosablonden Marmorsphären des weiblichen Hinterns starrend, die Rezitation oder vielmehr das monotone, aber brennende Rezitativ aller mit ihr bereits gestillten Begierden

fortsetzte, und sie in allen Einzelheiten an alle Stellungen erinnerte, die er für sie noch zu erfinden vorhatte, wobei er manchmal Varianten oder Situationen erfand, deren Beschreibung ihre Lust steigerte, den verdoppelten Schreien zufolge, die sie in jenen Momenten ausstieß.
Aber die ganze Szene hatte nur einen kurzen Augenblick gedauert.
Maxime und Marie-Laure regten sich nicht, gefangen von jenem reglosen Wirbel, als der Mann einen sehr blassen Blick von verwaschenem Blau auf sie richtete, und dieser Blick ließ sie auf dem Absatz kehrtmachen und entfliehen, keuchend, ohne daß offenbar ihr unvorhergesehenes Eindringen in die Totenkammer, wo, sicher als Herausforderung oder frevelhafte Provokation, die geheime Zeremonie der Besitzergreifung vollzogen wurde, noch ihr überstürzter Aufbruch die Fortsetzung der unermüdlichen Arbeit der Schändung gestört hätten, da sie weiterhin die gloriose Klage der Frau hörten, bis zu dem Moment, wo der Abstand sie in der Ferne verschwinden ließ.
Muß man jetzt noch sagen, oder wäre das nur Redundanz und überflüssiges Geschwätz, daß, sobald sie ins Hotel zurückgekehrt waren (nach einer begeisterten Besichtigung der Altstadt, in die sie auf der Straße des Königs Salomon hineingingen, um sich dann im Gewirr der Gassen und Souks mit den Gerüchen von Pfefferminz, Zimt und Gewürzen zu verlieren, einer Erforschung, die durch kurze Momente schallenden Gelächters unterbrochen wurde – so zum Beispiel, als sie sich vor einer Kirche befanden und Marie-Laure nach einem Blick in den Führer erklärte, daß das Notre-Dame de la Pâmoison wäre! – und bei der sie mehrfach stehenblieben, um durch endlose Palaver um palästinensische Kleider mit schillernden Stickereien zu feilschen, bei der sie jedoch, zumindest diesmal, die Besichtigung der heiligen Stätten ausließen und die sie, fieberhaft und erschöpft, zum Zionstor führte), daß, sobald sie also ins *American Colony* zurückgekehrt waren, nach einem leichten Imbiß – aber der liebenswürdige Leser wird die Fortsetzung ganz sicher bereits erraten haben –, sie endlich das Glück der Körper kennenlernten im Laufe einer langen libidinösen Siesta, aus der sie abgekämpft, aber vom Salzschaum der Lust bespritzt auftauchten?

Doch diese Israelreise im Herbst 1972 (von der man noch vermerken muß, daß eine frühere Fassung dieser Erzählung, die durch die eifrigen Bemühungen des ERZÄHLERS – oder der ERZÄHLERIN, vielleicht werden wir am Ende über diesen Punkt Aufklärung erhalten – noch nicht auf ein handliches Format reduziert war, eine sehr viel detailliertere Beschreibung bot, und nicht nur, wie gehässige oder lediglich lüsterne Geister sich vorstellen könnten, weil sie über die intimen Episoden der Tage und Nächte von Marie-Laure und Maxime redseliger war, sondern auch weil sie, besagte erste Fassung, die verschiedenen Reisen des Paars durch das Land viel vollständiger darstellte, was ein ständiges literarisches Spiel voll köstlicher Entdeckungen, perverser Spiegelspiele ermöglichte unter Bezug auf die zahlreichen Palästinareiseberichte, die uns einige der besten Schriftsteller des 19. Jahrhunderts hinterlassen haben) hatte natürlich nicht nur so private Motive wie die Entdeckung des Glücks, wie wichtig sie auch war.
Maxime Lecoq war nämlich vom Filmzentrum der Commune mit einer historisch-literarischen Forschungsarbeit zur Vorbereitung der möglichen Verfilmung eines ausgezeichneten Buches von Dan Kurzman, *Genesis 1948 (The first Arab-Israeli War)* beauftragt worden, das die Geburt des Staates Israel im Jahre 1948 minuziös nachzeichnete.
Auf das Aufblühen aller möglichen kulturellen Aktivitäten unter der Commune ist bereits hingewiesen worden. Aber man muß zu dieser allgemeinen Feststellung hinzufügen, daß die Künste des Films und des Fernsehens in diesem Gesamtrahmen alle Bedingungen für eine überwältigende Blüte fanden. Natürlich werden die Historiker nicht versäumen hervorzuheben, daß der Film der Commune keine *creatio ex nihilo* war. Daß er nicht aus dem Nichts auftauchte, werden wir *illico* für all die ehrenhaften Techniker der Kinematographischen Korporation übersetzen, die kein Latein können und daher nicht einmal wissen, daß *illico* ein Wort dieser Sprache ist, und es vielmehr für Pariser Argot halten. Er, dieser Film, wurde nämlich von Männern realisiert, die meist unter dem früheren Regime zur Schule gegangen waren. Aber man muß daran erinnern, wie die seit Anfang der Bewegung vom Mai 1968 quasi permanent tagenden *États généraux du Cinéma* bezeugten, von denen die allgemeinen

Richtlinien für die Produktionspolitik und die späteren Kreationen ausgingen, daß in der französischen Filmindustrie der Anteil an linken Frauen und Männern am höchsten ist, ein Detail, dessen Gründe es jetzt nicht zu investigieren gilt (oh, ist das nicht ein Hispanismus? Überprüfen!), sondern dessen Auswirkungen auf die Fortsetzung der Ereignisse festgestellt werden muß, denn es ermöglichte die enthusiastische Einbeziehung einer Plejade von Regisseuren, Drehbuchautoren und Schauspielern internationalen Ansehens in die Unternehmungen der Commune.

Als nämlich das Territorium der Commune wie ein Chagrinleder zu schrumpfen anfing, was die meisten in den Rand- oder Vorortvierteln gelegenen Filmstudios der Hauptstadt ihrer Reichweite entzog, beschlossen die revolutionären Autoritäten (da haben wir eine Zusammenstellung von sehr disparaten, wenn nicht widersprüchlichen Wörtern: eine sinnträchtige Zusammenstellung jedoch, denn in diesem Widerspruch zwischen der ursprünglichen Revolution jeder Autorität und der späteren und unentbehrlichen Autorität jeder Revolution findet sich die historische Falle, die kein gesellschaftliches Befreiungsunternehmen bis jetzt zu umgehen geschafft hat!), die Verantwortlichen der Commune von Paris also, die inzwischen traurigerweise lediglich die der Rive Gauche und groteskerweise sogar einer bloßen Z.U.P. war, die Film- und Fernsehstudios auf dem ihnen verbliebenen Territorium wiederaufzubauen. Die Arbeiten wurden durch Auslandsverkäufe der bereits gedrehten Filme finanziert sowie durch eine Sondertaxe für die beträchtlichen Einkünfte in harten Devisen aus den touristischen Rundfahrten durch die Z.U.P. und andererseits durch eine Besteuerung der Profite, die Jo Aresti in seinem nächtlichen Reich angesammelt hatte. Eine ziemlich harte Besteuerung, die, wie man sich denken kann, einer der Gründe, und nicht der geringste, für die Animosität des Korsen gegenüber der Commune von Paris, sogar in ihrer niedergehenden, um nicht zu sagen sich verflüchtigenden Form war.

Vielleicht geschah es aus Sehnsucht nach den Studios der Buttes-Chaumont, die die Cineasten der Commune verloren hatten, als diese zur Z.U.P. wurde, daß die neuen Produktionseinrichtungen in der Umgebung anderer Pariser Parks – dem Jardin du

Luxembourg, dem Parc Montsouris – errichtet wurden, und zwar nach modernsten technischen Ansprüchen. Das einzige Detail, das wir jetzt hinzufügen möchten, weil es dem breiten Publikum weniger bekannt ist als alles übrige, ist die Tatsache, daß wahrscheinlich wegen der Nähe der Amazonenkaserne, einer Nähe, die auf die Verwaltungskomitees (Selbstverwaltungskomitees natürlich!) einen unwägbaren, aber nichtsdestoweniger realen Einfluß hatte ausüben können, die Studios des Parc Montsouris einen ihrer Zweige für die Produktion feministischer Filme bestimmt hatten. Einige waren mittelmäßig, ja schlankweg abscheulich. Andere, mit guten Absichten gepflastert, waren formal unvollendet, schwer wie Ziegelsteine, ja einschläfernd wie Mohn. Aber man muß zumindest ein echtes Meisterwerk unter diesen Produktionen nennen – die dieses Namens würdige Kritik ist in diesem Punkt einstimmig: den Film, den Patrice Chéreau frei nach *Penthesilea* von Heinrich von Kleist drehte, eine giftige prächtige Oper voll barocker Feuerwerke und dramatischer Einfälle, ein Film, wo die Amazonen von Penthésilée Ruiz am Platze waren, der natürlich die Hauptrolle zufiel.
Aber wo waren wir stehengeblieben?
Wir werden uns jetzt sicher nicht an eine Geschichte des Films der Commune machen. Dazu gibt es zahlreiche Spezialwerke. Im übrigen werden wir wahrscheinlich Gelegenheit haben, auf dieses Thema zurückzukommen, wenn wir Boris Villeneuve und sein Team in der Rue Séguier bei der Verfilmung der *Mystères de Paris* wiederfinden werden. Im Augenblick interessiert uns Maxime Lecoq. Und außerdem kann er uns in der Vergangenheit, bei der Erwähnung jener Israelreise, nur für einige kurze Sekunden interessieren. In der Gegenwart nämlich, in der Realität ersten Grades dieser Erzählung, kommen Maxime und die junge Schwedin gerade am Ende des Ganges der Sorbonne an: sie werden bald auf den Bürgersteig der Rue Saint-Jacques hinaustreten. Einige kurze Sekunden also, um an jenen Vers eines unbekannten, vergessenen Gedichts zu erinnern, das Marie-Laure eines Vormittags im duftigen Patio des *American Colony* aufgesagt hatte *(À la rose des vents notre amour se déhanche ...)*, um an jene plötzlich aufgeblühte Liebe zu erinnern, ein bunter Schmetterling, der im Herbst über die Lande Galiläas

flatterte, ein Eintagsschmetterling, der seine Flügel bald an der Sonne Cäsareas verbrennen sollte.

Maxime Lecoq steht auf dem Bürgersteig der Rue Saint-Jacques. Er sieht Ingrid an. Er erinnert sich an den langen weißen Sandstrand, wo Marie-Laure hatte baden wollen an jenem fernen Nachmittag, nachdem sie die Besichtigung der Baudenkmäler von Cäsarea mit den Ruinen einer Synagoge aus dem 6. Jahrhundert beendet hatten, deren Marmorkapitelle mit sechsarmigen Leuchtern geschmückt waren. Das ist Wahnsinn, hatte er gesagt, du wirst frieren, wenn du herauskommst! Aber sie war hineingesprungen und hinausgeschwommen, fröhlich und entschlossen. Bei der Rückkehr, als sie in dem Schaum, der den Strand säumte, Fuß fassen wollte, war sie in einem Stück Treibsand verschwunden.

Maxime hatte sie vor seinen Augen umkommen sehen, ohnmächtig, stumm vor Entsetzen.

Er schließt die Augen, er macht sie wieder auf. Das schauerliche Bild verschwimmt in der Helligkeit des Tages. Er sieht aufmerksam das Gesicht der jungen Schwedin an, als wenn er dort irgendeine Botschaft entziffern wollte. Er stellt fest, daß sein Herz seit drei Jahren zum erstenmal wieder zu schlagen angefangen hat.

Er legt einen Finger sanft auf Ingrids Wange, deren Form er streichelt.

»Finden Sie für mich die Angaben über diesen Aufruf von Marx heraus!« sagt er.

Sie wird es sicher herausfinden, wenn es da etwas herauszufinden gibt.

»Ich bin heute nachmittag zu Hause«, fügt er hinzu, »wenn Sie mich brauchen.«

Sie wird ihn sicher brauchen.

Er denkt plötzlich an das Mittagessen mit Artigas und den anderen in der Rue Séguier, an das Vergnügen, das er sich davon verspricht und das er wahrscheinlich nicht wird abkürzen wollen.

»Ab sechzehn Uhr«, präzisiert er.

Sie notiert es sich, gut, ab sechzehn Uhr.

Es gelingt ihr nicht, ihre Gedanken vom Schatten des Todes im Auge von Artigas zu lösen.
War es tatsächlich ein Schatten?
Paula Negri zuckt nervös mit der Schulter.
Es war vielmehr ein winziges, aber blendendes Flackern in der Iris seines linken Auges. Iris? Sie lacht wütend, sie faltet die Hände, sie nimmt sie wieder auseinander. Iris, o Botschafterin der Götter, warum entfaltest du nicht heute in dem Raum, wo die Sterne ihre Bahn ziehen, deine Regenbogenschärpe? Warum verkündest du den Tod durch eine kaum wahrnehmbare, aber derart blendende Flamme, daß man nicht mehr weiß, ob sie die Welt erleuchtet oder ob sie sie nicht verdunkelt?
Paula hatte den blauen Fleck in der Iris des linken Auges von Artigas schon am ersten Tag ihrer Begegnung am Strand des Hotels *Colony* auf der Pinieninsel entdeckt. »Du hast ein kleines Stück Himmel im Auge«, hatte sie gesagt. Sie sprachen damals natürlich kastilisch. Jetzt in Paris kam es oft vor, daß sie französisch sprachen. Aber in Kuba, sieben Jahre zuvor, hatte Paula für ein kleines Stück Himmel *cachito de cielo* gesagt.
Artigas hatte gelächelt. Das erinnerte ihn an etwas zugleich Trauriges und Lustiges. Nat King Cole sang das einst. Oder vielmehr: einst hatte er manchmal eine Platte gehört, auf der Nat King Cole das sang. »*Cachito de cielo que Dios me dió* ...« Aber warum war diese Erinnerung zugleich traurig und lustig? Traurig nicht nur, weil jene Vergangenheit nie mehr wiederkehren würde, weil sie für immer verloren war. Nie mehr würde er zu Nieves in Madrid gehen, sich eine Stunde ausruhen, zwischen zwei geheimen Verabredungen eine Platte hören. In einer bestimmten Zeit war es gerade die Platte von Nat King Cole. Traurig also nicht nur, weil diese politische Vergangenheit nicht nur verflossen war, was immerhin für eine Vergangenheit banal ist, sondern weil es nötig gewesen war, anstatt sie zu vergessen – wie wäre das möglich, o Herr? er zittert noch gelegentlich vor nostalgischer Erregung! –, sie zu zerstören, sie zu Staub zu machen, die giftigen Gräser aus ihr auszureißen, sie buchstäblich zu annihilieren, um weiter existieren, wieder neu existieren zu können. Und doch war diese Erinnerung zugleich lustig, weil diese Madrider Lustigkeit ja existiert, weil sie seine Seele mit Würde und Zärtlichkeit erfüllt hatte, und nicht nur konnte

nichts das auslöschen, sondern paradoxerweise hatte er gerade in jener heftigen, bitteren Heiterkeit die Kraft gefunden, diese Vergangenheit auszustreichen, nicht aus seinem Gedächtnis, sondern aus seiner Praxis. Traurig und lustig, anders kann man es nicht sagen: sie war traurig und lustig zugleich, diese Erinnerung an die Stimme von Nat King Cole im Salon von Nieves, damals.

Aber Paula Negri hatte gesagt, daß er ein kleines Stück Himmel im linken Auge hätte. »Ist das ein gutes Zeichen?« hatte er gefragt. Sie hatte lächelnd die Schulter gezuckt. »Das ist vielleicht ein Zeichen. Vielleicht nicht... Du weißt, kleiner Weißer, Zeichen sind heimtückisch!«

Paula hatte ihren nackten feuchten Körper gegen ihn gedrückt, und er hatte eine ruhige Freude dabei empfunden, wie ihn die Frische dieser Frau einnahm, sich durch den leichten Stoff seiner Kleidung über seine Haut verbreitete, während die aus den Wogen gestiegene Mulattin sein Gesicht in die Hände nahm und dieses kleine Stück blauen Himmel betrachtete, das er in der Iris seines linken Auges hatte.

Aber heute, sieben Jahre später, in der mit den Fresken von Eugène Delacroix bemalten Kapelle von Saint-Supplice, war das schlummernde, scheinbar unschuldige Zeichen in seiner schauerlichen Wahrheit aufgebrochen.

Paula verflucht wieder einmal diese Gabe, die sie sicher aus der uralten Vergangenheit der Verfolgung und des Unglücks ihrer väterlichen Rasse geerbt hatte, diese Gabe, durch die sie an für normale Sterbliche unlesbaren Zeichen das gedämpfte oder arrogante Herannahen des Todes erraten kann. Denn sie zweifelt nicht einen Augenblick, daß es genau der Tod ist, und sogar ein ganz naher, fast unmittelbar bevorstehender Tod, dessen Flackern in jenem bis heute eher lustigen und aufreizenden blauen Fleck der Iris von Artigas sie entziffert hat.

Sie steht auf, sie macht einige Schritte in dem luxuriösen Salon, wo sie Jo Aresti erwartet.

Seit Pedro Vargas und Artigas sie in den Bädern von Saint-Supplice aufgesucht haben, hat Paula keine Zeit verloren.

Zunächst hat sie natürlich im Ruhesaal wieder nach dem Mädchen gesehen, das sie sich für die gelegentliche Lust eines entspannten Vormittags ausgesucht hatte. Trotz ihrer neuen

Sorgen, vor allem trotz der köstlichen Vorstellung, daß sie bald die Bekanntschaft von Yannick de Kerhuel machen würde – einer Perspektive, die sich ihr durch die Mission, mit der die beiden Spanier sie bei Aresti betraut hatten, bestimmt eröffnen würde –, hatte Paula die junge Erwählte jenes Tages noch nach ihrem Geschmack gefunden, als sie sie im Ruhesaal der türkischen Bäder wiedersah. Sie hatte also beschlossen, sich für denselben Abend im *El Alcazar* mit ihr zu verabreden, nach einer der letzten Proben der nächsten Show, die dort vorbereitet wurde, jener komischen Oper, Operette oder hispanischen Zarzuela, *La Corte de Faraón,* von der bereits kurz die Rede war. Um jedoch sicher zu sein, daß sie nicht einer großen Enttäuschung entgegenginge, da das Leben ja zu kurz ist, als daß man sich so etwas erlauben könnte, hatte Paula in der Garderobe der türkischen Bäder kurz den Charme des jungen Mädchens überprüft, und diese hatte die Prüfung mit einer vielversprechenden Ungezwungenheit und Schamlosigkeit über sich ergehen lassen.
Danach war Paula in ihr Hauptquartier in der Rue Mazarine zurückgegangen. Dort hatte sie Jo Aresti angerufen, um sich zu versichern, daß dieser sie auch wirklich eine halbe Stunde später empfangen würde. Der Korse hatte einer Unterredung sofort zugestimmt. Da er die Verbindungen Paula Negris mit den Spaniern kannte, hatte er sicher gerochen, daß sie die Überbringerin irgendeiner Botschaft oder irgendeines Vorschlags von ihrer Seite wäre. Denn seit einigen Minuten fragte sich Aresti, ob er seine Offensive fortsetzen oder sie unterbrechen oder einen Kompromiß aushandeln sollte. Die letzten Nachrichten, die er gerade mit seinem Generalstab geprüft hatte, waren nämlich nicht allzu erfreulich. Der Angriff auf eine bestimmte Anzahl spanischer Zentren an diesem Vormittag auf dem gesamten Territorium der Z.U.P. hatte keinerlei entscheidenden Erfolg gebracht. Es hatte zwar bei den Espinguins Verluste gegeben, aber die seiner Männer waren noch viel schwerer, weil sie über weniger Reserven verfügten als seine Gegner. Außerdem schien dieser Überraschungsangriff sie keineswegs zu terrorisieren, sondern im Gegenteil die etwas eingeschlafene Kriegsfurie der spanischen Selbstverteidigungsmilizen galvanisiert zu haben, deren Mobilisierung jetzt abgeschlossen war. Arestis Spitzel

hatten übrigens nicht herausfinden können, wie der Plan für den Gegenschlag der Spanier aussah. Diese hatten sich ziemlich lange bei Eleuterio Ruiz versammelt, in Anwesenheit von Vargas und Artigas (bei der Erwähnung dieses letzten Namens wird Aresti von einem Anfall kalter Wut gepackt, derentwegen er mit einer abrupten Bewegung den Bleistift zerbricht, mit dem er unablässig Frauen ohne Gesichter mit gespreizten Beinen und außerordentlich dichtem Schamhaar zeichnete, während er mit seinem Stab diskutierte: Artigas! Dieses Schwein war dem zu seiner Liquidierung auf den Boulevard Saint-Germain geschickten Kommando entkommen, von dem nur ein Überlebender übrigblieb, hatte man ihm gerade mitgeteilt! Aber Aresti hatte noch andere, intimere Gründe, Artigas zu hassen, wie man in der Folge sehen wird), ohne daß man mit Sicherheit wußte, welche Strategie sie ausgearbeitet hatten.

Jedoch was den korsischen Banditen an dieser Situation noch mehr ärgerte, war die Entführung von Yannick de Kerhuel durch die Maos von Auguste Le Mao. Nicht allein und nicht einmal hauptsächlich aus finanziellen oder bloßen Prestigegründen, was auch immer deren Gewicht war, sondern weil das ihm überhaupt nicht paßte: in dem Moment, wo er eine Vernichtungskampagne gegen die spanischen Milizen führte, brauchte Aresti die Neutralität der bewaffneten Gruppen der Maos. Der Raub von Yannick zwang ihn, sich mit diesen anzulegen – Was hätte man sonst von Aresti gedacht! Daß er keinen Mumm in den Knochen mehr hätte? –, und das im schlimmsten Moment.

Der Korse hatte also gerade den Hörer der direkten Linie der Z.U.P. zu dem Geheimsender des Allgemeinen Nachrichtendienstes aufgelegt, den er natürlich ständig über die Entwicklung der Situation informierte, als Paula Negri darum bat, ihn sprechen zu dürfen.

Unter diesen Umständen stimmte er der Unterredung, die sie ihm vorschlug, sofort zu. Er beschloß auch, die in seinem Plan vorgesehenen Operationen bis zum Ende besagter Unterredung zu unterbrechen. Danach würde man weitersehen.

Paula ist ihrerseits nach dem Telefongespräch mit Aresti in den Saal des *El Alcazar* gegangen, wo die Proben stattfinden. Die Musiker und Sänger arbeiten am zweiten Bild der Zarzuela: im

Augenblick die Sängerinnen, da uns dieses Bild nämlich drei flinke Witwen zeigt, die der vor Begierde brennenden, doch unerfahrenen Braut Potiphars Liebesratschläge geben. Aber die Eigentümerin des Theaters interessiert sich jetzt nicht für die Proben ihres nächsten Schauspiels. Sie sucht Mario Annunciata, den italienischen Maurer, der Vergrößerungsumbauten im Hintergrund des Saals macht. Sie will ihn etwas fragen.
Fünf Minuten später ist Paula informiert und gleichzeitig beruhigt. Zwei Jahre zuvor hatte Annunciata ihr etwas anvertraut. Der Italiener hatte nämlich an den Arbeiten teilgenommen, die Jo Aresti damals unternahm, um die Tiefgarage von Saint-Sulpice umzubauen. Er hatte bei dieser Gelegenheit einen geheimen Durchgang zwischen den weitläufigen Untergeschossen der ehemaligen Kirche und der dritten unterirdischen Ebene des *Envers du Paradis* entdeckt, und zwar genau an dem Ort, wo Arestis Büros eingerichtet worden waren. Er hatte sich darauf beschränkt, hatte Mario gesagt, diesen Durchgang hinter einer dünnen Ziegelwand zu verbergen, die gegebenenfalls mit einem einzigen Schulterstoß zu durchbrechen war. Und Mario hat Paula gerade bestätigt, daß besagter Durchgang immer noch existiere. Sollte es also nötig sein, sollte die Verhandlung mit Jo Aresti eine schlechte Wendung nehmen, wird man immer die Möglichkeit haben, durch diese Bresche Einsatzgruppen ins unterirdische Reich des Korsen einzuschleusen.
Leichten Herzens also ist Paula Negri zum Treffen mit Aresti gegangen. Alles liefe bestens, wenn es nicht als einzigen Schatten auf dem Gemälde die blendende kleine Flamme des Todes in der Iris des linken Auges von Artigas gäbe.
Es war im Januar 1968, in den letzten Januartagen, daß sie ihn an jenem Strand der Pinieninsel getroffen hatte, die man damals Insel der Jugend und manchmal, mit noch mehr von Eitelkeit strotzender Vermessenheit, Insel des Kommunismus zu nennen begann. In Wirklichkeit war es vor allem ein Ort, wo die kubanischen Behörden die hellen Köpfe, die Opponenten oder alle möglichen Unzufriedenen, die sogenannten asozialen Elemente der Bevölkerung zusammenzuführen anfingen, um sie in die, bekanntlich ihrem Wesen nach umerzieherische, Feldarbeit zu schicken. Und zittert, Bürger, wenn eure Regierung bestimmte Mitglieder der Gemeinschaft als *asozial* bezeichnet!

Zittert, denn das Kriterium der Soziabilität ist, wenn man es mit tugendhafter Festigkeit gebraucht, das schreckenerregendste von allen! Sie selbst, Paula Negri, war auf Tournee geschickt worden auf die Insel – der Pinien, der Jugend oder der Pinguine, wie man will –, weil sie für Havanna lästig zu werden begann und man sie in der Zeit von der Hauptstadt fernhalten wollte, wo der Kulturkongreß soviel Ausländer zusammengetrommelt hatte, darunter einige sehr berühmte und einflußreiche, doch generell – und bewußt – verblendete, wie es oft die linken Intellektuellen sind, *ô bêtes blanches et béates!* (Später, als es ihr gelang, Kuba im Frühjahr jenes Jahres unter rocambolesken Umständen zu verlassen, die schon für sich allein Gegenstand einer ganzen Erzählung sein könnten, las Paula mit Bestürzung einige Erklärungen Pariser Schriftsteller. Wie konnten sie derart dumm und kriecherisch sein? Sie kamen zum größten Teil aus der Eiswüste des Stalinismus, und sie hatten nichts gelernt. Nichts Wesentliches zumindest. Von neuem fixierten sie mit stolz erhobenem Kinn die rote Linie des strahlenden Horizonts, die größer werdende Silhouette des neuen Menschen, blind und taub für den dumpfen Lärm des Volkes, für die verblendende moralische Misere, wie sie sich für eine unbestimmte, wenn nicht unendliche historische Periode auf der Insel Kuba etablierte, die wieder unter die Fuchtel eines einheimischen Großen Steuermanns gefallen war. Und man muß sagen, daß diese Wut Paulas nicht übertrieben war, sie läßt sich voll und ganz rechtfertigen. Man brauchte dazu nur den *Nouvel Observateur* aus jener Zeit zu lesen. Das Ausmaß von Borniertheit, das man unter manchmal angesehenen, manchmal überraschenden Namen dort über Kuba finden kann, ist geradezu trostlos!)

Wie dem auch sei, man hatte Paula gebeten, während der Dauer des Kulturkongresses woanders zu singen. Anders gesagt, zwei Agenten der Staatssicherheit hatten sie eines Morgens bei sich zu Hause abgeholt und in ein Flugzeug gesetzt. Auf der Insel der Pinien sang sie abends in den finsteren Baracken, in denen die Sklaven der freiwilligen Arbeit eingepfercht waren. Sie verursachte übrigens regelmäßig eine Schlägerei oder *un tabac,* wie man im Französischen sagt, was ein simples Wortspiel zu sein scheint, wenn man an den traditionellen Reichtum Kubas beim Anbau dieser Pflanze der Familie der Nachtschattengewächse

denkt, der jedoch eine Höchstleistung wurde, als die vereinigten Anstrengungen einer bürokratischen Planung und der castristischen Improvisation die bekanntesten Pflanzungen zu ruinieren anfingen.
Damals sang Paula mit ihrer wunderbaren rauhen und schillernden Kupferstimme *Blues,* deren Text sie selber schrieb, auf englisch oder kastilisch, und *Sones* aus dem tiefsten Schatz der afro-kubanischen Volkstradition, die jedoch auf der melodischen und instrumentalen Ebene umstrukturiert waren. In beiden Gattungen hielt sie, abgesehen von der Qualität ihrer Stimme und ihrem Sinn für rhythmische Brüche, einen Diskurs, wenn man so sagen darf, der für die Behörden wegen seines Anarchismus, seiner mangelnden gesellschaftlichen Emphase, seiner Aufmerksamkeit für die individuellen Alltagsprobleme beunruhigend war. Obendrein liebte Paula nur Frauen, wie bereits erwähnt. Sie war feminin bis ins Letzte, da es ja eines der Rechte der Frau ist, sich aus Geschmack an der Revolte oder aus Revolte des Geschmacks, wer mag das wissen, vom männlichen Markt des Geschlechts und der Fortpflanzung zurückzuziehen. Selbst wenn der angeborene Sinn für gesellschaftliche Schicklichkeit bei den weißen Führern der Revolution, den konsequenten Erben der spanischen Kolonialtradition, durch die weibliche Homosexualität weniger verletzt wurde als durch die männliche, so muß man doch zugeben, daß Paula alle Eigenschaften hatte, den Männern der Macht zu mißfallen und den Massen zu gefallen. Das Zusammentreffen dieser beiden Faktoren konnte natürlich nur explosiv wirken!
Um die Folgen zu vermeiden und da sie andererseits weiter in ihrem Land leben wollte, hatte Paula versucht, ihre Situation zu normalisieren, und zwar auf den Rat eines besonders wohlwollenden Offiziers der Staatssicherheit hin, der nach seinen eigenen Worten nicht wollte, »daß sie heillos in ihr Verderben rennt«. Besagter Offizier schlug ihr vor, einen ziemlich bekannten und mit der Revolution uneingeschränkt sympathisierenden Schriftsteller zu heiraten, der jedoch unrettbar homosexuell war, wie so viele andere seiner Landsleute aller sozialen Schichten. So schlüge man zwei Fliegen mit einer Klappe: die respektablen Blüten der Ehe würden die doppelte Befleckung verdunkeln. Zunächst empört, dann von einem Lachanfall geschüttelt, war

Paula bereit, den Schriftsteller zu treffen, der sich als der charmanteste und komischste aller möglichen Gefährten erwies. Man verehelichte sich also, und die Staatssicherheit sorgte dafür, daß die Nachricht von dieser Heirat bis in die hintersten Ecken der Republik drang. Der Offizier, der diese geniale Idee gehabt hatte, erhielt einen Orden und eine beträchtliche Prämie. Aber bald mußte man klein beigeben. Einige Wochen später, als Paula und Petronio – das war der klassische und prädestinierte Vorname des Schriftstellers – nach einer Hochzeits- und Propagandareise zum Lob der Tugenden des Ehestands, auf Kosten des Staates natürlich, nach Havanna zurückkehrten, richteten sie ihre Ehe nach ihren respektiven und von jedem von ihnen respektierten Neigungen ein. So engagierten sie einen Musiker, der Paula bei ihren Orchestrierungen und folkloristischen Forschungen half, dessen Hauptrolle aber war, Petronio zu beglükken oder sich von ihm beglücken zu lassen, und eine Sekretärin, die seine Manuskripte tippte oder nach Diktat die Dialogentwürfe für ein Theaterstück, an dem er arbeitete, notierte, deren Aktivität oder Hauptpassivität aber das wechselseitige Zungenspiel mit Paula war. Diese ganz harmlose häusliche Organisation – und dazu köstliche, denn wenn Paula und Petronio beide auch homosexuell waren, so waren sie deshalb doch weder sektiererisch noch borniert: die Arrangements zu viert also konnten praktisch unendlich sein, da die beiden jungen Leute, der Musiker und die Sekretärin, ambivalent waren, was für ein Wunder! – wurde den Autoritäten angezeigt von einem Mit-Glied, das Wort paßt wirklich gut, einem besonders wachsamen Mit-Glied des C. D. R. *(Comité de Defensa de la Revolución)* des Viertels, mit den absehbaren Folgen. Der Musiker wurde in ein Umerziehungslager geschickt. Die Sekretärin fand sich in der Fabrik wieder, ihr Privatleben wurde unter die Kontrolle der Gemeinschaft ihres Hauses gestellt, das für die dort herrschenden strengen und zeugungswilligen Sitten außerordentlich bekannt war. Für Paula und Petronio, die gezwungen wurden, sich scheiden zu lassen, weil sie durch ihr verderbtes Verhalten die sakrosankte revolutionäre Institution der monogamen Ehe besudelt hatten, war das der Anfang vom Ende.

Man muß noch hinzufügen, daß der Sicherheitsoffizier, dem die Idee dieses moralischen Freikaufs gekommen war, kein sehr viel

günstigeres Los erfuhr. Degradiert, auf die Insel der Pinien, oder der Jugend, geschickt mit der minderwertigen und subalternen Funktion eines Gefängniswärters, vegetierte er ziemlich elend dahin und sammelte in seinem Herzen Haß und Rachedurst an. Die Gelegenheit bot sich gerade während der Tournee Paulas, als diese eines Abends durch ihre perversen und subversiven Lieder eine Art fröhlichen und quasi orgiastischen Aufstand in einem Arbeiterlager hervorgerufen hatte, einen eigentlich friedlichen Aufstand, der jedoch während der folgenden Woche einen beträchtlichen Produktivitätsrückgang bei der Ernte von Kudzúkörnern nach sich zog.
Doch so weit sind wir noch nicht.
Dieses ärgerliche Ereignis, das beachtliche Folgen für Paula Negris Leben haben und letztendlich die Abreise der üppigen – oder muß man sagen berauschenden? – Mulattin zu milderen Himmeln für die Nachfahrinnen Sapphos auslösen sollte, dieses Ereignis wird erst in einigen Tagen stattfinden, nachdem die Schriftsteller, die von der *Casa de las Américas* zur Vergabe der Jahrespreise zusammengerufen worden waren, das Hotel *Colony* verlassen haben. Im Augenblick ist Paula auf dem flachen weißen Strand, eine nackte Najade aus feuchtem Kupfer, den tropischen Wogen entstiegen, und sie sieht ein kleines Stück blauen Himmel in der Iris des linken Auges von Artigas, dasselbe Himmelsstück, in dem sich sieben Jahre später der blendende Schatten des Todes erheben wird.
Aber er löst sie von seinem Körper, er hält sie mit den Händen an den Schultern und betrachtet sie.
»Stimmt das, du goutierst Männer nicht?« fragt Artigas.
Oder vielmehr, denn er hat kastilisch gesprochen: *no te gustan los hombres?* Man wird die eilige Wörtlichkeit dieser Übersetzung verziehen haben, die davon herrührt, daß man kein Wort von der Unterhaltung unserer beiden Figuren verlieren will.
Sie nickt.
»Das stimmt, ich habe keinen Gusto für Männer«, sagt sie. Aber das ist trotz allem so einfach nicht. Sie ist nackt, sie sieht diesen Mann an, der sie mit einem bewundernden, aber neutralen Blick betrachtet, als betrachte er eine Aphrodite aus blondem Marmor, als sei ihre Schönheit eine erquickende Evidenz von herzzerreißender Reinheit, jedoch frei von erregenden, aphrodi-

sischen Elementen. Und vielleicht, weil sie sich so angeblickt fühlt, ohne daß das Besitzbedürfnis, die Gier, sie zu nehmen, zu brandmarken, zu beherrschen, in diesem bewegten, aber zugleich distanzierten Blick zutage tritt, vielleicht ist es wegen der Eigenschaft dieses Blicks, daß Paula sich dazu hinreißen läßt, diesem blau gekleideten Unbekannten, auf dem sich die feuchte Spur ihres Körpers abzeichnet – doch die Hitze der Tropen ist schon dabei, diesen Schatten ihres Körpers, der sich fast zusehends verflüchtigt, auszulöschen, als müßte auf diese Art, in so nachdrücklicher, doch nicht reizloser Weise, die unvermeidliche Flüchtigkeit der körperlichen Beziehung zwischen Mann und Frau symbolisiert werden; als ob das Verschwinden dieses feuchten Schattens eines Frauenkörpers, einer duftigen Eva, die gekommen wäre, sich von neuem in die körperliche männliche Matrix, aus der sie hervorgegangen ist, zu kuscheln, von neuem darin aufzugehen, als ob dieses Verschwinden, dessen Fortschreiten mit bloßem Auge erkennbar ist, wie das galoppierende Fortschreiten einer schaumgesäumten steigenden Meeresflut in der Bucht des Mont Saint-Michel, warum auch nicht, als ob sich diese Verflüchtigung des Schattens eines Frauenkörpers in diesem Augenblick nur ereignete, um an die flüchtige Illusion des Besitzens zu erinnern, die ephemere Glorie des körperlichen Erkennens, ihre Unmöglichkeit, nicht zu vergehen und zu verlöschen, eine Fatalität, die sie ermahnt, nur ein ewiger Neubeginn zu sein –, Tatsache ist, daß Paula sich dazu hinreißen läßt, diesem Unbekannten, ohne Präambel noch Präliminarien, mir nichts, dir nichts, taufrisch Wahrheiten über ihre Intimität anzuvertrauen, die sie nicht oft formuliert, nicht einmal für sich selbst.
Nein, ich habe keinen Gusto für Männer, vertraut sie Artigas an. Aber nicht aus Abscheu oder Entsetzen vor dem männlichen Glied, wie es vielen meiner Schwestern in Lesbos ergeht. Ganz und gar nicht! Oder vielmehr, wenn ich mich zu erklären versuche: ich habe genausowenig Interesse am männlichen Glied wie ein entschieden heterosexueller Mann. Ich möchte also Frauen in männlicher Weise erkennen: ich möchte in sie eindringen. Von allen Seiten, versteht sich, aber lassen wir die Details im Augenblick beiseite! Das ist natürlich ohne irgendwelche Kunst- oder Hilfsmittel unmöglich. Und das ist es, was natürlich alles kompliziert. Denn wenn ich Frauen wie ein Mann liebe, so

bevorzuge ich logischerweise jene, die Männer lieben oder zumindest auch lieben. Die in Schlaffheit oder Groll oder Rachsucht erstarrten kastrationssüchtigen Frauen des Feminismus mag ich nicht, mir kommt es wirklich nur bei denen, die den Einsatz der Unterwerfung unter den männlichen Speer akzeptieren, die ihre sexuelle Identität, ihre Freiheit also, um die narzißtische Arroganz eines als Herausforderung zum Himmel aufragenden Gemächtes aufbauen können! Daher natürlich meine Probleme, sagt sie zu Artigas, der sie lächelnd betrachtet.

»Zieh dich an«, sagt er dann. »Ich lade dich zu einem Kaffee in der Bar des *Colony* ein.«

Sie hebt ihre Sachen aus rohem Leinen auf und zieht sich vor ihm an. In dem Moment, da ihre langen Beine, ihre wunderbaren Hüften, das triumphale goldene Vlies ihrer Scham in einer Kleidung verschwinden, die an ihrer Haut anliegt und die sie mit sicher notwendigen, aber ungeheuer suggestiven Verrenkungen überzieht, empfindet er merkwürdigerweise das plötzliche Aufflammen der Begierde.

»Weißt du«, sagt er, während sie einen Reißverschluß über ihrem flachen und festen Bauch hochzieht, »du müßtest einen Gefährten finden, der dein Phallusträger ist!«

Sie lacht in dem Moment, da die dralle Unverschämtheit ihrer Brüste unter der Leinenbluse verschwindet. Sie sagt ihm, daß sie es schon probiert hat. Sie erzählt ihm von ihrer Ehe mit Petronio.

Aber er schüttelt den Kopf.

»Das ist es überhaupt nicht!« behauptet er. »Petronio liebte Jungen, das konnte nicht wirklich funktionieren. Er diente dir als Schutzwand, nicht als Spiegel! Du brauchst einen Gefährten, der Frauen liebt, aber bereit ist, unter deinen Händen das gefügige Instrument deiner Lust zu sein, von der die seine nur eine Folge, eine Spiegelung wäre.«

»Du willst diese Stelle haben?« fragt sie mit einem rauhen Lachen, ganz und gar nicht derb, sondern erregt. Also erregend.

Sie stehen sich von neuem einander ganz nahe gegenüber. Er streichelt mit einem leichten Finger den Rücken ihrer Nase und die Falte ihrer Oberlippe.

»Man wird uns anklagen, eine kleinbürgerliche Mikrofraktion zu bilden!« sagt Artigas.
Sie lacht.
Vor zwei Tagen nämlich, am Sonntag, den 28. Januar, hatte *Granma*, die Zeitung der kubanischen KP, mit großem Brimborium die Aufdeckung einer »konter-revolutionären Mikrofraktion« angekündigt, deren Mitglieder vor Gericht gestellt würden. Vor einem Tag, am Montag, den 29., hatte dieselbe Zeitung mit der Veröffentlichung des endlosen Berichts von Raúl Castro im Zentralkomitee der KP begonnen, mit dem er vor diesem Organ der Macht die angeblich konspirativen Umtriebe eines ehemaligen kommunistischen Führers, Anibal Escalante, und der kleinen Gruppe seiner Gefolgsleute entlarvte. Artigas hatte den ersten Teil dieses Berichts mit leicht betrübtem Abscheu gelesen: das war nichts anderes als eine lange und platte und stupide Aufzählung unbedeutender Tatsachen, eine Art jämmerliche tropische Karikatur eines der berühmten Berichte von Wychinski.
An jenem Tag also, am Dienstag, den 30. Januar 1968, als sie im Hotel *Colony* ankamen, sahen sie einen Teil der Schriftsteller, die in diesem Jahr die literarische Jury der *Casa de las Américas* bildete, an der Bar um ein Exemplar von *Granma* sitzen, das die Fortsetzung des Polizeiberichts von Raúl Castro veröffentlichte.
Alle drehten, als Artigas hereinkam, den Kopf, nicht seinetwegen natürlich, sondern wegen der blendenden Erscheinung Paulas. Er stellte sie kurz vor, sie setzten sich mit ihnen hin, und die Diskussion ging weiter.
Da war José Revueltas, der einige Monate später in Mexiko von der für die Massaker auf dem Platz der Drei Kulturen verantwortlichen Regierung wegen imaginärer Delikte eingesperrt werden und kurz nach seiner Freilassung sterben sollte. Und Rodolfo Walsh, der Jahre später in Argentinien verschwinden sollte. Und Paco Urondo, der das gleiche tragische Los wie sein Landsmann haben sollte. Und José-Maria Arguedas, der sanfte Romancier der peruanischen *Quechúas*, der sich später eine Kugel in den Kopf schießen sollte.
Aber sie steht wieder auf, nervös durch das Warten auf Jo Aresti, der sich verspätet. Er wird in fünf Minuten da sein, hat ihr der

Leibwächter gesagt, der sie hierher führte. Die fünf Minuten sind seit langem verstrichen.
Sie steht auf, aber vielleicht ist es nicht nur das Warten, das sie nervös macht. Vielleicht ist es auch die mit wilder Schärfe wiederkommende Erinnerung an jenen faden Geruch des Todes, der sie gepackt hat, kaum hatte sie sich zu den Schriftstellern an die Bar des *Colony* gesetzt.
Sie sprachen erregt über den Sinn jenes Prozesses gegen die Minifraktion von Anibal Escalante und seiner Gruppe prosowjetischer Sektierer. Das ist positiv für die kubanische Revolution, sagten die einen, daß man die Intrigen der Stalinisten zunichte macht! Und andere gingen noch weiter: Fidel Castro würde sich auf diese Weise von den letzten Bindungen an das russische Gesellschaftsmodell befreien. Aber Artigas war überhaupt nicht einverstanden. Paula erinnert sich, daß er lange gesprochen hatte. Bei einem politischen Prozeß, sagte er, und so paradox das vom Gesichtspunkt des Vulgärmarxismus her auch erscheinen mag, zählt vor allem die Form. Die Form prägt den Inhalt. Und die Form dieses Prozesses ist typisch stalinistisch: falsche Beschuldigungen, falsche Beweise, falsche Selbstkritik, falsche Geständnisse. Alles ist da, natürlich nach der Art des billigen, jämmerlichen *remake*. Was Tragödie war, wiederholt sich in Form der groben Farce. Das Wichtigste, sage ich, sagte Artigas, ist nicht der Inhalt der Belastungen gegen Escalante, dem man Prosowjetismus vorwirft und den Versuch, der Autonomie der kubanischen Revolution zu schaden, das Wichtigste ist die Form. Und in der Form offenbart sich die Wirklichkeit, der Inhalt ist nur Schein. Daher besiegelt dieser Prozeß gegen die stalinistischen Rückstände der ehemaligen kommunistischen Partei den Höhepunkt, den sicher endgültigen Sieg der stalinistischen politischen Sitten in Kuba. Es gibt also gar keinen Anlaß zum Optimismus. Vor allem wenn man dieses Ereignis im Zusammenhang mit der internationalen Situation der kubanischen Revolution sieht. Denn das jämmerliche Scheitern der Guerilla des »Che« – voraussehbar für jeden, der die praktische und demnach theoretische Haltlosigkeit der castristischen Thesen verstanden hatte, deren vor Dummheit strotzendes Resümee sich in »Revolution in der Revolution!« findet – besiegelt das Ende einer langen Illusion, das Ende der Erfahrung des *foco*, die

die Kubaner allen revolutionären Bewegungen Lateinamerikas aufzwingen wollten, mit Hilfe von Dollars, Waffenlieferungen, Agenten und Bannflüchen, wenn es schlecht lief! Der Traum von der kubanischen Autonomie ist – nachdem einmal die Bande zur tatsächlichen Realität des südamerikanischen Kontinents durch die abstrakte Proklamation des sozialistischen Charakters der Revolution willkürlich abgeschnitten waren, als Castro sich auf phantasmatische Weise im irrealen Kontinent des Marxismus-Leninismus niedergelassen hatte –, jener Traum, der eben nur unter der Bedingung realisierbar war, daß man im demokratischen und libertären Horizont blieb, ist durch den Tod des Che tödlich getroffen. Für Castro und die Seinen gibt es, wenn sie nicht von den Folgen ihres eigenen ultra-revolutionären Geredes erstickt werden wollen, wenn sie um jeden Preis die Macht behalten wollen – und es wäre erstaunlich, wenn sie ihre Macht dem Verdikt freier Wahlen unterwürfen! –, nur den Rückgriff auf Rußland, das heißt die Rückkehr in den Schoß des mütterlichen Vaterlandes des Sozialismus, jetzt, wo sie sich von ihrem historischen Hinterland in Südamerika abgeschnitten haben! Daher, und glaubt meiner langen Erfahrung, bedeutet dieser Prozeß gegen Stalinisten ohne wirklichen Einfluß, durch seinen Stil und seine völlig stalinistische rituelle Wirksamkeit, auf versteckte Weise eher den Beginn einer Rückkehr zum Kreml als ein entschiedener Abbruch aller Verbindungen zu ihm!

Aber von einem bestimmten Moment an hatte Paula nicht mehr auf die Worte der Männer geachtet, die sie im *Colony* umgaben.

Sie erstickte buchstäblich, als öffnete sich der große Raum, wo der verkleidete Tresen der amerikanischen Bar leuchtete, nicht weit auf einen Tropengarten, in dem die schillernde Oberfläche eines Meerwasserschwimmbeckens dalag, als wäre sie an irgendeinem geschlossenen Ort voller stark riechender verwelkender Blumen eingesperrt, Lilien und Tuberosen zum Beispiel, die, überall aufgehäuft, jenen süßlichen Geruch pflanzlicher Fäulnis ausströmten, jenen Geruch des Todes, der ihr in die Nase stach, fast Brechreiz verursachte, sie zwang, sich zu entfernen, auf die frische Luft bei dem unregelmäßig geformten Schwimmbecken zuzugehen, wo ein alter Mann majestätisch schwamm, seinen Kopf ganz gerade haltend, damit sein schöner weißer Bart nicht naß würde, und Artigas kam hinterher: »Was ist los?«, und sie schüttelte den Kopf, zögerte, ihm zu antworten, wagte nicht, ihm zu sagen, daß der Geruch des Todes sie von der Bar des *Colony* vertrieben hatte, bis zu dem Augenblick, wo sie dachte, daß dieser üble Geruch sie vorher am Strand nicht belästigt hatte, ebensowenig wie jetzt, wo sie mit ihm allein war, und daß also wahrscheinlich um die anderen Schriftsteller, oder einen von ihnen zumindest, diese betäubende und todbringende Aura schwebte, aber heute, sieben Jahre später, im luxuriösen Salon des *Envers du Paradis,* wo sie auf den Korsen wartet, ungeduldig, nachdem sie wieder einmal geprüft hat, daß die Tür von außen verschlossen ist, daß man nichts anderes als warten kann, heute erinnert sie sich an jenen kubanischen Vormittag auf der Insel der Jugend, sagten sie, arme Irre, wo der Tod seine Segel ausgespannt hatte, wo er seinen Lauf heuchlerisch begonnen hatte, damals noch so tuend, als interessiere er sich nicht für Artigas, dieser Hurenbock, und schließlich doch bei letzterem in einem Stück blauem Himmel in der Iris aufgetaucht war–Iris, o Botin!

Aber die Tür geht auf, und Jo Aresti hält Einzug.

## 7.

MEMORIAE
RENATI DESCARTES
RECONDITIORIS DOCTRINAE
LAUDE
ET INGENII SUBTILITATE
PRAECELLENTISSIMI
QUI PRIMUS
A RENOVATIS IN EUROPA
BONARUM LITTERARUM
STUDIIS...

Wird sie genug Latein können, die junge Ausländerin, eine Deutsche oder Engländerin vielleicht, die durch die Zufälle des Tourismus in unseren Tagen, zu Ostern, warum nicht, in die Kirche von Saint-Germain-des-Prés kommt, um dieses Epitaph entziffern zu können? Selbst wenn sie die Sprache von Ovid und Tacitus nicht gelernt hat, wird sie sicher den Namen Descartes bemerken, sofern sie ein bißchen genauer hinsieht.

Also selbst wenn sie das Epitaph nicht versteht, das die besonderen Verdienste dieses rüstig zur Eroberung der Welt der Ideen aufgebrochenen französischen Ritters verkündet – in Wirklichkeit aber stammt diese Geschichte des *Ritters* und seiner *Rüstigkeit* nicht vom fraglichen Epitaph, wie jeder wird feststellen können, sondern von woandersher, denn die lateinische Inschrift erinnert ja nur daran, daß Descartes als erster seit der Wiedergeburt der schönen Literatur in Europa die Rechte der menschlichen Vernunft sicherte –, wird sie bestimmt jedenfalls eine Minute vielleicht stehenbleiben, unsere junge Deutsche oder Engländerin oder Isländerin, warum nicht, verwirrt oder bewegt, vor diesem Grabstein von René Descartes, zur Linken flankiert – zumindest wenn man den Gesichtspunkt unserer hypothetischen blonden und auf die Schönheiten von Paris neugierigen Osterreisenden beibehält – von dem des Dom Jean Mabillon, über den man keineswegs wissen muß, daß er ein gelehrter Benediktiner war – das ist quasi ein Pleonasmus! –, der Verfasser nämlich der Annalen des Ordens von Sankt-Benedikt, der in benediktinischer Huld einer Straße dieses Viertels seinen Namen hinterlassen hat, wiewohl sie mit einigen Ausnahmen nicht durch ihre Eignung für strenge und ernste Studien glänzt, sondern mehr durch ihre Vergnügungs- und Zerstreuungsorte, und der Autor – Mabillon natürlich, nicht Sankt-Benedikt – des ersten bekannten Traktats über Diplomatie, *De Re diplomatica* (1681) –, aber wenn unsere junge Ausländerin weiterhin kein Latein kann, wird dieser Titel ihr nichts sagen – und der, besagter Jean Mabillon, 1707 starb; und zur Rechten flankiert, immer noch in derselben Perspektive, der Grabstein von Descartes nämlich, von einem anderen, der die Erinnerung an Bernard de Montfaucon verewigt, einen Abt von Saint-Germain-des-Prés, dessen Name mit den feudalen und kriegerischen Konsonanzen uns daran erinnert, daß die Mönche dieser Abtei das volle Recht der Justiz, des Straßenamts und der Kontrolle des Handels auf allen Territorien hatten, die das 6. und 7. Arrondissement von Paris geworden sind, ebenso wie auf der Seine, vom Petit-Pont bis zum Pont de Saint-Cloud, ein Recht, das ihnen, besagten Mönchen, die Möglichkeit gab, einen Vogt, einen Profoß, bewaffnete Mannen, ein Gericht und ein Gefängnis zu besitzen – wobei letzteres eine gewisse Berühmtheit erlebte, als es nicht mehr Kirchengefängnis war, am 2. September 1792 zum Beispiel, und das erst 1857 beim Durchbruch des Boulevards abgerissen wurde – und infolgedessen einen Galgen, den der Name Montfaucon in allen Gedächtnissen sicher heraufbeschwört und der sich an der Stelle des gegenwärtigen Carrefour befand, wo der Boulevard Saint-Germain die Rue de Buci, die Rue Du Four und eben die Rue de Montfaucon kreuzt, einen Galgen, an dessen Vorrechten die Äbte von Saint-Germain eifersüchtig festzuhalten schienen – und sogar unerbittlich, wie es eine Episode aus der Regierungszeit Ludwigs des Heiligen zeigt (und hier, bei der Erwähnung dieses heiligen Königs kann man sich nicht verkneifen, an einen kleinen anonymen und nichtsdestoweniger hispanischen Vierzeiler zu erinnern, der in ganz ungebührlicher, aber für eine historische nationale Animosität typischen Weise lautet: *San Luis rey de Francia es – el que con Dios pudo tanto – que para que fuese santo – le perdonó el ser francés,* was in Rohübersetzung heißt: »Dieser Ludwig, König von Frankreich, er ist es – der von Gott so geliebt wurde –

daß er, um einen heiligen Ludwig aus ihm zu machen – ihm verzieh, Franzose zu sein!), eine von den besten Chroniken der Zeit berichtete Episode vom Mai 1256, als zwei Falschmünzer durch die Justiz der Mönche an diesen Galgen gehängt wurden, da sich aber die Justiz des Königs in ihren Privilegien verletzt glaubte, ließ sie die beiden Kadaver wieder abhängen, um sie in ihrem eigenen Gerichtsbereich wieder aufzuhängen, wogegen der Abt von Saint-Germain energisch protestierte, und das von Ludwig dem Heiligen in Melun zusammengerufene Parlament wurde mit der Angelegenheit betraut und gab den Mönchen Recht: die beiden Gehängten wurden also neuerlich abgehängt und an den Galgen zurückgehängt, wo sie fünfzehn Monate zuvor umgekommen waren; aber auch wenn unsere junge Ausländerin die Einzelheit dieser früheren Geschehnisse nicht kennt, so wird sie eine Minute vor dem Grabstein von René Descartes stehenbleiben können, bewegt von dieser unvorhergesehenen Entdeckung, versonnen bei der feierlichen Musik des *Tantum ergo,* die sich gerade in der Kirche erhoben hat, vielleicht an das *Ergo sum* des französischen Edelmannes denkend.
Es ist, wie dem auch sei, wenig wahrscheinlich, da Schweigen wie ein Bleideckel über die immerhin nahen Ereignisse gefallen ist, daß unsere junge Ausländerin, vor dem Grabstein von René Descartes in Gedanken versunken, die ideologischen Kämpfe kennt, dessen Gegenstand dieses ehrwürdige Grab vor fast sechs Jahren gewesen ist, als sich der Niedergang der jetzt verschwundenen Commune de la Rive Gauche überstürzte. In diesem wiederaufgebauten Viertel, das der Zirkulation der Waren und Autos zurückgegeben wurde, sobald die Mauer abgerissen war – sie wird weniger lange gedauert haben als die von Berlin, die immer noch mörderisch wachsam aufrecht steht –, ermöglicht ja nichts einer jungen Engländerin oder Österreicherin, wer weiß, sich vorzustellen, was diese kurze Periode gewesen ist, die jämmerlich und glorreich war wie alle wirklich interessanten historischen Perioden.
Aber Tatsache ist, daß im Herbst 1974 die Zeitschrift *Tel Quel* eine Nummer veröffentlichte, die 59., um ganz genau zu sein, und zwar unter der Überschrift *En Chine,* in der Philippe Sollers und seine maoistischen Freunde über eine Reise in das obengenannte Land berichteten. Von außen gesehen, mit einem Laien-

blick, konnten die in dieser Nummer veröffentlichten Texte von einem orthodoxen und virulenten Eifer für das maotsetungsche Denken während der großen Kampagne gegen Konfuzius geprägt scheinen. Diese äußere Sicht hätte jedoch die Fähigkeiten des Einen, sich unendlich in Zwei zu teilen, unterschätzt, ebenso wie die der Haare des Meisters, sich in vier der immerhin disziplinierten, um nicht zu sagen disziplinarischen Diszipel zu spalten. Was in den Augen des Nicht-Gläubigen orthodox erschien, erwies sich in den Augen der Über-Gläubigen als häretisch. Gegen Sollers und seine Freunde wurde von den Ultras der Gruppe Jenan um Auguste Le Mao alsbald eine große ideologische Offensive entfaltet. An der Spitze dieses Kampfes um die Reinheit des Maoismus befand sich eine Frau, die in die ephemere Nachwelt dieser Stürme im Wasserglas eingegangen ist, und zwar unter dem Spitznamen Michelle Gesetzemacherin, derart identifizierte sie sich damals mit dem geheimsten Denken des Großen Steuermanns, derart war sie dazu berufen, das gesetzgeberische Fallbeil des richtigen Denkens in die Streitigkeiten fallen zu lassen.

Diese Michelle also widmete einen Artikel *(Literarische Theorie und Praxis der Avantgarde: Fragen an Philippe Sollers)* der Doppelnummer 3/4 der Zeitschrift *T. et P.* – ein Titel, der nicht etwa, *horribile dictu,* die Umkehrung der Abkürzung von Post- und Telegraphenamt ist, sondern der ganz simpel *Theorie und Praxis* heißt – der systematischen Schleifung der kulturellen Positionen der maoistischen Gruppe von der Rue Jacob.

Wir werden natürlich nicht in die Mäander und Marigots dieser Diskussion eintreten. Jedenfalls hat die Geschichte die einen wie die anderen schon in ihre Verliese, manchmal sogar in ihre Mülleimer geworfen. Wir werden uns also auch das Vergnügen versagen, einige der schönsten orientalischen Perlen dieser Stilblütensammlung zu zitieren und zu kommentieren. Was uns interessiert, weil uns das wieder zum Kern der Sache oder, wie man auf französisch sagt, in das *vif du sujet* zurückführt, in das »Lebendige des Subjekts« also – bei der Lektüre dieser Wörter *vif* und *sujet* wird Michelle Gesetzemacherin, wenn sie noch lebt, was wir inbrünstig wünschen, weil wir auf unsere alten Tage tolerant geworden sind, diese Michelle Gesetzemacherin wird also triumphierend in die Luft gehen: hier zeigt der abscheulich-

ste bourgeoise Humanismus seine Schnüffelnase im sprachlichen Unbewußten des ERZÄHLERS! Als ob man nicht seit geraumer Zeit wüßte, daß die Geschichte ein Prozeß-ohne-Subjekt ist, wo das trügerische Lebendige ständig vom massiven materiellen Toten der Produktionsverhältnisse erfaßt wird! Aber fahren wir fort, wie der Meister der Meister dieser wachsamen Schulmeisterin oft sagte, um seiner Seminaristeneloquenz Rhythmus zu geben – was uns interessiert, ist, dem Leser ein entscheidendes pikantes Detail zu offenbaren, das während der ideologischen Diskussion zwischen den beiden Hauptströmungen des Maoismus der Rive Gauche ständig zensiert wurde. Denn wir sind in der Lage zu behaupten – ohne jedoch den faktuellen Beweis dafür beibringen zu können, da sich jene Dinge unter der Oberfläche der Erscheinungen abspielten –, daß das reale Motiv, das die Ideologen des Gesetzes dazu trieb, *tel quel,* das heißt auf derart brutale Weise gegen die Gruppe von Philippe Sollers vorzugehen, folgendes war: in der bereits erwähnten Nummer 59 von *Tel Quel* konnte man außer den Texten von Pleynet, Kristeva, Sollers und *tutti quanti* auch ein neues Kapitel des Romans finden, an dem dieser gerade schrieb – Sollers natürlich, nicht Tutti Quanti –, *Paradis,* ein Fragment, das so anfing: *jetzt wichse ich wegen einer Dunkelhaarigen in durchsichtiger Froufrou-Bluse man trifft sich beim Blick Fenster da sind zwei andere eine grüne eine weiße sie setzen sich offene gekreuzte Beine Feuerzeug Lampe die eine zieht sich splitternackt aus durch die Scheiben die andere streichelt sich schwarz verschleiernd…*
Und dieser Text ließ das Pulverfaß hochgehen. Die Vorstellung, daß Sollers sich als autorisierter Interpret des M.L.-Denkens setzen könnte und dabei fortfuhr, derart dekadente, unanständige, kleinbürgerliche, beschissene Texte zu schreiben – die man als hermetisch bezeichnete, obwohl sie ganz klar sind, trotz der Langeweile, die von ihnen ausgeht, um die Verwerfung der tugendhaften Zensur über sie zu verhängen, um ihren Zugang zu den Massen hermetisch zu verschließen, die von ihnen desorientiert würden (was für jene, die ständig wiederholen, daß der Orient rot sei, einfach der Gipfel ist!), demobilisiert, wenn sie entdeckten, daß ein maoistischer Schriftsteller noch ein Geschlechtsorgan, einen Zipfel oder Pimmel besäße, der fähig

wäre, *horribile visu,* wenn er angemessen gestreichelt würde, zum Subjekt und Objekt seiner eigenen Lust zu erigieren – jene Vorstellung ist es, die die ideologische Algarade hervorrief.

Aber lassen wir dieses Schriftstellergeschlecht, und nehmen wir vielmehr den Faden unserer Erzählung wieder in die Hand.

Auf der Suche nach einem Gebiet für eine theoretische Gegenoffensive, mit der man im Lager des maotsetungschen Denkens wieder die Initiative der Operationen übernehmen könnte, hatte die Gruppe der Zeitschrift *Tel Quel* bald einen genialen Einfall. Statt mit abstrusen und gelehrten Scholien die Bewegung *pi Lin pi Kong* ewig zu kommentieren, das heißt die Kampagne gegen Konfuzius und Lin Piao, die man zu diesem Zweck schändlicherweise gekoppelt hatte, deren Bedeutung und praktische Auswirkung oft sogar den aufgeklärtesten Sektoren der Massen der Z.U.P. entgingen, übertrug die Gruppe der Rue Jacob die Ziele besagter Bewegung in den Kontext der französischen kulturellen Tradition. War nicht die offensichtliche Entfernung von China in Wirklichkeit die beste Art, sich ihm dialektisch zu nähern? Wenn Mao den Marxismus sinologisiert hatte, folgte man dann nicht wirklich seinem Vorbild, wenn man den Maoismus französisierte? Infolgedessen riefen die Intellektuellen von *Tel Quel* ihre eigene Bewegung *pi Kong* ins Leben, was durchaus pikant war: das war die Anti-Descartes-Bewegung. Hatte dieser nicht verkündet, daß der gesunde Menschenverstand die am besten verteilte Sache der Welt sei, und damit bewiesen – da ja der gesunde Menschenverstand nur der allgemeine Verstand sein konnte, anders gesagt, der von der Ideologie der herrschenden Klassen allgemein aufgezwungene Unverstand –, daß er sich ebenso wie Konfuzius der etablierten Ordnung unterwarf? War das Denken von Descartes nicht, zudem noch in der Sorbonne, von dem gefährlichsten französischen Revisionisten, dem Nacheiferer Chruschtschows in Frankreich, Maurice Thorez, persönlich gefeiert worden? War das *Cogito* nicht die schamloseste Behauptung des Idealismus des Subjekts?

Zu allen diesen hier kurz, fast grob zusammengefaßten Gründen philosophischer Art, gegen Descartes als Begründer des individualistischen bürgerlichen Denkens vorzugehen, kam noch ein anderer, abwegigerer, ja kryptischer, der sich jedoch als völlig wirksam erwies. Der Zufall hatte nämlich gewollt, daß der

Generalstab von Auguste Le Mao sich im 5. Arrondissement ausgerechnet in einem Haus der Rue Descartes einrichtete. Wer die Massen aufforderte, Descartes zu kritisieren, der erneuerte gewissermaßen mit einem Gran Pariser Esprit den Aufruf Maos, das Hauptquartier zu bombardieren!

Wie dem auch sei, die erste Demonstration der Bewegung *»pi Descartes«* oder Anti-Descartes wurde, wie es sich gehört, vor der verlassenen Kirche von Saint-Germain-des-Prés einberufen. Nach den Reden von Sollers, Kristeva und Pleynet war eine Delegation von Verlagsarbeitern, denen sich einige politisierte Noctards angeschlossen hatten, bis in die Kapelle in der Nähe des Querschiffs vorgedrungen, wo sich der Grabstein von René Descartes befindet, um dort ein *dazibao* anzukleben, das sich in giftigem Eifer überschlug.

Und die nordische oder angelsächsische junge Ausländerin, von der wir uns in unseren Tagen vorgestellt haben, daß sie im Laufe einer touristischen Osterpromenade wie durch ein Wunder auf diesen Gedenkstein stößt, weiß natürlich nichts von der Schlacht, die sich dort vor sechs Jahren um René Descartes abgespielt hat. Artigas dagegen erinnert sich noch genau daran.

Oder vielmehr, er hat sich an diesem Oktobermorgen vor genau sechs Jahren daran erinnert, als er seine letzte bekannte Wohnung verließ mit dem festen Entschluß, der sich jedoch als unfruchtbar erweisen sollte, sich auf das Polizeipräsidium zu begeben, um dort, wenn auch nicht seine Identität, das wäre zuviel verlangt, so doch die entsprechenden Papiere zu bekommen.

Bevor er in die Rue de l'Abbaye einbog und dort auf die drei jungen Noctards stieß, die das erste, wenn auch nicht ernst zu nehmende Hindernis auf seinem Weg zum Büro von Fräulein Rose Beude bildeten, hatte Artigas nämlich in einem plötzlichen Impuls das Portal der Kirche durchschritten. Er war langsam bis zum Grab von René Descartes gegangen, um dem Philosophen hier die kurze Huldigung einer Meditation darzubringen – was ja immerhin plausibel ist –, ein bißchen von makabrem Humor gefärbt, denn er erinnerte sich in diesem Moment, daß der Schädel des französischen Edelmanns sich nicht hier beim Rest seiner Gebeine befand: er war 1666 bei der ersten Überführung

des Körpers aus Schweden nach Frankreich vergessen oder verlegt, vielleicht sogar entwendet worden von dem mit besagter Überführung betrauten Offizier, der ihn danach verkaufte, und Descartes' Schädel, der unleugbare Träger des *Cogito*, war auf diese Weise offenbar bis zu siebenmal verkauft und wiederverkauft worden, wobei die sich ablösenden Eigentümer – der letzte soll ihn für 37 Francs gekauft haben – ihre Namen auf ihm einritzten, und dieser ganze schauerliche und quasi hamletsche Tauschhandel zwischen den Gewißheiten des *ergo sum* und der Angst des *to be or not to be* endete 1821, als der berühmte schwedische Chemiker Berzelius den fraglichen Schädel an Cuvier schickte, der ihn später dem Museum stiftete!
Wie dem auch sei, Artigas hatte damals an die einige Monate zuvor von den Maos von *Tel Quel* angezettelte anticartesianische Algarade gedacht, bei der die Reste der sterblichen Reste Descartes' beinahe ihrerseits verstreut worden wären ohne das energische Eingreifen von Eleuterio Ruiz, der diesem ganzen Charivari ein Ende machte, indem er eine schwerbewaffnete Gruppe spanischer Anarcho-Syndikalisten ständig über die ewige Ruhe dieses von dem alten Akraten zutiefst bewunderten Abenteurers des Geistes wachen ließ: »O, wenn wir einen Cartesio gehabt hätten« (so nannte er den philosophischen Edelmann in hispanischer Weise) »statt all jener Suarez, Balmes, all jener Scheißpfaffensippschaft, dann hätte ein anderer Hahn bei uns gekräht!« rief Eleuterio manchmal aus, wobei die letzte Metapher seines Ausrufes: *otro gallo hubiera cantado!* unübersetzbar ist, aber offenbar genau sagt, was sie sagen soll: eine andere Morgenröte, eine andere Sonne, die der Vernunft, angekündigt durch das Krähen des Hahns, hätte die Landschaft unserer Ideen aufgeklärt und die vom Schlaf selbiger in Spanien hervorgebrachten Ungeheuer vertrieben, ein Ausruf, der sich auf merkwürdige Weise mit dem Aufschrei von Karl Marx deckte, als dieser 1844 in Paris die deutsche Wiedergeburt für den Tag ankündigte, wo der gallische Hahn krähen würde!
Zwei Stunden später, um die Mitte dieses bewegten Vormittags, von dem bereits diverse Episoden, Ereignisse und Peripetien erzählt wurden – die alle zur indirekten Folge gehabt haben, daß Artigas sich noch nicht zu Fräulein Rose Beude hat begeben

können, dem einzigen Gegenstand immerhin seines wahren Gefühls –, erinnert sich unsere Hauptfigur noch flüchtig an die von besagter ideologischen Schlacht einst in den Reihen der Maoisten hervorgerufenen Wirbel. Aber das kommt daher, daß er gerade nach links eingebogen ist, am Ende der Rue Thouin, eben um in die Rue Descartes zu gelangen.

Pedro Vargas fährt den gepanzerten Range Rover mit den kugelsicheren Scheiben. An seiner Seite befindet sich Artigas. Hinten sind Pirulí und zwei Spanier der Einsatzgruppen.

Anfangs, als beschlossen worden war, eine Delegation zu Auguste Le Mao zu schicken, um ihm einen Austausch zwischen Yannick de Kerhuel und Perséphone Ruiz vorzuschlagen, hatte Vargas vorgehabt, gleich bei ihm einzufallen: bewaffnet mit Panzerwagen, Mörsern und Boden-Boden-Raketen. Aber Artigas und Antonio el Pirulí haben ihn mit ihren Argumenten davon überzeugt, daß man lieber friedlich hingehen sollte. Der Hauptfeind, nicht wahr, war Aresti und nicht Le Mao, um dessen Bündnis man sich lieber bemühen sollte, und sei es nur vorübergehend. Man mußte ihm also eine Botschaft schicken, und nicht eine Strafexpedition!

Nach ihrer Unterhaltung mit Paula Negri in Saint-Supplice waren also Artigas und Vargas wieder zu Pirulí und den beiden anderen vor dem spanischen Zentrum des 6. Arrondissements auf dem Marché Saint-Germain zurückgegangen.

Als Artigas sie alle bis zu den Zähnen bewaffnet, aber mit bemoosten Häuptern versammelt sah, hatte er mechanisch mit der rechten Hand über seine Haare gestrichen. Er hatte ein kleines ironisches Pfeifen von sich gegeben.

»Man wird nicht jünger!« hatte er gesagt.

Er hatte französisch gesprochen. Selbst untereinander, muß man sagen, benutzten sie ohne Unterschied die eine oder andere Sprache, je nach den Zufällen des Gesprächs oder der mehr oder weniger großen Leidenschaft ihrer Rede vom Französischen zum Kastilischen übergehend.

Aber Pirulí hatte auf kastilisch geantwortet.

*»Más sabe el diablo por viejo que por sabio!«*, eine volkstümliche Redeweise, die die Weisheit des Teufels eher seinem Alter als seinem Wissen zuschreibt.

Sie hatten alle lächelnd genickt.

Artigas hatte in einer spontanen Geste der Zuneigung seinen Arm auf Pirulís Schultern gelegt. Er hatte ein plötzliches Stechen von Traurigkeit in seiner Brust verspürt. Traurigkeit? Nicht wirklich. Eher Nostalgie. Das stechende Gefühl jedenfalls der unwiederbringlich im Nichts der Vergangenheit erstarrten Zeit. Mit seinen 53 Jahren war er zwar der Jüngste von all diesen Männern. Aber sie hatten ungefähr die gleiche Erinnerung, die gleiche Erfahrung. Sie hatten die Kriege mitgemacht, sie hatten sie verloren. Den Spanienkrieg – außer Artigas: er war um drei oder vier Jahre zu jung dazu –, die Maquis Europas, die Lager Nordafrikas, Mauthausen, die Anti-Franco-Guerilla, sie hatten alles mitgemacht und endeten nun bei diesen jämmerlichen Scharmützeln mit Jo Arestis Banditen! Artigas betrachtete seine Genossen, die gerade in den Range stiegen, mit einem Gemisch aus Zärtlichkeit und Wut. Dieses vergossene Blut, diese hartnäkkige lange Ungeduld – die zugegebenermaßen oft auch etwas Verbohrtes hatte! –, dieser Strom aus leidenschaftlicher Lava, wo endeten sie? Während sie sich anschickten, auf der Suche nach Auguste Le Mao zur Rue Descartes aufzubrechen, um mit ihm über den Austausch einer Nutte adliger Herkunft gegen ein zumindest bis vor kurzem tugendhaftes Mädchen aus dem Volk zu verhandeln – aber die erste trug im Grunde den banalen Vornamen Yannick und die zweite den geheimnisvollen Vornamen Perséphone –, ein jedenfalls lächerliches Unternehmen, an jenem Vormittag des 31. Oktober 1975, rang General Franco in seinem Prado-Palast mit dem Tod. Er starb eines ganz normalen Todes, entsetzlich wie alle langsamen Tode, und sie spielten dabei keine Rolle. Die Leiden des unbarmherzigen alten Diktators (sicherlich gemildert durch die ihm verabreichten Medikamente) waren die Folge eines fortschreitenden Verfalls seines Organismus, eines rein physiologischen Schicksals, von der Natur, der tödlichen, in allen Körpern, selbst in seinem angelegt. Keine einzige ihrer Aktionen, die sie in all den Jahren – was sage ich? Jahrzehnten! – unternommen hatten gegen diesen kalten, unempfindlichen alten Mann, dessen groteske, lange Zeit dickliche Silhouette, die jetzt jedoch lasch geworden war wie die einer runzligen alten Schildkröte, eines zu Staub verfallenden alten Totems, und dessen zu schrille, fast feminine oder vielmehr kastratenhafte, jetzt aber schweigende Stimme die regressiven

Symbole eines scheinbaren Stillstands der historischen Zeit gewesen waren, unter dem jedoch Spanien abrupt seinen Einzug in die Modernität des Kapitals hielt: keine ihrer Aktionen also hatte die vom Schicksal gewährte Frist, den Moment dieses Verschwindens auch nur um eine einzige Sekunde beschleunigt.

So also, alle Nachrichten aus ihrem Land, die sie in den Cafés der Z. U. P. fieberhaft hörten, bewiesen es, so also starb langsam der General Franco, in der Passivität eines ganzen in die Kindheit zurückgefallenen Volkes, das ohne Bedauern, aber auch ohne Zorn das Verschwinden eines strengen und nichtsdestoweniger ungerechten, brutalen Vaters betrachtete, dessen Tod nicht das befreiende Ergebnis eines verdrängten Mordwunsches war, sondern, ganz blöde, das eines biologischen Prozesses.

In diesen letzten Wochen hatte ein zweifacher Wunsch das Herz von Artigas bewegt. Der Wunsch, die Commune de la Rive Gauche so schnell wie möglich zu verlassen, das Leben draußen wiederzufinden; und der nicht zwangsläufig entgegengesetzte Wunsch, nach Jahren des Schweigens einen neuen Roman zu schreiben, dessen Idee seit etwa einem Jahr als Nebelstern in seinem Geist umherschwebte und dessen Kristallisation durch die letzten Ereignisse beschleunigt zu werden schien.

Er zuckt mechanisch die Schultern, steigt neben Pedro Vargas in den Wagen.

Sie erreichen die Rue de Seine, Vargas gibt Gas, als er rechts einbiegt. Die Rue de Tournon ist still und verlassen. Sie fahren sie in vollem Tempo hoch, für alle Fälle den Finger am Abzug der Kalaschnikows und der M-16. Etwas weiter oben, auf der Rue de Médicis, überholen sie eine Gruppe von Noctards – von der Gang der *Sex Rifles,* nach ihrer Miene zu urteilen, das heißt nach der rituellen Bemalung, die ihre Gesichter schmückt und verbirgt –, die um zwei Motorradfahrer der Bande Jo Arestis herumstehen. Vargas bremst plötzlich, so daß seine Gefährten eine Salve aus den automatischen Waffen auf die Versammlung abgeben können. Er gibt sofort wieder Gas, ohne sich um die Ergebnisse des Scharmützels zu kümmern. Aber man hört ein homerisches Geheul, der schlagende Beweis, daß es Überlebende gegeben hat.

Manche werden sich wahrscheinlich wundern, jetzt, wo die

Z.U.P. verschwunden ist und sich eine Verschwörung des Schweigens bemüht, die Erinnerung an sie zu verwischen, wenn sie solche Berichte lesen. Entspricht das alles wirklich der Wahrheit? Übertreiben die Chronisten, Memoirenschreiber oder Erzähler dieser Epochen nicht, wenn sie derartige Tatsachen erwähnen. Wie war es möglich, daß das Leben in der Z.U.P. weiterging und sogar eine unleugbare Kulturblüte hervorbrachte, während eine andauernde, manchmal blinde Gewalt sich offensichtlich ohne Sinn noch Verstand dort austoben konnte? Aber die Ungläubigen brauchten, um diese kaum einige Jahre alte Vergangenheit verstehen zu können, ihre Blicke nur auf andere Weltgegenden zu lenken, wo sich immer noch vergleichbare Ereignisse abspielen. Sie mögen nur an das denken, was heute zum Beispiel in Belfast geschieht. Oder auch in Beirut. Das Fernsehen füllt ihre Augen mit Bildern, an die sie zwangsläufig glauben, deren faktuelle Wahrhaftigkeit sie nicht in Zweifel ziehen, während sie es im allgemeinen für ausgeschlossen halten, daß ihr eigenes Land, Frankreich, die Mutter der Künste und der Gesetze, aber auch der Waffen, nicht wahr, vor kurzem, besonders in seiner Hauptstadt, vergleichbare Ereignisse erlebt hat!

Aber in der Zeit dieser unentbehrlichen Bemerkung hat der von Pedro Vargas gesteuerte Range Rover den Kontrollposten der Maos am Ende der Rue de l'Estrapade auf dem Platz desselben Namens erreicht. Vargas stoppt das Fahrzeug.

Ein junger Mann in blauem Overall mit schwarzer Maschinenpistole und rotem Abzeichen mit dem rundlichen und vergoldeten Abbild des Großen Steuermanns nähert sich der Vordertür des schweren Wagens.

»Wir wollen Auguste sehen«, sagt Vargas bestimmt.

Der junge Mao runzelt die Stirn. Sicher schätzt er es nicht, daß man seinen Führer so vertraut behandelt. Aber er hat sichtlich Vargas erkannt. Er nickt.

»Seid ihr mit ihm verabredet?« sagt er.

»Ich habe vom Hauptquartier anrufen lassen«, sagt Vargas.

Der andere sieht ihn an, er versucht zu kapieren

»Und was hat man dir geantwortet?« fragt er.

Vargas wird langsam ungeduldig, aber Artigas stößt ihn ans Knie, um ihn zu beruhigen.

»Es ist dringend«, sagt Vargas sich beherrschend. »Wir haben uns auf den Weg gemacht, bevor wir eine Antwort hatten. Frag doch nach!«
Der andere nickt und dreht sich zu der etwas entfernteren Sperre um. Er geht in eine Bretterbude, wo es ein Telefon geben muß. Während dieser Zeit rühren sich die Spanier nicht, den Finger am Abzug ihrer Waffen, die sie jedoch in vertikaler Stellung halten, um nicht die Empfindlichkeit der Maos vom Kontrollposten zu provozieren. Diese dagegen richten ihre Sturmgewehre auf das stillstehende Fahrzeug.
»Es ist wie in Spanien während unseres Krieges«, sagt Pirulí. »Als wenn man auf einen Kontrollposten der C.N.T. gestoßen wäre!«
»Scheiß auf die C.N.T.!« sagt sofort einer der beiden Männer der Einsatzgruppen, dessen Name nicht genannt wurde, weil es wirklich entbehrlich ist.
»Entschuldige«, sagt Pirulí versöhnlich. »Ich wollte dich nicht beleidigen!«
Aber während dieser winzige Zwischenfall ausbricht, das unvorhergesehene Wiederaufleben eines alten Antagonismus – Pirulí war nämlich Mitglied der KPS und sein Gefährte offensichtlich der anarcho-syndikalistischen Organisation – aus dem Spanienkrieg – *unserem,* sagen die Spanier, als wenn die Tatsache, daß sie sich diese blutige und sterile Vergangenheit aneignen, sie paradoxerweise in einer Identität verwurzelte –, während also dieser verbale Zwischenfall abläuft, kommt der junge Mao zum Fahrzeug von Vargas zurück.
»Ihr werdet erwartet«, sagt er.
Er macht ein Zeichen, und seine Genossen öffnen den Schlagbaum und räumen die spanischen Reiter weg, die den Durchgang durch die Sperre blockierten.
Der junge Mao betrachtet Vargas mit martialischer Miene.
»Du wirst die Rue de l'Estrapade und dann die Rue Thouin runterfahren, du biegst nach links in die Rue Descartes ein. Und daß du diesen Weg ja nicht verläßt, einer unserer Jeeps wird euch folgen!«
Vargas zuckt wütend die Schultern. Das ist viel Theater für einen so kurzen Weg!
»Reg dich bloß nicht auf«, sagt er. »Wo soll ich durchfahren?«

»Durch die Rue Blainville, zum Beispiel!« sagt der Mao bestimmt.
Da hat Artigas einen Lachanfall.
»O nein!« ruft er aus. »Die Rue Blainville, die ist heilig!«
Der junge Mao sieht ihn mißtrauisch an. Was hat der sich überhaupt einzumischen? Und was soll das überhaupt bedeuten?
Aber Pedro Vargas ist die Rue Blainville scheißegal. Er läßt den Motor des Wagens an und fährt durch die Sperre. Sobald er sie durchquert hat, folgt ihnen tatsächlich ein mit bewaffneten Maos besetzter Jeep.
»Wieso ist denn die Rue Blainville heilig?« fragt Pirulí und beugt sich über die Schulter von Artigas.
Aber dieser antwortet nicht. Er hat die Frage nicht einmal gehört.
Sie hatte ihm in einem Umschlag mit zwei Gauloises ein paar Zeilen voll zärtlicher Sehnsucht hinterlassen. Wie lange war das her? Man konnte die Jahre nicht mehr zählen, das war früher, woanders, sicher auf einem anderen Planeten, in einem anderen Leben zumindest. Es regnete Eisen und blutigen Schnee auf Europa, die Bronzestatuen verschwanden von den Plätzen der Städte. Es war jedoch Frühling. Er hatte nicht rechtzeitig zur Verabredung nach Montparnasse kommen können, da er den Zug von Dreux nach Paris verpaßt hatte. Aber das junge Mädchen hatte die schönsten Viertel der Stadt durchwandert, denen im Frühling, in jedem Frühling, Jahrhundert um Jahrhundert, das Licht über dieser Hauptstadt aus Traum und Schmerz eine besondere Patina verlieh, und sie hatte einen Umschlag mit zwei Zigaretten und einigen Zeilen in ihrer großen eckigen Schrift im Zimmer hinterlassen. Nichts, einige Zeilen, die unerreichbare Unermeßlichkeit der Jugendliebe. Niemals würde er sie in den Armen halten, niemals seine Hand auf die zarten Konturen ihres Gesichts legen. Niemals würde er ihre Hüften streicheln. Nein, nichts, unerfüllter Traum. Als wenn diese entschwindende Eva seiner Jugend aus dem schwammigen Stoff eines Traums gemacht worden wäre, den er Nacht für Nacht geträumt hätte, entstanden aus einer falschen Lage seines Beins. Nein, nichts, das Unaussprechliche.
»Nun?« bohrt Pirulí.

Aber sie sind in der Rue Descartes angekommen, vor dem Gebäude, wo Le Mao sein Hauptquartier eingerichtet hat. Artigas steigt aus dem Range Rover, alle anderen mit ihm. Vor wieviel Jahrhunderten brachte dieses unberührbare Mädchen mit den ernsten Augen ihm Briefe in die Rue Blainville? Er steht auf dem Trottoir, umgeben von Maos, die ihn beobachten, mit übergehängter Kalaschnikow.

»Herein!« sagt Fräulein Rose Beude.
Es ist elf Uhr, der Chef des Informantenbüros kommt zum Rapport.
Der Raum ist weit und hell. Durch die großen Glasfenster zu ihrer Rechten sieht sie den Widerschein des Herbstlichtes auf dem steinernen Maßwerk der Sainte Chapelle. Sie seufzt tief. Dieser Moment des Vormittags, der unfehlbar alle Tage wiederkehrt – es bedürfte wirklich außergewöhnlicher Ereignisse, damit diese unwandelbare Ordnung gestört würde –, ist für sie zugleich schmerzlich und köstlich.
Köstlich, weil Fräulein Rose Beude eine Leidenschaft für Nachrichten, vertrauliche Informationen, enthüllte Geheimnisse, Einblicke in die trüben Gewässer – das sind sie immer, weiß sie aus Erfahrung – der Seele derer hat, für die sie zuständig ist. Das heißt der Ausländer, die in der Z.U.P. wohnen, da der andere Teil von Paris, der wichtigere, zur Normalität zurückgekehrte, von einem anderen Zweig ihrer Behörde abhängt. Aber diese Leidenschaft ist nicht nur und nicht einmal hauptsächlich polizeilicher Art, selbst wenn die konkreten Funktionen dieser Frau an der Spitze der Ausländerbehörde davon profitieren, weil sie sie mit einer Beflissenheit erfüllt, die nichts Bürokratisches mehr hat. Diese Leidenschaft ist metaphysischer Art. Fräulein Rose Beude liebt die Erkenntnis um der Erkenntnis willen: Geheimnisse eines Lebens zu enthüllen gehört für sie mehr zur philosophischen *Aletheia* als zur banalen Speicherung von Informationen, die kodifiziert und in das Gedächtnis des Riesencomputers von Fleury-Mérogis eingespeichert werden.
Aber dieser köstliche Augenblick, wo die Geheimnisse, die vertraulichen Mitteilungen wie Perlen des reinsten Orients auf den Tisch ihres Büros fallen, ist für sie zugleich schmerzlich, weil der Vermittler dieses Glücks ein Beamter des Polizeipräsidiums

ist, der Leiter der Informantenbehörde, den sie abstoßend findet, dessen Gegenwart sie jedoch während der ganzen langen Stunde seines täglichen Rapports hinzunehmen gezwungen ist.

Sie seufzt also tief.

Acht Tage zuvor hatte Rose Beude – wir werden nämlich von nun an die Anrede »Fräulein« weglassen, mit der wir bis jetzt ihren Namen und Vornamen ausstaffiert haben, und das nicht nur aus Gründen erzählerischer Einfachheit, sondern vor allem deshalb, weil wir bald Anlaß haben werden, in die Intimität dieser jungen Frau einzudringen, wenn man uns die Präzision des Ausdrucks durchgehen läßt, und warum dann nicht gleich den ersten Schritt tun! – Rose Beude hatte eine Woche zuvor die denkbar beste Beschreibung dieses Pluvinage, Chef des Informantenbüros, gefunden.

Und zwar bizarrerweise im 9. Kapitel des zweiten Teils der *Mystères de Paris* von Eugène Sue.

Sie hatte mit der Lektüre dieses Romans angefangen, als sie erfuhr, daß er in der Commune de la Rive Gauche verfilmt würde. In Wirklichkeit war Rose Beude keine besondere Filmliebhaberin. Sie interessierte sich auch nicht übermäßig für Eugène Sue. Sie hegte keine besondere Neugierde für die Person von Boris Villeneuve, über den sie niemals wirklich prickelnde Informationen aufgelesen hatte, was nicht zu bedeuten hat, daß Boris kein Privatleben besaß, mit all dem Nicht-Eingestehbaren, was das enthält, sondern daß es ihm gelang, es offensichtlich besser zu schützen als andere.

Es war die Tatsache, daß Artigas an der Filmfassung der *Mystères de Paris* mitgearbeitet hatte, die Roses Interesse hervorrief.

Seit dem Tag nämlich, vor einem Jahr und einigen Monaten, als Artigas die Schwelle dieses Raums überschritten hatte nach einer wochenlangen Wanderung durch den Irrgarten der Polizeibehörden, einer Wanderung, von der er ihr sofort erzählt hatte mit einem sarkastischen und gelehrten Witz, seit jenem Tag war Rose Beude von dem alten Spanier fasziniert. (Sie findet ihn übrigens überhaupt nicht alt, sie würde sich gegen diese Kennzeichnung eines sicherlich unbewußt eifersüchtigen ERZÄHLERS verwahren: sie findet ihn ganz einfach phantastisch!)

Artigas war also in ihr Büro eingetreten, und das war am Ende des Sommers. Er war ungezwungen bis zum Fenster gegangen, das über dem Boulevard du Palais lag, er hatte die Türme der Sainte Chapelle betrachtet, und danach hatte er sich zu ihr umgedreht, die immerhin etwas verdutzt, aber bereits gefesselt war. Dann hatte sein Blick sie mit schneidender Kälte erkundet. Sie hatte gespürt, wie dieses eisige Brennen über ihre Beine fuhr, auf ihren Schenkeln verweilte, den ganzen Torso hinaufstrich und ihr die Muskeln des Magens umdrehte, von neuem bei ihrer Brust anhielt, bei ihren Augen stehenblieb, endlich.

Erst dann hatte er ihr zugelächelt.

»Ich verstehe, warum es so schwierig ist, Sie zu erreichen«, hatte er gesagt. »Wir sind nicht nur im siebenten Stock, wir sind bestimmt im siebenten Himmel!«

Und dann hatte sich Artigas vor sie hingesetzt, um ihr das Problem seiner Auswcispapiere darzulegen.

Niemals mehr seit jenem ersten Tag hatte er die geringste zweideutige Anspielung gemacht, niemals mehr hatte er mit ihr gesprochen, wie man mit einer Frau spricht, die man verführen oder berühren will im wörtlichen Sinne des Wortes: niemals mehr war irgendeines seiner Worte das Vorspiel einer unschicklichen, aber erwarteten Geste gewesen. Einer inbrünstig erwarteten. Aber seit jenem Tag am Ende des letzten Sommers war sie seinem Charme verfallen. Seitdem hatte sie sich bemüht, seine Vorlieben zu erraten, sich seine libidinösen Neigungen vorzustellen. Sie hatte jede der Seiten, die er früher geschrieben hatte, in den kleinsten Einzelheiten gelesen, wiedergelesen, analysiert, um sich in die Haut und die Aufmachung der weiblichen Figuren seiner Bücher zu versetzen. So hatte sie sich die Haare geschnitten, um einer Stewardeß der *Swissair* zu ähneln, die in einem seiner Romane flüchtig auftauchte. Sie hatte sich angewöhnt, Strümpfe mit Straps zu tragen wie eine junge Frau auf einem Barhocker in Amsterdam, die er ein andermal mit keuchender Genauigkeit beschrieben hatte. Sie hatte von jetzt an nur daran gedacht, mit allen Mitteln, einschließlich der willkürlichsten, die Besuche zu verlängern, die er ihr regelmäßig machte, um die dornige Frage seines Ausweises zu lösen.

Man muß zugeben, daß ihr in diesem Punkt der Zufall geholfen hatte. Die Akte von Artigas – oder vielmehr die auf seinen

richtigen Namen, den er jetzt wieder anzunehmen versuchte – war, worauf wir bereits hingewiesen haben, bei einem Raketenangriff auf das Polizeipräsidium und dem darauf folgenden Feuer fast völlig verbrannt. So blieb kein einziges offizielles Dokument übrig, wo jener ehemalige richtige Name neben einem Paßfoto stand. Man hatte also auf der einen Seite eine Fülle von Dokumenten aus der Commune unter Decknamen mit ausgezeichneten Fotos und auf der anderen Seite Dokumente auf seinen richtigen Namen, die keines enthielten. Natürlich gab es, und Artigas hatte es sich nicht versagt, damit zu argumentieren, einige Ausgaben seiner ersten Romane, wo man sowohl seinen Namen von früher als auch sein Bild finden konnte, das trotz der vergangenen Zeit ihm völlig ähnlich war. Aber Rose Beude hatte sich hartnäckig geweigert, diese Stücke als offizielle Dokumente zu betrachten. In der Literatur fehlt es, wie man genau weiß, nicht an Beispielen von Leuten, die sich als jemand ausgeben, der sie nicht sind, die sich hinter falschen Identitäten verstecken, deren Geheimnis schwer zu durchdringen ist, oder die schlankweg irgendeinen anderen an ihre Stelle setzen.
Wie dem auch sei, Artigas wegen hatte Rose Beude die *Mystères de Paris* von Eugène Sue gelesen. Und dort, im neunten Kapitel des zweiten Teils – wir fallen wieder anmutig auf unsere Füße! –, hat sie die beste Beschreibung ihres verabscheuten Kollegen Pluvinage, Chef des Spitzelbüros, gefunden.
In Wirklichkeit ist es, wie man begriffen haben wird, nicht das Porträt von Pluvinage, das Eugène Sue zeichnet, wie hätte er das auch tun können? Es ist das des abscheulichen Notars Jacques Ferrand, der vieler Verbrechen schuldig ist, angefangen von dem der Begehrlichkeit.
Auf irgendeiner Seite hatte Rose folgende Passage gefunden:
»Einige Worte jetzt über das Aussehen von Herrn Ferrand, und wir werden den Leser in das Büro des Notars einführen, wo wir die Hauptfiguren dieser Erzählung wiederfinden werden.« (Ziehen wir im Vorbeigehen tief den Hut vor der heiteren Unschuld, mit der Eugène Sue nach seinem Gutdünken in die Erzählung eingreift, sie durch dieses Eingreifen zusammensetzt und wieder auseinandernimmt, seine Karten nennt, seine Trümpfe aufdeckt, kurz, demonstriert, daß Schreiben ein Spiel ist und natürlich ein Spiel des Ich oder sogar ein Stich des Ich!)

»Herr Ferrand war fünfzig Jahre alt«, fährt unser gleichsam bevorzugter Autor fort – das ist gewiß weniger raffiniert als Proust, fällt uns aber wenigstens nicht aus der Hand! –, »und er sah aus wie noch nicht vierzig; er war von mittlerer Statur, gebeugt, breitschultrig, kräftig, vierschrötig, untersetzt, rothaarig, zottig wie ein Bär. Seine Haare waren an den Schläfen glatt, seine Stirn war kahl, seine Augenbrauen kaum sichtbar; sein zitronengelber Teint verschwand fast unter einer ungeheuren Menge von Sommersprossen; aber wenn er von einer heftigen Erregung gepackt wurde, füllte sich diese erdige Falbenmaske mit Blut und war schließlich von einem fahlen Rot.«

Wir können natürlich nicht garantieren, daß dieses Porträt wirklich die Physiognomie von Jacques Ferrand, dem verbrecherischen Notar der *Mystères de Paris* wiedergibt, da wir keine Gelegenheit hatten, dieser Figur des vergangenen Jahrhunderts zu begegnen. Wir können jedoch feierlich versichern, daß Pluvinage, der Chef der Informantenbehörde des Polizeipräsidiums, zu der in dieser Erzählung fraglichen Zeit auf den vorangehenden Zeilen von jenem großartigen Porträtisten Eugène Sue wahrheitsgetreu beschrieben ist!

»Herein!« hatte Rose Beude also gesagt.

Und Pluvinage trat ein.

Mit zerstreuter Miene – aber das tat sie, um Distanz zu einem abscheulichen Untergebenen zu wahren, denn ihr Gedächtnis und ihre Aufmerksamkeitsfähigkeit waren erstaunlich – hatte sie die Gesamtdarstellung angehört, die Pluvinage ihr auf der Grundlage der zahlreichen Berichte von den Polizeispitzeln innerhalb der Z.U.P. bot.

Der erwartete und teilweise vom Allgemeinen Nachrichtendienst provozierte Kleinkrieg zwischen Jo Arestis Korsen und den Spaniern von Eleuterio Ruiz hatte angefangen. Einige Tote und zahlreiche Verletzte auf beiden Seiten, aber die Verluste der Korsen waren schwerer. Was Perséphone Ruiz angeht – hier konnte Rose nicht umhin, ihr wachsendes Interesse mit einer unfreiwilligen Handbewegung zu bekunden: Perséphone war eine jener entsetzlichen Frauen, mit denen Artigas zu verkehren schien! – was also die jüngere Tochter von Eleuterio und Acracia anging, so teilte ihr Pluvinage mit, daß er eine ganze Menge über sie erfahren hatte. Nach dem schmierigen, ja schlüpfrigen Ton

seiner Stimme, wenn er von Perséphone sprach, konnte man übrigens vermuten, daß seine Enthüllungen zweideutiger Art sein würden.
»Zur Sache, zur Sache!« sagte Rose Beude und klopfte mit einem Bleistift auf die luxuriöse Unterlage ihres Schreibtischs.
Tatsache sei, sagte Pluvinage vor Erregung sabbernd, daß Perséphone Jungfrau sei. Oder vielmehr, daß sie es bis zur vorigen Nacht gewesen sei. Jo Aresti hätte sie entjungfert.
Scheinbar unbewegt, spürte Rose zunächst, wie sie von einer tiefen Freude erfüllt wurde. So hatte Perséphone also Artigas noch nicht gehört! Sie war jedoch vom Gegenteil überzeugt, nach bestimmten Indizien zu urteilen, die sie gesammelt hatte. Aber diese Freude war von kurzer Dauer. Sie hatte sich so lange nach der Intimität des Spaniers gesehnt, um zu ahnen, daß es nicht das Hymen der Mädchen war – sie würde immerhin nicht das groteske Wort »Jungfernhäutchen« sagen, ja nicht einmal denken!–, das ihn interessieren konnte, sondern ihre Lust. Konnte er Perséphone Lust verschafft haben, ohne ihr ihre Jungfernschaft zu rauben? Sie errötete bei ihren genauen Vorstellungen, die allzu genau waren, als daß sie eine absolute Selbstbeherrschung bewahren konnte. Aber ja, sie war gezwungen zu denken, daß das möglich sei. Hatte sie selbst, gestand sie sich in einem plötzlichen Taumel der Sinne ein, nicht manches Mal Lust empfunden bei der Anwesenheit – oder vielmehr beim Traum – von diesem Mann, der sie doch nicht einmal mit dem kleinen Finger berührt hatte?
Aber Pluvinage fuhr fort.
Ein Zimmermädchen des *Envers du Paradis* hatte Blutflecken auf dem Laken in dem großen quadratischen Bett festgestellt, das Perséphone mit dem Korsen geteilt hatte in der Nacht nach ihrem Raub. Oder ihrem freiwilligen Weggang zu Aresti, in dieser Hinsicht gingen die Meinungen auseinander.
Rose zitterte jetzt, rosig vor Verwirrung. Sie registrierte mechanisch alle Informationen des Berichts von Pluvinage, aber ihre Gedanken waren woanders. So erfuhr sie von der Entführung der roten Vicomtesse durch die Maos von Le Mao, das war an diesem Vormittag die letzte Nachricht aus der Z. U. P., sie stellte Mutmaßungen über die Folgen dieses Ereignisses an und über-

ließ sich dabei dem Strom diffuser, doch atemberaubender Vorstellungen und Gefühle, von denen sie ergriffen wurde.
Sie wurde abrupt aus dieser seligen Benommenheit gerissen. Ein Satz von Pluvinage nämlich hatte ihren scharfen Sinn für ihre berufliche Pflicht geweckt.
»Die Frau von Professor Debrèze ist heute vormittag in die Z.U.P. eingedrungen«, hatte der Spitzelchef gesagt.
Fabienne Debrèze interessierte Rose Beude ganz besonders. Sie war die Frau eines angesehenen französischen Wissenschaftlers und Sonderberaters der Versailler Regierung. Ihre Eskapaden in der Z.U.P. waren der Wachsamkeit der Polizeibehörden nicht entgangen, und Rose war damit beauftragt worden, alle bei diesen Gelegenheiten gesammelten Informationen für eine politische Erpressungsaktion zugunsten eines der Versailler Clans, des sogenannten Clans der Barone, zu benutzen. Daher vergaß sie ihre eigenen lasterhaften Träumereien und bat Pluvinage um Präzisierungen.
Dieser sah in seine Karteikarten.
»Fabienne Debrèze ist im selben Bus wie Yannick de Kerhuel angekommen«, sagte er. »Nach der Schießerei an der Kreuzung Croix-Rouge und der Entführung letzterer ist sie von einem Amerikaner in das Studentenhaus der Rue Séguier geführt worden. Offenbar sollen sich alle unsere Personen dort zu einem Mittagessen versammeln.«
Er sah Rose Beude an mit vor brodelnden Schweinereien feuchten Augen.
»Da wird offenbar eine feine Party vorbereitet!«
Aber die stellvertretende Leiterin der Ausländerbehörde schickte Pluvinage, dessen Bericht beendet war, fort.
Um über das Haus der Rue Séguier unterrichtet zu sein, brauchte Rose jedenfalls keine offiziellen Spitzel. Seit langem hatte sie dort ihre eigene Antenne. Sowie Pluvinage gegangen war, dachte sie also darüber nach, welches das beste Mittel wäre, Sonsoles eine Nachricht zukommen zu lassen. Diese war nämlich Roses Informantin, nachdem sie sich von der lebensfrohen stellvertretenden Leiterin, die sofort den besten Nutzen daraus gezogen hatte, in eine finstere Unterschlagungsgeschichte hatte hineinziehen lassen.
Rose Beude ist aufgestanden, sie betrachtet den Turm der Sainte

Chapelle, der sich im Licht des Herbstes abhebt. Sie betrachtet ihn intensiv, ganz in ihre Kontemplation versunken. Aber sie denkt nicht gerade an etwas Katholisches, wie wir versichern können.
Mit leichtem Schritt geht sie zum Safe, der hinter einem Stich von Boucher, *Die göttliche Überraschung,* versteckt ist. Sie dreht die Ziffern der Geheimkombination, öffnet die Panzertür und nimmt eine Kassette aus einem der Fächer des Safes. Sie setzt sich dann in einen Sessel am anderen Ende des Raums in der Nähe eines niedrigen Tisches, wo ein japanischer Vielzweckapparat thront, der eine Empfangs- und Sendestation, ein perfektioniertes Tonbandgerät und einen Fernsehschirm von der Größe einer Postkarte enthält.
Rose Beude legt die Kassette ein und macht es sich bequem, um sie abhören zu können.
Man hört eine ernste Männerstimme nach dem gewöhnlichen Knistern des sich abspulenden Tonbands.
»Was wolltest du mit sechzehn sein?«
Es ist die Stimme von Carlos-Maria Bustamante.
»Ich wollte Fermina Marquez sein!« antwortet die von Fabienne, unwiderruflich.
Man hört ein lang anhaltendes, komplizenhaftes Gelächter der beiden vermischten Stimmen. Dann fängt wieder die von Fabienne an.
»Ich wäre unter den hundertjährigen Bäumen des Parks vom Collège Saint-Augustin spazierengegangen. Man sah die ganzen Bogen des Seine-Tals, erinnerst du dich? Paris in der Ferne, im durchsonnten Frühlingsdunst. Alle diese Jungen um mich herum, Fermina Marquez! Verschönt von ihren Blicken hätte ich ein Rad geschlagen wie ein Pfau mit allen diesen jugendlichen Augen auf meinem Federschmuck!«
Sie lachte wieder, provozierend.
Rose Beude stieß einen Seufzer aus. Sie hörte sich das Tonband an, versunken in der gastlichen Tiefe des Sessels wie im Bett eines Flusses.
Von neuem die Stimme von Carlos.
»Ich hätte dich geliebt, Fermina Marquez! Ich wäre dir auf den Alleen des alten besonnten Parks gefolgt, der vom Gemurmel unserer geblendeten Blicke rauschte. Ich hätte dich geliebt, weil

du aus Lateinamerika gekommen wärst, dem hohen Ort unserer Erinnerungen, aus einer hispanischen Vergangenheit, die nicht tot gewesen wäre wie bei uns, erstarrt im Stein der Kirchen von Cáceres oder von Trujillo, die kastilische Dürre, sondern lebendig und turbulent, gegenwärtig wie die Amazonasströme... Ich hätte dich geliebt, jugendliche Minerva, ganz mit Licht und Charme aus dem Gehirn von Valery Larbaud hervorgegangen...«

Rose Beude lächelte, selig.

Sie ließ sich von dem fiebrigen Geflüster zwischen Carlos und Fabienne wiegen, die sie sich auf dem Divan ausgestreckt vorstellte, in der Rue des Bourdonnais, in jener Wohnung, die sie nicht kannte, von wo aber der Spezialist des Polizeipräsidiums, der heimlich in sie eingedrungen war, um dort ein Mikrophon zu verstecken, zur Aufnahme der Gespräche des Paares, seiner intimsten Wörter, seiner Schreie, ihr Fotos mitgebracht hatte, sie stellte sie sich auf dem Divan vor, ausgestreckt, ja hingegossen sogar, alle beide, sich zweifellos geschützt glaubend, isoliert in der Blase eines vorübergehenden, sogar ungewissen, aber blind machenden Glücks, ohne zu wissen, daß der geringste ihrer Seufzer, ihr geringstes Keuchen, das zarteste Kratzen ihrer Nägel, des einen wie des anderen, auf der Haut des anderen, aufgenommen würde zum Zweck einer Polizeioperation, die derart kompliziert war, daß selbst ihre Promotoren gelegentlich den Faden verloren.

So wußte schließlich Rose alles von diesen Verliebten, glücklichen Verliebten (wirklich alles? Manchmal, mit einer verzweifelten Wut, kam sie zu der Schlußfolgerung, daß das Wesentliche – jenes Stück Wahnsinn, jenes Gran Verzauberung, göttlichen Überschwangs, jene Sucht nach dem Absoluten, und sei es auf der Seite der Hölle, das sie in deren Verbindung am Werk zu sein spürte – ihr immer unzugänglich bleiben würde, ebenso wie ganz offensichtlich ihnen selbst!).

Sie wußte jedoch viel davon.

Mit dem Sinn für Systematik, der sie auszeichnete und der auch in jedem anderen Beruf seine Anwendung gefunden hätte, hatte Rose Beude an den über das Paar zusammengetragenen Informationen gearbeitet. Es hatte sich in Formentor kennengelernt, nicht wahr? Sofort stellte die stellvertretende Leiterin der Aus-

länderbehörde ihre eigene historische Nachforschung an. »Formentor« war nicht mehr nur ganz banal der Name eines Luxushotels in der gleichnamigen Bucht im Norden von Mallorca, sondern ein Flurname des Imaginären, der Legende dieses Jahrhunderts, in gleicher Weise sozusagen wie jenes Collège Saint-Augustin der Erzählung von Valery Larbaud, dessen quasi vollständige Werke sie gelesen hatte, mit Wonne übrigens, um alle literarischen Anspielungen des Gesprächs zwischen Fabienne und Carlos zu verstehen, die an einem Frühlingstag des Jahres 1975 von dem unerschütterlichen Ohr des versteckten Mikros aufgenommen worden waren.
Formentor? Sie könnte uns alles darüber sagen, Rose Beude. Seit 1711, würde sie uns mit ihrer präzisen, ja pädagogischen Stimme sagen, seit Miguel Costa Nadal den Prozeß gegen einen anderen Zweig der Familie gewann, ist der Besitz Formentor – eine Halbinsel von 18 Millionen Quadratmetern, davon 225 000 kultivierbar, der Rest von einem riesigen Pinienwald bedeckt – nicht in andere Hände geraten, sondern durch Erbschaft von einem Costa zum anderen übergegangen: von Costa Nadal zu Costa Esteva, von Costa Esteva zu Costa Bennassar, von diesem zu Costa Terrasa und schließlich zu Costa Cifre, gestorben 1919, nach dem sich der Besitz teilt, in der familiären Ungeteiltheit, wenn man so sagen darf, weil es unter Cousins geschah. Bis zum Tag im Winter 1921, wo ein verträumter und prunkliebender Argentinier mit dem Vornamen Adam und dem Nachnamen Diehl (Adam offensichtlich, weil er der erste Mensch war, der die Schönheit der Lage begriffen hatte und zugleich die Notwendigkeit, ihn zu schützen und zu nutzen, wenn nicht sogar Profit daraus zu ziehen, und der Argentinier war obendrein noch ein Mann großer Kultur, der sich in den literarischen Kreisen von Buenos Aires und Paris herumgetrieben hatte und dessen erste Frau nach den besten Quellen Delia del Carril gewesen ist, die spätere Frau Pablo Nerudas) diese Bucht von Formentor entdeckte und die Verhandlungen aufnahm, die es ihm ermöglichten, 1928 den verschiedenen Erben den gesamten Besitz abzukaufen für die keineswegs übermäßige Summe von fünfhundertzwanzigtausend Peseten. Ja, sie könnte uns davon erzählen, Rose Beude! Sie hatte sich die Fotos besorgt, die 1929, bei der Eröffnung des Hotels und in den folgenden Jahren gemacht

worden waren, anläßlich der Regatten, der Feste zum Beispiel – und auf der Terrasse des Hotels konnte man Gruppen weiß gekleideter Frauen in langen bauschigen Hosenröcken, Mützen oder Hauben sehen, deren Flügel von der Brise entfaltet wurden, was sie zwang, sie mit einer Bewegung des linken Arms festzuhalten, die dessen füllige Rundung und epilierte Achselhöhle entblößte – oder Intellektuellenversammlungen, die dort veranstaltet wurden. Denn Adam Diehl, der viele Jahre später in Argentinien im Elend starb, war im Laufe seiner kurzen Glanzzeit der prunkliebende Freund einer großen Zahl von Schriftstellern und Malern gewesen. So hatte Rose Beude erfahren, daß in Formentor zu Beginn der dreißiger Jahre eine *Woche der Weisheit* um den Grafen Hermann von Keyserling veranstaltet worden war. Aber man muß sagen, daß ihr dieser Name, als sie ihn zum erstenmal in einem Dokument über die Geschichte von Formentor auftauchen sah, nichts gesagt hatte. Man kann ihr jedoch diese Unkenntnis nicht vorwerfen: wie viele Franzosen aus Roses Jahrgang kennen noch den Namen dieses aus den nebligen Gegenden Livlands stammenden Aristokraten, des Gatten einer direkten Nachfahrin Bismarcks und äußerst fruchtbaren mondänen Essayisten der dreißiger Jahre? Um mehr darüber zu erfahren, oder vielmehr, um überhaupt etwas darüber zu erfahren, konsultierte Rose zunächst die *Encyclopaedia Universalis,* aber sie fand dort nichts über ihn. Erfolgreicher war sie dann mit der *Britannica.* Sofort wollte sie einen der Essaybände dieses Autors lesen, von dem sie noch nicht wußte, ob er zu Recht vergessen sei, und es gelang ihr schließlich, ein Exemplar seines *Spektrum Europas* aufzuspüren, nicht weit von ihrem Büro auf dem Polizeipräsidium, genau auf der anderen Seite der Seine, bei Elek, auf der Rue Saint-Jacques, in der Buchhandlung *Biffures,* die jedoch trotz der geographischen Nähe für sie schwierig zu erreichen war, denn besagte, auf Antiquariat spezialisierte Buchhandlung befand sich in der Z.U.P. Aber Rose gelang es dennoch, diesen Band zu erhalten, und zwar auf einem Umweg (was zur Folge hatte, als sei der Kauf dieses Buches der Tropfen gewesen, der das Faß der bürokratischen Geduld zum Überlaufen brachte, die mißtrauische Aufmerksamkeit der I.G.S., der *Inspection Générale* zu erregen, so daß ein Prüfer sie illico vorlud, um sie nach dem Grund von soviel

Rechnungen zum Kauf einer unwahrscheinlichen Literatur zu fragen, deren Interesse für ihre Arbeit nicht offenkundig schien, eine üble Schwelle, die sie wie gewohnt brillant überschritt, da es ihr gelungen war, besagten, von ihrer Dialektik betäubten Prüfer davon zu überzeugen, daß das Interesse für Hermann von Keyserling, wie vorher für Valery Larbaud, Valéry (Paul), Eugène Sue usw., von entscheidendem Nutzen war für die Bedürfnisse der Behörde und ganz besonders der Operation *Gourgandine,* der Codename, den man in Versailles dem ultravertraulichen Unternehmen gegeben hatte, zu dem Fabiennes Untreue die Möglichkeit liefern sollte), und so gelang es ihr, *Das Spektrum Europas* des fruchtbaren baltischen Grafen zu lesen, in einer französischen Übersetzung von Alzir Hella und Olivier Bournac, veröffentlicht von der Librairie Stock im Jahre 1930: der Band, den sie in den Händen hielt, trug die Nummer 627 der Originalausgabe auf Vergé d'Alfa Outhenin Chalandre, und er war von einem seiner Besitzer in Lissabon in Ganzleder gebunden, was ein auf das Vorsatzblatt geklebtes rundliches Etikett mit Goldbuchstaben auf weinrotem Grund bezeugte: *Oficina de Encadernaçao, Santos Alves, 112 r. da Mundo, 114, Lisboa.*
Eines Abends also, in der Stille ihrer Dienstwohnung auf der Place Dauphine, begann Rose Beude mit der Lektüre des Kapitels über Frankreich in diesem *Spektrum Europas,* das sie durch ihre Recherchen zur Geschichte von Formentor, das heißt genauer ihre Nachforschungen zu Fabienne Debrèze und Carlos-Maria Bustamante entdeckt hatte (aber sie wußte nicht, und zweifellos würde sie niemals wissen, *nobody is perfect!,* daß Carlos an dem Abend, als er Fabienne auf der Terrasse von Formentor angesprochen hatte, ihr beinahe zur Eröffnung des Gesprächs gesagt hätte: »Haben Sie den Grafen Keyserling gesehen? Ich suche ihn überall!«, und daß er erst in der letzten Sekunde, nach einer plötzlichen Intuition, diesen Satz zurückgehalten und durch eine Anspielung auf Oriane de Guermantes ersetzt hatte, eine Abänderung, die offensichtlich eine gute Inspiration war, denn Fabienne, und in diesem Punkt zumindest war sie Rose Beude ähnlich, hatte nicht die geringste Ahnung von Keyserling noch von seinen Beziehungen zu Formentor, und Carlos hätte also einen schrecklichen Schnitzer gemacht, der für die Fortsetzung Schlimmstes hätte erwarten lassen können).

Sie, Rose also, fing an, die Seiten über Frankreich zu lesen. Bei den ersten Worten wurde sie von einem derart heftigen Lachanfall geschüttelt, daß sie aufstehen mußte, um ein Glas frisches Wasser zu holen und sich die Tränen abzuwischen. Aber man sollte zugeben, daß sie Anlaß dazu hatte. Keyserling beginnt nämlich sein Kapitel über Frankreich folgendermaßen: *Bis zum Weltkrieg gab es kein Land, in welchem Menschen weiten Geistes- und Herzenshorizonts nicht gelegentlich den alten Satz zitierten: jeder Mensch hat zwei Heimaten, seine eigene und – Frankreich*, ein sicherlich banaler, tausendfach wiederholter Satz, der aber Rose sofort an eine Diatribe von Artigas erinnerte, die dieser in verächtlichem Ton schon am ersten Tag von sich gegeben hatte, als er im Büro des siebenten Himmels angelangt war. Als sie sich nämlich wunderte, daß Artigas niemals die französische Staatsbürgerschaft beantragt hatte, obwohl er schon so lange in Frankreich lebte und mehrere Bücher von ihm in unserer schönen Sprache erschienen waren – das sind natürlich die Worte von Rose Beude –, hatte der Spanier sie mit einem Blick fixiert, in dem Mitleid und Verachtung funkelten, und ihr mit Eisesstimme gesagt: »Sie gehören sicher zu denen, die glauben, Frankreich sei die zweite Heimat eines jeden?«, eine Frage, die zu beantworten er ihr keine Zeit ließ, da er sofort zu einer ironischen und beißenden Rede ansetzte, von der sie nur Bruchstücke, Fetzen behalten hatte, wo es aber in jedem Fall um seine Weigerung gegangen war, sich einbürgern zu lassen, aber auch um die Tatsache, daß es die ideale Situation des Schriftstellers sei, heimatlos zu sein, zumindest als einzige Heimat nur die der Sprache zu kennen, und um andere plumpe Wahrheiten, die er ihr verabreicht hatte.
Wie dem auch sei, was diese Frage einer zweiten Heimat angeht, Rose hatte einsehen müssen, daß die Lektüre von Keyserling ihr nicht viel brachte. Das Denken des Grafen war diesig wie ein Morgen in den fernen Gegenden Livlands, aus denen er stammte, und es war schwierig, klare und deutliche Vorstellungen darin zu erkennen.
Aber Carlos sprach nicht von Keyserling, er sprach von Valery Larbaud, in der Rue des Bourdonnais, an jenem Frühlingstag, wo es Fabienne gelungen war, ihn zu treffen.
»Da ist zumindest einer«, sagte Carlos in diesem Moment, »der

offen genug gegenüber der Welt ist, kosmopolitisch genug, wagen wir das Wort, um nicht dem ersten besten gegenüber zu proklamieren, daß Frankreich die zweite Heimat jedes Menschen sei, der dieses Namens würdig ist! Ich glaube sogar, und das muß in *Fermina Marquez* stehen, genau, in der Erzählung, die dir gewidmet ist, wenn mein Gedächtnis mich nicht trügt, daß er einmal proklamiert hat, daß Spanien diese zweite Heimat sein könne (und Fabiennes Stimme unterbrach ihn in diesem Augenblick, um sich an den genauen Text von Larbaud zu erinnern: »Die kastilische Welt war unsere zweite Heimat, und wir haben jahrelang die Neue Welt und Spanien als andere heilige Länder betrachtet, in denen Gott durch eine Rasse von Helden seine Wunder entfaltet hatte.« Und Carlos fuhr fort:) Du siehst, das ist durchaus ein erwähnenswerter Beweis für Bescheidenheit, Altruismus, Mangel an Chauvinismus oder kulturellem Ethnozentrismus, da die meisten der französischen Intellektuellen davon überzeugt sind, daß Frankreich die Heimat par excellence und per Antonomasie ist: Heimat der Feinschmecker und Literaten, der Redner und Modistinnen, des Pflugs und des Schwerts, Heimat des Menschen und der Menschenrechte und sogar der Frauenrechte, Heimat von Adam und Eva schließlich, die ja bekanntlich im Limousin geboren sind! Es gibt eine rechte Version dieser Gewißheit, und das ergibt Barrès, Maurras und Claudel. Es gibt eine linke Version, und das ergibt Danton, Michelet, Jaurès, das endet beim Sozialismus der Tricolore! Und es gibt eine zeitlose und asoziale, will sagen: den sozialen Spaltungen trotzende Version, eine Verankerung in der Ewigkeit der Nation für Krisenzeiten, und das ergibt de Gaulle und einen gewissen Malraux, eine gewisse Idee Frankreichs! Und dann gibt es Männer wie Valery Larbaud, einige wenige, die so französisch sind, daß sie es überhaupt nicht mehr nötig haben, ihre Nationalfahne zu schwenken, daß sie es sich erlauben können, kosmopolitisch aufzutreten, daß sie ihre Zeit damit verbringen, Fremdsprachen zu lernen, woandershin zu reisen und zum Beispiel Ramón Gómez de la Serna zu übersetzen! Du erinnerst dich an das Wort einer Figur Larbauds, nicht wahr: »Was ist dieser Name eines barbarischen Stammes, mit dem man mich ausstattet, Franzose?« Nichtsdestoweniger ist das ein Problem, diese Glücksfähigkeit der Franzosen, wenn sie an ihr Land denken, dieses Fehlen von Problemen: sie sind die Ruhe selbst, Franzosen, wie man atmet, die Franzosen! Er hat es vor langer Zeit geschrieben, Artigas, in seinem ... Aber guck doch nicht so erstaunt, ich habe dir doch schon von Artigas erzählt, erinnere dich! Er hat folgendes geschrieben: *Ich muß eines Tages ernsthaft über jene Manie so vieler Franzosen nachdenken, zu glauben, ihr Land sei die zweite Heimat eines jeden. Ich muß zu verstehen versuchen, warum soviel Franzosen so froh sind, es zu sein, so rundum zufrieden, es zu sein* ... Genau darum geht es, um dieses Rundum-Zufriedensein, das die Franzosen dabei empfinden, Franzose zu sein, diesen bescheidenen, kaum herablassenden, weil selbstverständlichen Hochmut, in dem alle Arten und Klassen von Franzosen verbunden sind, als wenn Frankreich für den Proletarier von Billancourt – verzeih mir dieses Klischee, ich werde es nicht mehr benutzen! – und für den Lebensmittelhändler von Limoges dasselbe wäre, kurz, als wenn die Franzosen Polen wären, anders gesagt, als wenn sie die Söhne eines vom Ausland jahrhundertelang unterdrückten, gespaltenen und gedemütigten Vater- oder Mutterlandes wären und es in ihrem tiefsten Innersten nötig hätten, sich das unveränderliche Wesen eines über der Menge, den Klassenkämpfen schwebenden Polens vorzustellen, um die Lumpen ihrer ständig von Vernichtung bedrohten nationalen Identität an jenen brennenden Nagel der Vaterlandsidee zu hängen, die natürlich von dem religiösen Gefühl verstärkt wird, das obendrein römisch-katholisch ist und demnach die Polen an den Westen bindet, gegen den orthodoxen Osten; aber die Franzosen befinden sich doch überhaupt nicht in der Situation der Polen, sie reicht ja weit zurück, ihre Entität oder unbestreitbare Identität, und dann ist Frankreich jahrhundertelang sehr viel mehr eine unterdrückende als unterdrückte, expansive und auf Europa und die Welt übergreifende Nation gewesen als eine in ihrem hexagonalen Gemüsegarten eingeschlossene und verschlossene! Nichtsdestoweniger: die Franzosen sind generell und generös froh, es zu sein, und vereinigen sich über alle Ideologien hinweg in dem mystischen, eucharistischen Korpus ein und desselben patriotischen Wesens ... Jeanne d'Arc und Jean Jaurès, derselbe Kampf! Für uns Spanier scheint das schwierig, zwar nicht zu verstehen – mit einem Minimum an Anstrengung von Intelligenz und Sympathie kann man alles verstehen –, doch zumindest nachzuempfinden, zu erleben auf der Ebene der Affekte, des Gefühls. Wir wissen zu allererst gar nicht genau, was Spanien ist! Spanien ist für uns zuerst ein Problem, eine Infragestellung, Schmerz, Qual und Haß, Zorn oder verzweifelte Liebe ... Es gibt nichts auf der Welt, was mich mehr anwidert als Francos Spanien, und ich spreche nicht nur von seinem politischen System, ich spreche von seiner Sprache, dieser widerlichen kastilischen Rhetorik, dieser Sprache des Imperiums, wie sie sagen, ich spreche von seiner Moral, seiner Architektur, seiner provinziellen und bigotten Selbstgenügsamkeit, seiner in den Flitterkram der ewigen Werte gekleideten Grausamkeit, ich spreche von seinen sportlichen Journalisten, von den Zweireihern seiner Bankiers, von den dünnen Schnurrbärten und dem Grinsen seiner Generäle, denn alles ist dort beschissen, jämmerlich, kleinlich, sumpfig, mumienhaft, tödlich! Es gibt kein Spanien, das uns vereinigt und uns versammelt, das uns beruhigt, Spanier zu sein: es gibt nur mehrere Spanien, die uns spalten und uns gegeneinander aufbringen ... Aber sicher gibt es eine historische Erklärung für all das, eine komplexe Rechtfertigung, wo vielfache Faktoren, konvergierende soziale und ideologische Vektoren mitspielen, deren geringster nicht die Nähe des Gründerkrieges der spanischen Modernität ist ... Alle modernen Nationen haben sich im Laufe blutiger Bürgerkriege konsolidiert, und zwar endgültig, zumindest bis zum Ende der Zivilisationen, in denen wir leben, denn sosehr das auch jenen mißfallen mag, die Humanismus und Gewaltlosigkeit verwechseln, es ist der Bürgerkrieg, der die Modernität der Nationen und Staaten begründet. Doch wenn England seinen Gründungskrieg erlebt hat, den Bürgerkrieg, wo sich im 17. Jahrhundert seine ebenso bürgerliche, aber zumindest zivilisierte Gesellschaft gegründet hat; wenn die Vereinigten Staaten ihn zweimal erlebt haben, das erste Mal im 18. Jahrhundert in Form eines Unabhängigkeitskriegs und das zweite Mal im 19. Jahrhundert in Form eines Kriegs für die Freiheit der Handelsbeziehungen; wenn Frankreich ihn auch im 19. Jahrhundert erlebt hat nach jahrhundertelangen Vorgeplänkeln und, wie es sich gehört, tödlichen und brudermörderischen Auseinandersetzungen, denn es sind Schlachten von Bruderschaften, die die väterliche Idee des Vaterlands begründen, als die legitimen

Erben der Jakobiner – Thiers war nichts anderes, nichts wesentlich anderes zumindest – 1871 die Kommunarden vernichtet haben, haben wir dagegen, die Spanier, diese Art von Bürgerkrieg, der den lange verworrenen gordischen Knoten der Geschichte durchschlägt und die Modernität begründet, wir haben ihn erst im 20. Jahrhundert erlebt, vor kurzem, mit einer Verspätung, die jene Modernität von vornherein anachronistisch macht, sie mit archaischen Zügen prägt, einer Verspätung, die den kultivierten Nachkommen eines Jahrhunderts erbarmungsloser Massaker in Frankreich erlaubt, zum Beispiel den Nachkommen der Septembermörder und des weißen Terrors, die heute mit dem Lavendel der Menschenrechte parfümiert sind, die sie berechtigt, glauben sie, uns von oben herab anzusehen, sich mit ihren delikaten Fingern die Nase zuzuhalten, angeekelt, o vergeßliche Heuchler, von der Grausamkeit Spaniens – kurz, Spanien, sosehr es der Liebenswürdigkeit von Valery Larbaud mißfallen mag, kann nicht die zweite Heimat von irgend jemand sein, nicht mal die der Spanier...

Aber nicht wegen dieser Diatribe von Carlos-Maria Bustamante, deren exzessiver Ton und Willkür sie an einen ähnlichen Ausfall von Artigas erinnern, hört Rose Beude von neuem das Tonband dieser Polizeiaufnahme an. Wegen der Fortsetzung. Später nämlich, nach einem langen Moment, von dem wir nichts niederschreiben werden, denn die Wörter, die da gesagt wurden, die geschrienen Schreie, die geseufzten Seufzer, waren es nur für die wechselseitige Einsamkeit der Intimität von Carlos und Fabienne, und es wäre nicht nur unschicklich, sondern vor allem unnötig, sie so wiederzugeben, weil sie, aus ihrem Zusammenhang gerissen, ihren ganzen Sinn verlören, lange danach also sprach Carlos erneut von jener unnennbaren Beklommenheit, die ihn gelegentlich seit seiner Begegnung mit Mercedes, seiner Schwester-Cousine, in London ergriff, der Beklommenheit, von den Träumen oder dem Gedächtnis eines anderen bewohnt zu sein, die er bei Fabienne offenbar wieder hatte, als wenn der Überschwang einer Liebesleidenschaft nötig wäre, damit sich diese Erscheinung unerbittlich wieder einstellte.

Tatsache ist, daß diese Zwangsneurose von Carlos Rose aus durchaus ersichtlichem Grund aufgewühlt hatte: sie hatte rasch erraten, was passierte, was der verborgene Gegenstand dieser

Beklommenheit war. Sie hatte an vielen Zeichen erraten, und zwar lange bevor Carlos selbst daran dachte, genau an diesem Vormittag, nachdem sein Gedächtnis vom Bruchstück eines unbekannten Gedichts heimgesucht worden war, sie hatte erraten, daß das Erinnerungen von Artigas waren, Episoden seines wirklichen Lebens, Splitter seines Unbewußten, die nach und nach in den Geist von Carlos eindrangen, dort langsam erbarmungslos wuchsen, ihn verschlangen und erstickten in einer Art krebsartigen Wucherung.

Sicher war Rose Beude am ehesten in der Lage, diese Erscheinung zu verstehen oder vielmehr ihre Etappen, ihren Prozeß zu rekonstruieren, obwohl sie natürlich unfähig war, eine rationale Erklärung dafür zu geben. Sie kannte ja die Biographie von Artigas so gut, sie hatte seine Bücher mit soviel Aufmerksamkeit gelesen, daß sie den Anteil an Realität und Fiktion auseinanderhalten konnte, daß sie sofort, um nur ein einziges Beispiel zu nennen, dieses Haus in Den Haag auf dem *Plein 1813* identifizierte, das von blühenden Magnolien umgeben war, zumindest in der Zeit, wenn die Magnolien blühen.

Aufgewühlt von diesem Zusammentreffen wie von anderen, deren Erwähnung hier zu weit führen würde, ging Rose Beude zu einer Astrologin, die ihr der Leiter der Informatikabteilung des Polizeipräsidiums wärmstens empfohlen hatte. Sie wartete ziemlich lange in einer Wohnung am Parc Monceau, bis die fragliche Dame sie zu empfangen geruhte. Die Astrologin, deren adrette und geschmeidige Erscheinung einer schicken Geschäftsfrau oder Modeanwältin die deprimierten leitenden Angestellten, die sie konsultierten, sicher beruhigen mußte, die Astrologin also versicherte der, man muß schon sagen, überraschten Rose Beude kategorisch, nachdem sie ihre kleine Geschichte angehört hatte, daß solche Fälle relativ häufig vorkamen. Allerdings mußte man noch herausbekommen, ob es sich um einen Fall von diabolischer Besessenheit handelte (beim Aussprechen des Wortes »diabolisch« machte die Astrologin eine nachlässige Bewegung mit ihrer gepflegten Hand, deren Fingernägel lackiert waren und die einen alten Ring von großer Schönheit trug: man durfte »diabolisch« natürlich nicht wörtlich nehmen! Das war nur eine Metapher zur Kennzeichnung der Fälle bösartiger Besessenheit, wie sie von Personen, die über außergewöhnliche Kräfte verfügten, willentlich hervorgerufen wurden!), oder aber um einen Fall spiritueller Seelenwanderung. Rose Beude saß offenen und dennoch geschlossenen Mundes da: stumm vor Erstaunen mit einem Wort – das gab es also, Besessenheit, Seelenwanderung? Schließlich fragte die Astrologin sie nach dem Geburtsdatum von Carlos-Maria – selbstverständlich wurde kein Name ausgesprochen, da Diskretion eine der Haupteigenschaften einer Polizistin ist, und Rose bezeichnete die beiden Männer, für deren Fall sie sich interessierte, nur mit einem X und einem Y –, eine Auskunft, die Rose ihr sofort zu geben in der Lage war: es war der 23. September 1936. Daraufhin riet ihr die Astrologin herauszufinden, ob sich an jenem Tag irgend etwas Wichtiges im Leben des Anderen, dessen Name nicht gesagt wurde, bei dem es sich aber natürlich um Artigas handelte, abgespielt hätte.

Daher stellte Rose Beude bei dessen erstem Auftauchen in ihrem Büro nach ihrer Unterredung mit der Astrologin schlankweg die Frage: »Was taten Sie am 23. September 1936?« Und der Spanier antwortete ihr lachend wie aus der Pistole geschossen: »Machen Sie mit mir, was Sie wollen, ich habe kein Alibi!« Dann hatte er stirnrunzelnd gemurmelt: »Am 23. September 1936? Aber das war doch der Tag, an dem ich in Frankreich angekommen bin! Wir sind mit einem Fischerboot aus Bilbao in Bayonne gelandet. An jenem Tag hat das Exil begonnen ... *Die schlaflose Nacht des Exils*!«

Rose hatte gezittert. Das war wichtig, das Exil, im Leben dieses Mannes. Was würde die Astrologin vom Parc Monceau sagen?

Aber wir wollen die Entwicklung dieser astrologischen Beratung nicht in allen ihren Einzelheiten und Umwegen weiterverfolgen. Es wird uns genügen, deren Schlußfolgerung zu nennen. Und diese, mit Vorbehalten und Warnungen formuliert, war beunruhigend. Das zwangsneurotische Auftauchen von realen Episoden, Figuren oder Landschaften aus dem Leben von Artigas im Geist von Carlos-Maria Bustamante war nämlich offenbar nur die Ankündigung des bevorstehenden Todes von ersterem. Als wenn die Seele von Artigas, da sie das Herannahen ihres irdischen Endes spürte, aber noch von einer beträchtlichen Lebensenergie durchtränkt war, in den Körper von Carlos überzuwechseln versuchte, den sie gerade deshalb ausgewählt hatte, weil seine Geburt mit dem Tag zusammenfiel, an dem ersterer die Grenze des Exils überschritt, das ihm die Wege der Einsamkeit und des Todes eröffnete.

Verstört, buchstäblich außer sich, merkt Rose Beude, daß sie seit einigen Minuten nicht mehr das Tonband anhört, auf dem eine keuchende Unterhaltung zwischen Fabienne und Carlos-Maria aufgezeichnet ist. Sie stoppt den Apparat mit einer abrupten Bewegung.

Sie steht auf, sie hat soeben eine Entscheidung getroffen.

Sie wird sich selbst verkleidet in die Z.U.P. begeben. Erstens verkleidet sie sich gern. Und zweitens erinnert sie sich, daß heute in der Rue Séguier eine Sequenz der *Mystères de Paris* gedreht wird. Es wird ein Hinundher, neue Gesichter, ein Gewühle geben: genau was nötig ist, um sich unbemerkt einschleichen und irgendwie an jene Personen heranmachen zu können, die sie interessieren.

Sie lächelt, Rose, nicht mehr aus Verwirrung wie eben noch: rosig aus vorweggenommener Lust. Sie wird in die Rue Séguier gehen. Das ist beschlossen.

»Ich bin in der Bretagne geboren«, schreit Yannick de Kerhuel, »auf einem verfallenen und düsteren Herrensitz an einer kleinen Schleife des Odet nicht weit von Combrit...«

Mechanisch, offenbar um sich Sicherheit zu verschaffen wie ein Schauspieler, der wieder in eine Rolle einsteigt und seine Töne, das Ergebnis seiner vergangenen Arbeit, seiner einstigen Einfälle wiederfinden will, wiederholt Yannick diese Worte, die sie noch eben, am frühen Vormittag, im Bus zur Z.U.P. und zum *Envers du Paradis* verwendet hat. Die Worte, die sie zu dem Ami und zu der dunkelhaarigen Unbekannten gesagt hatte, als sie anfing, ihr Leben zu erzählen.

Aber sie ist nicht mehr im Bus.

Sie ist den Blicken der Menge ausgesetzt, deren Reihen in den Arènes de Lutèce im Geschiebe und Gedrängel immer dichter werden. Einige Minuten früher hat eine Gruppe bewaffneter Maos von Le Mao sie auf das Podium gegenüber den Stufen des ehemaligen römischen Theaters an der Ostseite der Arena geführt.

Sie sieht auf die Menge, die nicht nur die Stufen, sondern auch den weiten sandigen Mittelraum einnimmt. Sie erhebt die Augen zu den Häusern, die an der Westseite der Arena Richtung Rue Monge aufragen. Auch da sind Leute an den Fenstern.
»Meine Mutter ist im Wochenbett gestorben«, schreit sie ins Mikrofon, »als sie ihr neuntes Kind zur Welt brachte... Ich verachtete sie natürlich von ganzem Herzen wegen jener langen ergebenen Unterwürfigkeit!«
Der verworrene Lärm der Menge verstummt schlagartig. Ein dichtes, greifbares Schweigen läßt sich in dieser unruhigen Menschenmasse nieder, die ebenfalls aufhört sich zu bewegen, die erstarrt, offensichtlich überrascht von der Aggressivität des Tons der vormaligen Vicomtesse.
»Ich haßte meinen Vater natürlich«, fügt diese mit einem rauhen Schrei hinzu. »Ich haßte ihn wegen seiner Frömmelei, seiner Vaterlandsliebe, seines nur zur Befruchtung ständig im Bauche meiner Mutter steckenden Glieds...«
Eine Art dröhnender Seufzer durchläuft den Zirkus der Arena.
Yannick wird sich ihrer Macht bewußt. In einer Sekunde hat sie begriffen, daß sie die Situation umkehren kann. Zumindest, daß sie es versuchen kann. Sie wird es diesem Schwein Auguste heimzahlen.
Mit einem merkwürdigen Lächeln fährt sie zur Menschenflut gewandt fort, deren erste Reihen unmittelbar vor der von den bewaffneten Maos bewachten Tribüne sitzen.
»Ich kann euch ganze Kapitel aus dem *Génie du Christianisme* aufsagen: das war eine der wenigen Lektüren, die unser Vater uns erlaubte...«
Protestschreie erheben sich hier und da.
Yannick de Kerhuel beugt sich zum Mikrofon und gibt ihrer Stimme den Ton des vertraulichen Gesprächs.
»Ihr mögt Chateaubriand wohl nicht?«
Schreie, Pfiffe, Witze. Ein Teil der Menge brüllt: »Nein, nein!« Eine starke Stimme übertönt den Tumult: »Er kotzt uns an, das ist ein Widerling!«
Yannick wirft das Gesicht nach hinten und läßt ihre Haare flattern. Sie lacht. Die Menge sieht sie fasziniert an. Man muß zugeben, daß sie phantastisch wirkt, groß und schlank, aber alles andere als knochig, den Körper bewußt nach hinten gereckt, um

seine vollendete Form zu betonen, gekrönt von der Flamme ihrer flatternden Haare, in denen das Mittagslicht eines goldbraunen Oktobers spielt.
Yannick kehrt zu ihrem Mikro zurück.
»Ihr mögt Chateaubriand nicht, na schön! Wollt ihr, daß ich euch dafür einen Text von Juan Donoso Cortés, Marques de Valdegamas aufsage?«
Ein erstauntes Schweigen kommt über das Publikum. Man sieht sich mit fragender Mimik an. Der kastilische Marques ist in dieser Pariser Menge sichtlich kaum bekannt. Eine hispanische Stimme mit einem starken katalanischen Akzent – ein Detail, das der überwältigenden Mehrheit der Männer und Frauen, die sich in den historischen Arènes de Lutèce drängen, bestimmt entgeht, wie es auch Yannick selbst entgeht, aber ein Detail, das ein gewissenhafter ERZÄHLER für alle Fälle erwähnen muß – erschallt plötzlich ganz oben im Halbkreis der Steinstufen: »*Un carca, hijo de puta!*«
Die Vicomtesse de Kerhuel dreht sich nach der Richtung um, aus der diese anonyme Stimme gekommen ist.
»Ich kenne viele Sprachen«, sagt sie, »ich würde sogar sagen, daß Zungenfertigkeit eine meiner Spezialitäten ist...«
Lüsternes brüllendes Gelächter erschüttert die Menge.
Yannick verlangt mit einer Geste Ruhe und fährt fort:
»... aber ich kenne die Feinheiten des Kastilischen nicht...«
Ein junger Mann aus den ersten Reihen mischt sich ein.
»Er hat gesagt, daß dieser Kerl ein Reaktionär war, ein Hurensohn!«
Yannick nickt.
»Das hatte ich schon verstanden! Das heißt, das letzte Wort: Hurensohn! Aber das ist banal, oder? Sind wir nicht alle irgendwie Hurensöhne und -töchter?«
Die Menschenmasse gerät von neuem in Wallung unter den Peitschenhieben dieser direkten und ungeschminkten Rede.
Ja, sie wird es ihm heimzahlen, um die Ohren hauen, diesem Hundesohn Auguste Le Mao! Sie sieht sich die Leute an, die immer noch in das Mittelrund der Arena strömen, sie zittert vor zurückgehaltener Wut. Ihr das angetan zu haben, diese Sau!
»Ich jedenfalls«, schreit sie ins Mikrofon, »bin die Tochter einer Bürger- oder vielmehr Junkerhure, die dafür bezahlt wurde,

Kinder zu machen, ohne Lust zu spenden, was, wie ihr zugeben müßt, noch mieser ist, als dafür bezahlt zu werden, Lust zu spenden, ohne Kinder zu machen!«

Ein grollendes und rachsüchtiges Gelächter brandet wie eine Welle durch die Reihen der Zuschauer.

»Tochter einer Hure und selbst Hure! In einer nicht allzufernen Zeit nannten mich die Reaktionäre die rote Hure oder Nutte von Mao, und ihr werdet dieses saublöde Wortspiel sofort verstanden haben!«

Die Menge hat tatsächlich verstanden und zollt dem beißenden Humor der jungen Frau tosenden Beifall. Was für eine Schau, mein Gott, das werden sie nicht vergessen!

»Jetzt sind es die Maos, die mich revisionistische Nutte nennen. Die Adjektive kommen und gehen, aber Nutte bleibe ich!«

Eine neue Salve von Applaus, Geschrei, schrillen Pfiffen. Die Leute aus den ersten Reihen fangen an, Yannick mit Gesten und Zurufen anzustacheln: obszönen Gesten und heiseren Zurufen von Schweinereien natürlich.

Die jungen Maos der bewaffneten Garde vor der Tribüne verlieren langsam die Ruhe. Sie sehen sich an und fragen sich, was sie machen sollen. Die öffentliche Beichte, zu der ein Volkstribunal Yannick de Kerhuel verurteilt hat, entgleitet langsam ihrer Kontrolle.

Vorhin, als Yannick am Carrefour Croix-Rouge von den Japanern gekidnappt worden war, hatte sie verstanden, daß diese Entführung ein heimtückischer Streich von Auguste Le Mao war. Sie war geknebelt und gefesselt worden. Im schützenden Schatten des gepanzerten Fahrzeugs hatte sie bald gespürt, wie die Hände der Männer, die sie umgaben, sich ungestüm auf ihren Rundungen verirrten. Verirren ist übrigens unangemessen: diese Hände suchten mit Vorbedacht und fanden, was sie suchten. Anonyme Hände, unsichtbar im feuchten Schatten, mit einem Leben begabt, das ihr autonom zu sein schien, denn sie konnte es mit keinem Gesichtsausdruck verbinden, die sich in alle Ritzen ihrer Kleidung schoben, die eine, um ihre Brüste zu betatschen, eine andere die Taille und die Wölbung der Hüfte, wieder eine andere den Hintern, eine letzte schließlich, die ihr vorne den Reißverschluß aufzog und fieberhaft in ihr Intimstes eindrang.

Wenn Yannick hätte sprechen können, hätte sie bestimmt Ordnung in diese Ausschweifungen gebracht und sie so organisiert, daß ihre Wirkungen sich nicht in Improvisationen und Halbheiten aufhoben, sondern vielmehr einander ergänzten und so die Lust von jedem vermehrten. Doch geknebelt, wie sie war, konnte sie diesen ungeschickten Ansturm von im Dunkeln keuchenden jungen Hunden nur über sich ergehen lassen, wenn auch nicht ohne Lust, aber mit dem Bedauern über die verpaßte Gelegenheit.

Unter diesen Bedingungen, und trotz der Unordnung und Vergeudung von soviel Brunst, schien ihr die Fahrt kurz. In einem bestimmten Moment merkte sie, daß der gepanzerte Wagen langsamer fuhr. Draußen hörte man Befehlstimmen. Da wich der anonyme und polypenhafte Kreis von ihr. Yannick spürte nicht mehr den Druck der Hände, die sie kneteten, sie hörte nur noch den kurzen Atem aller dieser Männer, in einer tierischen Begierde röchelnd, von der sie plötzlich den quälenden Eindruck hatte, noch sicherer eingesperrt zu sein als hinter den Gittern einer Zelle.

Die Tür des gepanzerten Wagens ging auf, sie wurde nach draußen gestoßen, sie hatte kaum Zeit, das Licht der Sonne jenseits der glatten Steinwände eines tiefen Portals mit offenem Himmel wahrzunehmen, und sie fand sich genau hinter einem Gitter wieder. Eingesperrt!

Sie konnte nicht wissen, daß sie in einer Art Zelle in den Unterbauten der Arènes de Lutèce war, dort, wo sich einer der Hauptzugänge öffnet, der des nördlichen Vomitoriums des ehemaligen römischen Zirkus. Früher, vor den Ereignissen von 68, konnten die städtischen Gärtner an diesem vergitterten Ort ihre Arbeitsgeräte abstellen, nachdem sie sie zum Gießen und Pflegen der Bäume und Pflanzen benutzt hatten, die diese Stätte reichlich schmücken und verschönen. Jetzt, seit die Maos von Le Mao die Kontrolle über die Arena übernommen hatten und sie zu verschiedensten Zwecken verwendeten, wie weiter unten noch ausführlich gesagt werden wird, wurden diese Zellen zu *Volksgefängnissen,* wenn die Arena der Sitz der öffentlichen Beichten, Massenprozesse und anderer erzieherischer Volksbelustigungen war, oder zu Künstlerlogen, wenn der Ort seiner ursprünglichen Bestimmung zurückgegeben wurde und die proletarischen Kulturkomitees dort Schauspiele veranstalteten, die

ebenso erzieherisch wie die eben erwähnten, aber anders waren.
In den Jahren nach dem Sieg von 68 hatte sich das Los der Arena oft geändert.
Das Viertel war nämlich zunächst unter der Kontrolle der Männer von Eleuterio Ruiz gewesen. Dieser machte eine Art permanentes Forum für Diskussionen und Treffen daraus. Dort wurden zum Beispiel die berühmten *Kontroversen* veranstaltet – die Leidenschaft für die Kontroverse ist ein Wesensbestandteil des Geists des spanischen Anarcho-Syndikalismus –, die eines der markantesten kulturellen Ereignisse der Zweiten Commune zur Zeit ihres Höhepunkts bildeten. Alle Themen wurden dort behandelt, man erinnert sich bestimmt noch daran, denn Eleuterio hatte nicht nur einen enzyklopädischen Sinn wie jeder Autodidakt, der diesen Namen verdient, sondern auch die Gabe der Toleranz und die Inbrunst einer unermüdlichen Neugier: *Homo sum: humani nihil nec divini a me alienum puto,* dieser Vers von Terenz, von Eleuterio selbst korrigiert und ergänzt, war seine Devise.
Dort, in der Arena, vor einem zahllosen Publikum, stritten Louis Althusser und Leszek Kolakowski während einer denkwürdigen Diskussion über den marxistischen Humanismus. Und dort auch kreuzte Eleuterio persönlich die Klinge der Dialektik mit dem Jesuitengeneral Pater Pedro Arrupe in einer Kontroverse über die Existenz Gottes, über die man sich nicht auszulassen braucht, weil die Veröffentlichung des Texts dieser Diskussion eine der stärksten Auflagen der letzten Jahre erreichte, und das in der ganzen Welt.
Später jedoch, als der Einfluß von Eleuterio Ruiz in der Commune de la Rive Gauche langsam abnahm und er seine Aufsicht über bestimmte Gebäude und öffentliche Orte aufgeben mußte, verwaiste die Arena in gewisser Hinsicht. Die Kulturkommission des 5. Arrondissements überließ ihre Nutzung bestimmten Regisseuren und Theatertruppen. So führte Antoine Vitez dort klassische Stücke auf, aber ebenso seine berühmten *Dialoge des Großen Steuermanns mit Präsident Pompidou,* an deren Erfolg man nicht zu erinnern braucht. Roger Planchon errichtete dort auch gelegentlich die Bretter seiner Truppe, vor allem für die Aufführung der *Massaker von Paris* von Christopher Marlowe.

Und erwähnen wir schließlich als letztes, ohne daß wir die Absicht hätten, eine erschöpfende Aufzählung zu machen, daß kurze Zeit, bevor die Maos die Kontrolle über die Arena übernahmen, Robert Hossein dort eine Superproduktion der *Pariser Commune* realisiert hatte, ein Stück in fünf Akten und elf Bildern von Jules Vallès, das bis 1970 unveröffentlicht war und dann bei Les Éditeurs français réunis erschien mit Vorwort und Anmerkungen von Marie-Claire Bancquart und Lucien Scheler.

Und sicher war es diese Veröffentlichung, die Hossein auf die Idee brachte, das große Melodrama von Vallès zu inszenieren, das bis dahin als unspielbar galt, nicht nur wegen der strom- und mäanderhaften Länge, sondern vor allem, weil es an ganz verschiedenen Orten spielt und so zu ständigem Bühnenbildwechsel zwingt, den hypothetischen Zuschauer im Laufschritt und unter Trompetenschall von einem Ballsaal des Quartier de la Villette zur Place de l'Hôtel-de-Ville treibt, von da zur Place Pigalle und dann zum Plateau de Châtillon, von wo er dalli-dalli zum Fort d'Ivry rasen muß und gleich wieder zum Polizeipräsidium und hopp zur Barrikade am Carrefour Croix-Rouge, um schließlich atemlos auf dem Camp de Satory zu enden nach der Niederlage der Kommunarden: wir übergehen übrigens einiges, und zwar nicht das Schlechteste. Trotz allen diesen Schwierigkeiten, die dank einer ebenso beweglichen wie genialen Szenerie von Robert Hossein teilweise behoben wurden, hatte das große Melodrama der *Pariser Commune* in den Arènes de Lutèce einen ungeheuren Erfolg.

Man weiß, daß Jules Vallès wollte, und das Vorwort der kritischen Ausgabe seines Werks führt überzeugende Belege dafür an, daß sein großes dramatisches Fresko objektiv, historisch genau sei. Zu diesem Zweck trug unser Autor eine riesige Dokumentation zusammen, um seine persönlichen Erinnerungen zu ergänzen und deren Feld zu erweitern. Er begann im Londoner Exil daran zu arbeiten, beendete aber die Niederschrift seines Stücks erst in der Schweiz, einem Land, wo er einige Zeugnisse sammelte, die ihm unentbehrlich schienen: alle diese Einzelheiten sind wohlbekannt.

Was dagegen jedoch allgemein unbekannt ist, weil die Dokumente, die es belegen, erst vor kurzem, nämlich in der verworrenen Epoche der Commune de la Rive Gauche, entdeckt und von der Fachkritik offensichtlich noch nicht ausgewertet worden sind, ist die Tatsache, daß Vallès 1872 in London mehrfach J.-A. Rimbaud begegnete, der vorübergehend mit Verlaine dort lebte und mit ihm die Exilanten der Commune traf (der anderen natürlich, der Ersten!).

Aber schweifen wir nicht ab.

Dennoch, ein Zweifel kommt uns in dem Moment, wo eine innere Stimme uns ermahnt, wir sollten zu unseren Schafen zurückkehren, nicht denen von Panurge, sondern denen von Lutèce: wäre es wirklich eine Abschweifung, wenn wir hier, und sei es nur kurz, von Rimbaud sprächen? Oder besser: sind wir nicht sowieso abgeschweift, nach dem Vorbild oder Beispiel von Artigas, der an diesem Morgen frühzeitig von zu Hause weggegangen war in der wohlüberlegten Absicht, ins Büro von Fräulein Rose Beude auf dem Polizeipräsidium zu gehen, und der seitdem in alle möglichen rocambolesken Episoden und Ereignisse abgeschweift ist? Oder aber: lohnte es sich nicht ein bißchen, mit Rimbaud abzuschweifen, sogar in allen Ehren?

Nutzen wir jedenfalls diesen Augenblick des Zweifels, in dem das Für und Wider, das Ja und Nein, das Yin und Yang abgewogen wird, um zu sagen, daß man in den Geheimarchiven des Kriegsministeriums, die von den Historikern der Commune – sagen wir besser der Z.U.P., um jede Verwechslung zu vermeiden – teilweise ausgewertet worden sind, eine ganze Akte über Rimbaud gefunden hat, eine Akte, deren Spur jetzt, nach Wiederherstellung der bürokratischen Normalität offenbar von neuem verlorengegangen ist – *O lâches, la voilà! Dégorgez dans les gares!* »O Feiglinge, da ist sie! Strömt in die Bahnhöfe!« –, sich aber einige Wochen in den Händen von Maxime Lecoq befand, von dem wir alle Informationen über ihren Inhalt haben.

Man kennt ja die Rolle der Spitzel, Polizeiinformanten und anderen windigen Personen oder Pluvinages, die im vorigen Jahrhundert die Revolutionäre überwachten, vor allem die Exilanten, deren im Ausland angezettelten Verschwörungen die jeweiligen Regierungen fürchteten. Diesen Spitzeln gelang es oft, sich in den Kreis der zu überwachenden Leute einzuschleichen, um ihre Gespräche zu belauschen und manchmal sogar ihre

Briefe mitzunehmen oder abzufangen. Später haben die Historiker in den inzwischen zugänglichen Polizeiarchiven die unwiderlegbaren Beweise für diese unermüdliche Spitzeltätigkeit entdeckt, was es oftmals ermöglichte, bestimmte Details der Biographie der fraglichen Revolutionäre zu präzisieren. Nun trifft sich, daß einer dieser vom Pariser Kriegsministerium bezahlten Informanten – von dem man nur den Decknamen »Paterne« kennt, der unter allen seinen Berichten steht, und der offensichtlich speziell mit der Überwachung von Lissagaray beauftragt war, nach bestimmten konvergierenden Indizien zu urteilen – sich genau an dem Tag im Pub der Rupert Street, dem gewohnten Versammlungsort der Exilkommunarden befand, als im September 1872 Arthur Rimbaud und Verlaine sich dort einführten. Es ist das genaue Protokoll dieses Auftretens, das nach Maxime Lecoq den ersten Teil der Akte darstellte, die er ausführlich studieren konnte, und »Paterne« war offenbar nicht unempfänglich für den Charme und die Gewalt oder den gewalttätigen Charme der Rimbaudschen Lyrik. Jedenfalls weist er in seinem Bericht darauf hin, daß an jenem Tag im Pub der Rupert Street der junge Jean-Arthur, auf wiederholte Aufforderungen von Verlaine hin, den um ihre Gläser versammelten Exilanten das Gedicht rezitierte, das heute unter dem zweifachen Titel *L'orgie parisienne* oder *Paris se repeuple* bekannt ist, eine Rezitation oder Deklamation, die unseren anonymen Spitzel derart beeindruckte (und sei er auch unschuldig, der Zufall ist dennoch kurios, der diesem fleißigen, gewissenhaften, fast manisch jedes lebendige und präzise Detail erwähnenden Informanten diesen paternalistischen Spitznamen »Paterne« gibt, als wäre es wieder einmal nötig gewesen, durch diese dunkle, heimtückische und substitutive Anwesenheit bei dem kaum Achtzehnjährigen – der Geburtstag Rimbauds, der achtzehnte also, würde ja erst im Oktober gefeiert werden, einen Monat und einige Tage nach seinem Auftreten in der Rupert Street, und, immer noch der Aussage von Maxime Lecoq zufolge, in der vertraulichen Akte gab es noch einen anderen Bericht von unserem paternalistischen »Paterne«, dem es gelungen sein soll, sich unter die Gäste Verlaines bei diesem Geburtstag seines Rimbe einzuschleichen, und der hier unter anderen interessanten Details auf die Anwesenheit von Lissagaray hinweist – als wäre es also nötig gewesen, durch diese geheime paternalistische Anwesenheit bei dem jungen Rimbaud die eklatante, offensichtlich dramatisch folgenreiche Abwesenheit des originären, wenn nicht originalen *pater familias* zu unterstreichen, dieses Hauptmanns im 47. Linieninfanterieregiment, Frédéric Rimbaud unseligen Angedenkens oder vielmehr überhaupt keines Angedenkens), aber Tatsache ist, daß »Paterne« offensichtlich von der Deklamation des Gedichts von Jean-Arthur derart beeindruckt war, daß der Text desselben sich mit einer solchen Präzision in sein Gedächtnis eingrub, daß er ihn gleich danach niederschreiben konnte, und eines der seinem Bericht beigegebenen Stücke ist eben gerade diese Niederschrift, von der Maxime uns versichert hat, daß sie einige Varianten gegenüber dem Text enthalte, der uns bekannt ist und der seinerseits, da das Rimbaudsche Autograph leider nicht wiedergefunden werden konnte, von einer Rekonstruktion Verlaines selbst stammt, Varianten, von denen die meisten nur von sekundärer Bedeutung sind – ein geändertes Adjektiv, ein versetztes Komma hier oder da –, von denen jedoch eine zumindest erwähnenswert ist, weil es sich um den letzten Vierzeiler handelt: *Société, tout est rétabli: – les orgies / Pleurent leurs anciens râles aux anciens lupanars,* »Gesellschaft, alles ist wiederhergestellt: die Orgien / Weinen ihr altes Röcheln in den alten Lupanaren« usw., ein Vierzeiler, der sich an einer anderen Stelle befindet und mit dem besagtes Gedicht in der Niederschrift des sichtlich literaturbegeisterten Spitzels also nicht endet.

Von diesem Septembertag im Jahre 1872 an, als Rimbaud seinen aufsehenerregenden Einzug in die Welt des Kommunardenexils in London hielt, versäumt der anonyme Spitzel nicht – man kann schicklicherweise »Paterne« nicht für einen wirklichen Vornamen halten, sondern vielmehr für ein Signum oder Symptom –, sich jedesmal für ihn zu interessieren, wenn *der Mann mit den Windsohlen* in den folgenden Jahren wieder durch die Londoner Straßen streift, in den Pubs von Soho umgeht oder sich stundenlang für Studien im British Museum einschließt. Und gerade in diesem Zusammenhang enthält die vertrauliche Akte eine regelrechte Offenbarung: die Begegnung am Ausgang des Lesesaals des British Museums zwischen Jean-Arthur Rimbaud und Karl Marx! Der Bericht von »Paterne« datiert vom 15. Juli 1874, und man findet eine indirekte Bestätigung, wenn auch nicht der Begegnung, so doch zumindest seiner Möglichkeit im Reisetagebuch von Vitalie Rimbaud, der Schwester des Dichters, die unter diesem Datum schreibt: »Mittwoch, den 15. Was für ein Durst! Ich trinke gierig frische Milch, es gibt sehr gute Milch in London. Arthur geht weg. Er geht ins British Museum. Er wird nicht vor sechs Uhr abends zurückkommen ...« Seinerseits – dieses Stück der Akte ist so wichtig, daß Maxime sofort eine Fotokopie davon machte, und wir haben sie vor Augen gehabt! – seinerseits also schreibt der Spitzel des Kriegsministeriums am 15. Juli 1874: »Heute, als wenn es ein bloßer Zufall wäre; aber ich habe allen Anlaß zu glauben, daß das Treffen verabredet war, habe ich es Ihnen nicht in gewisser Weise bereits angekündigt? heute also, am Nachmittag bei drückender Hitze, sind sich der Herr Rimbaud und der Dr. Marx auf der Schwelle des Lesesaals vom British Museum begegnet. Die Unterhaltung hat gute fünfunddreißig Minuten gedauert. Es ist mir nur gelungen, einen einzigen Satz von Rimbaud selbst aufzuschnappen, als ich mich flüchtig hinter ihn geschlichen hatte, die Entfernung einer Besuchergruppe nutzend, und ohne daß ich mich länger dort aufhalten konnte, aus Angst, erkannt zu werden. Er sagte also: ›Diese schöne Errungenschaft von 1789, die Zerstückelung des Eigentums, ist ein Übel ...‹ Wenn man also diesem aufgeschnappten Gesprächsfetzen glauben darf, hätte der Herr Rimbaud das Treffen ausgenutzt, um dem Dr. Marx Ideen anzuvertrauen, die er in den Kreisen der Exilanten oft geäußert hat. Nach Rimbaud nämlich, und er behauptet, sich auf seine persönliche Beobachtung des französischen Landlebens berufen zu können, ich zitiere genau seine Ansichten, ›gibt es zu viele Eigentümer in unserem Land; die Verwendung der Maschinen ist sehr begrenzt, wenn nicht unmöglich wegen der geringen Ausdehnung und der Zerstreuung der Parzellen; die Nutzbarmachung durch Düngung, Fruchtwechsel usw. steht dem isolierten Landwirt nicht zur Verfügung, seine Mittel erlauben es ihm nicht, groß angelegte Dinge zu machen‹ usw., usw. Ich zweifle jedoch sehr, daß die Diskussion der agrarischen Probleme die einzige behandelte Frage im Laufe eines so langen Gesprächs hat sein können! Hat der Dr. Marx dieses diskrete Treffen nicht ausgenutzt – man bedenke, daß der Herr Rimbaud ohne weiteres in Modena Villas hätte empfangen werden können, nachdem er von irgendeinem der Vertrauten des Hauses Marx, mit denen er in den Pubs von Soho verkehrte, vorgestellt worden war, wenn es sich nur um eine Lehrmeinungsdiskussion gehandelt hätte! –, um dem Herrn Rimbaud irgendeine vertrauliche Mission auf dem Kontinent anzuvertrauen!« Das ist die von »Paterne« in seinem Bericht vom 15. Juli 1874 vorgetragene Vermutung bezüglich des sensationellen Treffens zwischen dem jungen französischen Dichter und dem Verfasser des *Kapital.* Aber einige Wochen später kommt unser unermüdlicher Spitzel in einem neuen Bericht darauf zurück, der bei seinen Vorgesetzten vom Zweiten Büro oder vom militärischen Nachrichtendienst Verblüffung, wenn nicht Verärgerung hat erregen müssen. An jenem Tag also wagt unser »Paterne« – und was auch immer der allzu gewitzte Leser denken mag, dem die Wiederholung dieses Vornamens möglicherweise einen Floh ins Ohr gesetzt hat, unser Spitzel stammt keineswegs aus dem Berry! – wagt er also eine andere, sicher viel romaneskere, aber für die Sonderbehörde des Ministeriums der Rue Saint-Dominique weniger interessante Hypothese. Nach gewissen Indizien, gewissen Überschneidungen trägt »Paterne« die Idee vor, daß Jean-Arthur Rimbaud in einer Angelegenheit privater Art als Vermittler zwischen Lissagaray und Karl Marx hätte dienen können. Sicher ist jedenfalls, daß Hyppolite-Prosper-Olivier Lissagaray, der flammende Baske, freundschaftliche Beziehungen zu Rimbaud hergestellt zu haben scheint, mit dem man ihn ziemlich oft lange Spaziergänge in den Straßen Londons hat machen sehen. Hat er diese Gelegenheiten ausgenutzt, um sich dem jungen Dichter über seine verhinderte Liebe zu Eleanor Marx anzuvertrauen, der jüngeren Tochter eines hinsichtlich der Ehre und des Glücks seiner Kinder strengen und peinlich genauen Vaters? Denn das Auftauchen von Lissagaray im Familienkreise Marx, die sofort erblühte wechselseitige Liebe zwischen ihm und dem Mädchen, die sie dazu veranlaßte, sich als für einander engagiert zu betrachten – vom Englischen *engaged,* das heißt »verlobt« oder »versprochen« –, trieb die von einem Gran germanischen Chauvinismus angehauchte Verärgerung der Eltern Marx auf ihren Höhepunkt. Nachdem Laura Paul Lafargue geheiratet hatte, feierte man nämlich nun die Verlobung von Jenny mit Charles Longuet.

Frau Marx macht ihrer diesbezüglichen Verbitterung in einem Brief an Liebknecht vom 26. Mai 1872 Luft: »... ich hätte wirklich gewünscht, daß Jennys Wahl (for a change) auf einen Engländer, oder Deutschen, statt auf einen Franzosen gefallen wäre, der natürlich neben all den liebenswürdigen Eigenschaften seiner Nation auch nicht ohne ihre Schwächen und Unzulänglichkeiten ist.« Und nun zeichnet sich als dritter Schicksalsschlag die vorteilhafte und verführerische Silhouette eines neuen französischen Anwärters ab, der obendrein noch 34, also genau doppelt so alt wie die siebzehnjährige Eleonor und zudem *last but not least,* hier muß man es wirklich sagen, denn wir sind in London, bar jeder festen Anstellung, Grundrente oder Hoffnung auf ein Erbe ist, das dem jungen Paar die finanzielle Basis hätte sichern können, ohne das es keinen Überbau für das mögliche Eheglück gibt. Also reagiert Karl Marx heftig auf diesen dritten voraussehbaren Schicksalsschlag: er verbietet ganz einfach seiner jüngeren Tochter, den verführerischen Historiker der Commune wiederzusehen! Etwa zwei Jahre später, am 23. März 1874 – einige Monate also vor der geheimnisvollen oder doch zumindest verstohlenen Begegnung zwischen Jean-Arthur Rimbaud und Karl Marx im British Museum –, bat das junge Mädchen seinen Vater in einem Brief um die Erlaubnis, Lissagaray wiederzusehen – und hier kann man nicht umhin, auf die Erregung von Maxime Lecoq hinzuweisen, als er uns diese Stücke der Akte kommentierte: »Ich gerate ins Träumen«, sagte er, »beim Gedanken an diese von dem sogenannten ›Paterne‹ erwähnte Möglichkeit einer Begegnung zwischen Rimbaud und Eleanor! Sie hatten ungefähr das gleiche Alter: sie war nur drei Monate jünger als er. Stell dir mal diese beiden kaum zwanzigjährigen jungen Leute in London vor, durch ihre Beziehung zu Lissagaray miteinander verbunden, den das junge Mädchen bis zum Wahnsinn geliebt hat, buchstäblich, daß sie davon wahnsinnig oder vielmehr anders wurde, daß es ihr das Herz brach, daß ihr Leben daran zerbrach, daß sie daran starb, so wie sie willentlich an dem gewaltsamen Tod dieser Jugendliebe gestorben ist, die ihr für immer die Pforten der wahren Liebe verschlossen hat. Kannst du dir Eleanor und Jean-Arthur zusammen vorstellen, diese beiden an Not und Inbrunst, Verzweiflung und Genie reichsten Wesen des vorigen Jahrhunderts, Hand in Hand vielleicht, auf dem Rasen des Hampstead Park, sie von ihrem Vater sprechend mit jener Devotion, jener Zärtlichkeit, die in dem Brief hervortritt, wo sie ihn um das Recht bittet, noch einmal, und sei es nur noch einmal, den Gegenstand ihrer Liebe, Lissagaray, wiederzusehen: ›Ich möchte wissen, lieber Mohr, wann ich L. wiedersehen kann. Das ist so hart, ihn *nie* sehen zu dürfen.‹ So Eleanors Klage, ihr Seufzer, die von ihrem Vater nicht gehört werden, denn die Familien sind keine Maschinen oder Institutionen, die dazu da sind, die Klagen, Seufzer, Wünsche und Begierden der Kinder anzuhören, sondern vielmehr, sie zu ersticken, sie auf dem Altar der gesellschaftlichen Konventionen, der gesellschaftlichen Ehrbarkeit, des gesellschaftlichen Erfolgs zu opfern, und darüber können Rimbaud ebenso wie Eleanor ein Lied singen, sie haben es im Fleisch und Blut ihrer Seelen erfahren, und ich gerate ins Träumen, sage ich dir«, sagte Maxime Lecoq, »bei dem Gedanken an diese mögliche Begegnung zwischen dem jungen Mann mit den Windsohlen und der jungen jüdischen Frau mit dem Gazellenblick – hast du schon Fotos von dem Mädchen mit achtzehn Jahren gesehen? – ich gerate derart ins Träumen, daß ich davon träume, daß das Gedicht *Fairy* aus den *Illuminations* im Gedanken an sie geschrieben sein könnte, wobei der Vorname Hélène offensichtlich an der Stelle des Vornamens Eleanor steht: *Pour l'enfance d'Hélène frissonnèrent les fourrures et les ombres – et le sein des pauvres, et les légendes du ciel.* Für die Kindheit Hélènes zitterten die Pelze und die Schatten – und die Brust der Armen, und die Legenden des Himmels!« Aber die Hypothese dieses Grundes privater Art – Rimbaud als Fürsprecher bei Karl Marx für das Glück von Lissagaray und Eleanor – für die unerwartete, aber in den Polizeiarchiven erwähnenswerte Begegnung zwischen dem jungen Dichter und dem Verfasser des *Kapital,* diese Hypothese scheint von den ad-hoc-Behörden der Rue Saint-Dominique nicht festgehalten worden zu sein, die »Paterne«, ihren Londoner Informanten, trocken dazu aufforderten, seine Frivolität zu unterlassen, sondern vielmehr die Möglichkeit einer Rimbaud anvertrauten geheimen Mission zu erforschen, wie man es aus einer späteren Notiz des Spitzels ableiten kann, wo dieser mit ganz berufsmäßiger Unterwürfigkeit erklärt, daß er die Instruktionen erhalten habe und sich von nun an nicht

mehr mit den albernen Fragen bezüglich des Privatlebens der Leute beschäftigen werde, die er zu überwachen hat.
»Paterne«, wir sagten es vor dieser Abschweifung, versäumte also nicht, über das Kommen und Gehen von Jean-Arthur Rimbaud seit dessen Auftauchen im Pub der Rupert Street zu berichten. Aber in Wirklichkeit war es nicht der Dichter selbst, der den Geheimdienst des Kriegsministeriums interessierte, zumindest nicht zur Zeit seiner Aufenthalte in London: es waren die Exilanten der Commune und ganz besonders Jules Vallès und Lissagaray, die Gegenstand des ministeriellen Interesses waren. Rimbaud taucht in diesem ersten Teil der Akte nur im Schatten der Kommunarden auf, mit denen er verkehrt, als Abfallprodukt könnte man sagen. Wenn alle diese Stücke aus den Archiven über die exilierten Revolutionäre nach der Niederlage der Commune von 1871 ausgezogen und später unter der neuen Signatur: AF-JAR – 666 zusammengestellt worden sind, so geschah das wegen des später höheren Orts in Paris erregten Interesses, das durch Rimbauds Aktivitäten in Harar und ganz besonders durch seine Waffenkarawane zu Menelik im Jahre 1887 hervorgerufen worden war ...
Aber wir sind wirklich abgeschweift.
Während wir diese vielleicht überflüssige, wenn nicht müßige Londoner Exkursion machten, haben sich die Ereignisse in den Arènes de Lutèce überstürzt.
Hier hat nämlich Yannick de Kerhuel – genau in dem Moment, als Rafael Artigas, Antonio el Pirulí und Pedro Vargas in Begleitung eines der Offiziere von Auguste Le Mao in den Mittelraum eindrangen – hier hat Yannick de Kerhuel mit großer Geste ihre blaue Leinenjacke ausgezogen und erscheint mit nackten Brüsten vor der den Bruchteil einer Sekunde lang schweigenden und dann vor Freude und Begierde brüllenden Menge.
»So habe ich meine lange Karriere der Lotterei und Verkommenheit begonnen«, schreit die vormalige rote Ex-Vicomtesse, die das Mikrofon mit Gesten von suggestiver Schamlosigkeit handhabt, »auf der Fähre vom Bénodet! Ich war fünfzehn, es dämmerte. Ich schlüpfte in die Wagen der einsamen Fahrer, ich bot mich ihnen an, selbst als ich noch Jungfrau war und an meiner Unberührtheit hing, zumindest im Gefäß der Fortpflan-

zung, denn ich war bereits daran gewöhnt, im Mund und im Arsch alle vorstellbaren männlichen Opfergaben entgegenzunehmen, ich bot ihnen also hilfreich meine Hand oder meinen Mund an, alles außer jenen Schleier des Hymen, den ich für den Mann meines Lebens aufbewahrte, anders gesagt für den Schwanz meines Mannes, und es war Le Mao, einige Jahre später, der die erste Frucht meiner Primizien erhielt, der mit Stolz die rote Fahne meines jungfräulichen Bluts vorzeigen konnte...«

Aber der Tumult wird unbeschreiblich, da die Schreie von Hunderten erregter Männer Yannicks Stimme überdecken, weil sie sie nicht selbst decken können.

Die junge Frau betrachtet die entfesselte Menge lächelnd, in stolzer Unverschämtheit, mit erfahrener Hand die geschwollene Eichel des Mikrofons streichelnd, ihre nackten Brüste der goldbraunen Oktobersonne darbietend.

Aber der ERZÄHLER befindet sich in einer sehr komplizierten Situation, wie man sich denken kann. Wir müssen jetzt nämlich in einigen Sätzen die in der Gesellschaft von Jean-Arthur Rimbaud verlorene Zeit wiedereinholen. Wir müssen erklären, warum Yannick de Kerhuel sich auf diese Weise der rasenden Anbetung der Menge aussetzt, indem sie ihr ihr ausschweifendes Leben erzählt. Und schließlich müssen wir auch Rafael Artigas wiederfinden, der gerade an diesem Ort angekommen ist und von dem der ungeduldige Leser sicher sobald wie möglich wird erfahren wollen, welches Ergebnis seine Verhandlungen mit Auguste Le Mao über den Austausch von Perséphone Ruiz und Yannick de Kerhuel hatten.

Kurz und gut, mit Artigas werden wir diese kleine narrative Schwierigkeit zu lösen versuchen: nicht von ungefähr ist er die Hauptfigur dieser Erzählung, ja sogar ihr Protagonist, könnte man sagen, im zugleich konzisesten und gelehrtesten Sinn.

Er hat gerade seine rechte Hand in die Lederjacke gesteckt, um mechanisch zu überprüfen, ob die Smith and Wesson 11,43 an ihrem Platz ist im Halfter unter der Achsel.

Er sieht Pirulí an, der links von ihm steht.

Auch er ist bewaffnet. Pedro Vargas ebenfalls. Natürlich haben sie die Sturmgewehre, Kalaschnikows oder M-16 sowie die Granatwerfer im gepanzerten Range Rover lassen müssen, der

sie in der Rue des Boulangers erwartet. Aber sie haben kurze Waffen und Granaten behalten. Vargas hat sogar im Ärmel seiner Jacke eine Skorpio-MP versteckt.
Sie gehen einige Schritte in die Menge hinein, die am Südeingang der Arena dicht gedrängt steht, ihnen voran der Offizier von Auguste Le Mao, der sie begleitet. Ohne schon das Podium zu sehen, auf das sich Yannick de Kerhuel gestellt hat, hören sie bereits ihre Stimme. Sie hören vor allem die Schreie, das dröhnende Gelächter, die schrillen Pfiffe einer Menge, die außer Rand und Band zu geraten scheint, aufgewühlt von konvulsivischen Zuckungen wie kochende Lava am ungeheuren Schlund eines erwachenden Vulkans.
Antonio el Pirulí zwinkert ihm komplizenhaft zu.
»Die brüllen genauso wie bei den Stierkämpfen!« ruft er aus.
Einige Jahre zuvor war es Pirulí gelungen, in den Arènes de Lutèce Stierkämpfe zu veranstalten. Echte Stierkämpfe mit Spießen und Tötung. Der Erfolg war prompt, und man sah Pirulí große Havanna-Zigarren rauchen wie ein echter hispanischer Impresario. Aber nach dem fünften oder sechsten Stierkampf, bei dem Rafael de Paula, ein Zigeunertorero, der von den Göttern mit allen Gaben der Anmut und des Wissens ausgestattet war, selbst die Schwerfälligsten begreifen ließ, mit Hilfe einiger wie eine Cembalomusik temperierter Figuren, die über den verzauberten Kreis der Arena das Schweigen der Offenbarung kommen ließ, was die Kunst des Stierkampfs sein kann, wurde eine Polemik in der Presse und im Rundfunk der Commune entfesselt. Das sei ein barbarisches Spektakel, schrien die einen. War nicht die erste Maßnahme der Revolution gewesen, die Todesstrafe abzuschaffen? Mußte man sie hintenherum wiedereinführen – und auf grausame Weise, fragten die anderen, auf Kosten so edler Tiere wie der Stiere? Humanitäre Argumente – oder eher animalitäre –, ästhetische und politische wurden wie Wurfgeschosse gewechselt. Schließlich und trotz der aus diesem Anlaß veröffentlichten Verteidigung der Corrida von Philippe Robrieux, der zwar wegen seiner anspruchsvollen Leidenschaft für die Geschichte der kommunistischen Bewegung und des schönen Fußballspiels bekannt war, aber von dessen ebenso weitläufigen wie subtilen Kenntnissen in Sachen Tauromachie die meisten nichts wußten, trotz dieser wirksamen und brillan-

ten öffentlichen Intervention von Robrieux beschlossen die Spanier der verschiedenen Komitees der Commune, die Stierkämpfe abzubrechen, um zu verhindern, daß die entfesselte Kampagne eine fremdenfeindliche Wendung nahm, die schließlich die Kräfte des Volkes wegen einer im Grunde sekundären, zumindest taktisch sekundären, Frage gespalten hätte.
»Ja«, sagt Artigas, »Die grölen genauso. Ich frage mich nur, wer heute getötet werden soll!«
Ein Bild leuchtet auf einmal in seiner Erinnerung auf, aber diese plötzliche Assoziation ist leicht zu entziffern. Wenn man von Stierkämpfen und Tötungen spricht, so ist es völlig banal, daß das Bild von Ernest Hemingway in seiner Erinnerung aufgeleuchtet ist. Er hatte ihn 1956 im Eskorial, nicht weit vom Klosterpalast und Grab Philipps II. getroffen, bei dem gewandten Torero – *diestro* sagt man auf kastilisch – Antonio Odoñez. Die imaginative oder imaginäre Assoziation ist also völlig banal: weniger banal ist, daß er überhaupt nicht an *Death in the Afternoon* gedacht hat, sondern an eine Kurzgeschichte von Hemingway, *A Clean, Well-lighted Place,* deren Beziehungen zum Tod ebenso ernst und nachdenkenswert sind, so abwegig sie scheinbar sein mögen.
Sie machen noch einige Schritte und bahnen sich einen Weg in der Menge.
Als er vor einigen Wochen zum letztenmal in die Arena gekommen war, erinnert sich Artigas, hatte sie Boris Villeneuve mitgenommen, Maxime und ihn selbst.
Mit dem Sinn für Geheimnisse und Überraschungen, der für ihn typisch ist, hatte Villeneuve ihnen lediglich ein unerhörtes Schauspiel angekündigt. Kein Wort mehr, keine andere Erklärung. So erlebten sie alle drei, unter der sinkenden Sonne eines Septembernachmittags, ganz oben auf den Stufen des Halbkreises, die Probe eines Schauspiels, von dem sie keine Ahnung hatten. Zumindest Maxime und er selbst nicht.
Ein junger Schauspieler deklamierte in der Mitte des Zentralrunds der Arena und wandte sich dabei an zwei andere Figuren.
»Nein, nein! Mao Tse-tung selbst hat die Partei mit dem lebendigen Wasser und der schlagenden Tür verglichen« (Pause, Atemholen, neuer Aufschwung),

»uns befehlend, zu kehren und zu waschen und nicht wie die Vögel auf dem Ast sitzen zu bleiben« (und in dem gesegneten Bruchteil des Schweigens, das auf diesen neuen Satz des Rezitativs folgte, flüsterte Boris Artigas ins Ohr: »Da siehst du, wo der Besen nicht hinkommt, wird der Staub nicht von selbst verschwinden!«, was bei Artigas natürlich einen heftigen Lachkoller auslöste),

»das fließende Wasser kann nicht faulig werden, und die Türangel wird niemals von Würmern zerfressen« (fuhr die feierliche, übrigens klare und gesetzte Stimme des jungen Schauspielers fort),

»und das ist seine Vorschrift, der die Partei mir bis in den Exzeß ihres Skrupels treu erschienen ist.«

Worauf eine zweite, ebenfalls sehr junge Figur in einem alltäglicheren, ziemlich aggressiven Ton antwortete: »Warum bist du dann abgehauen? Claire ist geblieben.« Und der erste nahm seinen beschwörenden Ton, fast Belcanto, wieder auf: »Unterstreiche diesen Unterschied nicht!

Es soll wie in der dialektischen Bewegung sein.

Die befruchtende Division der schöpferischen Divergenz!«

In diesem Moment konnte Maxime Lecoq sich nicht mehr halten.

Als wenn die Beine unter ihm geschwankt hätten, ließ er sich, von einem ununterdrückbaren Gelächter geschüttelt, schwer auf eine der Steinstufen fallen. Artigas, der ihn beobachtete, verstand sofort die Richtigkeit des Ausdrucks, den er oft benutzt hatte, ohne auf seinen wörtlichen Sinn zu achten: denn Maxime hatte sich wirklich auf den Arsch gesetzt!

Aber Boris Villeneuve legte seinen Finger auf die Lippen.

»Was ist die Revolution, wenn sie nicht der Existenz koextensiv ist,

Und einen unversöhnten Schatten außerhalb ihrer zurückläßt,

Wie am Meeresufer ein verlassener Sand, den kein Möwenschwarm im Gegenlicht trifft?«

Maxime vergrub den Kopf in seinen Händen, er konnte nicht mehr und hatte vor Lachen einen Schluckauf bekommen.

Artigas beugte sich zu Villeneuves Ohr:

»Wer ist dieser durch die maoistische Mühle gedrehte Unter-Claudel einer Unterpräfektur aus Pappmaché?«

Boris murmelte zwischen den Zähnen, was bei ihm üblich war, selbst wenn er sich nicht absichtlich um Zurückhaltung bemühte.
»Das ist noch anonym. Aber ich vermute, daß Badadiou dieses Machwerk verbrochen hat!«
»Und wie heißt es?« fragte Artigas noch.
*»Das rote Halstuch«*, sagte Boris. »Das ist das nächste Schauspiel der Maos!«
Da erinnerte sich Artigas flüchtig an die künstlerischen Produktionen der K.P.F. Anfang der fünfziger Jahre. Das waren eine Art von Volksopern, für die im allgemeinen Joseph Kosma die Musik und zum Beispiel Henri Bassis oder Charles Dobzynski, zwei berühmte Dichter der französischen kommunistischen Tradition, die Lieder schrieben. In einem dieser Werke, vielleicht dem zum fünfzigsten Geburtstag von Maurice Thorez, *Der Mann Frankreichs, den wir am meisten lieben*, gab es tatsächlich eine Szene, wo Jungen und Mädchen in einer von proletarischer Fröhlichkeit belebten Runde rote Halstücher schwenkten und dabei mit frohlockender, ja verlockender Miene die gewichtigen Worte sangen:
»Nimm deinen Parteiausweis, Genosse! Nimm deinen Parteiausweis!«
Nun gut, das war vor einigen Wochen, und wir haben keine Zeit zu erzählen, was schließlich geschah, als Maxime sich in seiner ganzen Länge aufrichtete, nach mehr als einer Stunde feierlichen Stumpfsinns die Probe unterbrach und von der Höhe der Stufen das *Lob der Partei* von Bertolt Brecht, einer sehr bekannten Passage aus der *Maßnahme* grölte, jenem durch seine Prägnantheit und poetische Kraft unnachahmlichen Meisterwerk der entfremdeten und natürlich entfremdenden Schändlichkeit, einer religiösen, also meta-stalinistischen Auffassung der Revolution. Wir haben nur Zeit, zum heutigen Tag zurückzukehren und mit Artigas, Pirulí und Pedro Vargas, die einen Block bilden, uns einen Durchgang zum Zentrum der Arena zu bahnen, von wo aus man jetzt den stolz nach hinten gestreckten Körper von Yannick de Kerhuel erkennt, die sich gerade ihre Jacke heruntergerissen hat und den bohrenden Blicken der Menge die köstliche Unnahbarkeit ihrer festen, zum blauen Herbsthimmel aufragenden Brüste darbietet.

Antonio el Pirulí pfeift zwischen den Zähnen. Das ist noch das Beste, was man tun kann.
Als sie vor einer Stunde beim Hauptquartier der Maos in der Rue Descartes eingetroffen waren, hatte Le Mao sie sofort empfangen. Es war zwischen ihnen vereinbart, daß Artigas das Wort führen sollte, und sei es auch nur, weil er bereits mit Auguste zu tun gehabt hatte und dieser ihn etwas fürchtete, da er mehrfach gedemütigt worden war, als er gesehen hatte, daß er die Texte von Mao – dem anderen natürlich, dem richtigen, dem Vorsitzenden, dem Steuermann, dem des Großen Wagens – noch besser als er selbst kannte, Texte, die er ihm mitten in der Diskussion an den Kopf warf, ohne daß er etwas darauf erwidern konnte. Und selbst ein entschlossener Bretone haßt es, sich gegenüber einem sarkastischen Espinguin ohne Stimme und ohne Argumente zu finden.
So war es also Artigas, der die Diskussion eröffnete, nachdem Le Mao ihnen Kaffee angeboten hatte.
Sie waren in einem weiß gekalkten nüchternen Raum, von dem aus man eine Sicht auf die Hinterseite des Lycée Henry IV hatte. Die Wände waren mit den unvermeidlichen Abbildern von Marx, Engels, Lenin, Stalin und Mao Tse-tung geschmückt. Auf einem Regal – Artigas hatte, bevor er sich hinsetzte, einen Blick darauf geworfen – gab es nur Texte des Großen Steuermanns in allen möglichen Ausgaben. Die einzigen Werke, die nicht aus der Feder des Vorsitzenden stammten, waren zwei Bände der Edition Jenan, eine *Theorie des Widerspruchs* von Badadiou und eine Textsammlung über den *Rationalen Kern der Hegelschen Dialektik*, an dem ebenfalls Badadiou mitgearbeitet hatte. Dieser schien also der eigentliche Meisterdenker des Orts zu sein.
Artigas sah, wie Le Mao langsam mit seinem Löffel in der Kaffeetasse rührte und vielleicht auch mit der Zunge im Mund, bevor er ihm antwortete.
Von sehr bescheidener Herkunft als Sohn armer Bauern, die ungelernte Arbeiter geworden waren, war Le Mao nicht unsympathisch, er war verrückt. Das heißt, er hatte seine Identität nur über zwanghafte Träume monomanischer, monotheistischer oder monolithischer Art strukturieren können. Zunächst über den von einer unabhängigen, vom Unheil der kapitalistischen

Industrialisierung befreiten Bretagne, danach, als Ausweitung dieser Vorstellung, bei der sich der Archaismus als strahlende Zukunft verkleidete, über den einer Bretagne, die die rote Basis für den Sieg des Maoismus im aufgewühlten Frankreich jener Jahre wäre – und damit indirekt natürlich auch für den von Le Mao.

Jeder von uns hat in der zweiten Hälfte des 20. Jahrhunderts solche Schwarmgeister getroffen. Man ist in den Reihen des katholischen Klerus oft welchen begegnet, die in Lateinamerika Guerilleros, in Europa Kofferträger der Dritten Welt, in Spanien Mitglieder der Arbeiterkommission waren, zum Beispiel, und sicher ist diese Art von Gläubigen die unheilvollste: Hatten sie nicht bereits einen Gott gefunden? Was müssen sie das politische Leben mit ihrem verpesteten unverbesserlichen Fideismus noch weiter verpesten? Glücklich die Länder, die die Reformation erlebt haben! dachte Artigas bei der Borniertheit und Redlichkeit – einem natürlich erschwerenden Umstand, weil Redlichkeit die Dummheit steigert und aggressiver macht – dieses Sohns fanatisch katholischer Bauern, der Ministrant eines neuen Kults geworden war, glücklich die Länder, die von jenem historischen Ereignis gegen die drei Jahrhunderte spätere Epidemie sozialer Religiosität geimpft worden sind, kalte und strenge Länder zwar, aber wo die individuelle Verzweiflung nicht das entsetzliche Ventil der soteriologischen Doktrinen findet, sondern ganz blöde, aber viel unschuldiger das des Alkoholismus oder des Ehebruchs, von denen niemand ernsthaft wird bestreiten können, daß ihre Verheerungen unbedeutend sind im Vergleich zu denen der hysterischen und ansteckenden Furie des Marxismus-Leninismus!

Aber alle diese inneren Betrachtungen verhinderten nicht den Fortgang der Diskussion mit Le Mao.

Was gedachte er mit Yannick de Kerhuel zu tun? Offenbar ein Exempel zu statuieren. Es wäre ja eines Arbeiterführers unwürdig, säuselte ihm Artigas heuchlerisch oder zynisch ins Ohr, persönliche Rachegefühle an der jungen Hetäre zu befriedigen. Und Le Mao nickte und gab damit sofort den Kern seines Gedankens preis, denn wenn er auch starrsinnig und starrköpfig war, so fehlte es ihm doch völlig an Raffinesse, und er ging in die erstbeste Falle, mit dem Kopf voraus,

beschwert, wie er wahrscheinlich war, von dem gemeinen theoretischen Blei des Maoismus in der Version Badadiou. Ja, sicher, kündigte er an, Yannick de Kerhuel war von einem Volkstribunal, das man sofort nach der Nachricht von ihrer bevorstehenden Ankunft bei Jo Aresti zusammengerufen hatte, zu einem Schauprozeß verurteilt worden. Dieses Urteil war ihr gerade mitgeteilt worden, fügte Le Mao hinzu, und die Frau, sicher auf Grund eines Rests von politischem Bewußtsein, das sie durch ihren Aufenthalt in der Bauernarmee von Finistère fünf Jahre zuvor mitbekommen hatte, sagte er sich brüstend – was unweigerlich einen kurzen Austausch komplizenhafter und ironischer Blicke zwischen den drei Spaniern hervorrief –, die junge Frau hatte ihm erklärt, daß sie sich vor diesem Volksgericht schuldig bekennen würde und daß sie sogar zu Beginn eine selbstkritische Erklärung, eine Art öffentliche Beichte machen wolle, um dem Volk in den Arènes de Lutèce ihre Schandtaten darzulegen, es durch ihr negatives Beispiel vom Laster abzubringen und ihm, dem Volk, den strahlenden Weg der Tugend zu zeigen.
»Und danach?« fragte Artigas.
»Wonach?« sagte Le Mao, der stark wie ein Ochse war – ein äußerst unangebrachter Vergleich, denn er war eher mit dem Glied eines Stiers ausgerüstet, so wie Yannick es später Paula Negri in allen Einzelheiten wird erzählen können, wenn sie vertraut sein werden und sie ihr erklären wird, warum sie so lange die Entbehrungen des ersten Feldzugs von Finistère im Lager von Le Mao ertragen hatte, der sie mit soviel unerschöpflicher Wildheit beglückte, daß sie alles übrige vergaß, bis zu dem Tag, wo das Geschick der Maos böse zu enden anfing und sie sich entschlossen hatte, das Lager und Lagerbett zu wechseln: aber dieser schlechte Kalauer ist heute Vormittag im Bus von der verkommenen Vicomtesse schon gemacht worden, gehen wir also rasch weiter, um zu sagen, daß Le Mao stark war wie ein Stier, aber langsam wie ein Ochse in seiner Furche.
»Nach der öffentlichen Beichte natürlich«, sagte Artigas.
Da stürzte sich der inzwischen gesprächig gewordene Le Mao in eine apologetische Rede, aus der hervorging, daß Yannick, wenn sie durch eine aufrichtige Selbstkritik von den Schandtaten ihrer verdorbenen Vergangenheit reingewaschen wäre, ihren Platz als

militante Frau beim Aufbau einer neuen Gesellschaft wieder einnehmen könnte.
Artigas verstand, daß man das Ganze beschleunigen mußte. Rechts von ihm fing Pedro Vargas nervös zu zittern an: er konnte jede Minute einen Skandal machen.
»Und Aresti?« fragte er und wechselte dabei den Ton. »Glaubst du, daß er sich damit abfinden wird, sich am Schwanz zu kratzen, während du in der ganzen Z.U.P. die raffinierteste Nutte seines Puffs wie eine Jungfrau und Märtyrerin zur Schau stellst?«
Auguste Le Mao sieht ihn an, sichtbar verblüfft von dieser plötzlichen Derbheit.
Da schlägt Artigas mit der Faust auf den Tisch und erklärt Le Mao, daß der Korse sich für die Entführung Yannicks wird rächen wollen, daß er auf Grund seiner Unterstützung durch das Polizeipräsidium die Mittel dazu hat, ihnen, den Maos, eine blutige Guerilla zu liefern, um die junge Frau zurückzuholen. Wo wird diese in Sicherheit sein? Bestimmt nicht auf dem Mao-Gebiet. Genau da wird Aresti sie suchen, und da wird er sie auch finden, er verfügt über genügend Informanten. Ohne übrigens zu vergessen, daß Auguste, wenn Yannick bei ihm bliebe, noch so laut schreien könnte, daß das in aller Ehre geschehe, zum Ruhm der Sache, nichts würde die bösen Zungen daran hindern zu sagen, noch die bösen Ohren zu hören, daß er nur, um sie von neuem bespringen zu können, diese Operation gestartet habe, die eben dadurch nicht mehr politisch sei, sondern schmierig, typisch kleinbürgerlich.
Er ist beeindruckt, Le Mao. Diese letzte Beschuldigung vor allem scheint ihn zu bedrücken. Was schlagen sie also vor?
Das ist ganz einfach, sie schlagen ein Bündnis gegen Jo Aresti vor. Man muß ihn überall angreifen, in allen seinen Schlupfwinkeln. Und man muß die junge Ex-Vicomtesse in Sicherheit bringen, indem man sie zum Beispiel in den Reihen der Amazonen versteckt oder unter den Schutz der spanischen Milizen stellt.
»Ich sage es dir noch einmal, Le Mao!« schloß Artigas feierlich. »Man muß Aresti angreifen. Erinnere dich an die Vorschrift des Vorsitzenden: ›Daher ist der Angriff als Hauptmittel zur Vernichtung des Gegners primär und die Verteidigung als Hilfsmit-

tel für die Vernichtung des Feindes und als ein Mittel zur Selbsterhaltung sekundär!‹.«
Er sieht ihn starr an und schüttelt einen pädagogischen Finger vor ihm.
In diesem Moment platzt ein Bote herein, um bekanntzugeben, daß Jo Arestis Motorradkommandos mehrere Posten im Umkreis. des Mao-Gebiets angegriffen haben, an der Estrapade, an der Rue d'Ulm, in Jussieu und in der Rue Du Four à Moulin.
Sofort fällt Auguste Le Mao eine Entscheidung. Sobald die Zeremonie in der Arena beendet sein wird, bittet er die Spanier, sich mit Yannick de Kerhuel zu beschäftigen und sie irgendwo zu verstecken. Sie werden sich am Nachmittag wiedersehen, um einen angemessenen Gegenschlag gegen die Korsen vorzubereiten.
Deshalb also ist Artigas, flankiert von Pedro Vargas und Antonio el Pirulí hinter einem Offizier des Anführers der Maos dabei, sich einen Durchgang durch die entfesselte Menge zu bahnen, die am Fuß des Podiums tobt.
Plötzlich wird der Lärm infernalisch. Ganze Zuschauerreihen purzeln wie Dominosteine unter dem Druck derer, die in Massen die Stufen herabdrängen. Leute werden zertrampelt, andere ersticken. Denn da oben, auf der Estrade, hat Yannick de Kerhuel gerade den Reißverschluß ihrer Dschiens aufgezogen und sie dann mit den sicheren Bewegungen einer professionellen Stripteaseuse ausgezogen.
Die junge Frau erscheint jetzt völlig nackt, da sie sichtlich ebensowenig ein Höschen trägt wie einen Büstenhalter, bis auf die Tatsache, daß sie weiche Stiefel anhat, die ihr bis zur Mitte der Wade reichen, und getönte Strümpfe, die durch ein dünnes Gummiband am Oberschenkel gehalten werden. Stehend, unbeweglich, die Arme zum Kreuz erhoben, die Beine gespreizt und leicht gebeugt, um die Wölbungen ihres ganzen Körpers hervorzuheben, bietet Yannick der tosenden Menge die glorreiche Erhebung einer von einem besonders dichten gelbgoldenen Vlies gekrönten Scham dar.
Aber diese ekstatische, anders gesagt, zur Hervorrufung massenhafter Ekstase bestimmte Haltung hindert Yannick nicht daran, aus einem wachsamen und suchenden Augenwinkel alles zu überwachen, was um sie herum vorgeht. Denn sie hat dieses

moralische und physische Striptease mit Meisterinnenhand veranstaltet, um genau dahin zu kommen, zu dem jetzt erreichten Punkt kollektiver Raserei und Auflösung, der ihr erlauben wird, denkt sie, die Gelegenheit zu nutzen, sobald die Schlägereien angefangen haben, wie sie es voraussieht, sich zu empfehlen und im Tumult zu verschwinden.

Als Auguste Le Mao sie vor zwei Stunden in Begleitung seines gesamten Generalstabs in der Zelle unter dem Ausläufer der nördlichen Umfriedung der Arena wiedergefunden hatte, um ihr anzukündigen, daß sie einem Schauprozeß unterworfen würde und daß die einzige Chance, die Nachsicht des Volks zu erringen, in einer aufrichtigen Selbstkritik läge, hatte Yannick über die zu befolgende Taktik entschieden. Erstens, öffentliche Beichten, das kannte sie. Sie hatte diese literarische Gattung oft praktiziert, natürlich zu Zwecken, die den heute von Le Mao vorgeschlagenen völlig entgegengesetzt waren.

In der Zeit, wo sie die Geliebte eines hohen Richters und obendrein noch Großgrundbesitzers in der Gegend von Nîmes war, hatte dieser manchmal einige seiner angesehensten und vornehmsten Kollegen eingeladen, Yannicks Beichten anzuhören. Maskiert, mit ihren roten oder schwarzen Roben bekleidet, unter denen sie, wie sich später herausstellen sollte, nichts als ihre etwas ältlichen und schlaffen männlichen Attribute trugen – daher sicherlich dieser Umweg über die in den schamlosen Erzählungen der Vormaligen beschriebenen Bilder –, die man jedoch, wenn sie einmal aufgerichtet waren, die Attribute, versteht sich, rituell mit weißem Hermelin schmücken mußte, damit sie lange genug eine ausreichende Steife behielten, setzten sich die Richter des Sitzes rund um die junge Frau hin, die auf einer Art durchsichtigem Thron ausgestellt war, um die Geschichte ihres Lebens zu hören, deren schlüpfrige Episoden sie herausdestillierte, während sie die Stücke ihrer Kleidung eines nach dem anderen abwarf, die natürlich viel komplizierter und raffinierter war als während dieser Veranstaltung in den Arènes de Lutèce. Aber hier oder dort endete es immer in der gleichen Weise. Der einzige Unterschied bestand darin, daß die Richter sich nicht gegenseitig umzubringen brauchten, um mit Yannick ihre perversesten Begierden zu befriedigen. Dafür war sie da, es gab Platz für alle.

Er wollte also eine öffentliche Beichte, dieser Idiot von Auguste? Er sollte sie haben! Das hatte sie sofort beschlossen, denn sie setzte natürlich auf die entfesselte Gier der Menge, um die Situation umzukehren.
Und es ist ihr gelungen.
In dem Moment, in dem wir den Faden der Erzählung wieder aufnehmen, knallen plötzlich Schüsse. Die vom Druck der das Podium stürmenden Menge überrannten Maos schießen, um sich zu befreien, zunächst in die Luft. Aber die Menge ist weder waffenlos noch bereit, sich einschüchtern zu lassen. Jeder oder fast jeder besitzt eine eigene Waffe in der Z. U. P. Man fängt also an, nach allen Seiten um sich zu schießen. Da sind die Maos, die überhaupt nicht mehr in die Luft schießen, um den Raum vor dem Podium freizumachen. Und dann sind da all jene entfesselten Männer, die auf die Maos schießen, um bis zum Podium zu gelangen, und die aufeinander schießen, um als erste dorthin zu kommen.
Das wird ein Blutbad geben.
Auf der Estrade ist Yannick untergetaucht, um verirrten Kugeln auszuweichen. Jetzt oder nie, denkt sie. Sie läßt sich auf die Bretter rollen, sammelt dabei schnell ihre Klamotten auf und kriecht bis zum entgegengesetzten Rand des Podiums.
Aber die drei Spanier sind nicht mehr sehr weit entfernt. Sie haben begriffen, welches Manöver sie durchführen will. Als fester Block sich von der Menschenmasse lösend, die sich töricht schlägt, um das Podium im Frontalangriff zu nehmen, während es genügt, es von hinten zu nehmen – eine ebenso im zivilen wie im militärischen, öffentlichen wie im privaten Leben zu empfehlende Strategie –, umgehen sie es, wie es sich gehört, und kommen genau im richtigen Moment in dem dahinterliegenden engen Gang an, um Yannick de Kerhuel abzufangen.
Ohne seinen Schritt zu verlangsamen, packt Pedro Vargas die junge Frau und wirft sie über seine Schulter. Sie stößt Seeadlerschreie aus und läßt ihr Kleiderbündel fallen, das Pirulí aufhebt. Mit der Waffe in der Hand schützen Artigas und letzterer Vargas, der mit der Geschmeidigkeit eines Mittelstreckenläufers zum Nordausgang der Arena stürmt. Auf dieser Seite ist niemand. Artigas hat das schwankende Gesicht der Vicomtesse vor den Augen, das auf der Schulter von Vargas hin- und herbau-

melt, mit vor Erstaunen aufgerissenen Augen. Er bewundert unwillkürlich die athletische Kraft und Frische seines mehr als fünfzigjährigen Gefährten. Was für eine Gesundheit, mein Gott! Dieser Mann ist der Legende würdig, die ihn unter den antifrankistischen Emigranten wegen seiner Vergangenheit als Kämpfer aller Maquis umgibt.

Aber sie erreichen den Ausgang der Arena ohne Hindernis auf der Seite der Rue des Boulangers. Sofort erscheint der Range Rover mit aufheulendem Motor. Einer der Kameraden der Einsatzgruppen ist am Steuer, der andere beugt sich mit der Kalaschnikow im Anschlag aus der Tür.

Dreißig Sekunden später rast der Wagen mit Karacho auf der Rue Monge in Richtung Seine davon. Yannick de Kerhuel, immer noch nackt, oder schlimmer gar, ist im Fond des Wagens. Sie kommt langsam zu sich unter dem entflammten Blick von Pirulí.

Pedro Vargas wirft beim Steuern einen Blick in den Rückspiegel. Er bemerkt den ekstatischen Ausdruck seines Genossen.

»*No te aproveches, coño!*« ruft er.

»*Del coño, no*«, sagt Pirulí, »*si me aprovecho de algo será del culo!*

Die beiden Kameraden der Einsatzgruppen, die anonym geblieben sind, weil ihr Name wirklich keine Bedeutung hat und man in allen Kriegen unbekannte Soldaten braucht, amüsieren sich wie kleine Jungen. Dieses Unternehmen verjüngt sie.

Yannick jedoch versteht zwar nicht kastilisch in allen seinen Feinheiten, kennt aber die Männer und ihr anzügliches Gelächter zur Genüge, um zu verstehen, worum es sich hier dreht.

»Was hat er dir getan, mein Arsch!« sagt sie zu Pirulí provozierend. Und mit verändertem Ton: »Ihr seid also keine Korsen?«

Artigas dreht sich um.

Er sieht Yannicks starken, festen, seidigen, prächtigen Körper. Er sieht Yannicks Blick, der Pirulí mustert. Antonio hat mit seiner düsteren Miene, seinen Geschichten und seiner Gitarre immer Erfolg bei den Damen gehabt. Im Gefängnis von Burgos war Pirulí, zumindest den glaubwürdigsten Berichten zufolge, mit den Außenbeziehungen der kommunistischen Kollektivität beauftragt. Er verführte offenbar alle Schwestern der Krankenstation und der Werkstätten, gleich welchen Alters, und rief

damit zwar religiöse Krisen und Eidbrüche hervor, erleichterte aber die Verbindung der politischen Gefangenen mit der Außenwelt ganz entscheidend.
Artigas klopft Pirulí auf die Schulter.
»*Ni del coño ni del culo, majo*«, sagt er lächelnd. »*No está el horno para tus bollitos!*«
Alle Welt lacht, Pirulí als erster.
»Darf man wissen, worum es geht?« fragt Yannick aggressiv.
Artigas sieht sie an.
»Sagen wir, ohne in obszöne Einzelheiten zu verfallen, ich habe meinen Freund daran erinnert, daß es nicht der richtige Moment ist, eine Nummer zu schieben!«
Die anderen lachen herzhaft.
»Sind Sie es, der hier befiehlt?« fragt Yannick.
Artigas nickt.
»Ja, Vicomtesse, ich befehle hier«, sagt er. »Ziehen Sie also Ihre Klamotten wieder an und schweigen Sie. Ich brauche Ihnen nicht zu sagen, daß Sie schön sein sollen, Sie sind es sowieso, um einen Toten zum Träumen zu bringen!«
Die vier anderen Spanier begrüßen dieses Kompliment mit Schreien, Pfiffen, Ausrufen: »*Qué tío, macho, qué piropo! Se ve que es un pico de oro!*«
Man betrachtet ihn also als Schönredner. Einer der beiden anonymen Kämpfer der Einsatzgruppen schießt sogar eine Salve aus der Kalaschnikow zum Himmel von Paris, um diesen Moment zu feiern.
Yannick betrachtet diese grauhaarigen, großen, mageren Männer, die alle fünf dieselbe Art trauriger Heiterkeit im Blick haben. Seit langem ist sie nicht mehr so entzückt gewesen.

## 8.

»Erinnerst du dich an deine alten Gedichte?« fragt Carlos ihn. »Die französischen Gedichte, meine ich!«
Artigas hört zunächst nicht genau hin.
Oder vielmehr nimmt er den Sinn jedes dieser Worte genau auf, ohne jedoch die allgemeine Bedeutung der Frage zu erfassen. Aber das liegt sicher daran, daß er zerstreut ist. Er lauscht nämlich auf die Töne, die vom Erdgeschoß kommen, wo die Probe von *La Corte de Faraón* fortgesetzt wird. Er versucht, die Stimmen zu unterscheiden, was sie singen.
Aber sein Blick erstarrt plötzlich. Er dreht sich zu Carlos um.
»Was sagst du?« sagt er.
Der andere wiederholt seine Frage mit mehr Einzelheiten. Er spricht auch über die Broschüre von Claude-Edmonde Magny, in der er vorhin geblättert hat.
Artigas zuckt mit den Schultern. Er fragt sich, wieso seine alten französischen Verse, die unbekannt oder vergessen sind, vor allem von ihm selbst, Carlos interessieren können.
»Wir können ein andermal davon sprechen, nicht?« sagt Artigas.
Mit einer Bewegung zeigt er auf den Raum, in dem sie sich bei Paula Negri in der Rue Mazarine befinden. Es sind viele Leute da, ein Kommen und Gehen, ein Getöse.
»Es ist dringend«, sagt Carlos hartnäckig.
Artigas wollte sich abwenden, um zu Yannick de Kerhuel und Pirulí zu gehen, die in einer Ecke des Zimmers plaudern, seit sie bei Paula sind. Vargas ist auf der anderen Seite, in der Nähe des Bücherregals, immer noch in seine Lektüre vertieft. Und dann ist da auch Anna-Lise, die gerade mit Carlos eingetroffen ist. Und eine der jungen Skandinavierinnen, die bei Paula den Haushalt machen, geht von einem zum anderen und bietet Kaffee oder Getränke an.
Artigas sieht Carlos an.
»Dringend?« sagt er mit einem zweifelnden Lächeln.
Der andere nickt.
Da bemerkt Artigas ein Flackern offensichtlicher Unruhe in den

Augen von Carlos. Er legt seinem jüngeren Gefährten die Hand auf die Schulter.
»Was willst du wissen?« fragt er.
»Könntest du, einfach so, auf Anhieb, aus dem Stegreif eines deiner alten französischen Gedichte rezitieren?«
Die Frage überrascht Artigas sichtlich. Aber Carlos muß seine Gründe haben, die er gewiß später angeben wird.
Artigas macht den Bruchteil einer Sekunde die Augen zu. Als er sie wieder aufmacht, ist er schon dabei, fast undeutlich, leise zu rezitieren. Aber Carlos hört ganz genau: er kennt dieses Gedicht bereits.

> *En la soie surannée de dessins sibylline,*
> *de laque et jade éteints tissés, ô l'arabesque*
> *des bleus anciens! Ou bien est-ce que*
> *le songe en moi...*

Artigas unterbricht sich, macht wieder die Augen zu, spricht mehrfach ganz leise die letzten Wörter: *le songe en moi, le songe en moi, le songe, moi...*
Dann macht er die Augen auf und bricht in ein kurzes Lachen aus.
»Ich habe vergessen, wie es weitergeht!«
Carlos hat einen starren geweiteten Blick.
»*Bleus*? Bist du sicher, daß es *des bleus anciens* waren, nicht *verts*?« fragt er mit rauher Stimme, als wenn sein Leben von der Antwort auf diese Frage abhänge, »*des verts anciens*?«
Artigas hat Mühe, die Angst seines Freundes zu verstehen.
»... *ô l'arabesque des verts anciens*...«, wiederholt er halblaut.
»Ja, du kannst recht haben! Übrigens ist kurz vorher von ›Jade‹ die Rede... Grün ist tatsächlich logischer!«
Es ist ihm, Artigas, egal, ob es »bleus« oder »verts« heißt. Das interessiert ihn überhaupt nicht. Aber er will seinen Freund, dessen innere Spannung er merkt, nicht erbosen.
»Logisch?« ruft Carlos. »Ich frage mich, was daran logisch sein soll!«
Aber er spricht gleich weiter.
»Es gibt nicht nur grüne Jade«, präzisiert er trocken, »in China gibt es weiße, in Lateinamerika olivgrüne. Grüne Jade kommt aus Hindustan!«
Artigas lächelt verbindlich.

»Du weißt ja viel über Jade! Aber ich kenne deine Quelle: Buffon, *Histoire des Minéraux* ... Weißt du auch, was er über grüne Jade sagt?«

Carlos nickt bejahend.

»Daß man sie Stein der Amazonen nennt, weil man sie in großen Mengen in dem Strom findet, der von den peruanischen Hochgebirgen kommt!«

Artigas lacht von neuem.

»Herr Bustamante, Sie haben die Hundert-Francs-Frage gewonnen!« ruft er.

Aber Carlos ist überhaupt nicht zum Lachen zu Mute.

Natürlich, Stein der Amazonen, denkt er, Penthésilée, aber ist das wirklich ein Denken, dieser Fluß, dieser Strom? Penthésilée trug vorhin um den Hals einen Jadestein, der in einem Halsband aus altem Silber gefaßt war, sie haben sie in der Rue Dauphine an der Tür des Hôtel du Buisson getroffen, sie brach mit ihren Amazonen zur Rue Guynemer auf, hat sie gesagt, nein, Artigas war nicht mehr da, zur Rue Guynemer, genau, in einem vernünftigen Abstand von der Place Saint-Sulpice und dem *Envers du Paradis,* ja, er war mit Vargas und Pirulí aufgebrochen, sie brachen auf, die Amazonen, um das Ergebnis der Verhandlungen mit Aresti und Le Mao über den Austausch von Perséphone gegen die rote Vicomtesse abzuwarten, welche Vicomtesse? Wieso rot? Anna-Lise stellte wie gewöhnlich methodisch Fragen: wenn die Natur einen *horror vacui* hat, was noch zu beweisen ist, so hatte sie einen Horror vor Verschwommenem, das jedoch ist evident, kurios für jemanden, dessen Gebiet, ich würde fast sagen, Spezialität das Verschwommene ist, das Verschwommene des Flusses der Antworten der Schriftsteller auf ihre präzisen kurzen Fragen, aber Anna-Lise wußte nicht einmal etwas von der Existenz von Yannick de Kerhuel, es war nötig, daß Penthésilée es ihr erklärte, wobei dieser Konjunktiv hier als ironisches und komplizenhaftes Zeichen eines ERZÄHLERS auftaucht, der betonen will, daß der innere Monolog nur ein Kunstgriff der Erzählung ist, da Carlos-Maria sich in keinem Fall mit dem Konjunktiv Imperfekt beschäftigen kann bei dieser Art verbaler oder zumindest sprachlicher Hämorrhagie, durch die er zum instruktiven Gewinn des Lesers ebenso wie zu seinem eigenen Bedürfnis innerer Ortung die Episoden memoriert, die den gegenwärtigen Moment von dem Augenblick trennen, wo wir ihn in einer zugleich schwierigen und angenehmen Stellung zurückgelassen haben, einerseits noch mit den korsischen Banditen auf der Treppe des Gebäudes, andererseits aber mit Elizabeth, die sich ihm auf Knien nähert, schamlosen und lächelnden Auges, lächelnden und gierigen Mundes, und er hatte eben an die Bände des elisabethanischen Theaters gedacht, die er gerade noch Zeit gehabt hat in dem schweren Glasschrank zu erkennen, gegen den er sich jetzt lehnt, die Ellbogen nach hinten, um sich auf eines der Regale des massiven Schrankes zu stützen, dessen Türflügel offen geblieben waren, und er hatte vorhin, als er sie aufgemacht hatte, um die Titel der Bücher näher zu betrachten, festgestellt, daß die Türangeln auf einer gewundenen Säule an jeder Seite des schweren Schranks angebracht waren, um sich hinten abzustützen, während seine Knie zu zittern anfingen, er den Bauch vorstreckte, um einzudringen, nein, sie war es, die zu ihm kam, ihn schnappte, ihn verschlang, aber die Ellbogen nach hinten, erhobenen Gesichts, in dem Versuch, an etwas anderes zu denken oder vielmehr an das, aber in anderer, abgewandelterer Weise, alle Bilder zu trüben, zu vernebeln, zu verfinstern, die in dem hervorsprudelten, was man Geist, Gehirn, Gedächtnis, Imagination nennt, wie man auch will, ein abgesperrter Ort, wie dem auch sei, düster, wo blitzartig die Bilder entstehen und sich ständig mit anderen Spritzern, Splittern, besonnten Scherben verbinden, so wie dieses Bild von einem anderen Tag in der Rue des Bourdonnais, die Erinnerung an einen anderen, ebenso köstlich gierigen Mund wie diesen, die Nachmittagssonne fiel seitlich auf das Bett, aber wie ist das möglich? Ist das wirklich richtig, daß die Lust nicht einmalig ist, daß sie nicht vielmehr von einem einzigen Wesen, einer einzigen Hand, einem einzigen Mund, einem einzigen Geschlecht, einer einzigen *lila Nelke,* würde der andere sagen, hervorgerufen wird, daß sie keine monogame Offenbarung ist? Mercedes, Fabienne, Elizabeth, Quelle einer Lust, die, je mehr sie identisch ist, eine andere, fremde, verschwommene, ungreifbare wird, ist es richtig, daß die Lust über den Körper rinnt wie Regen, erfrischend, plötzlich, in der Gewitterhitze eines Sommers kindlicher Entdeckungen? Daß sie rinnt und entschwindet, festgehalten nicht vom Körper selbst, der porös, vergeßlich ist, in der Transparenz des Ephemeren, der ewigen Gegenwart lebt, sondern gefangengehalten im Netz der raffinierten oder von brutaler Präzision geprägten Wörter, wie auch immer, Wörter aus Äther oder Nebel, oder aber aus Samen, die, wie dem auch sei, den immerhin materiellen Ereignissen des Fleisches ihre reale Konsistenz verleihen, sich aber auf das Regal dieses Glasschranks voller Bücher stützend, an deren Titel er sich jetzt zu erinnern versuchte, um aus seinem Geist, seinem Gedächtnis, seiner Imagination, wie man will, die Bilder zu verscheuchen, die durch die Wörter, die sie nennen, wiederbelebt worden sind, die Wörter zu Mercedes in Soho, die Wörter zu Fabienne in Formentor, in der Rue des Bourdonnais, und deren rasende Wucherung ihn jetzt für seinen Geschmack zu schnell zum Höhepunkt treiben würden, um die ungreifbare Substanz schwindender Bilder von jedoch perfider und stechender Präzision loszuwerden, die das Ende dieser Lust beschleunigen würden, von der er jetzt und hier nur die Dauer, die Wärme, die Reibung, das verschlingende Ansaugen genießen will, immer, bis zum Ende der Zeiten, aber sich hinten abstützen, in die ironische Erinnerung Ovids flüchten, *ergo ubi concubitus et opus iuvenale petetur,* auf dem Regal war auch ein Band Hesiod, denkt er, Eule der Minerva, schwarz auf Bister, »Laß dich von keinem Weib mit prunkenden Hüften betören, das mit schmeichelnden Worten in deiner Hütte dich aufsucht. Wer dem Weibe vertraut, vertraut auch Betrügern und Dieben«, das steht in *Werke und Tage,* erinnert er sich, und man könnte noch ähnliche Beispiele aus diesem Text zitieren, dessen Misogynie aus der Nacht der Zeiten kommt, aber hat er nicht recht, der Böotier? Ist die Frau etwas anderes als eine Wölfin, zumindest für den Mann, »prunkende Hüften« und »schmeichelnde Worte«, ist das Wesentliche nicht gesagt? Geschlecht und Rede, Arsch und Orakel, Sirene und Sog, ist sie etwas anderes, sagte er sich, als er sich auf das Regal stützte, wo es glücklicherweise nicht nur Ovid und Hesiod, sondern auch Tertullian gab, und beim Anblick dieses Bandes mit einer kapitolinischen Wölfin mußte er an den guten Pater des Maristenkollegiums in Pedralbes denken, der versuchte, ihn ausgerechnet mit Übersetzungen und Kommentaren aus dem *Apologeticum* auf den Weg der religiösen Berufung zu bringen: »*Christianus ad sexum nec femina mutat. Noui et Phrynem meretricem Diogenis supra recumbentis ardore suban-*

*tem«*, der gute Pater wies oft auf diese Zeilen der von Tertullian hergestellten berühmten Parallele zwischen dem Philosophen und dem Christen hin, die natürlich zu Ungunsten des ersteren ausfällt, weil ihm das Licht der Offenbarung fehlt, und wo die brennende Frage der Keuschheit behandelt wird, um den Unterschied zwischen einem Christen und einem heidnischen Philosophen zu unterstreichen: ist denn Sokrates nicht als Verderber der Jugend verurteilt worden, während der Christ, was das Geschlecht angeht, nicht einmal die Frau wechselt, *ad sexum nec femina mutat*? Und gab sich die Dirne Phryne nicht allen schändlichen Leidenschaften von Diogenes hin? Und wurde ein gewisser Speusippe aus der Schule Platons nicht getötet, als er *in flagranti* bei einem Ehebruch überrascht wurde, während ein Christ nur für seine Frau als Mann geboren wird? Und als Demokrit sich die Augen ausstach, sagte ihm der gute Maristenpater und nahm damit die Demonstration wieder auf, die ein erleuchteter Sohn eines Zenturions aus Karthago, und am Ende seines langen Lebens Oberhaupt einer integristischen Sekte, vor Jahrhunderten begonnen hatte, hat Demokrit nicht, als er sich die Augen ausstach, weil er Frauen nicht ohne Begehrlichkeit betrachten konnte, weil er darunter litt, sie nicht alle besitzen zu können, hat er nicht seine Hemmungslosigkeit laut zugegeben? Während ein Christ seine Augen behält und trotzdem die Frauen nicht sieht, da seine Seele für die Leidenschaft blind ist, endet der wackere Tertullian, und der gute Pater schloß, wobei er ihm einst die Hand auf den Arm legte, und seine blauen Augen waren von eucharistischen Horizonten erhellt und sein weißes Haar leuchtete im Garten des Kollegiums von Pedralbes wie makelloser Schnee, mit einer anderen Passage aus dem *Apologeticum, nos ab isto eventu diligentissima et fidelissima castitas saepsit:* »Uns dagegen schützt vor solcher Gefahr eine mit aller Sorgfalt und Gewissenhaftigkeit gewahrte Keuschheit. Manche von uns schützen sich noch weit besser und stoßen die gefährliche Macht solcher Verirrung durch jungfräuliche Enthaltsamkeit zurück«, und die Hand des guten Paters legte sich auf seinen Kopf, um dort den Segen seiner letzten Worte niederzulegen: »Greise und Knaben zugleich!«, aber tatsächlich, denkt er, ist er wirklich ein reiner Knabe gewesen, ist nicht seine kindliche Seele sehr früh dem Widerwillen ausgeliefert gewesen? Doch er lehnt sich jetzt mit seinem ganzen Körper, mit den Schultern, mit dem Rücken, mit dem Kreuz an den schweren Glasschrank voller Bücher, mit seinem ganzen Körper, um stehen zu bleiben in diesem reglosen Rausch, in diesem Losreißen seines ganzen Wesens, angesogen, wie er ist, von dem Strudel jenes Vulkanmundes, er bäumt sich auf in jenem verlängerten Ausbruch einer Milchstraße, nichts ist unreiner gewesen als seine Kindheit, lange Ritte voll fieberhafter Schlaflosigkeit über die Weiße der Frauenkörper, blutend an Schoß und Bauch vom Stoß der erträumten Sporen, noch bevor die Wirklichkeit des Geschlechts begriffen war, aufgepflanzt, aufragend in der eklatanten Schuld der schneeweißen Laken, o namenloses einsames Abenteuer, bis zu jenem Tag feuchter Wärme in Pedralbes, im großen Haus von Tante Inés, ein Grammophon spielte in der Ferne *Caminito,* wo er von ihr überrascht wurde, verkleidet, angetan mit weiblicher Intimwäsche, schwarzen Straps, die seinen Bauch einrahmten, wo benommen das doppelte Geschlecht erwachte, aber er lehnt sich mit seinen ganzen Kräften an den Schrank, wo die alten Texte schlummern, als wenn man sich auf das gelehrte Gewicht jener Vergangenheit stützen müßte, die in den Wörterbüchern, den lateinischen oder griechischen Texten, der Sammlung des elisabethanischen Theaters enthalten ist, um den Endsturm jener Elizabeth Chrysostomus auszuhalten, einer sanften und starken Frau mit dem kurzen Haar eines Zwitters, stolz und unterwürfig, Gold- und Schattenmund, der das Hervorsprudeln seiner Zeugungs-, vielleicht sogar Gattungskraft ansaugt, und er fährt sich mechanisch mit der Hand über das Gesicht, um diese Erinnerung auszulöschen.

Artigas sieht ihn aufmerksam an.

»Erklär mir, worum es sich handelt«, sagt er.

Vorhin, gleich nach seiner Ankunft mit Pirulí und Pedro Vargas in der Rue Mazarine – die beiden immer noch anonymen Kameraden der Einsatzgruppen sind zur Bewachung des gepanzerten Range Rover draußen geblieben, so wie selbst in den demokratischsten Romanen die einen sprechen und handeln und die anderen schweigen und die Anweisungen der ersteren befolgen: ganz wie im wirklichen Leben –, war Artigas zu dem Bücherregal gegangen, wo Paula Negri alle Bände der Pléiade

hinstellt. Er zieht den Band heraus, der die Werke Baudelaires enthält:
»Sieh mal«, sagt er zu Vargas, »hier ist davon die Rede!«
Er hält ihm die Seite des aufgeschlagenen Buchs hin, wo Baudelaire die Fresken von Eugène Delacroix in Saint-Sulpice beschreibt. Vargas vertieft sich in diese Lektüre. Die Szenen auf den Wänden der vormaligen Kapelle der heiligen Engel, die jetzt Lesesaal und städtische Videothek geworden ist, hatten ihn vorhin stark beeindruckt, man erinnert sich bestimmt daran.
Artigas sieht seinen Genossen an mit einem Blick, in dem lächelnde und trotzdem männliche Zärtlichkeit aufleuchtet! Man muß schon zugeben, daß der Anblick von Vargas mit umgehängter Maschinenpistole, einem schweren 45iger Colt und zwei Granaten am Gürtel, aber in die sichtlich faszinierte Lektüre eines Textes von Baudelaire über eine Malerei heiliger Inspiration vertieft, nicht frei von historischem Pathos ist. Wie im Bilderbuch: der Proletarier in Waffen, der sich zwischen zwei Kämpfen weiterbildet!
Aber Artigas ist nicht zu Späßen aufgelegt.
Er sieht seinen Genossen an und denkt an eine andere, ferne Episode. Es war an einem Sonntag, und die schrägen Strahlen der Sonne prallten gegen die Scheiben der Baracke. Er war zu Palazón gegangen, einem der Verantwortlichen der illegalen Organisation. Er mußte ihm etwas Dringendes sagen, er hat vergessen was, dreißig Jahre danach, irgend etwas, aber es war dringend. Ja sogar ernst. Palazón stützte die Ellbogen auf den langen Tisch des »Flügels« und war in eine Lektüre vertieft. Vertieft ist der richtige Ausdruck: derart vergraben in das lebenspendende Wasser dieser Lektüre, derart weit weg, daß er nicht hörte, wie Artigas ihn ansprach. Er hat ihn schütteln müssen, mit der Hand auf der Schulter, damit Palazón ein Gesicht zu ihm emporhob, in dem noch die Wolken seiner Träume, die Landschaften Savoyens, das ernste und entschlossene Lächeln von Mathilde de la Môle vorbeizogen. Denn er las ja *Le rouge et le noir,* dieser Palazón. »Gefällt dir das?« hatte er ihn trotzdem etwas verdutzt gefragt. Der andere hatte genickt, noch ganz berauscht. Er hatte ihm einige Sätze von überraschender Prägnanz über Stendhals Roman gesagt. Er hatte sich neben Palazón gesetzt, sie hatten angefangen zu diskutieren. Er hatte

beinahe den dringenden Grund vergessen, weswegen er zu Palazón geschickt worden war. Doch es war wirklich ein dringender Grund. Er glaubt sich jetzt daran zu erinnern, daß es um einen Spitzel ging, dessen Identität man aufgedeckt hatte, und das betraf Palazón, denn er war für die illegale spanische Selbstverteidigungsorganisation verantwortlich in diesem Nazikonzentrationslager, wo sich diese alte Geschichte abspielte.
Er hatte Palazón Jahre später wiedergetroffen. Es war in der Umgebung von Marseille, bei einer politischen Versammlung. Palazón hieß nicht mehr Palazón, sondern Lacalle. Auch er hatte einen anderen Namen. Übrigens hatte er sich in jener Zeit niemals Artigas genannt. Artigas, das war später. Aber man wechselt ja ständig den Namen, wenn man Spanier, politischer Flüchtling und Kommunist ist. Sie hatten sich trotz ihren veränderten, ausgetauschten und vergessenen Namen wiedererkannt. Aber diesmal, in der Nähe von Marseille, in diesem einsamen Landhaus, wo die illegale Versammlung stattfand, hatte er mit Palazón, der Lacalle geworden oder wieder geworden war, er wußte nicht mehr, welcher von diesen beiden Namen ein Deckname war, vielleicht alle beide, nicht über Stendhals Roman gesprochen. Schade übrigens. Trotz den vergangenen Jahren wäre *Le rouge et le noir* ein viel interessanterer Diskussionsgegenstand gewesen als der, weswegen mehrere Dutzend Funktionäre der illegalen spanischen KP Südfrankreichs dort versammelt waren. Diesmal, er erinnert sich genau daran, ging es um die Diskussion der Dokumente der Internationalen Moskauer Konferenz der kommunistischen und Arbeiterparteien in Moskau von 1957, bei der Mao Tse-tung mit seinen Thesen über die Unvermeidbarkeit des Kriegs und die entsprechende Unvermeidbarkeit des Siegs des Sozialismus der Star gewesen war.
Er hatte mit den Schultern gezuckt und sich abgewandt, nicht von Palazón, sondern von Pedro Vargas.
Am anderen Ende des Zimmers hört sich Yannick de Kerhuel den Wortschwall von Pirulí an.
Die junge Vicomtesse weiß noch nicht, warum diese Espinguins sie ihrerseits entführt haben, was sie mit ihr zu tun beabsichtigen. Sie hat nicht ganz genau begriffen, ob sie mit Aresti unter einer Decke stecken oder im Gegenteil seine erbitterten Gegner sind. Sie hat nur begriffen, daß man auf jemanden wartet, der

von einer Unterredung mit eben jenem Korsen zurückkehren soll.
Pirulí versucht sie mit geilen Episoden aus seinem Leben in Burgos aufzuheitern, seinen erotischen Erinnerungen an die Nonnen der Krankenstation vor allem.
»Sie sind nicht wie Sie«, sagt er gerade, als Artigas zu ihnen kommt, »daß sie nichts unter ihren Kleidern tragen. Es ist irre, was man an Unterwäsche überwinden muß, um zum Eigentlichen oder *corpus delicti* zu gelangen! Wenn ich sie besser kannte, und wenn ich »kennen« sage, so heißt das »kennen« mit dem wahren Instrument der Erkenntnis, bat ich sie, es ein wenig leichter zu machen, damit man nicht zuviel Zeit mit den Präliminarien verliere ...«
»Soso«, unterbricht Artigas ihn, »die Rollen sind vertauscht. Jetzt bist du es, der sein Leben erzählt?«
Pirulí nickt mit einer betrübten Geste.
»Ja«, sagt er. »Aber das erregt sie überhaupt nicht!«
Yannick de Kerhuel bricht in fröhliches Lachen aus.
»Schwesterngeschichten sind völlig altmodisch, mein Lieber! Es gibt nur noch einen Puff in Angoulême, wo man als Nonnen verkleidete Mädchen finden kann. Das ist schrecklich provinziell!«
Antonio sieht ein bißchen enttäuscht aus.
»Stimmt das? Ich kriege schon einen Steifen bei der bloßen Vorstellung von schwarzen Wollstrümpfen auf der Alabasterhaut unter dem Karmeliterinnenkleid!«
Yannick lacht schallend.
»Weil Sie Spanier sind«, sagt sie, »und römisch-katholisch ...«
»Was!« ruft Antonio fassungslos.
»Römisch-katholisch, was Sie auch immer sagen mögen! Wie Luis Buñuel, Ihr Landsmann. Kennen Sie einen anderen Filmregisseur, der so altmodisch ist, zu glauben, daß das irgendein Verbot verletzt, daß das noch ein mutiges Sakrileg ist, mit der Erotik der Hauben und Kleider der Nönnlein zu spielen?«
Artigas nickt.
»In diesem Punkt, Vicomtesse«, sagt er, »stimme ich Ihnen weitgehend zu.«
Aber Antonio el Pirulí ist ganz anderer Meinung.

»Scheiße!« schreit er. »Kennen Sie denn viele Typen, die in einem Franco-Straflager mit Nonnen gefickt haben? Ist das etwa altmodisch?«
Yannick lacht schallend. Sie küßt Pirulí auf die Wange.
»Nein«, gibt sie zu, »das stimmt, das ist nicht banal!«
Und sie dreht sich für einen Augenblick zu Artigas um.
»Wenn Ihr Chef das erlaubt«, fügt sie hinzu, als sie sich wieder an Pirulí wendet, »werde ich Ihnen irgendwann eine Privataudienz gewähren. Obendrein kostenlos. Das bin ich Ihnen schuldig! Und ich werde für Sie die Nonne von Burgos spielen. Im *Envers du Paradis* wird es ja die notwendigen Requisiten geben im Hinblick auf die reiche spanische Kundschaft!«
»Stimmt das, würden Sie das tun?« fragt Pirulí ganz aufgekratzt.
»Die Nonne, mit weißem Kleid, schwarzen Wollstrümpfen, Büßerhemd, kurz, mit allem Drum und Dran! Und nicht nur das. Ich kenne mich da ein bißchen aus, was die hispanische Erotik angeht! Ich habe darüber vor einigen Jahren ein sehr interessantes Buch gelesen.«
Pirulí wird plötzlich ernst. Sein Blick verfinstert sich.
»Das Buch von Xavier DuDimanche?« sagt er.

Sie stimmt zu, ja, genau das ist es, das Buch von DuDimanche.
»Das war ja nicht schlecht«, sagt Pirulí fast bedauernd. »Aber wissen Sie, was aus ihm geworden ist, diesem Arschloch?«
Yannick de Kerhuel weiß es nicht. Niemand weiß alles.
»Er ist Mönch geworden!« ruft Pirulí aus, entrüstet. »Und heute nachmittag wird er bei der Messe von Lepanto predigen, einer Messe für die Gesundheit Francos!«
Antonios Stimme zittert vor Entrüstung.
»Aber wir werden für Ordnung sorgen«, schließt er schneidend und kriegerisch.
Yannick hat nichts verstanden von dieser Geschichte mit der Messe von Lepanto. Was die Gesundheit des Generals Franco angeht, so ist ihr das völlig schnuppe. Aber sie hat keine Zeit, Erklärungen zu verlangen, wenn sie überhaupt welche gewollt hat: Pedro Vargas ist seinerseits zu ihnen getreten mit dem Band der Werke Baudelaires in der Hand.
»*Escribe como Dios, este tío!*« ruft er aus, begeistert.

Artigas beugt sich zu Yannick de Kerhuel.
»Mein Freund sagt, daß Baudelaire wie ein Gott schreibt!«
Yannick macht große Augen. Sie klatscht vor Freude in die Hände.
»Baudelaire? Baudelaire liest er gerade? Hallo«, sagt sie, »wollt ihr mich nicht bei euch behalten? Seid langem habe ich mich nicht so amüsiert!«
Sie sehen sie alle drei an.
»Ich bin eine wirkliche Frau, wißt ihr? Ich kann für euch mit derselben Perfektion kochen und blasen. Behaltet mich als Marketenderin, Kriegerrast, Hausfrau, Abenteuergefährtin, frische Seele und heiße Möse!«
Pirulí kann seine Zustimmung nicht verbergen.
»Mir paßt das sehr gut, Vicomtesse: ein hübsches Programm! Aber mein Freund Artigas ist sehr gebildet... Er braucht auch literarische Unterhaltung!«
Yannick dreht sich zu Artigas um.
»Aber ich habe eine sehr gute klassische Bildung«, sagt sie. »Die lateinischen Autoren, zum Beispiel, von Ovid bis zu Tertullian, ich kenne nur das!«
»Tertullian?« sagt Artigas überrascht.
»Tertullian, Genosse Kommandant«, antwortet sie lachend. »Was die Dämonologie des Karthagers angeht, bin ich unschlagbar. Dämonen waren die Obsession von Pater Noirceul, meinem Lehrer in lateinischen und okkulten Wissenschaften am Collège von Vannes!«
Aber dieses faszinierende Gespräch wird dadurch unterbrochen, daß Carlos-Maria und Anna-Lise ins Zimmer stürzen, hinter einer jener blonden zierlichen Skandinavierinnen, die den Haushalt von Paula Negri besorgen.
Carlos wendet sich an Artigas, aber er fällt gleich mit der Tür ins Haus.
»Wußtest du, daß Arestis Killer deine Haut haben wollten?« sagt er ohne Präambel.
Nein, Artigas wußte nichts davon. Die Nachricht von dem Angriff auf seine Wohnung war noch nicht zu ihm gedrungen.
Also berichtet Anna-Lise von dem Angriff der Korsen, mit ihrer ganzen Vorliebe für Präzision, ihrem Sinn für das pittoreske Detail, der jedoch die Gesamtsicht des Ereignisses nicht verne-

belt, so daß man den Wald vor lauter Bäumen nicht sieht. Sie läßt jedoch das Ende der Episode fort, das heißt die Leckerei, die sie im Vorzimmer Carlos geboten hat, als die Spanier der Gemeinschaft des Dragon Arestis Banditen umzingelt haben, aber das geschieht nicht aus Heuchelei noch aus Geheimnistuerei. Sie wird später mit Artigas darüber sprechen, sobald sie allein sein werden. Im Augenblick sind sie nicht allein.

Aber das war vorhin, bevor Carlos ihn beiseite nimmt und ihm alle diese unsinnigen Fragen über ein vergessenes Gedicht stellt.

»Erklär mir, worum es sich handelt, Carlos«, hat Artigas gerade gesagt.

Erklären, kann man erklären?

Carlos weiß noch nicht, welche dunklen Bande ihre beiden Leben miteinander verknüpfen. Er hat ja noch nicht mit Paula Negri gesprochen. Am Ende des Tages, wenn sie auf die Rückkehr von Artigas warten werden, nicht wissend, daß er gerade an der Ecke Rue Dauphine Rue de Nesle gestorben ist, wird diese ihn nach seinem Geburtsdatum fragen. Der 23. September 1936, wird Carlos sagen. Dann wird sich Paula zu Anna-Lise umdrehen. Weiß sie zufällig, was an diesem Tag im Leben von Artigas passiert ist? Dieser mußte etwa zwölf oder dreizehn sein, nicht wahr? Dreizehn, genau. Anna-Lise wird sofort die Antwort auf Paulas Frage finden: sie hat die ganze Biographie von Artigas auf Karteikarten festgehalten. Am 23. September 1936 kam er von Bilbao in Bayonne an nach einer nächtlichen Schiffahrt entlang der bereits von den Francotruppen besetzten baskischen Küste, an Bord eines Fischdampfers, der auf den prädestinierten Namen *Galerna* hörte, was Sturm bedeutet. Oder genauer noch: Sommersturm auf hoher See. Ein symbolischer Name, nicht wahr? Auf der Wolke dieses Sturms wurde das Kind auf fremden Boden gesetzt: die Bande der Kindheit waren von der funkelnden Klinge des Exils zerschnitten. Es ist natürlich nicht mehr Anna-Lise, die sich so ausdrückt, sondern Paula Negri: man wird die Ticks und Tricks einer Rhetorik kastilischer und nicht germanischer Herkunft erkannt haben! Also am Tag, wo er geboren war, Carlos, sah sich das Kind, das Artigas gewesen war, um seine Kindheit verstümmelt, in die Welt getaucht, in die doppelt fremde Welt des Exils und der anderen Sprache geworfen.

Aber er hat noch nicht mit Paula Negri gesprochen zu dieser Mittagsstunde in der Rue Mazarine, wo man ziemlich deutlich die Musik und die Chöre der Künstler hört, die im Theatersaal des Erdgeschosses *La Corte de Faraón* proben.
Carlos sieht seinen Freund an, er springt ins Wasser auf die Gefahr hin, nicht verstanden zu werden.
»Heute vormittag«, sagt er, seine Worte abwägend, »dieses Bruchstück eines Gedichts, das du gerade aufsagst – genau dieses Bruchstück, kein Wort mehr, bis auf die Variante der *»verts anciens«*! –, hat sich mir aufgezwungen, ist in meinem Gedächtnis aufgetaucht, obwohl ich es nie gelesen, nie gehört habe!«
Artigas zuckt leicht irritiert die Schultern.
»Na und?« sagt er. »Solche Dinge passieren doch dauernd!«
Er denkt eine Sekunde nach und korrigiert sich dann:
»Zumindest *mir* passiert das dauernd!«
Carlos-Maria sieht ihn an.
»Entschuldige, aber *mir* ist das passiert! Und ich möchte eben wissen, warum!«
Muß man wirklich wissen, warum die Dinge passieren? denkt Artigas. Muß man wirklich wünschen, daß das Leben eine Transparenz von lesbaren und sinnvollen Ereignissen ohne Schatten, ohne Geheimnisse, ohne Überraschungen, ohne Schnitzer, ohne Böcke ist? Wäre es lebenswert, ein solches Leben, bis zum Maul mit Klarheit vollgestopft?
Gerade daran hatte er vor zwei Monaten im Büro von Fräulein Rose Beude gedacht. An jenem Tag mitten im Sommer hatte er die stellvertretende Leiterin der Ausländerbehörde aufgesucht, weil er Papiere entdeckt hatte, die ihm beweiskräftig erschienen, was seine Identität angeht. Zumindest seine immer noch verhandelte und strittige verwaltungsmäßige Identität, denn was die andere angeht, seine Identität vom Gesichtspunkt der Metaphysik und nicht der Verwaltung, vom Gesichtspunkt der Wahrheit und nicht der Papiere, so konnte sich nichts mehr ändern: er war sicher, zu sein, der er war, und das brachte ihn überhaupt nicht weiter. Davon hatte er nämlich gar nichts, zu wissen, wer er war!
Er hatte also Dokumente wiedergefunden, die er für beweiskräftig hielt. Oder vielmehr war es Anna-Lise, die sie beim Aufräumen eines Schranks voll alter Akten entdeckt hatte. Kurz, dadurch, daß sie Ordnung in seine Papiere brachte, hatte sie

schließlich auch Ordnung in sein Gedächtnis gebracht. Wie dem auch sei, sie hatte in einem Umschlag außer den Adressen eines gewissen Dr. Frank in Neu-Kaledonien und eines gewissen Moriquand in Paris auf vergilbten Zetteln die Repatriiertenkarte oder provisorische Kennkarte wiedergefunden, die von den provisorischen Behörden des Ministeriums für die Gefangenen, Deportierten oder Flüchtlinge des Lagers von Longuyon Ende April 1945 auf den richtigen Namen von Artigas ausgestellt worden war. Repatriiert war übrigens ein großes Wort, das zu nicht wenigen Kommentaren Anlaß bot. Aber lassen wir diese ebenso brennende wie müßige Frage beiseite! Tatsache ist, daß diese amtlich gestempelte »Repatriiertenkarte«, die alle verlangten Angaben über Namen, Vornamen, Geburtsdatum, Beruf, Geburtsort und so weiter enthielt, wiedergefunden war. Natürlich würde Rose Beude sofort einwenden, daß dieses Dokument wieder kein entsprechendes Foto trug. Es hatte zwar ein Quadrat oder Rechteck, in dem FOTO stand und unter dem man die Zahlenangabe 4 × 4 lesen konnte, ein überzeugender Beweis, zumindest in den Augen von Rose Beude, nahm er an, Artigas, daß dort ein Kennfoto hätte aufgeklebt oder angeheftet werden müssen. Aber das Foto fehlte, sicher weil die Repatriierungsbehörden des Lagers von Longuyon nicht ausgerüstet waren, den Deportierten illico eines zu liefern, die aus den Todeslagern kamen, ein Ausdruck, der Artigas immer mit Erstaunen erfüllt hatte, denn er ließ sich nicht in aller semantischen Strenge auf die Überlebenden anwenden, die einzigen übrigens, die diesen Tod bezeugen konnten, der über den Lagern, aus denen sie heimkehrten, schwebte, eben gerade weil sie für sie nicht tödlich gewesen waren. Das Foto glänzte also durch Abwesenheit, und Rose Beude würde wie üblich dieses Argument sofort gegen ihn verwenden. Aber er hob für sie eine Überraschung auf, an jenem Tag vor zwei Monaten mitten im Sommer, an dem er ihr seine »Repatriiertenkarte« sowie ein zweites von Anna-Lise wiedergefundenes Dokument brachte, die »Häftlings-Personal-Karte«, ein Originaldokument, das aus den SS-Archiven des Konzentrationslagers stammte und das Artigas unter Umständen hatte entwenden können, die wir hier, was man uns nachsehen wird, nicht aufdecken wollen. Aber kaum hatte Fräulein Rose Beude diese Dokumente geprüft, mit einer offensichtlichen Fieberhaftigkeit, bemerkte Artigas, die nicht einzig und allein auf die brütende Hitze zurückzuführen war, als sie triumphierend ausrief: »Es hat kein Foto! Was soll ich mit einem Dokument ohne Kennfoto machen?« Artigas lächelte sie an, nicht nur, weil er diese Reaktion vorausgesehen hatte, sondern vor allem, weil er noch einen Trumpf in der Hand hatte, die Verwendung eines Details der »Repatriiertenkarte«, die die fieberhafte stellvertretende Leiterin der Behörde sichtlich nicht bemerkt hatte. Genau in diesem Moment wurden sie dadurch unterbrochen, daß ein Mann von ziemlich abstoßendem Äußeren, ganz rot vor Schweiß ins Büro stürzte. Fräulein Rose Beude sprang auf und brüllte mit wütender Stimme: »Aber was ist denn, Pluvinage, was ist denn?« Der andere schob ihr einen kleinen Zettel hin, den sie mit einem Blick entzifferte. Woraufhin sie den Eindringling mit einer knappen Geste und einem kurzen Wort wegschickte. Als der Mann das Büro verlassen hatte, servil und hinterhältig, rückwärtsgehend, wandte sich Artigas an Rose Beude: »Pluvinage? Haben Sie tatsächlich Pluvinage gesagt?« Sie sah ihn mit zusammengekniffenen Lippen an und bedauerte offenbar, daß ihr dieser Name herausgefahren war. Artigas sprach also weiter: »Das ist sicher einer Ihrer Spitzel!« Sie sprang hoch, wurde bleich. »Wie kommen Sie darauf?« sagte sie mit ungewöhnlich schriller Stimme. Artigas zuckte mit den Schultern. »Haben Sie nicht *La conspiration* von Nizan gelesen?« Sie merkte sich den Namen dieses Buchs, das sie sich zu bestellen vornahm, sobald Artigas ihr Büro verlassen hätte. *La conspiration*? Nein, sie kannte es nicht, und sie wagte auch nicht zu fragen, warum dieser Name Pluvinage wegen eines Buchs von Nizan zwangsläufig der eines Spitzels war. Das war komisch, als Argument. Wie dem auch sei, sie kamen auf die Dokumente zurück, die an jenem Tag Gegenstand der Diskussion waren. Artigas versicherte nachdrücklich, daß sie völlig beweiskräftig für seine wahre Identität seien, trotz dem Fehlen von Fotos derselben. Sie dagegen, noch ein bißchen verwirrt durch das Hereinstürmen von Pluvinage und die sibyllinische Rede von Artigas über jenen Namen und ein Buch von Nizan, wiederholte mit ebensoviel Entschiedenheit ihre übliche Meinung: kein Foto, kein annehmbarer Beweis! Sie ging sogar noch weiter. Sie behauptete, mit offensichtlicher Unaufrichtigkeit, daß es schon merkwürdig sei, daß er im Besitz einer »Repatriiertenkarte« ohne Foto sei, wo doch die Stelle für dieses in der provisorischen Kennkarte vorgesehen war. »Was wollen Sie damit sagen?« fragte Artigas sie, »daß ich dieses Dokument gestohlen habe? Oder daß ich nicht wirklich repatriiert bin? Über diesen letzten Punkt ließe sich natürlich streiten, aber von einem Gesichtspunkt aus, der nicht der Ihre sein kann, das heißt von einem rein metaphysischen Gesichtspunkt aus!« Sie fuchtelte mit den Händen, sagte, daß sie sich nicht das Wort im Munde umdrehen lasse. Sie fand es einfach merkwürdig, das ist alles. Warum zum Beispiel gab es auch auf dem zweiten Dokument kein Foto, jener »Häftlings-Personal-Karte«, die er aus dem Nazikonzentrationslager mitgebracht hatte? Sie hatte schon deutsche Dokumente dieser Art gesehen, die ein Foto trugen. Artigas erwiderte, daß ihn das sehr wundern würde, da auf der deutschen Karte keine Stelle dafür vorgesehen war, und man konnte der germanischen Systematisierungssucht trauen: wenn keine Stelle für ein Foto vorgesehen war, so eben deshalb, weil dieses nicht nötig war! Da stand Rose Beude auf und wühlte in einem Metallordner, der sich in einer Ecke ihres Büros befand. Sie kam nach einigen Sekunden zurück und schwenkte triumphierend einige zusammengeheftete Blätter. Als sie sich wieder hingesetzt hatte, musterte sie Artigas mit einem kleinen strahlenden Lächeln, in dem nicht so sehr Ironie wie berufliche Freude darüber aufleuchtete, eine Demonstration zu Ende geführt zu haben. »Hier ist ein Dokument«, sagte sie, »das in allen Punkten dem Ihren entspricht: eine ›Häftlings-Personal-Karte‹ aus demselben Lager wie Sie. Außerdem ist noch der Codename der Nazi-Deportationsoperation identisch, es ist der, der auf Ihrer eigenen Karte steht: ›Meerschaum‹! Und trotzdem hat sie ein Kennfoto.« Mit theatralischer Geste hielt Rose Beude ihm das Dokument über ihren Schreibtisch hin. Er sah es etwas betreten an. Kein Zweifel: das war die Fotokopie einer Karte, die genau mit der seinen identisch war. Sie betraf einen gewissen November, einen Ungarn mit den Vornamen Ladislas Emeric, der in Frankreich verhaftet worden war und dessen letzter Wohnsitz sich in Saint-Mandé, 67 Avenue de Paris, befand. Und sie trug tatsächlich ein Kennfoto, und zwar an der Stelle für die Eintragung der »Strafen im Lager«. »November«, murmelte Artigas, »November«. Plötzlich merkte er, daß das

Gesicht der jungen Frau aschgrau wurde und daß ihre aufgerissenen Augen ihn anstarrten voll entsetzter Überraschung. »Was ist los?« fragte Artigas. Die Lippen von Rose Beude zitterten. »Da ist ein Brief in dieser Akte, der an Sie adressiert ist. Können Sie sich das vorstellen, so ein Zufall!« flüsterte sie. »Na und?« hatte er gesagt mit einer Gelassenheit, die er nicht zwangsläufig empfand. »Warum sollte mir November nicht schreiben? Mit einem solchen Namen! Vor allem wenn es ein Deportierter von ›Meerschaum‹ ist...« Mit immer noch glasigem Blick reichte sie ihm mechanisch den Brief. Er datierte von Budapest, den 15. September 1966. »Lieber Kamerad«, lautete der Brief, »nach zwanzig Jahren sind unsere gemeinsamen Erinnerungen wieder aufgelebt, und das dank Deinem Buch. Schon auf den ersten Seiten fiel mir wieder ein, daß wir die Fahrt von Compiègne nach Buchenwald zusammen gemacht haben... Ich bin also einer Deiner Reisegefährten, obwohl ich stark daran zweifle, daß Du Dich an mich erinnerst. Ich war neben Dir, als Dein Freund starb und als Du zu mir gesagt hast: Er ist angekommen! Wir sind aus dem Waggon gesprungen und Du bist nach den ersten Schritten gestrauchelt. Ich war mit Dir beim Brunnen außerhalb des Lagers...« Der Brief ging noch weiter und erwähnte gemeinsame Erinnerungen. Doch Artigas hatte tatsächlich keinerlei Erinnerung an diesen Reisegefährten. November? Ein Ungar? Daß er ihn im Gedränge und in der Dunkelheit des Waggons nicht bemerkt hatte, ist keineswegs erstaunlich. Aber er hätte geschworen, daß es keinen Ungarn gab in der Gruppe, die nach der Ankunft der amerikanischen Truppen im April 1945 aus dem Lager hinausgegangen war, um an einem Dorfbrunnen frisches Wasser zu trinken. November? Er schüttelt verwirrt den Kopf. Er hätte geschworen, daß da kein November war. Da war Diego, ein spanischer Kamerad. Da war Haroux, der in Longuyon mit ihm war, genau als ihm die »Repatriiertenkarte« ausgestellt wurde. Da war auch Pierre. Aber kein November, er hätte es schwören können. Und warum hatte ihn denn diese 1966 aus Budapest geschickte Botschaft nicht erreicht? Er sieht noch eine an den Brief selbst angeheftete kleine Notiz. Einige handgeschriebene Zeilen von einer wahrscheinlich weiblichen Schrift: »Diese Dokumente in der Wohnung von Pier Marton gefunden, einem 1968 verschiedenen ungarischen Bildhauer.«

Das war alles. Ein 1966 von einem gewissen Laszlo November in Budapest geschriebener und bei einem 1968 in Paris gestorbenen ungarischen Bildhauer wiedergefundener – aber von wem denn? – Brief, der ihn schließlich 1975 im Büro einer Abteilungsleiterin des Polizeipräsidiums erreichte: man wird jetzt verstehen, daß die Geschichte von Carlos ihn kaum beeindrucken konnte.
»Du willst wissen, warum?« fragt er. »Aber sicher gibt es da keinen Grund!«
Carlos ist überhaupt nicht zufrieden.
»Wie?« ruft er aus. »Ich werde von einem Gedächtnis eingenommen, das nicht das meine ist, und es sollte keinen Grund dafür geben?«
Um ihn zu beruhigen oder zumindest um ihm verständlich zu machen, daß solche Geschichten im Grunde banaler sind als man denkt, erzählt ihm Artigas die Geschichte von dem verlorenen – oder gestohlenen, wer weiß? – Brief eines gewissen Laszlo November, der wie durch Zauberei im Büro des Polizeipräsidiums wiederaufgetaucht ist.
»Schließlich«, schloß Artigas, »habe ich mir die deutsche Karte dieses Ungarn etwas genauer angesehen. Er war am 24. Januar mit einem Transport im Lager angekommen, fünf Tage vor meinem! Er konnte sich also nicht an die Reise mit mir im selben Waggon erinnern. Er hatte sich das alles nach der Lektüre meines Romans eingebildet. Sicher guten Glaubens!«
Carlos sieht ihn hartnäckig an.
»Und Siegfried? Willst du etwa sagen, daß ich mir Siegfried ebenfalls eingebildet habe?«
Zum erstenmal wirkt Artigas betroffen.
»Siegfried?« fragt er mit tonloser Stimme.
Er ist sicher, daß er niemals mit Carlos über Siegfried gesprochen hat. Aber vielleicht hat Anna-Lise erlaubt, daß er sein endloses Tonbandinterview anhört? Nein, das ist kaum denkbar. Nein, überhaupt nicht.
»Du weißt, wie er uns in Den Haag nannte, dieser Siegfried? Will sagen: wie er euch nannte, deine Brüder und dich?«
Artigas fängt an, sich zu fragen, wer verrückt wird, Carlos oder er? Aber vielleicht ist es gar nicht Verrücktheit, vielleicht ist es ein neuer, ganz einfacher Beweis dafür, daß das Leben ein Traum ist.

»Er nannte euch ›Herrschaften‹«, sagt Carlos kategorisch.
Er nickt, er kann nichts anderes tun, Artigas. Denn genau so nannte Siegfried sie: »Mögen die Herrschaften noch etwas mehr?«
»Du fängst an, mich zu interessieren, Carlos!« sagt er kühl.
»Aber warum mischst du dich derart in mein Leben?«
Das ist wirklich zu stark. *Er* soll sich also in das Leben von Artigas mischen? Die Welt steht wirklich auf dem Kopf! Er will gerade protestieren, als man verschiedene Ausrufe, aber alle gleichermaßen laut, im Zimmer hört. Yannick de Kerhuel vor allem stößt Freudenschreie aus. Dann beginnt sie ohne Sinn und Verstand lateinisch zu sprechen und sagt einen Satz, der neues Gelächter und neue Ausrufe hervorruft und von dem Artigas nur einige Wörter aufschnappen kann: *...enim inguinum pondus tam grande...*, was ihn unweigerlich überrascht.
Carlos dreht sich um.
Artigas aber hat das nicht nötig: von seinem Platz aus hat er Michael Leibson kommen sehen, der gerade das Zimmer betreten hat mit einer unbekannten Frau. Zumindest einer ihm unbekannten. Carlos dagegen, und was auch immer seine Verwunderung darüber sein mag, sie hier auftauchen zu sehen, kennt sie sehr gut, da es sich ja um Fabienne handelt.
Verrückt, wie leicht es in Trivialromanen zu Zusammentreffen kommt, und immer im richtigen Augenblick! Man könnte wirklich meinen, sich in einem Kapitel der *Mystères de Paris* zu befinden.

Sie sieht im Innenhof der Rue Séguier Karl Marx auftauchen.
Einige Minuten vorher hatte sie die Bibliothek des zweiten Stocks durchquert, hatte das Buch auf den Kaminsims gelegt und hatte sich in dem goldgerahmten Barockspiegel angeschaut. Das Tageslicht kam von rechts durch die hohen Fenster zum Hof. Sie hatte ihr Gesicht betrachtet. War es wirklich die rührendste Güte, die von ihrer Physiognomie ausging? Sie warf einen Blick auf den dicken kartonierten schwarzen Band, den sie zugeschlagen auf den Kamin gelegt hatte. »Nichts könnte eine Vorstellung von jenem bezaubernden Gesicht geben, in dem sich die zarteste Schönheit in ihrer Blüte entfaltete; eine sehr seltene Schönheit, denn sie lag weniger in der Regelmäßigkeit der Züge als in dem

unaussprechlichen Charme einer Physiognomie, die die rührendste Güte offenbarte. Wir bestehen auf diesem letzten Wort, weil gewöhnlich nicht gerade Güte in der Physiognomie einer schönen, geistvollen und vergötterten zwanzigjährigen Frau vorherrscht, die außerdem noch wie Mme d'Harville alle Vorzüge der Geburt, des Vermögens und des Rangs miteinander vereint...«
Sie hatte dieses Porträt von Clémence d'Harville im sechsundzwanzigsten Kapitel der *Mystères de Paris* gefunden, in dem sich, wie man sich erinnern wird, der Ball abspielt (aber kann ein Ball sich wirklich in einem Kapitel abspielen? Ist das nicht eine zu optimistische, ja exaltierte Formulierung hinsichtlich der Möglichkeiten des Schreibens? Aber wie es auch sei mit der Möglichkeit, daß ein Ball in einem Kapitel Platz hat, Raum genug darin findet, anders gesagt, daß seine fiktive Beschreibung seine Wirklichkeit umfaßt und subsumiert, es ist nun einmal dieser Ball, bei dem Sarah MacGregor der Marquise eine Falle stellt, um sie für immer zu ruinieren, nicht nur in den Augen Rodolphes, sondern der ganzen Gesellschaft), den Boris Villeneuve heute filmen wollte, genau hier, im Hof und in den Salons des ehemaligen Stadtpalais des Kanzlers Séguier.
Und dieser erste Band des Romans von Eugène Sue, den sie gerade durchgeblättert hat, nachdem sie ihn auf einem Tisch der Bibliothek im zweiten Stock herumliegen sah, wo Michael Leibson sie hingeführt hatte, als sie sich einen Augenblick ausruhen wollte, ist offensichtlich genau der gleiche, den sie schon vor vierzehn Tagen mit einem Buch über London und einem Band auf katalanisch in der Wohnung der Rue des Bourdonnais gesehen hatte. Sie hatte mit Carlos darüber gesprochen, aber er hatte ihr an jenem Tag nicht gesagt, zumindest erinnert sie sich nicht daran, daß Villeneuve diesen Roman verfilmen wollte, ein Unternehmen, in das ihr Geliebter in der einen oder anderen Weise bestimmt verwickelt war.
Ihr Geliebter?
Sie lächelt zärtlich beim Bild dieser fünfunddreißigjährigen Frau im Spiegel, sie selbst, ich selbst, die Carlos heute nachmittag in den Armen halten wird. Nein, es ist vielleicht nicht Güte, die auf ihrem Gesicht strahlt, die rührende Güte von Clémence d'Harville, die im Grunde aus Resignation und gedämpften, frustrier-

ten oder verdrängten Wünschen bestand, es ist Glück. Sicher ist es das Glück, das ihre Augen mit dem Licht triumphierender Unschuld erfüllt, als wenn dieses zerbrechliche, ständig von allen Seiten bedrohte, unnahbar geheime, unsagbare Gefühl stark genug sei, um ihr den Ausdruck der Gerechtigkeit, der wiederhergestellten Rechtmäßigkeit zu geben, während es in Wirklichkeit nur auf Lüge und Verrat fußte.

Aber das war vor einem Augenblick, dieser Blick auf ihr Bild im Spiegel: ein introspektiver Blick, denn es war ihre Seele, ihre Verwirrungen und ihre Durchsichtigkeit, über die sie sich beugte. Sie erinnert sich an eine Seite von Malraux, die Carlos ihr in Pollensa vorgelesen hatte. Eine Seite aus *L'Espoir.* An Schultern und Füßen tragen die Flieger ihre bei einer Bombardierungsmission gefallenen Kameraden bis zur Bar des Terrains. Einer von ihnen, ein italienischer Freiwilliger, ist von einer Kugel im Nacken getötet worden, er blutet kaum. Eine der Kellnerinnen der Bar betrachtet ihn, diesen Toten mit dem unversehrten Gesicht, dessen Maske trotz der Starre des Blicks noch die flüchtige Schönheit des Lebens hat. »Man braucht mindestens eine Stunde, bis man die Seele zu sehen anfängt«, sagt sie. Und Malraux schließt durch den Mund von Magnin: »Erst eine Stunde nach ihrem Tod fängt aus der Maske der Menschen ihr wahres Gesicht hervorzutreten an.«

Das war in Pollensa, vor einem Jahr, am Tag nach ihrer Begegnung. Sie waren im großen Zimmer des Erdgeschosses, das auf der einen Seite auf den langen stufenförmigen Hang des Calvaire ging und auf der anderen auf einen Innenhof. Das Zimmer hatte zwei Ebenen, denn das Haus war der Steigung des Hügels angepaßt. Da waren Blumen, Bücher, ein Klavier, harzige und scharfe Gerüche drangen durch die offenen Fenster. Carlos jedoch hatte vom Tod gesprochen. Nicht wegen dieser Seite von Malraux, sondern vielmehr umgekehrt: weil er vom Tod sprach, hatte er an diese Seite von Malraux gedacht. Er hatte das Buch gesucht, er hatte ihr diese Seite vorgelesen. Manchmal, sagt er dann, manchmal betrachte ich mich in einem Spiegel, lange, und versuche mich zu verlieren, mich zu vergessen in dieser Betrachtung, damit ich das Verschwinden dieser Maske beobachten kann, die ich trage, die ich offensichtlich bin, um mein wahres Gesicht aufgehen zu sehen, natürlich ohne daß mir das gelingt:

ich bin – und wenn ich Ich sage, so ist das nur eine sprachliche Konvention, dieses Ich läßt sich auf einen jeden anwenden! – wir sind Wesen, die niemals ihr wahres Gesicht kennen, niemals ihre wahre Stimme erkennen werden!
Aber eine alte Dienerin trat ein und unterbrach sie mit frischen Getränken.
Fabienne hatte in diesem Moment, an diesem Nachmittag in Pollensa nicht begriffen, warum er plötzlich vom Tod mit ihr sprach oder vielmehr vom wahren Gesicht der Seele, das der Tod enthüllt, ja das er sogar aus dem weichen Teig der Alltagsgesichter herausmodelliert. Danach, als die alte Nati das Zimmer wieder verlassen hatte, fiel Schweigen über sie. Oder vielleicht fiel es nicht wie ein Stein, wie ein Baum, wie ein mitten beim Laufen in seiner ganzen Größe dahingemähter Mensch; vielleicht sickerte das Schweigen wie das Wasser einer Quelle hervor, keimte es wie eine lebendige Pflanze, die an ihren Körpern emporklettert, sie mit ihrem rauschenden goldbraunen Laub umfängt.
Es herrschte jedenfalls Schweigen, wie dem auch sei. Gerade genug Schweigen, daß sie sich an die mit Carlos verbrachte Nacht und den Tag erinnern konnte.
Auf der Terrasse von Formentor, am Vorabend, waren sie schließlich das letzte umschlungene Paar gewesen. Dann hatte die Musik geschwiegen, die Musiker hatten ihre Instrumente eingepackt. Dann waren die großen Lampions ausgegangen. Sie blieben reglos aneinander gepreßt, während ihre Körper lernten, sich zu entdecken, sich zu erkennen. Danach stiegen sie im durchsichtigen Schatten der Septembernacht die große monumentale Freitreppe hinunter, im Duft der Pinien, bis zum glitzernden Saum der Bucht. Danach, lachend, zog sie ihn ins tiefe Wasser, das um die Bewegungen ihrer Körper eine Krone aus ephemeren Diamanten funkeln ließ. Danach hatte sie ihn in ihr Zimmer geführt. Als sie eintraten, hatte Danielle, ihre Reise- und Regattagefährtin, mit verschlafener Stimme gefragt: »Fabienne, bist du es? Hast du deinen schönen Geheimnisvollen ins Bett gekriegt?« Sie hatte nur kurz: »schlaf!« gesagt. Sie hatten sich im Badezimmer ausgezogen, ungeduldig auf die gewagtesten Zärtlichkeiten wartend. Aber Danielle schlief natürlich nicht. Sie hörte ihr Lachen, ihre abgehackten, geflü-

sterten Sätze, das lange Stöhnen Fabiennes, als er in sie eindrang. Später liebten sie sich unter ihren Augen, in der milchigen Nacht des Zimmers, bei weit offenen Fenstern, ausgestreckt auf ihrer Hälfte des Doppelbetts. Sie liebten sich unter Danielles aufmerksamem und zärtlichem Blick, beim zunächst unentschlossenen, danach sicher gewordenen und schließlich triumphalen Murmeln der Worte Danielles, die ihnen die Gesten und die Riten ihrer Lust sagten, sicher verdoppelt durch den Spiegel dieser Betrachtung und die fieberhafte Objektivität dieser Erzählung, die ihn der flüchtigen Gebrechlichkeit des vergehenden Augenblicks zu entreißen und ihm die quälende Beständigkeit eines Gedächtnisses, einer Zukunft zu geben schienen. Bei der Morgenröte schließlich bot Fabienne Carlos Mund und Geschlecht ihrer Freundin an. Sofern sie nicht Danielle den Körper von Carlos angeboten hatte, wie soll man das wissen? Wie dem auch sei, der Tag dämmerte über der seligen Dreieinigkeit ihrer Umschlingung.

Fabienne schüttelt mechanisch den Kopf, in Pollensa, am Nachmittag jenes Tages. Aber nein, sie ist nicht mehr in Pollensa, sie ist nur in ihrer Erinnerung dort gewesen. Sie ist in der Bibliothek im zweiten Stock des Palais Séguier. Sie ist gerade vom Spiegel zurückgetreten, in dem sie ihr Gesicht betrachtete. Sie ist bis zu einem der Fenster gegangen, die auf den Innenhof gehen.

Da sieht sie Karl Marx mitten unter den Schauspielern stehen, die für die Kameras von Boris Villeneuve eine Szene der *Mystères de Paris* proben.

Fabienne ist gewiß keine eifrige Leserin der Werke des Autors der *Heiligen Familie*. Vorhin, man wird es sicher behalten haben, hat sie nicht verstanden, daß die MEGA, die der junge südamerikanische Stipendiat mit wütendem Erstaunen erwähnte, ganz banal die *Marx-Engels-Gesamtausgabe* war, die fast schon mythische Edition der vollständigen – wirklich vollständigen – Werke, Anfang der dreißiger Jahre von Rjasanow herausgegeben und bald danach abgebrochen wegen der Deportation oder Exekution des besagten Gelehrten und Fachmanns in Fragen des Marxismus, durch die Polizeischergen Stalins. Sie, Fabienne, hat also keinerlei Grund zu begreifen oder auch nur zu ahnen, was der illustre deutsche Ideologe in einer Verfilmung des Romans von Eugène Sue zu suchen hat.

Sie sieht einfach Karl Marx, ohne irgendwelche Schlußfolgerungen zu ziehen, im Innenhof der Rue Séguier stehen, ein Buch in der Hand, neben einer Travelling-Schiene.

Genau hier – aber davon weiß Fabienne offensichtlich nichts – hatte Boris Villeneuve seinen Freunden bei einem der relativ regelmäßigen wöchentlichen gemeinsamen Essen seinen Plan verkündet, die *Mystères de Paris* zu verfilmen. »Das Spiel des Melodramas spielen«, antwortete er auf eine Frage von Maxime Lecoq über seine eigentliche Absicht, »und durch Einführung leicht abweichender, parodistischer Elemente das der Kritik des Melodramas spielen, seiner populistischen und humanitären Ideologie!« In diesem Moment hatte Artigas, der an jenem Tag ziemlich still gewesen war, wie in eine Art Abwesenheit versunken, zumindest eine Abwesenheit von sich selbst, das Wort ergriffen. »Also«, hatte er proklamiert, »du mußt Karl Marx als Szenarist nehmen!« Bei diesem Einfall hatten einige große Augen gemacht. Eleuterio Ruiz hatte irgend etwas über die Besessenheit von Artigas gegrummelt, der überall Marx hineinbrachte, und sei es, um ihn in der Luft zu zerreißen. Artigas hatte nicht geantwortet und war wieder verstummt. Carlos-Maria hatte den Gedanken seines älteren Freundes fortgeführt. »In der *Heiligen Familie* nämlich«, sagte Carlos, »stecken alle Elemente dieser Kritik der *Mystères,* die Boris für seine Arbeit braucht.« Eine Diskussion begann, und Carlos holte schließlich den Band von Marx in der Übersetzung von Erna Cogniot in den Éditions Sociales. Er hatte ihnen lange Passagen des großartigen achten Kapitels vorgelesen, das von umwerfender Rhetorik und Bissigkeit war. Boris war hingerissen: er hatte diesen Text von Marx vergessen, aber es war genau der kritische Gesichtspunkt, der ironische Kontrapunkt, den er in seine Verfilmung einbauen wollte. Dann hatte Artigas wieder das Wort ergriffen. »Eigentlich hat Marx seine Arbeit als Szenarist bereits geleistet! Nimm ihn doch einfach als Figur.« Figur? Aber Figur von was? »Figur der Geschichte, Mensch«, hatte Artigas ausgerufen, »und also des Films!« Dieser Vorschlag erregte allgemeine Begeisterung. Sie fingen an, alle gleichzeitig zu sprechen, jeder hatte eine Idee, eine Anregung. Aber es stimmt, daß die von Artigas vorgeschlagene Lösung bestechend war, daß sie voller Möglichkeiten steckte. Hatte Karl Marx nicht tatsächlich zur Zeit der Veröffentlichung der *Mystères de Paris* in der Rue Vaneau gelebt? Wenn Rudolph von Geroldstein, ein kleiner laizisierter deutscher Fürst, in die Niederungen der Hauptstadt getaucht war, um seine narzißtische Neigung zur Philanthropie zu befriedigen – einer anderen Form der Neigung zur Macht –, war nicht ebenso in Paris der junge Dr. Marx, ein deutscher Philosoph, in die Geheimnisse der politischen Ökonomie und des Elends der Arbeiter eingedrungen? Nach und nach, im Lauf einer Diskussion, die mehrere Stunden dauerte und deren provisorische Schlußfolgerung Boris Villeneuve sorgfältig notierte, legten sie alle gemeinsam an jenem Tag in der Stille des Hofes Séguier die großen Linien der Teilnahme von Karl Marx an den Hauptepisoden des Romans von Eugène Sue fest. Im Grunde ging es um eine Dramatisierung, anders gesagt um eine Verknüpfung der dramatischen Entwicklung der Geschichte selbst mit der kritischen Sicht des achten Kapitels der *Heiligen Familie,* einem unfreiwilligen, aber trotzdem effektiven Beitrag von Karl Marx zum Szenario von Boris Villeneuve. Als sie während einer letzten Arbeitssitzung zum dritten Abschnitt kamen: »Enthüllung der Geheimnisse des Rechts, a) Der maître d'école oder die neue Straftheorie. Das enthüllte Geheimnis des Zellularsystems. Medizinische Geheimnisse«, schlug Maxime Lecoq vor, man sollte sich um die aufgeklärte Mitarbeit von Michel Foucault bemühen, was getan wurde, und letzterer nahm an den letzten Versammlungen zur Festlegung der Endfassung teil.

Eines Tages also, während dieser Periode, warf einer von ihnen die Frage des Schauspielers auf, der die Rolle von Karl Marx zu spielen hätte. Boris wollte auf keinen Fall einen bekannten Schauspieler, den man geschminkt, mit einer Perücke ausgestattet hätte usw. »Aber es gibt haufenweise Typen wie Karl Marx auf der Straße«, hatte Carlos gesagt. »In London bin ich vor kurzem einem begegnet: es war in der Dean Street!« Artigas hatte den Kopf geschüttelt. »In der Dean Street?« hatte er gefragt, »und vor der Nummer 28 vielleicht?« Carlos hatte sich lächelnd zu ihm umgedreht. »Genau!« »Aber dann«, hatte Artigas geschlossen, »war es Karl Marx selbst!« Carlos stimmte dem völlig zu. »Natürlich«, sagte er, »Karl Marx selbst: das habe ich auch zu Mercedes gesagt!« Niemand verlangte von

ihm, daß er den Sinn dieser letzten Anspielung aufklärte, denn sie wußten alle, daß das Privatleben von Carlos bewegt war, aber daß er es unter dem Schleier des strengsten Geheimnisses hütete. Es war sogar erstaunlich, daß er in ihrer Gegenwart einen weiblichen Vornamen erwähnt hatte: das war ihm sicher herausgefahren. Wie dem auch gewesen sein mag, Maxime Lecoq schlug in diesem Moment für die Rolle von Karl Marx den Namen des Malers Marek Halter vor. Aber Boris antwortete sofort: »Wenn Marek diese Rolle spielt«, sagte er, »wird er sich schließlich wirklich für Marx halten. Dann wird er das Szenario umschreiben, die Inszenierung machen wollen: er wird uns rausschmeißen unter der Anklage, Bakunisten zu sein!« Alle lachten. Irgend jemand sprach dann den Namen Moustaki aus. Aber schließlich war es Carlos selbst, der an Abraham Bengio dachte. Das war ein Mann aus Tanger, sagte er, der alle Sprachen des Mittelmeerraums sprach und im Augenblick Direktor des Institut français von Barcelona war. Nach Carlos hatte er genau den Kopf von Marx, als dieser in der Rue Vaneau wohnte. Abraham Bengio wurde also in die Commune de la Rive Gauche eingeladen, wo er eine ausgezeichnete Vortragsreihe über das Werk von Boris Vian hielt. Er ergatterte sofort die Rolle. Oder vielmehr, man mußte lange argumentieren, um ihn zu überzeugen, daß er annahm, und das geschah eher aus Nachgiebigkeit als aus Begeisterung.
Es ist also Abraham Bengio in der Rolle von Karl Marx, den Fabienne, ohne die Zusammenhänge zu kennen, im Innenhof des Palais Séguier gesehen hat.
Sie tritt jetzt vom Fenster. Sie geht zum Spiegel zurück, wo ihr Bild auftaucht, brav, wie es Bilder sind, sagt man vielleicht in allzu übereilter Weise. In unbedachter Weise sogar.
Vorhin, als Boris Villeneuve sie verlassen hatte, um sich mit der Vorbereitung seiner Dreharbeiten zu beschäftigen, hatte Michael Leibson Fabienne erklärt, was er in ihrem Blick zu entdecken geglaubt hatte, jenes Flackern aus Arglosigkeit und Libertinage. Er hatte sie an die Szene im Bus erinnert mit zugleich präzisen und preziösen oder auch rohen und gekochten Worten, gekocht sogar auf der sanften Flamme einer vollendeten Kenntnis der französischen Literatur. Offensichtlich hatte Leibson, als er so mit ihr sprach, den Hintergedanken, die entgegenkommen-

den Gefühle gegenüber seinen offen libidinösen Vorschlägen wiederaufleben zu lassen, da diese Unbekannte – denn Fabienne hatte immer noch nicht ihren Namen gesagt, ja nicht einmal irgendeinen, und sei es auch nur imaginären Vornamen preisgegeben – ihm einer aktiveren Huldigung würdig schien als der, die er ihr unfreiwillig gewährt hatte, als er sich an seinem Corpus, wenn man so sagen kann, vor ihren Augen durch die erfahrene Hand von Yannick de Kerhuel bearbeiten ließ.
Aber Fabienne hatte lächelnd, nach einem kurzen Zögern, dieses Angebot abgelehnt, wie sie es ja auch abgelehnt hatte, ihre Identität zu offenbaren. Gewiß nicht aus Tugendhaftigkeit. Und noch weniger aus mangelnder Phantasie. Nichts ist ja verführerischer, als den Augenblicksreizen einer solchen Gelegenheit nachzugeben, von der man im voraus weiß, daß sie weder ein Morgen noch Folgen haben wird, deren erwartete Lust keinen anderen Gegenstand als die Lust selbst hat in der schieren Unschuld eines sicheren Geheimnisses. Dieser letzte Punkt war übrigens entscheidend, da Fabienne, in Unkenntnis der polizeilichen Machenschaften, die ihren Mann kompromittieren sollten, es sich seit eh und je zur Regel gemacht hatte, nichts zu tun, was diesen in die Situation bringen könnte, sich durch ihre gelegentlichen Verstöße gegen den Ehepakt gedemütigt oder beleidigt zu fühlen. Tatsächlich war die Liaison mit Carlos ihre erste Erfahrung, die sich länger hingezogen hatte als eine kurze Begegnung mit irgendeinem Unbekannten, Besitzer eines Geschlechts und einer Begierde, aber mit anonymem und daher vergeßbarem Gesicht, im Laufe einer ihrer Eskapaden unter touristischem oder sportlichem Vorwand, deren Folgen niemals auf die tiefe Harmonie ihres Ehelebens zurückfallen könnten, um sie zu stören.
Kurz, bis zu ihrer Begegnung mit Carlos im vorigen Jahr, die ihre Intimität erschüttert hatte, weil sie unter der körperlichen Lust, die sie seit der Jugend kannte, eine neue, nach Fülle dürstende Pein aufkommen ließ, die plötzlich die Spirale einer grauenerregenden Selbstentdeckung auf den Wegen der Sinnlichkeit eröffnete, bis zu dieser Begegnung also war die einzige Person, mit der Fabienne ihren Gatten zu betrügen, ja ihn in gewisser Weise um einen Teil der Wahrheit, die ihm gebührte, zu bringen geglaubt hatte, Danielle, ihre Freundin von jeher, ihre Vertraute und

manchmal, wir haben diskret darauf angespielt, ihre Spielgefährtin.
Fabienne, wie dem auch sei, hatte lächelnd, ohne Gründe zu nennen, ebenso sanft wie unwiderruflich abgelehnt, Michael Leibson in das Bett des letzteren zu begleiten (wobei Bett hier nur ein Flurname ist, ein metaphorischer Ort, ein kultureller und sicher nostalgischer Referent, da ja die Menschheit die Liebe, alle sexologischen Berichte beweisen es, sehr viel öfter hastig und außerhalb der ehelichen oder ehebrecherischen Betten als in jenem Bett vollzieht, Bett eines trägen Flusses schummriger Siestas, das vom kastilischen Dichter verherrlichte Schlachtfeld: *a batalla de amor, campo de pluma*!). Wenn sie einen Augenblick zögernd, unentschlossen gewesen war, so gegenüber Carlos und nicht gegenüber sich selbst, gegenüber ihrer eigenen Begierde. Sie wußte, daß Carlos manchmal mit dem Gedanken spielte, sie einem anderen Mann zu überlassen, sie den Anstürmen eines dritten zu unterwerfen zu seiner eigenen, sicher schmerzlichen, vielleicht verzweifelten Lust. Aber genau das war eben nur ein Spiel des Geistes, der sprachlichen Phantasie, und Carlos selbst hätte gegebenenfalls die Initiative des Übergangs zur Handlung ergreifen müssen. Sie hatte also Leibsons Annäherungsversuche zurückgewiesen und sich in der Bibliothek des zweiten Stocks, wohin der Amerikaner sie geführt hatte, ausgeruht.
Aber die Tür geht auf, und dieser stürmt herein.
»Mein Gastgeber, Professor Bustamante«, schreit er aschgrau, »ist von Arestis Banditen verletzt worden! Man hat ihn offenbar in die Rue Mazarine gebracht. Ich muß sofort hin, ich bin gezwungen, Sie zu verlassen. Warten Sie hier auf mich?«
Fabienne glaubt ohnmächtig zu werden.
Sie kann nicht wissen, daß diese Nachricht falsch ist, daß es keinen Anlaß zur Besorgnis gibt. Niemand kann sie beruhigen. Auch der hilfsbereiteste Leser, der es besser wissen muß, kann nicht das Wort ergreifen, um sie die Falschheit dieses Gerüchts wissen zu lassen, das in der Rue Séguier eingetroffen ist und alle Welt erschüttert, ein durch Hörensagen kolportiertes Gerücht, wie so viele an diesem Vormittag, seitdem die Korsen den kleinen Clankrieg innerhalb der Z.U.P. wieder entfacht haben. Ein Leser ist zu allem fähig, dieses Buch bis zum Ende zu lesen, zum

Beispiel, oder aber es gelangweilt wegzuwerfen oder auch die Seiten eine nach der anderen herauszufetzen mit derselben nostalgischen Lust, die man empfindet, wenn man einem Gänseblümchen die Blätter abzupft, oder der sadistischen Lust, wenn man einem schillernden Schmetterling die Flügel ausreißt, aber eines kann dieser angenommene Leser sich in keinem Falle mit diesem Buch, das er in der Hand hält, erlauben: nämlich zu intervenieren, eine der Figuren anzusprechen, in diesem Fall Fabienne, um sie vor einer Gefahr zu warnen, sie zu beruhigen, ihr zu raten, auf der Stelle diese oder jene Entscheidung zu treffen. In einem Roman geht es anders zu als im Kasperletheater, man kann nichts machen, und was geschrieben ist, ist geschrieben. Selbst der modernste, der offenste oder destrukturierteste Roman, wie man so schön sagt, würde eine aktive Einmischung des Lesers nicht dulden.
Kurz, niemand kann Fabienne beruhigen.
Sie weiß nicht, daß Carlos sich, vor allem dank Anna-Lise, sehr gut aus der üblen Situation gezogen hat, in die ihn die Korsen gebracht haben, als sie die Wohnung von Artigas überraschend angriffen. Sie ahnt ja nicht, daß er tatsächlich in der Rue Mazarine ist, aber heil und gesund. Sie glaubt also ohnmächtig zu werden, sie gibt sich Mühe, daß ihr nicht schlecht wird.
»Ich komme mit Ihnen«, sagt sie mit tonloser Stimme.

Die Kopfstimme läßt ihre hohen Noten perlen:

*Yo soy el casto,*
*Yo soy el casto,*
*casto José!*

Paula Negri muß unwillkürlich lächeln.
Sie sitzt ganz allein im Halbdunkel einer Loge im Hintergrund des Theatersaals des *El Alcazar.* Die Arbeitsprobe des Vormittags ist zu Ende. Auf der Bühne, im spärlichen und neutralen Licht einiger nackter Glühbirnen, proben Joseph und Potiphars Frau – Lota mit Vornamen – das Bild, wo diese, von der Kälte ihres Gatten enttäuscht, sich ihrem Diener an den Hals wirft in der übersteigerten Hoffnung, endlich die Freuden Hymens kennenzulernen, anders gesagt, eben gerade die des Verlusts des Hymens, den Potiphar ihr nicht hat verschaffen können. Aber Joseph verweigert sich, wie ein Verrückter – oder eine Verrück-

te – von einem Ort zum anderen rennend, um der potipharesken Frau zu entkommen, die ihn, von uteriner Raserei gepackt, mit ihren Zärtlichkeiten und ihren Anträgen verfolgt, während er schamhaft und aufgescheucht schreit: *»Ich bin der keusche, ich bin der keusche, keusche Joseph!«*
Aber man braucht sich nicht allzusehr zu wundern über das Verhalten Lotas, der Jungfrau Thebens und unbefriedigten Frau Potiphars, oder es ihr gar vorzuwerfen. Ihr Gatte nämlich, zumindest in der freizügigen Fassung von *La Corte de Faraón* – die sogar doppelt freizügig ist, denn sie nimmt sich nicht nur Freiheiten mit der Moral heraus, sondern auch mit der historischen oder vielmehr legendären Wahrheit – Potiphar also, ist zwar durchaus ein siegreicher Heerführer, aber dafür, in besagter Fassung, nur ein kläglicher Liebhaber, und das nicht ohne Grund, weil ihn eine feindliche Lanze bei seiner letzten Schlacht entmannt hat. Dieses unglückliche Ereignis hat ihn zu einem saftigen Solo veranlaßt in einem der vorhergehenden Bilder der Operette oder Zarzuela, die die Künstler des *El Alcazar* vorhin geprobt haben, während wir anderweitig beschäftigt waren: als die Königin ihm die Jungfrau von Theben, Lota, vorstellt, die sie als Belohnung für die ihrem Gatten Pharao geleisteten Dienste als Frau ausgesucht hat, kann Potiphar nicht umhin auszurufen: *»Está para doncellas el Señor!«*, was heißen soll, daß er mit einer Jungfrau nichts anfangen kann, weil er ihr nichts antun kann. Etwas später, nachdem die Chöre diese von der Königin herbeigeführte Hochzeit gefeiert haben, beklagt sich Potiphar von neuem in einem Solo: *»Maldita la saeta y adonde a darme fue!«*, anders gesagt: »Verflucht sei die Lanze, die mich dort verletzt hat, wo ihr wißt!«
Da also in der Hochzeitsnacht der wackere Heerführer Potiphar mit seiner Rute die liebestolle Jungfrau nicht befriedigen kann, die ihm als Eheteil zugefallen ist und die nur von Rammeleien, Hinternhinstrecken und Beinebreitmachen träumt, sieht er sich gezwungen, ihr statt dessen seine militärischen Heldentaten zu erzählen, die zwar ruhmreich, aber weniger erfreulich für die junge Gattin als die eheliche Lanze sind, von der sie, mit dem Liebesgurren der Vorfreude, die sanfte und selige Wunde erwartete. Man kann sich also erklären, daß Lota jetzt versucht, von Joseph, dem schönen, den Ismaeliten abgekauften hebräischen

Sklaven zu erhalten, was Potiphar unfähig ist ihr zu geben. Oder ihr zu nehmen.
Diese kurzen Hinweise auf das Libretto der spanischen Operette werden dem Leser deutlich machen, daß seine Autoren das Thema von Joseph, dem Sohn Jakobs, der von eifersüchtigen Brüdern als Sklave verkauft und in Ägypten zum Lieblingsratgeber des Pharao geworden ist, sehr frei ausgeschmückt haben. Wer es vorzieht, sich an die Norm einer mehr oder weniger legendären Wahrheit zu halten, sollte sich an die ersten Kapitel des zweiten Buchs der *Jüdischen Altertümer* von Flavius Josephus halten, das diese Episode detailliert behandelt mit allen notwendigen Bezügen auf die Quellen des Alten Testaments. Oder aber, wenn er für eine neuere Romanfassung optiert, die offengestanden allerdings von einer gewissen erzählerischen Trockenheit ist, wird er die drei dickleibigen Bände von Thomas Mann über dieses Thema lesen können.
Der Vorzug der spanischen Operette gegenüber den eben zitierten sehr viel ernsteren Werken rührt gerade von ihrer Leichtigkeit her und vor allem von der heiteren Unschicklichkeit einer scheinbar banalen und diskreten Sprache, die jedoch ständig mit dem Quiproquo, dem Understatement, der schlüpfrigen Anspielung, dem erotischen Doppelsinn gewisser Wörter spielt. Und genau diese sprachliche Frische ist es, die die Inszenierung von Petronio (richtig, Petronio persönlich: Paulas Ex-Mann war es nämlich schließlich gelungen, Kuba zu verlassen und in die Commune de la Rive Gauche zu kommen nach einigen Monaten Aufenthalt in New York, wo er im puertorikanischen Stadtviertel den Beruf des Hausmeisters ausgeübt und von wo er einen ganz eigenartigen kurzen Roman und ein ganz eigenartiges Theaterstück mitgebracht hatte) unterstrich und hervorhob und dadurch aus dieser liebenswürdig anzüglichen Operette eine scharfe libertinöse Sache machte.
Aber Paula Negri hat ganz persönliche Gründe für die Aufführung von *La Corte de Faraón* in ihrem Theater *El Alcazar*.
Sie denkt gerade daran, als sie die beiden Schauspieler die Szene proben sieht, wo der keusche Joseph sich der Frau Potiphars verweigert, von einem zum anderen Ort der Bühne rennt und dabei sein Couplet trällert. Die Rolle spielte ein junger Palästinenser von stattlicher Figur und mit einem Glied wie ein Esel –

sein Bühnenkostüm zeigte es gefällig –, für den Petronio offenbar eine Schwäche hatte, und genau das muß man hier sagen, weil er bei ihrer Assoziation oder Kopulation sicher passiv blieb und es also an Ibrahim war, einen Harten zu haben oder einer zu sein.

Sie lächelt, wie dem auch sei, Paula, im Schatten der Loge, und macht die Augen zu. Sie sieht die Bühne des *El Alcazar* nicht mehr, sondern in ihrem Gedächtnis steigt eine andere Szene auf, die man, ohne allzuviel Anmaßung oder Schulmeisterei, als Urszene bezeichnen könnte.

Es war in Havanna, lange Zeit zuvor. Sie war ungefähr drei. Es war also im Jahre 1948. Sie lebte damals mit ihrem Vater und ihrer Mutter in einer Einzimmerwohnung auf einer engen Straße der alten Kolonialstadt. Wasser und Toiletten waren auf dem Gang, ein Umstand, der die Promiskuität mit der Nachbarschaft aus Schwarzen, Mestizen und einigen eher bettelarmen kleinen Weißen verstärkte. Die langen Warteschlangen vor dem Wasserhahn und den Toiletten waren sicher nicht dazu angetan, Intimität zu wahren. Alle Ereignisse des organischen und sexuellen Lebens der Gemeinschaft – Verstopfungen, Dünnschiß, schwierige oder verzögerte Menstruationen – wurden unvermeidlich und unbarmherzig kommentiert vom uralten Chor der Matriarchen, die auf dem Gang ihren Beobachtungs- oder Klatschposten eingerichtet hatten, einer abgeleiteten, vielleicht fehlgeleiteten Form des klassischen Kommentars und des Berichts nach dem Modell Theramenes.

Aber um die Intimitäten von Paulas Elternpaar kennenzulernen, brauchte man sich keineswegs in dem Gang aufzupflanzen: man brauchte nur die Ohren zu spitzen. Die vollständigste und dröhnendste Information zirkulierte durch die Stockwerke auf auditivem Wege. Man muß sagen, daß Paulas Mutter eine Leidenschaft für die Zarzuela hatte. Luisa-Fernanda Ortiz de Velasco – es lag ihr viel an ihrem vollständigen Namen – war 1940 zwanzigjährig in Havanna angekommen mit einer Familie, die vor dem hispanischen Elend nach dem Bürgerkrieg floh, eine blonde und gewitzte Madriderin, die vollständig und ohne die kleinste Arie zu vergessen die Libretti mancher Operetten von Chapí, Bretón, Chueca, Barbieri, Vives usw. singen konnte. Man muß sagen, daß Luisa-Fernanda ein ungeheures Gedächtnis hatte und daß sie außer den Texten der fraglichen Zarzuelas auch den der meisten der Sainettes oder Komödien von Arniches und Muñoz Seca auswendig kannte.

Mit einem solchen Repertoire konnte sie ihre Tage ausfüllen. Aber wenn sie vom Aufwachen an sang, darf man nicht glauben, daß sie Beliebiges und bei jedem beliebigen Anlaß sang. Ihre sängerische Ausgelassenheit und Unbändigkeit waren einem ganz strengen Code unterworfen, und wer ihn entziffert hatte, konnte wissen, was sie in jedem Augenblick des Tages machte, selbst wenn sie unsichtbar blieb. So sang sie Stücke aus *La verbena de la paloma* – ständig andere, unvorhersehbare, aber immer aus diesem Werk, niemals aus einer anderen Zarzuela –, wenn sie am Vormittag das Frühstück machte. Später, wenn sie ihre Toilette machte, sang sie Auszüge aus den *Bohemios* von Amadeo Vives. Die Jugendlichen der Nachbarschaft, denen es gelungen war, diesen intimen Code zu entziffern, entrichteten einen hohen Obolus an eine Nachbarin von Luisa-Fernanda – die selbst nicht davon profitieren konnte, da sie frühzeitig am Star erblindet war, den sie operieren zu lassen nicht die Mittel hatten –, daß sie ihr Auge an ein Loch der Zwischenwand heften durften, was es ihnen erlaubte, die blonde Nacktheit der jungen Spanierin zu betrachten, die ausführlich ihre Waschungen machte in einer Blechwanne, deren Enge sie zu Verrenkungen und suggestiven Stellungen zwang. Aber der Clou des Tages, der Höhepunkt der vokalen Leistungen von Luisa-Fernanda war der Moment – man sollte eher den Plural gebrauchen, denn das Ereignis wiederholte sich mehrfach am Tage, und das seit zwei Jahren, mit einer metronomischen Regelmäßigkeit, seit Paulas Eltern dieses Haus bewohnten, als die Kleine kaum elf Monate alt war –, wo die junge Frau heiter *La Corte de Faraón* sang. Dann hielt die Nachbarschaft den Atem an, brach abrupt die Gespräche und Klatschgeschichten ab und lauschte auf den Ablauf der Operation: alle Welt wußte nämlich, daß die Arien dieser letzten Operette mit ihrem schnellen Rhythmus die Momente begleiteten, wo Luisa-Fernanda sich von Otelo lieben ließ.

Der etwa dreißigjährige Otelo Negri war ein Schwarzer von erstaunlicher Schönheit. Er war ein Enkel von »Cimarron«, anders gesagt, von einem Negersklaven, der die Knechtschaftsbande einseitig gebrochen und die Freiheit in den Maquis von

Escambray oder der Sierra Maestra gewählt hatte. Die Abenteuer dieses Ahnen bildeten den Stoff der abendlichen Erzählungen, die die Familiensaga des Unterdrückten von Generation zu Generation weitergaben. In der fraglichen Zeit fing Paula gerade an, diese Berichte aus dem Mund ihres Vaters zu hören.

Wie dem auch sei, Otelo führte eine Art Doppelleben. Tagsüber verwendete er seine herkuleische Kraft, seine manuelle Geschicklichkeit und seine wache Intelligenz lässig für diverse und variable, oft ungewöhnliche, selten schwere – und in diesem Fall kurzfristige –, aber immer gelegenheits- oder saisonbedingte Arbeiten, die es ihm erlaubten, mit seiner kleinen Familie durchzukommen. Abends wurde Otelo wieder eine einflußreiche und geachtete Person in der religiösen Sekte, der er angehörte und in der er hohe Funktionen ausübte, denn er hatte von seinen Vorfahren nicht nur eine Tradition im Freiheitskampf geerbt, sondern auch die Gaben und Rituale der Divination, des Exorzismus und der Fürsprache bei den allmächtigen afrikanischen Göttern, deren nächtliche Schutzhierarchie das sichtbare Gebäude des dem Land vom spanischen Reich aufgezwungenen katholischen Glaubens insgeheim und untergründig verdoppelte.

Aber in dem einen wie in dem anderen seiner beiden Leben war Otelo ein unermüdlicher Lüstling. Um uns an sein Tagesleben zu halten, wollen wir lediglich sagen – die bescheidenen Ausmaße dieser Erzählung erlauben es ja, ach leider, nicht, in die Einzelheiten zu gehen und der anziehenden Persönlichkeit des schönen Negers den ganzen Platz einzuräumen, den sie verdiente – wollen wir also lediglich sagen, daß Luisa-Fernanda mehrfach täglich und auf sehr schmachtende Weise, nichts von ungefähr und schnell-schnell, Gegenstand der Huldigungen ihres Konkubinen war.

Letzteres Wort ist sicher traurig zu sagen, eine Verletzung für die Ehre eines ehrbaren und verdienstvollen spanischen Familienoberhaupts, der wie der Teufel arbeitete – oder wie Gott, wer kennt schon die Schirmherrschaft der produktiven und lukrativen Arbeit – und schon vier Jahre nach seiner Ankunft in Havanna als völlig mittelloser Emigrant einen der bekanntesten Lebensmittelläden des schicken Viertels der Hauptstadt besaß, dessen Einkünfte er zu einem beträchtlichen Teil für die Erziehung seiner ältesten Tochter ausgab, damit sie später eine vornehme Heirat machen konnte. Aber Luisa-Fernanda verspielte alle Chancen sozialen Aufstiegs, die ihr die Anmut ihrer natürlichen Blondheit, ihre hübsche Stimme eines dramatischen Soprans und die gepflegte Erziehung zu versprechen schienen, für die ihr Vater sich ausgeblutet hatte. Sie verliebte sich nämlich – das Wort ist schwach: man müßte von Leidenschaft, von Besessenheit sprechen, und die Mutter von Luisa-Fernanda ließ es sich nicht nehmen, indem sie ständig auf die dämonischen Kräfte der Neger anspielte – gleich bei ihrer ersten zufälligen Begegnung in den schönen Otelo. Kurz, und um nicht durch allzugroße Weitschweifigkeit in der Erzählung dieser Verführung oder dieses Coup de foudre den Schmerz einer arbeitsamen Familie aus guter kastilischer Wurzel wieder aufzuwühlen, wollen wir lediglich sagen, daß Luisa-Fernanda mit Otelo floh, sowie dieser ihr einige liebkosende und schmeichelhafte Worte von umwerfender Wirkung ins Ohr geflüstert hatte, und daß sie mit ihm zwar in Sünde, aber auch im Glück lebte. Oder zumindest in der Fülle der befriedigten Begierden: aller Begierden, einschließlich der verrücktesten, der am wenigsten eingestandenen, ja von einer blonden und zarten Madriderin aus dem Kleinbürgertum unbeichtbaren.

Mehrere Male täglich also – und man muß wohl verstehen, wir haben es bereits angedeutet, daß jedes dieser Male sich lange genug hinzog, um in der Nachbarschaft, die den Ablauf an den Modulationen seiner lautlichen Interpunktion verfolgte, eine selige Bewunderung hervorzurufen, die manchmal, je nach Geschlecht des Ohrenzeugen von männlicher oder weiblicher Eifersucht gefärbt war – sang Luisa-Fernanda die Couplets von *La Corte de Faraón,* ein unbestreitbares Zeichen, daß sie den unermüdlichen Otelo ihren Körper bearbeiten ließ. Wenn ihre Stimme plötzlich erstickte, in undeutlichem und bald erloschenem Gezwitscher sich verlor und man nur noch das triumphale Lachen des Negers hörte, stieß die ganze Gemeinschaft der Nachbarn einen befriedigten Seufzer aus bei der Vorstellung des Motivs dieser plötzlichen Knebelung des blonden Soprans.

Aber obwohl das Vorangehende im strengsten Sinne wahr ist, spiegelt es doch nicht den Gesichtspunkt der kleinen Paula. Für einen kurzen Augenblick hat der ERZÄHLER – das ist eine Falle, in

die fast alle gehen und die sie in einen Trick oder ein Artifizium, um nicht zu sagen Artefakt verwandeln, indem sie so tun, als hielten sie sich für Gott oder bescheidener für den Dämon Asmodée – den total irrealen, durchaus nicht unnarzißtischen Gesichtspunkt des mit der Gabe der Allgegenwart begabten großen Voyeur angenommen, der es nicht nötig gehabt hätte, der Nachbarin von Otelo und Luisa-Fernanda seinen Obolus zu entrichten, um sein Auge an irgendein schändliches Loch der Zwischenwand zu heften, da er ja, der fragliche Voyeur, sowieso alles sehen und alles wissen könnte, ohne sich von seiner Stelle am Himmel der eidetischen Sicht zu rühren.
Kommen wir also auf Paula Negri, auf ihren sicher begrenzteren, aber persönlichen Gesichtspunkt zurück. Denn um sie geht es ja jetzt: *de illa fabula narratur.*
Wir hatten sie in der Loge im Hintergrund des Theatersaals des *El Alcazar* verlassen. Sie hatte die Augen geschlossen. Ein weißer Vorhang hatte sich in ihrem Gedächtnis zu bewegen angefangen. Aber das war kein Vorhang, der sich vor einer Urszene öffnete, das wäre zu einfach, auch zu mechanisch. Der Vorhang ging vielmehr zu. Paulas Mutter nämlich zog, wenn sich die Gelegenheit bot, sich von Otelo liebkosen zu lassen, ein über einen Draht laufendes weißes Laken zu, um den Teil des Zimmers, wo die Zeremonie stattfinden sollte, abzutrennen. Eine Bewegung von zweifelhafter, eher symbolischer Wirkung. Sie verhinderte nämlich nicht, daß Paula die Einzelheiten der Operationen verfolgen konnte wegen der Lichtquelle, die auf das konkubinale Bett und seine Umgebung fiel, gab aber der Mutter den Eindruck, nicht gesehen zu werden, wenn sie selbst das Gesicht ihrer kleinen Tochter nicht mehr sah.
Das passierte immer in der gleichen Weise.
Paula spielte in irgendeiner Ecke des Zimmers auf der Erde mit bunten Stoffpuppen, die ihr Vater für sie machte. Plötzlich hörte sie das Geräusch des Lakens, das über den Draht lief, und gleich darauf fing ihre Mutter zu singen an. Natürlich gelang es Paula erst viel später, als sie diese kindliche Erinnerung analysierte, *La Corte de Faraón* mit jenen Momenten mütterlicher Glückseligkeit in Verbindung zu bringen. Im Augenblick registrierte sie lediglich das Geräusch der Metallringe, an die ihre Mutter das Laken genäht hatte und die klappernd über den Draht fuhren,

und sie hörte sofort danach die fröhliche Stimme ihrer Mama, das ist alles. Zuerst betrachtete sie zerstreut die Szene durch den dünnen Vorhang des verschlissenen Bettlakens, auf dem sich die Silhouetten ihres Vaters und ihrer Mutter wie ein Schattenspiel im Gegenlicht abhoben – und als sich in der Rue Mazarine vor einigen Wochen, oder vielmehr dreißig Jahre nach dieser Episode aus Havanna, die Frage der Inszenierung der spanischen Operette stellte, hatte sie sich bei einem Gespräch mit Petronio und Artigas an dieses Detail erinnert; es war fast zwei Uhr morgens, sie tranken *Mojitos,* die Petronio auf göttliche Weise zubereitete, und Paula hatte sich plötzlich auf dem Bildschirm ihres Gedächtnisses an das Schattenspiel hinter dem weißen Laken erinnert: an den märchenhaften Schatten dieser unermüdlichen und wiederholten Paarung, die vor ihren Kinderaugen zusammenkam und wieder auseinanderging; Artigas hatte daraufhin angeregt, bei der Inszenierung von *La Corte de Faraón* dieses Bild zu benutzen, einige der gewagtesten Szenen der Operette hinter einem Tüllvorhang zu spielen, was auch geschah, viele Zuschauer des *El Alcazar* erinnern sich noch daran trotz dem Verschwinden der Z.U.P. –, aber danach, wenn sich die Angelegenheit in die Länge zog, und sie zog sich immer so sehr in die Länge, daß das kleine Mädchen beunruhigt war oder zumindest seine Einsamkeit spürte und ihre Eltern wiedersehen wollte, zog Paula den Vorhang auf und betrachtete die Paarung ihrer Erzeuger nicht mehr im Gegenlicht, sondern im allergrellsten Licht.

»Erinnerst du dich an die Szene, wo die Witwen von Theben Potiphars Braut mit Ratschlägen überschütten?« fragte Paula Artigas in dieser Nacht, von der die Rede gewesen ist, während sie letzterem und Petronio, ihrem Ex-Gatten (zumindest in den Augen des Gesetzes und der kubanischen Staatssicherheit) erzählte, wie *La Corte de Faraón* mit einer ihrer entscheidendsten Kindheitserinnerungen verbunden war; und Artigas nickte, ja, schien er zu sagen, natürlich, er erinnerte sich daran, er war sogar in der Lage, wenn auch nicht zu singen, da er immer falsch, nie im richtigen Takt gesungen hat und sich seit geraumer Zeit hütete, sich den Sarkasmen seiner Umgebung auszusetzen, aber zumindest zu rezitieren, was der Text dieser ehelichen Empfehlungen enthielt: *»Al marido después de la boda / nada, nada le* *debes negar«*, zum Beispiel, ein ausgezeichneter Rat, der Lota, Potiphars Braut, daran erinnert, daß sie ihm nach der Hochzeit nichts, aber wirklich nichts verweigern dürfe; Artigas erinnerte sich also daran, aber er brauchte nur zu nicken, damit Paula ihn verstand, ohne ihr im einzelnen sagen zu müssen, warum, aus welchem auf den ersten Blick dunklen, jedenfalls nicht so evidenten Grund, wenn man an seine Erziehung, an seine künstlerischen Neigungen dachte, er sich derart gut an die Worte dieser mittelmäßigen Operette erinnerte. »Erinnerst du dich daran?« fragte Paula Negri also, und da Petronio ihnen gerade neue *Mojitos* mit weißem Rum gebracht hatte, benetzten sie ihre Lippen mit dem starken Getränk, das nach Minze riecht, *hierbabuena* auf kastilisch, und er erinnerte sich, offenbar mit einer gewissen Beklemmung, ja, einem plötzlichen stechenden Schmerz, dessen Ursprung er Paula nicht sagte; die Szene der Witwen war nämlich eine der Lieblingsszenen von Lucas, er lachte früher Tränen beim Hören der Aufnahme der Zarzuela, in Madrid, in der Calle Ferraz, in dem großen Zimmer, das auf die unermeßliche Landschaft der kastilischen Hochebene ging mit dem malven- und falbenfarbigen Gebirgsmassiv des Guadarrama am Horizont im Sommer, mit seinen verschneiten Gipfeln im Winter, das auf die Terrasse ging, von der man infolgedessen die Rückseite der Landschaft übersah, die Velasquez mehr als einmal peinlich genau gemalt hatte, da der Maler das nordwestliche Stadtprofil von Madrid betrachtete, die Abstufung der Häuser, der Kathedrale und des Königspalasts über dem Manzanares-Tal, während man von der Terrasse in der Calle Ferraz über denselben Kamm dieses Stadtprofils hinweg eine Sicht hatte, soweit das Auge reicht, mit den Bäumen der *Casa de campo*, des königlichen Waldes, im Vordergrund, an dessen Rand Velasquez wahrscheinlich seine Staffelei aufgebaut hatte, um diese Landschaft im ocker-blauen Licht der Hochebene zu malen; und natürlich mußte dieser Blickwinkel für einen Maler angenehm sein, weil es ungefähr derselbe ist, nur wenig verzerrt durch eine etwas seitlichere Stellung gegenüber der gradlinigen Stadtwand des alten Madrid, bevor das Krebsgeschwür der Schlafstätte die Deutlichkeit des Nabelschnitts verwischte, der früher die Grenze zwischen Stadt und Land, zwischen der Urbs und den umliegenden Feldern markierte, derselbe Blickwinkel gegenüber der Stadt also, den Goya gewählt hatte, um in der *Quinta del Sordo* seinen Wohnsitz einzurichten, in jenem »Haus des Tauben«, wo er die schwarzen Fresken malte, nach denen, einem Wort von Malraux folgend, die moderne Malerei beginnt; Malraux? Artigas erinnert sich in der Rue Mazarine an diesen Satz von André Malraux, in dieser Nacht, von der die Rede ist und in der er mit Paula und Petronio Rum trank, während die Frage der Mulattin anläßlich einer Szene von *La Corte de Faraón* bei ihm das Bild von Lucas geweckt hatte, dem Freund der Seele, wie man auf kastilisch sagt, *amigo del alma,* ein völlig angemessener Ausdruck für eine wahre maskuline Freundschaft – wir sagen absichtlich nicht virile, um zu verstehen, was wir meinen, brauchte man nur auf das zurückzugreifen, was Montaigne von seinem Gefährten La Boétie schrieb – *compañero del alma,* also, Lucas, während all dieser fünfziger Jahre in Madrid; aber man muß Ordnung in dieses Wuchern bringen, eine gewisse Ordnung zumindest oder einen Schein derselben, wie dem auch sei, eine innere und zwingende Ordnung, die uns die Verkettung zwischen Paulas Frage, der *Corte de Faraón,* dem Satz von Malraux in einem Essay über Goya verständlich macht und schließlich – aber all das hat nur den Bruchteil einer Sekunde gedauert, jenen winzig kleinen Zeitraum, in dem Paula »Erinnerst du dich daran?« gesagt und Artigas zur Bestätigung nickend sich tatsächlich erinnert hatte – und schließlich also einem anderen Gedanken an Malraux, der natürlich nichts mehr mit *La Corte de Faraón* zu tun hatte, wohl aber mit jener Wohnung von Lucas im achten Stock der Calle Ferraz, mit dem Tag, an dem Artigas Carlos-Maria Bustamante kennengelernt hatte (aber er erinnerte sich eigentlich nicht, ihn an jenem Tag kennengelernt zu haben: Carlos hatte ihn später daran erinnert mit soviel genauen Einzelheiten, daß er zugeben mußte, daß sie sich tatsächlich dort zum erstenmal getroffen hatten, selbst wenn er, Artigas, nicht die geringste Erinnerung daran bewahrte), bei einer politischen Versammlung, für die Lucas just seine Wohnung zur Verfügung gestellt hatte, und in einem bestimmten Moment, sicher während einer Unterbrechung der Diskussion, war Artigas auf die Terrasse hinausgetreten und Carlos-Maria wäre ihm gefolgt – wobei der Konjunktiv nicht bedeuten soll, daß man die Wahrheit dieses winzigen Ereignisses in Zweifel zieht, sondern lediglich darauf hinweisen, daß es sich nicht in das Gedächtnis von Artigas eingegraben hat, zumindest nicht in dieser Weise –, um ihn Genaueres über einen bestimmten Aspekt der politischen Strategie der K.P.S. an der Universität zu fragen – es war 1961, vergessen wir es nicht, zur Zeit der antifrankistischen Illegalität –, aber anstatt ihm zu antworten, hätte er auf die Landschaft gedeutet, die sich vor ihrem Blick ausbreitete, unter Hinweis auf eine Episode aus *L'Espoir* von Malraux, zur großen Verwunderung von Carlos-Maria, der nicht darauf gefaßt war, daß Artigas – denn der Zufall, der manchmal viel ausmacht, will, daß in der fernen Zeit jener politischen Versammlung in Madrid Artigas genau denselben Decknamen benutzte – vom Angriff der Montaña-Kaserne durch die Volksmilizen im Juli 1936 sprach, wie er auf den ersten Seiten des Romans von Malraux beschrieben ist, was sollte das?, aber es stimmt, daß Carlos nicht wußte, daß besagte Kaserne 1936 auf der Esplanade stand, wo sich seitdem nur ein Sportterrain erstreckt, gegenüber dem Haus, in dessen letztem Stock sich die Wohnung von Lucas befand, einem nach dem Bürgerkrieg gebauten Haus, und daß es also relativ verständlich war, warum Artigas diese Episode aus *L'Espoir* erwähnte, weil der Zufall wollte, daß sie sich genau an dem Ort befanden, wo sie sich abspielte, abgesehen davon, daß sich die Topographie entscheidend geändert hatte, da ja die Montaña-Kaserne nicht mehr existierte und an der Stelle des Terrain vague, wo einst zweistöckige kleine Häuser ihr gegenüber standen, jetzt dieses massive achtstöckige Haus aufragte; aber Paula hatte gesagt: »Erinnerst du dich an die Szene, wo die Witwen von Theben Potiphars Braut Ratschläge geben?«, und Artigas hatte genickt, mit einem plötzlichen Schmerz in der Brust, weil diese alberne schlüpfrige Operette ihn an Lucas erinnerte, der sie so gerne hörte, in Madrid, in den alten Zeiten, die jene der Hoffnung waren, eben, der jetzt gestohlenen, und daß Lucas einige Tage vorher auf blöde Weise gestorben war, aber gibt es denn eine intelligente Art zu sterben?

»Ja, ich erinnere mich an den Chor der Witwen«, sagte Artigas in der Rue Mazarine und trank dabei einen brennenden frischen Schluck von dem karibischen Getränk, von dem Petronio ihnen zahlreiche, bald zahllose Gläser zubereitete.

»Ich zog also das weiße Laken auf«, setzte Paula ihren Bericht fort, »und ich sah Otelo – es fällt mir schwer, ›meinen Vater‹ zu sagen, das ist merkwürdig, ich wußte doch, daß es mein Vater war, ich war stolz darauf, daß er es sei« (aber vielleicht wird man über diesen Konjunktiv im Mund von Paula Negri erstaunt sein, ein Erstaunen, das nur die sprachliche Unkenntnis des Staunenden beweist: das Kastilische ist nämlich ebenso reich, subtil und manchmal sogar noch perverser als das Französische, zumindest und eben gerade, was die Verwendung des Konjunktivs angeht! *Orgullosa de que lo fuera,* hatte Paula also gesagt, und sie hätte ebenso sagen können *que lo fuese,* denn jener Konjunktiv leistet sich im Kastilischen den Luxus, zwei Seiten, Formen oder Facetten zu haben, in denen er schillert, man nehme es sich zum Vorbild), »ich war stolz darauf, ihn bei meiner Mutter jene triumphale Fröhlichkeit hervorrufen zu sehen, deren wahre Motive ich nicht kannte, die sich jedoch in schreiender, will sagen singender Weise äußerte, da ihre Sopranstimme ganze Passagen aus *La Corte de Faraón* vor sich hin perlte, besonders Auszüge aus dem Chor der Witwen von Theben, ihrer Ratschläge an die künftige Braut: »*Cuídalo, mímalo no le digas a nada que no …*«, und während sie das sang, daß man seinen Gatten pflegen, verwöhnen und verhätscheln müsse, ihm nichts verweigern dürfe, sah ich sie vor ihm gekrümmt, mit beiden Händen an die Kupferstangen am Kopfende des Bettes geklammert, gefügig ihren Hintern darbietend, der sich rhythmisch bewegte, während er ihn ritt und dabei Worte murmelte, die ich kaum verstehen konnte bei dem kristallinen Donner ihrer Stimme, Worte, die ich erst später entziffert habe – denn ich muß euch sagen, daß sich diese Szenen vor meinen Augen jahrelang hingezogen haben, da meine frühesten Erinnerungen auf die Zeit zurückgehen, als ich drei war, um 1948, erst nach einer Reihe von Berechnungen und Vergleichen, die ich euch erspare, bin ich zu diesem Schluß gekommen, aber andere schieben sich über jene, andere Erinnerungen, die die früheren verblassen lassen, vielleicht sogar verändern und die aus meinem fünften und sechsten Lebensjahr stammen müssen, einer Zeit, in der ich genau verstand, was Otelo meiner Mutter zumurmelte, Worte, die ich euch jetzt nicht wiederholen will, nicht aus Diskretion oder aus Scham, sondern weil das Wesentliche nicht in diesem doppelten Monolog zwischen der singenden Stimme meiner

Mutter und der säuselnden Otelos lag, der sie mit allen Namen nannte, mit denen man Stuten schmeichelt, sie als blondes oder königliches Fohlen bezeichnete und sich selbst als ein Hengst in Szene setzte, *caballo, caballo!,* ein Hengst, der sie unermüdlich ritt, nein, das Wesentliche war eben gerade jenes massive Attribut des Hengstes, das ich kommen und gehen sah, das in den Körper meiner Mutter eindrang und wieder aus ihm hervorkam in einem majestätischen Rhythmus, der sich manchmal überstürzte und dann in ihrer Stimme heisere Triller und in seiner Stallknechtflüche hervorrief, um danach wieder zu jenem Hin und Her von faszinierender Langsamkeit zurückzukehren, das Wesentliche war das Bronzezepter, dessen massiven Glanz ich bewunderte, während Otelo sich schließlich mit einem Schrei dem Schoß meiner Mutter entriß, die sich lebhaft umdrehte, stumm und feucht, mit aufgerissenen Augen, um auf ihrem Bauch und auf ihrer Brust den Strom seines Samens zu empfangen, das Wesentliche war seit diesem ersten Tag dieses aufgerichtete Glied, dessen Fehlen meinen Körper mit einer klaffenden Wunde zeichnete, dessen Besitz ich seit meiner zartesten Kindheit schmerzlich ersehnt habe, da ich die Frauen nur mit einer unrealisierbaren Liebe lieben kann, die sie unter der gewaltsamen Zärtlichkeit eines Geschlechts, das mir verweigert war, vor Freude singen, schreien, brüllen, weinen lassen würde!

Das war in der Rue Mazarine vor einigen Wochen. Artigas und Petronio hatten bis zum Morgengrauen Rum getrunken und zugehört, was Paula ihnen flüsternd anvertraute.

Aber die Probe ist gerade unterbrochen worden.

Joseph und Potiphars Frau oder vielmehr die Schauspieler, die diese Rollen spielen, verschwinden hinter den Kulissen. Petronio steht in der ersten Reihe auf. Er dreht sich zum Hintergrund des *El Alcazar* um.

»Kommst du, Paula?« sagt er. »Wir gehen bei dem Antiller etwas essen.«

»Wartet nicht auf mich«, antwortet sie. »Ich komme nach.«

Petronio macht eine Abschiedsgeste und verläßt den Saal. Die Lampen, die die Bühne spärlich beleuchteten, gehen aus. Paula bleibt allein im Halbdunkel der Loge, reglos.

Vorhin, als sie nach ihrer Unterredung mit Jo Aresti aus dem

*Envers du Paradis* zurückgekehrt war, hatte sie ihre Wohnung voller Leute gefunden. Da waren, man erinnert sich bestimmt daran, die Spanier, die den Tumult der Arènes de Lutèce ausgenutzt hatten, um den Maos von Le Mao Yannick de Kerhuel wegzunehmen. Da war Yannick selbst. Ebenso Anna-Lise und Carlos. Als Paula diesen sah, sagte sie sich, daß er gerade recht komme, denn er war sicher eine der wenigen Personen, mit denen sie über Artigas sprechen konnte, über alles, was sie heute von ihm erfahren hatte. Sie wußte noch nicht, daß Carlos dieselbe Absicht hatte. Und dann war da Michael Leibson, der nach einigen Monaten wieder in die Z.U.P. zurückgekehrt war, und eine unbekannte Frau, deren Schönheit sofort Paulas Aufmerksamkeit erregte.

Sie sprachen alle durcheinander. Die Berichte überkreuzten sich, Gelächter und Ausrufe kamen von rechts und von links. Aber Paula brachte sofort Ordnung hinein. Sie wollte wissen, worum es ging, die Gründe für ihre Anwesenheit bei ihr erfahren. Jeder wurde also gebeten, seine Geschichte zu berichten oder wiederzuberichten, kurz und bündig zwar, aber nach dem ebenso irrealen wie erstaunlichen Ablauf einer Erzählung, die auf ihr vorübergehendes oder angenommenes Ende zuläuft, selbst wenn sie nicht zu ihren Zielen gelangt, und was auch immer die Umwege und Umständlichkeiten sein mögen. Man muß sagen, daß Paula in diesem Punkt völlig den Figuren der Sadeschen Romane glich, die von der Ordnung und dem Ritual der erotischen Zeremonien besessen sind, Figuren, für die Mme Delbène, die Äbtissin des Klosters, wo Juliette, wie heute jeder weiß, ihre Erziehung der Gefühle erhält, hier als eponyme Figur dienen kann: »Einen Augenblick«, sagte gewöhnlich diese Libertinöse zu ihren Spielgefährtinnen, »einen Augenblick, meine lieben Freundinnen, bringen wir ein bißchen Ordnung in unsere Lüste, man genießt sie nur, wenn man sie festlegt.« Ebenso, und was auch immer ihre hier nicht zu berücksichtigende Meinung über die Romane des Marquis de Sade gewesen sein mochte, konnte Paula Negri die Ereignisse, ob sie nun tragisch oder einfach unerfreulich waren, nur in der Anordnung einer strukturierten Erzählung genießen. Sie haßte das Charivari, das Charabia, die babylonische Verwirrung: die Algarabía kurz, hätte Pirulí gesagt.

Nachdem sie also Ordnung in dieses tumultuöse Gespräch gebracht hatte, bat sie zuerst Carlos und Anna-Lise, ihr die Zwischenfälle des Angriffs auf die Wohnung von Artigas durch die Korsen zu berichten.

Wir werden diesen Bericht hier natürlich nicht wiederholen. Er enthält jedoch einige Details, die dem ERZÄHLER vorhin entgangen waren. Aber was soll's: man kann nicht alles sagen. Oder vielmehr doch, man kann sicherlich alles sagen, aber um den Preis einer unendlichen und unaufhörlichen Erzählung oder Rede, die das Leben selbst verdoppeln und schließlich zum Phantom machen würde, da die ganze Substanz des Realen in sie entwiche und uns blutleer zurückließe. Besser ist es, das Leben zu wählen, scheint uns, auch wenn man dann nur unvollständige Berichte davon hat.

Wie dem auch sei, wir werden hier nicht den manchmal neuen Bericht von Carlos und Anna-Lise für Paula in der Rue Mazarine wiedergeben. Der Leser kennt das Wesentliche davon. Wir haben es ja so gedreht, daß er dem Angriff auf die Wohnung von Artigas durch die Korsen direkt beiwohnt. Aber wir werden die ablaufende Erzählung von Carlos nehmen, um das traurige Ende von Arestis Banditen kennenzulernen.

Überrascht vom Widerstand, den Anna-Lise und Carlos den Korsen entgegengesetzt hatten, und etwas später von den Selbstverteidigungsmilizen der spanischen Kollektivität des Dragon-Viertels umzingelt, waren sie alle getötet, verletzt oder gefangengenommen worden, mit Ausnahme eines der Angreifer, dem es gelungen war, zwischen den Höfen und Durchgängen des Häuserblocks durchzuwitschen und zu verschwinden.

Den ersten Eindrücken von Carlos und Anna-Lise nach dem Verlassen der rasch wieder etwas aufgeräumten Wohnung zufolge hatte der Anschlag der Korsen offenbar eine gewisse Aufregung in der Bevölkerung des Viertels, vor allem der weiblichen, ausgelöst. Noch am selben Nachmittag war eine Vollversammlung einberufen worden.

*Comuna Membrilla,* das war der Name, den sich die spanische Gemeinschaft der Rue du Dragon während der Gründungsversammlung im Herbst 1968 gegeben hatte. Nur wenige erinnerten sich wahrscheinlich sieben Jahre später noch an den Ursprung und die Gründe für diese Benennung. »Membrilla«?

Was heißt das? Wer sich allzu übereilt auf seine spanischen Ferienerinnerungen verläßt, wird vielleicht annehmen, daß dieser Name irgend etwas mit *membrillo* zu tun hat, was Quitte bedeutet. Aber das ist es nicht oder zumindest nicht direkt. »Membrilla« hat keinen eindeutigen Bezug zur Frucht des Quittenbaums. Es ist der Name eines armen Dorfs der Mancha, das sicherlich weniger bekannt ist als das vom Einarmigen von Lepanto unsterblich gemachte Dorf Toboso, in dem er die Dulcinea Don Quijotes zur Welt kommen ließ. Aber warum einer Gemeinde des Dragon-Viertels den Namen eines armen Dorfs aus der Mancha geben?

Wegen Karl Korsch natürlich. Man mußte nur darauf kommen.

Der hervorragende Theoretiker des libertären Marxismus hatte ja in zwei Artikeln der amerikanischen Zeitschrift *Living marxism* die Erfahrung der während des Spanischen Bürgerkriegs von den Anarcho-Syndikalisten der C.N.T. durchgeführten Kollektivierungen analysiert. Im zweiten Artikel untersuchte Korsch eben gerade im Dorf Membrilla das Funktionieren des libertären Kommunismus, der dort das Geld, die Handelsbeziehungen und alles, was daraus folgt, abschaffte. Und Korsch schloß seinen Artikel mit dem Zitat eines Satzes aus einer anarchistischen Publikation, den er selbst als pathetisch bezeichnete: »Membrilla ist vielleicht die ärmste Stadt Spaniens, aber sie ist die gerechteste.«

Ein alter katalanischer Schneider, der in der Rue Bernard Palissy für einige Kleiderläden arbeitete, erinnerte sich an diesen einst von Karl Korsch zitierten Satz. Dieser war ja zusammen mit Paul Matick, Anton Pannekoek und Pjotr Kropotkin einer der großen Sterne der theoretischen Schutzkonstellation, mit deren Hilfe man die Härten des Exils ertragen hatte. Auf der Gründungsversammlung der Gemeinde, wo Louis Guilloux zum Ehrenvorsitzenden gewählt wurde, schlug also der Katalane vor, ihr den Namen »Membrilla« zu geben, ein Vorschlag, der nach der mitreißenden Darlegung der Gründe des alten autodidaktischen Handwerkers per Akklamation angenommen wurde.

Aber natürlich nicht um die Ansichten von Karl Korsch über eine unbürokratische Kollektivierung zu diskutieren – Ansichten, die jeder neugierige und obendrein deutschsprachige Leser in sei-

nem Bändchen *Schriften zur Sozialisierung* finden kann –, ist die Vollversammlung der *Comuna Membrilla* diesen Nachmittag einberufen worden. Nach dem, was Carlos und Anna-Lise davon verstanden, haben die Frauen diese Einberufung verlangt. Sie scheinen über den Kleinkrieg zwischen Korsen und Spaniern besorgt zu sein, der vom Raub oder zumindest vom Verschwinden Perséphones ausgelöst worden ist, und die Absicht zu haben, der Versammlung eine Resolution zur Neutralität der Gemeinde des Viertels in dieser Angelegenheit vorzulegen, die sie offenbar als ausschließlich privat ansehen. »Wenn Eleuterio findet, daß es um seine Ehre geht, dann soll er sich ganz alleine rächen, indem er Aresti zum Duell herausfordert!«, das schien die verbreitetste Meinung der Frauen des Dragon-Viertels zu sein.
Sicher kann man annehmen, daß es noch andere, dunklere Gründe für diese Haltung gibt. Die Töchter Eleuterios und Acracias werden ebenso beneidet wie bewundert, manchmal sogar angstvoll, wegen ihrer Schönheit, ihrer arroganten Lebensweise und ihres Erfolgs bei den Männern. Und bei den Frauen übrigens auch. Perséphones häufige Besuche bei Artigas riefen also schon seit langem Gerede und Geklatsche hervor. Und außerdem konnte man in der weiblichen Bevölkerung der Gemeinde des Dragon letzterem nicht wirklich verzeihen, daß er den Gegenstand seiner Launen oder seiner Leidenschaften immer draußen gesucht und niemals einen begehrlichen Blick auf irgendeine der Töchter – oder sogar Gattinnen: Ehebruch hätte man leichter verziehen als Verachtung, vor allem wenn man in der Lage war, davon zu profitieren, von ersterem natürlich! – der Gemeinschaft geworfen hatte. Wegen der schönen Augen dieser kleinen Kokotte von Perséphone – auf kastilisch ist der Ausdruck derber: eine Kokotte wird schlankweg als »Sackwärmer« oder »Schwanzwärmer« bezeichnet – wegen ihrer schönen Augen wollte man jedenfalls nicht in einem Viertel, das, seitdem die Noctardbanden zum Saint-Michel abgedrängt worden waren, im großen und ganzen ruhig war, ständig von Attentaten und Handstreichen bedroht sein.
Nachdem also die Wohnung wieder aufgeräumt, die Verwundeten Arestis ins nächste Krankenhaus und die Gefangenen ins spanische Hauptquartier des Marché Saint-Germain gebracht

worden waren, hatten sich Carlos und Anna-Lise auf die Suche nach Artigas gemacht, dessen Anwesenheit im ehemaligen Hôtel du Buisson in der Rue Dauphine ihnen mitgeteilt worden war.

Bei diesem Punkt des Berichts unterbrach Paula Negri ihn mit einer Gebärde.

Sie drehte sich zu Pirulí um, der jetzt an der Reihe war, die Expedition zur Arena zu erzählen, was er mit der Rhetorik und dem Pathos seiner während der langen Gefängnis- oder Exilabende entwickelten Erzählertalente tat. Yannick de Kerhuel griff mehrfach in Antonios Bericht ein, um von ihrem Gesichtspunkt aus Bemerkungen oder Einzelheiten dazu beizutragen. Schließlich, und das brachte die Geschichte etwas zurück, ohne daß man deshalb den Faden verlor, erzählte Michael Leibson die Ereignisse seiner Begegnung mit Yannick im Stadtrundfahrtbus der Z.U.P. bis zu ihrer Entführung am Carrefour Croix-Rouge.

Aber in keinem dieser Berichte war von Fabienne die Rede oder vielmehr von jener Frau, zu der sich Paula Negri jetzt umdreht.

»Und Sie?« fragt sie. »Was haben Sie mit dieser ganzen Geschichte zu tun?«

Fabienne antwortet nicht. Sie bemüht sich, dem Blick von Carlos auszuweichen, den sie mißbilligend auf sich gerichtet spürt.

»Madame war im Bus«, sagt Leibson.

Die Erklärung ist gewiß ein bißchen kurz. Die anderen Busgäste sind ja Leibson auch nicht bis hierher gefolgt. Es muß noch einen anderen Grund geben.

Aber Paula zuckt die Schultern. Sie wird diese Frage etwas später aufklären. Im Augenblick bedeutet sie Artigas, ihr zu folgen. Sie verlassen den Gemeinschaftsraum, der von Blumen, Büchern und dem Getöse der Unterhaltung erfüllt ist, und gehen in ein benachbartes Arbeitszimmer.

»Du weißt, wer mein Vater ist, Paula?«

Das war vor einer Stunde im *Envers du Paradis*.

Paula Negri hatte einige Schritte gemacht, sie hatte sich bei Perséphone auf den Bettrand gesetzt.

Das Zimmer war groß, von einem etwas erdrückenden Luxus, voller Spiegel und Pelze. Es gab natürlich keine Fenster, da ja

Arestis libertinöses Paradies, man erinnert sich, in der ehemaligen Tiefgarage der Place Saint-Sulpice eingerichtet war. Aber auf eine der Wände, die weiß gelackt war und eine Leinwand bildete, projizierte ein verborgener geräuschloser Apparat die Ansicht einer französischen Landschaft: einer lieblichen Tallandschaft, durchquert vom fließenden Wasser eines Flusses, von dem man gewettet hätte, daß er fischreich war, und vom roten Fleck eines Traktors in der Ferne. Denn die Projektion auf die Wand war nicht starr wie die eines Fotos. Sie gab die von einem Kameraauge aufgefangene Bewegung des Lebens wieder. Um die Illusion zu vollenden, drang das entfernte Geräusch dieses ländlichen Lebens – Traktormotor, Hammerschläge eines unsichtbaren Hufschmieds zum Beispiel – gedämpft in das Zimmer.

Perséphone hatte, ohne allzuviel nachzudenken, diese ländliche Ansicht gewählt, als sie fast willkürlich auf eine der Tasten der Tabulatur am Kopfende des großen Rundbetts gedrückt hatte. Sie hätte ebenso auf eine Ansicht der verschneiten Gipfel Arosas oder auf eine finnische Seenlandschaft stoßen können. Sie hätte sogar beschließen können, auf alle Wände zugleich rundherum einen Meereshorizont zu projizieren, der vom Flug und Schrei der Möwen durchzittert wurde, um sich die Illusion zu verschaffen, auf einem Segelschiff auf hoher See zu schaukeln. Im *Envers du Paradis* schreckte man vor nichts zurück, um den Geschmack der raffiniertesten Kundschaft Europas zu befriedigen!

Aber gerade vor dieser kinematographischen Öffnung auf eine anmutige Landschaft der Île-de-France oder des Loiretals hat Perséphone, halb nackt auf dem Bett liegend, Paula Negri wütend gefragt, ob sie wisse, wer ihr Vater sei.

Etwas früher hatte Jo Aresti Paula nach Beendigung ihrer Unterredung zu Perséphones Zimmer geführt.

Der Korse hatte den Austausch ohne Einwände akzeptiert. Jedenfalls konnte er sich nicht leisten, Yannick de Kerhuel in den Händen von Le Mao zu lassen: das war ebenso eine Prestige- wie eine Interessenfrage. Von diesem letzten Gesichtspunkt her war die junge Vicomtesse eine Goldgrube. Zwar hatte ihre Überführung in Arestis Etablissement einen großen Packen Dollar gekostet, aber Yannicks Kalender für lukrative galante Rendez-

vous war bereits für die kommenden sechs Monate ausgefüllt: sie sollte rund um die Uhr ficken! Der Korse mußte sie also um jeden Preis wieder in seine Gewalt bekommen. Wenn es den Spaniern gelang, Yannick wiederzubekommen, mit Mitteln, die ihn nichts angingen und die ihm ersparen würden, eine schwierige, wahrscheinlich blutige Operation durchzuführen, war er bereit, mit ihnen zu verhandeln.
Aber Paula hatte Aresti daran erinnert, daß es nicht um einen x-beliebigen Handel ging: es ging einzig und allein darum, Yannick gegen die jüngere Tochter von Eleuterio Ruiz auszutauschen.
Der Korse hatte genickt.
»Diese kleine Nutte«, hatte er pfeifend ausgerufen, »will ich sowieso loswerden!«
Paula hatte sich bemüht, ruhig zu bleiben. Sie hatte an sich gehalten, wie man so schön sagt. Sie hatte diesen Idioten, der sich herausnahm, Perséphone als kleine Nutte zu bezeichnen, mit neutralem Blick angesehen.
Jo Aresti hatte die Wut in Paulas Blick spüren müssen. In dem Wunsch, sie zu überzeugen, hatte er sich redselig und händefuchtelnd zu ihr gebeugt.
»Sie wissen nicht, was sie mir getan hat?« sagte er erregt. »Gut, es stimmt, ich bin seit bald einem Jahr hinter ihr her. Das ist allgemein bekannt. Ich war ihr egal, sie zeigte mir die kalte Schulter, das ist auch bekannt. Sie interessiert sich nur für diesen alten Idioten ...«
Paula unterbricht ihn schneidend.
»Halt«, sagt sie. »Artigas ist mein Freund.«
Der andere ist außer sich.
»Ich weiß, ich weiß«, brummelt er grimmig.
»Na und?« fragt Paula. »Sie wollen mir doch nicht sagen, daß Sie seinetwegen Perséphone entführt haben?«
Der Korse lächelt mit seinen funkelnden Zähnen.
Bald, denkt Paula, wird dieses Gesicht aufgeschwemmt sein, es wird dem des Tiberius ähneln, als er sich auf Capri in die raffinierte Weichheit der Lüste und Schauspiele zurückgezogen hatte. Aber es ist noch markant: das Profil eines römischen Legionsführers, der zur Eroberung irgendeines barbarischen Landstrichs aufbricht. Ein viriles Gesicht, wie man so sagt.
Aber Aresti lächelt mit all seinen Raubtierzähnen.

»Ich habe Perséphone nicht entführt«, sagt er. »Oder doch kaum!«
Er plustert sich auf in seiner männlichen Eitelkeit.
»Sie ist mir freiwillig gefolgt, wenn Sie es genau wissen wollen!«
Paula nickt. Sie haßt diese Sicherheit, diese Süffisanz eines Schönlings und großen Mackers. Sie haßt die Vorstellung, daß so jämmerliche Kerle mit einem triumphalen Geschlecht, einem so magischen Gemächte wie einem Phallus ausgestattet sind. Das Leben ist wirklich schlecht eingerichtet!
Und sie betrachtet diesen *Con* von Korsen – wirklich absurd, denkt Paula flüchtig, daß diese Franzosen mit dem weiblichsten Wort, das es gibt, auch die männliche Dummheit bezeichnen, aber lassen wir das –, sie betrachet diesen *Con* von Aresti, schmal, drahtig, braun mit grünen Augen, sicherlich mit einem beträchtlichen Glied versehen – er steht zumindest in diesem Ruf –, und sie kann nicht umhin zu denken, daß das Leben schlecht eingerichtet ist.
»Und offensichtlich ist Perséphone deshalb eine Nutte«, sagt sie trocken, »weil sie Ihnen freiwillig gefolgt ist! Eine Schlampe, nicht wahr, weil sie bereit war, mit Ihnen zu schlafen, weil sie für Sie die Beine breit gemacht hat, weil Sie ihn bei ihr reinstecken durften. Das hat Sie überrascht, daß sie Jungfrau ist? Haben Sie verstanden, daß sie nur eines suchte, dieses Gemächte, das Sie zwischen den Beinen tragen, das sie brauchte, um eine Frau zu werden? Sie zählen nicht in dieser Geschichte oder kaum, Jo! Sie sind lediglich Träger eines Geschlechts, und Perséphone hat Sie benutzt, es gibt keinen Grund, zu triumphieren!«
Aber er triumphiert gar nicht, Aresti. Er tobt.
»Übertreiben Sie nicht, Paula! Sie ist freiwillig gekommen, sage ich Ihnen. Sie pflückte im Luxembourg Blumen. Ich bin zu ihr gegangen, als ich sah, daß sie allein war. Und sie, die gewöhnlich arrogant, abweisend ist, hat sich mir regelrecht an den Hals geworfen. Will sagen, daß sie auf den Rücksitz meines Motorrads gestiegen ist, zu allem bereit. Das sah man. Ich habe sie entjungfert, das stimmt!«
Seine Stimme wird rauh, sein Sprechtempo überstürzt sich.
»Was für ein Glück, heilige Jungfrau, als ich spürte, daß sie es war, daß ich der erste war!«

Paula kann sich nicht beherrschen. Sie verbirgt das Gesicht zwischen den Händen, von einem plötzlichen Lachanfall geschüttelt.
»Lachen Sie nicht, Paula!« sagt der Korse außer sich. »Der erste, jawohl! Das Blut ihrer Unschuld, das ist es, was zählt, alles andere läßt keine Spuren zurück. Nichts: das vergeht wie der Tau. Am Morgen habe ich das blutige Laken zu Mamita getragen...«
»Mamita?« fragt Paula.
»Meine Mutter, Laetitia. Ich tue nichts ohne ihre Zustimmung und ohne ihren Segen. Also habe ich das blutige Laken zu ihr getragen, sie hat es in ihren Salon gehängt, um es allen Frauen der Familie und ihres Büros zu zeigen. Meine Mutter beschäftigt sich nämlich mit der Verwaltung des *Envers du Paradis,* wissen Sie? Sie hat ihre Schwestern, ihre Nichten und Cousinen zu uns kommen lassen, damit sie ihr bei dieser Arbeit helfen. Kurz, sie sieht Perséphones Blut, und sie gibt mir die Erlaubnis, die sie mir bis jetzt verweigert hat. Sie erlaubt mir, die kleine Ruiz zu heiraten.«
Paula lacht nicht mehr, sie betrachtet den Mann voller Haß. Eine eisige Hand scheint ihr Herz zu umklammern.
»Wie rührend! Wirklich wunderbar!«
Mit einer wütenden Geste wirft Aresti dekorative Gegenstände auf dem Tisch um. Ein Aschenbecher zerbricht in tausend Stücke, ein Zinnbecher rollt mit einem widerlichen Geräusch über das Parkett.
»Sie hat mir ins Gesicht gelacht«, brüllt Aresti. »Sie war nicht gekommen, um mich zu heiraten, hat sie mir gesagt, sondern um sich vögeln zu lassen. Texto, das hat sie mir Wort für Wort gesagt. Sie hat mich weggeschickt, ich kann Ihnen nicht wiederholen, was sie mir alles an den Kopf geschmissen hat! Eine Stunde später hat sie es geschafft, die Bekanntschaft von Lord Fiaromonte zu machen, wissen Sie, der König der Elektronik und Tiefkühltechnik. Er ist seit acht Tagen da, mit seiner jungen Frau und einer Gruppe von Gästen. Sie gehen von Pokerparty zu Sexparty. Sie schöpfen alle Möglichkeiten meines Etablissements aus. Pornofilme, Live-Shows, Mädchen, Jungen, Transvestiten, orientalische Massagen, alles, alles. Vorgestern mußte ich mir einen Esel beschaffen, und es ist wirklich nicht leicht, in Paris

eines dieser Tiere zu finden, das kann ich Ihnen sagen, denn die Frau des Lords hatte gewettet, daß sie dessen Attacken öffentlich ertragen würde, auf dem Theatersteg des Kabaretts. Und sie hat es getan, diese Schlampe, vor einem Haufen von hochroten Fritzen, völlig verdutzten Amis, fassungslosen und sinnierenden Arabern. Sie hat sogar anschließend für sich gesammelt, dieses Weib! Kurz, sie verkneifen sich nichts und erfinden täglich einen neuen Trick. Lord Fiaromonte hat seit seiner Ankunft schon eine Million Dollar auf den Kopf gehauen. Wenn diese Schweine der Commune, die Typen von Ihrem Freund Artigas, mich nicht soviel Taxen und Steuern zahlen ließen, wäre ich reich. Aber gut, Yannick de Kerhuel sollte zur Apotheose der Orgien des Lords und der Lordesse kommen, die eher eine Drôlesse ist. Und da legt es nun Perséphone gestern darauf an, die Bekanntschaft des Milliardärs und seiner Gäste zu machen. Sie haben sie für eines der Mädchen meines *Paradis* gehalten, und sie hat den Tag und die Nacht mit ihnen verbracht, sich von jedem bumsen zu lassen. Oder jeden zu bumsen, ich halte sie durchaus für fähig, in diesem Bereich die Initiative zu ergreifen. Mit einem Wort, heute vormittag erklärt sie mir ins Gesicht, daß sie mich nicht heiraten will – als wenn das noch möglich wäre nach dem Skandal der Nacht!–, aber daß sie durchaus für mich arbeiten will. Man stelle sich vor, für mich! Für die Lust und die Kohlen! Eine richtige Nutte, sage ich Ihnen, Paula!«
Der Korse ist wirklich ganz aufgelöst wegen des Streichs, den Perséphone ihm gespielt hat.
»Also«, schließt Aresti niedergeschlagen, »wenn sie sie wollen, diese verfickte Perséphone, dann sollen sie sie wiedernehmen, die Espinguins! Der Austausch mit Yannick kann stattfinden, wann sie wollen.«
Sie hatten noch über gewisse Modalitäten des Abkommens diskutiert, dann hatte Jo Aresti Paula in das Zimmer des dritten Untergeschosses geführt, wo das junge Mädchen untergebracht war.
»Du weißt, wer mein Vater ist, Paula?« hatte sie gerade gesagt.
Perséphone war halbnackt zwischen den Pelzen des großen Rundbetts. Sie richtete den Kopf zu Paula auf, und diese sah in einem der Spiegel, die das Zimmer schmückten, die wunderbare, gewölbte Linie ihres Rückens und ihrer Hüften.

Nein, sie wußte nicht, wer ihr Vater war. Oder vielmehr hatte sie wie alle geglaubt, daß es Eleuterio sei. Welchen Grund hätte es gegeben, diese Vaterschaft anzuzweifeln? Oder diese Abstammung? Keinen, natürlich. Erst seit Perséphones Entführung oder Flucht hatte Proserpine, ihre Zwillingsschwester, in den nächsten, vertrautesten Kreisen der Familie Ruiz eine wahnsinnige Geschichte verbreitet. Eleuterio sei nicht ihr Vater, und als Perséphone das zufällig erfuhr, war sie so verletzt, daß sie es vorgezogen hat, im infernalischen Reich Arestis zu verschwinden.

»Nein«, sagt Paula und beugt sich vor, um den Nacken des jungen Mädchens zu streicheln. »Ich weiß nicht, wer dein Vater ist. Proserpine hat mir nichts gesagt.«

Perséphone lächelt ironisch.

Sie ist begehrenswerter als je. Was auch immer die anständigen Leute denken mögen, und selbst, wenn das ihren moralischen Sinn verletzen soll, der ERZÄHLER ist gezwungen festzustellen, daß diese beiden Tage bezahlten Lasters sie noch schöner gemacht haben.

»Proserpine weiß nichts davon«, sagt sie. »Ich habe ihr nicht alles erzählt.«

Genau in diesem Augenblick ahnt Paula, was das junge Mädchen sagen, welches Geheimnis sie ihr anvertrauen wird. Sie schließt die Augen, geblendet von dieser dunklen Wahrheit, die emporkommt.

Perséphone spricht mit überstürzter Stimme.

Einige Tage zuvor hatte sie in der Rue Dauphine ein Gespräch belauscht. Es war mitten am Nachmittag, sie wollte ihren Vater besuchen. Eleuterio vielmehr. Der langsame Tod des alten Mannes, geschwächt vom Krebs, der seine Eingeweide fraß, machte Perséphone buchstäblich wahnsinnig vor Angst. Sie verbrachte täglich viele Stunden an seiner Seite. Sie las ihm vor, sie hörte ihn sprechen, wenn er noch die Kraft dazu hatte. Oder sie blieb bei ihm, ohne etwas zu sagen, und hielt ihm die Hand, betrachtete sein abgezehrtes Gesicht. Seit einer Woche, seit die Nachricht vom Todeskampf des Generals Franco in die Z.U.P. gelangte, war Eleuterio davon besessen, den spanischen Diktator zu überleben. Er schonte seine Kräfte, oder aber straffte sie im Gegenteil in einer allerletzten verzweifelten Anstrengung, länger zu leben, und sei es nur einige Stunden, als der General Franco. Aus diesem Anlaß, und wenn er provisorisch eine Energie wiederfand, die ihn gewöhnlich floh, wie Wasser zwischen den Fingern hindurchrinnt, erinnerte Eleuterio Perséphone an die Episoden seines langen Lebens voller Kämpfe und Abenteuer. Das Mädchen hörte ihm wie gebannt zu. Aber die Geschichte, die sie am meisten liebte, war die der Begegnung von Eleuterio und Demetria, genannt Acracia, ihrer Mutter: sie konnte sie nie oft genug hören.

Es scheint jedoch, daß wir wieder einmal daran gehindert sein werden, diese Begegnung zu erzählen.

Zweimal schon im Lauf dieser Erzählung sind wir unterbrochen worden, als wir gerade damit anfangen wollten. Das erstemal, man erinnert sich vielleicht daran, in dem Moment, sehr früh an jenem Vormittag, wo sich Artigas zwischen den Trümmern der ehemaligen Metzgerei Hervet an der Ecke der Rue du Dragon beim Geräusch eines Motorrads versteckt hatte. Der ERZÄHLER hatte damals die feste Absicht – das stand in seinem Arbeitsplan –, mit Elan und narrativer Rhetorik das Leben der Gefährtin von Eleuterio und infolgedessen den glücklichen Augenblick ihrer Begegnung zu beschreiben. Aber die Ereignisse einer plötzlich überstürzten Geschichte, deren Faden man nicht verlieren durfte, haben ihn davon abgebracht. Das zweitemal war es Eleuterio selbst, der zu Proserpine gesagt hat: »Weißt du, wie ich deine Mutter kennengelernt habe?«, als Perséphones Zwillingsschwester den alten Mann um Aufschluß bat, aber die Ankunft der Einsatzgruppen von Pedro Vargas und der von seiner älteren Tochter Penthésilée befehligten Amazonen in der Rue Dauphine haben ihn daran gehindert, an die Umstände dieses fernen Ereignisses zu erinnern. Der ERZÄHLER hat sich während dieser zweiten verpaßten Gelegenheit nur erlauben können, und das ganz auf die Schnelle, kurz und bündig, mit großen Federstrichen, flüchtig die bei den alten Tanten Marta und Maria in Xátiva verbrachten Tage zu beschreiben, als Eleuterio und Acracia sich biblisch erkannten – und freudig, wobei Penthésilée die Frucht dieser Erkenntnis war.

Wenn wir einen entschieden modernen Roman hätten schreiben wollen – sofern Modernität bedeutet, was nicht unmöglich ist, experimentieren mit avantgardistischen, von vornherein zwangsläufig elitären Sprachen, das sei ganz ohne irgendeine normative Konnotation gesagt – wenn wir also beschlossen hätten, dem Leser die – zumindest scheinbar und auf den ersten Blick – zerstreuten Bestandteile eines erzählerischen Puzzles, eines Staubs winziger, bruchstückhafter Berichte vorzulegen, deren Zusammenhang erst allmählich auftauchte oder hervorträte, weil die Erzählung dank ihrer hauptsächlichsten List durch eine innere Aktivität dem Leser weismacht, daß seine eigene imaginative, kreative Fähigkeit ihr strukturierender Grund sei, während es doch wie immer der ERZÄHLER ist, der alles arrangiert hat; wenn das unsere Absicht gewesen wäre – und man wird bald sehen, daß zumindest einer der ERZÄHLER lange zu jener Lösung geneigt hat –, so hätten wir sicher schon seit einiger Zeit – im Drunter und Drüber der Dokumente, biographischen Fragmente, Landschaftsbeschreibungen, Stücke eines Alltagsepos, aufgefangen im kogitativen oder rememorativen, aber immer roborativen Spiegel – die lange Tonbandaufnahme des Lebens von Acracia oder Demetria dargeboten, eine Tonbandaufnahme, die sich in unserem Besitz befunden hat und die die eventuellen Forscher eines Tages in den Archiven der Universität von Brandeis entdecken werden, wenn Michael Leibson, der ihr Urheber oder zumindest Transkriptor war, die ganze Masse schriftlicher oder mündlicher Zeugnisse dort hinterlegt haben wird, die er jahrelang zur Niederschrift seiner monumentalen Geschichte der Zweiten Commune sammelte.

Je komplexer und raffinierter ein Roman nämlich in seiner Konzeption ist, desto mehr Materialien in scheinbarem Rohzustand muß er sich einverleiben, als wenn die Absicht, die chaotische Entwicklung des Lebens selbst zu reproduzieren, diesen Kunstgriff erfordere. Je mehr dagegen ein Roman sich bemüht, trivial zu sein, desto mehr muß er nach den Konventionen der Gattung das Rohmaterial des Realen in jeder seiner Episoden oder Bestandteile bearbeiten, glätten und redigieren, gerade um eine ebenso abstrakte und irreale Totalität wie das Erlebte daraus zu machen.

Wie dem auch sei, und selbst wenn es die Erzählung von der Begegnung ihrer Mutter mit demjenigen ist, den sie bis zu diesem unheilvollen Nachmittag vor einigen Tagen für ihren Vater gehalten hat, selbst wenn Perséphone von allen Geschichten, die der sterbende Eleuterio wieder heraufbeschwor, diese am meisten liebt, so ist es eindeutig nicht das, was sie jetzt zu Paula Negri sagen möchte in dem Luxuszimmer von Arestis unterirdischem Lupanar. Zum drittenmal also untersagen uns die Gesetze der narrativen Ökonomie, am glückseligen Ufer dieser Episode anzulegen.

An jenem Tag also besuchte Perséphone Eleuterio wie an allen anderen Tagen. Und sicher waren ihre Eltern – oder vielmehr: ihre Mutter und dieser Mann, den sie bis zu diesem Augenblick für ihren Vater gehalten hat – allzusehr in ihr Gespräch vertieft, um sie ins Nebenzimmer kommen zu hören. Jedenfalls schnappte sie unbeabsichtigt einige Worte Eleuterios durch die offene Tür auf, die sie sofort erstarren ließen. Es ging da um sie und um Proserpine. Der Alte fragte sich beim Herannahen des Todes, ob man nicht den Mädchen die Wahrheit über ihre Geburt sagen solle. Versteinert erfuhr Perséphone auf diese Weise in wenigen Sekunden, daß Eleuterio nicht ihr Vater war, zumindest nicht ihr Erzeuger, da es ja nicht darum geht, die Vaterschaft auf einen bloßen genetischen Zufall zu reduzieren. Sie erfuhr bei dieser Gelegenheit den Namen dessen, der sie gezeugt hatte, Proserpine und sie selbst, im Lauf einer kurzen und einzigen Begegnung mit ihrer Mutter, an die sich dieser Mann vielleicht erinnerte, aber von der er bis heute nicht wußte, daß die beiden Zwillingsschwestern deren prächtige und giftige Früchte gewesen waren.

Auf der Schwelle des Todes also fragte sich Eleuterio Ruiz, ob man nicht den einen und dem anderen die Wahrheit sagen sollte. Den Töchtern sagen, wer ihr richtiger Vater sei, zumindest durch die dunklen und oft trügerischen Bande des Bluts, und jenem Mann sagen, daß er zwei Töchter habe.

Aber Perséphone läuft weg, entsetzt, zitternd, ganz leise, rennt durch den Flur und über die Treppen des Hôtel du Buisson in der Rue Dauphine und stößt gegen die Türrahmen wie eine von einem zu langen pfeilschnellen Flug erschöpfte Möwe.

Sie weint, jetzt, in Paulas Armen.

Aber das war vor einer Stunde. Jetzt, um ganz genau zu sein, sind wir in Paula Negris Arbeitszimmer in die Rue Mazarine zurückgekehrt.

Sie sieht Artigas an. Sie stellt fest, daß der Schatten des Todes an Terrain gewonnen hat, seit sie in der mit den Fresken von Delacroix geschmückten Kapelle flüchtig seine unheilvolle Morgendämmerung wahrnahm. Er hat seitdem das ganze linke Auge eingenommen, er läßt einen Muskel von Artigas in der Ecke seines Lids leicht zittern.
»Du weißt, was mir passiert ist?« fragt er Paula.
Ja, sie weiß. Aber sie wird nichts davon sagen, sie wartet auf die Fortsetzung.
»Carlos behauptet, daß meine Vergangenheit seit einiger Zeit sein Gedächtnis einnimmt«, ruft Artigas aus.
Paula runzelt die Stirn, bittet um einige Präzisierungen. Er gibt sie ihr. Das alte Gedicht, Siegfried, die Magnolien von Den Haag, kurz, das ganze Trara.
»Hast du eine Ahnung, was das sein kann?« fragt er dann in bemüht lässigem Ton.
Ja, sie hat eine Ahnung. Aber sie wird im Augenblick nichts davon sagen.
In einer Brechreiz erregenden Illumination hat sie plötzlich begriffen, daß die Seele von Artigas, die das Herannahen seines körperlichen Todes ahnte, aber sich offenbar nicht damit abfand, zu verschwinden – vielleicht weil sie spürte, daß ihr geistiger Weg noch nicht vollendet war –, versuchte, in ein jüngeres Wesen zu wandern, dessen Eigenschaft ihr wahrscheinlich für ein neues Abenteuer würdig erschien.
Sie zuckt die Schultern.
»Ich bin keine Hexe«, sagt sie kurz.
Er küßt sie auf den Hals.
»Doch doch«, sagt er lächelnd. »Natürlich bist du eine Hexe! Im Mittelalter hätte man dich tausendmal verbrannt«, fügt er hinzu.
Dann wird er ernst. Paula empfindet einen Stich in der Brust. Während des Bruchteils einer Sekunde hat sie den Eindruck gehabt, die Totenmaske von Artigas zu sehen, entspannt und endlich von allen Ängsten des Lebens reingewaschen, erstarrt in der heiteren Angst der Ewigkeit.
Sie sieht ihn an.
»Es gibt nur zwei Erklärungen für diese aufdringliche Erscheinung«, sagt Artigas. »Die erste ist eine unbewußte Spinnerei von

Carlos auf Grund von Bruchstücken, von denen er vergessen hat, daß er sie kennt. Ich glaube eher nicht daran.«
Er zündet sich eine Zigarette an, zerstreut.
»Und die zweite Erklärung?« fragt Paula.
»Sie hat keinen Sinn«, sagt Artigas trocken. »Deshalb muß sie wahr sein.«
Sie wartet auf die Fortsetzung, die nicht kommt.
»Nun?« bohrt sie nach.
Er zuckt die Schultern.
»Aber du weißt es doch ganz genau, Paula«, murmelt er.
Sie wechselt abrupt das Thema.
»Aresti ist mit dem Austausch einverstanden«, sagt sie.
Mit einigen Worten faßt sie ihre Unterhaltung mit dem Korsen zusammen.
»Du hast Perséphone sehen können?« fragt Artigas.
Sie nickt zustimmend.
»Sie hat dir erklärt, warum sie sich von diesem Idioten hat einsacken lassen?«
Ja, sie hat es ihr erklärt. Aber Paula antwortet nicht direkt auf die Frage.
»Nach dem *Envers du Paradis* bin ich bei Eleuterio und Acracia vorbeigegangen. Sie wollen dich auf jeden Fall nach dem Essen sprechen.«
Er zuckt verärgert die Schultern.
»Nach dem Essen gehe ich aufs Polizeipräsidium. Ich will einen Paß, um hier wegzukommen!«
Sie legt eine Hand auf seine Schulter.
»Es ist wichtig, daß du sie aufsuchst«, sagt sie sanft.
Als sie nach ihrer Unterredung mit Perséphone in der Rue Dauphine vorbeigegangen war, hatte sie Acracia oder vielmehr Demetria, wie man sie an diesen Tagen von neuem nennt, am Bett ihres Gefährten vorgefunden. Sie waren allein, Proserpine war gerade weggegangen, hatten sie ihr gesagt.
Als Paula kam, betrachtete Demetria gerade Eleuterios erschöpftes Gesicht. In der momentanen Stille des herrschaftlichen Hauses erinnerte sie sich an ihre gemeinsame Vergangenheit. Das war der Moment oder niemals. Wenn sie diese Gelegenheit hätte vorübergehen lassen, hätten wir nicht mehr die Möglichkeit, diese wegen Überstürzung der Ereignisse schon mehrfach

auf später verschobene Erinnerung einzuschließen. Wenn sie andererseits die kaum identifizierbare Figur irgendeines entschieden modernen Romans gewesen wäre, ließe sie uns jetzt sicher dummdreist das Tonband ihrer Lebensgeschichte hören, die sie früher für Michael Leibson aufgenommen hatte. Aber sie ist die Figur eines entschieden konventionellen Romans, und sie wird ihre Situation mutig auf sich nehmen. Sie hat jedenfalls keine andere Wahl. Durch einen regelrechten Gewaltakt, Diktat oder gar Ukas, hat der Erzähler nur Artigas das Privileg, zumindest die Exklusivität des inneren Monologs in Form einer den Lesern preisgegebenen Tondbandaufnahme vorbehalten.

Demetria erinnerte sich also ganz simpel, wie man sich in Bahnhofsromanen erinnert.

Sie erinnerte sich an einen Mondreflex, der sie abgelenkt hatte, als sie in der Dunkelheit der Nacht über die hohe Mauer des Erziehungsheims kletterte, wo sie seit zwei Jahren eingesperrt war. Ein Reflex auf einer der Flaschenscherben der Umfassungsmauer, die ihre Aufmerksamkeit einen Augenblick abgelenkt und sie eine ungeschickte Bewegung hatte machen lassen, bei der ihr eines der Glasstücke tief in ihren Schenkel fuhr, als sie gerade auf dem Mauerrand des Erziehungsheims saß, wo sie gleich nach Ende des Bürgerkriegs mit fünfzehn Jahren eingesperrt wurde, als Waisenkind zweifelhafter Herkunft, da ja ihre Mutter bei einem frankistischen Bombardement in Madrid umgekommen und ihr Vater in Albatera bei Valencia erschossen worden war. Sie erinnerte sich an diese beiden Jahre, der Buße, der Sühne für das Verbrechen, einer unfrommen, ja ungläubigen Familie anzugehören, der allmorgendlichen Bestrafung oder Fastbestrafung, weil sie sich weigerte: *Presente!* zu rufen, anders gesagt »Anwesend«, man wird es verstanden haben, wenn der falangistische Führer der Gefangenenwärter paradoxerweise den Namen des Abwesenden, José Antonio Primo de Rivera, aufrief, des Sohns eines Militärdiktators und vor allem wegen seiner Sprachfehler und Versprecher berühmten Angebers, der in einer aufsehenerregenden Rede die Sorbonne für eine liederliche Pariserin hielt und den Intellektuellen seines Landes daher ihren Besuch vorwarf, selbst ein Diktator in spe, der Sohn, dieser fragliche José Antonio. Sie erinnerte sich, wie dem auch sei, daß der Name des

Sohnes eines sich beim Volk anbiedernden und den Faschisten nahestehenden Demagogen jeden Morgen beim Appell aufgerufen wurde, vor den gedrängten Reihen der Mündel von Vater Staat oder Mutter Nation oder umgekehrt, wer weiß, einem rituellen Aufruf des Gründers der Falange, was um so bequemer war, als er tot war, zu Beginn des Bürgerkriegs in einem republikanischen Gefängnis hingerichtet, und somit die Autorität des Generals Franco nicht anfechten konnte, des dickbäuchigen Schlächters von Marokkanern, deren im Rifkabylenkrieg abgeschlagene Köpfe er in Blumenkörben an seine Freundinnen der guten Madrider Gesellschaft schickte, der sich, Franco nämlich, zur absoluten Macht emporgehißt hatte durch Intrigen und Beseitigungen der zahlreichen Anwärter auf den Posten eines höchsten Retters in einer Armee, die sich seit mehr als einem Jahrhundert dem öffentlichen Heil verschrieben hatte, anders gesagt, der Aufgabe, das Heil des Volkes notfalls auch gegen es zu betreiben, mit Hilfe von Komplotten, Staatsstreichen und Pronunciamientos, dem einzigen Aktionsfeld, auf dem sie sich ohne allzu großen Schaden bewegen konnte, nachdem sie anderswo immer kräftig Prügel bezogen hatte von ihren Gegnern, ob Bolivianer, Kubaner, Marokkaner und sonst wem, in den Kolonialkriegen, wie sie sie das ganze 19. und 20. Jahrhundert lang mit großer Ausdauer in Grausamkeit, Korruption und Unfähigkeit führte, für die sie sich schließlich rächte im Laufe der drei Jahre eines letzten Bürgerkriegs, der gleichzeitig ihre Apotheose und ihr Schwanengesang sein sollte. Sie erinnerte sich, daß sie jeden Morgen den Mund zukniff, wenn der falangistische Führer der Gefangenenwärter, der auf seinem blauen Uniformhemd die rote Stickerei des Jochs und der Pfeile trug, das Symbol der Ideologie des spanischen Faschismus – das Ochsenjoch für den Gehorsam, die Pfeile, um auf die in der imperialen Rhetorik so gepriesenen Sterne zu zielen – wenn er sich beim Aufrufen des Namens des Abwesenden, José Antonio Primo de Rivera, heiser schrie und alle diese auf dem Hof des Erziehungsheims angetretenen Waisenkinder beiderlei Geschlechts: »Anwesend!« rufen mußten, aber sie fühlte sich einfach nicht betroffen, sie war nicht anwesend, sie blieb stumm, abwesend, anderswo. Sie erinnerte sich, daß sie zwei Jahre lang jeden Morgen wegen dieses Schweigens, dieser Weigerung, dieser auf ihrem jugendlichen Gesicht ablesbaren Verachtung bestraft worden war, der Nahrung beraubt oder in ein Verlies eingesperrt oder gezwungen, mit ausgestreckten Armen stundenlang in der Kapelle der Institution zu verharren, oder im Winter ins Wasser des eiskalten Teichs geworfen, jeden Morgen, aber sie hatte nicht kapituliert, niemals die Augen niedergeschlagen vor Licinio del Amo, dem falangistischen Direktor des Waisenhauses, und diese Haltung hatte schließlich nicht nur die manchmal von Neid gefärbte, vor allem männliche Bewunderung bei den anderen Insassen dieses Erziehungsheims hervorgerufen, ob es nun rote Waisen oder Kinder waren, die auf den Straßen des Kriegs und der Flucht von ihren Familien verloren und kleine Delinquenten geworden waren, sondern auch bei den mit der Erziehung und allgemeinen Heimaufsicht beauftragten Nonnen eine Art von Respekt, vermischt mit Schrecken, gewiß wegen der fast diabolischen Aspekte dieses Widerstands, und was den falangistischen Direktor selbst anging, so hatte dieser Starrsinn des Mädchens bei ihm schließlich eine Art Neurasthenie hervorgerufen, die von momentaner Mordlust unterbrochen war, und während eines dieser Tobsuchtsanfälle hatte Licinio del Amo, als das Mädchen ihn wieder einmal provozierte, sich seine in einem Haken endende künstliche rechte Hand abgerissen, denn er war Kriegsbeschädigter, *caballero mutilado,* um sie Demetria mit aller Gewalt an den Kopf zu werfen, die man damals natürlich nicht mit ihrem Beinamen Acracia nannte, und als diese dem Geschoß ausgewichen war, hatte der Direktor sofort mit Schaum vor dem Mund versucht, sich sein ebenfalls künstliches linkes Bein abzureißen, denn die republikanische Granate hatte ganze Arbeit geleistet, um es als Keule zu benutzen und ein für alle Mal den Schädel dieser kleinen Nutte zu zerschmettern, und er hatte das Gleichgewicht verloren, als er einbeinig auf die Göre zuhüpfte, und war der Länge nach in den winterlichen Matsch gefallen, seine künstlichen Glieder um sich verstreuend, auf den Zustand eines Menschenstumpfs reduziert, derart tobend, daß er noch am selben Abend in ein Krankenhaus gebracht werden mußte, aus dem er nicht mehr wiederkam. Sie erinnerte sich an diesen Mondreflex auf der Flaschenscherbe, als sie über die Mauer des Erziehungsheims kletterte, aus dem sie ausbrach, weil das Leben dort zu eintönig geworden war und keinen Reiz mehr hatte, jetzt, da ihr persönlicher Feind, Licinio del Amo, von einem neuen Direktor abgelöst worden war, der seine Arbeit ernst nahm und Demetria das Leben unmöglich machte, mit unendlich viel liberaleren Methoden ihr jenen Haß nahm, der ihre Daseinsberechtigung gewesen war, und das kurze Funkeln des Mondlichts hatte sie mit einer seltsamen Freude erfüllt, als wenn es die Freiheit, das Glück, das wahre Leben ankündigte. Sie erinnerte sich, daß sie die ganze Nacht gelaufen war, nachdem sie das Blut von ihrer Wunde am Schenkel abgewischt hatte, um eine entfernte Bahnstation zu erreichen, daß sie heimlich in Güterzüge gekrochen war, die langsam durch die trostlosen Landschaften der Hochebene rollten, und am fünften Tag, als sie sich auf Umwegen der Stadt näherte, wo Cousins ihrer Mutter wohnten, bei denen sie Zuflucht zu finden hoffte, wurde sie in einem Waggon, hinter einem Wall aus Säcken und Kisten, von einem etwa zwanzigjährigen Vagabunden ertappt, von dem sie niemals den Namen erfuhr noch die Gründe, daß er am Rand der Gesellschaft lebte, von dem sie nicht einmal die Stimme hörte, weil er während der vielen mit ihr verbrachten Stunden hartnäckig schwieg, ertappt in diesem Versteck eines Waggons, dessen schließliche Bestimmung eben gerade die Stadt war, wo sie hin wollte. Sie erinnerte sich, daß er sie lange angesehen hatte, mit einem klaren und kalten Blick, und daß plötzlich ein Schnappmesser in seiner Hand aufgetaucht war, die Klinge hatte beim Herausschießen geklackt, und mit der eisigen Stahlspitze seiner Waffe hatte er ihren blauen Anstaltsrock hochgehoben und schließlich ihren Unterleib entblößt, und dann hatte er mit einer leichten und präzisen Bewegung seines Messers das Gummiband zerschnitten, das den klösterlichen Baumwollschlüpfer über ihren Hüften hielt, an dem er dann mit seiner linken Hand zog, bis er ihn ganz ausgezogen hatte, und die Scham und das braune Fell entblößte, das sie krönte. Sie erinnerte sich, daß sie die Knie zusammengepreßt hatte, ohne ein Wort, aber er hatte ihr die Klinge seines Messers zwischen die Schenkel geschoben und sie gezwungen, sie zu spreizen. Sie erinnerte sich, daß das Aufblitzen der vom Strahl einer untergehenden Sonne getroffenen Klinge sie an das kurze Funkeln des Mondlichts auf der Flaschenscherbe in der Nacht ihres Ausbruchs hatte denken lassen, und sie hatte begriffen, daß von neuem ihr Blut fließen würde, auf andere Weise, daß das sicher der Tribut war, daß sie unter auf den ersten Blick so wenig günstigen Umständen erwachsen, frei und eine Frau würde. Sie erinnerte sich, daß sie von da an der kleinsten Initiative des jungen Vagabunden zuvorgekommen war, stumm, aber besessen der Befriedigung seiner Begierde hingegeben, daß sie sich ihm geöffnet hatte mit einer Geschicklichkeit, von der keiner weiß, wo sie herkam, vielleicht aus den atavistischen Tiefen eines immerhin völlig unschuldigen, naiven, unwissenden Körpers, der bis zu diesem Tag der üblichen Träume einer erwachsenden Sinnlichkeit beraubt gewesen war, da die ihre ja noch schlummerte, das Bild des Mannes den wolligen Nebel ihrer Phantasien erst in der schreckenerregenden Form des erschossenen Vaters durchdrungen hatte, wie er aufrecht dastand im Licht der Autoscheinwerfer, mit erhobener Faust, in Albatera, vor Sonnenaufgang, oder aber in der schändlichen Form jener Eisengliederpuppe von Erziehungsheimdirektor, jetzt aber erriet sie ohne die geringste Anstrengung die Bewegungen, die man machen mußte, um den Begierden dieses stummen Jungen entgegenzukommen, der geschüttelt wurde von einem konvulsivischen Glücksstöhnen, während er sie auf einer rauhen Jutematratze nahm, die sie dorthin gelegt hatte, um sich in ihrem Versteck ausruhen zu können.

Sie erinnerte sich, wie man sich in Trivialromanen erinnert, eine Erinnerung nach der anderen, in chronologischer Reihenfolge, als Paula Negri im Zimmer des letzten Stocks des ehemaligen Hôtel du Buisson auftauchte, um mit ihnen über Perséphone zu sprechen.

»Du mußt sie nach dem Essen aufsuchen«, sagt Paula und legt Artigas die Hand auf die Schulter. »Sie haben dir etwas zu sagen.«

Er lacht kurz auf.

»Natürlich, jeder hat mir heute etwas zu sagen!«

Paula sieht ihn an. Der Schatten des Todes hat gerade das rechte Auge von Artigas berührt. Bald wird er es blenden, sagt sie sich.

Sie läßt sich gegen ihn fallen und küßt ihn flüchtig auf die Lippen. Aber sie steht auf, schüttelt sich. Sie entfernt sich von diesen Erinnerungen.

Sie steht jetzt in der Loge des *El Alcazar.* Sie betrachtet die leere Bühne. Früher, in Havanna, hörte sie das klappernde Geräusch der über den Draht laufenden Metallringe. Das verschlissene weiße Laken, mehr Leinwand als Vorhang, begrenzte die Urszene. Danach begann die Fiesta.
Sie zuckt die Schultern, geht weg.

9.

»... aber durch den Tod General de Gaulles werden sich die Ereignisse überstürzen. Der Hubschrauberunfall, der in der Nähe von La Boisserie geschieht (ein Beweis für die Hypothese, es handle sich um Sabotage oder ein Attentat, konnte nicht erbracht werden), verursacht sofort ein politisches Vakuum, eine erhebliche Schwächung der Staatsmacht, von der die linksradikalen Kräfte profitieren ...«
Die Broschüre ist auf englisch verfaßt, es steht dort: *leftist forces*, was allgemeiner und weniger genau ist.
Wie dem auch sei, Fabienne fährt in ihrer Lektüre fort.
»... Unter ihrem Druck ist eine Regierung Mendès-France gebildet worden. Aber diese kann nicht mit der Unterstützung der Kommunisten rechnen, welche eine Umkehrung der Bündnisse vornehmen und mit den Gaullisten die Union du Peuple Français bilden. Auch von den Linken im Stich gelassen, hat die Regierung Mendès-France nur ein kurzes Leben. Sie tritt vor einer gespenstisch anmutenden Nationalversammlung zurück. In Wirklichkeit ist die Macht auf der Straße. Eine Flutwelle erhebt sich in ganz Frankreich und führt in den wichtigsten Industrie- und Universitätsstädten zur gleichzeitigen Gründung von Volkskommunen. Die Zentralmacht bröckelt ab und zerstreut sich. Sie stirbt ab, sagen die linksradikalen Theoretiker, die sich noch vom Marxismus inspirieren lassen. Ein sporadischer, verworrener Bürgerkrieg entfaltet sich in Frankreich. Dessen markanteste Ereignisse sind der Erste Feldzug der Bauernarmee des Finistère (1969), die Schlacht von Melun (1970), die den bewaffneten Kräften der Zentral- oder vielmehr Zentralisierungsmacht den Weg auf die Hauptstadt wieder öffnet und ihnen ermöglicht, den Kreis um die Commune von Paris wieder zu schließen, deren Territorium Tag für Tag weiter angenagt wird, und schließlich die Niederlage der föderalistischen okzitanischen Truppen in der Umgebung von Montpellier (1971). Während der gesamten Phase des Bürgerkriegs, unterbrochen von Waffenruhen und Feuerpausen, wurden UNO-Kontingente von Blauhelmen nach Frankreich entsandt, die die Einhaltung dieser Abkommen überwachen und die Kämpfenden trennen sollten.

In Paris selbst schmilzt das Territorium der Commune unter den empfindlichen Schlägen der Ordnungskräfte allmählich zusammen, und diese gewinnen die Kontrolle über ein Viertel nach dem anderen wieder zurück. Schließlich normalisieren die Abkommen von Trianon (1973) die Beziehungen zwischen der Versailler Regierung und den Behörden der Commune, die jetzt auf einen Teil der Rive Gauche beschränkt ist...«
Fabienne wirft die Broschüre auf den Tisch zurück, steht auf und geht zu dem Fenster.
Vorhin, als sie in ihrer Tasche kramte, um ein Päckchen Zigaretten herauszuholen, hatte sie den Faltprospekt wiedergefunden, den die blonde Autobushosteß, die an der Kreuzung Croix-Rouge von einem der Japaner der Kommandos aus nächster Nähe erschossen wurde – erinnert man sich noch daran, an diese Zeit, wo ein Menschenleben nichts mehr zu zählen scheint und wo es auf einen Tod mehr oder weniger nicht ankommt? –, an jeden der Touristen verteilt hatte, als sie eben den Busbahnhof der Esplanade des Invalides verließen. Gelangweilt hatte sie die Broschüre durchgeblättert, die einen historischen Abriß der Ereignisse seit 1968 enthielt sowie eine Reihe praktischer Informationen über die Commune de la Rive Gauche.
Sie wirft den knallbunten Faltprospekt auf den Tisch, sie geht zum Fenster.
Sie schiebt den Vorhang beiseite, betrachtet die Baustelle des Lochs der Hallen. Gelb oder rot behelmte Männer bewegen sich mitten in einem Wald aus Metallstangen, die aus der wie ein Krebs im Bauch von Paris wuchernden Zementmasse herausragen. Lastwagen kommen und gehen, Betonmischer machen einen Lärm, der selbst durch die Entfernung und die Höhe des Standpunkts kaum gedämpft wird.
Fabienne dreht sich mit verkrampften Händen um, beklommen.
Wird Carlos zu ihr in die Rue des Bourdonnais kommen? Vorhin konnte sie keinen ruhigen Moment finden, um ihm, von den anderen unbemerkt, ein Wort zuzuschieben. Unbemerkt vor allem von dem Amerikaner, der ihr nicht von den Fersen wich, offenbar befriedigt über das Interesse, das Fabienne bei all den bei Paula Negri versammelten Männern erregte. Eine ziemlich infantile Befriedigung, wie man zugeben muß, überraschend bei

einem so intelligenten Mann, denn Fabienne war ihm nicht seiner schönen Augen wegen gefolgt, wie sie ihm zu verstehen zu geben schien, sondern getrieben von der Unruhe, die die falsche Nachricht von Carlos' Verletzung bei ihr ausgelöst hatte. Da dieser Grund nicht ausgesprochen werden konnte und da es keinen anderen glaubhaft vorzuschieben gab, nahmen die meisten der anwesenden Personen wirklich an, daß die unbekannte Frau, geschützt von einer Anonymität, die sie um jeden Preis wahren zu wollen schien, nur da war, um Michael zu folgen oder ihn sogar zu verfolgen.

Antonio el Pirulí jedenfalls hatte in dieser Hinsicht keine Zweifel mehr. Man muß erwähnen, daß Yannick ihm nebenbei die unanständige Episode aus dem Bus anvertraut hatte, wobei sie ihm alle nötigen Einzelheiten über die Dimensionen und die Stärke des Nju Yorker Gemächtes angab, das sie sachkundig manipulierte, und daß sie ihm auch von der Heiterkeit erzählt hatte, mit der Fabienne – oder vielmehr die Unbekannte – diese ganze manuelle Arbeit beobachtete und schließlich mit einem lateinischen Satz kommentierte, der nicht nur ihre Gelehrsamkeit, sondern auch die Libertinage ihres Geistes bewies. Von da zu der Schlußfolgerung, daß diese Frau eine etwas lockere Bürgerin war, die in die Z.U.P. kam auf der Suche nach einem Maßschwanz, war es nur ein Schritt, den Pirulí um so leichter machte, als sein tiefer Frauenhaß und sein Sinn für Klasse – man sah wohl, daß diese elegante Frau Klasse hatte! – ihm diesen Weg erleichterten.

Wie dem auch sei, Fabienne hatte Paula Negri abrupt stehengelassen nach der Frage, die diese ihr ohne Umschweife stellte, ohne daß sie also Carlos begreiflich machen konnte, warum sie sich erlaubte, ihn hier wiederzutreffen, und ohne daß sie ihn an die Verabredung vom Nachmittag in der Rue des Bourdonnais erinnern konnte.

Sie war um so unruhiger, als sie in der Wohnung keine Nachricht von Carlos vorgefunden hatte. Normalerweise lag da etwas: ein paar Worte mit Datumsangabe über sein Warten, seine Begierde, manchmal ein Kommentar über dieses oder jenes Ereignis, diese oder jene Lektüre oder ein kleiner Zettel, der nichts als ein Aufschrei war. Es kam auch vor, daß sie längere Texte von Carlos vorfand, wenn sie in der Rue des Bourdonnais ankam,

Instruktionen gewissermaßen oder Szenarios, die im voraus die amourösen Prozeduren und Abläufe ihres nächsten Treffens beschrieben. Texte, immer geschrieben mit quälender Genauigkeit, in einer gepflegten Sprache, aber von äußerster sinnlicher Derbheit, die sie klopfenden Herzens las, während sie auf ihn wartete. Frenetische Texte zweifellos, deren vermessene Absicht wahrscheinlich darin bestand, die sehr kurze Zeit, die ihnen für die Lust zur Verfügung stand, ganz auszufüllen und diese durch eine vorweggenommene Erzählung oder eine obsessive Memorierung der Freuden des vorhergehenden Treffens zu erhellen und zu beleben. Als ob diese Art Stunden, die sie zusammen verbringen durften, zwei- oder dreimal im Monat, nicht öfter, dieser tauben und hartnäckigen Arbeit der Sprache, der Schrift bedurften, um sich nicht zu verflüchtigen, um nicht von der ausgedörrten Trockenheit der Abwesenheit und Trennung aufgesogen zu werden.

Das letztemal, als Fabienne zu einer Verabredung mit Carlos gehen konnte, an jenem so oft erwähnten Tag, wo sie in der Rue des Bourdonnais ein Exemplar der *Mystères de Paris* gefunden hatte, hatte sie auf einem Tisch zwei Nachrichten sehr unterschiedlicher Art entdeckt.

Die erste, ziemlich knappe, lautete: »8. Oktober 1975. Heute trennt mich der gleiche Abstand von dem Tag, wo ich dich sah, und von dem Tag, wo ich dich sehen werde. Jede Stunde wird mich jetzt von einer Erinnerung entfernen, um mich ihrer Wahrheit näher zu bringen.«

Diese Zeilen hatten sie bestürzt durch die Genauigkeit, mit der sie ihre eigenen Gefühle ausdrückten. Sie hatte sie mehrfach leise vor sich hin gesagt, bevor sie das Postskriptum las, das Carlos hinzugefügt hatte: »P. S. Jedem das Seine, wie man sagen würde: *à chacun son dû*. Diese Worte stammen nicht von mir, sondern von Jean Giraudoux. Sie stehen in einem Brief an eine gewisse Isabelle, von der ich nichts weiß, außer daß sie die letzte Liebe von G. gewesen ist. Aber ich verwende sie gern, um den Kern meiner Gedanken auszudrücken. Alles andere, was ich heute sagen könnte, auf halbem Weg zwischen zwei Treffen mit dir, wäre fad und überflüssig.«

Mit zitternden Händen hatte Fabienne sorgfältig das Blatt zusammengefaltet, auf das Carlos diese Sätze geschrieben hatte,

mit winziger und genauer, genau lesbarer Schrift. Dann hatte sie die zweite, merklich längere Nachricht genommen. INSTRUKTIONEN lautete der Titel in Großbuchstaben. Die Absätze waren numeriert, als ob in dem Moment, wo er sich von dem vorahnenden Delirium einer nach dem Absoluten dürstenden erotischen Beziehung einnehmen ließ, das eben deswegen zerstörerisch war, weil es ständig die Verworfenheit streifte oder zumindest den schlimmsten, aller gefühlsmäßigen Vorwände entbehrenden Exzeß, Carlos das dunkle Bedürfnis gespürt hätte, sich an den Anschein einer Ordnung zu klammern, an eine beruhigende Scheinrationalität, als ob die Ziffern eins, zwei, drei und so weiter, die jedem Absatz vorangingen, irgendeine banale Gebrauchsanweisung beträfen und nicht eine infernalische Progression auf die äußerste Nacktheit in der Kommunikation, auf die verzweifeltste Entblößung einer Liebe, deren Erfüllung zugleich der Gipfel des Glücks und ein Abgrund von Angst wäre.
INSTRUKTIONEN also: »1) F. wird ihren Rock ausziehen. Sie wird ihre Strümpfe, ihre Strapse anbehalten, wie vorgesehen, festgelegt, den Regeln entsprechend. Jedes Vergessen dieser Regel wird mit der Peitsche bestraft. Sie wird sich auf das Bett legen mit gespreizten Beinen, so daß ich ihre *obscenity* betrachten, sie nach Belieben streicheln kann ...«
Aber es ist unmöglich zu wissen, ob dieses englische Wort *obscenity* anstelle eines sehr knappen und bündigen französischen Wortes schon in dem Manuskript dieser INSTRUKTIONEN stand – das nicht vollständig zu reproduzieren man uns erlauben wird, nicht nur aus Sorge um sprachliche Diskretion, da dieser Text geschrieben worden ist, damit Fabienne ihn in der Einsamkeit ihrer Intimität läse, oder umgekehrt, bestimmt nicht, damit er ausposaunt werden kann, was ihm seine wahre Bedeutung nehmen würde, das zu verschweigen man uns aber auch erlauben wird, weil wir einen aktiven, phantasievollen Leser unterstellen, der in der Lage ist, sich die Fortsetzung auszudenken, worin Absatz für Absatz, das war voraussehbar, die Bewegungen, die Stellungen, der Diskurs einer amourösen Beziehung aufgezählt wurden, ganz darauf gerichtet, die Körper und die Geister der Liebenden den Imperativen des hinter diesem Glück verborgenen Abgrunds, des hinter dieser Lust verborgenen

Schmerzes zu unterwerfen, um Glück und Lust der flüchtigen Fadheit einer organischen Befriedigung zu entziehen und sie in der unvergeßlichen Ewigkeit des Erkennens und der Mitgeburt zu verwurzeln – oder ob dieses Wort *obscenity* nicht nachträglich von einem der ERZÄHLER dieser Geschichte hinzugefügt wurde.
Im einen wie im anderen Fall ist zumindest klar, daß sein Ursprung zu keiner Verwechslung Anlaß gibt: er findet sich in Hemingways *For whom the bell tolls,* in dem von diesem Schriftsteller verwendeten Verfahren, spanische Flüche, die, wie man wahrscheinlich weiß, von unerhörtem Reichtum sind, systematisch durch dieses einzige englische Wort zu ersetzen, das durch ständige Wiederholung schließlich in allen Lichtern des Nicht-Gesagten, des Untersagten glänzte.
Aber all das war vierzehn Tage vorher geschehen, bei Fabiennes letztem Besuch in der Wohnung der Rue des Bourdonnais. Heute gab es keinerlei Nachricht von Carlos, keinerlei frische Spur, daß er da war.
Fabienne tritt vom Fenster zurück, von der konfusen und babylonischen, vielleicht sogar babelischen Landschaft der Baustelle der Hallen. Sie bleibt reglos mitten im Zimmer stehen, vor Angst verkrampft: wird Carlos heute nachmittag zur Verabredung kommen? Zur Stunde muß er gerade sein Essen in der Rue Séguier mit seinen Freunden beenden.

Das Essen näherte sich tatsächlich dem Ende.
Karl Marx war zum Kaffee gekommen, wie dem auch sei.
Sie waren im großen Eßzimmer des Erdgeschosses. Die Fenstertüren gingen auf den Innenhof. Eine gewisse Aktivität machte sich langsam am Drehort der *Mystères de Paris* wieder bemerkbar. Elektriker legten Kabel. Statisten gingen zwischen den Bäumen umher, in ihrer Kleidung des vorigen Jahrhunderts, die perfekt zur Architektur des ehemaligen Stadtpalais paßte. Boris Villeneuve hatte auf seine Uhr gesehen: es war bald Zeit, wieder zu seinem Team zu gehen.
»Ich«, hatte Artigas gerade gesagt, »ich schreibe.«
»*Paludes*! Du schreibst *Paludes,* nehme ich an!« hatte Boris gerufen, als er vom Tisch aufstand.
Sie hatten natürlich gelacht. Es waren gebildete Leute.

Karl Marx hatte auch gelacht, trotz dem Anachronismus. Anna-Lise hatte den Kopf gehoben, erstaunt. Nicht, daß diese Anspielung auf Gide sie verwirrt hätte, keineswegs. Aber sie mußte ja wissen, daß Artigas nicht mehr schrieb, wenigstens nicht, seit sie ihre Tage mit ihm teilte. Instinktiv hatte sie die Aufnahmetaste gedrückt. Ihr winziges japanisches Tonbandgerät hatte sie immer bei sich, wir haben es schon gesagt. Es stand auf dem Tisch, eine kleine tückische Zauberkiste auf dem makellosen Tuch. Niemand achtete jedenfalls auf Anna-Lises Bewegung.
Diese war neugierig, wie es weiterging. Denn Artigas schrieb nichts, das wußte sie ganz genau. Aber seit einigen Wochen redete er unentwegt, beantwortete Fragen, die sie ihm stellte, kommentierte für sie Dokumente, die sie wiedergefunden hatte, beschrieb die Häuser und Landschaften seiner Kindheit, und so weiter. Vielleicht hatte er vor, dieses Material zu überarbeiten, aus ihm etwas Geschriebenes zu machen, das sich zu dem Gesprochenen verhält wie das Gekochte zum Rohen. Anders gesagt, irgend etwas aus seiner eigenen Küche.
Auf gut Glück hatte sie das Tonband eingeschaltet.
Carlos und seine Freunde pflegten am Ende dieses traditionellen und relativ regelmäßig zweimal im Monat stattfindenden Essens, wenn Sonsoles den Kaffee brachte, die Bilanz ihrer jeweiligen Arbeit zu ziehen, sie gewissermaßen der Meinung und Kritik der anderen zu unterbreiten. Aus diesen Diskussionen ging manchmal Licht, manchmal Schatten und Konfusion hervor. Diskussionen sind letztlich wie Barrikaden. Zumindest wie die Barrikaden einer Losung vom Mai 68, die sicher Anarchos an eine Hofwand der Sorbonne gemalt hatten: »Barrikaden schließen die Straßen, öffnen aber die Perspektiven.« In Wirklichkeit war diese Losung einer öffentlichen und romantischen, vielleicht sogar romanesken Ordnung oder vielmehr Unordnung auf kastilisch: *las barricadas cierran las calles pero abren las perspectivas,* und signiert mit einem großen A in einem Kreis, dem A der Anarchie oder der Akratie. Kurz und gut, und um zu unserem Thema zurückzukommen: Diskussionen und Barrikaden öffnen oder schließen, je nachdem.
Heute hat Maxime Lecoq über den Stand seiner laufenden Arbeit, seines *opus magnum* über *Geschichte und Arbeiterklasse* berichtet. Er hat ihnen ein Resümee der provisorischen Schluß-

folgerung gegeben, die er noch einigen historischen Analysen und Überprüfungen unterwerfen wollte. Nach Maxime – und sie hatten alle die Heiterkeit seines Vortrags bemerkt, das intellektuelle Fieber, das ihn belebte, was bei ihm in letzter Zeit, wo seine unbestreitbare Klarsicht gewöhnlich von einem abgeklärten Mißmut gefärbt war, eher selten geschah, ohne daß sie jedoch in der Lage waren, die Gründe für diese neue Dynamik, diese Munterkeit zu erraten, Gründe, die der Leser dagegen kennt, da er weiß, daß Maxime gleich mit Ingrid eine Verabredung hat, unter dem fadenscheinigen Vorwand einer Nachforschung wegen eines wenig bekannten Texts von Karl Marx, bei der es um etwas so Schwerwiegendes geht wie den ersten Akt, oder Übergang dazu, einer Liebesgeschichte – nach Maxime Lecoq also war das moderne Proletariat nicht nur nicht die universelle Klasse, die Marx philosophisch erträumt hatte – dessen konkrete ökonomische und gesellschaftliche Analysen jedoch, seien wir gerecht, ein ganz anderes Bild ergaben, das der widersprüchlichen Dichte des Realen näher kam –, sondern es war sogar unfähig, historisch gesehen, versteht sich, in der Gesellschaft eine Hegemonierolle zu übernehmen. Anders gesagt, das moderne Proletariat, von dem Marx lediglich die Geburt und die ersten Schritte gekannt und untersucht hatte – da er es ja mehr mit der Auflösung der alten aristokratischen Schichten der Handwerker–Arbeiter zu tun hatte, die aus der Pariser Commune (der ersten!) das Vorbild und den Schwanengesang ihrer Möglichkeit machten –, war keine Klasse, die fähig gewesen wäre, die Klassengesellschaft zu überschreiten und zu überwinden: es besaß weder die kulturellen noch die politischen Mittel, noch, versteht sich, die ökonomischen Fähigkeiten, eine neue, andere Gesellschaft zu gründen. Sosehr der Klassenkampf des Proletariats notwendig, ja sogar lebenswichtig war, um die Perspektive der Veränderung, der Reform, der Demokratie innerhalb der bürgerlichen Gesellschaft offenzuhalten, so sehr erwies sich dieser Kampf als unwirksam jenseits der Strukturen dieser Gesellschaft selbst.

»Aus dieser provisorischen Schlußfolgerung, die ich hier vereinfacht, vergröbert zusammenfasse«, hatte Maxime gesagt, »ergibt sich eine scheinbar paradoxe politische Strategie: gerade die radikalen Pläne einer Gesellschaftsveränderung berauben die

Arbeiterklasse ihrer historischen Autonomie, ganz zu schweigen von ihren Freiheiten! Man muß sie also meiden wie die Pest, was auch immer die Doktrinäre der bürokratischen Schichten sagen. Die einzig wirklich revolutionäre Perspektive ist heute die, die nicht beabsichtigt, die Gesellschaft zu verändern, sondern die Veränderung zu vergesellschaften. Der Beweis *a contrario* wird von den Systemen des Ostens geliefert, wo eine revolutionäre Strategie, wenn sie sich entfalten könnte oder sofern sie sich wird entfalten können, sich zwangsläufig die pluralistische Demokratie zum Ziel wird setzen müssen. Anders gesagt, eine rückwärts gerichtete Rückkehr. Die revolutionäre Zukunft der Gesellschaften des Ostens, wenn sie überhaupt eine haben, liegt in unserer Vergangenheit!«

In dieser absichtlich provozierenden Formulierung rief Maximes These Einwände im Detail, Präzisionen oder Haarspaltereien hervor. Aber alle betrachteten sie als allgemein richtig und positiv.

Boris Villeneuve seinerseits hatte heute nicht viel zu sagen. Er hatte sich damit begnügt, auf den Innenhof zu zeigen: jeder sah ja, was er drehte.

»Ich schreibe nicht *Paludes*«, hatte er gesagt. »Ich schreibe, viel bescheidener, die *Mystères de Paris* neu!«

»Mit dem hier anwesenden Karl Marx!« fügte er hinzu.

Der junge Marx hatte mit strahlenden Zähnen im Löwenbart gelächelt, in die Runde gegrüßt und ihnen etwas anvertraut. Er fragte sich nämlich, ob die Besuche Heinrich Heines in der Rue Vaneau, diese beflissene Anwesenheit in seinem Haus ganz und gar unschuldig waren. Interessierte er sich nicht allzusehr für Jenny, dieser Dichter? »Ich frage mich«, fügte Karl Marx hinzu, »ob Jenny nicht für seinen romantischen Charme empfänglich ist, wie sie es in einigen Jahren – tut mir den Gefallen, an meine prophetischen Gaben zu glauben! – für den von Gustave Flourens, den glühenden Kommunarden sein wird. Mit einem Wort: ist dieser jüdische Schönredner Heine nicht geil auf Jenny von Westphalen, meine junge Gattin?«

Mitten unter dem Applaus der entzückten Tischgenossen beugte sich Artigas zu Abraham Bengio hin, um ihn zu beglückwünschen. »Ich, der ich Marx gekannt habe«, sagte er zu ihm, »kann Sie der Wahrscheinlichkeit Ihrer Interpretation versichern!

Selbst dieses derbe Wort ist ganz und gar marxisch. Man braucht dazu nur die Korrespondenz mit Engels durchzusehen, seine freie Redeweise festzustellen. Und wenn die Erben die kompromittierendsten Briefe nicht verbrannt hätten, hätte man noch ganz anderes gesehen!«

Abraham Bengio nickte billigend.

Aber wenn er auch die Rolle von Marx perfekt spielte, weil er die Biographie seiner Figur in den Fingerspitzen hatte, so wäre es übertrieben zu sagen, daß er sich noch sehr für die Probleme der Marxologie interessierte. Er hatte im Augenblick andere Sorgen, weil er von Leidenschaft für die katalanische Literatur gepackt war und erreichen wollte, daß sie von irgendeinem bis jetzt unauffindbaren französischen Verleger geteilt wurde – die Leidenschaft natürlich, nicht die Literatur. Zu diesem Zweck hatte er liebevoll eine Übersetzung des monumentalen *Tirant lo Blanch* von Joanot Martorell ausgebrütet, eines 1490 erstmals veröffentlichten Romans, von dem der Einarmige von Lepanto sagte, daß es das beste Buch der Welt sei, eine Meinung, die Mario Vargas Llosa, der peruanische Schriftsteller, zu teilen scheint, der im vorhergehenden Jahr unter dem Epigraph *Schreiben oder der Tod!* am Collège de France eine aufsehenerregende Vorlesung über Flaubert gehalten hatte und in seinem Vorwort zur kastilischen Ausgabe des *Tirant* – einem Vorwort, das im August 1968 in Juan les Pins entstand, als Mario gerade durch die aufständische Occitanie und Provence gereist war, um die regionalistischen Bewegungen zu untersuchen – erklärt: »Martorell ist der erste aus jenem Stamm von Stellvertretern Gottes: Fielding, Balzac, Dickens, Flaubert, Tolstoi, Joyce, Faulkner, die den Anspruch erheben, in ihren Romanen eine totale Realität zu schaffen: er ist das älteste Beispiel eines allmächtigen, uneigennützigen Romanciers.«

Wie dem auch sei, *Tirant lo Blanch* ist ohne Zweifel zugleich ein Ritterroman, eine militärische Abhandlung, eine erotische Erzählung, eine soziale Untersuchung, eine psychologische Analyse, und Abraham Bengio hatte eine kongeniale barocke Übersetzung davon gemacht, bevor er sich an die des *Bearn* von Llorenç Villalonga heranwagte, eine Arbeit, die er eigens unterbrochen hatte, um in den *Mystères de Paris* die Rolle von Marx zu spielen.

Nach diesem marxologischen – oder vielmehr bengiologischen – Intermezzo fragte Carlos Artigas, ob er irgend etwas Bestimmtes mache.
»Ich schreibe«, hatte er geantwortet.
Und Boris stand vom Tisch auf und machte seine Anspielung auf Gide, und Anna-Lise stellte sofort das Tonbandgerät an, und alle lachten.
»*Paludes*! Du schreibst *Paludes,* nehme ich an!« hatte Boris gesagt.
Artigas hatte den Kopf geschüttelt.
»Aber nein, ich schreibe *L'Algarabie.*«
Anna-Lise hatte sich fieberhaft über den winzigen Apparat gebeugt, um zu prüfen, ob er richtig funktionierte. Sie wollte kein Wort von diesem Gespräch verlieren.
»*L'Algarabie?*« wiederholte sie mechanisch, nachdem sie sich versichert hatte, daß das Tonbandgerät richtig ging.
Sie kannte das Wort offensichtlich nicht. Aber niemand kann sie deshalb tadeln, da ja das Wort nicht existiert, da es nur die rein formale, phonetische und ausgedachte Französisierung eines spanischen Wortes ist.
Es stellte sich heraus, daß sie nicht als einzige die fragliche Vokabel nicht kannte. Maxime kannte sie auch nicht, und selbst Boris, der daraufhin bei ihnen geblieben war, war nicht sicher, ob er die genaue Bedeutung durchschaute.
»Das bedeutet Charabia«, sagte Carlos. »Ungefähr derselbe Sinn, dieselbe Etymologie. *L'Algarabie* ist *Charabia*!«
Artigas stimmte mit einer Geste zu.
Aber die anderen wollten Einzelheiten hören, und Carlos holte den entsprechenden Band des kritischen etymologischen Wörterbuchs der kastilischen Sprache von Joan Corominas.
»Hier«, sagte er, und schwenkte dieses Monument der Sprachwissenschaft.
Er fing an, für sie den Artikel »Algarabía« besagten Lexikons zu übersetzen, von dem beiläufig gesagt werden kann, es gehörte, ohne daß sie es voneinander wußten, zur Lieblingslektüre sowohl von Carlos-Maria Bustamante wie von Rafael Artigas und Abraham Bengio.
»Algarabía«: arabische Sprache; unverständliche Sprache, Jargon; verworrenes Geschrei; vom Arabischen *arabiya*: arabisch.

In seiner ersten Bedeutung datiert das Wort vom Ende des 13. Jahrhunderts, siehe die *Chronique générale,* die *Livres du Jeu d'échecs*; in seiner zweiten Bedeutung von 1539-42, Guevara; in seiner dritten von 1618, Espinel. Es war im Mittelalter im Portugiesischen, Katalanischen (13. Jahrhundert) und Altokzitanischen als *algaravia* im Umlauf. Es ist nicht sicher, ob das französische *charabia* von dieser hispanischen Vokabel herkommt (siehe Bloch et Sainéan, BhZRPh I 82)...

»Was ist das, Bloch? Und Sainéan? Und dieser geheimnisvolle Code dahinter?« fragte Anna-Lise in ihrer Sucht nach Genauigkeit.

»BhZRPh?« sagte Artigas. »Du müßtest es wissen, das ist deutsch: *Beihefte zur Zeitschrift für romanische Philologie!*«

»Was du nicht sagst!« sagte die junge Frau pikiert.

»Was Sainéan angeht«, sagte Bengio, »so handelt es sich um Lazare Sainéan, von dem unter anderem *L'argot ancien* stammt, das von 1907 datiert, wenn ich mich recht erinnere, und *La langue de Rabelais* in zwei Bänden!«

»Was Bloch angeht«, fährt Carlos fort, »so ist das *der* Bloch: *Dictionnaire étymologique de la Langue française,* in Zusammenarbeit mit von Wartburg. Ebenfalls zwei Bände.«

Anna-Lise pfeift zwischen den Zähnen.

»Meine Fresse! Was ihr alles wißt!«

Artigas nickt.

*»Honneur des hommes, Saint Langage! Ehre der Menschen, Heilige Sprache!«* deklamiert er.

Boris Villeneuve wirft wieder einen Blick auf seine Uhr, dann sieht er nach, wie weit das Filmteam ist.

»Und für dich«, sagt er zu Artigas, »was ist Algarabía für dich? In welcher Bedeutung nimmst du das Wort?«

»In allen Bedeutungen«, sagt Artigas, »es ist ein verworrenes Geschrei, eine unverständliche Sprache, ein Jargon. Ich könnte diesen Roman ebensogut *Der Turm von Babel* oder *Charabia* nennen.«

»Dann ist es also ein Roman«, fragt Boris, »entgegen allem Anschein?«

Artigas nickt zustimmend.

»Es ist die Geschichte eines alten Mannes, von dem niemand mehr den richtigen Namen weiß, der früher Bücher geschrieben

hat. Es spielt an einem einzigen Tag im Oktober 1975. General Franco liegt im Sterben. Der Mann geht durch die Z.U.P. Er will aufs Polizeipräsidium gehen, um einen Paß zu erhalten. Er will nach Hause...«
»Nach Hause?« sagt Carlos. »Also ist er kein Franzose. Trägt er nicht vielleicht das Pseudonym Artigas?«
Artigas sieht ihn an.
»Vielleicht«, sagt er kurz. »Und dann wird er von allen möglichen Hindernissen davon abgebracht, das Polizeipräsidium zu erreichen. Es gibt lauter Zwischenfälle...«
»Die Entführung von Yannick de Kerhuel zum Beispiel. Der Raub Perséphones«, unterbricht Boris ihn.
»Zum Beispiel«, antwortet Artigas.
»Kurz«, sagt Boris etwas enttäuscht, »wieder ein realistischer Roman!«
Artigas sieht ihn an.
»Es fällt mir schwer, mir etwas einfallen zu lassen«, sagt er, »ich muß von der Wirklichkeit ausgehen oder zu ihr zurückkehren! Wäre dir etwas eingefallen?«
Das blaue Auge von Boris funkelt.
»Gut, ich sehe deinen alten Schriftsteller, die Vorstellung von einem pikaresken Roman... Denn darum handelt es sich doch, nicht wahr? Ich sehe auch die Tatsache, daß dieser Mann einen Ort zu erreichen, etwas zu erhalten versucht... Das ist eine der goldenen Regeln von Alain Resnais: die Figuren müssen einen Zweck verfolgen, in ein Unternehmen verwickelt sein!«
»Ein Paß«, sagt Artigas, »Papiere. Das muß eine Beziehung zur Identität haben!«
Boris nickt.
»Gut«, sagt er. »Die Sache mit der Identität ist nicht schlecht. Das ist zwar etwas Mode, aber was soll's. Ich traue dir zu, daß du die entsprechenden Fallen umgehst. Das funktioniert. Aber warum nicht am Anfang eine Hypothese erfinden, die die Wirklichkeit umstürzt, die uns bekannte Geschichte verändert?«
»Zum Beispiel?«
»Stellen wir uns zum Beispiel vor, daß de Gaulle im Mai 68 nicht bei jenem Hubschrauberunfall, oder was es auch immer war, umgekommen ist«, sagt Boris. »Was wäre dann passiert?«

»Er wäre nach Paris zurückgekehrt«, sagt Maxime Lecoq, »er hätte die Rede gehalten, deren Text man in La Boisserie gefunden hat. Die Bewegung vom Mai wäre sofort abgebrochen worden. Nach Auflösung der Nationalversammlung hätte es bei den Parlamentswahlen einen Erdrutsch zugunsten der Gaullisten gegeben. Genau das wäre passiert!«
Sie lachen.
»Sag mal«, ruft Carlos aus, »was für eine komische Vergangenheit sagst du uns da voraus!«
»Ist das denn unwahrscheinlich?« fragt Maxime.
»Das ist eher sehr gut möglich«, sagt Artigas.
»Also«, schließt Boris, »versuch dir doch einmal vorzustellen, wie Frankreich heute, 1975, auf Grund solcher Prämissen wäre.«
»Grauenhaft!« sagt Artigas.
Sie lachen wieder.
Aber Anna-Lise findet, daß sie abschweifen.
»Schreibst du diesen Roman wirklich?« fragt sie.
Er dreht sich zu ihr um.
»Du weißt doch genau, daß ich in der letzten Zeit nichts anderes tue, als dir mein Leben zu erzählen!« sagt er. »Aber vorhin, als ich zu Eleuterio kam, trällerten im Hof des herrschaftlichen Hauses kleine Mädchen eine maurische Romanze. Plötzlich war alles da: der Roman ist ganz fertig aufgetaucht, mit seiner Erzählstruktur, seinem Fortgang, seinen Figuren.«
Anna-Lise sieht ihn aufmerksam an.

(Später, wenn sie nach dessen Tod andere Papiere von Artigas ordnen wird, zu denen sie noch nicht Zugang gehabt hatte, wird sie einen Text finden, der die Behauptung dementiert oder zumindest korrigiert und nuanciert, daß der Roman im Hof des Hôtel du Buisson ganz fertig aus seiner Imagination aufgetaucht sei wie Minerva aus dem Kopf Jupiters, als das kleine spanische Mädchen mit den Lackschuhen und dem braven gestreiften Kleid die Romanze von Moraïma trällerte: *hablóme en algarabía – como quien la sabe hablar*... Später wird sie in einer Mappe etwa fünfzig kastilisch geschriebene zusammengeheftete Blätter finden, die eindeutig den Anfang eines Romans oder einer Erzählung bilden, deren allererste Seiten sich in zwei verschiedenen Varianten darbieten und keinen Titel haben, dafür aber eine Filzstiftaufschrift auf dem ersten Blatt der ersten Variante über Ort und Datum der Niederschrift. Später wird sie feststellen, daß im Sommer 1974 – und durch ihre Nachforschungen hatte sie herausbekommen, daß Artigas die Z.U.P. damals ohne eine wirklich amtliche Berechtigung oder Reisegenehmigung verlassen hatte, um für einen Monat in die Umgebung von Fouesnant in der Bretagne zu flüchten, in ein kleines Steinhaus, das ein Freund ihm überlassen hatte, bedeckt mit Kletterrosen und verloren mitten in einem hundertjährigen Wald, und diese Flucht, erfuhr sie, hatte zum Ziel gehabt, am Fernsehen die Endspiele der Fußballweltmeisterschaft verfolgen zu können, die in Deutschland stattfanden und deren Übertragung in der Z.U.P. gestört werden würden, unmöglich gemacht durch eine sektiererische und infantile Entscheidung der Medienkommission der Commune, unter dem beherrschenden Einfluß der Extremisten, die es für unentbehrlich hielten, dem Volk ein so »debiles und demoralisierendes« Schauspiel zu verbieten, das waren tatsächlich die in der Entschließung verwendeten Ausdrücke – später also wird sie feststellen, daß 1974, mehr als ein Jahr vor der Episode im Hôtel du Buisson, die den Romanprozeß plötzlich kristalliert haben soll, Artigas an einer Erzählung arbeitete, deren Hauptperson schon Rafael Artigas hieß und in der auch schon am Anfang Eleuterio Ruiz und seine Gefährtin Acracia Seisdedos auftauchten. Doch was sie mehr überraschte, ja bestürzt machte, als sie dieses Erzählfragment entdeckte, war, daß sich dort schon auf der ersten Seite der Tod der Hauptfigur ankündigt.

Der Text präsentierte sich also folgendermaßen:

*Fouesnant*

*»Le Rojou«,*

*Sommer 1974*

– eine handgeschriebene Aufschrift, darauf wurde bereits hingewiesen, die jedoch bestimmt aus einer späteren Zeit stammt als die Niederschrift der eigentlichen Erzählung, da die Aufschrift französisch und die Erzählung selbst kastilisch ist, womit bewiesen sein könnte, daß die Angaben über Ort und Datum später von Artigas hinzugefügt worden waren, sicher in dem Moment, als er diese Blätter geordnet hatte –

*Si no se hubiera muerto aquella misma tarde, a la hora incierta de entre perro y lobo, la enhoramala de las cinco en punto de la tarde, seguro que Rafael Artigas no habría conservado en su memoria la impresión de que ese día de invierno había sido algo excepcional.*
*En suma, que lo único excepcional de ese día de diciembre en la vida de Rafael Artigas iba a ser su muerte.*
*Afirmación ésta que de inmediato provocará protestas, comentarios, controversias y consideraciones, si se considera, en efecto, que de todos los acontecimientos de la vida, el menos excepcional, sin duda, resulta ser la muerte. Y es que, para decirlo con pocas palabras y precisamente con las de un enciclopedista francés a menudo citadas por el anaciano ácrata Eleuterio Ruiz, esposo o compañero de Acracia Seisdedos, »la especie humana es la única que sepa que va a morir y lo sabe por experiencia ...*
Später also, als sie die Blätter fand, die sie im Augenblick für uns nicht vollständig abschreiben wird und von denen Carlos ihr lediglich die ersten Zeilen übersetzt hatte: »Wenn er an diesem Nachmittag, zur ungewissen Stunde zwischen Hund und Wolf, der unheilvollen Stunde um fünf Uhr nachmittags nicht gestorben wäre, dann hätte Rafael Artigas sicher nicht den Eindruck im Gedächtnis behalten, daß dieser Wintertag außergewöhnlich gewesen war« –, als sie später den Anfang dieser Erzählung las, hatte sie feststellen können, daß genau der Tod von Artigas sie in Gang brachte, gewissermaßen begründete.
Also nicht nur war die Begegnung mit dem kleinen spanischen Mädchen, das seine Romanze trällerte, *yo me era mora Moraima, morilla de un bel catar,* nicht entscheidend gewesen für die Entstehung des Romans in den älteren und wahrscheinlich verschwommeneren Ursprüngen, selbst wenn sie Artigas auf seinen Titel gebracht hatte, was ja durchaus nicht unwichtig ist, sondern er hatte auch schon vor mehr als einem Jahr den Tod der Hauptfigur, seinen eigenen Tod also, als Motor der erzählerischen Verwicklung konzipiert. Und sicher war er ehrlich, wenn er an jenem fernen Oktobertag in der Rue Séguier behauptete, daß der Roman genau in dem Moment ganz fertig aus seiner Imagination aufgetaucht war, als im Hof des Hôtel du Buisson ein kleines Mädchen angefangen hatte, die Romanze von der

Algarabía zu trällern, sicher hatte er, während sich trügerischerweise in seinem Geist alles mit einem Schlag einzustellen schien, die Vorbereitungen, die Archäologie dieser verborgenen Arbeit des Romans vergessen, vergessen vor allem, daß es die Prophezeiung seines eigenen Todes war, die ihn belebte, ihm Leben verlieh.

Wie dem auch gewesen sein mag, an dem Tag, als sie die ersten Blätter dieser kastilischen Erzählung unter dem Datum »Fouesnant 1974« entdeckte – und sie war natürlich in die Bretagne gefahren; das war im Januar, es gab keine Rosen auf der Steinfassade des kleinen Hauses in »Rojou« auf der Lichtung, aber das Licht war dicht und bläulich und von einer in winzige Opaleszenzschichten gestaffelten Transparenz, das grelle sanfte Licht des Finistère; sie war alle Hohlwege der Umgebung durch das sumpfige Gestrüpp von Poulpiquet gegangen – an jenem Tag kam sie auf die Idee, und sie sprach sofort mit Carlos darüber, den postumen Roman von Artigas zu schreiben, von dem er ihnen, am Ende des Essens in der Rue Séguier, in einigen Worten den Plot, die Schlüssel und die Figuren geliefert hatte. »Du wirst auch im Roman vorkommen, Elizabeth«, hatte er zu ihr gesagt, »aber ich werde dich Anna-Lise nennen.« Sie hatte das auf den ersten Blick überhaupt nicht witzig gefunden. »Anna-Lyse, mit *y* natürlich!« hatte sie etwas beleidigt ausgerufen. »Warum nicht?« erwiderte er ruhig, »ich werde darüber nachdenken. Jedenfalls wirst du meine Kur gewesen sein, im doppelten Sinn der lateinischen Herkunft des Wortes. *Cura,* meine Sorge, das ist gewiß, meine schöne Sorge! Ich sorgte mich nur um dich, und du sorgtest dich nur um mich: du hast mich kuriert, gereinigt, geleert von allen Worten, allen verdrängten Verschweigungen. Und außerdem macht sich das *y* ganz gut, weil du der *Lys,* die Lilie meines Alters gewesen sein wirst...« Aber Carlos hatte ausgerufen: »Vorsicht, er wird lyrisch! Das verspricht nichts Gutes!« Sie hatten etwas gezwungen gelacht. »Nenn doch deine Figur Anna-lyrisch«, hatte Boris hinzugefügt. Und Abraham Bengio war noch weiter gegangen: »Und warum nicht Onilyrisch?«

Aber alles hat ein Ende, selbst die besten Witze, und Boris hatte zu seinem Team gehen müssen, da es Zeit war, die Dreharbeiten der *Mystères* fortzusetzen, und gerade hatte Karl Marx einen bemerkenswerten Auftritt oder vielmehr Abgang, weil er Clémence d'Harville ansprechen mußte, um ihr die Heuchelei der Philanthropie zu beweisen, und Marx und Boris verließen sie also, nachdem Artigas in einigen Worten den Plot und den Ablauf jenes postumen Romans dargelegt hatte, den Elizabeth in seinem Namen an seiner Stelle zu schreiben beschloß, den sie sogar unter dem richtigen Namen von Artigas veröffentlichen wollte.

Aber sie steht jetzt vom Tisch auf, wo das unvollendete Manuskript dieses Romans ausgebreitet ist, an dem sie seit Jahren mit Unterbrechungen gearbeitet hat, sie schiebt den Vorhang des Fensters beiseite und betrachtet die Landschaft des Lago Maggiore.

Sie ist in Ascona, in der italienischen Schweiz.

Vor drei Monaten, als sie geplant hatte, sich irgendwo mit dem ersten Entwurf dieses Buches, der noch unförmigen Skizze zurückzuziehen, wo die Handlung sich noch kaum herausschälte aus der Masse oder dem Magma von Tonbandaufzeichnungen, Dokumenten und erratischen Dialogfragmenten, die sie schließlich auf dringenden Rat von Carlos-Maria hin wieder aufzunehmen und nach den Normen des Episodenromans völlig umzuschreiben beschlossen hatte – »Denk an die *Mystères de Paris*«, hatte ihr Bustamante bei einer Unterredung gesagt, die sie in Genf gehabt hatten, um über diese erste Fassung des Romans zu diskutieren, »erinnere dich an die Rolle, die dieser Text direkt oder indirekt in unserer Geschichte gespielt hat!« –, der trotz den Abschweifungen, Umwegen und Querwegen auf das unausweichliche Ende hin fortschreitet, hatte Elizabeth sich entschieden, nach Ascona zu kommen.

Sie kannte den Ort, den sie liebenswert fand in jedem Sinn des Wortes, selbst dem stärksten. Vor Jahren, als sie noch für eine auflagenstarke deutsche Wochenzeitung politischen Journalismus betrieb, hatte sie dort geduldig nach den Spuren eines Nazikriegsverbrechers gesucht, der nach ihren Informationen in der Gegend einen Antiquitätenhandel eröffnet hatte. Es gelang ihr allerdings nicht, diesen Mann aufzuspüren, doch sie stieß völlig zufällig und überraschend auf einen hohen russischen Amtsträger der stalinschen Epoche, den der KGB der Chruschtschow-Periode aus der Sowjetunion ausreisen ließ, nachdem er ihm sogar die makellose Identität eines Opfers der russischen Revolution aus dem livländischen Adel besorgt hatte, denn er kannte zu viele Geheimnisse und war so umsichtig gewesen, bestimmte Akten in einem Zürcher Banktresor in Sicherheit zu bringen, als er durch diese Stadt gekommen war in irgendeiner vertraulichen Mission seines geliebten Herrn und Meisters Josef Stalin (aber sicher habe ich schon allzuviel darüber gesagt: Elizabeth wird nicht glücklich sein, daß ich dieses Geheimnis verbreitet habe, das aufzudecken ihr bis zum gegenwärtigen Moment nicht opportun erschien: doch ich bin ja nicht gänzlich indiskret gewesen, da ich nicht den Namen des betreffenden hohen russischen Würdenträgers genannt habe, der mehr als einen überraschen würde!).

Daß sich Elizabeth für Ascona entschieden hatte, lag nicht nur am Reiz der Landschaft und des Klimas. Es lag vor allem an der Tatsache, daß Artigas, man erinnert sich vielleicht daran, im Herbst 1945 mehrere Monate dort verbracht hatte. Er hatte mindestens einmal davon gesprochen, in dem langen Monolog, den sie ununterbrochen aufgenommen hatte und in dem er über die Beschreibung einer Madrider Wohnung, einer Stätte seiner Kindheit, sich in seinem Gedächtnis den endlosen Flur dieser Wohnung vorantastend, in Wirklichkeit sein eigenes Leben zurückverfolgt hatte. Diesmal hatte er von jenem Aufenthalt in Ascona im Jahre 1945 gesprochen. »Du warst nicht geboren, Elizabeth«, hatte er gesagt. »Und ich, ich war in jenem Herbst schon tot. Denn in Ascona war es, als ich die Augen öffnete und schloß, um mich der Realität der Welt zu versichern, daß ich die träumerische Substanz zu erahnen glaubte, aus der diese Realität gemacht war. Oder nicht gemacht war. Oder aber, ganz im Gegenteil, die Traumsubstanz, aus der ich gemacht war. Oder nicht gemacht war.«

Genau das hatte er gesagt, dreißig Jahre nach diesem Aufenthalt in Ascona, kurze Zeit bevor er an der Ecke der Rue Dauphine, Rue de Nesle elendiglich umkam.

Als ginge es darum, dieses Schicksal zu beschwören, als ginge es darum, die Erinnerung von Artigas diesem Todestraum oder diesem Traumtod zu entreißen, als wäre es um so notwendiger, jetzt, da er wahrhaftig tot war, wenn man so sagen kann, wenn man Tod und Wahrheit zusammenbringen kann, ohne ernsthaft das lächerliche, das unverwüstliche Hoffnungsbedürfnis der Menschen zu verletzen, fing Elizabeth gleich nach ihrer Ankunft in Ascona, mehr als dreißig Jahre nach dem Aufenthalt von Artigas dort, an, nach Spuren seiner Anwesenheit zu suchen. Das Haus, in dem er gelebt hatte, existierte immer noch, sie fand es wieder. Es befand sich nicht direkt in Ascona, sondern in der Umgebung, in Solduno, am Felshang der Hügel der Maggia. Dieses Haus war jedoch nicht wirklich eine Spur seiner Anwesenheit. Es war da, das ist alles, an den Abhang des Hügels geklebt. Man konnte zwar in den Stadtarchiven feststellen, daß es 1945 schon existierte, also daraus ableiten, daß Artigas in jener Zeit tatsächlich einige Monate dort hat leben können. Aber wenn er nicht dort gelebt hätte, hätte das Haus genauso ausgesehen, dieselbe Realität gehabt. Die materielle Existenz dieses weißen, einstöckigen Hauses, das über dem Südrand des Maggia-Tals lag, hing nicht von der Tatsache ab, daß Artigas dort gelebt hatte. Es lieferte weder einen, wenn auch nur indirekten, Beweis seines Aufenthalts hier noch überhaupt seiner Existenz selbst. Die erstaunte Beklommenheit, zu leben oder zu überleben oder tot zu sein, in der Art eines Lebenstraums, eines traumartigen, aber köstlichen Scheins, von dem Artigas damals, nach seiner eigenen Aussage, in jenem Herbst 1945 ergriffen war, wurde durch die übrigens angenehme Materialität dieses Häuschens, das Elizabeth wiedergefunden hatte, weder begründet noch entkräftet.

Sie versuchte ohne Erfolg hineinzukommen. Niemand antwortete auf ihr Klingeln. Trotzdem hatte sie den Eindruck, daß sich ein Storevorhang bewegte, als wenn man ihn vorsichtig beiseite geschoben hätte, um die Unbekannte, die da auf der Schwelle stand, zu beobachten.

Aber Artigas hatte ihr früher, fünf Jahre zuvor, von einem Café in Ascona auf dem Kai gegenüber dem See erzählt, wo er sich oft in der Sonne hinsetzte, um zu schreiben. Und dort war es schließlich, daß Elizabeth einen Beweis, zumindest eine Spur von seiner einstigen Anwesenheit wiederfand. Und damit gleichzeitig von seiner Existenz: es passierte Elizabeth nämlich, daß sie sich fragte, ob sie das alles nicht geträumt habe. Oder aber, ob sie nicht selbst im Traum von Artigas wäre. Aber schließlich schien das nicht so zu sein.

Die etwa fünfzigjährige Dame, die das Café führte – sie stammte nicht aus dem Tessin, sondern aus der alemannischen Schweiz –, erinnerte sich irgendwie an ihn. Sie war damals sechzehn oder siebzehn.
Und gewisse mürrische oder mißtrauische Geister oder solche, die sich einfach über die Figur Artigas ärgern, wegen jenes Eindrucks, der vom Text ausgeht und der anzudeuten scheint, daß alle Frauen ihn in guter Erinnerung haben – oder vielmehr, ob in guter oder schlechter, in dauerhafter Erinnerung, das ist ja das Wesentliche –, diese Leser also werden sicher mit Ungläubigkeit darauf reagieren, daß die Chefin des Cafés von Ascona sich noch fünfunddreißig Jahre danach an Artigas erinnerte. Das ist jedoch wahr und hat nichts Erstaunliches.
Hier die Fakten.
Artigas kam fast jeden Tag am Spätvormittag vom Haus von Solduno herunter. Das war im Oktober, es war noch mild. Er setzte sich an einen Tisch in die Sonne, er schrieb. Er rief Heidi – das war der Name der damals jungen Kellnerin, die heute Chefin ist –, er ließ sich zahllose Tassen Kaffee (echten Kaffee!) bringen, er plauderte mit ihr. Eines Tages, anläßlich irgendeines Ereignisses, Zwischenfalls oder einer Nachricht in der Zeitung, man weiß es nicht mehr, hatte Heidi erfahren, daß der aus Deutschland kam, wo er in einem Nazilager interniert gewesen war. Das war nicht häufig, ehemalige Deportierte liefen 1945 wirklich nicht auf den Straßen von Ascona herum. »Das ist der Grund«, hatte Elizabeth in ihrem ersten Brief aus dem Tessin an Carlos geschrieben, »das ist der Grund, weshalb unsere heute fünfzigjährige Heidi sich noch an ihn erinnert. Und als ob das nicht ausreichte, als ob dieses Gespräch über das Lager sie nicht genügend beeindruckt hätte, hat Heidi, sagte sie mir, das Manuskript eines Gedichts aufgehoben, das Artigas an einem Tisch des Cafés in der Herbstsonne geschrieben und ihr geschenkt hatte. Mit einer netten Widmung, fügte sie hinzu, allenfalls etwas spöttisch. Aber Heidi zufolge war er immer spöttisch. Wie dem auch sei, sie hat das alte Gedicht noch nicht wiedergefunden, trotz meinem Drängen, weiterzusuchen, was ich sehr bedaure, wie du dir vorstellen kannst. Aber sie erinnert sich genau an den Anfang, den sie auswendig kann, immer noch erstaunt, weil sie ihn merkwürdig findet. Verwirrend sogar. *La*

*mort a le visage aigu des filles nubiles*... Das ist es, *querido*! Ich muß zugeben, daß ich, als sie mir den Anfang dieses alten Gedichts aufsagte – sie behauptet wenigstens, daß es der Anfang sei –, trotz dem alemannischen Akzent, mit dem sie diesen Vers aussprach, unwillkürlich gezittert habe. *Der Tod hat das spitze Gesicht der geschlechtsreifen Mädchen*... Fügen wir dieses kleine Fragment zu allen anderen Stücken des Puzzles hinzu, das wir nie werden beenden können! Dieses kleine Geheimnis zu allen anderen Mysterien, die wir nicht ganz werden entziffern können und die letztlich ein Leben ausmachen! Jedenfalls hoffe ich dir in einem oder zwei Monaten die neue Fassung des Manuskripts schicken zu können, damit du ihm den letzten Schliff gibst...«

Aber sie läßt den Vorhang wieder über die Landschaft des Lago Maggiore fallen.

Sie kehrt zum Tisch ihres Hotelzimmers zurück und sucht eine Kassette, die sie in das Tonbandgerät legt. Sie kennt diese Aufnahmen so genau, daß sie fast sofort, nach nur zwei kurzen Versuchen, die Stelle findet, die sie wieder hören möchte.

Zunächst ihre eigene Stimme, die sie natürlich nicht erkennt, jedoch identifiziert: »Schreibst du diesen Roman wirklich?« (Lange Pause. Stimme von Artigas:) »Du weißt doch genau, daß ich in der letzten Zeit nichts anderes tue, als dir mein Leben zu erzählen!« (Kurze Pause) »Aber vorhin, als ich zu Eleuterio kam, trällerten im Hof des herrschaftlichen Hauses zwei kleine Mädchen eine maurische Romanze. Plötzlich war alles da: der Roman ist ganz fertig aufgetaucht, mit seiner Erzählstruktur, seinem Fortgang, seinen Figuren...«

»Eine maurische Romanze!« schreit Carlos. »Ich verstehe«, ruft er aus, »die von Moraïma! Da hast du also deinen Titel gefunden: *spricht zu mir in Algarabía, wie es nur einer sprechen kann*...«

Artigas nickt zustimmend.

»Genau«, sagt er.

Aber plötzlich verengt sich sein Blick. Ein fast wildes Leuchten blitzt in seinem starren Auge. Er steht überstürzt auf und verläßt das Eßzimmer durch eine der Fenstertüren, die auf den Innenhof gehen. Anna-Lise, Carlos und Maxime sehen ihn mit großen Schritten auf eine Gruppe von Statisten in Kostümen der Zeit

zugehen, die unter einem großen Kastanienbaum mit gelben Blättern darauf warten, zu den Dreharbeiten gerufen zu werden. Sie sehen, wie er eine Frau am Arm packt und sie mit Gewalt wegzerrt, es sieht zumindest ganz so aus, zum Hintergrund der abgeschlossenen Grünfläche, da, wo ein kleines ländliches Haus steht, sicher die ehemalige Bleibe der Wärter oder Aufseher der Gärten.
Keiner von ihnen hat natürlich in dieser eleganten Frau von der Mitte des vorigen Jahrhunderts Rose Beude wiedererkennen können, die Artigas rücksichtslos vor sich her schiebt und die ihm ein aufgelöstes Gesicht zuwendet, in dem sich, – das ist jedenfalls der Eindruck von Maxime Lecoq, der später so darüber berichten wird, aber es ist wahr, daß er sich wegen der Entfernung hat täuschen können – Angst und gleichzeitig Hingabe ausdrücken.

*Aber ich*
*Aber ich komme darauf zurück Ich hatte mich verirrt außerhalb dieses langen Flures in Madrid Meiner Kindheit Verirrt in die Erzählungen die auseinander hervorgingen wie russische Puppen Ich komme darauf zurück Elizabeth*
*Aber wo*
*Wo war ich bei diesem nächtlichen Gang stehengeblieben Denn es ist Nacht als ich noch einmal durch diesen Flur gehe wie ein Schlafwandler Es ist Nacht über meiner Kindheit Nacht über dem Jahrhundert Nacht wo ich lauerte Zitternd Lauerte auf das Geräusch des Fahrstuhls das mir die Rückkehr der Eltern ankündigen würde Sie aßen jeden Abend in der Stadt Manchmal An Tagen des Glücks Der Freude und Heiterkeit Manchmal kam meine Mutter in unser Zimmer bevor sie von uns fortging zu jenen Soiréen die sich für mich mit allen vorstellbaren Feuern und Glorien schmückten Glänzende Soiréen sicher wo die Schönheit meiner Mutter mitten im Schatten der Nacht erstrahlte wie ein Diamant im dunklen Samt seines Schmuckkästchens Ich habe nichts erfunden Elizabeth Ein Berichterstatter mondäner Ereignisse von dem die Verwalterin Die Schlüsseldame* Ama de llaves *Die alte Saturnina Von dem sie uns das Papier vorgelesen hatte das irgendeinem Wohltätigkeitsfest gewidmet war Irgendeiner mondänen Gesellschaft Er sprach so*

von der Schönheit Anmut und Eleganz meiner Mutter Un diamante en el oscuro terciopelo de la noche Und dieser banale Satz Geziert Dumm und konventionell Dieser Satz von einem offenbar idiotischen Berichterstatter der die Anwesenheit meiner Mutter auf einem Gesellschaftsfest beschrieb nahm für mich die Bedeutung der schönsten Verse der spanischen Sprache an Er war ebenso aufregend wie eines der kurzen Gedichte von Gustavo-Adolfo Becquer Ebenso wohltönend wie die Verse von Rubén Darío die mein Vater manchmal aufsagte Im Familienkreis Im Sommer Im Garten von Santander voller Azaleen und Magnolien

Doch nein

Doch nein Elizabeth Ich verwechsle ihn mit einem anderen Garten Übrigens kennst du diese Magnolien Ein anderer Garten

In Santander waren es Azaleen Hortensien Dahlien Und beim Hereinbrechen des Abends sagte mein Vater irgendein Gedicht von Rubén Darío auf das unsere Seele mit Unwägbarem erfüllte Die Korbstühle waren vor der Veranda aufgestellt Man setzte sich im Kreis Mit der List eines Indianers schlich ich mich so nah wie möglich an meine Mutter heran An ihre Füße Um auf ihrem Gesicht In ihren Augen Die Wirkungen des Gedichtaufsagens zu verfolgen Zu verfolgen in ihren Augen Unermeßlich wie der Himmel über dem Ozean Das Meer vom Vorgebirge der Magdalena aus gesehen Dort die Wolken der Gefühle zu verfolgen hervorgerufen durch das Hören der Verse von Rubén Darío die mein Vater aufsagte No oís caer las gotas de mi melancolía deklamierte mein Vater Oder vielmehr Rubén Darío durch die Abendstimme meines Vaters Und ich hörte wirklich die Tropfen der Melancholie fallen Die Melancholie tropfen wie ein Sommerregen der noch nach dem Gewitter rinnt Nach dem Guß Von den Ziegeln der Veranda Von den Zweigen der Fliederbüsche

Aber ich

Ich sagte dir daß sich der banale Satz des Berichterstatters mondäner Ereignisse in mein Gedächtnis gegraben hatte »Der dunkle Samt der Nacht« schien mir die schönste Sache Die poetischste der Welt Weil er nur existierte um die Schönheit meiner Mutter hervorzuheben Zur Geltung zu bringen

Manchmal also kam sie in unser Zimmer

*Zum Ausgehen angezogen Umstrahlt von ihrem Parfum Ich lauerte auf den Moment wo sie eine Hand auf meine Haare legen würde Wo ihre Finger mein Ohrläppchen berühren würden Eine flüchtige Zärtlichkeit Eine Frage über den verflossenen Tag Waren wir glücklich gewesen Liebten wir uns Würden wir brav sein Würden wir während ihrer Abwesenheit nicht Fräulein Grabner das Leben schwermachen Oder Fräulein Kaltenbach Und ich hatte Lust ihr anzukündigen daß wir tatsächlich unerträglich sein würden Daß man Fräulein Kaltenbachs Zigaretten verstecken würde die dann verzweifelt wäre Oder eine riesige Kissenschlacht machen sobald die deutsche Lehrerin uns verlassen hätte In der Annahme daß wir schlafen Ich hatte Lust ihr Dramen anzukündigen Um sie noch einen Augenblick im Zimmer zurückzuhalten Bei mir Um sie zu zwingen noch mit mir zu sprechen Mich mit ihrer gleichmäßigen und zärtlichen tiefen Altstimme zu ermahnen*
*Aber ich*
*Ich lauerte auf die Geräusche des Fahrstuhls die ihre Rückkehr ankündigten Nein Er hielt noch nicht in unserem Stockwerk Fuhr weiter Nichts war schmerzlicher als dieses leichte Geräusch Geschepper Dieses Klicken in der Nacht Der Fahrstuhl der an unserem Stockwerk vorbeifährt Seine Fahrt zu den Wohnungen des dritten oder vierten Stocks fortsetzt Ein Geräusch das sich wie ein plötzlicher Schmerz in der Herzgegend fortsetzte auf dessen Aufhören man wartete Oder Nachlassen wenigstens Mit zusammengebissenen Zähnen Dieses Geräusch das sich in die Nacht bohrte wie eine Stahlklinge in meinen Körper*
*Und die Schlaflosigkeit*
*Die Schlaflosigkeit dieses ständig neuen Wartens Nacht für Nacht Die Schlaflosigkeit war fieberhaft Erfüllt von Phantasien von denen ich noch heute nur mit Mühe sprechen könnte Merkwürdige und brutale Die ich in das Innerste des Schweigens über mich selbst zurückstoße*

Aber sie sind in der Rue Mazarine, bei Paula Negri.
Diese ist vor einer halben Stunde vom Saal des *El Alcazar* heraufgekommen. Die Proben waren nach der Mittagspause weitergegangen, und Paula hatte das Bild gesehen, wo Ibrahim – oder vielmehr Joseph: der keusche Joseph – brillant einen

merkwürdigen Traum deutet, den Pharao gehabt hat. Ein echter Vorläufer der Intellektuellen als Wachhunde, dieser Joseph, der sich von seinem Sklavendasein befreit und die Macht erringt, indem er Pharaos Träume deutet. Anders gesagt, die Träume der Macht selbst und über sich selbst.

Paula fragt sich, was sie zu Carlos sagen wird.

Er ist mit Anna-Lise gekommen, und letztere hat das Tonband eines langen Monologs von Artigas mitgebracht. Aber Paula braucht nichts, jedenfalls nicht diese Aufnahme oder das Tonband, das jetzt im großen Zimmer schnurrt, sie braucht es nicht, um den Traum von Carlos zu deuten. Oder vielmehr den Alptraum, der sich seit zwei Jahren in verschiedenen Formen wiederholt und ihn heimtückisch mit dem Gedächtnis eines anderen besetzt, den er schließlich heute vormittag identifiziert hat. Sie braucht nichts, um dieses Phänomen deuten zu können: weder Tonband noch Kristallkugel, noch Eingeweide eines gerade geköpften Huhns, die sich im allgemeinen als wirksamer erweisen als alle anderen vorstellbaren Requisiten der Wahrsagungszeremonien. Sie braucht sich nur an den Schatten des Todes im Auge von Artigas zu erinnern. Alles übrige ist nur Detail, Fioritur oder Formalität, chronologische Artikulation der Verzweiflung, listiger Gang des Schicksals: kurz, Lappalien.

Sie schüttelt den Kopf, sie hört von neuem die dumpfe, monotone, aber fiebrige Stimme.

Und Paula weiß nicht, daß genau in dem Moment, da sie sich in der Rue Mazarine versammelt haben, um die Stimme von Artigas zu hören – Anna-Lise ist nervös, das Gesicht von Carlos ist blaß–, genau in diesem Moment, da diese Stimme wieder einmal den nächtlichen Gang durch den endlosen Flur beschreibt, daß in diesem Moment diese Stimme postum wird oder von jenseits des Grabes kommt.

Sie kann trotz ihren realen Gaben mit den manchmal schreckenerregenden Folgen nicht ahnen, daß Artigas das Hôtel du Buisson verlassen hat, wo er lange mit Eleuterio Ruiz sprach. Oder vielmehr im Gegenteil: Eleuterio sprach lange mit ihm. Er macht einige Schritte auf der Rue Dauphine, sichtlich zögernd, als wenn er nicht recht wüßte, wohin er gehen sollte. Zur Seine? Oder lieber zur Rue Buci? Sicher ist jedenfalls, daß er nicht aufs

Polizeipräsidium gehen wird. Er hat Rose Beude, die stellvertretende Leiterin der Ausländerbehörde, bereits getroffen, und er hat alle seine Probleme mit ihr geregelt. Das heißt die seinen und die der Frau obendrein. Zumindest einen Teil der intimsten Probleme der Frau.
Zögernd hinsichtlich der einzuschlagenden Richtung auf dem Trottoir der ungeraden Nummern der Rue Dauphine stehend, im sinkenden Licht des Nachmittags – es wird bald fünf Uhr sein, genau in drei Minuten –, denkt Artigas an die Enthüllungen, die Eleuterio Ruiz ihm gemacht hat, und an die, die er Rose Beude abgenötigt hat.
Dann murmelt er halblaut etwas.
Vielleicht ist es ein Fluch, ein trivialer oder derber Ausruf, der jedoch genau ausdrückt, was er empfindet. Vielleicht hat er auch kastilisch gesprochen. Das ist nicht unmöglich. Alle, die ihn gut gekannt haben, versichern ja, daß in Momenten äußerster Anspannung oder Ratlosigkeit, ob bei einem Aufschrei der Wut oder einem einsamen Gemurmel, Artigas gewöhnlich auf den Gebrauch des Kastilischen zurückgriff. Ebenso wie bei Zahlen übrigens, richtig, bei allen Denkoperationen, wo Zahlen eine Rolle spielen. Denn er hat immer nur auf kastilisch zählen können. Zwei und zwei sind für ihn niemals wirklich vier gewesen. *Dos y dos, cuatro*: das hingegen war evident. Zumindest wahrscheinlich.
Wie dem auch sei, an jenem Tag, dem 31. Oktober 1975, kurz vor fünf Uhr nachmittags, scheint er auf dem Trottoir der ungeraden Nummern der Rue Dauphine halblaut irgend etwas auf kastilisch gemurmelt zu haben. *Qué puta vida,* hat er gemurmelt. Aber das Entscheidende ist nicht, daß er das Leben als Nutte bezeichnet hat, ein im Grunde ganz banaler Ausdruck, um zu sagen, daß das Leben eine Hure sei. Das Entscheidende ist auch nicht, daß er diese wenigen Wörter auf kastilisch gesagt hat. Hätte er sie nämlich in irgendeiner anderen Sprache gesagt, auf deutsch, baskisch oder serbo-kroatisch, in irgendeiner beliebigen anderen Sprache, so wäre die Wirkung dieselbe gewesen. Das Entscheidende ist, daß er halblaut gesprochen und daß jemand ihn gehört hat.
»*Qué puta vida*«, hat er also gemurmelt.
Und der junge Mann, der vorbeiging, hat ihn gehört.

Er hätte seinen Kopf nicht zu Artigas umgedreht, wenn er ihn nicht mit sich selbst hätte sprechen hören. Und er hätte ihn nicht wiedererkannt, wenn er nicht den Kopf umgedreht hätte. Er wäre also nicht zu seinen Kumpanen gerannt, um ihnen zu sagen, daß er ihn hatte, daß er ihn wiedergefunden hatte, den Scheiß-Espinguin!
Seine Kumpane saßen wenige Schritte von dort entfernt in einem Bistro. Der kleine Anführer trank ein Bier. Denn es waren – Sie haben es erraten, dessen bin ich sicher, trotzdem bravo! – die jungen Noctards von heute früh, die Artigas ganz zufällig wiedertrafen, nachdem sie den ganzen Tag lang vergeblich versucht hatten, seine Spur zu verfolgen. Sie kamen aufgeregt aus dem Café und sahen, daß Artigas etwas weiter entfernt die Fahrbahn überquerte und auf die Ecke der Rue de Nesle zuging. Dort holten sie ihn ein, um ihn wenig später an der Ecke der Rue de Nesle umzulegen.
Aber wir haben noch drei Minuten.
Das ist eine Zeit, die bei weitem ausreicht, wenn man sie sorgfältig nutzt, um diese Erzählung zu beenden, die noch losen Fäden bis zum Schluß anzuziehen, um sie zu straffen.
»Hurenleben«, hat Artigas also gemurmelt, wenn man seinen Ausruf der bequemeren Lektüre wegen übersetzt, ohne dabei andererseits den Realismus dieser Erzählung zu beeinträchtigen, da ja unsere Hauptfigur tatsächlich mehrsprachig ist.
Aber er lächelt sofort.
Denn wenn das Leben wie eine Frau schlechten Wandels desselben ist, so ist es ja zugänglich, macht keine Schwierigkeiten, wenn man es mit seinen ganzen Händen packen will, wenn man mit seinen ganzen Zähnen hineinbeißen will, bietet es sich ja einem an, ob man zugreift oder nicht, glücklich darüber, genommen zu werden, gegebenenfalls offen für alle Vorhaben: anstatt sich zu beklagen, sollte man sich lieber beglückwünschen, daß das Leben eine Nutte ist, leicht und käuflich. Geld ist jedenfalls immer nur das äußere Zeichen der wichtigsten, der echtesten Beziehungen zwischen Männern und Frauen gewesen.
Artigas lächelt, nachdem er »Hurenleben« gemurmelt hat, unaufmerksam gegenüber der Anwesenheit des jungen Ganoven von heute vormittag – den er jedoch nicht wiedererkannt hätte, selbst wenn er ihm eine Sekunde Aufmerksamkeit geschenkt

hätte, denn der Noctard hatte seine rituelle Bemalung vom Gesicht abgewaschen und war mit der nackten Maske seines wirklichen Gesichts nicht wiederzuerkennen –, ohne zu wissen also, daß er gerade mit diesen kurzen und bündigen Worten sein Todesurteil unterschrieben hat.

Hurenleben oder Hurentod, das kommt schließlich aufs gleiche hinaus.

Rafael Artigas, wie dem auch sei, hatte sofort an Rose Beude gedacht, und das erklärt sein Lächeln, aber der junge Noctard hat es nicht erraten können, als sie sich kreuzten. Und dieses Denken – wenn man es wirklich so nennen kann, ohne der gewöhnlichen Würde dieses Worts, seiner manchmal sogar etwas feierlichen Ernsthaftigkeit zu schaden: das Denken Kants oder das Denken Husserls zum Beispiel, wenn man es also so nennen kann, diese Folge von phosphoreszierenden, äußerst genauen, aber brennenden, sinnlichen Bildern, bei denen das Blut aufwallte, keineswegs auf Glanzpapier ausgebreiteten Bildern: auf Sofas vielmehr, mit gespreizten Beinen, dargebotenen schwellenden Hintern; wenn man das also Denken nennen kann, dieses Heraufbeschwören von Rose Beude, halb nackt, vor ihn hingebeugt, ihm die verborgene Seite ihres nächtlichen Gestirns anbietend, ihn darin empfangend mit einem langanhaltenden Stöhnen von Glück und entzückter Überraschung; die Erinnerung an diese sodomisierende oder sodomisierte Lust natürlich, da sie ja geteilt war und es wahrscheinlich unmöglich ist, genau zu bestimmen, wer den besseren Teil davon hatte, diese Erinnerung, die ihn bestürmt, kann sie als »Denken« bezeichnet werden? – doch sicher hat diese Art von äußerst konkretem Denken Artigas in dem Moment abgelenkt, als der junge Ganove an ihm vorbeiging.

Gewöhnlich war Artigas auf der Hut. Selbst bei seinen unschuldigsten Spaziergängen, beim Flanieren im Viertel auf der Suche nach einem Sonnenstrahl oder einem Buch bei den Bouquinisten, selbst in jenen Momenten überwachte er mechanisch aus dem Augenwinkel die Bewegungen der Umgebung, den Gang der Passanten, die ihn kreuzten oder die sich nach ihm umdrehten. Ein alter, quasi bedingter Reflex nach einer langen, wenn auch zurückliegenden Erfahrung illegalen Lebens. Drei Minuten später übrigens drehte er sich instinktiv um, weil er eine unbestimmte Bewegung verdächtig gefunden hatte, die sich hinter ihm abspielte, und er hätte die Zeit gehabt, seine Smith and Wesson zu ziehen und mindestens zwei seiner Mörder tödlich zu verletzen, bevor er unter der Salve der auf ihn gerichteten automatischen Waffen zusammenbrach.

Aber noch verfügen wir über diese berühmten drei Minuten, und er denkt an Rose Beude – ohne Rücksicht auf die Trockenwichser! Nennen wir es schlankweg Denken, dieses Heraufbeschwören des Körpers von Rose Beude, halbnackt, zitternd an all ihren Gliedern (aber das seine zitterte glücklicher- und angebrachterweise nicht: wie ein echter französischer Pfadfinder ist dieses Ehrenmitglied allzeit bereit für eine gute Tat!), als er sie ohrfeigte, rasend vor Wut, daß er sie dabei ertappt hatte, ihnen in der Rue Séguier nachzuspionieren, aber zitternd, er begriff es sofort, vor erwartetem Glück eher als vor Angst bei der Vorstellung der Mißhandlungen, die diese Ohrfeige vorausahnen ließ – er denkt also an die junge stellvertretende Leiterin der Ausländerbehörde, als er die Fahrbahn der Rue Dauphine überquert.

Vielleicht hätte er es nicht tun sollen, vielleicht ist das ein Zeichen von Frivolität oder Unbewußtheit seinerseits. War das wirklich der richtige Moment, sich durch das deliziöse, aber ebenso deliktöse Denken an den Hintern eines (oder einer) so hohen libertinösen Staatsbeamten (oder -beamtin) zu delektieren, nachdem Eleuterio ihm gerade offenbart hatte, daß er, Artigas, nach den Banden des Bluts, denen des Samens zumindest, der richtige Vater von Perséphone war (und infolgedessen auch von Proserpine, da die beiden Schwestern ja Zwillinge waren)?

Achtzehn Jahre zuvor nämlich, bei einer Reise nach Südost-Frankreich, die natürlich nicht zum Zweck hatte, Perséphone zu zeugen noch irgend jemand anderen, ob Mädchen oder Junge, sondern die Agitation und politische Bewußtseinsbildung zu organisieren – also eher Ideen zu zeugen als Wesen aus Fleisch und Blut – unter den Tausenden zur Weinlese aus Spanien kommenden Saisonarbeitern, war Artigas eine Nacht auf einem Bauernhof in der Nähe von Perpignan untergebracht worden. Dort befand sich eine etwa dreißigjährige Frau (vierunddreißig, wenn man ganz genau sein will: 1924 geboren, war Demetria – denn genau um sie handelt es sich – am Ende des Bürgerkriegs

also fünfzehn, siebzehn, als sie Eleuterio traf, er selbst damals, 1941, siebenunddreißig, und vierunddreißig, als ihr Schicksal, wenn man so sagen darf, flüchtig, aber mit ernsten und lebenden Folgen, 1958, in der Nähe von Perpignan, das von Artigas kreuzte), eine entfernte Verwandte von irgendeinem aus der Familie, die zu Besuch gekommen war.
Der Abend zog sich hin bei vielen Gläschen Anis und Fundador und vielen Erzählungen über den Bürgerkrieg, die darauf folgende Repression, die Ereignisse der antifrankistischen Guerilla. Die Familie, die Artigas jene Nacht beherbergte, hatte nämlich eine lange kämpferische Geschichte.
Aber wie auch immer, Tatsache ist, daß Demetria – man hatte sie die ganze Zeit bei ihrem richtigen Vornamen genannt, sicher weil die Gastgeber von Artigas immer Kommunisten gewesen waren und es haßten, durch den Namen Acracia an die anarchosyndikalistischen Ideen dieses anderen, mehr oder weniger entfernten Zweigs der Familie zu erinnern – daß Demetria also Artigas mitten in der Nacht in seinem Zimmer aufsuchte und bis zum Morgengrauen blieb.
Während des Abends hatte sie aufmerksam den Erzählungen der anderen gelauscht, aber selbst nur einmal den Mund aufgemacht, um ihren Ausbruch aus dem Erziehungsheim nach ihrem Zusammenstoß mit Licinio del Amo, dem falangistischen Direktor, zu erzählen. Trotz der Knappheit ihrer Erzählung oder vielleicht wegen dieser Knappheit war Artigas von ihren Erzählgaben beeindruckt gewesen. Sie verlor sich nicht wie alle anderen in sumpfige Mäander, weitläufige Abschweifungen. Ihre Erzählung war auf Anhieb perfekt strukturiert, verlor niemals die Richtung ihrer allgemeinen Entwicklung, hielt sich nur die nötige Zeit bei wichtigen Einzelheiten auf und kehrte dann entschlossen zum Fortgang der Ereignisse zurück. Als sie den Mondreflex auf der Flaschenscherbe erwähnte, sah Artigas sie an, entzückt.
In diesem Augenblick drehte sie den Kopf zu ihm. Vielleicht las sie dieses Entzücken in seinen Augen und dachte, daß es auf ganz andere Gründe als auf ihre Erzählgaben zurückging. Vielleicht aber – die subtilsten Dinge des Geistes, seine unbewußten Wege sind oft von großer fundamentaler Einfachheit, genau das macht ihre Komplexität aus – vielleicht ließ sie sich ganz einfach unter

dem entzückten Blick dieses Mannes von der Woge der Bilder und Erinnerungen mitreißen, die der Mondreflex auslöste: das Blut ihrer Wunde am Schenkel, später die blutende Blüte ihres Geschlechts, das fröhliche, blühende Blut ihrer Defloration und das ansgespannte, von wildem und stummem Glück gezeichnete Gesicht des jungen Vagabunden, lauter Reminiszenzen, die sich offenbar an jenem Abend unter dem Blick von Artigas in ihrem Gedächtnis entfaltet hatten.
Wie dem auch sei, Tatsache ist, daß sie ihn gegen zwei Uhr morgens in seinem Zimmer aufsuchte.
Zehn Jahre später, als Eleuterio Ruiz mit seiner Kolonne Durruti auf der Bühne der Pariser Auseinandersetzungen auftauchte und im Pfarrhaus von Saint-Germain-des-Prés sein Hauptquartier aufschlug, trafen Artigas und Demetria, fortan geläufiger unter dem Vornamen Acracia bekannt, sich wieder und erkannten sich natürlich sofort. Eines Tages, mitten in einem Gespräch, gab der alte Akrat Artigas zu verstehen, daß er von dieser flüchtigen Episode zwischen seiner Gefährtin und ihm von vor zehn Jahren wisse, aber daß das keine Bedeutung habe. Oder vielmehr doch, das habe eine Bedeutung, aber das dürfe weder Verbitterung noch Groll hervorrufen, noch irgend etwas an ihrer Kameradschaft ändern. Er fügte damals einen sibyllinischen Satz hinzu, dessen Sinn Artigas erst heute, Jahre später, wirklich erfassen konnte: »Wenn es schon so ist, würde ich gerne sehen, daß nach meinem Tod Acracia mit dir lebt. Die Töchter wären darüber glücklich, da bin ich ganz sicher!« Artigas, etwas verlegen, hatte sich gehütet, diesen Satz zu kommentieren, und sich darauf beschränkt zu sagen, daß Eleuterio sie alle unter die Erde bringen würde.
Dabei war es geblieben.
Niemals hatte die geringste Zweideutigkeit, die geringste Wolke von Eifersucht oder zurückschauender Aggressivität ihre Beziehungen getrübt. Bis auf eine Einzelheit, jedoch: diese quasi vollendete Freundschaft fußte auf einer Lüge, zumindest auf einem Verschweigen, der Verhüllung einer Wahrheit, die jetzt mit unvorhersehbaren Folgen hervorbrach.
Aber nicht an diese kurze Begegnung mit Demetria, an Eleuterios Enthüllungen über seine Vaterschaft denkt er beim Überqueren der Fahrbahn der Rue Dauphine, sondern an Rose

Beude. Demetria hatte damals geschwiegen, den Mund bei der Lust zusammengepreßt, ins Kopfkissen gebissen bei den Momenten, in denen sie sich offensichtlich beherrscht hatte, um nicht zu schreien. Rose Beude dagegen war geschwätzig. Aber sie sagte nicht irgend etwas: ihr Wortdelirium war völlig unter Kontrolle, völlig dem gesuchten Zweck angemessen, der natürlich darin bestand, die Erregung ihres Partners zu steigern.

Als Artigas sie im Innenhof mitten unter einer Gruppe von Statisten erkannt hatte, war er von mörderischer Wut gepackt worden. Er hatte die Frau in das kleine Gärtnerhaus gezerrt, wo die Büros der Regie und die Garderoben der Komparsen untergebracht waren. Seine erste Absicht war gewesen, sie einfach wegzujagen, sie dazu zu zwingen, sofort ihre Stadtkleider wiederanzuziehen und zu verduften.

Von seiner Wut mitgerissen, hatte er einen Fehler begangen, zumindest eine Uneleganz, die sich jedoch als fruchtbar erwies, wie es, ach, oft im Leben geschieht: er hatte sie mit voller Wucht geohrfeigt und sie dabei als Schlampe, Spionin, Polizeinutte bezeichnet. Sie war gerade dabei, sich hastig auszuziehen und legte das Kostüm der Zeit ab, das sie für ihre Statistenrolle in den *Mystères de Paris* trug – wie es ihr gelungen war, sich in die Menge der Statisten einzuschleichen, war so nebensächlich, daß er nicht einmal versucht hatte, es anschließend aufzuklären –, um ihren kleinen grauen Rock und ihren passenden unauffälligen Kaschmirpullover einer würdigen Beamtin wiederanzuziehen. Gegen die Ohrfeige hatte sie eine instinktive Abwehrbewegung gemacht, was sie dazu gebracht hatte, ihren zierlichen Körper zu recken. Da bemerkte Artigas die feste und schlanke Schönheit dieser weiblichen Silhouette, eher enthüllt als verborgen durch Dessous von einem Luxus und einer Raffinesse, die überraschend waren bei einer Beamtin, deren Lebenszweck es auf den ersten Blick nicht unbedingt zu sein schien, mit all dieser Seide, diesen ebenso altmodischen wie verführerischen Spitzen und Strapsen Männer verrückt zu machen.

Aber Rose hatte plötzlich irre Wörter gemurmelt: »Weiter, ja, schlag mich, tu mir weh«, Wörter, die man sich schämt oder zumindest ein bißchen zögert, schriftlich niederzulegen, die einen dagegen unwiderstehlich dazu bringen, egal wo, selbst auf der Erde oder auf einem langen niedrigen Tisch, der mit diversen und verschiedenen Kleidungsstücken beiderlei Geschlechts bedeckt ist – sicher die der Statisten, die sich hier umzogen, in diesem als Garderobe dienenden Raum, den Artigas abgeschlossen hatte –, die Frau niederzulegen, die so redet, vor allem wenn sie nur mit leichter Spitze und wilder Seide bekleidet ist, was ermöglicht, die Durchgangs- und Besitzergreifungswege so schnell wie möglich zu bezwingen, indem man sie sofort auf das improvisierte Lager bettet und sie dabei so hinlegt, daß man sie von hinten nehmen kann, wodurch sie wenigstens weiß, woran sie ist.

Erst nach dem Akt, *post festum,* kam er auf die Idee, die Situation und die exaltierte Unterwürfigkeit der Frau noch weiter auszunützen, um sie noch genauer über die wirklichen Gründe ihrer Anwesenheit in der Rue Séguier zum Sprechen zu bringen. So erfuhr er allmählich, daß Sonsoles, Sekretärin und All-round-Verwalterin des Internationalen Studentenhauses, seit langem für das Polizeipräsidium arbeitete. Sie noch weiter in die Enge treibend unter Androhung von Zuckerbrot und Peitsche – wenn dieser geläufige Ausdruck von zweifelhafter Symbolik verwendet werden darf –, erfuhr Artigas aus Rose Beudes Mund, dessen geschickte Verwendung für ganz andere Zwecke er eben schätzen gelernt hatte, von Carlos-Marias Abenteuer mit der Frau des Professor Debrèze und dem Nutzen, den der Geheimdienst in einer finsteren politischen Machenschaft daraus zu ziehen hoffte.

Die dunkelhaarige Unbekannte, die er etwas früher, am Ende dieses bewegten Vormittags, bei Paula in der Rue Mazarine bemerkt hatte, war also Fabienne Debrèze, und ihre Reserviertheit, ihre Entschlossenheit, ihr Inkognito zu wahren, klärten sich vollständig auf, selbst wenn sie sich als nutzlos erwiesen, da ja die Polizei über das geringste ihrer Worte und Gesten gegenüber Carlos auf dem laufenden war.

Aber bevor er aus Rose Beude, die zu erregt war, um sich über die Tragweite ihres Verrats im klaren zu sein, alle Einzelheiten der Polizeiintrigen hinsichtlich seines Freundes herausgepreßt hatte, hatte Artigas seinen eigenen Fall mit ihr geregelt, das heißt den seiner verwaltungsmäßigen Identität.

Zwei Monate zuvor, man erinnert sich daran, Ende August, hatte er sich im Büro der stellvertretenden Leiterin mit der

Repatriiertenkarte eingefunden, die von Anna-Lise schließlich wiedergefunden worden war, als sie in seinen Papieren stöberte, um Ordnung hineinzubringen. Rose Beude, auch daran erinnert man sich – zumindest sollte man es, wenn man ein unserer Aufmerksamkeit und sogar Zuneigung würdiger Leser ist –, Rose also hatte diese Karte trotz ihren offiziellen Stempeln zurückgewiesen, weil sie kein Foto trug. Daraufhin hatte Artigas seinen Trumpf ausgespielt. Er hatte die provisorische Kennkarte, die ihm Ende April 1945 im Repatriierungslager von Longuyon ausgestellt worden war, umgedreht, um ein Detail zu zeigen, das der Frau bisher entgangen war: die Karte trug seine Fingerabdrücke.
Rose Beude war bleich geworden.
Sie hatte begriffen, daß sie Artigas die verlangten Papiere nicht mehr länger verweigern konnte. Daß sie ihn also nicht mehr wiedersehen würde. Jämmerlich, mit zitternder Stimme, hatte sie versucht, eine Frist herauszuschlagen, die Stunde ihrer Kapitulation vor dem Unvermeidlichen noch einmal hinauszuschieben. Sie hatte behauptet, daß sie eine gewisse Zeit brauche, um diese Fingerabdrücke prüfen zu lassen. Sicher sei er gezwungen, sie noch einmal aufzusuchen, fügte sie hinzu. Er war als guter Verlierer einverstanden und sagte, daß es ihm auf eine Woche nicht ankomme: sie möge also diese letzte Überprüfung vornehmen und ihn dann vorladen.
In Wirklichkeit befand sich Rose in einem Widerspruch ohne Ausweg. Keine mögliche Überschreitung oder Aufhebung! Hegel konnte einpacken. Wenn sie Artigas nämlich nicht noch einmal vorlüde, würde sie ihn nicht mehr wiedersehen. Und wenn sie ihn sähe, so wäre es zum letzten Mal, weil sie bei diesem Anlaß gezwungen wäre, ihm ordnungsgemäße Papiere auszustellen. Was war also besser? Ihn sehen im Wissen, daß es das letzte Mal ist? Oder ihn nicht sehen im Wissen, daß man ihn ein letztes Mal hätte sehen können? Kurz, was war vorzuziehen: die Hoffnung oder die Erinnerung? Der Traum oder die trostlose Reminiszenz? Während sie darauf wartete, wie aus diesem Dilemma, mit dem sie sich nicht abfinden wollte, herauszukommen wäre, tröstete Rose sich mit dem Anhören der Tonbänder, auf denen alle ihre Unterredungen mit Artigas aufgenommen waren. Sie las auch seine alten Bücher wieder. Und dann vor

allem hörte sie noch einmal die intimsten Gespräche von Carlos und Fabienne Debrèze, in denen der Name von Artigas manchmal vorkam.

Aber heute, im Gärtnerhäuschen des Innenhofs des Hôtel Séguier verlangt Artigas von Rose Beude, daß sie ihm in kürzester Frist – lächeln wir beiläufig über diese Verwaltungsformel, die er ihr ironisch zurückgibt – einen Reisepaß auf seinen richtigen Namen vorbereiten läßt. Er erinnert sie an die Repatriiertenkarte mit seinen Fingerabdrücken, die ihr seit zwei Monaten vorliegt. Er zeigt ihr danach das Dokument, das er ihr heute morgen bringen wollte, woran ihn alle Zwischenfälle des Tages bis jetzt gehindert hatten. Es handelt sich um ein Studienbuch aus dem Jahr 1941-42, das mit allen wünschenswerten offiziellen Stempeln bepflastert ist und endlich ein Foto trägt. Anna-Lise hatte es wiedergefunden, versteht sich.

Rose hatte das Studienbuch genommen und betrachtete gierig und sehnsüchtig das Gesicht dieses mageren jungen Mannes mit dichtem Haar, der sie mit einer gewissen Frechheit, einer Art Lebensgewißheit anzusehen schien, die sie bis in ihre tiefsten Tiefen aufwühlte. Sie hob schließlich den Kopf und drehte sich zu Artigas um.

»Also«, sagte sie murmelnd, »ich werde Sie nie wiedersehen?«

Er beugte sich zu ihr, um ihr eine ausführlich beschriebene Obszönität ins Ohr zu sagen, was Roses Gesicht vor Wohlbehagen erröten ließ.

Aber er überquert jetzt den Fahrdamm der Rue Dauphine, nachdem er aus dem Hôtel du Buisson fortgegangen ist, wo Eleuterio ihm das lächerliche und frustrierende Geheimnis seiner Vaterschaft mitgeteilt hat. Er denkt jedoch nicht an Perséphone noch an die Beziehungen, die er zu dem Mädchen gehabt hat und die sich jetzt als inzestuös herausstellen. Er kann noch froh sein, daß er sie nicht hat deflorieren wollen, wie man übrigens eher aus Trägheit und natürlicher Perversität sagt als aus irgendeinem anderen Grund: sonst wäre er mitten in eine griechische Tragödie geworfen, mitten in die ödipale »Geworfenheit«, was bei einem Mädchen dieses Vornamens niemanden überraschen würde!

Er denkt, daß er in die Rue des Bourdonnais gehen sollte – Rose Beude hat ihm die genaue Adresse gegeben –, um Carlos zu

sagen, daß das Geheimnis seiner Verabredungen mit Fabienne für das Polizeipräsidium und den Versailler Geheimdienst ein offenes Geheimnis ist.
Er sieht auf seine Armbanduhr. Bald fünf. Sicher wird er sie dort noch antreffen. Genau in diesem Moment hat er den Eindruck einer verdächtigen Bewegung in seinem Rücken und dreht sich schnell um, wobei er seine Smith and Wesson packt.
Aber Paula Negri kann nicht wissen, trotz ihren tatsächlichen wahrsagerischen Gaben, mit deren Hilfe sie heute morgen den dunstigen Schatten des Todes im Auge von Artigas erkannt und seine finstere Ausbreitung einer südlichen Morgenröte im Verlauf des Tages verfolgt hat, sie kann nicht wissen, daß genau in diesem Augenblick, wo sie in Gesellschaft von Anna-Lise und Carlos die fiebrige Stimme von Artigas hört, die Gruppe der Noctards, die ihn zufällig auf der Rue Dauphine wiedergetroffen hat, das Feuer auf ihn eröffnet.
Sie lauscht, ohne zu wissen, daß diese Stimme von jenseits des Grabes kommt.
*... aber wo*
*Wo bin ich Sicher im Flur*
*Ich komme noch einmal vor diese geschlossene Tür Am Ende des Flurs An die Stelle wo dieser nach rechts geht und den kleineren Zweig eines umgekehrten L bildet Die über dem Tod geschlossene Tür Das verriegelte Zimmer Seit Jahren verlassen Ich werde also immer dort enden Alle diese reglosen und schwindelerregenden Gänge Nächtliche Alptraumhafte Alle werden an dieser geschlossenen Tür enden Gegen den Türflügel stoßen hinter dem sich das Geheimnis des Todes darbietet und entzieht Das Sterbezimmer meiner Mutter*
*Jetzt*
*Jetzt bemühe ich mich die Form dieses verriegelten Zimmers in meinem Gedächtnis zu rekonstruieren Die Anordnung der Fenster wiederzusehen Die Möbel an ihren Platz zu stellen Die Alabasterlampe Den Mondschrank Anders gesagt den Spiegelschrank*
*Aber niemals*
*Niemals habe ich den Eindruck wirklich bis zum Ende dieses nächtlichen Ganges gelangt zu sein Jedesmal wenn ich im Traum In der Imagination Diesen langen Flur durchquere Habe ich den*

*Eindruck daß mir etwas entgeht Daß es dort Ganz nahe aber unzugänglich Hinter einer transparenten aber undurchdringlichen Dichte des Traums selbst Des Weges selbst Daß es da ein letztes Bild gibt Eine letzte Wahrheit Die mir immer entgehen werden*
*Elizabeth Immer...*

Er hatte die scharfe Vorahnung einer drohenden Gefahr. Hinter ihm, dieses Geraschel von Schritten, dieses Schleichen kam ihm vor wie Geräusche eines Hinterhalts. Aha, sagte er sich, es ist soweit. Aha. Er drehte sich abrupt um seine Körperachse, wütend, während er mit der Hand nach dem Spezialhalfter der Smith and Wesson unter der linken Achsel griff. Aha. Er sah sofort die Gruppe der Noctards, die ihm jeden Fluchtweg versperrte. Aber er hatte nicht die Absicht zu fliehen. *No voy a huir, cabrones*. Keine Absicht zu fliehen, Saubande. Mit beiden Händen hielt er die Smith and Wesson vor sich. Der lange mit blutroter Mennigefarbe angemalte Lauf schien die Starrheit seines Blicks auf den kleinen Anführer der Noctards von heute morgen zu verlängern, den er gerade erkannt hatte. Aha, es ist soweit. Er dachte alles auf einmal. Alles. Sein Leben. Seinen unvermeidbaren und nahen Tod. Gesichter. Frauenwimpern. Die Kurve einer Hüfte. Alles auf einmal. Das erstarrte Goldzahngrinsen des Gestapotyps, als er ihn früher, in einem anderen Leben, mit einem Kolbenhieb niederschlug. Er dachte an die Farbe des Herbsthimmels über den Hügeln Burgunds. Er dachte an die blaue Linie des Guadarrama. Er dachte, daß Proust ein Idiot sei. Er erinnerte sich auswendig an die Passage: »Hätte mich der Tod in diesem Augenblick getroffen, wäre mir das gleichgültig erschienen oder vielmehr unmöglich, denn das Leben war nicht außer mir, es war in mir; ich hätte vor Mitleid gelächelt, wenn ein Philosoph den Gedanken geäußert hätte, daß ich eines, und sei es fernen Tages sterben müßte, daß die ewigen Kräfte der Natur mich überleben würden, daß es nach mir diese gerundeten, gewölbten Felsen, dieses Meer, diesen Mondschein, diesen Himmel noch gäbe! Wie wäre das möglich gewesen, wie hätte die Welt länger als ich dauern können, wo ich doch nicht in ihr verloren war, wo doch sie vielmehr in mir eingeschlossen war...« Er erinnerte sich auswendig an diese Seite von Proust, diesem überheblichen Idioten. Er erinnerte sich an diese Seite natürlich nicht Wort für Wort, das war unmöglich. Und unnötig. Er erinnerte sich an den allgemeinen Sinn, an den demonstrativen Ton, an die idealistische Illusion. Ich, dachte er, weiß nicht nur, daß die Natur mich überleben wird, sondern auf diese Gewißheit gründet sich das Bewußtsein von mir selbst. Oder des Selbst. Mein Cogito, ihr Säue! Ich denke, also existiert das. Die Welt. Die anderen. Ich denke, also bist du. So dachte er, daß Proust ein Schwachkopf sei, sich einzubilden, Balbec würde ihn nicht überleben, und zu träumen, die Welt würde erlöschen mit dem Erlöschen des Leuchtens seines Blicks. Er dachte alles auf einmal, sich selbst, die Rue Dauphine, das noch immer existierende *Tabu,* dessen Eingang er etwas weiter oben auf der anderen Straßenseite sah, den kleinen Anführer der Noctards, der ihn überleben würde, diese Welt, wo sich noch einmal die lyrische Illusion der Commune auflöste. Er dachte, und das war der Gipfel des Entsetzens, daß sogar der General Franco ihn überleben würde. Er dachte, daß der Gedanke, vor dem General Franco zu sterben, den alten Eleuterio mit Schrecken erfüllte. Er dachte, daß Eleuterio ihn auch überleben würde, trotz dem Krebs, der ihm den Unterleib zerfraß. Er dachte an Perséphone und an die wilde Unschuld ihres Blicks, wenn er sie streichelte. Er dachte all das auf einmal, als er seine Smith and Wesson zog und zielte. *Solo ante el peligro,* dachte er. Er lachte vor sich hin, mit einem stummen Lachen, das von nun an niemand mehr hören würde, das nichts mehr von seiner beißenden Ironie wiedergeben würde. Er lachte vor sich hin, in einem stillen Aufleuchten, und er sagte sich den spanischen Titel dieses Westerns, eines Klassikers der Gattung, wo sich ein Mann allein allen Gefahren stellt. Wie war der englische Titel? Gut, das ist egal. Er stand auf der Straße, allein, den bösen Noctards dieses schlechten Wildwestfilms gegenüber. Der schnellere gewinnt. Selbst wenn er als erster schoß, und er war sicher, es zu schaffen, würde er trotzdem umgelegt. Er erinnerte sich an die Romane seiner Kindheit. Zane Grey. Alter einsamer Cowboy, du bist verloren. Er dachte, als er den Abzug der Smith and Wesson drückte, daß er verloren war. Aber ja, es war genau wie in einem alten Wildwestfilm. Er sah das lange Mündungsfeuer, das aus dem Lauf seiner Waffe herausschoß. Er sah zwei von den Noctards nach hinten springen, buchstäblich hochgerissen von dem Aufschlag der 11,43iger Projektile. Aber er hatte den kleinen Anführer verfehlt. Er fühlte gleichzeitig das stechende Brennen der Kugeln, die durch seinen Körper drangen. Gary Cooper, du bist erledigt. Er schoß weiter, in den rötlichen Nebel, der vor seinem Blick auftauchte. Er sank auf das Trottoir, die Smith and Wesson glitt schließlich aus seinen Händen. Er hörte deutlich das metallische Geräusch der Waffe, die auf dem Straßenpflaster hochprallte. Er sank mit dem Gefühl hin, einen schneebedeckten Hang hinabzurutschen. Oder in einem langen, kaum beleuchteten Flur zu laufen. Dem Flur eines alten Hotels, vielleicht. War es das *Astoria* von Leningrad? Das *Grosvenor* von London? Vielleicht sogar das *Palace* von Madrid? Er wußte nicht mehr, welcher Ort es war. Aber er lief langsam, mit einem Schwindelgefühl, einen endlosen Flur entlang. Eine Tür war geschlossen, am Ende. Er lief auf die geschlossene Tür zu. Aber er bekam weiche Knie, er schlug der Länge lang hin. Er machte eine übermenschliche Anstrengung, wieder aufzustehen, er hob den Kopf. Er war nicht mehr im Flur von vorhin, sondern in einer langen Allee, mitten unter Bäumen eines Parks. Einer Allee, gesäumt von Königsstatuen aus Stein. Kriegerstatuen zumindest. Einer Allee, die sanft zu einem sehr breiten Teich hinaufführte. Er sank wieder hin, das Gesicht in der Erde vergraben. Er roch plötzlich mit unbeschreiblicher Ergriffenheit den Geruch der feuchten Erde, die nach einem kurzen Regenguß schwere Gerüche aus ihrem pflanzlichen Schoß entließ. Vielleicht, nachdem sie von einem Gärtner in Samt und Leder lange besprengt, mit Wasser durchtränkt worden war. Aber er richtete sich noch einmal auf, er kroch. Nochmals öffnete sich vor ihm die Perspektive dieses endlosen Flurs. Am Ende, im Halbdunkel, die immer noch geschlossene Tür. Er kroch, keuchend, überzeugt, daß diese Tür sich einmal öffnen würde. Daß man so lange durchhalten müßte, bis diese Tür sich öffnen würde. Daß das Leben, das in großen Blutstößen entwich und den Teppich des langen Flurs rot färbte, daß das Leben keinen Sinn hätte, bevor sich diese Tür nicht öffnete. Und siehe da. Er hat gerade den Kopf nochmals gehoben, er hat sich gerade mit äußerster Anstrengung auf seine Ellbogen gestützt, um einige Zentimeter zu gewinnen, um sich wenigstens einige Zentimeter dieser geschlossenen Tür zu nähern, und tatsächlich öffnet sie sich gerade jetzt. Offen steht die geschlossene Tür vor dem verwirrenden Rätsel des Todes. Offen die Tür des Sterbezimmers, wo ich mich endlich auf das große Ehebett hinlegen kann. Und im Mondspiegel des Schranks wird nicht mehr der flüchtige Schatten des Teufels sein. Elizabeth, meine Freundin. Meine allerletzte Heiterkeit. Meine Sanfte und Perverse. Es wird nur das Spiegelbild meines auf dem Totenbett liegenden Körpers da sein. Ich werde endlich in den mütterlichen Schoß zurückgekehrt sein. In den mütterlichen Schoß dieses Ehe- und Totenbettes, wo einst der leblose Körper meiner Mutter lag. In den mütterlichen Schoß des Todes, der mich verfolgt *desde que he nacido*. Oder den ich verfolge, seit ich geboren bin. Seit dem ersten Tag meines Lebens. Aber ich blicke diese offene Tür an, dieses Loch aus orangenem Licht in der unendlichen Nacht des Flurs. Alle Kraft, die mir noch bleibt, konzentriert sich in diesem Blick. Und mein Schädel wird platzen, mein Leben wird am Ende aus meinen Augen rinnen, die sich aller Schönheiten dieser Welt entleeren. Mein Leben ist nur noch der flackernde Schatten dieses letzten Blicks auf den leuchtenden Rahmen dieser Tür. Endlich. Endlich werde ich wissen. Eine Frauensilhouette mit emporgerecktem Körper, wahrscheinlich vor dem Mondspiegel des Schranks, ist dort gerade erschienen. Das Abendkleid funkelt in tausend Pailletten. Pola Negri. Wer redet in dem Schweigen meines Todes? Pola Negri in *The Shadows of Paris*. in einem tief ausgeschnittenen, straßbestickten Abendkleid. Pola Negri, die rechte Hand auf der Hüfte, die sie bewußt vorschiebt, um die wollüstigen Kurven ihres Körpers hervorzuheben. In ihrer linken Hand ein Fächer aus weißen Federn. Pola Negri, lächelnd. Provokativ. Ihre üppigen Lippen, ihr schmachtender Seitenblick. Aber wer redet von Pola Negri in diesem allerletzten Schweigen? Ich weiß genau, daß es nicht Pola Negri sein kann. Es ist meine Mutter, die im Abendkleid im Rahmen dieser endlich offenen Tür erscheint. Sie ist es, die sich jetzt auszieht, in dem orangenen Licht am Ende dieses Ganges voller Gewitter und Träume. Es ist meine Mutter, die die Träger ihres Kleides abstreift, es ihre Hüften hinabgleiten läßt. Pola Negri, das ist viel später. Zu spät sogar. Ich werde nicht mehr die Zeit haben, mein Leben mit Pola Negri zu erzählen. Mein Leben mit ihr begann 1935, genau vor dem Bürgerkrieg, mit *Mazurka*. Ich war zwölf, eine deutsche Lehrerin war mit uns in diesen Film gegangen. Einige Tage später, am Familientisch, hatte mein Vater lyrische Kommentare über die Schönheit Pola Negris gemacht. Ich hatte ihn auf der Stelle gehaßt. Er hatte mich schon mit meiner Mutter betrogen, er hatte das Verbrechen begangen, sie zu überleben, eine andere zu heiraten, er sollte mir nicht auch noch die Liebe zu Pola Negri streitig machen. Trotzdem. Das letzte Mal habe ich Pola Negri 1944 gesehen. Es wurde *Mazurka* gespielt, an einem Sonntag im Kino von Buchenwald. Aber es ist zu spät mein Leben mit Pola Negri zu erzählen. Ich habe nur noch Zeit die Augen für immer auf die halbnackte Silhouette meiner Mutter zu öffnen die gerade ihr Korsett an ihrem Körper losbindet der endlich nach Jahren und Jahrhunderten von Vergessenheit Verborgenheit Unglück hervortritt ihr emporgereckter Körper vor dem Mondschrank Mondreflex aller Frauenkörper endlich wiedererschienen endlich im orangenen Licht dieser offenen Tür dieser nackte Körper dieser Diamant im schwarzen Samt der Nacht

*ese diamante en el oscuro terciopelo de la noche*

Aber der kleine Anführer hat sich dem Körper von Artigas genähert, der auf dem Trottoir an der Ecke Rue Dauphine, Rue de Nesle liegt.

Er stößt ihn mit dem Fuß an.

Er ist tot, kein Zweifel, der Espinguin. Auf gut Glück und mehr aus Spaß als aus Notwendigkeit, mehr sogar aus Angst vor einer Überraschung schießt der kleine Anführer der Noctards Artigas noch eine letzte Kugel in den Kopf.

Dann beugt er sich über ihn, einen Dolch in der Hand.

Mit einem einzigen Schnitt schlitzt er die Hose im Schritt auf, reißt die Kleidungsfetzen weg. Dann schneidet er Artigas das Geschlecht ab, steht wieder auf und schwenkt vor seinen vor Freude brüllenden Kumpanen das bluttriefende Stück Fleisch wie eine Trophäe.

## 10.

Der lange Strand erstreckt sich, verlassen unter der Herbstsonne, von der Mündung des Ter zu seiner Linken – das heißt im Norden – bis zum felsigen Vorgebirge von Bagur im Süden, mit all seinen Busen und Buchten. Er sieht, genau gegenüber, die Granitzacken der Medasinseln, gesäumt vom majestätischen Flug der großen Meeresvögel. Zur Zeit des Nestbaus finden sie sich hier zu Tausenden ein: alle Mittelmeerarten von Meeres- und Sturmvögeln versammelt im betäubenden Lärm ihrer Liebes- und Kriegsschreie.

Heute vormittag, im Morgengrauen, hatte er das Manuskript zu Ende gelesen, das Elizabeth – als Artigas sie sechs Jahre zuvor bei ihrer Ankunft in der jetzt verschwundenen Z.U.P. vorgestellt hatte, war er bei ihrem Namen unwillkürlich hochgefahren: Elizabeth von Rüdigen! Artigas betrachtete ihn übrigens aus dem Augenwinkel, als er den Namen der jungen Deutschen aussprach, wahrscheinlich um zu sehen, ob er reagieren würde; und er reagierte natürlich: »Von Rüdigen?« fragte er, »wie Clotilde?« Elizabeth nickte, entzückt, daß sie außer Artigas noch jemanden getroffen hatte (zwei Leute in zwei Tagen, das war unerwartet!), der so gebildet war, diesen Namen zu kennen, unter dem George Meredith in *Tragic Comedians* die wirkliche Helene von Dönniges dargestellt hatte, die Frau, für die Ferdinand Lassalle 1864 im Duell starb; eben jene Helene, die Eleanor Marx zweiundzwanzig Jahre später, 1886, in New York wiedertraf, während ihrer sozialistischen Propagandareise durch die Vereinigten Staaten mit jenem tristen Sire Edouard Aveling, als sie damals (Helene von Dönniges, versteht sich) die Frau von Serge Sevich geworden war, einem der Führer des amerikanischen Sozialismus, dem Chefredakteur einer deutschsprachigen Zeitung, der *New-Yorker Volkszeitung* –, aber er hatte bis zum Morgengrauen in seinem Haus nahe bei Paris das Manuskript des postumen Romans von Artigas zu Ende gelesen.

Melancholisch hatte er die Glut im Kamin des großen gewölbten Zimmers aufgestochert. Er hatte eine letzte noch lauwarme Tasse Kaffee getrunken, und dann war er auf die Terrasse des Hauses gegangen. Über dem Meer hatten sich die Nebel noch

nicht aufgelöst. Dumpfe Unruhe ergriff ihn. Hatten sie recht gehabt, Elizabeth und er, dieses Wahnsinnsunternehmen zu versuchen: an der Stelle eines Toten zu schreiben, in seinem ausgelöschten Namen? Hatte jemand anderer als Artigas selbst das Recht, diesen Roman zu schreiben, den er ihnen kurz vor seinem Tod in großen Zügen skizziert hatte?
Das war keine Frage der Treue. Jedenfalls nicht allein.
Übrigens waren sie dem Plan von Artigas so treu wie möglich gefolgt. Zunächst hatten sie sich auf die erste kastilische Fassung des Buchs stützen können, die zwar unvollständig war, aber eindeutig einen bestimmten Stil der Erzählung, der Behandlung der Figuren und der Ereignisse festlegte. Sodann gab es alle von Elizabeth gemachten Aufnahmen, die *a posteriori* ihren Platz in dem Romanunternehmen fanden, selbst wenn Artigas ihn, vielleicht aus unbewußter List, nicht erwähnt hatte. Schließlich gab es die Zusammenfassung der Absichten, die er am Tag seines Todes gemacht hatte. Zweimal sogar, muß man präzisieren. Ein erstes Mal, als sie noch am Tisch saßen und er verkündet hatte, daß er nicht *Paludes* schriebe, sondern *Algarabie*. Ein zweites Mal, als er in die Bibliothek im Erdgeschoß des Hôtel Séguier zurückkam, nach seinem mehr als einstündigen geheimnisvollen Verschwinden.
Sie hatten gesehen, wie er mit großen Schritten in den Park ging, eine Frau am Arm packte, die unter den anonymen Figuren der *Mystères de Paris* umherging, und mit ihr im ländlichen Gärtnerhäuschen verschwand. (In Elizabeths Text hatte er in diesem Moment der Erzählung die Anspielung auf die Tatsache behalten, daß dieses ländliche Häuschen das des Aufsehers der Gärten hätte sein können. Sicher würde niemand verstehen, wovon die Rede war. Sehr wenige Leser zumindest würden es verstehen. Er dagegen hatte verstanden, daß die junge ERZÄHLERIN mit einem Wort zwei Dinge erreichen wollte, nämlich an den *Jefe de Jardines* erinnern, der im Roman von Malcolm Lowry für den Tod des Konsuls verantwortlich ist, damit den unmittelbar bevorstehenden jämmerlichen Tod von Artigas selbst ankündigen und gleichzeitig an die Leidenschaft erinnern, die dieser für Lowrys wahnsinnigen Roman *Under the Volcano* nährte – und das ist hier genau das richtige Wort, weil er jedes Jahr neues Material, neuen Brennstoff in seinen Herd trug.)

Erst mehrere Wochen später, als sie auf dem Polizeipräsidium damit beschäftigt war, eine Frage hinsichtlich ihrer Aufenthaltsgenehmigung in Frankreich zu regeln, eine im übrigen unbedeutende und leicht zu lösende Frage, wurde Elizabeth plötzlich ins Büro der stellvertretenden Leiterin der Ausländerbehörde gerufen und erfuhr aus deren Mund, aus deren geradezu frenetischen Vertraulichkeiten genügend Einzelheiten, um sich das übrige vorstellen zu können.

Wie dem auch sei, als Artigas ziemlich munter und aufgekratzt, ja redselig, wie jeder merkte, von dieser mehr als einstündigen geheimnisvollen Abwesenheit oder Flucht zurückkam, wollte er ihn sehen. »Wo ist Carlos?« fragte er. Er sah offenbar ärgerlich aus, als er erfuhr, daß er vor etwa zwanzig Minuten weggegangen war, ohne zu sagen, wohin. Er nickte offenbar und murmelte dabei unverständliche Sätze. Auf eine Frage Maximes, der ebenfalls gehen wollte, antwortete Artigas, daß er noch nicht wisse, ob er zu Eleuterio gehe, der ihn sehen wollte, oder aber Carlos suchen solle. Sonsoles, die gerade ins Zimmer gekommen war, um zu fragen, ob noch jemand Kaffee wünsche, mischte sich ein und sagte barsch, daß man nicht wisse, wo Carlos sei. Aber Artigas erteilte ihr zur allgemeinen Überraschung den Befehl, sich mit ihrem Kochtopf zu beschäftigen, und fügte mit vielsagender Stimme hinzu: »Ich weiß immer, wo ich Carlos finden kann!« Dieser sibyllinische Satz und die vorangegangene Beleidigung schlugen übrigens Sonsoles in die Flucht, sichtlich beunruhigt.

Aber um auf unseren Ausgangspunkt zurückzukommen: in diesem Moment, als Maxime Lecoq gegangen war, bat Elizabeth Artigas, wirklich unermüdlich und auf der Lauer nach der kleinsten Gelegenheit, mehr darüber zu erfahren, um weitere Angaben über seinen Roman und drückte dabei heimlich auf den entsprechenden Knopf des Tonbandgeräts, um eine eventuelle Antwort aufnehmen zu können.

Es gab tatsächlich eine Antwort. Eine sehr genaue sogar. Er legte Elizabeth nämlich einen ganz detaillierten Plan seines Romans dar. Danach brauchte man ihn nur noch zu schreiben, und das hatten sie getan.

Aber nicht so sehr die Treue zum ursprünglichen Plan macht ihm heute Sorge. Sondern vielmehr das Gefühl, daß Artigas sicher-

lich noch viel zu sagen gehabt hätte, daß er ihn vielleicht nicht als abgeschlossen betrachten würde, wenn er das von Elizabeth aus Ascona geschickte Manuskript einsehen könnte, dem er seit einigen Tagen nicht nur Korrekturen, sondern auch Abschweifungen und persönliche Betrachtungen hinzugefügt hatte.
In diesem Moment, im Licht des Morgengrauens, das im Osten der Landschaft über dem lateinischen Meer die Nebel zu zerstreuen beginnt, muß er unwillkürlich laut auflachen. Denn was den Roman von Artigas abschließt, ist sein Tod. Wenn er weitergelebt hätte, hätte er ihn, selbst unter Berücksichtigung der Tatsache, daß er schon auf den ersten Zeilen der kastilischen Urfassung des Buches den Tod der unter dem Pseudonym Artigas versteckten Hauptfigur vorgesehen hatte, sicher niemals zu Ende schreiben können. Das war buchstäblich ein unabschließbarer Roman, ein unendliches Unternehmen, seinen eigenen Tod zu erzählen, während man noch lebte.
Elizabeth hatte letztlich recht gehabt, mit der Erzählung der Ermordung von Artigas in der Rue Dauphine an der Ecke der Rue de Nesle zu schließen. Danach gab es keinen Roman mehr. Es gab nur noch die traurige Wirklichkeit.
Er betrachtet den verlassenen Strand, die Mutter Mittelmeer unter der Oktobersonne, er kehrt durch den Ginster und das Schilf, die die Landschaft einnehmen, zurück.
Es gibt einige Dinge, die man immerhin bedauern kann. Über die man sich zumindest Fragen stellen kann.
Hatten sie Perséphone zum Beispiel wirklich das Schicksal gegeben, das sie verdiente? Sie tauchte im Roman nur indirekt auf, in der Erinnerung oder Erzählung von irgendeinem anderen. Sicher war das kein Zufall. Sicher war das Mädchen die ungreifbarste aller Figuren der Erzählung. Aber hätte man sich nicht bemühen müssen, die Hindernisse zu überwinden, so unleugbar sie auch waren? Versuchen müssen, in ihre Intimität einzudringen? Aber vielleicht war es gerade die Weigerung von Artigas, in sie einzudringen, die ihr einen Sonderstatus verlieh: immer im schwindelerregenden Mittelpunkt der Ereignisse, aber immer abwesend. Gerade deshalb im Mittelpunkt, weil abwesend. Vielleicht rührte die Verdrängung Perséphones in den Hintergrund der Erzählung, auf gewiß verborgene, nicht ausgesprochene Weise, von dem uralten männlichen Tabu gegenüber

dem symbolischen Blut der Frau, der blutenden Blüte der Weiblichkeit her. Vielleicht rührten Perséphones Schicksal und das Schweigen über sie von jenem Tabu gegenüber dem unseligen Blut her. Oder seligen, wer weiß, aber heiligen, also beunruhigenden, wie dem auch sei.
Man sagt, daß Jo Aresti, als er sich trotz allem dazu bereit fand, Perséphone gehen zu lassen – er hatte sie ganz zu Anfang wegen schlechter Führung rausschmeißen wollen, man erinnert sich vielleicht daran, hatte sich aber plötzlich besonnen und versucht, sie unter irgendwelchen, selbst den für seine Macho- und Fascho-Ehre demütigendsten Bedingungen bei sich zu behalten, aber die Nachricht vom Tod von Artigas hatte das Mädchen schließlich dazu gebracht, das *Envers du Paradis* auf der Stelle zu verlassen, und der Austausch mit Yannick de Kerhuel hatte schon am Tag nach dem betreffenden Tag stattgefunden, *día de actos*, sagt man auf kastilisch: am Tag nach dem Tag der Aktion also, der genau der der Allerheiligen war, was gut zu einem postumen Roman paßte –, als Aresti also zustimmte, daß Perséphone sein Etablissement verließ (»Komm mich von Zeit zu Zeit besuchen«, hatte er zu ihr gesagt. »Einverstanden, Jo«, hatte das Mädchen geantwortet, »unter der Bedingung, daß du mich die Nutte spielen läßt, wenn es mir gefällt!«, und er hatte selbst dem zugestimmt), hatte er ihr als Abschiedsgeschenk und Amulett ein Platinhalsband gegeben, an dem ein Granatapfel aus massivem Gold hing, der in seinem oberen Teil zersplittert war, um seine Rubinsteine funkeln zu lassen: ein prächtiges Schmuckstück, dessen mythologische Bedeutung der Korse sicher nicht kannte, sofern er nicht gebildeter war, als in der Z.U.P. allgemein angenommen wurde.
Was auch immer Arestis Kenntnis des höllischen Abenteuers der anderen Persephone, der Tochter Demeters war, dieser Granatapfel, den die junge Spanierin von nun an immer am Hals trug, auch wenn sie damit die wilde Eifersucht der Frauen der hispanischen Gemeinschaften und die Begehrlichkeit der Noctards provozierte, die sich mit immer größerer Arroganz in dem Viertel herumtrieben, dieser Granatapfel war wie ein symbolischer Blutklumpen.
Was hätte sie zu alldem zu sagen gehabt, Perséphone? Zu ihrer langen Schlacht gegen das blutige Abenteuer des weiblichen

Körpers seit dem ersten Blut ihrer Geschlechtsreife? Carlos erinnerte sich, als er durch das Schilf der flachen Landschaft ging, an den ersten Vers eines verlorenen Gedichts von Artigas, von dem Elizabeth in Ascona einige Spuren gefunden hatte. In einem zweiten Brief nämlich hatte Anna-Lise – o Verzeihung! wir sind ja nicht mehr im Roman – Elizabeth also ihm die letzten Verse mitgeteilt, es schienen die letzten dieses verlorenen Gedichts zu sein, an die Heidi, die Chefin des Cafés in Ascona, sich schließlich hatte erinnern können. *Et depuis ce temps-là / vivons ensemble / elle et moi / La mort et moi / ma vie ...* »Und seit jener Zeit / leben wir zusammen / er und ich / der Tod und ich / mein Leben ...« Aber nicht wegen des Endes dieses Gedichts hatte er sich daran erinnert, sondern wegen seines Anfangs: »Der Tod / hat das spitze Gesicht der geschlechtsreifen Mädchen.« Das von Perséphone, wer weiß?

Letztlich wußte man nicht viel von dem Mädchen. Aber vielleicht war diese romanhafte Verschwommenheit nur der Spiegel einer Verschwommenheit des wirklichen Lebens. Vielleicht gibt es nichts Verschwommeneres, Geheimnisvolleres als ein Mädchen.

Er geht zu dem Auto, das er am Ende des befahrbaren Wegs geparkt hat, damit es nicht in dem Sand versinkt, der sich über mehrere hundert Meter hinter dem eigentlichen Strand ausdehnt.

Er bedauert auch, daß Elizabeth nicht die letzte Expedition von Eleuterio Ruiz erzählt hat, der begleitet von Pirulí und einer Gruppe von schwerbewaffneten Genossen noch am Abend des Todes von Artigas aufgebrochen war, um dem Prediger François-Xavier DuDimanche in der Kirche Saint-Nicolas-du-Chardonnet entgegenzutreten. Sie hatten die Messe zum Gedächtnis von Lepanto, die für die Gesundheit General Francos gelesen wurde, wie schon mit einem gewissen Widerwillen gesagt worden ist, unterbrochen, und der alte Lute, der alte akratische Kämpfer, hatte mit Unterstützung seiner Freunde und unter Überwindung seiner Schmerzen, die ihm den Bauch aufrissen, dem Dominikaner vorgeschlagen, über die Existenz Gottes zu debattieren, ein Thema, in dem er völlig versiert war. Der Pater DuDimanche hatte just für jenen Abend eine Predigt vorbereitet, die die Argumente der *Apologetik* von Tertullian wiederauf-

nahm und aktualisierte, mit dem er im Abstand von Jahrhunderten die kasteiende und flammensprühende Raserei der Laienbrüder teilte. Aber Eleuterio hatte es keineswegs mit einem Tertullian zu tun. Das rhetorische Duell war großartig, sagt man.
Aber man kann eben nicht alles sagen. Könnte man alles sagen, gäbe es nicht eine unüberschreitbare Marge an Unsagbarem, hätte die Literatur keinen Sinn: sie deckte sich ganz simpel mit dem Leben. Das Gesagte wäre nicht hervorgehoben, valorisiert und perspektiviert durch die schillernden, unerschöpflichen Reichtümer des Nicht-Gesagten, des Unaussprechlichen, dem man ständig Boden abgewinnen muß. Das Gesagte wäre nur ein Abgesagtes.
Er fährt jetzt auf einem Feldweg zum Restaurant, wo er sich zum Mittagessen verabredet hat.
Gestern nachmittag, in Torroella de Montgrí, wo er während einer einstündigen Unterbrechung der Lektüre des Manuskripts von Elizabeth (oder von Artigas?) französische Zeitungen gekauft hatte, war er auf Inés Andreu, seine Tante, und auf deren Tochter, seine Cousine Mercedes gestoßen.
Seine Schwester-Cousine, man erinnert sich vielleicht daran.
Die beiden Frauen verbrachten einige Tage in der Gegend in einem der Häuser, die Tante Inés dort besaß. Sie machten ebenfalls Einkäufe in Torroella.
Das Herz hatte stark geschlagen. Das Herz von Carlos, wollen wir sagen. Niemand weiß, was Inés oder ihre Tochter empfanden (aber man wird natürlich verstanden haben, daß wir hier die Namen und Vornamen dieser beiden Frauen aus dem Roman beibehalten: erstens zur Erleichterung der Lektüre, die unnötig erschwert wäre, wenn man ihnen jetzt, wo der Roman beendet ist, ihre richtigen Namen gäbe, und dann auch, weil diese niemanden etwas angehen und wir nicht irgendein Privatleben behelligen wollen).
Das Herz von Carlos-Maria, sagten wir, hatte stark geschlagen.
1949, als er dreizehn war – er war 1936 geboren, genau an dem Tag, wo Artigas über Bayonne in Frankreich angekommen war, um den langen Weg des Exils anzutreten – 1949 also war Carlos-Maria nach Barcelona zu seiner Tante in das große Haus von Pedralbes geschickt worden. Der Vater von Carlos hatte sich

nämlich wiederverheiratet, und seine neue Gattin haßte den Jungen, der es ihr übrigens heimzahlte. Wie dem auch sei, in Pedralbes also, bei Tante Inés, entdeckte der Jugendliche die Schrecken und Ängste einer abrupt und total erwachten Sexualität

(aber du wirst jetzt nicht dein Leben erzählen, du wirst nicht auf so neutrale Weise, als wenn du ein chemisches Experiment beschriebst, die Geschichte von Pedralbes erzählen, du wirst jetzt nicht das große luxuriöse und barocke Haus nahe beim ehemaligen Anwesen der Güell beschreiben, das von Gaudí gebaut worden war und von dem noch der runde Pavillon übriggeblieben ist, wo der Hausherr nach einer Opernvorstellung im *Liceo* die Damen und Herren der guten Gesellschaft von Barcelona zuzusehen einlud, wie die Hengste seines Pferdestalls die Stuten besprangen, und diese Herrschaften, in Gehrock und Abendkleid sich auf die Rundgalerie über einer Mittelarena setzten und die Stuten hereinkommen sahen, die man dem Hengst auslieferte, der oben an einer Longe angebunden war, mit der ein Stallknecht das Ungestüm des Zuchtpferdes zügeln konnte, sofern es Gefahr lief, dieses Ungestüm, ein zu enges Stutfohlen aufzureißen, und die Damen schrille Schreie ausstießen und hysterisch und entzückt lachten, wenn sie sahen, wie der Hengst sich aufbäumte mit einem Glied wie eine Bronzekeule, vom hervorsprudelnden Sperma leuchtend, eines nach dem anderen die Stutfohlen reitend, in dem Höllenlärm seiner den festen Sand stampfenden Hufe, seines ohrenbetäubenden Gewiehers, das Schauer laufen ließ über die Pfirsichhaut der Damen in Tierhaut, die frenetisch die Beine spreizten, damit ihre Gatten oder Liebhaber gierige Hände hineinsteckten, aber du wirst jetzt nicht das große Haus von Pedralbes beschreiben, seine Badezimmer im römischen Stil, ähnlich denen des alten *Ritz* in Barcelona, wo man einige Stufen hinabsteigen mußte, um sich in die wie Schwimmbecken tiefen Badewannen zu stürzen, seine Wintergärten, seine Rokokomöbel, du wirst uns jetzt nicht daran erinnern, daß Tante Inés Tangos liebte und ein Zimmermädchen hatte, deren einzige Funktion es war, ein Grammophon zu bedienen, das lange Zeit manuell mit einer Feder funktionierte, nun jedoch elektrisch war und auf dem ständig argentinische Tangos spielten, deren Musik durch ein Lautsprechersystem im ganzen Haus verbreitet wurde, du wirst uns jetzt nicht offenbaren, daß man *Caminito* an jenem Tage hörte, dem, wo Tante Inés – sie war damals achtundzwanig – dir in dem Kabuff, wo die Körbe für die schmutzige Wäsche standen, bevor sie in die Waschküche des Untergeschosses geschickt wurden, in dem Kabuff, wo du seit mehreren Wochen hineinkrochst, zuerst um mit zitternder Neugier die weiblichen Dessous zu inventarisieren, an den Seidenunterröcken den Körpergeruch von Tante Inés zu schnuppern, und danach, trotz der Angst, ertappt zu werden, denn das Kabuff war von innen nicht abschließbar, wo du in einer Art Rausch sogar wagtest, dich selbst mit diesen Frauenkleidern, Seidenstrümpfen, Strumpfhaltern, Büstenhaltern und Schlüpfern zu bekleiden, die du übrigens sofort auszogst, die Schlüpfer natürlich, um mit deiner unerfahrenen, aber fiebrigen Hand nach der Erektion eines von jugendlichem Blut geschwollenen Glieds zu greifen, und wo dich Tante Inés in dieser Haltung ertappte, an jenem Tag, unwillentlich übrigens, denn die Idee, dich zu überwachen, wäre ihr nicht einmal in den Sinn gekommen, dich aber dennoch ertappte, und sie zog dich sanft aus dem Kabuff heraus, nachdem sie dich einen Augenblick angesehen hatte, wie du von Entsetzen gepackt, aber immer noch in Erektion warst, dir sanft sanfte, beruhigende Wörter sagend, und sie zog dir die Frauendessous aus, mit denen du dich bekleidet hattest, und ließ dich, neben ihr auf einem Diwan des Wintergartens ausgestreckt, nackt unter der Zärtlichkeit ihrer Hände und ihres Mundes, von Sinnen, als sie sich schließlich auf dich setzte, die Freuden der freisten, der kühnsten, einzig und allein den Imperativen der Befriedigung gewidmeten Lust kennen, aber du wirst nicht erzählen, wie Tante Inés dich aus Pedralbes fortschickte, als du sechzehn warst, wie sie später, 1956, wieder mit dir anknüpfte, als du zwanzig warst – sie war inzwischen achtunddreißig – für ein Jahr libertinöser und trotzdem kultureller Reisen – echte Libertinage geht übrigens nicht ohne Kultur – durch das alte Europa, an das du dich für immer erinnern wirst, du wirst uns auch nicht deine Revanche auf oder unter Mercedes erzählen, man hat verstanden, man ist ja nicht so dumm, nicht zu erraten, was dir 1973 in London durch den Kopf oder durch das Blut oder durch das Geschlecht geschossen war, als du diese Schwester-Cousine auftauchen sahst, die genau das

Porträt von Tante Inés war: derselbe Charme, dasselbe Feuer, dieselbe Tollheit, aber du wirst jetzt nicht),

in Pedralbes also soviel Jahre früher.

Wie dem auch sei, Tante Inés, jetzt eine sechzigjährige alte Dame, aber immer noch teuflisch schön, war entzückt gewesen, ihn zufällig in Torroella zu treffen, sie hatte ihn eingeladen, am nächsten Tag in einem ganz einfachen rustikalen Restaurant an der Termündung mit ihnen zu essen. Sie hatte gerade eine Karte des Lokals bei sich, sie gab sie ihm. Er solle bestimmt kommen, sie drei seien allein, man könne an diesem Ort ausgezeichnet Fisch essen, ein Reisgericht, von dem du schwärmen wirst! Sie würden so nett miteinander sprechen!

Während Carlos das Auto lenkt, zieht er die Karte des Restaurants aus seiner Jacke:

*BAR – RESTAURANTE – PENSION*
*LA GOLA*
*Vicente Xicars*
*Pesca Marítima y Fluvial*
*Torroella de Montgrí (Gerona)*

Das steht in blauen Buchstaben auf weißem Grund. In der oberen Ecke rechts sieht man ein Segelschiff vor einer abschüssigen Küste unter stilisierten Möwen.

Vorhin, bevor er auf den verlassenen Strand hinausging, ist er beim Restaurant vorbeigegangen. Er hat einen Tisch reserviert, das Essen bestellt. Er hat auch den Besitzer gebeten, ihm einen Gefallen zu tun. Er hatte eine Platte mitgebracht, einen argentinischen Tango, *Caminito*. Könnte er wohl so nett sein, ihn aufzulegen – er habe doch einen Plattenspieler, nicht wahr? –, wenn die beiden Damen, die er erwartete, um drei Uhr das Restaurant beträten? Der Mann hatte zugestimmt. »Das ruft Erinnerungen wach, nicht?« Er sprach katalanisch. Carlos hatte genickt. Ja, das würde bei Tante Inés und seiner Schwester-Cousine Erinnerungen wachrufen. Bei ihm auch, beim selben Anlaß. *Caminito* hörte man in Pedralbes, dieselbe Musik hörte man in London, in der Boutique von King's Road, als Mercedes plötzlich fast nackt in der Umkleidekabine vor ihm aufgetaucht war.

Ja, das würde bei ihnen ohne Zweifel Erinnerungen wachrufen. Bei allen dreien.

Carlos hält vor dem Restaurant, das mitten in der mit Ginster und Schilf bedeckten Sandebene verlassen daliegt, wo es auch einige Pappeln- und Weidenwäldchen gibt. Er erinnert sich, daß er heute vormittag einen Brief von Fabienne erhalten hat. Er hat ihn noch nicht aufgemacht. Er erwartet nichts mehr von irgendeinem Brief. Seit jenem berüchtigten Oktobertag vor sechs Jahren scheint das Leben wieder normal geworden zu sein. Er ist nicht mehr vom Gedächtnis eines anderen, von der Seele eines anderen eingenommen, der sich in ihm zu überleben versucht. Er verirrt sich nicht mehr auf die gefährlichen Gefilde des Todes. Er lebt, das ist alles. Fabienne lebt auch. Sogar Elizabeth von Rüdigen hat sich daran gewöhnt zu leben. Was kann man da machen? Weitermachen, das ist alles. Zumindest im Augenblick.

Plötzlich erinnert er sich an das Porträt von Goya im Zimmer von Artigas in Paris. Die Marquesa de la Solana. Elizabeth hatte ihm eines Tages erzählt, daß es die Marquesa de la Solana war, weswegen Artigas sie zum erstenmal geliebt hatte. Sie muß in den Louvre zurückgekehrt sein, Goyas Marquesa. Um so besser für das Volk.

Er lacht vor sich hin in der Oktobersonne am Restaurant von *La Gola. Que nos quiten lo bailado,* denkt er. Er sagt es sogar laut, um sicher zu sein, daß er es wirklich denkt. Aber er wird es nicht übersetzen, verflucht nochmal! Der Roman ist zu Ende, wir sind in die traurige Wirklichkeit zurückgekehrt: verstehe wer kann.

*Fouesnant, »Le Rojou«, 1974 – Garentreville, 1981*

# Anmerkungen und Übersetzungen

S. 23 NEP, russische Abkürzung für *Nowaja Ekonomitscheskaja Politika* = Neue ökonomische Politik, die 1921–1928 in der Sowjetunion herrschende Wirtschaftspolitik, die nach dem »Kriegskommunismus« des Bürgerkriegs wieder private Unternehmen zuließ.

S. 44 B.C.R.A. = *Bureau Central de Renseignement et d'Action.* Gaullistisches Informationsbüro während des Zweiten Weltkriegs. *Canard enchaîné.* Satirische politische Wochenzeitung.

S. 66 Asmodée = Name des kleinen Teufels aus dem Roman *Le diable boiteux* (Der hinkende Teufel) von René Lesage, der in Madrid alle Dächer der Häuser abdeckt, damit man von oben hineinsehen kann.

S. 68 *La Gueuse* = Landstreicherin, Gaunerin, Hure.
Charles Maurras, Haupttheoretiker und Mitbegründer der nationalistischen, profaschistischen *Action Française.*
Georges Bernanos, *Les grands cimetières sous la lune* (Die großen Friedhöfe unter dem Mond). Heftige Anprangerung der frankistischen Greueltaten und des Opportunismus der spanischen Kirche nach dem Sieg Francos im Spanischen Bürgerkrieg.

S. 73 f. »Er hatte nämlich ein so gewaltiges Gemächte, daß der ganze Mann als Zipfel seines Gliedes gelten konnte.« (Petronius, *Satyrikon)*

S. 86 »Verrückung aller Sinne«. Anspielung auf Rimbauds Satz *Il s'agit d'arriver à l'inconnu par le dérèglement de tous les sens* (Es gilt zum Unbekannten zu gelangen durch die Verrückung aller Sinne).

S. 95 »In Seide, ganz verjährt, sibyllisches Dessin,
aus Lack und Jade verblichene Gewebe, o Arabeske
in altem Grün! Oder aber ist es
der Traum in mir...«

S. 96 A.N.P. = *Association Nationale de Propagande.*
C.E.D.A. = *Confédération Espagnole des Droits Autonomes.*

S. 97 *Parpailhol* = *Papillon* = Schmetterling. Spitzname für Calvinisten wegen ihrer weißen Kleidung.

S. 102 »Der Sturm auf die Sonne der Weiße der Frauenkörper«. Verszeile aus dem Gedicht *Mémoire* von Arthur Rimbaud.

S. 104 f. »Dein Gebieter macht sich bereit, dasselbe Bankett zu besuchen wie wir;

wäre es doch, ich wünsche es von Herzen, für deinen Gebieter das letzte Mal.«
»... aber heimlich berühre meinen Fuß.
Blick auf mich und meine Winke und sprechenden Mienen ...«
(Ovid, *Amores*. Übersetzung von Friedrich Walter Lenz)

S. 106 »Getilgter Nippes sonorer Onanität«. Verballhornung der Verszeile *Aboli bibelot d'inanité sonore* (Getilgter Nippes sonorer Nichtigkeit) aus dem Sonett *Ses purs ongles très haut dédiant leur onyx* von Stéphane Mallarmé.
»Glut herrschte, und der Tag hatte die Stunde der Mitte überschritten.«
»Oft vollendete meiner Geliebten und mir beschleunigte Lust unter der darüber geworfenen Hülle das süße Tun.«
(Ovid, *Amores*. Übersetzung von Friedrich Walter Lenz)

S. 130 »Breit aus in der Nähe des Wassers, das überwacht ist
von weißen Schwestern
deine alte Seele. Schüttel sie im Wind ...«

S. 141 »Es ist ein Traum im Traum, unterschiedlich in den Details, gleichbleibend in der Substanz. Ich sitze am Familientisch, bin unter Freunden, bei der Arbeit oder in einer grünen Landschaft – die Umgebung jedenfalls ist friedlich, scheinbar gelöst und ohne Schmerz; dennoch erfüllt mich eine leise und tiefe Beklemmung, die deutliche Empfindung einer drohenden Gefahr. Und wirklich: Nach und nach, oder auch mit brutaler Plötzlichkeit, löst sich im Verlauf des Traumes alles um mich herum auf; die Umgebung, die Wände, die Personen weichen zurück; die Beklemmung nimmt zu, wird drängender, deutlicher. Alles ringsum ist Chaos, ich allein im Zentrum eines grauen wirbelnden Nichts; und plötzlich *weiß* ich, was es zu bedeuten hat – habe es immer gewußt: Ich bin wieder im Lager, nichts ist wirklich außer dem Lager; alles andere war kurze Atempause, Sinnestäuschung, Traum: die Familie, die blühende Natur, das Zuhause.«
(Primo Levi, *La tregua* [Atempause]. Übersetzung von Barbara und Robert Picht)

S. 146 »Unsresgleichen, unser Bruder«. Anspielung auf den Schluß des Widmungsgedichts *Au lecteur* (An den Leser) der *Fleurs du mal* (Blumen des Bösen) von Charles Baudelaire: – *mon semblable, – mon frère!*

S. 147 *Maestranza*. Name der Stierkampfarena von Sevilla, die für den Stierkampf eine ähnliche Bedeutung hat wie die Mailänder Scala für die Oper.

S. 166 »Gehorchet nur dem Volk, hört nur seine Dekrete:
Es gab schon Citoyens, bevor es Herren gab,
Wir nehmen uns wieder die Rechte, die unsre Väter verloren.
Das Volk ward von den Königen zu lange schon betrogen:
Es hatte das Zepter satt, das Zepter ist zerbrochen.«

S. 192 Siehe die Übersetzung dieses Gedichts in der Anmerkung zu S. 130.

S. 195 Siehe die Übersetzung dieses Gedichts in der Anmerkung zu S. 95.
»Fahnen, die der unendliche Wind knittert...«

S. 196 Victor Schœlcher trug als Unterstaatssekretär der Provisorischen Regierung nach der Februarrevolution von 1848 zur Annahme des Dekrets über die Abschaffung der Sklaverei in den französischen Kolonien bei.
Jean Cavaillès, Philosoph und Logiker. Als führendes Mitglied einer Résistance-Bewegung wurde er 1943 von den Deutschen erschossen.

S. 212 »Meinesgleichen, mein Bruder«. Siehe Anmerkung zu S. 146.

S. 227 »Und am Ende der geschwungenen Bar kann jeder die Anwesenheit einer jungen Frau feststellen, die nicht unbedingt Engländerin zu sein braucht, aber auch das ist nicht ausgeschlossen, und die auf einem Barhocker sitzt und jenes winzige Stück weißer Haut oberhalb eines Strumpfes entblößt, auf das man einen begehrlichen Blick werfen kann...
(Jorge Semprun, *La deuxième mort de Ramón Mercader* [Der zweite Tod des Ramón Mercader]. Übersetzung von Gundl Steinmetz)

S. 260 *ô bêtes blanches et béates* = o weiße selige Tiere. Verszeile aus dem Gedicht *Serpent* von Paul Valéry.

S. 311 Paterne Berrichon (Pierre Dufour), der Mann von Isabelle Rimbaud, der Schwester Arthur Rimbauds, begann mit dieser zusammen gleich nach dessen Tod die Legende vom keuschen, verführten und schließlich zum christlichen Glauben zurückgekehrten Dichter zu schmieden.

S. 333 Siehe die Übersetzung des Gedichts in der Anmerkung zu S. 95.

S. 336 Siehe die Übersetzung dieser Zeile Ovids auf Seite 210.

S. 336f. »Beim Geschlechtsverkehr kennt der Christ nicht einmal einen Wechsel der Frau. Ich weiß, daß die Dirne Phryne in brennender Gier sich dem auf ihr liegenden Diogenes hingab.«
(Tertullian, *Apologeticum*. Übersetzung von Carl Becker)

S. 408 *Honneur des hommes, Saint Langage!* Verszeile von Paul Valéry

*Die Bücher von Jorge Semprun im Suhrkamp Verlag und im Insel Verlag:*

Der zweite Tod des Ramón Mercader
*Roman.* 1974
*suhrkamp taschenbuch* 564 (1979)

Die große Reise
*Roman.* 1981
*suhrkamp taschenbuch* 744

Was für ein schöner Sonntag
1981
*suhrkamp taschenbuch* 972 (1984)

Yves Montand. Das Leben geht weiter
1984